宋代辭賦全編

（三）

主編　曾棗莊　吴洪澤
編委　張明義　李　静　李耀偉　宋恩偉　張家鈞
文　琪　劉正國　文　瑜　文國泰　舒澤群
盧本莉　盛華武　龍福華　程在茂　文　敏
校勘　文　波　文　莉　吴思青　龔文英

四川大學出版社

宋代辭賦全編卷之三十九

賦　地理　四

孔山賦　並序

程公許

少傅、平章、益國公喬先生應運挺生，以宿學壽儁，爲國蓍蔡，爲善類司命。皇上宵旰念治，慨中外之多虞，舉元祐盛典，尊禮以示眷留，而天下亦介公以眉壽康寧之福，津梁四海，鼎台斯文，是有關於世運者甚大，非後學謏聞可得而擬議也。九陽朔旦，弧矢紀祥，眉山程某以文字受知，謹抒鄙思，因公所居之墅，爲《孔山賦》，以祝千億載壽。

客有自蜀趣吳，徘徊瞻顧。愕城闕之顯敞，壯龍虎之盤踞。屹帝閽之九重，儼凝旒而當宁。運臂指於百工，託羽翼於四輔。巋然一老之山立，天使屏余以尊御。有一德，克享天心，則殷保衡；聽規諫，以禮自防，則猶衛武。願擁篲於舍人之門，覬一覘於百官之富。想德容之瑟僩，殷金石於音吐。德盛豈易以形容？故一言曰忠恕。所謂言彌高而德彌卲，華髮之爲元龜者，吾何幸而一旦遇哉！意者運會所鍾，穹蒼祐助。景星卿雲，轇轕而兆祥；名山大川，英淑之裒聚。願從主人訂其然，庶幾戴盆而快天日之睹。

主人於是斂容拜手而對曰：「予獨不見夫無極之初，是爲氣祖。溟涬一散，判而二五。辨方正位，咸有依據。温厚之氣，盛於東南；文物之興，媲乎齊魯。矧東陽之奥壤，分景爍於寶婺。金華崢嶸而擅秀，縠水滂洋而西注。標乎一境之鎮曰孔山，乃介然而中處。吐吞煙霞，蓄洩雲雨。其大體則蛟螭結蟠，其蘊異則鸞鳳騫舞。聳檜栢以干雲霄，艷葩卉以晞晨露。下維五畝之宫，猶崧高之降申甫。皇肇錫以嘉名，舉世莫能詰其故。浮濟達河，惟兖州百年南北之間阻。擬岱宗之峻極，悵未列於職方之譜。

「幸斯文之未墜，緊我公以宗主。想瑞應於玉麟，滃神光之繞户。繇初學而壯仕，一以聖賢爲規矩。經訓厚其菑畬，心地築之場圃。禮義以爲佩服，辭章以爲繡組。五十年進造之科，晚乃由雍從而升政路。念昔金困於韃蒙，廷議頗惑於進取。公獨軫憂於未然，請力固於吾圉。逮蔡息夾功之師未旋，而三京即謀於大舉。搢紳蓄縮而拱視，公復慨然密陳於諫疏。使忠謀獲伸於當時，何遽嘗試於一擲之誤？詢黃髮則罔有愆，是宜皇明之悔悟。二年首鉉，乞身莫許，優以辨章，尊之保傅。

「在昔元祐盛時，有若臣博與臣著，皆以宿德而尊重務。禮貌之隆則均，然難易未可同日而語。追想杏壇之將聖，道大與時而齟齬。固嘗嘆『有用我者，可使爲東周』，憮然吾非斯人之徒與而誰與？莫我知其奈何？猶幸而樂正《雅》、《頌》之各得其所。美哉！我公得君之專，貴極而無改其素。風雲翕合，精神會聚。稷、契股肱，周、召心膂。奎章八字之熒煌，足以洗遺恨於千古。」

客聞斯言，頓首悚怖：「妄謂道之合不合，時之遇不遇，聖賢治之泊如，來不迎而去不拒。痛癢切於體膚，獨遑安於寢寤。禄萬鍾於我何加，官一品於余奚與？慨世運之多難，積事端之弊蠹。刈葵遑復恤根本之傷，樊柳何以爲制狂之禦。苟扶持猶可與有爲，袖手而亟尋於山墅。繩愆糾繆以弼聖德，進賢去佞以張治具。戢貪舉廉以固民心，選將練兵以銷外侮。苟元氣之內充，奚客邪之足慮。諒宋德格於皇天，壽喬松以作明堂之柱。吾將見戰氛息於三垂，祥風浹乎寰宇。聖主恨無官之可酬，訂師尚父之稱於太公吕。

「當兹時也，駕言返乎孔山，味芝英而吸瓊醑。孫曾列綵衣之庭，佩衿集户外之屨。

詠舞雩之春風，以壽斯文之脈縷；論四代之禮樂，以復治象於粹古。使後覺咸榘範於六經，而素域還通於率普。小子不敏，請因《魯頌》而歌之。歌曰：「戎狄是膺，荆舒是懲。俾爾昌而熾，俾爾壽而富。酌大斗以跪獻於公，千億歲而爲衆父。」於是主人矍然而作，請泚筆而書之，以爲孔山之賦。四庫本《滄洲塵缶編》卷一。

葛仙山賦 並序

程公許

余嘗讀孫興公《天台賦》，觀其標奇領異，雲興霞蔚，兼言外玄趣，冥與道會，意竊慕之。宰邑古唐昌，一再因臺檄周覽峴山之勝，作記及詩若干首，紀載粗悉。最後登葛璝仙治，巖洞深窈，林巒奇峭，賞嘆不足，賦以識之。固不敢睎前文人，或可與山中道侶班荆商論耳。

我思古人，託吏爲隱。或避世而待詔金馬門，或采砂而求補句漏令。雖未能耦耕媲沮溺，洗耳同箕潁，賜鑑湖一曲如賀知章，名山中宰相若陶弘景，然觀其心樂天遊，跡與俗混，冥機乎寵辱之途，韜智於得失之境，信與余而神晤，竊太息以起敬。繆撫字於一同，幸福庭之接畛。間捧檄以周遊，得探奇於曠静。聞葛仙之故棲，擅西山之最勝。李文簡公謂此山爲西山第一。諏辰良月，六矢標慶。撫蓼莪以含悽，資塵露以報本。問津白鶴之屯，山下名鶴屯，常有鶴來棲宿。梯步青雲之逕。眩采翠於羣峰，劃蒼崖於千仞。訊仙治於寥闃，爛金碧於絶頂。於是静慮凝神，屏息以進。門闥嚴敞，陛級崇峻。儼帝御於中天，班列真於清禁。飈輪泛八會之音，星壇繞虚步之韻。訂靈跡於往牒，肇葛翁之棲遁。黛滀巖泉之流，丹井自巖竇注，瀦爲一沼，甘寒不竭。玉舂溪碓之粉。茶粉亦葛仙故事。清塵嗣踵於蒲、楊，葛仙之後又有蒲、楊二仙。營定聿嚴於韋尹。南康鎮蜀，以本命道場興創此觀，今遂爲道場主，豐碑具在。薦蘭燎以薰心，擷澗毛以寓敬。上玄陟降於左右，一念昭徹而響應。朝禮既周，羽節前引。環齋館於四阿，繚丹臒於楹楯。藹浄侶之如雲，競延客以瀹茗。莫不竹户風清，紙窗日冏。觀中諸寮，窗户皆雅潔，與他觀不侔。蔭栢纛之幽森，羅怪石之巉嶙。遊目乎泰初之鄰，緩步乎北真之嶺。「泰初爲鄰」一亭乃范漕所創，張憲扁顔。北真菴，息齋李公所居。荒尋未厭，林壑俄暝。歸休風露之界，洞酌玻瓈之醖。風露界，方丈前閣。山中酒極佳。清言中夕，倦憩投枕。暢遊仙之夢酣，愕震雷於龍龔。起披衣而周眄，浩一氣之溟涬。覘紫炁於白馬，白馬，老君洞。匄刀圭於丹鼎。葛仙丹爐。二十四峰聯嵐而競爽，八十一洞歷遊而難盡。乃借御於篵輿，仍乞火於束緼。縱屐齒於蒙茸，探洞户於深靚。風開煙闔，霞捲霧噴。初谽谺以傴仄，俄披豁以幽迥。冰凝鍾乳之溜，玉立巖壁之瑩。或懸空以寶蓋，或四匝以珠幰，或捲綃於深幄，或繪雪於崇屏。已上皆狀葛仙洞之奇勝。

步折旋而欲迷，路若窮而復遠。豈余行之憚阻，懼日晏而盍返。悵簪紱之身縻，奈巖壑之味永。引車躑躅，回顧悽惋。静念覆載，同一蓋軫。混淪初判於祖炁，山澤潛通於玄牝。妙大化融結之工，慨百靈走奔之駿。不然，何以盪磨日月，凌駕參井，毓秀孕英，棲仙宅聖，俯仰四海如一家，出入浩劫如一瞬？然嘗索至理於貝梵，披玄機於瓊編。十方香水之刹海，九穹莽蒼之劫刃。下風輪以持厚坤，兼洪纖以該庶品。斂之吾身，納之方寸。非古非今，孰遠孰近？吾將謹韁索於猿馬，豁視聽於黿鼉。祓熏聲利之膏火，遠避色塵之坑穽。挹靈源以斟酌，即寸田以耕墾。觀六用於真空，朝虚皇於内景。當斯時也，雖禦寇莫能詰其至遊，七聖亦有迷於大隗。而況人間之朽腐，何異蟪蛄與朝菌！儻三仙可挾而遊，尚吾言之有證。四庫本《滄洲塵缶編》卷一。

龜山賦

梁泰來

異哉，龜之爲山也！不知其博大之若是兮，啟鴻濛而鎮坤維；挾一氣之峥嶸兮，軼昆侖而頫太微。則屴岝峉，嵚巇巀嶭，若龜之長身穹背而圓腹；連延行鬱，谽谺岌業，若龜之昂首曳尾而蹩躠。摩蒼穹而矗立兮，含空濛之古色。出雲雨以澤物兮，蓊千章之木植。企風雷之靈淵兮，接醴泉之丹穴。襲仁獸之郊坰兮，駕四靈之軌轍。鍾人物之瑰奇兮，是清淑之氣扶輿磅礴而鬱積。亶前人之作記兮，曰龜載靈於甲戌。美青氈之家聲兮，尚芬芳乎故物。

嗚呼噫嘻！敢問龜之靈於物者古如彼，靈於身者今未聞其髣髴萬一焉。何者？八卦之右兆，九疇之定數。發幾事之先占，臨清流而左顧。豈胸靈腹奇，慭而不屑於今兮，甯崚嶒而骫骳？抑土石之冥頑，累而不靈於今兮，甘𢓊問而韜秘？至若春花明而五色具，東嶺秀而十朋連。登山椒而望峛崺，披林麓而眺綿聯。不曳塗而受辱，豈觸網而求全？其所謂德宏而望鉅，養厚而氣顯者乎？

語極而罷，隱几若寐。夢一玄衣公子，曳裾踵塗，施施而至，曰：「東蒙之山，黔江之麓。名以龜而形似，豈培塿之同屬？嗟是山之得名兮，實崎崟而峭巇。豈餘美之所鍾兮，信天同而坤比。緊靈瑞之獻奇兮，極端倪之贔屭。惟梁氏之傑出兮，擅五行之秀氣。何子望之深兮，謂靈於物而不靈於己。吾將避此之他兮而固不可，吾將逃子之責兮而遂弗果。噫！不知我之知汝兮，信非子之知我。」

言訖而去，予亦驚悟。形肖其名，遂爲之賦。光緒四年刻本《宣平縣志》卷一五。

黃山賦

焦炳炎

勝地何最？黃山匪常。聳出雲天之外，高參星斗之傍。怪石參差，卓爾丹青之繪；奇峰磊落，分明碧玉之粧。地產如金之藥，池燃無火之湯。

原夫秀壓群山，名儕五嶽。乾坤爲匠，安排八面屏風；造化施工，幻出千層樓閣。碧蓮芳夏，素橘生秋。幽洞寥寥而閒眠白鹿，高山寂寂而穩卧青牛。瞬息樵柯之易爛，從容棋局以忘憂。景同壺裏之天，美賽蓬萊之島。桃紅而遠勝霞鮮，泉清而人皆不老。幾多松檜之奇材，無數芝蘭之異草。許瓢垂掛，必誇茲地之幽；謝屐登臨，須翫此山之好。隱隱浤浤之晚岫，層層疊疊之晴巒。風動而山林鼓樂，春來而禽鳥争喧。碧枕卧千秋之榻，麻衣留百世之庵。數塊丹砂耀朱光兮，何年則朽；千尋瀑布瀉銀河兮，萬古猶觀。

何客無詩，何圖無畫？潭潔而白龍吟，雲深而朱鶴化。啼猿驚藥兔之眠，回馬陷瓏珍之跨。天都峰外日升，擁出金盤；獅子巖前雪墜，雕成玉斝。是知偉哉僊景兮，着處都稱；巍然江石兮，獨擅其名。宛水有步雲之客，中山多折桂之人。出自茲山之秀，繇於嶽降之神。六六奇峰，尖似狀元之筆；重重秀麗，端如學士之紳。堯舜爲君，皋夔作佐。民安巖谷而自息，士俛林泉而穩臥。定知懷世之雄才，必遇搜賢之詔播。庶衣錦而還鄉，覩黃山而列賀。光緒重印嘉慶《太平縣志》卷一一。

金精山賦 有引

曾原一

贛寧都郭西隅十五里，有山曰金精。《通志》載三十五福地，漢女仙靈泉，張真人飛昇所也。以真人稟金星之精而生，故名。泉瀑巖洞悉天成，俗訛乃謂長沙王芮自媒於仙，時刳之妄也，無詳辯者。蒼山曾原一釋其誣而賦之。

鉅宿炳靈，煌煌天西。偉飛仙之茁秀，煜川谷以流輝。猗乎奇乎！盤盤桃石，昂霄睨碧，蘿翠糾紛，瑶壇飣雲，吾固不知其爲仙餐變化之神，其亦太清之滓下降而爲之輪囷邪？橫者屏罳，劃然中開。下盤漏滴，上摩九垓。誰登孱顔，雄劍剖頑？豈曰長沙利此鏌鋣，抑亦鴻濛始分此象，已剖符而裂爪邪？鼓峰者殷，螺浮俛環，儼制度以如削，駭聲音之若聞。孰崇牙而設簴，凜嶒崒而獨尊？殆兹山之節制，止群嶺之迸奔。如彼都護揚威震夷，而血郅支於崐山；又若伏波握麾撫邊，而拱銅柱之百蠻。谺然石室，是謂碧虛，而杳而舒，可憩可廬。兀玉几以如在，偃金牀之燦如。樵郎猱升，或謂見之，吾蓋莫即其有無也。

穿巖而西，峽束雲起，飄飄金葉，香臉宵墜。繚鐵壁之嵚巇，闖天區而沉邃。方朱光之熇淵，乃粟膚而栗齒。翻銀液兮崖雪，篆瑶灣兮波月。晨光霏兮猊爐紫煙，藤影亂兮霞冠緑髮。屹仙掌兮筍立，竦明琅兮玉戛。颸颸兮春潮，戈削兮秋骨。蓋陰闔陽開，乾造坤設。飛仙爰止，神閟孤發。閬世氛之冥濛，洗肉眸於玉闕。豈嵩岷悍隸之伊藉，而斧錐鑱鑿之刮裂也。有來者芮，企靈貝闕，悲俗訛里。論之咿嘔，妄招媒剳。洞之荒譎，致仙瀆而山污兮，黯群疑而罔決。嗟巫峰之十二兮，穢高唐之玭蜉。顧兹峰之十二兮，玷齊東之蠓蠛。吾因破沉迷之蕩潏，而欲鋟此詞於蒼崖之崻嵲也。

噫嘻！寒芒在天，神樞運躔，是星也，在漢爲靈泉，在唐爲謫仙。或風輪而霧駕，或雪句而冰聯。蓋元化西方清明之氣，妙太虛而回旋。謫仙已去，今五百年，是星之英，抑冥漠於人間邪？二三子試酬明月而問青天。《古今圖書集成・山川典》卷一五二。

南嶽賦

陳仁子

六義興而賦以亞，六籍存而賦愈彰。《上林》、《長楊》一經卿、雲之黼黻，皆鑿鑿爲古今佳話。東南山川秀麗甲天下，天台、鴈蕩、廬阜，才人韻士登載簡牘，光芒迴出紙背，直與山中景物較奇争媚，千載而下，景致杲杲，如日行世。矧惟南嶽，孕火維之精英，屹炎方之襟帶，千巖競秀，萬景騁妍，登臨賢士，淋漓詩章，獨未有操觚而賦者。某生世雲陽之下，家距南嶽二百里而遥，三十年間，歷覽者三。諏職方之紀，詷《虞初》之書，問訊遺黎，摩挲石室，竊闖南嶽之勝槩，因涉獵而賦曰：

有齊諧公子過詫於逸處先生曰：「子亦嘗披輿地圖乎？雞彈剖而五星垂，鰲股刲而五山彰。被平原兮姌嫋，瞰堪輿兮莽蒼。卓高岡兮争長，走平隴兮要荒。方各有山，山各有綱，植巨鎮以表識，遴名實之相當。譬諸觀水勢之縈洄者，必航大海、七澤之汪洋；訊花譜之繁麗者，必轍上林、艮嶽之低昂。此皆擅宇宙之奇觀，而萃區域之所長。今南方之山，巍然高且大者以百數，而衡嶽獨宗乎南訛之鄉。竊扶輿之清淑，屹朱鳥之軒昂。盤地脈而負贔，插天開以崆峴。先生生乎是邦，長乎是邦，抑嘗撰杖屨，執鞭弭，扣靈關之僊扉，俯寶洞之石牀。相與逍遥而徜徉者邪？」

先生曰：「譩！生齊魯者不登泰頂，則猶管窺玄豹而周章；家關陝者不涉西華，則猶井舞蚳蛙而跳踉。蒙雖未車折南山之阪，而側聞公言，亦神馳南山之旁。博我以諔詭，藥我以琳琅，願晚僕舉莛，與公子商之。」

公子曰：「南嶽之山，峻孕火精，軫緯挹秀，祝融炳靈。易揲離位，方宅丙丁。氣行炎夏，度應璣衡。銓德鈞物，騰高躪深。挾泰踢華，脫嵩蹴陰。嵣岴岝峉，嵒嶧嶙峮，嵾刺庨豁，硞嵒嵌嶔，坡陁黝靄，欱霧歕雲，岡巒崨嶫，戛漢撞星。盤萬仞兮鰲戴，莱千里兮鵬蹲。納滄海兮几席，騰太行兮繩縝。滴翠溜兮湘沚，開奩鏡兮洞庭。賓羲輪兮朝擁，導娥駕兮夕昇。天風淅瀝，鐵瓦猶紉。煙霏冪歷，板閣如蒸。襧裘緼絮，酷暑難温。霜花霰粒，初秋先零。氣候清泠，殊異市城。地位高寒，夐隔囂氛。空中之雞犬兮常過，月下之笙簫兮夜聞。淨界之天花兮時墜，深澗之瑤草兮難名。是故淑氣噓浮，則萬嶠之領巾焉；寶藏駢羅，則九州之廥囷焉。蓋其自祝融而飛下，派羣峰以異形。析碧羅之積翠，攢煙霞之峻青，張慧日之厜㕒，列側刀之崢嵤，兼朝日之崒嵂，踞中權以尊榮。分四隊以迴合，環五水而帶縈。孰抗衡而南面，直拱立以相承。故其左則紫蓋瑰霄，靈應石囷，香爐金簡，華蓋棲真，巾子白馬之駊騀，紫霄日蓋之氤氳，軫宿喜陽之孤秀，集賢赤帝之璘瑞。降真靈隱，峨峨宏登；楴蒂女善，宛宛束綳。馬鞍吐霧，芙蓉碧雲。靈芝彌勒，誇奇檀英。會仙仙巖，角異争珵。形恢左腋，青插穹冥。

「其右則天柱竦張，彌陁押獵，屏帳耆闍，靈禽擲鉢，矗雲居之蒼靄，渺鳳凰之排拶，倏永和之竦特，森靈藥之礒砎。安上碧岫，精彩婠妗。文殊瑞應，真靈吸呷。十有四峰，鵬騫鳶獮；千奇萬狀，雲藏霧抹。絲繩如牽，旌旂相雜。勢雄右脅，削起如拔。東望則首攢雲密，趾蟠靈麓，峽峙窈盤，碧鷲倚伏。聳高奇之聯綿，擁白雲之緘縮，流禹溪之一線，羅崇嶺之重寝。瞰長沙兮拇指，渺君山兮稊粟，真宋陵之東門，羅隊伏仗之如簇。西望則石廪長盟，蓮花翼陣，雲龍面聳，峋嶁背鞫。白石綵霞之連延，祥光天堂之孤映，雙石明月之迍邅，普賢會善之清迴。派石榴之峻樸，粲回鴈之敷陬，蓋上流之襟帶，植南邦之藩鎮。

「於是連岡濤湧，青壁瓜削，峭岑龍蟠，平冢虎躍。趁者如奔，踴者如卓，斜者如欹，裂者如鑿，繚者如牽，張者如幕，潮者如抱，返者如攫。晴嵐如染，膏露如瀹，春光如濃，秋色如薄。凹凸縒綜，隱如部落，尖圓起伏，詭如錭琢。飛騰騏驥之馳，夭矯鷹隼之搏，糾紛鰍鱔之舞，盤辟黿鼉之躩。九向九背，協陽九之變化；五山五形，應地五之聯絡。七十有二峰，鏘諸國之劍佩；九千七百文，竪一筆之巉崿。割盤古兮左臂，儲灊霍兮掎角，摽太虛兮寶洞，峙朱陵兮仙壑。輢雲陽兮駿奔，枕大圍兮牙錯，拓荆衡兮延袤，蔽閩廣兮撐托。然而偃蹇崚嶒，秀媚娟好，乾坤珍秘，山靈常寶。濃霧薄雺，左擁右抱。遊士鮮見，騷客恡慞。匡杜陵之遙望，致逐臣之默禱。際昌黎而雲開，遇朱張而祲掃。

「猗歟素秋，天沉西顥，岳桂吹香，湘波澄皓。送鶤鴻之滅没，渺烏兔之顛倒。撫神州以指點，皆歷歷而可考。故宜帝馳皇驟，捫蘿陟巘，函藏石䃌，匣瘞玉檢。經軒轅兮遊觀，秩重華兮祀典，屈神禹兮致齋，啓金母兮琱輦。恨嬴政兮皇想，嗔漢武兮憚遠，驅周穆兮八駿，崇赤精兮别館。耿神光兮肹蠁，覓丹砂兮九轉，俯炎方兮無窮，留今古兮繾綣。

「爾乃蜿蟺磅礴，天盤地構。㡌㢀扉广，呼開幽竇。三十八巖，窅窱莊竅；十有五洞，㕟㕓神覆。刳龕室之瓏瓌，疑鑢斤之削鏤。蓋神仙之窟宅，奚觀覽之繁富。至若精液沖瀜，縷脈吞吐，靈泉瀏漉，二十五所，六源三澗，潡瀇洴澙，九溪九池，瀐灕潡洿。演濫觴於昭潭，敷潤澤乎粳稌。閟潛蚪之蜿蟺，真陽侯之洞府。况夫火維地荒，妖怪魅魑，天假神柄，巍駕赤驪。九丹日精，冠兮葳蕤；夜光天真，印兮纍纍。背倚山岬，宏敞叢祠。周墻繚繞，誃館逶迤。玉墀釦䃤，霞檣雲輀，鐘簴軒旬，衮笏瑰琦。匠石兮般爾剞劂，棼橑兮金碧陸離。王冊兮千古燀煜，靈光兮萬代休滋。

「至若山君川后，委輸奇侅，卓錫㘓霓，駐鶴爽塏。鷲塔熠煌，琳宫曈曨，緇黄駢玼，金璧魂磊。爐焚栢子，幢掛繒綵。談空演唄，聾嚇愚騃。冠祴襂襹，癡胸聉顇。徜徉塵囂，囊橐貨賄。華藪號僊館之巨擘，福嚴爲群刹之滄海。斂膏腴之萬鍾，飽貧腹之腲腇。嗟祖燈之莫傳，笑鶴阜之空待。雜巖嶠以鳩居，笑靈聖之安在。若其闤闠棊布，衢徑繩聯。斜巷直衕，流水縈纏。虹棲翬飛，鴛瓦鱗纖。管絃嘔啞，燈火㛹娟。壤熙一閧之市，仳傂萬家之廛。亦勝槩之所鍾，宜車馬之駢闐。廼有吳商越賈，膏轄連軫，侏儺嗹嘍，喧譁笑輾。髹漆粲爛，絺緆隱賑，珂珹輻輳，珠琲暉賰。袂褌楚館之廛，金貫秦優之哂，悉歸流於嶽下，與天府以相䏚。

「其中乃有秦芃芎藥，山芎柴胡，藁本罌粟，仙茆茱萸。香崗魏仙之白芷，石廩糧石之禹餘，禮正黃菁之葱蒨，野人蒼耳之卷舒。刺蝟卷栢，苦葠漏蘆。春三夏五之苗，秋實冬根之株。羅漢異香，僊島所無。其圃則有葷菜葱韭，薑薤蒜荽，瓠茄薺蕨，苜蓿蔗藷。家羨懶殘之蹲鴟，人富泉僧之栽蔬。盤列王僊之茵蔯，身輕聶老之草茶。藏器櫃樹，僊葉萸荂。僊梨如斗，異境閟儲。其草則有杏葉金線，蘭蕙葵菊，龍鬚鳳舌，石蠶萹筑。詫羅漢條之蕍蘼，釀紫河車之醲郁，塊獨角仙之奇怪，炳火山芝之飛燭。長髮旖旎，尺鱗藍蘛。職方闕紀，騷經失録。皆地靈之發泄，豈凡草之緑褥。其木則有栟櫚梓柘，楸椑栘櫻，梗楠橡樟，杶枯檜櫟。松盤萬年之榦，栢老九龍之脊，楓蟠巨龜之形，梧棲儀鳳之食。源桃爛熳，逕杉蓊蔚。有靈壽之柱杖，猶仙人之靈蹟。散喬木之千章，奚暑氣之能入？禽則鷺鴻鶬鴰，鴔鶥鶚鵰，鶤鸐鷮鶮，鳾鶏鵝鷫。鵁鶄轉更兮呷喔，山鷄報曉兮啾啁，雙鶴翔雲兮毰毸，峯鴈低回兮翛獢。霜毛玉質，鐵距彩翮。嘈哳聱耴，音聲之鳥咸聚於山椒。獸則麢麚麞麡，豺玃貒貆，虘虥虪虘，狛獿猿玃。馬拯殺虎兮血吻，薛女騎豹兮控摶，寺犬牽衣兮靈覺，猿鳥異響兮聲酣。斑毛貍尾，鋸爪脩鬐，躨跜皸雩，贔馺贔矞之獸，咸樂乎山間。動植之羣，禽鳥之類，苯䔿檀欒，鬖髵漎萃。狓狓圉圉，融融泄泄，皆駿極之孕秀，故耳鍧而目媚。宜一標於洞天，而四壇於福地〔二〕。

「爾其吐納沆瀣，融混真靈，產爲高士，鍾此異人。或承瀑敲火，或卓壇授經；或執蛇爲鞭，或縶虎以繩；或誦經石點，或磨磚鏡成；或伏魔石廩，或驅彪迷津；或何何而潄履，或休休而鬅鬙；或犢鼻而灌畦，或破銚而全生；或挑葫蘆而鬻藥，或醉白醪而弗醒；或遺羽帔而輕舉，或控碧騾而霄昇；或祠壇刳醮星之器，或薜磴劀奕棋之枰；或鍊丹驚明皇之夢，或擲鉢赴陳帝之徵。奇踪幻惑，飛杖岭㟪。晝軔湘嶺，暮跨紫鱗。藥磨如拭，丹臼猶靈。海桃幾結，仙亙長春。及有詭怪萬狀，譺諼千迴。虞初

〔二〕壇：原作「檀」，據原注「《南岳志》有朱陵洞天洞墟福地、青玉壇福地、洞源福地、光入壇福地」改。

莫纂，怪志猶絯。境色繡碎，幻化前堆。仲尼不語，小子莫裁。

「穴何機而嘯風，池何竅而隱雷？糧何車而神運，石何物而鬼栽？丹何窖而炳燭，虎何跑而泉洄？科斗何字而雹掣，寶露何甕而禹埋？懶殘何石而推下，黄庭何石而飛來？巡山二虎兮何馴，護觀雙鴉兮何哀？手補破鐘兮何譎，玉盒化龍兮何開？蒼水使者之授書兮何策，黄衣貴人之避喧兮何猜？慈湖真人之仙洞兮何失，布衣真一之寄書兮何栽？女善垂腰之髮兮何長，姚泓綠毛之身兮何瓌？靈田浮屠之跡兮何鉅，蚌設羅漢之像兮何胎？倚賓日之亭兮容與，步般舟之臺兮徘徊。俯瀑布之山兮徙倚，策三生之藏兮漚隤。靈境勝槩，峻壓天台；仙風聖跡，卑睨蓬萊。危巒磊落，青嶺黮䨴，精靈敲歔，影蹟崔嵬，皆足霏談麈之屑而啓樽俎之咍。若是者，先生聞之，意亦愢乎？」

先生憮然笑曰：「公子之言，亦髣髴其門庭，而未深其堂奥也。亦何足以知南嶽哉！且以山川巖洞之峭拔，池臺亭觀之赫奕，草木禽魚之蕩漾，神仙鬼怪之恍惚。揆殊邦而皆然，燦遊觀而何述？所以黼黻乎名山大川，金玉乎丹臺石室者，盍抗談乎習俗而向論其人物！昔《國風》之紀晉、唐，蓋重放勳遺風之邑；彼《水經》之言洙、泗，實尊孔孟講貫之席。故蜀無褒雄之材華，劍閣崔嵬而如愍；燕無丹軻之氣槩，易水紆余而誰識？睠茲衡山，樛寒楚域，衣冠蟬聯，文物彪蔚。有重華陟方之遺，故其人朴而質；有靈均懷沙之舊，故其人骯而直；有五峯學問之餘，故其人道義而不棘；有鄴侯素隱之基，故其人深靚而不飾。聲文渢渢，節槩屹屹，勳名焕星，道德曜日。草堂之基址尚在，精舍之甍棟猶兀，山氣之駘蕩未歇，儒雅之薰蒸如昔。大鍾豐水之芑，小爲周郊之棫，發舒光岳之靈，崢嶸申甫之錫。若是者，公子亦嘗窺其萬一乎？」

公子於是甁焉若惕，赧焉疑失，愢墨棲謝，循牆辟易。目今掃遊觀之娱，洗誇誕之習，拭剡溪之藤，拂兔潁之筆，訪漢興兮諸劉，誦知言兮遺籍。問盧璠兮安在？諏彌明兮隱逸。起前哲兮九原，俯神遊兮八極。補遷史兮遺文，標南嶽兮奇實。影印清初影元鈔本《牧萊脞語》卷一。

《四庫全書總目》卷一七四《牧萊脞語》 仁子作《文選拾遺》，襲眞德秀《文章正宗》之説，進退古今作者，若有特識。今觀所作，則殊爲猥濫。諸序皆推其《南嶽賦》，特以壓卷。鄧光薦比之相如，蕭龍友比之班固。然賦所云「卓高岡兮爭長，走平壠兮要荒，方各有山，山各有綱，譬諸觀水勢之瀠洄者，必航大海、七澤之汪洋；訊花譜之繁麗者，必瞰上林、艮岳之低昻。」恐馬、班決無是語。又多以表啟駢詞、語録俚字入之。

雲陽山賦

陳仁子

雲陽之山，距南嶽二百里而遥，諸峯廻環，峭巖幽敞，仙靈異境，瑞産閟儲，令人有結廬讀書煙霞泉石之想。間嘗閲《雲陽山記》，開元初封爲南嶽内史，劉晏回奏兹山險峻，恐艅艎難涉而罷，迄今山靈若有慙色。暇日登覽，因以自釋。其辭曰：

東山遯翁厭井閈之囂隘，挹翠微之蕭爽，躡靈運之屐齒，揞長房之蚪杖，招攜隱淪，遊騁莽蒼。風帽雨巾，雲層霧幌，披抉兮蒙茸，研窮兮罔象，訪問兮稗初，盻列兮如掌。

翁於是指以諗客曰：「奇哉山乎！何開元封爲南嶽内史，而未竟於疇曩耶？請爲子歷算而僂講之。爰自圜清懸蓋，方濁粲枰，南交縷脈，甌奇蘖靈。星分兮鶉尾，宿燦兮璣衡，境接兮句吳，地踞兮古荆。崴嵔嶚巢，軋霄摋星，巑岏巙嶬，輢衡踢鄙。鬱巃室之庨豁，蟠林麓之窈冥，走丘冢之隱坌，撒峯巒之嫞嬿。其燦然可見者，則偃霞紫微，石柱白蓮，拱揖中峰，撑柱雲煙。宛犬牙之互錯，偉脈絡之鈎連。森五峰其如蹠，競筆立於晴天。其冥然不可見者，則隱形之山，嵐幪霧羃。正陽之尖，煙低霞襲。詭旦暮之異形，迷色相之髣髴，俛二峰其弗露，疑神護之閟密。邃壑兮幽巖，削髻兮堆鬟，巑橈兮紛糅，起伏兮飛龖。西南襟帶兮熊耳之列岫，東北掎角兮青露之群山，背陰靷彌兮丫尖之負贔，敵面環拱兮鄧阜之孱顏。竦兮潛蚪之躍，舒兮大沼之彎，圓兮甕瓮之覆，方兮屏帳之攙。池澄白蓮，湛波澴澴；泉飛瀑布，懸溜潺潺。草木蒽蒨，景物斕斒，埃坌迥絕，秀色堪餐。故論其奧區異藪，則錚仙珮之珊珊；究其劃枝擘脈，則擁城邑之盤桓。秔稌粟菽兮隨種而蔓衍，蘋藷椒楟兮匪蒔而駢蕃，真樵農耕植之天府，而遐方險要之靈關。

「爾乃湘中載記，雲陽道墟，可以避世，可以隱居。緊逃秦之玉土，化石人之幻軀，感輔漢之留侯，欲從遊而結廬。譚子何人？茅舍讀書；牧犢何宰？愛翫躊躇。羌壽藤之曲垂，聿遺褋之縈紆，緬元郎之忻羨，遙扁舟而徑趍。此則山中之隱，飄然遠引，欲招之而不可追也。

「至若百靈雲英，兩洞蟠屈，神仙窟宅，瑞氣盤鬱。矗赤松之古壇，爛蘚斑而皴澀；跂元同之修鍊，緬羽化而遺物。鐃山何法？冲昇芒昒；隱草何仙？飈遊遹迻。尚彩雲之不散，俯煙霞之四拾，摩丹竈之遺燼，撫石臼之如拭。此則山中之仙，泠然空虛，欲從之而不可縶者也。

「其中則有經劫之草，色若芭蕉；盤地之松，巨若圍腰。露菊百叢，玉蘂金條；池蓮千瓣，雪蘂霜標。紫蒲兮一根而百節，仙花兮如蓋而槮櫹，黄精兮奇異而芬馥，仙桃兮如爪而豐饒。它如紅桑紫柘，衣被襴裘；紫檀翠檜，撐突慶霄。皆玆山之炳英鍾異，靈苗仙種，欲荷鋤而不可冥搜者也。又有山雞之鳥，金冠玉距；白練之鵲，霜翎玉羽；青牛白鹿，長春之塢；玄豹白猿，仙壇之所。鸞鳳兮棲竹而食實，仙雞兮嘲嚽而飛趄，巨蛇兮電目而森劍，鷙鳥兮鐵翼而搏舉。它如鵁鶄鳩鷚，羢羢圍圍；麃麞麆麂，驉驉麌麌。皆山中之藏奇棲怪，刷羽澤毛，欲檻致而不可枚數者也。

「騁余懷兮山椒，憩余步兮平丘。宛朱陵兮別境，將祝融兮匹儔。雖磅礴七十一峯，較南山而少一；而高折四十三里，撫離方而奚侔。胡開元之劉晏，苦憚險而不留；擬禹門之鑿龍，援秦徑之開牛。恐艅艎之難涉，慮石峽之相樛，用刓忍唐封一命之爵，而包雲陽千古之羞。」

客曰：「嗟乎！翁亦何訝，而山亦何羞？侯王槐穴，爵禄粱枕，珪組稊米，功名電影。古兮孰存，今兮孰泯？得兮何榮，失兮何損？試周覽兮四封，粲歷歷兮煙樹；散園田兮橫從，紛潭渚兮布濩。眺某村兮歷落，懵何代兮更互；俯滅没兮雲鶻，送低迴兮霞鶩。

「其東則石麟蕪没，龍盤虎踞，有鬣封而斧堂者，蓋炎帝之陵之寓也。其北則斷壠凹凸，愁煙泣露，有埤埦而殘缺者，蓋馬殷之城之故也。又其西則峭壁枕晴江之波，棲鴟噪蒼松之暮，有定王之子之祠，傑閣岧嶢者，迄今肅然而敬慕也；又其南則龕室銜薺花之春，呀穴罩蒼藤之霧，有秦世之人之洞，涓流淙錚者，則越昔凜然而迂步也。

「觀之當時，蛇蟠斗極，鯤化南溟，玄袞黼裳，象笏珠瓔。威懾宇宙，志吞寰瀛，强者膜拜，弱者魂驚。運去而革，力殫而更，荻花淒晚，燕麥深春。散在大空，化爲遊塵，遺跡逸響，杳不可尋。而昔之炯炯犖犖，烈烈轟轟，壓華嵩而駭驚霆者，皆不直閑窗之馬，鑽牖之蠅。獨兹山插空，冥目飛鳥卷岫雲。移不竭，填不盈，淈不濁，澄不清。森七峰之隱見，涉終古而長青。彼不封也，何足爲兹山之羞？而封也，又何足爲兹山之榮？翁其抄槖駞種樹之譜，疏陸羽煎茶之經，宅山窩而笑傲，庶相忘忘於骸形。」

翁於是悦而釋，悟而忻，勒俗駕，訂新盟，將分半席之菟裘，而視世間榮辱得失，何羨何羞乎山靈！影印清初影元鈔本《牧萊脞語》卷一。

宋代辭賦全編卷之四十

賦　地理　五

灩澦堆賦　並敘

蘇軾

世以瞿唐峽口灩澦堆爲天下之至險，凡覆舟者，皆歸咎於此石。以余觀之，蓋有功於斯人者。夫蜀江會百水而至於夔，瀰漫浩汗，橫放於大野，而峽之小大，曾不及其十一。苟先無以齟齬於其間，則江之遠來，奔騰迅快，盡鋭於瞿唐之口，則其嶮悍可畏，當不啻於今耳。因爲之賦，以待好事者試觀而思之。

天下之至信者，唯水而已。江河之大與海之深，而可以意揣〔一〕。唯其不自爲形，而

〔一〕而：《新刊國朝二百家名賢文粹》卷一七八作「兮」，屬上讀。

因物以賦形，是故千變萬化，而有必然之理。掀騰勃怒，萬夫不敢前兮；宛然聽命，惟聖人之所使。

予泊舟乎瞿唐之口，而觀乎灧澦之崔嵬，然後知其所以開峽而不去者，固有以也。蜀江遠來兮，浩漫漫之平沙。行千里而未嘗齟齬兮，其意驕逞而不可摧。忽峽口之逼窄兮，納萬頃於一盃。方其未知有峽也，而戰乎灧澦之下，喧豗震掉，盡力以與石鬬，勃乎若萬騎之西來。忽孤城之當道，鉤援臨衝，畢至於其下兮，城堅而不可取。矢盡劍折兮，迤邐循城而東去。於是滔滔汩汩，相與入峽，安行而不敢怒。

嗟夫！物固有以安而生變兮，亦有以用危而求安。得吾說而推之兮，亦足以知物理之固然。宋刻本《東坡集》卷一九。

《經進東坡文集事略》卷一　杜甫《灧澦堆》詩云：「沉牛答雲雨，如馬戒舟航。天意存傾覆，神功接混茫。」公之此賦，頗採其意。

李耆卿《文章精義》　子瞻《灧澦堆賦》辭到。

《唐宋文醇》卷三八　以神禹之力，奚難去此江中之石以安行旅？物固有留其患而患小，去其患而患反大者，則其患非患，乃爲吾捍患者也。宋患遼，窮國之力以滅遼。遼滅，遂無可以屏金者，遂有北狩、南渡之禍。向使遼在，金固不得越遼而取宋也。軾其有見於此，而託意於灩澦石歟？

灩澦堆賦

劉涇

破長湍之驚奔兮，欝酋崒其孤岑。隕萬險於一睇兮，神姦鬼伯宅其穴而淵其陰。乃世所謂灩澦之峯兮，檝師柂叟靡不汗頰而兢心。愚嘗惨物理之難知兮，弔諸古而索今。謂兹山之可悼兮，世或失其尋也。伊鼈靈夏禹之功兮，岸崩衝而斬憑陵。有巋然之下墜兮，欻鼇載而鯨勝。不然疏其旁以適浩漫兮，遺一鑿於流層。湮淪没實無與於斯兮，彼雖不去，詎以鹵莽識其能？思天下之多故兮，紛暖昧而交蔽。有置迹於可嫌兮，乃以不善見辱於後世。嗚呼噫嘻！其亦兹山而已耳。《新刊國朝二百家名賢文粹》卷一七八。

灩澦堆賦

薛紱

蜀江滙而赴峽，勢迫抑而騰掀。當江之衝，有堆屹然。爰停我橈，徘徊覽觀，有會余心。乃知大禹所以浚川而不去此者，匪特以殺水之怒。而四瀆之長，江存灩澦，河存砥柱，則聖人之意亦將有所寓焉。

夫形而上者謂之道，形而下者謂之器。器者物之物，道者物之先。先乎物者，在人則存乎心者也。所以宰制乎萬物，豈一物所得而肩？彼堆斯江，彼柱斯河，在物之石而器之下也，然洪水滔天不爲之移，狂濤卷空不爲之動，潦盡漲涸，岌乎峭堅，亘宇宙而長存，閲陵谷之變遷。而人之所以先乎物者，乃誘於知，乃逐於物，利之趨如水斯下，欲之熾如火斯燃，曾莫得以止遏者，反茲石之不若，又安可不推其原？縱而忘反，茲固弗道；制之無方，愈蕩而偏。禁而絶之者昧乎倫類，空而妙之者荒無逕廛。

嗚呼！無廬而居，無畔而田，卒窮露而奚歸，寧耕穫而有年。曷不觀於茲堆乎？彼惟居其所者屹而固也，然後可以障狂隤之流川；苟失其所而昧其居，吾知此心之不傳。其居伊何，曰則自天。理雖微而難明，實天命之固然。自視聽言動之間，以及於君臣父子之懿，物必有則，理不可遷。切而思之，講而明之，習而察之，謝無根之潢潦，挹有本之源泉。眇乎其微，深乎其囦。物有萬變，事有萬理，察乎其微者卓然而不可易，然後可以蔽乎天地而關乎聖賢。必真知也而後其行也果，必力行也而後其知也全。敬恭朝夕，奉而折旋，茲孔、孟之所以不倦、不慍、不怍者，豈蹈白刃之勇者所可得而言？

嗚呼！人心之危匪石，而人欲之勝甚於水，吾觀兹堆，而有感於天則之嚴，是以憂講學之怠，而述之於篇。《全蜀藝文志》卷二。

赤壁賦

蘇軾

壬戌之秋，七月既望，蘇子與客泛舟遊於赤壁之下。清風徐來，水波不興。舉酒屬客，誦明月之詩，歌窈窕之章。少焉，月出於東山之上，徘徊於斗牛之間。白露横江，水光接天。縱一葦之所如，凌萬頃之茫然。浩浩乎如馮虚御風，而不知其所止，飄飄乎如遺世獨立，羽化而登仙。

於是飲酒樂甚，扣舷而歌之。歌曰：「桂棹兮蘭槳，擊空明兮泝流光。渺渺兮予懷，望美人兮天一方。」

客有吹洞簫者，倚歌而和之，其聲嗚嗚然，如怨如慕，如泣如訴，餘音嫋嫋，不絶如縷。舞幽壑之潛蛟，泣孤舟之嫠婦。蘇子愀然，正襟危坐，而問客曰：「何爲其然也？」

客曰：「『月明星稀，烏鵲南飛』，此非曹孟德之詩乎？西望夏口，東望武昌。山川相繆，鬱乎蒼蒼。此非孟德之困於周郎者乎？方其破荆州，下江陵，順流而東也，舳艫千里，旌旗蔽空，釃酒臨江，横槊賦詩，固一世之雄也，而今安在哉！況吾與子漁樵於江渚之上，侶魚鰕而友麋鹿。駕一葉之扁舟，舉匏樽以相屬。寄蜉蝣於天地，眇浮海之一粟〔一〕。哀吾生之須臾，羨長江之無窮。挾飛仙以遨遊，抱明月而長終。知不可乎驟得，託遺響於悲風。」

蘇子曰：「客亦知夫水與月乎？逝者如斯，而未嘗往也；盈虚者如彼，而卒莫消長也。蓋將自其變者而觀之，則天地曾不能以一瞬；自其不變者而觀之，則物與我皆無盡也。而又何羡乎？且夫天地之間，物各有主，苟非吾之所有，雖一毫而莫取。惟江上之清風，與山間之明月，耳得之而爲聲，目遇之而成色，取之無禁，用之不竭。是造物者之無盡藏也，而吾與子之所共食。」

客喜而笑，洗盞更酌。肴核既盡，杯盤狼籍。相與枕藉乎舟中，不知東方之既白。

宋刻本《東坡集》卷一九。

〔一〕浮海：蘇軾集諸刻本多作「滄海」，《皇朝文鑑》卷五作「浮海」。

蘇軾《與范子豐》（《蘇文忠公全集》卷五〇） 黄州少西，山麓斗入江中，石室如丹。傳云曹公敗所，所謂赤壁者。或曰非也，時曹公敗歸華容路，路多泥濘，使老弱先行，踐之而過，曰：「劉備智過人而見事遲，華容夾道皆葭葦，使縱火，則吾無遺類矣。」今赤壁少西對岸，即華容鎮，庶幾是也。然岳州復有華容縣，竟不知孰是。今日李委秀才來相別，因以小舟載酒飲赤壁下。李善吹笛，酒酣作數弄，風起水湧，大魚皆出。山上有棲鶻，亦驚起。坐念孟德、公瑾，如昨日耳。適會范子豐兄弟來求書字，遂書以與之。李字公達云。元豐六年八月五日。

又《朱照僧》（《蘇文忠公全集》卷七二） 朱氏子名照僧。少喪父，與其母尹皆願出家，禮僧守素。守素，參寥弟子也。照僧九歲，舉止如成人，誦予《赤壁》二賦，鏘然鸞鶴聲也。不出十年，名冠東南。此參寥法孫，東坡門僧也。

又《與欽之》（《庚子銷夏記》卷八） 軾去歲作此賦，未嘗輕出以示人，見者蓋一二人而已。欽之有使至，求近文，遂親書以寄。多難畏事，欽之愛我，必深藏之不出也。又有《後赤壁賦》，筆倦未能寫，當俟後信。

《欒城先生遺言》 子瞻諸文皆有奇氣，至《赤壁賦》，髣髴屈原、宋玉之作，漢、唐諸公皆莫及也。

《唐子西文録》 余作《南征賦》，或者稱之，然僅與曹大家輩争衡耳。惟東坡《赤壁》二賦，一洗萬古，欲彷佛其一語，畢世不可得也。

《珊瑚鈎詩話》卷一　《赤壁賦》，卓絶近於雄風，則知有自來矣。

《韻語陽秋》卷一三　黄州亦有赤壁，但非周瑜所戰之地。東坡嘗作賦曰：「西望夏口，東望武昌，非孟德之困於周郎者乎？」蓋亦疑之矣。故作長短句云：「人道是三國周郎赤壁。」謂之「人道是」，則心知其非矣。

《甕牖閑評》　「月明星稀，烏鵲南飛。」《文選》載曹丕之詩也。蘇東坡作《前赤壁賦》云：「『月明星稀，烏鵲南飛』，此豈非曹孟德之詩乎！」孟德乃丕之父，亦錯記焉耳。

《學齋佔畢》卷二《坡文之妙》　至於《前赤壁賦》尾段一節，自「惟江上之清風，與山間之明月」，至「相與枕借乎舟中，不知東方之既白」，却只是用李白「清風明月不用一錢買，玉山自倒非人推」一聯十六字演成七十九字，愈奇妙也。

周必大《閑居録》　天竺僧傳公有蘇子《赤壁》墨本，與今本有數字不同。「嗚嗚然」作「焉」，「郁乎蒼蒼」作「蔚」，「釃酒臨江」作「舉酒」，「渺滄海之一粟」作「浮海」，「盈虚者如彼」作「贏」，「之所共樂」作「共適」。字法甚逸，當是初成此作，佳客在座，且誦且書，故心與神變，字隨興會而得。

楊萬里《和王才臣再病二首》（《誠齋集》卷三）　燕外將心遠，鶯邊與耳謀。如何再卧病，對此兩悠悠。赤壁還坡老，黄樓只子由。二蘇三賦在，一覽病應休。

《誠齋詩話》 東坡《赤壁賦》云：「扣舷而歌之，歌曰云云，客有吹洞簫者，倚歌而和之，其聲嗚嗚然，如怨如慕。」山谷爲坡寫此賦爲圖障，云「扣舷而歌曰」，又曰「其聲嗚嗚，如怨如慕」。去「之」、「歌」、「然」三字，覺神觀精鋭。……孫仲益作《上梁文》云：「老蟾駕月，上千巖紫翠之間；一鳥呼風，嘯萬木丹青之表。」周茂振云：「既呼又嘯，易嘯爲響。」

《朱子語類》卷一三〇 或問：「東坡言『逝者如斯，而未嘗往也；盈虚者如代，而卒莫消長也。』只是《老子》『獨立而不改，周行而不殆』之意否？」曰：「然。」又問：「此語莫也無病？」曰：「便是不如此。既是逝者如斯，如何不往？盈虚如代，如何不消長？既不往來，不消長，卻是個甚底物事？這個道理，其來無盡，其往無窮，聖人不但云『維天之命，于穆不已』；又曰『逝者如斯夫』，只是説個不已，何嘗説不消長，不往來？他本要説得來高遠，卻不知説得不活了。既是『逝者如斯，盈虚者如代』，便是這道理流行不已也。東坡之説，便是肇法師『四不遷』之説也。」

《荆溪林下偶談》卷《坡賦祖莊子》 《莊子・内篇・德充符》云：「自其異者視之，肝膽楚越也；自其同者觀之，萬物皆一也。」東坡《赤壁賦》云：「蓋將自其變者觀之，雖天地曾不能以一瞬；自其不變者觀之，則物與我皆無盡也，而又何羨乎？」蓋用《莊子》語意。

《黄氏日抄》卷四一 按：東坡才高而熟於釋老，遂成左右逢原，如《赤壁賦》「逝者如斯，而未嘗往也」，亦本於佛氏之言性。

《鶴林玉露》甲編卷六 太史公《伯夷傳》，蘇東坡《赤壁賦》，文章絕唱也。其機軸略同，《伯夷傳》以「求仁得仁，又何怨」之語設問，謂夫子稱其不怨，而《采薇》之詩猶若未免於怨，何也？蓋天道無親，常與善人，而達觀古今，操行不軌者多富樂，公正發憤者每遇禍，是以不免於怨也。雖然，富貴何足求，節操爲可尚，其重在此，則其輕在彼。況君子疾没世而名不稱，伯夷、顔子得夫子而名益彰，則所得亦已多矣，又何怨之有？《赤壁賦》因客吹簫而有怨慕之聲，以此設問，謂舉酒相屬，凌萬頃之茫然，可謂至樂，而簫聲乃若哀怨，何也？蓋此乃周郎破曹公之地，以曹公之雄豪，亦終歸於安在？況吾與子寄蜉蝣於天地，哀吾生之須臾，宜其託遺響而悲怨也。雖然，自其變者而觀之，雖天地曾不能以一瞬；自其不變者而觀之，則物與我皆無盡也，又何必羡長江而哀吾生哉！矧江風山月，用之無盡，此天下之至樂，於是洗盞更酌，而向之感慨風休冰釋矣。東坡步驟太史公者也。

魏了翁《跋聶侍郎子述所藏徐明叔篆赤壁賦》（《鶴山先生大全文集》卷六二） 才知之士滿天下，而書學不得其傳，許叔重稽諸通人，作《説文解字》，猶未能無闕誤，李少温《中興篆籀》而所刊定尚多臆説，信書學之難能也。徐鼎臣楚金兄弟最有能稱，一時如鄭仲賢、郭恕先皆號善書，皆自許氏。非謂許氏果能盡字書之藴，蓋舍是則放而無據耳。舊聞徐明叔善篆，今覩其遺墨，則《説文解字》之外自爲一家，雖其名「兢」字見於印文者亦與篆法不同。又有「保大騎省」之文，「保大」爲南唐年號，「騎省」乃雍熙職秩，亦所未喻。姑識所疑，以俟識者。

林正大《風雅遺音序》（《風雅遺音》卷首） 世嘗以陶靖節之《歸去來》、杜工部之《醉時歌》、李謫仙之《將進酒》、蘇長公之《赤壁賦》、歐陽公之《醉翁記》類凡十數，被之聲歌，按合宮羽，尊俎之閒，一洗淫哇之習，使人心開神怡，信可樂也。而酒酣耳熱，往往歌與聽者交倦，故前輩爲之隱括，稍入腔律，如《歸去來》之爲《哨遍》，《聽穎師琴》爲《水調歌》，《醉翁記》爲《瑞鶴仙》。

張侃《跋揀詞》（《張氏拙軒集》卷五） 蘇文忠《赤壁賦》不盡語，裁成「大江東去」詞。過處云：「人道是三國周郎赤壁。」赤壁有五處：嘉魚、漢川、漢陽、江夏、黄州。周瑜以火敗操在烏林，《後漢書》、《水經》載已詳悉。陸三山《入蜀記》載韓子蒼云：「此地能令阿瞞走。」則真指爲公瑾之赤壁。又黄人謂赤壁曰赤鼻，後人取詞中「酹江月」三字名之。葉石林「睡起流鶯語」詞，平日得意作也，名振一時，雖遊女亦知愛重。帥潁日，其倡乞詞，石林書此詞贈之，後人亦取「金縷」二字名詞。雖然，豪逸而迫近人情，纖麗而摇動閨思，二公之名俱不朽，識者盍深攷焉。

劉克莊《李後林詩序》（《後村先生大全集》卷九八） 登山臨水者挾《廬山高》、《赤壁賦》之氣，傷時惜賢者雖送質肅、澹菴之什無以加也。

方岳《回黄提刑啟》（《翰苑新書》續集卷一三） 歌《赤壁賦》，曾識史君之不凡；移碧玉環，寧知老子之可笑。要是荆州牧之賜，使爲鄭公鄉而來。

《浩然齋雅談》卷上　東坡《赤壁賦》多用《史記》語。如「杯盤狼藉」，「歸而謀諸婦」，皆《滑稽傳》；「正襟危坐」，《日者傳》；「舉網得魚」，《龜策傳》。「開户視之，不見其處」，則如《神女賦》。所謂以文爲戲者。

又　《赤壁賦》謂：「自其變者而觀之，則天地曾不能以一瞬；自其不變者而觀之，則物與我皆無盡也。」此蓋用《莊子》句法：「自其異者而視之，肝膽楚越也；自其同者而視之，萬物皆一也。」又用《楞嚴經》意：「佛告波斯匿王言：『汝今自傷，髮白面皺，其面必定皺於童年，則汝今時，觀此恆河，與昔童時觀河之見，有童耄不？』王言：『不也，世尊。』佛言：『汝面雖皺，而此見情性未嘗皺。皺者爲變，不皺非變；變者受生滅，不變者元無生滅。』」

熊禾《跋文公再游九日山詩卷》　此淳熙乙巳，文公先生與休齋公諸賢游山唱酬集也。前三十年紹興丙子，文公嘗游九日山，與竹隱傅公汎舟金雞，劇飲盡懽，歌《楚辭》，其音激烈悲壯。……兒童誦東坡前後《赤壁賦》，但覺其有盪心悦目之趣而不能自已。夫水月之喻，豈不自以爲至，而莫悟其非；玄裳縞衣之夢，亦竟何所歸宿。留連光景，直狥目前，高者怡曠神情，傲睨物表，千人一律，如是而已。視文公《廬山紀行》、《南嶽唱和》與夫《雲谷》、《武夷雜詠》，竟何如哉？

《敬齋古今黈》卷八　東坡《赤壁賦》：「此造物者之無盡藏也，而吾與子之所共食。」一本作「共樂」，當以「食」爲正。《賦》本韻語，此賦自以月、色，竭、食、籍、白爲協，若是「樂」字，則是取下「客喜而笑，洗盞更酌」爲協，不特文勢萎薾，而又段絡叢雜。東坡大筆，必不應爾。所謂「食」者，乃自己之真味，受用之正地，非他人之所與知者也。今蘇子有得乎此，則其間至樂，蓋不可以容聲矣，又何必言「樂」而後始爲樂哉？《素問》曰：「精食氣，形食味。」啟玄子爲之説曰：「氣化則精生，味和則形長。」又云：「壯火食氣，氣食少火。」啟玄子爲之説曰：「氣生壯火，故云壯火食氣；少火滋氣，故云氣食少火。」東坡賦意，正與此同。

《吹劍三録》 碑記文字鋪敘易，形容難，猶之傳神，面目易模寫，容止氣象難描模。《赤壁賦》「清風徐來，水波不興」，「白露横江，水光接天」，「江流有聲，斷岸千尺。山高月小，水落石出」，此類如仲殊所謂「費盡丹青，只這些兒畫不成」。

《東坡文談録》引《吹劍録》 東萊先生注《觀瀾文》，謂《赤壁賦》結尾，用韓文公《石鼎聯句》敘彌明意。文豹謂不然，蓋彌明真異人，文公真紀實也，與此不同。赤壁之遊，樂則樂矣，轉眼之間其樂安在？以是觀之，則吾與二客，鶴與道士，皆一夢也。

《文章軌範》卷七 此賦學莊騷文法，無一句與莊騷相似，非超然之才，絶倫之識，不能爲也。瀟洒神奇，出塵絶俗，如乘雲御風，而立乎九霄之上。俯觀六合，何物茫茫，非惟不掛之齒牙，亦不足入其靈臺丹府也。

《懷古録》卷下 《赤壁賦》大概是樂極悲生。大凡文字言晝則及夜，言夜則及晝。文字理致相生，當如此。

《腳氣集》 兩《赤壁賦》見得東坡浩然之氣，是他胸中無累，吐出這般語言，卻又與孟子浩然不同。孟子集義所生，東坡是莊子來人，學不得，無門路，無階梯，成者自成，顛者自顛，不比孟子有繩墨，有積累也。

趙秉文《東坡赤壁圖》（《滏水集》卷三） 連山盤武昌，古木參雲稠。誅茅東坡下，門前江水流。永懷百世士，老氣蓋九州。平生忠義心，雲濤一扁舟。笛聲何處來，喚月下船頭。掬此月中水，簸弄人間秋。蕩搖波中山，光中失林邱。古今一俯仰，共盡隨蚍蜉。孫曹何足弔，我自造物遊。尚憐風月好，解與耳目謀。歸來玉堂夢，清影寒悠悠。一顧能幾何，鶻巢奄不留。遺像不忍掛，尚恐兒輩羞。儼然袖雙手，妙賦疑可求。何時謫仙人，騎鶴下瀛州。相期遊八表，一洗區中愁。

王若虛《文辨》（《滹南集》卷三六） 或疑《前赤壁賦》所用客字不明，予曰：始與泛舟及舉酒屬之者衆客也，其後吹洞簫而酬答者一人耳。此固易見，復何疑哉？

王惲《東坡赤壁圖》（《秋澗集》卷三三） 先生胸次有天遊，萬里長江一葉舟。欲託悲風瀉遺響，恐驚幽壑舞潛虬。

又《題東坡赤壁賦後》（《秋澗集》卷七三） 余向在福唐，觀公惠州醉書此賦，心手兩忘，筆意蕭散，妙見法度之外。今此帖亦云。醉筆與前略不相類，豈公隨物賦形，因時發興，出奇無窮者也！

胡祇遹《題赤壁圖》（《紫山大全集》卷四） 雪堂胸中十萬兵，西戎東遼何足平？用違所長計已失，黄州一貶良無情。才長定爲衆所忌，直詞更敢相譏評。霜寒木落江水清，茫然萬頃江月明。扣舷釃酒不一醉，感激俊氣懷群英。千歲一合豈易得，老鶴孰與雞争鳴。不須遥想周公瑾，只合移文酹賈生。

又《**題赤壁圖**》（《紫山大全集》卷四） 星漢文章王佐才，江山如畫爲公開。只今月白風清夜，定有神靈數往來。

吴師道《**遊赤壁圖**》（《禮部集》卷九） 燒天烈火萬艘空，横槊英雄智力窮。何似扁舟今夜客，洞簫聲在明月中。

戴表元《**題赤壁圖**》（《剡源佚詩》卷六） 千載英雄事已休，獨餘明月照江流。畫圖不盡當年恨，卻寫蘇家赤壁遊。

吴澄《**題赤壁圖後**》（《吴文正集》卷五九） 坡公以卓犖之才，瑰偉之器，一時爲群小所擠，幾陷死地，賴人主保其生，謫處荒僻。公嘗痛恨曹孟德害孔文舉，謂文舉不死，必能誅操，其胸中志氣爲何如哉！身之所經，苟有阿瞞遺蹟，則因之以發其感憤。此壬戌泛江之遊，所以睠睠於赤壁而不能忘也。不然，夫豈不知黄州之非赤壁哉！一世之雄，而今安在？託客之言，公不自言也。水也、月也、道士也，神化奇詭，超超乎《遠遊》、《鵩賦》之上，長卿之人，何可彷彿其萬一？公之所造如此，而猶不能不有所託以泄其感憤者，何耶？殆亦示吾善者機爾。公視操如鬼，鬼猶可也，當時害公者，沙蟲糞蛆而已矣。人間升沉興仆，不過夢幻斯須之頃，公豈以是芥蔕於衷也哉？

趙孟頫《赤壁》（《松雪齋集》卷五）　周郎赤壁走曹公，萬里江流鬬兩雄。蘇子賦成奇偉甚，長教人想謫仙風。

許有壬《赤壁》（《至正集》卷九）　坡翁乘興賦《赤壁》，爛漫天機湧毫楮。偶從雪裏寫芭蕉，又似驪黄不毛舉。老圖求故此其地，疾惡千里若躬睹。江山蕭條歲華晚，興廢人間幾今古。買魚沽酒弔阿瞞，醉和漁歌短簑舞。

劉將孫《沁園春》（《養吾齋集》卷七）　近見舊詞，有隱括前、後《赤壁賦》者，殊不佳。長日無所用心，漫填《沁園春》二闋，不能如公《哨遍》之變化，又局於韻字，不能效公用陶詩之精整。姑就本語，捃拾排比，粗以自遣云：　壬戌之秋，七月既望，蘇子泛舟。正赤壁風清，舉杯屬客，東山月上，遺世乘流。桂棹叩舷，洞簫倚和，何事嗚嗚怨泣幽？悄危坐，撫蒼蒼東望，渺渺荆州。　客云天地蜉蝣，記千里，舳艫旗幟浮。嘆孟德周郎，英雄安在？武昌夏口，山水相繆。客亦知夫，盈虚如彼，山月江風有盡不。喜更酌，任東方既白，與子遨遊。

十月雪堂，將歸臨臯，二客從坡。適薄暮得魚，細鱗巨口。新霜脱葉，月步行歌。有客無餚，有餚無酒，如此風清月白何？歸謀婦，得舊藏斗酒，重載婆娑。　登虯踞虎嵯峨，更憑醉，攀翻棲鶻窠。曾歲月幾何？江流斷岸，山川非昔，夜嘯捫蘿。孤鶴横江，羽衣入夢，應悟飛鳴昔我過。開户視，但寂寥四顧，萬頃煙波。

又《風月吟所記》（《養吾齋集》卷二二）　「惟江上之清風，與山間之明月，取之無盡，用之不竭，是造物者之無盡藏」者，東坡之淋漓放浪，固如在目中也。此風此月，千古常新。吾吟吾所，絕塵奔軼。二仙者精意浮動，吟風弄月，如將見之。

戴良《題赤壁圖》（《九靈山房集》卷一七）　千載英雄事已休，獨餘明月照江樓。畫圖不盡當年恨，卻寫蘇家赤壁游。

馬臻《題赤壁夜遊圖》（《霞外詩集》卷一）　絕壁驚濤故壘西，扁舟明月夜何其。樂遊不記元豐事，只有臨皋道士知。

陸文圭《赤壁圖二首》（《墻東類稿》卷一九）　公瑾、子瞻二龍，文辭可敵武功。卻怪紫煙烈焰，不如白月清風。　烏臺夜雨傷神，赤壁秋風岸巾。此老眼空四海，舟中二客何人？

張之翰《赤壁圖》（《西巖集》卷一〇）　一時謫向黃州去，四海傳爲《赤壁圖》。爭得謝墩方罷相，有人曾畫半山無？　戰艦煙消幾百年，江山風月屬坡仙。玉堂果有容公處，二賦何由世上傳？

袁桷《赤壁圖》（《清容居士集》卷四七）　空濛寒江，望斷壁如日色。羈臣謫子，作淒然懷土語，似傷正氣。余嘗讀《囚山》諸賦，深惜其才。其不遇，果命歟？覽此長卷，益知東坡翁百折不撓，非景物可動，爲之一噱。

《古賦辯體》卷八　中間賦景物處俊爽之甚。謝疊山云：「此賦學《莊》、《騷》文法，無一句與《莊》、《騷》相似，非超然之才、絕倫之識不能爲也。蕭洒神奇，出塵絕俗，如垂雲御風而立乎九霄之上，俯視六合，何物茫茫？非惟不掛之齒牙間，亦不足以入其靈臺丹府也。」

傅與礪《赤壁圖》（《傅與礪詩集》卷八）　憶過臨皋訪大蘇，古祠寥落水禽呼。如何月夜黄州夢，卻在西風赤壁圖？

王沂《赤壁圖》（《伊濱集》卷四）　玉堂仙人雪堂客，夜汎扁舟遊赤壁。世人欲殺了不知，卧聽中流風月笛。清都採詩鶴駕過，江妃起舞襪凌波。向來哀樂真夢幻，舉酒屬客君當歌。千年曹瞞等蠛蠓，一爲周郎酹江水。江水悠悠萬古流，坡翁時復騎鯨遊。

唐元《題赤壁圖》（《筠軒集》卷一一）　赤壁爭戰之地，千載崢嶸，想風蒲雪浪，令人易生感慨。坡仙前後兩賦，可謂能吐胸中之奇者，其與周瑜乘勝意氣不相上下。此卷寫湖山景致，特爲嫵媚，向使長公作賦於此，欲須江山以爲助，吾當三叫於其旁。

又《題廉州太守所得東坡遊赤壁圖》（《筠軒集》卷一一）　江山草樹雲石，閲千百載而形不可變，因人而榮多矣。然江山草樹雲石，正不自知其孰榮也。大蘇公文章妙一世，赤壁之遊，人境俱勝，後之畫史追其勝於毫素間，以極夫江山草樹之榮，必東坡其人始識之。此卷藏之恆陽王家，所托重矣。

劉嵩《題山水畫》之四（《槎翁詩集》卷四）　清夜放船好，長江正渺如。風行流水上，月出遠山初。飛鶴盤空迴，潛蛟隱虛浪。英雄有遺恨，臨泛獨躊躇。自注：右蘇子瞻《赤壁賦》。

方孝孺《赤壁圖贊》（《遜志齋集》卷一九）　群兒戲兵，污此赤壁。江山無情，猶有慚色。帝命偉人，眉山之蘇。酹酒大江，以滌其污。揮斥玄化，與造物伍。哀彼妄庸，攘敚腐鼠。明月在水，獨鶴在天。勿謂公亡，公在世間。

又《赤壁》（《遜志齋集》卷二四） 東夏口，西武昌，赤壁峭絕當中央。奸雄將軍氣蓋世，敗卒零落慚周郎。得鱸魚，沽美酒，孰若黄州黄子瞻，謫向江湖動星斗。噫吁戲！曹公氣勢，蘇子文章，人物銷鑠，塵蹟荒涼。惟有江水，千古萬古空流長。

王直《題赤壁圖後》（《抑菴文集》卷一二） 東坡先生謫黄州，以李定輩之譖也。《赤壁》二賦，其用意邃矣。當曹操欲東下時，視吴已若無有，而卒僨於赤壁。今江山猶在，而操已影滅蹟絕，然則英雄如操者，果何道，況李定輩邪！先生雖爲所困，然胸次悠然，無適而非樂，其直節自足以照映千古，不特文章之美也，而定輩皆已潰敗臭腐而無餘矣。先生嘗憤操害孔北海，謂北海如龍而操如鬼，予於定輩亦云。

吴寬《赤壁圖》（《匏翁家藏集》卷二〇） 西飛孤鶴記何祥，有客吹簫楊世昌。當年賦成誰與注？數行石刻舊曾藏。

都穆《寓意編》 蘇文忠前、後《赤壁賦》，李龍眠作圖，隸字書旁，注云：「是海岳筆，共八節，惟前賦不完。」

《學古緒言》卷二三 友人有致二卷，乞書前、後《赤壁賦》者。展卷見畫，固已不樂，既而思之，此二賦誠謫仙人語，豈容俗工便知。若後賦不畫「山高月小，水落石出」，乃悟今世畫手蓋未嘗讀賦者爲不少矣。至舟中畫一人若僧者，似謂同遊果是元公，此又不足怪也。又嘗見他書有謂坡公誤以赤鼻爲赤壁者，非也。公别有《書賦後》約二百言，是元豐六年秋題，首言「黄州少西，山麓斗入江中，石色如丹，傳云曹公敗處，所謂赤壁者，或曰非也。曹公敗歸由華容路，今赤壁少西對岸即華容鎮，庶幾是也。然岳州復有華容縣，竟不知孰是？」蓋公既借曹公以發妙論，猶後賦鶴與道士云爾，豈必求核，而不知者遽謂公未暇攷，所見殆與此畫手同，信知癡人前決不可説夢也。

又卷二四　東坡此賦，予嘗見雙鉤郭塡本，淳古無沓拖筆，蓋得意書也，恨不獲覩真蹟耳。未幾，或以勒石，亦自可喜，不逮摹本遠矣。頃有以素卷索書，念真者在前，欲肖彌遠，不若自爲書應之。間有似摹倣者，記憶在心，手適與俱也。此文與世俗異者二字，自注者一。「滄海」作「浮」，信是句中有眼。「共適」作「食」，蓋用釋氏書：「聲是耳之食，色是眼之食」，味長不可與「適」等也。又「更」字下注「平」，不注，則讀者必且謂意同復字矣。以長公雄文，意到筆隨，何嘗作如此推敲。識此，即於讀古文詞，庶不草草。然非獨此也。有好爲高論者，其失與此異，而其妄尤不可不拈出爲狂率之戒。公之謫居，豈遂無動於中傷之徒！此賦篇終借水月發端，以暢所欲言，固騷人之「重曰」也。其誤以赤鼻爲赤壁，或以故爲錯謬以避讒歟？不然，以公博洽，未應於平生數過及久羈之地，猶未識曹公喪師逃竄處也。又賦乃騷類，往往寓近於遠，借淺爲深，此賦卒章，正其本指。首言曹困於周，終於一毫莫取，人生有盡，長江無窮，首尾相應。而近有好爲高論者，訾末段爲蛇足，立論爲腐迂。若然，則此賦雖不作可也。未知結撰，安論文章？後生誤信，將墮渺茫，誠不可以不辨。

李東陽《懷麓堂詩話》 蘇子瞻在黄州，夜讀《阿房宫賦》數十遍，每遍必稱好，非其誠有所好，殆不至此。然後之誦《赤壁》二賦者，奚獨不如子瞻之於《阿房》及李杜諸作也邪？

又《蘇子瞻》（《懷麓堂集》卷一九） 兩國山川一戰功，子瞻詞賦亦争雄。江流自古愁無限，落水長天萬里風。

楊榮《書赤壁圖後》（《文敏集》卷一五） 惟東坡以文章擅名當代，傳誦於天下後世。如此賦尤爲奇崛，讀之鏘然，若振乎黄鍾大吕之音，令人擊節嘆賞。而又得圖畫之工、字書之妙，皆可爲翰墨之珍翫矣。

茅坤《蘇文忠公文鈔》卷二八 予嘗謂東坡文章，仙也。讀此二賦，令人有遺世之想。

《徐氏筆精》卷五 東坡《赤壁賦》，古今傳誦，即婦孺亦知之。然一篇大旨，誤以黄州赤鼻山認爲周瑜破曹操處。後人不甚指摘之，實爲盛名所怵耳。若今人有此紕繆，得無群起唾之乎？事不在盤古，地不在荒外，信筆而書，不暇攷覈，安足傳信耶？

《庚子銷夏録》卷八 《赤壁賦》爲東坡得意之作，故屢書之。此本小字楷書，尤爲精采。後自跋云：「軾去歲作此賦，未嘗輕出以示人。見者葢一二人而已。欽之有使至，求近文，遂親書以寄。多難畏事，欽之愛我，必深藏之不出也。」

《古文釋義新編》卷八　起首一段就風月上寫遊赤壁情景，原自含「共適」之意。入後從渺渺予懷引出客簫，復從客簫借弔古意發出物我皆無盡的大道理。説到這個地位，自然可以共適，而平日一肚皮不合時宜都消歸烏有，那復有人世興衰成敗在其意中。尤妙在「江上」數語，回應起首，始終總是一個意思。遊覽一小事耳，發出這等大道理，遂堪不朽。若不是此篇妙賦，千載下誰知赤壁曾爲蘇子遊耶。篇中韻凡十三易。

又

東坡年四十七謫居黄州，寓居臨皋亭，遊赤壁而作。是賦曰前賦，别於後也。江漢之間名赤壁者三焉，一在漢水側竟陵東，即復州；一在齊安郡步下，即黄州；一在江夏西南一百里許，屬漢陽縣。破曹赤壁乃江夏西南者，東坡赤壁則係黄州，與復州赤壁皆是天生赤石之壁，非猶江夏西南緣火攻而赤者也。東坡特借景以弔古耳。「壬戌」八字，從遊之年月日起，確是「敷陳其事而直言之」之語。「蘇子」二句，夫客夫舟夫遊赤壁。以上四語，題面點清，下面全皆從此生出。「清風」句點出風，「少焉」句點出月。「風月」二字，一篇張本。署「少焉」二字妙，恰是既望之月。「徘徊」句亦妙，見月之遲遲而出也。「白露」八字，恰是秋夜之景。讀此等處，當悟篇首着年月之妙。「於是」句緊接上來。前「屬客」句以點飲酒，此又借以生出樂字，伏後悲字。「桂棹」四句，從《楚詞》脱化來。「客有」段極摹其聲之悲，以起下「愀然」之問。當知此是借客作波是實，□是妙文，會心人自能得之。「月明」一段觸景生情，卻借客發出，是立言最妙處。「逝者」句説水，「盈虚」句説月。……「客喜」句收前悲樂二層。

《古文辭類纂》卷七一方苞評　所見無絕殊者，而文境邈不可攀。良由身閑地曠，胸無雜物，觸處流露，斟酌飽滿，不知其所以然而然。豈惟他人不能摹倣，即使子瞻更爲之，亦不能如此調適而暢遂也。

《古文眉詮》卷六九　二賦皆志遊也。記序之體，出以韻語，故曰賦焉。其託物也不黏，其感興也不脱，純乎化機。潘稼堂《赤壁》詩：「亦知孫曹爭戰處，遠在鄂渚非齊安。聊借英雄發感慨，移山走海騁筆端。」曉事人也。

又　（「西望夏口」一段）孫曹遇兵，非此赤壁。今曰「蒼蒼相望」，仍是活句，亦仍即江月悵觸，以我馭古。

又　（「蓋將自其變者而觀之」一段）變不變，指點舒促無定，破除一粟，須臾之見耳。有斥爲説輪迴者，拈死句矣。

《唐宋八家鈔》卷七高嵣評　有摹景處，有寄情處，有感慨處，有洒脱處，此賦仙也。

《古文範》下編　東坡天仙化人，其於文章，驅使惟心，無不如志，最爲流俗所慕愛，學者紛紛摹擬，徒兹流弊。不知公文，天馬行空，絕去羈絆，固無軌轍可尋也。

又　即如此篇，初何嘗爲古今賦家體格所拘，而縱意所如，自抒懷抱，空曠高邈，夐出不可攀，豈復敢有學步者哉。

《東坡先生全集録》卷一　行歌笑傲，憤世嫉邪。

又（「客曰」數句）就客口中感慨榮謝，得體，未免難爲孟德耳。

又（「蘇子曰」以下）出入仙佛，賦一變矣。

姜宸英《李蒼存詩序》（《湛園未定稿》卷五） 杜牧之《阿房宮》、蘇子瞻前後《赤壁賦》，則賦而文矣。作者心思蹙縮，壅閼於内，挾其才氣，坌憤欲出，則飆發泉湧，不可以古法繩尺裁量，讀者洞心駭目，不能執此而廢彼也，斯已奇矣。

田雯《題赤壁圖》（《古歡堂集》卷一三） 曹公横槊蘇公賦，殘壘寒江夕照黄。詞客英雄兩奇絶，不須成敗説周郎。

《歷代詩話》卷二〇《赤壁》 吳旦生曰：東坡所賦赤壁，乃黄州西下津江百步赤壁磯，土人訛爲赤鼻，非故地也。故東坡《赤壁記》云：「黄州守居之數百步，爲赤壁，或言即周瑜破曹公處，不知果是否？」蓋亦疑之矣。按《江夏辨疑》云：「江漢之間，赤壁有三：一在江漢之側，竟陵之東；竟陵，今復州。一在齊安郡之步下；齊安，今黄州。一在江夏西南二百里許。今屬漢陽縣。蓋郡之西南者，正曹公所敗之地也。《赤壁山考》云：「湖廣赤壁有五，漢陽、漢川、黄州、嘉魚、江夏皆有之，惟武昌嘉魚縣西南八十里大江濱，北岸烏林，南岸赤壁是也。《韻語陽秋》云：「曹操入荆州，孫權遣周瑜與劉備併力逆曹公，遇於赤壁，曹公軍馬燒溺死者甚衆。」蓋謂鄂州蒲圻縣赤壁也。《詩話類編》云：「今岳陽之下，嘉魚之上，有烏林、赤壁，蓋周瑜自武昌列艦，風帆便順，泝流而上，遇戰於赤壁之間也。杜牧有《寄岳州李使君》詩：『烏林芳草遠，赤壁健帆開。』此真敗魏軍之地也。」《昵古録》云：「董玄宰晚泊祭風臺，即周郎赤壁，在嘉魚縣南七十里。雨過，有箭鏃於沙渚間出，里人拾鏃，試之火，能傷人，是當時毒藥所造耳。」

又《楊世昌》 蘇軾《前赤壁賦》：「客有吹洞簫者，倚歌而和之。」吴旦生曰：成化中吴原博詩：「西飛孤鶴記何詳，有客吹簫楊世昌。當日賦成誰與注？數行石刻舊曾藏。」按《圖繪寶録》云：「道士楊世昌字子京，武都山人。與東坡遊，善畫山水。」則赤壁所謂吹簫之客，即其人也。微原博詩，誰復知世昌者！

《續歷代賦話》卷九 銑按王宗稷《東坡先生年譜》，元豐五年，先生年四十七，在黄州，寓居臨皋亭，就東坡築雪堂，自號東坡居士。七月遊赤壁，有《赤壁賦》。十月又遊之，有《後赤壁賦》。

《賦話》卷一〇《舊話》四 蘇東坡前後《赤壁賦》，高出歐陽文忠《秋聲賦》之上。謝疊山云：「學莊、騷文，卻無一句與莊、騷相似。」見《辯體》。

《唐宋文醇》卷三八 軾手書帖「盈虛者如代，而卒莫消長也」，後人易「代」爲「彼」，是造物之無盡藏也。「而吾與子之所共食」，後人易「食」爲「適」，今詳軾意，言水與月雖前後代嬗，而本體不遷，所爲觀方知彼去去者不知方也。今易爲「如彼」以對「如斯」，將彼月而斯水乎？水與月何彼我於其間也。六識以六入爲養，其養也，胥謂之食。目以色爲食，耳以聲爲食，鼻以香爲食，口以味爲食，身以觸爲食，意以法爲食，具見《釋典》，故曰「江上清風，山間明月，耳得成聲，目遇成色者，皆吾與子之所共食也」。易爲「共適」，意味索然。當時有人問軾「食」字之義，軾曰：「如食邑之食，猶云享也。」軾蓋不欲以博覽上人，故權辭以對。古人謙抑如此。

凌安國曰：按東坡《與范子豐書》云：「黄州少西，山麓陡入江中，石色如丹。傳云曹公敗處，所謂赤壁者。或曰非也，時曹公敗歸華容路，路多泥濘，使老弱先行，踐之而過，曰：『劉備智過人而見事遲，華容夾道皆葭葦，使縱火，則吾無遺類矣。』今赤壁少西，對岸即華容鎮，庶幾是也。」然岳州復有華容縣，竟不知孰是。今世人以赤壁在武昌嘉魚縣，東坡所遊者黄州赤𩃎也，恐亦未確。東坡前後赤壁夜遊在元豐五年壬戌，其元豐三年庚申十二月十九日東坡生日，置酒赤壁磯下，踞高峯，俯鵲巢，酒酣，笛聲起於江上，客有郭、尤二生頗知音，謂坡曰：「笛聲有新意，非俗工也。」使人問之，則進士李委，聞坡生日，作曲曰《鶴南飛》以獻。呼之使前，則青巾紫裘，腰笛而已。既奏新曲，又快作數聲，嘹然有穿雲裂石之聲。坐客皆引滿醉倒，委袖出佳紙一幅，曰：「吾無求於公，得一絶句足矣。」坡笑而從之。詩曰：「山頭孤鶴向南飛，載我南遊到九疑。下界何人也吹笛，可憐時復犯龜茲。」按東坡書有云「今日李委秀才來相别，因以小舟載酒，飲赤壁下。李善吹笛，酒酣，作數弄，風起水湧，大魚皆出，上有棲鶻。念孟德、公瑾如昨日耳。適會范子豐兄弟來，遂書以與之。」

《隨園詩話》卷一　東坡《赤壁賦》「而吾與子之所共適」，適，閑適也。羅氏《拾遺》以爲「當是『食』字」，引佛書以睡爲食。則與上文文義平險不倫。東坡雖佞佛，必不自亂其例。

《蘇文忠公詩編注集成》卷二二《海棠》（東風渺渺泛崇光）施注既以「嫋嫋」爲「渺渺」，即不當以白樂天「青雲高渺渺」句釋詩，雲高可見，風高不可見也。《楚辭》「嫋嫋兮秋風」，謂風細而悠揚也。公《赤壁賦》「餘音嫋嫋，不絕如縷」，其命意正同。由是推之，則此句正用《楚辭》也。

《海天琴思録》卷一九 東坡《赤壁賦》「西望夏口，東望武昌」，昔人已辨其誤。曹孟德鏖兵之地，非坡翁所謂赤壁也。……濟陽張稷若引張公如命云：「東坡文字亦有信筆亂寫處，如《前赤壁賦》『壬戌之秋，七月既望』，下云『少焉，月出於東山之上，徘徊於斗牛之間』，七月日在鶉尾，望時，日月相對，月當在陬訾，斗牛二宿在星紀，相去甚遠，何緣徘徊其間？坡公於象緯未嘗留心，臨文乘快，不復深攷耳。」侯官吴少山茂才文海詩云：「壯色江山蘇子賦，只嫌赤壁攷非真。」斯言得之。

《賦則》卷首《凡例》 宋人無《騷》、《選》之學，朱子嘗言之。其試賦多沿唐體，然氣味愈薄，大率皆有韻時文耳。東坡前後《赤壁》雖極工，與杜牧《阿房》同似記序體，非正格也。

沈祥龍《論詞隨筆》 坡公《赤壁賦》云：「如怨如慕，如泣如訴，餘音嫋嫋，不絕如縷。」詞之音節意旨，能合乎此，庶可吹洞簫以和之。

《唐宋詩舉要》卷三引吴汝綸評 全不經意，妙合自然，《赤壁賦》亦如此。

後赤壁賦

蘇軾

是歲十月之望，步自雪堂，將歸於臨皋。二客從予，過黄泥之坂。霜露既降，木葉盡脱。人影在地，仰見明月。顧而樂之，行歌相答。已而歎曰：「有客無酒，有酒無肴，月白風清，如此良夜何？」客曰：「今者薄暮，舉網得魚，巨口細鱗，狀似松江之鱸，顧安所得酒乎？」歸而謀諸婦。婦曰：「我有斗酒，藏之久矣，以待子不時之須。」於是攜酒與魚，復遊於赤壁之下。江流有聲，斷岸千尺。山高月小，水落石出。曾日月之幾何，而江山不可復識矣。予乃攝衣而上，履巉巖，披蒙茸。踞虎豹，登虬龍。攀栖鶻之危巢，俯馮夷之幽宫。蓋二客不能從焉。劃然長嘯，草木震動。山鳴谷應，風起水涌。予亦悄然而悲，肅然而恐，凜乎其不可留也。反而登舟，放乎中流，聽其所止而休焉。時夜將半，四顧寂寥，適有孤鶴，横江東來，翅如車輪，玄裳縞衣，戛然長鳴，掠予舟而西也。

須臾客去，予亦就睡。夢一道士[一]；羽衣翩僊，過臨皋之下，揖予而言曰：「赤壁之遊樂乎？」問其姓名，俛而不答。嗚呼噫嘻！我知之矣，疇昔之夜，飛鳴而過我者，非子也耶？道士顧笑，予亦驚悟。開户視之，不見其處。宋刻本《東坡集》卷一九。

蘇軾《跋自書赤壁二賦》（《八瓊室金石補正》卷一〇八）　元豐甲子，余居黄五稔矣，蓋將終老焉。近有移汝之命，作詩留别雪堂鄰里二三君子。獨潘邠老與弟大觀，復求書《赤壁二賦》。余欲爲書《歸去來辭》，大觀礱石欲并得焉。余性不耐小楷，强應其意。然遲余行數日矣。蘇軾書。

《經進東坡文集事略》卷一　此賦結處用韓文《石鼎》敘彌明意。指鶴爲道士，亦暗使《高道傳》青城山道士徐佐卿化鶴事。公元豐六年，嘗自書此賦後云「黄州少西……」比見詩人所賦赤壁，多指在於齊安，蓋齊安與武昌相對，意以孫氏居武昌，而嘗爲曹公所攻，即戰於此者邪？是信流俗之過也。雖辨疑考證如此，然公既言此非曹孟德之困於周郎者乎，又云「竟不知孰是」，而樂府中又有「人道是三國周郎赤壁」之句，是公亦未敢以黄州之赤壁爲然也。

《猗覺寮雜記》卷上　《後赤壁賦》：「舉網得魚，巨口細鱗，狀如松江之鱸。」多不知爲何等魚。攷之乃鱖魚也。《廣韻》注：「鱖，巨口細鱗。」《山海經》云：「鱖，巨口細鱗，有斑彩。」以是

[一] 一：原作「二」，據《經進東坡文集事略》卷一、《皇朝文鑑》卷五改。

知東坡一言一句無所苟也。

《能改齋漫録》卷六　東坡謫居於黄五年。赤壁有巨鶻，棲於喬木之上，後賦所謂「攀棲鶻之危巢，俯馮夷之幽宫」是也。韓子蒼靖康初守黄州，三月而罷。因遊赤壁，而鶻巢已亡，作詩示何次仲迂叟云：「緩尋翠竹白沙遊，更挽藤梢上上頭。豈有危巢尚棲鶻，亦無塵蹟但飛鷗。經營二頃將歸老，眷戀羣山爲少留。百日使君何足道，空餘詩句滿江樓。」次仲和答云：「兒時宗伯寄吾州，諷誦高文至白頭。二賦人間真吐鳳，五年溪上不驚鷗。蟹嘗見水人猶怒，鶻有危巢孰敢留？珍重使君尋故蹟，西風悵望古城樓。」二詩皆及鶻巢，蓋推賦而云也。

俞文豹《清夜録》　東萊先生注《觀瀾文》謂《後赤壁賦》結尾用韓文公《石鼎聯句》敘彌明意。文豹謂不然，蓋彌明真異人，文公真紀實也，與此不同。《金剛經》曰：「一切有爲法，如夢幻泡影。」東坡先生貫通内典，深悟此理，嘗賦《西江月》云：「休言萬事轉頭空，未轉頭時皆夢。」赤壁之遊，樂則樂矣，轉眼之間，其樂安在？以是觀之，則我與二客，鶴與道士，皆一夢也。

黄震《跋赤壁後賦圖》（《黄氏日抄》卷九一）　東坡再遊赤壁，霜露既降時也。盈虚消息之妙，至此嶄然畢露，坡之逆順兩忘，浩然與造物者遊，蓋契之矣。觀此圖者，盍於其水落木脱？

文天祥《讀赤壁賦前後二首》（《文山先生全集》卷一四）　昔年仙子謫黄州，赤壁磯頭汗漫遊。今日興亡真過影，乾坤俯仰一虚舟。人間憂患何曾少，天上風流更有否？我亦筒簫吹一曲，不知身世是蜉蝣。一笑滄波浩浩流，隻雞斗酒更扁舟。八龍寫作詩中案，孤鶴來爲夢裏遊。楊柳遠煙連北府，蘆花新月對南樓。玉仙來往清風夜，還識江山似舊不？

《石渠寶笈》卷三二《宋喬仲常後赤壁賦圖一卷》趙令時跋　觀東坡公賦赤壁，一如自黄泥坂遊赤壁之下。聽誦其賦，真杜子美所謂「及兹煩見示，滿目一悽惻。悲風生微綃，萬里起古色」者也。宣和五年八月七日，德麟題。

又武聖可跋　東坡山人書赤壁，夢江山景趣，一如遊往，何其真哉！武安道東齋聖可謹題。（後有題句云：此老遊戲處，周郎事已非。人牛俱不見，山色但依依。）

又　孟德争雄赤壁，氣吞中夏，周郎方年少，以幅巾羽扇，用焚舟計敗魏水步軍八十萬，昔人壯之。彼方長老爲言，東坡居黄州，得佳時，必造赤壁下偶會。東坡一日與一二客，踞層峰，俯鵲巢，把酒吟咏，忽聞笛起於江山，有穿雲裂石之聲。使人問之，即進士李委至磯下，度新曲爲先生壽也。於是相邀，以小舟載酒，飲於中流。李酒酣，復作數弄，風起水涌，大魚皆出。山上有棲鶻亦驚起，而舟且掀舞。先生坐念孟德、周郎，如旦暮之遇，歸而作是賦云。

又　方瞳仙人辭蓬瀛，逸韻拔俗九萬程。行行興與煙霞並，喜對赤壁高崢嶸。物外二客人中英，得魚攜酒相邀行。江頭皎月照沙明，夷猶一艇破浪輕。笑談不覺連飛觥，幽宫馮夷應暗驚。掠舟野鶴横天鳴，翻然大翼如雲軿。四顧寂寂無人聲，銀潢耿耿風露清。歸來一枕猶未醒，彷佛羽衣雲已征。霜綃誰爲寫幽情？披圖似與相逢迎。雪堂作賦詞抨砿，追思往事心如醒。周郎空餘千載名，大江依舊還東傾。

又 先生賦赤壁，錦繡裹山川。氣壓三國豪，似與江吞天。酒酣欲仙去，孤鶴下翩躚。歸來夢清淑，此秘初不傳。先生定神交，形容到中邊。風流兩崛奇，名字記他年。

又 赤壁周郎幾百秋，雪堂夫子更重遊。旋擕魚酒歌明月，空對長江滚滚流。

又趙巖題 江卷千堆雪浪寒，雲嵐如畫憶憑闌。重遊赤壁人何處，誰把江山作畫看？

釋善住《後赤壁圖》（《谷響集》卷一） 眼中風物舊曾過，歲月重遊復幾何。長嘯一聲天上去，月明千古屬江波。

方回《追和東坡先生親筆陳季常見過三首》（《桐江續集》卷二八） 前後《赤壁賦》，悲歌慘江風。江山元不改，在公神遊中，《三經》及《字説》，胎禍垂無窮。想如季常輩，對㾕三嘆同。

王若虚《文辨》（《滹南集》卷三六） 《赤壁後賦》自夢一道士至道士顧笑，皆覺後追記之辭也。而所謂「疇昔之夜飛鳴過我者」，卻是夢中問答語。蓋「嗚呼噫嘻」上少勾喚字。

《三蘇文範》卷一六引虞集評 末用道士化鶴之事，尤出人意表。

《古賦辯體》卷八 篇中如「人影在地，仰見明月」及「江流有聲，斷岸千尺」，「山高月小，水落石出」等句，更是賦景物妙處。

楊慎《日抱黿鼉》（《升菴集》卷五八） 韓石溪廷延語余曰：杜子美《登白帝最高樓》詩云：「峽拆雲霾龍虎卧，江清日抱黿鼉遊。」此乃登高臨深形容疑似之狀耳。雲霾拆峽、山木蟠挐，有似龍虎之卧；日抱清江、灘石波盪，有若黿鼉之遊。余因悟舊注之非。……蘇子《赤壁賦》云：「踞虎豹，登虬龍，攀栖鶻之危巢，俯馮夷之幽宫。」亦是此意，豈真有烏鵲、黿鼉、虬龍、虎豹哉？

《升菴詩話》卷一 蘇子《赤壁賦》云：「踞虎豹，登虬龍，攀棲鶻之危巢，俯馮夷之幽宫。」亦是此意，豈真有烏鵲、黿鼉、虬龍、虎豹哉？

陳秀明《東坡文談録》 碑本《後赤壁賦》「夢二道士」，「二」字當作「一」字，疑筆誤也。

《古文釋義新編》卷八 前篇無從照管後篇，後篇必要照管前篇，此人所知也。然此賦與前賦有同處，有異處，有同而異處，有異而同處，尤不可不知。何謂同？兩篇皆以客作波，風月生情，酒殽點綴，□爲歸結，此同處也。前賦確切前遊情景，後賦則又確切後遊情景，種種各别，豈不迥異？至前賦各用渾言，此明指二客；前賦風月，首尾照應，此只一二處點染；前賦三及飲酒，此一入題便止；前賦與客枕藉舟中，此賦客去就睡屋内，筆法隨處變换，故曰同而異也。究之兩賦情景與兩賦筆法雖皆異，而着思之奇同，措詞之工同，見地之高同，結構之妙同，語語之皆仙，筆筆之入化，亦無一不同。人能詳兩賦同異而熟讀之，何患不增長許多學問，開悟無限法門。此篇詩十一换韻。

又 「是歲」遙接前篇「壬戌」二字來。此篇亦從年日月直起，總之，賦體斷無不賦起者。……「既而」二句，未遊先樂先歌，與前篇遊而後樂後歌亦異。「已而」二字妙，方漸轉得到遊上。

「有客」二句，酒殺從客、主出，不似前篇點在遊後，是其變換之巧。「所止」二句仍從風月上坐清。「於是」句便結過酒，故以後勿復再提，不似前篇三點「欲酒」，亦是變換之巧。「江流」十六句是七月江山之景。……「予乃」句爲舍舟上岸，□開一遊法，視前篇終始在舟亦變換矣。「履巉巖」八句，字句奇甚，「蓋二客」句借二客以起下文孤往不能久留之意。回視前番與客共遊，到底又變換矣。「須臾」二句，又不復前番相與枕藉舟中矣。「赤壁」句，如此了結，猶出人意表。「問其」句問得奇。「俯而」句，不名更奇，俱是夢中幻覺。「道士」句，仍是不答意，卻又復前篇「笑」字，但道士與客有異耳。「開户」二句，結得入化。

《蘇文忠公文鈔》卷二八茅坤評　蕭瑟。借鶴與道士之夢，以發胸中曠達今古之思。

《蘇長公合作》卷一袁宏道評　《前赤壁賦》爲禪法道理所障，如老學究着深衣，遍體是板；後賦平敘中有無限光景，至末一段，即子瞻亦不知其所以妙。

又李贄評　前賦説道理，時有頭巾氣。此則空靈奇幻，筆筆欲仙。

又華淑評　《赤壁後賦》，直平敘去，有無限光景。

又引李九我評　末設夢與道士數句，尤見無中生有。

《式古堂書畫彙考》卷一〇《蘇文忠公後赤壁賦卷》文伯仁跋　右《赤壁後賦》東坡真蹟，舊傳吴匏翁家物。前王晉卿圖，後宋元人題跋甚多，今皆不存。豈轉徙散失故耶？東坡文筆固無容議，惟因此展玩，殊深慨歎。後之收藏者，尤宜保惜。萬曆改元春三月，後進文伯仁書。

《古文眉詮》卷六九　後賦並刷盡文章色相矣。來不相期，遊仍孤往，向後空空，人境俱奪。遷謫曠抱，遠過賈傅、白傅。

《唐宋八大家文鈔》卷八張伯行評　上文字字是秋景，此文字字是冬景，體物之工，其妙難言。

《三蘇文評注讀本》卷二沈石民評　飄脱之至。前賦所謂馮虚御風，羽化登仙者，此文似之。

厲鶚《大理石屏歌》　坡公曾賦《後赤壁》，妙語排空江月白。多年無人更收拾，幻入點蒼山下石。公之遠遊唯儋耳，異域未踰大渡水。山靈豈異愛公語，不似紛紛舒與李。

《東坡先生全集録》卷一　（「人影在地」數句）天然景。（「時夜將半」以下）此下興趣反減。

又《唐宋八大家類選》卷一四　前賦設爲問答，此賦不過寫景敘事。而寄託之意，悠然言外者，與前賦初不殊也。

《古文辭類纂》卷七一王文濡評　前篇是實，後篇是虚。虚以實寫，至後幅始點醒。奇妙無以復加，易時不能再作。

《歷代詩話》卷二〇《栖鶻馮夷》　蘇軾《後赤壁賦》：「攀栖鶻之危巢，俯馮夷之幽宫。」吳旦生曰：東坡謫黄州五年，每遊赤壁，見巨鶻棲喬木之上，故云。靖康初，韓子蒼守黄，因遊赤壁而鶻已亡，作詩示何次仲云：「豈有危巢尚棲鶻，亦無陳迹但飛鷗。」次仲和云：「二賦人間真吐鳳，五年江上不驚鷗。蟹當見水人猶怒，鶻有危巢孰敢留？」蓋鶻一微族，因人見重，遂流連歌詠如此。　楊升庵引《洛神賦》「屏翳收風」，謂即馮夷。余謂不然。觀植《賦》云「屏翳收風」，又植《詰咎文》云「屏翳司風」，似以爲風師耶？韋昭以爲雷師，吕覽以爲雲師。……余攷漢《郊祀歌》「馮夷切和」注云：「馮夷，水神命靈鼉也。」《説文》：「鼉鳴如鼓。」則是鳴者鼉而命之者馮夷，故曰「馮夷鳴鼓」也。杜子美詩遂有「馮夷來擊鼓」，用此。然觀《洛神賦》中屏翳與馮夷並稱，即不得一視之爾。

又《孤鶴》　吴旦生曰：詞人下筆，最須照顧。雖才大如海，一指摘便覺礙眼。如東坡此賦，莽莽誦過，何異郗究。獨《漁隱叢話》云：「初言『適有孤鶴，横江東來』，中言『夢二道士，羽衣翩躚』，末言『疇昔之夜，飛鳴而過我者』，前後皆言孤鶴，則道士不應言二矣。」余喜此言，讀古細心，宜陸遠爲之閣筆矣。

宋代辭賦全編卷之四十一

賦　地理　六

採石賦　並序

程俱

建中靖國元年，以脩奉景靈西宮，下吴興、吴郡採太湖石四千六百枚，而吴郡實採於包山。某獲目此瑰奇之産，謹爲賦云：

吴吏採石於包山也，洞庭鄉三老趍而進，揖而言曰：「惟古渾渾，物全其天。金藏於穴，珠安於淵。機械既發，剖蚌椎礦。不翼而飛，無脛而騁。刳山探海，階世之競。迺若富媪贅瘤，則爲山嶽，茂草木於毛膚，包嶄巖於骨骼。與瓦甓其無間，何於焉而是索。《晏子春秋》：靈山以石爲身，以草木爲毛髮。今使者窺複穴、蕩沉沙，搜奇礓於洞脚，劂巧勢於丘阿。呼靈匠以運斤，指陽侯使息波。暨江山之崿崿，積劍閣之峩峩。江淹《江上之山賦》

曰：「百里兮崿崿。」張載《劍閣銘》：「嵓嵓梁山，積石峩峩。」莫不剔山骨、拔雲根。貞女屹立，伏虎晝奔。督郵攘袂以相睨，令史臨江而抗塵。雖不遭於醯沃，豈有恨於苔痕。嗟主人之不見，信羊牧之猶存。何一拳之足取，笑九仞之徒勤。王韶之《始興記》：「中宿縣有貞女峽，水際有石，似女子。」《幽明録》：「宜都建平界有倚石，如二人。俗謂一郡督郵，爭界於此。」《南康記》：「湘源有長瀨，其旁石或像人，土人名爲令史〔一〕。」盧仝《贈石詩》：「主人雖不歸，長見主人面。」又：「自慚埋没久，滿面蒼苔痕。」既而山户蟻集，篙師雲屯，輸萬金之重載，走千里於通津。使山以爲骨，則土將圮；使玉以爲璞，則山將貧。煮糧之客，歎終年之無飽；談玄之老，持一法其誰論。《神仙傳》：「白石生煮爲糧。」嘗聞不爲無益，則用之所以足；惟土物愛，則民之所以淳。怪斯取之安用，非野夫之得聞。敢請使者。」

吏呼而語曰：「醯雞不可與語天，蟪蛄不可與論歲。矧齊侯之讀書，豈輪人之得議？」三老曰：「極治之世，樵夫笑不談王道；至聖之門，鄙夫問而竭兩端。野人固願知之。」

對曰：「上德光大，孝通神明。闡原廟之制，妥在天之靈。以謂物不盛則禮不備，

〔一〕土人：原作「二人」，據四庫本改。

意不盡則享不精。故金瑰珠琲，天不秘其寶；樟楠梗梓，地不愛其生。而青州之怪，猶未足於充庭，故於此乎取之。且鑿太行之石英，採穀城之文石，以起景陽於芳林者，魏明之侈陋也；菲衣惡食，卑宮室以致美乎祭祀者，夏禹之勤儉也。上方罷後苑之作，緩文思之程，示敦樸以正始，盡情文而事神。此固上德之難名者矣。抑嘗聞之，西有未夷之羌，北有久驕之虜，顧蹀血之未艾，乍遊魂而送死。方將不頓一戈，不馳一羽，殄醜類於煙埃，瞰幽荒於掌股，庶黃石之斯在，儻素書之可遇。抑又聞之，三德雖修，不去指佞之草；萬國雖和，猶豢觸邪之獸。蓋邪佞之蠹心，猶膏肓之自腴。惟屬鏤之無知，顧尚方之奚捄？故將鑄采石以爲劍，凛豎毛於佞首。若是，則在邊無汗馬之勞，在廷無履霜之咎也。《穆天子傳》：「天子升於采石之山，取采石焉，鑄以成器於黑水之上。」抑又聞之，堯不能無九年之災，湯不能無七年之旱，雖陰陽之或盭，豈閑縱之可緩？故將放鞭石於宜都，回雨暘於咳哂。《荆州圖副》：「宜都有石穴，穴有二石，俗云其一爲陽，其一爲陰。旱鞭陽石則雨，雨鞭陰石則晴。」抑又聞之，扶耒之子，有土不毛；抱甕之老，有茅不薅。富者侈而貧者惰，遊者逸而居者勞。雖齋導之有素，奈狡焉而是逃。故將取嘉石以列坐，平罷民於外朝。抑又聞之，日不蔽則明，川不閼則清，聽之廣者視必遠，基之固者構不傾。方披旒而出黈，俾伐鼓而揚旌。蓋蕭牆之戒，坐遠於千里；朽索之馭，蓋危於薄冰。矧四者之無告，尤聖人之所矜。故將盡九山之赤石，達萬宇之窮民。」

三老悚然而興曰：「聖治蓋至此乎！」吏曰：「此猶未也。若其造化掌中，宇宙胸次，彌綸兩儀而執天之行，燮理二氣而襲氣之母，此包犧之婦所以引日星之針縷，方將鍊五色以補天，育萬生於一府。既無謝於襄城之師，又何驚於藐姑之處？吾亦與汝飲陰陽之和而遊萬物之祖矣，又何帝力之知哉！」盧仝詩：「女媧伏羲婦，引日月之針、五星縷。」

三老稽首再拜曰：「鄙樸之人，聾瞽其知，鹿豕其遊，竊億妄議，乃今知之〔一〕。」四部叢刊本《北山小集》卷一二。

田家坡賦

孔武仲

登崇岡以北望，山石嶙嶙而青白，非所謂兩鐘者耶？游氣濛濛以薄天，非馮夷之所宫者耶？洪濤巨浪，號北風者耶？銀山玉城，渺連宫者耶？惟余南歸而至此，過

〔一〕「竊億」二句：四庫本作「竊億妄測，安識帝德之宏休」。

鐘石之旁畔[一]。混三江而爲一兮，浩聯屬乎天漢。沙不可以艤舟兮[二]，凛驚肅其魂幹。鳴兩槳以横絶兮，夕寄宿於南岸。舟人相戒以不寐兮，聽城鼓而宵半。孤山岌其當前兮，閃羣星之燦燦。

及還吾鄉，甫涉旬日。昔之川行，今則陸矣；昔之舟處，今則屋矣[三]。欲輿而輿，欲馬而馬。入翺翔乎城邑，出馳驅乎坰野。險阻危厲，化爲夷平。蛟龍無所用其威兮，江豚、白鷺安得以縱横。行持一笻，疲卧一石，而渴飲一觥。安得長處此兮，差優遊於養生。塗於人之所不涉兮，耘於人之所不耕。

顧謂僕者：「此何處也？」對曰：「是名田家坡，去城十五里。」於時側景銜山，松聲飀飀。溪塘湛其微波兮，梅花落而飛浮。方旋輈而返轡，悵莫克以淹留。因援筆而成文兮，聊以識乎兹遊。元豐六年十二月十三日。四庫本《清江三孔集》卷三。

[一] 畔：原無，據清鈔本、豫章叢書本、《歷代賦彙》卷二九補。
[二] 沙：豫章叢書本作「平沙」，《歷代賦彙》卷二九作「渺」。
[三] 屋：原注「一作『屋』」，據改。豫章叢書本、《歷代賦彙》卷二九作「屋」。

閩嶺賦

蘇籀

習被卉而用夷兮，極東南之海山。歎造化之瓌詭兮，想禹績之艱關。降丘坦其郭郛兮，曰無諸之市闤。步窈窕經崎嶇兮，獲清穹而考槃。陟越王之宫址兮，與昇鼓之孱顔。

惟此山之體，既合別而貫屬兮，又競爽而叢攢。蔽虧日月兮，横掛斗參。臂趾根蘖兮，插萬仞之海瀾。上下左右兮，夷傾峻彎。如削如染兮，奔峭多端。惟此山之氣，餾耶燔耶兮，迫之難看。乍彤乍黑兮，紛鬱蒙靄。颶氛梅霪有闔闢兮，霍然霧除，圜顧而巑岏。惟此山之德，陰谷冥冥，崇朝多雨兮，陽坡茀茀，緑縟而難删。孕産金玉兮，棲集龍鸞。屏鴆却蝮兮，庶類以安。惟此山之險，天作百隘，虎落吳楚兮，盜攘罔干。地脈絡而無蹙兮，海不能以益寬。惟此山之人，秦漢蠻夷兮，近世衣冠。未暇念夫廬阜兮，每帽攲而足酸。惟此山之望，鴈台嶠瀧，邪界連延兮，潮汐噴射，撞水裔之堅頑。鯨鯢澒洞兮，渤澥瀰漫。掉心駭目兮，闊視縱觀。惟此山之遊，倍於吳蜀，競丹刻兮，招提剎竿。輪奐千所兮，敷譯經教，架壑而冠巖。洪崖洞穴兮，天設神剜。

噫！達人之既逝兮，有往牒之未刊。俛仰談笑兮，木杪雲間。搜奇踐勝兮，領略莫殫。其石狠怪兮，嵐薰而蘚斑。蹲象舞馬兮，麇麢踞蟠。其泉清冽兮，嵌竇瀉湍。泄乳停膏兮，淙琤佩環。萬斛沸袞兮，灌浴體胖。其果珍異兮，荔蕉黄柑。地不愛寶兮，填谷映巒。其木攙錯兮，松桂槦柟。千尺離奇兮，龍起熊攀。榮耀隆冬兮，時令犯奸。蓊茸晻靄兮，翡翠纓縵。射干薜荔兮，美箭檀欒。被覆緣連兮，賫菉荑蘭。吡吸唱嘷兮，天籟自讙。歔啼吟喁兮，嚶嚶嘖煩。形色聲味，山靈千變以娛人兮，逃虛而却其神姦。嵐光著於眉睫兮，清賞痼於脾肝。嗟此邦人兮，縮衣晏飡。南畝萍布兮，田毛實慳。蔗林芋區兮，蕭散江灘。水流通川，故居之而不疾兮，交鏁弗鬱，故隆暑而微寒。屈、宋未嘗録兮，班、馬非所般。隘狹欹側兮，吁嗟永歎。濟時利物兮，雲擾大艱。救焚拯溺兮，君子不閒。引領浚都兮，恨無羽翰。石髓暫遇兮，金丹一鑽。白日清天兮，孰曰到難。四庫本《雙溪集》卷六。

金沙堆賦

張孝祥

洞庭之野，吞楚七澤，乘秋而霽，天水一色。登高桅以掛席兮，插余舟之兩翼。凌長風以破浪兮，駭掀舞於一葉。橫中流而北望兮，何黃金之突兀？觸白日以騰耀兮，疑波神之汎宅。

舟人告余曰：「此金沙堆也。」壁立千仞，衡亘百步。靈鰲之背孤起以自暴兮，棄方丈而不負。湧青城之玉局兮，遲虚皇而來下〔一〕。太倉露積以弗校兮，白粲粲而非腐。熬海波以出素兮，莽既多而無數。胡山十丈之雪結而不復釋兮，吴江八月之潮來而不復去。諒非目見而心識兮，雖巧譬其焉喻？

客有嘆曰：「壓土爲城，隱以金椎，一雨之暴，或傾以摧之。今此沙也，質輕而性離，得水而走，得風而飛，澶漫乎大漠之北，飄流乎崑丘之西。曷稽天之巨浸兮，獨與此而相宜？廉隅峻以特起兮，若斗之覆而四維。潦盡不爲之高兮，春既漲不爲之卑。風揭石以拔木兮，蛟鼉駕海而上馳。捲近岸之丘阜兮，若烈火焚乎枯萁。謂此沙既無有當散入於渺瀰。旦起而視之兮，曾無毫髮之或夷。豈與息壤同生兮，爲上帝之所私。將富媪之多藏兮，萬寶萃而在兹？豈女媧五色之石兮，完天漏之所遺，將神禹治水兮，聚九野之土以補東南之虧？豈劫火之灰兮，歲既久而莫移，將神龍之攸居兮，

〔一〕虚皇：原注「一本作靈皇」。

百鬼夜築而守之？徵至理而莫得兮，願先生之予思也。」

張子笑之曰：「子來前！天地之間，何所不有？遠者莫辭，近或可取。今夫積水爲冰，及春而澌，此物之常理也。然凌人氏乃得而藏之，堲其土，使地氣無所洩，厚其覆，使天氣不得下。天且暑矣，於是方謹而獻之。夫以一人之私，猶能變易陰陽之度，而況天地之大乎？沙之積不積，流不流，安所置論？子行矣。」四部叢刊本《于湖居士文集》卷一。

白鹿洞賦 並序

朱熹

《白鹿洞賦》者，洞主晦翁之所作也。翁既復作書院洞中，又賦其事，以示學者。其詞曰：

承后皇之嘉惠，宅廬阜之南疆。閔原田之告病，惕農扈之非良。粵冬孟之既望，夙余駕乎山之塘。徑北原以東騖，陟李氏之崇岡。地名李家山。揆厥號之所繇，得頹址於榛荒。曰昔山人之隱處，至今永久而流芳。陳舜俞《廬山記》云，唐李渤，字濬之，與兄涉偕隱白鹿洞。後爲江州刺史，乃即洞創臺榭，環以流水，雜植花木，爲一時之勝。自昇元之有土，始變塾而爲庠。儼衣冠與弦誦，紛濟濟而洋洋。《廬山記》又云，南唐昇元中，因洞建學館，置田以給諸生，學者大集。乃以國子監九經李善道爲洞主，掌其教授。《江南野史》亦云，當時謂之白鹿國庠。在叔季而且然，矧休明之景運？皇穆穆以當天，一軌文而來混。念敦篤於化原，乃搜剔乎遺遯。盼黄卷以置郵，廣青衿之疑問。樂菁莪之長育，拔儁髦而登進。謹按《國朝會要》，太平興國二年，知江州周述乞以九經賜白鹿洞，詔從其請，仍驛送之。六年，以洞主明起爲蔡州褒信主簿，旌儒學、榮鄉校也。迨繼照於咸平，又增修而罔倦。《廬山記》又云，咸平五年，敕重脩，又塑宣聖、十哲之象。旋錫冕以華其歸，琛亦肯堂而詒孫。郭祥正《書院記》云，祥符初，直史館孫冕以疾辭於朝，願得白鹿洞以歸老，詔從之。冕未及歸而卒。皇祐五年，其子比部郎中琛即學之故址爲屋，榜曰「書堂」，俾子弟居而學焉。四方之士來者亦給其食。悵茂草於熙寧，尚兹今其奚論？《廬山記》熙寧中作，已云鞠爲茂草矣。

夫既啟余以堂壇，友又訂余以冊書。尋訪之初，得樵者指告其處，客楊方子直遂贊興作之謀。既而劉清之子澄亦哀集故實來寄。謂此前脩之逸迹，復闕我聖之宏橅。亦既震於余衷，乃謀度而咨諏。尹悉心以綱紀，吏竭蹷而奔趨。士釋經而敦事，工殫巧而獻圖。曾日月之幾何，屹廈屋之渠渠。事具吕祖謙伯恭所作《書院記》。山葱瓏而遶舍，水汩㶁而循除。諒昔人之樂此，羌異世而同符。偉章甫之峨峨，抱遺經而來集。豈顓眺聽之爲娱？實覬宫牆之可入。愧余脩之不敏，何子望之能給？矧道體之亡窮，又豈一言而可緝？請姑誦其昔聞，庶有開於時習。曰明誠其兩進，抑敬義其偕立。允莘摯之所懷，謹巷顔之攸執。彼青紫之勢榮，亦何心乎俛拾！

亂曰：澗水觸石，鏘鳴璆兮。山木苯蓴，枝相樛兮。彼藏以脩，息且遊兮。德隆業茂，聖澤流兮。往者弗及，余心憂兮。來者有繼，我將焉求兮？四部叢刊本《晦庵先生朱文公文集》卷一。

《黄氏日抄》卷三四　一章言唐李渤讀書舊地，而南唐因創書院。二章言自太宗、真宗增闢，而廢於熙寧。三章言今日之再造。四章言講學之要領，而亂之以德業無窮之思。

又卷三九評張栻《風雩亭詞》　末章云：「希蹤兮奈何，盍務勉乎敬恭。」其布置歸宿，大率與晦庵《白鹿洞賦》相表裏，而可以救近世揣摩氣象、流入空虚者之弊。

熊節《性理羣書句解》卷五　此篇歷寫書院廢興之由，本朝尊顯表章之盛也。

虞集《跋朱文公白鹿洞賦草》（《道園學古録》卷一一）　昔者文公先生既重作白鹿洞書院，屬吕成公記之，而又自作此賦，豈無意於其間乎？集嘗泛彭蠡，登匡廬，升斯堂，三復於斯文矣。於所謂「誠明兩進，敬義偕立」，凜然有遲暮無反之歎。今夫荒閒寂寞之濱，朝誦暮絃者，豈無其人哉，安知其不與愚同此感也？今此篇輯録文公全書者以冠諸首，家傳而人誦之，則固有不待皆至乎白鹿者。平章迂軒趙公之幼子，乃購得其稿本，觀其草具之謹，改定之精，尤足想見其意度。

《升庵詩話》卷一一　朱子作《詩傳》，盡去小序，蓋矯吕東萊之弊，一時氣信之偏，非公心也。馬端臨及姚牧安諸家辨之悉矣。有一條可發一笑，併記於此。小序云：「《菁莪》，樂育人才也。《子衿》，學校廢也。」《傳》皆以爲非。及作《白鹿洞賦》，有曰：「廣青衿之疑問。」又曰：「樂《菁莪》之長育。」或舉以爲問，先生曰：「舊説不可廢。」此何異俗諺所謂「玉波去四點，依舊是王皮」乎？

白鹿洞後賦　並序

方岳

晦翁先生去洞之六十又九年，其里中學子方岳幸得主藏書，徘徊顧瞻，有嘅其嘆，蓋歲行之無幾而世變已不古矣。乃次翁韻爲《白鹿洞後賦》，招我同盟而歆之。其詞曰：

始予眺眠鹿之町畽，界白雲以爲畺，嗟五老人者之無恙，獨有靦於二千石之維良。朝予樂兮紫陽，夕予夢兮朱塘。訊風泉與雲壑，勞降巘而陟岡。慨夫子其未遠，寧吾道之易荒！言琅琅其猶在，將彌久而彌芳。皇拊髀其永懷，一天視於帝庠。倬雲漢之昭回，紛恩溥而德洋。

嘻同盟其念哉，毋諉焉於氣運，惟命義之是閑，豈善惡之可混！與有獲以詭隨，盍無閔於嘉遯。道烏在乎高深，體吾身其學問。將喻利以尺枉，抑嚮方而寸進。念日用之常行，奚先傳與後倦。今來歌而來遊，尚及門之子孫。匪執經而問焉，誰與歸兮共論？

予既互鄉之晚生，又主藏山之遺書。悵莫企乎前修，思盡復其舊橆。疇去籍以放紛，肆予度而予諏。二三子其來前，矩吾今之步趨。枕寒流以漱石，有書右兮左圖。儼老仙之在旁，何玉我之勤渠。日三省以澡瀹，時四勿其掃除。古之人何人斯，而予肯同夫讀書城南之符也！駕長風而來思，抱明月以翔集。毋空谷其遐遺，幸聖域之優入。以經籍爲友朋，以泉石爲供給。佩猗蘭之秋香，紉芙蓉而手緝。盍歸乎來山中，兑麗澤其講習。清斯濯以自潔，起風雩而獨立。挹煙雲而進之，問孔聖之何執。將玉林其與遨，期瑶草之共拾。

辭曰：有鏘其珮，琳琅璆兮。風蕭蕭然，山川樛兮。翁乘白雲，駕言遊兮。道斯在斯，如泉流兮。勿遐爾心，爲翁憂兮。歸來歸來，吾與子求兮。明嘉靖刻本《秋崖先生小藁》卷三七。

宋文書院賦

王柏

蔡子明講於鵝湖，用文公《白鹿洞賦》韻示學者，以墨本見寄，因用韻和之。

緊奎躔之珠粲，闡文教於無疆。涵累朝之樂育，萃慶曆、元祐之忠良。雖陽九之震蕩，復王氣於錢塘〔一〕。鴞有時而號晝，鳳終翩於桐岡。抑理大之矢謀，達此道於八荒。錫書堂之四號，揭儒隱之遺芳。因宏規而恢拓，立郡縣之膠庠。發天地之清淑，導濂洛之洋洋。

自龜山之復南，開太宗之世運，繹分殊之一語，極精析而莫渾。彼憑虛而夸毗，忌所蔽之難遁。盛哉乾、淳之大儒，四合朋簪而辨問。有味性質之異同，惡此知行之並進。蓋入德之有序，孰先傳而後倦？此紫陽之學之爲無弊，所以紹龍門之適孫。合萬殊而一統，黜百家之異論。

睠鵝湖之古刹，寓昔日之琴書。鎖淒涼之歲久，堙切磋之舊模。偉膚使之絕識，攬

〔一〕錢塘：續金華叢書本作「錢江」。

六轡以爰諏。新黌宇之壯麗，儼衣冠之進趍。坐皐比而振鐸，啟襟佩之良圖。乞題表於天陛，聘師範之勤渠。邀綵衣之歸騎，肅奠謁於前除。賡先覺之古韻，著後學之貞符。羌予隱約於陋巷，忽拜駢珠之華集。恨車輪之生角，望室堂而莫入。粗識爲學之爲己，何敢襲之而口給[一]！幸羣經之粲然，盍遺音之細緝。願言忠告於我人，請絶時學之陋習。惟窮理與居敬，要此志之先立。詠《洞賦》之末章，矢一心之允執。既爾的而爾張，亦何勞於決拾。

亂曰：玉不事彫琢，曷成爾璆兮？木不就規矩，曷正爾樛兮？曰明誠與敬義，於以泳游兮。志所志學所學，亦伊顔之流兮。慨往哲之不作，何以解憂兮？矧明訓之具在，它又何求兮！四庫本《魯齋集》卷一。

石峽書院賦

方回

歙、睦兩郡之方氏，皆東漢賢良真應仙翁之後。墓在淳邑廟前，歙亦多有，而

[一] 襲：原作「龍」，據續金華叢書本改。

此邑本歙之東鄉。宗兄府判寺簿君玉於仙翁墓旁近，爲石峽書院，以淑同志。回守郡七年，始獲以勸耕來與謁奠，謹成古賦一首，求教併呈蛟峯尚書諸公。

歷故鄣之遺區兮，泝桐江而西上。百灘跳以湍駛兮，萬峯間其清朗。挹寒碧以濯纓兮，睨空青而停槳。維還淳之古邑兮，割歙封之東壤。昔固嘗郡於斯兮，猶民稠而土廣。予家於紫陽之下兮，啓此邦之來長。雖視之若恭梓兮，愧曾微於善狀。七閲歲曷不歸兮，駭童顛而槁項。賴多士之孅俗兮，遵砥途之坦蕩。循阡陌以勸耕兮，嘉農畔之洵讓。偉深衣與大冠兮，勞予行之鞅掌。曰肄業於精廬兮，新石峽之塏爽。領袖者誰予同姓兮，又同登於虎榜。鬱經綸其莫究兮，聊私淑乎吾黨。睠吾宗之蟬嫣兮，叩古初而遐想。

方雷氏之媲軒后兮，實得姓之攸昉。至姬周而昌大兮，叔佐宣而善將。參《召南》於《雅什》兮，詠其猶之克壯。伯牙之師於春兮，絃山水之幽響。曄西都之九卿兮，字君賓而名賞。紛蝟起以鋤新兮，有平陵之相望。成敗不可以論人兮，亦一時之倜儻。緬真應之仙翁兮，知駕鶴其焉往。彼金盌之出人間兮，孰不樵牧於煙莽。與釣壇屹其東西兮，此佳城歸乎無恙。羣雲仍之簪緌兮，謹歲時而來饗。隱鸊原者曰干兮，守雉山者曰亮。保土守以綏靜兮，擅詩名而高尚。皆賢良之苗裔兮，匪郡乘之私獎。

予君玉父之好修兮，鼓斯文而爲倡。昆季儼其連璧兮，邁坡、潁之超放。出寸雲必爲霖兮，寧退處而孤抗。肯斯堂於傍近兮，奉聖賢之遺像。聚學徒而蒞止兮，咸攝齊於函丈。俾掃松而釋菜兮，契予衷之歆仰。摭鹿洞之故實兮，謂升堂而受講。嗟予學之久荒兮，艱弄斤於般匠。拾朱子之糟粕兮，竊有聞於疇曩。情之動貴乎省察兮，性之靜在乎存養。未發固無所偏倚兮，發則欲各有攸當。致知以進其識兮，居敬以除其妄。知鳥翼之必雙兮，如車輪之必兩。日用飲食無非道兮，勿馳情於惚恍。一念一慮之間兮，分聖狂於克罔。

嘻！近世所以不古兮，罥名場之罝網。科舉之壞人心兮，競區區之得喪。屬夜生子而取火兮，幼常視於無誑。以干祿爲始教兮，將終身其奚仗？天或者惡其然兮，斯革儺而矯枉。無所爲而爲學兮，真儒庶其可訪。聲乃心於希瑟兮，粲厥躬於陋巷。顏、曾顧何必仕兮，勝齊、魯之卿相。或塾居而受書兮，或野芸而植杖。君子睟盎以潤身兮，小人給夫一餉。化銛鋒而牛犢兮，息鉅筩之鷸蚌。奉豳酒以介眉壽兮，豈太平之無象。嬰吏徽而弗予蛻兮，言及茲而泚顙。予固將引而去之兮，疇敢卜隣於思曠。《新安文獻志》卷四八。

《復小齋賦話》卷上　方虚谷回石峽書院賦有云「近世所以不古兮，罥名塲之罝網。科舉之壞人心兮，競區區於得喪。屬夜生子而取火兮[一]，幼常視於無誑。以干禄爲始教兮，將終身其奚仗」，「無所爲而爲學兮，真儒庶其可訪」數語，真切中病根之言，爲父兄、教子弟者，不可不以爲戒。

遊紫霞巖賦

樂雷發

邑有山曰九疑，蓋天下之名山也。山之巖洞最勝者曰斜巖，乃唐刺史薛伯高命名。石磴層懸，古木修森，紫霞丹霧蓊鬱時濛，而崆峒軒豁如磬斯俯焉。中涵異景，外多勝致。古蹟既微，篆刻蘚落。國朝至道初[二]，宰相張觀以使相守永州，邑宰黄侯甲於是撤荒揚馥，振新飾美，追舊遊之芳蹤，然後斯洞之復有主也。

余與客挾琴攜尊，遊而樂之。趣無竟兮逸思狂，神恍惚兮魂飛揚。慶此生之上方，

[一] 屬：原作「厲」，據《新安文獻志》卷四八改。

[二] 國朝：原無，據《南宋文録録》卷二補。

忘步蹴之周章。乃喟然歎曰：噫嘻！巨靈其有私乎？夫何造異鑄奇，擎芳捧勝[一]，去巽城而非遐，助吾邦之奇興！人愈傑，地愈靈，料三楚兮倍精神。接衡嶽之翠岫，隔紫陌之紅塵。爾其圓翬高幡，虛門兩闢，納霄漢之昭回，任風雲之出入。光霽炯其朦朧[二]，幽深排以赫奕。踏層谷之逶迤，間懸嶇之崒嵂。左之降兮東階，右之陟兮西級。布砥橋以虹橫，貫清渠而弗息。奮龍髯於天際，掀神手於崔嵬。輕蘿旁繡，甘露斜飛，雕蟲篆畫，銜彩呈奇。右尋幽而金錮，左懸竇而可入。氤氳縹緲，傾斜突兀。投烈炬兮星雹，猛陟身兮仙梯。參梵侶於石藏，聽咿唔於紫虛。洞紆徑而越僻，泉繞閣而泓漪。華表插地窔，瑞蓮自天垂。鳴蝌蚪於邃奥，沛淋漓於郊堤。盼紅門則宮闕儼然，躡雪府而瑤光徹肌。繹前賢之遊詠，契仙子之棲遲。驚雷轟之隱隱，沐微雨之霏霏。挹清風以舒懷，拂曙雲而濕衣。醉楊梅以益興，摘瑜扉而藻籬[三]。呼青牛於田畔，釣神龍而忘機。鐘鼓鏗鏗乎立號，鵝管滴滴乎香乳[四]。瓊花來霄漢，璃琉寶蓋垂。天日鼎耀，月星交輝。

[一] 擎：原作「檠」，據《南宋文録録》卷二改。
[二] 炯：原作「洞」，據《南宋文録録》卷二改。
[三] 摘瑜扉而藻籬：《南宋文録録》卷二作「摘藻壁而瑜扉」。
[四] 乳：《南宋文録録》卷二作「飛」。

瞻十洲之渺洋，蹲三島之騰巍。消胸中之芥蔕，窺金紫兮欲何爲？已而出洞府，依仙案，背危崖，踞蒼版，丹竈烹葵，石盆漩琖，恣狂舞而高謌，在淺斟而細啖。進絲桐以宣和，信履道之坦坦。江聲潺其悠悠，紛天籟之中感。跨明堂清廟之所爲，而有若太古淳龐之既挽也。尊罍既傾，樗蒲以輟。濯滄浪於曲流，漱金華之芳洌。體兮倍其輕清，心兮增其皎潔。嚚嚚乎如隱於蓬萊閬苑之清虛，而有得於仙丹之調攝。

亡何，有羽人寄於巖右之亭者，莞然而至曰：「何居乎？二三子之怡然嘻，嘐然處者，豈若以斯洞之蹁躚，能暢英賢之思乎？」余曰：「唯唯，斯蓋一日之奇逢，足當百年之榮遇也。羨吾子以彌年之晚落，擅採眺之雍雍。果何春何夏，何秋何冬，而有得其形容？」

羽人曰：「試聽之。夫木德載陽，勾芒用命，條風鬱兮沖融，麗日遲兮掩映。野花貢其幽香，珍禽弄以新韻。苔色發兮瓊蕤，葆光摇兮玉潤。此殆非人間之春也。靈威謝青帝而東去，祝融鞭火龍而南來。山軒風豁，水閣天開。炎光高禦，暑氣遙排。襲涼飈於暗動，受清蔭而如懷。此殆非人間之夏也。斗之西兮氣之金，千芳斂兮百英塵。乃却陰霾於不至，留和氣以長存。挺璠葩之襯潤，群瑤草以凝芬[一]。人間之秋，有此乎？及其霽發而寒，臬烈而虐，含荏苒之韶華，破嚴凝之蕭索，晴嵐暄兮熏蒸，暝氣緼兮磅礴。喜喚石之足憑，愛温泉之可酌。熙熙乎若與春臺而相忘，而不知歲時之赴壑。人間之冬，有此乎？而吾乃姑乘化以遊息，漠然不覺乎春秋。樂藏修之有托，與斯世兮焉求。會天真於守一，目已無乎全牛。然使皆不爲吾兮，果將誰其巢由？使皆由夫吾兮，又將誰其伊周，而惟躅芳塵者之商籌？」

余曰：「命之矣。」未幾，策藜催歸，斜陽送煖，出谷口而舒目，渺乾坤於一盼。玉轡踏春以追隨，曾不讓彼天台之遊玩。倚亭曠顧，蹣跚旋還。若自廣寒諸宮之既降兮，而偶在於人間。

於是泊於九州之泉厓，有友人者遇而問焉：「吾固知數子之熟察於紫霞矣，而亦爲何遊乎？」

余曰：「有是哉！彼其燕閒自適，沉静無譁，肆精神以曠達，絕塵冗之紛拏。富貴者而遊之焉，將自失其榮華也。染以澹泊之風，得乎清新之趣，朱紫不足以入其心，

[一] 群瑤草以凝芬：《南宋文録録》卷二作「羣瑶艸以披紛」。

穆穆兮而深沉。任周旋以笑傲，泯形跡於無聲。褊淺者而遊之焉，將自大其胸襟也。通一竅之玲瓏，宏四圍之敞豁。靈臺隨以虚明，蔽錮因而銷鑠。愚戇者而遊之焉，必自昭其聰覺也。豈惟是哉？遊焉而得乎淳龐者，詭譎可以消其邪心；遊焉而得乎舒徐者，剛鋭可以消其躁急。沉疴而有得焉，必自消其腠理；憤鬱而有得焉，必能灑落而和平。在修真焉，則自得其天之妙；在吾儒焉，則自益其意之騰。此其大略也。若以吾之言爲迂兮而不信，請質諸紫霞之主人。」《古今圖書集成·職方典》卷一二八二。

輕肥不足以介其意。貧賤者而遊之焉，將自忘其空匱也。浩浩兮而曠闊，

武安塔賦

謝禹

粤上帝之分寶，於南楚而是殿。易砂礫之舊鎮，壯玉山而名縣。山脈閩而聯綿，睇嶔鍔而葱蒨。劍立戟攢，虎踞龍變。頓奇峰之干霄，就號武安者對面。昔禪月之親指，必七寶浮屠之此建。合佳氣之清淑，鎮地脈於悠遠。考故老之相傳，曰鄭長者從秦公之勸。

當其度玉虹，經普寧，闢基絶嶺，疊石七層。路隨峰而迴轉，造極高而砥平。矻天

柱之玉立，卓文筆於青雲。信乎人傑，有關地靈。延太和之景鑠，現魁宿於芳齡。洋洋絃歌，矗矗簪纓。沕穆曼衍，時和歲豐。布濩鴻溶，役簡刑清。環萬井之生聚，皆巨鎮之依憑。豈謂地洩神氣，職曠六丁，歷己亥而辛亥，忽峰摧而角崩。恬熙者攘敚，蕃阜者凋零。豈無卓魯，藹藹政聲？豈無欣向，藉藉騫騰？

居於斯者不念神明之當興，接於目者不覺山形之可憎。爾乃諗於衆而咨嗟，不可無塔而可以無家。志健愚公之移山，事易童子之聚沙。乃揀日而鳩工，乃興役之無涯。心劇形瘵，施嗇用奢。飯粟計廩，縻楮論車。翕衆力之傾助，出隻手而梳爬。輦木石於層空，履彝坦於聱牙。萬夫帖安，羣工懽呀，積千日之浩汗，曾無毫髮之參差。莫不曰嶽祇拱佑，而致斯邪！

觀其亭亭跨空，視昔加倍。烈風不休，七星不在。彼漢宮銅林，蜀郡石筍，俱不足記。絜其圍則幾莊叟之社櫟，計其尺則踰孔明古柏之翠黛。俯萬屋之龍鱗，礙九霄之鵬背。金碧耀燭，丹雘鑠睞。喜毛、吳之二氏，開珍藏於數代。巨佛修牙，五色渥彩。舍利纍生，敲擊不碎。鑄黃金之妙相，領萬室而人芥。福海靈炎，合椢輪載。是日也，天樂盈耳，鏗訇雲外。昭禽呈頂，翔舞對對。胡然向日，胡然晝晦。風伯鼓蕩，雨師飄灑。遄陰霾之劃開，覿陽烏而懌闓。

奇哉！衆真朝而百靈會，莫不抃手畢工，歡聲一同。不啻如育王八萬四千之散在天上人間，水國龍宫，風日流麗，移兹於目中。煙雨空濛兮，恍西湖之高風；夜半月寒兮，射寶氣之晴虹。霜明雪皎兮，掛夭矯之玉龍。至若天燈炫夜，簷鐸吟風。觀者喜銀花玉炬之長紅，聽者疑鈞天帝所之擊磬編鍾。四時朝夕之景無窮，而此亦與之無窮。六六玲瓏，豁雲門之顯敞；困困縈盤，穿龍窟而騰上。地位高兮天顏咫尺，紅塵隔兮道心曠蕩。散百憂，吞萬象。其東則瑯峰青碧，其西則靈山翠障。北嶺南巒，面面環向。春粧如濃，秋抹如淡，妙手難描，傑筆難狀。或把酒而臨風，或憑欄而遠望。騷客冥搜乎雲表，曠士身脱乎塵網。宜鼓吹，吹裂石響；宜高歌，歌驚天上。間有美姝麗服，羣遊競賞。東西行者，且顧且仰。不知者以爲洛妃、巫女之縱觀，瑶池崑母之仙仗。

已乎！是特誇其光景，未觀福地利益之廣。可以綿天經，續地緯，巨鰲負而不摇，百姓望而自畏。還淳俗，回旺氣，題慈恩之岧嶢，匪端明之專美。凜高標之伾伾，多文節之出類。軼崇寧之正言，媲紹興之宏博，露穎舒翅而愈偉。凡後之人，乘雲依日，思厥功而罔既。彼窮官玉班，巨室金斗，貪多務得，不肯吐口。倏風經而雨過，等草木之腐朽。孰若余能因物而得名，士安、武安而同久。予亦知夫善事之無魔，大緣之成就。

方今皇帝聖明，天地父母，仁聲曒□乎埃埏，皇風欻曜乎宇宙。幸而爲佛國之編氓，欲得偉觀光前而照後。於是毛子攝衣起謝，拜手稽首：是塔之功，士安不有；歸之邑人，邑人不有；歸之龍天，龍天不有。請以此祝天子之萬壽。道光《玉山縣志》卷三一下，道光三年刻本。

石賦

吴淑

《易》曰：「艮爲山，爲小石。」斯蓋土之精，而氣之核者也。若夫落落之姿，粼粼之質，雖不可轉，有時而泐。司馬用之而爲槨，樊重構之而作室。認柳谷之馬牛，駭越王之履櫛。或形似芙蓉，或礌名霹靂。爾乃補天五色，爲山一拳，得董威之寢所，置趙岐之墓前。泗濱有浮磬之美，他山聞攻玉之堅。

至若祠彼穀城，燔於東郡。驚大秦之九色，翫沔陽之八陣。符吉夢於高琳，著咎徵於元進。范文之刀傳魚化，騰放之枕曾雷震。亦有灌之燃火，煎之取鹽。條支黑髮之驗，昆明切玉之銛。復聞貢并鉛松，集同楛矢，豈獨禦衝，兼能款梓。識辰韓之押頭，見孫荆之礪齒。秦政苛而流血，魏德茂而連理。應祈嘗爲於塗牛，莫逆或稱於投水。熊渠射虎，初平叱羊。夜聞狗吠，秋觀雁翔。臨川之廩，鄱陽之倉。或高懸蜀鏡，或遠涉秦梁。

至夫山上望夫，牀頭化女，既傳秦婦，復聞啟母。吞之既見於充宗，採之亦聞於石虎。爾其王翦欣於超距，高固勇於投人，鞭陰陽而應禱，坐嘉肺以臨民。又若乞子馬湖，磨刀臨賀，梁相之祥觀鵲化，竇后之吉聞燕憻。或得於到公之宅，或感於道衡之坐。稽夫吉則介如，凶言困于。或賁之而爲糧，或洗之而上車。在零陵者飛燕，置九疑者覆書。

至其嫣皓懷之而叩頭，張豐囊之以繫肘。或以浮來而應讖，或以入用而去垢。別有宮亭星落，員嶠雲飛，便金蜀滅，韞玉山輝。驚孝子之取水，感女郎之浣衣。問公幹而其操彌厲，懼長房而其心不移。或以布帝臺之棋，或以支天漢之機。虞愿之來，無輕雲之隱蔽；陳總既至，著高文而禱祈。

已夫言晉聞諸舊傳[一]，隕宋見於前志。訝玉女之搶扉，怪督郵之攘袂。刻昆明而表奇，擊臨平而記異。負之既見於申徒，銜之亦聞之精衛。斯堅潤之奇姿，亦美名之所

[一]已夫：明秦汴校刊本、四庫本作「以至」。

萃。宋紹興刻本《事類賦》卷七。

石賦

飛來天竺講徒聚石作供，爲之賦

釋居簡

石奇而怪兮有惜不惜，石眂人兮猶人眂石。夫二三子，悠然會心。攀高陟遐，隱搜細尋。捫蘿鳥輕，籋雲景沉。俯闞嵚崟，側行岑崟。磅礴巖阿，裴回磵陰。洗濯雨蝕，摩挲蘚侵。獸駭始蹲，鸞回欲升。介如其質，鏘乎其音。如考琮璜，如戛球琳，如獲大貝，如致南金。室邇兮其何能及，石遠兮輦無傭直。屹如林兮若拱而揖，百夫睨兮無用其力。

若夫坡陁兮盤，峭峙兮桓，王佐才可就而不可致；權奇兮巧，玲瓏兮小，市廛隱可致而不可畢。俯疎簷而巍插，掛綺疏而環植。立中不倚，禀姿淡如。卻步欲前，傴僂反趍。匪卑媟尊，匪親簡疏。匪璞貴雕，匪瘠貴腴。蔭之以綠蕉密葉之涼，友之以青琅方寸之虛。澤之以金莖沉瀣之清，鐫之以石鼓斷缺之餘。堅不可鐫，頑可澤與。將爲魯叟之堅乎，抑爲瞽叟之頑乎？

或曰：是石也，皆有飛來之一體。始焉飛來，終將飛去。固蕩誕漫詒兮不可復據，夜半有力者負之而趍。吾恐昧者不知兮防之不預，因作而言曰：小子識之，庶乎一得兮有補千慮。四庫本《北磵集》卷一。

太湖石賦 並序

陳洙

客有嗜太湖石者圖其形示余，命爲賦。其辭曰：

江之東直走數百里，有太湖兮澄其清。湖之浪相擊幾千年，有頑石兮醜其形。徒觀夫風撼根折，波流勢横，神助爾怪，天分爾英。駭立驚犀，低開畫屏。素煙散而復聚，蒼苔死兮又生。譬夫枯槎浮天，黑龍飲水，鬼蹲無狀，雲飛乍起，稚戲攜手，獸眠盤尾。大若防風之骨，竅如比干之心。蜜房萬穿，秋山半尋，子都之戟前其鍛，韓稜之劍利於鐸。

若廼湖水無邊，湖天一色，露氣曉蒸，蟾津夜滴。伊爾堅姿，峭兮寒碧，千怪萬狀，蓋難得而剖悉。吾將弔范蠡於澤畔，問伍員於波際。原君厥初，何緣而異？公侯求之，如張華之求珠；衆人獻之，如卞和之獻玉。植於庭囿，視之不足。

噫！爾形臃腫兮難琢明堂之礎[一]，爾形中虛兮難刻鴻都之經。用汝作礪兮汝頑厥姿，攻汝爲磬兮汝濁其聲。亡所用之而時人是寶，余獨掩口胡盧而笑子之醜[二]。四庫本《吳都文粹》卷六。

合州醉石賦

何麒

我於杯酌，僅了涓滴，醉安從來，而有醉石？石非徒設，醉亦多端。信筆書之，姑列其三。

畏日流金，雲漢赫赩。衝炎抱熱，脣丹輔赤。偃蹇其間，聊以自適。時方艱棘，詭秘紛紜。疑信交攻，憂國如酲。於以伏思，庶幾自平。探賾六經，究其微旨。注睫冥心，如病瘳醴。曲肱於斯，灑然自喜。惟是三者，其趣則真。我示昏酣，得醉之情。葛陰扶疏，竹風蕭騷。中夕據之，卧

[一] 臃：原作「擁」，據《古今圖書集成·山川典》卷二八一改。《吳郡志》卷二九、正德《姑蘇志》卷一四、《歷代賦彙》卷二三並作「擁」。

[二] 胡盧：原作「盧胡」，據《古今圖書集成·坤輿典》卷一六改。

看斗杓。乾隆《合州志》卷一四。

乳牀賦

梁安世

吳中以水爲鄉，嶺南以石爲州。厥惟桂林，巖空穴幽，玲瓏嵳峩，磊落雕鎪。欲縻繩而篝火，窘糧絶而道悠。石有脈其何來，泉春夏而滲流。積久而凝，附贅垂疣。或擊斯鐘，或振斯裘。或蓮斯葩，或筍斯抽。或胡而龍，或脊而牛。或象之嗅，或黿之浮。或麟其角，或馬其騶。或躍而魚，或攀而猴。或粲金星，或羅珍羞。或肺而支，或臂而瘤。或釜之隆，或囊之投。或溜而塍，或疊而丘。或鑿圭竇，或層岑樓。或賈犀貝，或農鋤耰。或士冠纓，或兵兜鍪。或下上而相續，或中闕而未周。

稽《本草》之乳牀，特精觕之不侔爾。抑嘗以歲而計之，十萬年而盈寸，度尋丈之積，累歲合逾於千萬。肇開闢而距今，邈春秋其幾换。蠟屐之士，倏來亟散。訝泉乳之能堅，若朝菌之暮旦。孰知頑礦，天理密運。自立於岱，能言於晉。望夫而化，殞星而鎮。生公談妙而點頭，初平叱羊而争進。凡如劍如佩，如紳如弁，如拱而侍，如坐而眄。既具人之形體，蓋閱世而默見。

吾將灰心槁質，孱顔畔岸，兀坐嵌巖之側，觀融液之流轉。自分及丈，十百而羨。高低聯屬，柱擎臺建。小留侯濟北之遇，玩蓬萊六鰲之抃。俾磨崖刻畫之子孫，當語之以老人大父之貴賤。雖蓋傾而輿穿，戴一姓之奄甸。儻謂瘴鄉之不可久居，夫豈知處夷險而其志不變者耶？

淳熙辛丑長至，括蒼梁安世拉清江徐夢莘、劉昌時、柯山李秩、嚴陵邵端程、金華徐之茂、宜春孟浩來遊，因論泉乳凝結，書此刻之。四庫本《桂故》卷五。

雍正《廣西通志》卷八六 梁安世字次張，括蒼人。屏風巖有安世詩、《彈丸巖賦》、《乳牀賦》，……安世在桂，與夢莘最友善。

白石賦

陳仁子

白石，奇物也。士有奇趣者，必有奇好，故石亦以奇自珍於世。奇章之大湖，德裕之平泉，坡仙之九華仇池，皆好奇然爾。其賢於世之寶金珠玫瑰者，不直九牛一毛。省吾先生躬穫秫田，道經露溪之楊柳偎，披砂揀五，得瑰石，奇之，寘諸明窗棐几，若天球大貝。且爲記以放此石，諸公又復從而贊之歌之，發揚奇趣殆盡。友人古迂陳某泚筆以賦，姑備奇觀，匪文也，勿籍。其辭曰：

緬儵忽之既鑿，隤坤輿之茫萍。遹羣峯之夭矯，爛塊石之硭磄。睠雒楊仙，襟帶雲陽。嵐歕霧歙，蚪潛鸞翔。鐘兹磊磈，巖苞岫藏。㬎㬎隱隱，硌硌硠硠。厓山鬼之閟崧，穴后土之鴻厖。閲歲祺之綿歷，間横陳於道旁。抑先生之神遊，與泉石以相忘。故脱屣煙霏之汎，而俎豆雲霧之窗。

先生持歸，一日出以誑客曰：懿哉石乎！風流醖藉，豈天邊織女之支機耶？縷脈繡錯，豈蜀都太守之刻犀耶[一]？形摹詭怪，豈漼縚登貢之遺邪？彩色卓犖，豈五丁幻化之奇邪？爾其渾淪委質，莽蒼盈滋。晢質白章，膩體貞肌，丰神突兀，光耀陸離。匪雕匪斲，不磷不緇。剜兮如竇，擁兮如頎，圜兮如瓷，鋭兮如珪，呀兮如鑱，劈兮如蒡，坳兮如垤，妥兮如堀。或硉矹兮立玉，或窈窕兮含姿，或娟秀兮似媚，或偃蹇兮若窺，或觚稜兮削鐻，或杈枒兮蒙魌，或隱賑兮起粟，或蜿蟺兮蟠螭。烏輪兔魄，晶熒洞

[一] 豈：原作「崖」，據上下文例改。

射。或如按劍，夜光珙璧，露沐雨櫛，暈痕生澁；或如侍騎，璣琲瑟瑟，皭然囂世，偭絕瑕纇；或如處子，不點塵滓，瘠形骨立，卓絕幽植；或如臞儒，蕭然山澤，鎮重自愛，森嚴嵩岱；或如巨鰲，贔負首戴，莓苔點綴，斕斑嫵媚；或如筍班，縈紆袍翠，蟠根靚密，松裊溜滴；或如遊巖，煙霞痼疾，輓寘闤闠，秀色堪餐；或如四皓，遠辭商顏，千狀萬形，樸異韞靈。渺渺彪炳，磊落嫈嫇，騰林媚川，徹霄炳星。摶砂混礫，鏤球媿瓊。

吾將竊下米芾之拜，次第奇章之名，昈列坡仙之供，勒移樂天之銘。飾以九節之蒲，盛以老瓦之盆，溉以銀潢之水，處以風月之櫺。

俄而古君若有馮而言者曰：噫！物無常輕兮，因人則輕；物無陡貴兮，由人而貴。金一塊然物也，何郿塢之藏兮秪以媒累？玉一璞然物也，何懷璧之夫兮適以起穢？彼舉世溟涬自愚兮，匪物之果祟。矧吾幸不爲世所材兮，故得天全而神諧。凜然鐵肝之立懦兮，不帶姡骨之要媚。前辭鋊鑢之烹燀兮，後逃椎鑿之炙鏊。且夫憂喜環循兮好惡仰俯，古今殊時兮盛衰一聚。愛者鼎呂兮棄者芥羽，知者丘山兮畱者坌土。今吾黄不如子房穀城之遭兮，緇不如雷州黑磬之侶，赤不如昭德洛水之獲兮，青不如元吉晉陽之取。山陁湍嚙兮流落浦溆，畀運輂置兮傲兀文府，清波明水兮拂拭摩撫，雲錦天章兮青黄黻黼。君子哉人兮清盈肺腑，氣味冥合兮締交接武。或不幸爲好事者奪去兮，貯之妓女；又不幸爲褦襶者斡棄兮，薦之柱礎。思出岫之無心兮，顧著身之何所？國無人莫我知兮，欲首丘而無補。

先生聞之，心焉若惕，抱璞不試，執筆而譯，謂吾久袖補天之手，而姑以備五色之一。影印清初影元鈔本《牧萊脞語》卷二。

火賦

吴淑

火之於人也，尊而不親。出内既觀於天象，内外亦見於《家人》。司烜效官，則取之陽燧；莊周著論，或言其指薪。

爾其觀彼熒臺，取之然石，既不戢而自焚，亦禍發而必克。每見焚和，嘗聞燥物。祓管仲於齊境，隨王莽於宣室。

若夫牧童之燒秦冢，項羽之屠咸陽。炎洲照灼，上郡熒煌。當畚挶以爲備，豈瓘斝之能禳。胡母之得子博，孫登之訓嵇康。

至於岷山白首，符愚赤喙。伏鄭玄之先識，嘉韓康之幼惠。祖瑩蔽窗而服勤，管寧望島而來至。驚此浣布，戒茲燎原。或蕭芝共弊，或玉石俱焚。彰孝感於君仲，施至化於劉昆。或以散陶安之冶，或以燒子布之門。則有伊尹九變，甯生五色，越王握之而報吳，仙翁吐之而待客。嘉叔度之不禁，笑阿奴之下策。宋姬亳社之妖，閼伯商丘之職。因彼錯木，生於積油。日已出而宜息，金相守而斯流。觀炎炎於燧木，指赫赫於蕭丘。至其雨裏常燃，口中忽吐，類既就燥，味惟作苦。智伯曾言於入夢，曾子每聞於不舉。亦有望炎山之草木，瞻夢澤之雲霓，憶田單之縱牛，思江逌之放雞。佛圖曾説於救燕，郭憲嘗聞於噀齊。樊英之神寧測，欒巴之術難躋。則有驚武庫之焚蕩，訝圓淵之照灼。或涉之而不知，或處之而自若。亦云燧人用之而紀物，炎帝以之而名官。孝緒既云於徹屋，古初亦聞乎伏棺。別有生彼老槐，出於槁竹，雀集公車，烏流王屋。行司爟之政令，絶令丘之草木，憫池魚之及禍，喜藏臺之爲福。

又聞燒木不死，灼獸不燃。舉於雎時，照彼甘泉。孫子用之而攻敵，赤松蹈之而成仙。縻竺之貨財殆盡，獻之之神色恬然。猶有臨邛之井，神丘之穴。感通嘗見於烏銜，焚燎忽驚於突決。爲子推而見禁，逼仲都而不熱。斯配禮而主夏，實離象之餘烈也。宋

紹興刻本《事類賦》卷八。

宋代辭賦全編卷之四十二

賦　地理　七

水賦

吴淑

夫潤萬物者，莫潤乎水。若乃翫文章於濉、涣，修祓除於溱、洧，飲玄洲之似蜜，味晉安之如醴。或見漸車，或稱濡軌。歌屈原之濯纓，耻許由之洗耳[一]。若夫挹彼注兹，泳之游之，《傳》既聞於流惡，《詩》亦言其樂饑。象存習坎，性在乘衰。湛靈源於疏勒，湧清流於貳師。

至於懷山襄陵，浮天載地，滿而後進，盈而不概。知檻氿之殊名，識濆肥之異義。

[一] 許由：明秦汴校刊本、四庫本作「巢父」。

涉冬春而凝泮，量淺深而揭厲。爾其流觱沸，導靈長，天齊之泉，帝臺之漿。驚迅湍於灧預，駭懸流於吕梁。則有臭過椒蘭，利穿金石，河分簡絜，渠名鄭白。美君子之爲交，歎小人之是溺。《禮》著淵泉，祭名清滌。偉文公之獨見，美公沙之先識。異出兮同流，載舟兮覆舟。美彼上善，嘉其至柔。感若思之置坐，爲左慈之逆流。

至於閲彼瀾漣，乘之沿泝，潤下潛滋，朝宗遠騖。歎逝者之如斯，處衆人之所惡。美夫不雜則清，莫動則平。五色不得不彰，百事不得不成。識武都之泥紫，見豳土之蛇青。在成都者，以錦爲號；出房陵者，以粉爲名。別有夫餘沈毛，襄城化血。范雲慕仁而不怠，吴隱酌貪而愈絜。新豐則時平乃清，臨淄則世亂而竭。淮爲滸，江爲沱，漢爲潛，洛爲波。美陳宣之納諫，韙王商之止訛。投舒姑而靈變，汎滄浪而浩歌。或曰坳堂，或稱瀾汋，味識淄、澠，鬭聞穀、洛。雖灌注於百川，蓋權輿於一勺。稽夫循而難毁，親而不尊，動則叶乎智者，静則符乎聖人。或浸彼包蕭，或不流束薪。女媧之積蘆灰，夏禹之鑿龍門。

及夫瞻瀏其，觀⿱此心彼，玄灞、素滻之名，温洛、榮河之瑞。既近之而易溺，亦翫之而多死。下令斯同，臣心是比。任重致遠之功，激濁揚清之美。承瓠葉以泉渟，發績籠而波委。至有陷空桑之里，化歷陽之都。栖浮曲岸，月射方諸。詠鮑照之九塗，望馬氏之行車。洛宜禾而渭宜黍，方有玉而圓有珠。勺蠡而滄海寧測，決江則波臣有餘。斯流濕之爲美，豈獨薦獻於潢污。宋紹興刻本《事類賦》卷七。

海賦

吴淑

於廓靈海，百川委輸。浮天無岸，含形内虚。浹天墟而浮析木，薄碣石而蕩之罘。峙以沃焦，泄之尾閭。黑齒、裸人之國，聶耳、窮髮之區。瀛洲、蓬島，員嶠、方壺。鯤鵬之所變化，神仙之所宅廬。

若夫聳榑桑於碧津，鼓洪波於滄溟。或浮查而犯斗[一]，或熬波而出素。齊景忘歸，秦皇欲渡。祖瑩望之而賦詩，王粲遊之而作賦。想慕容之涉冰，仰仲連之辭組。爾乃鹿渾、陽池，蒲昌、勃鞮，百谷之所揔集，萬穴之所會歸。憫波臣之在轍，駭馬銜之當蹊。陳茂拔劍以息波，飽靚煮石而療饑。見遁世之姜肱，識乘桴之仲尼。觀夫控清引濁，蕩雲沃日，望彼幼少，觀兹朝夕。聳黄金之宫，開紫石之室。怪精衛之銜木，驚徐

[一] 查：明秦汴校刊本、四庫本作「楂」。

衍之負石。時清而雖不揚波，彗墜而曾聞決溢。

至若歎朝宗之美，攷善下之言。嘗窺鮫室，屢見桑田。子牟傾馳而戀闕，管寧危殆而思愆。亦有覿陰火於波中，採石華於山際。羅珊瑚之的皪，烝雲霧之薈蔚，祭在禮而先河，波有時而動地。人君法之而成大，百川學之而則至。

是知略群山，涸九州，非宜讓水，當須積流。既駕黿以爲梁，亦吐蜃而成樓。搴芳林於聚窟，訪瓊田於祖洲。井鼃見拘，誠視聽之非廣；河伯自視，知大小之不侔也。宋紹興刻本《事類賦》卷六。

弔胥濤賦

羅公升

羅子客於錢塘，適時仲秋，皓月初缺，長空閴寥，萬里清絶。乃江臯乎消摇，想故國之餘烈。已而金鏦鼙轟，轂戞蹄踣，囂塵漲天，鬭艇彌澤。行雲低回而不飛，山川蒼茫而異色。

羅子恠而問之，客曰：「子獨不聞錢塘之潮乎？夫天地之間，有高有深，有明有晦，有動有植，有常有恠。賦形而立者以億計，而海爲大海之大。浮人間其如空，與太虚而爲對。其變化翕忽，一日萬狀，而錢塘之潮爲最。錢塘之潮，捲海山，吞吳會，力拔寰中，聲出天外。其瑰偉傑特之觀，亘萬古，信四時，而八月既望爲快。

「方潮之未至也，乾坤爲爐，陰陽爲韛。一元之氣，秋高而益盈；望舒之精，霸生而變態。倒河海於槖空，納萬流於一噫。陽侯捲波其欲立，百神嚴駕兮有待。

「及潮之既至也，怒如驚霆，疾若飛雨。日車爲之掀簸，風師助其呼舞。峩峩兮層冰之來，千里飛雪；洶洶兮萬馬之奔，四合如堵。倏谷變以陵遷，恐山摧而岳仆。見者膽落，聞者毛竪。

「於是賁育之倫，虓虎之士，因兹水嬉，以習戰事。捩文舠，建彩標，破驚湍，逐駭猋。駕蛟蜃以爲車，履鯨鯢而成橋。大蕿搗靈鼉之革，修竿曳鮫人之綃。三山爲陸，暘谷爲徼。縱横南北，合散先後，鬼没神出，鱗介相弔。或擁蓋以高驤，或援戈而疾剽〔一〕，或觀海若而分餘甘，或叩珠宫而逢一笑。歡聲遠於淮壖，餘風騰乎越嶠。層瀾既

〔一〕剽：原作「國」，據《海塘録》卷一八、《西湖志纂》卷一一改。

平，鼓者未息〔一〕。掣鰲首，耀鯤脊〔二〕，洗月窟，探地極〔三〕，馮夷讋，游龍氿。呂梁丈人陟降乎左右，蓬丘仙人逢迎於咫尺。此闔閭、夫差之所以雄長百蠻，憑陵上國也。「是日也，朝者休務，賈者輟市，贏糧而快覩者纍屬乎八九百里。雞林日本，琉球闍婆，萬斛之舟，卯發而辰至；朝采夜光，珊瑚火齊，希世之珍，山積而雲委。茂先所不能識，弘羊所不能計，此真極天下之鉅麗也〔四〕。今子重趼百舍，來遊三吳，蓋將攬江山之偉奇，供筆墨於遊戲，亦有樂於此乎？」

羅子遽然變色曰：「此固吾之所以弔也，而子以爲樂乎？且方全吳之時，左滄海以爲池，右梁山以爲郭，内重湖以爲襟帶，外長淮以爲籬落。水犀萬艘，石城千仞，乘車踵申公之策，伏軾藉延陵之信。子胥運籌於帷幄，孫武受鉞於行陣，前茅未啓〔五〕，中原已震。談笑舉六千里之楚，指揮壓四十縣之晉。宋子齊姜，麋至於後宮；魯壺鄭縞，

〔一〕者：《西湖志纂》卷一一作「音」。
〔二〕鯤脊：原作「緄眷」，據《海塘録》卷一八、《西湖志纂》卷一一改。
〔三〕探：原作「深」，據《海塘録》卷一八、《西湖志纂》卷一一改。
〔四〕極：原無，據《海塘録》卷一八補。
〔五〕未：原作「朱」，據《西湖志纂》卷一一改。

雨集於主進。迨夫孽臣擅朝，艷妾錮寢，長虎狼於肘腋，進蜡毒於燕飲。酣歌忘中庭之呼，利口弛重關之禁，積薪已然，盲者安枕。

「爰有一老，身佩宗社，觀大厦之攲傾，忍寒蟬之瘖啞，乃逆鱗之屢批，竟屬鏤之不赦。豈九州之莫容，耻中道而更駕。人生得死其實難，猶有以見先王於地下。鴟夷朝浮，越甲暮入。棲烏之曲未終，至德之廟已泣，甬東之徙胡顔，館娃之行莫縶。委鐘簴於瓦礫，嘯漁樵於都邑，層臺鬼哭而燐明，榮楯獸號而烏集。於是忠魂上訴，帝閽朝啓，乃錫命書，以長茲水。乘象載之輿，策玉蚪之駟，魚須前驅，龍伯作使。凡排山倒海之威，皆鞭荆棲越之氣。

「且夫骨鯁之臣，生死一節，豈生不忍去其故都，而死乃致憾於宗國？彼濤頭之所指，寧强弩之能移。想乘波而東擊，猶遺恨於會稽。薦馨香而痛諸姬之不祀，覩檝櫂而慨餘皇之已非。伊吳兒其何知，競簫鼓以爲嬉，雖千秋萬歲之來歸，恐滄海桑田之增悲也。

「嗚呼！自有天地，即有此江，如此潮汐，閲幾興亡？較朝菌於大椿，竟孰短而孰長？昔祖龍之虎視，拾六國其若芥，擁萬乘以絶江，投馬箠而填海。曾勒功之未能，已旁觀之欲代。況乎吳越，直兩蝸角，并吞割據，不出掌握。朝弁冕於廟堂，夕螻蟻於溝壑。諒遺跡之幾何，不足供談笑者之一噱。惟夫殺身成仁，終古不朽，橫大江以揚靈，真不亡而曰壽。彼舍義以取生〔一〕，徒含羞而遺臭。覯乎斯潮，愧汗乃走。故吾謂明月之夕，慶雲之朝，澍雨降，瑞雪飄。名山大川，清泉恠石之流峙；奇花異卉，嘉禾美竹之夭喬。皆忠臣孝子、賢士大夫精神之所寓，而況於潮乎？」

客乃太息，反顧落日，覺悲風之四起，忽洪濤之俱失。清鈔本《宋貞士羅滄洲先生集》卷一。

江賦

吴淑

水德靈長，伊岷山兮發源濫觴。仰井絡之淪耀，蔭牛女以垂芒。揔括漢、泗，吸引沮、漳。分二源於嶓崍，別九派於潯陽。滔滔江漢，南國之紀，激迅湍於巫峽，鼓洪波於彭蠡。陶侃之局已投波，吴猛之扇曾畫水。魏文南伐而興歎，祖逖北征而爲誓。温嶠燃犀，琴高控鯉。張禹治訟而波清，王閎拔劍而風止。

爾其馳百谷，導雙流，瀉驚湍於白帝，縈曲岸於黄牛。陽侯鼓波而傲睨，冰夷倚浪

〔一〕取：原作「聚」，據《西湖志纂》卷一一改。

而夷猶。偉周穆之叱鼉，想項王之艤舟。至若遊三山而澄練，經西陵而縈帶。越荆門以遐騖，出信陽而長邁。灌五湖而浩渼，集三江而澎湃。亦聞靈均任石而慷慨，魚父鼓櫂而延緣。笑失策於囊沙，挫鋭氣於投鞭。楚姬著節於漸臺，姜婦明孝於湧泉。觀夫靡迤黄岑，奔騰赤岸，經雲夢而汪洋，灌具區而澶漫。怪泉客之泣珠，識鮫人之構館。

至其弱柳、白鳥之號，嘉靡、瓜步之名。感交甫之喪珮，思楚昭之得萍。激怒氣於子胥，泝懸流於鼈令。仰奇相之得道，憫神使之輕生。要離圖慶而名立，漢武射蛟而景清，投書已善於光禄，毁璧仍聞於滅明。揔百川以遐覽，余見之於《水經》。宋紹興刻本《事類賦》卷六。

長江賦

李覯

臣聞養萬物者，惟地之大。水居其上，則地不能載。以觸以齧，以斷以掘，深或無底，遠或幾千萬里。則江之爲水，臣不得而計之矣。

蜀焉我頂，吳焉我腹，淮我之腋，海我之足。朝谿暮谷，刮骨磨肉，委之填之，而莫飽其欲。萬山崔崔，將裹將束，如兒童之見犇馬，縮頭歛手，避路而躑躅。時清氣和，無濤無波，千丈一席，可眠可歌。變動頃刻，四天怒色，凶煙暴雲，對面漆黑。誰爲風師？誰爲水伯？不軌不法，無别無識。風兮何聲？水兮何形？前雷後霆，冰堆雪層。操舟之老，尚不能自保，況乃遠而行客，孰不椎心而太息？出如登山，入如沈泉，退無所止，進不得前。龍螭蛇黿，固執殺生之權；蝦蠏瑣瑣，猶或賈勇而争先。

嗟乎！生之難，成之難，父母君師之所愛，而託命於其間。幸而免者，蓋有之矣；不幸而死者，何可勝紀？魚腹未消，艣聲相繼，豈非利欲之牽人，而危亡之不避？揚、荆、巴、蜀、交、廣、甌、閩，地有常産，物有常珍。衣者食者，器者玩者，歌童舞女，詭異妖冶，官所不取，則掠之私舍。孰賢孰才？貪哉鄙哉？重裝疊載，踰江越淮。然則視長鯨之怒東海，不啻如蠛蠓之浮杯。

嗚呼！山川之阻，土地之富，天下有道，則王之外府；天下無道，則姦雄所處。蓋足於財用，而利於守禦，故周之衰也，有吴有楚；漢之亂也，曰策曰權。瑯琊因之，以建大號；劉裕得之，以入中原。道成蕭衍，迄於霸先，自取自守，人誰敢言？赤壁之敗曹操，壽春之走苻堅[一]，雖曆數之有在，亦事勢之使然。及夫孫皓之虐，叔寶之昏，

[一] 苻：原作「符」，據四庫本及《歷代賦彙》卷二五改。

而後能滅焉。勞乎哉，經幾代而幾年！

臣聞《周書》曰：「制治於未亂，保邦於未危。」陰陽有消長，日月有蔽虧。在乎備之得所，則禍何能爲？伏惟國家重西北而輕東南。臣何以知之？彼之官也特舉，此之官也累資。歛於此，則莫知其竭；輸於彼，則唯恐不支。官以資則庸人并進，歛之竭則民業多隳。爲貪爲暴，爲寒爲飢，如是而不爲盜賊，臣不知其所歸。諸夏內也，爲腹心；夷狄外也，爲手足。輕重之理，豈神明之所不燭？秦備胡而陳勝起事，唐戍蠻而龐勛肆毒。觀其土崩之由，誠可爲之痛哭！

古者有采詩之官，惟賦亦古詩之流。賤臣不獲言於朝，敢賦心之憂愁。安得爲太平之草木，蒙雨露兮千秋。四部叢刊本《直講李先生文集》卷一。

《隱居通議》卷四　班孟堅賦《兩都》、左太冲賦《三都》，皆偉贍鉅麗，氣蓋一世，往往組織傷氣骨，辭華勝義味，若涉大水，其無津厓，是以浩博勝者也。六朝諸賦，又皆綺靡相勝，吾無取焉耳。至李泰伯賦《長江》，黃魯直賦《江西道院》，然後風骨蒼勁，義理深長，駕六朝，軼班、左，足以名百世矣。近代工古賦者殊少，非少也，以其難工，故少也。其有能是者，不過異其音節而已，而文意固庸庸也。

又卷一八　盱江李先生《長江賦》、《袁州學記》，高出歐、蘇，百世不朽，當與《平淮西碑》并傳。

鑿二江賦

狄遵度

予始至蜀，詢諸古之賢於蜀有功者，以爲無出文翁上者，於是作《石室賦》。已而復聞有李侯者，於蜀有大功焉。二人者用力於民，雖有勞逸，然參其功亦其等耳。於是又爲之賦《鑿二江》，使蜀之民知蜀之所以爲蜀，皆二公之力乎！

嗚呼！吾聞魚鳧氏以降，秦太守之前，蜀之爲國，不知幾千萬年[一]！方二江之害被茲土，以禹之功不是施兮，嗟後來亦奚言！彼民之昬溺兮，無乃得之於天？不能遷土而改宅兮，其流漂亦誰寃？勁崖挺以中亞兮，激狂瀾而右旋。横騖折走莽知其所之兮，吼穹谷而下穿。蛟鼉鼈蟹呀以相濡兮，何允蠢而緣延。嘬膚吮血沸以咀嚼兮，咸飫腐而飽膻。萑蒲菱芡紛以相被兮，汙百頃之良田。土不藝而民無所食兮，孰與奏其艱鮮？

[一]知：原脱，據四庫本《全蜀藝文志》卷二、《歷代賦彙》卷二五補。

民之害固不可終極兮，歷百千萬世天乃授之以賢。曰：噫！中國之無人，遂使民至於此焉？天之生斯民兮，固使之食飽而居安。降巨菑以漂之兮，天之意不然！水之性固就下善利兮，決之則宣濬九川而距四海亦奚艱。且九載之孜孜，民不憚苦而訴煩。蓋因利而爲利兮，勞之在先。不忍一勤其力兮，乃至鶩萬世而害弗捐。胡不浚發其利源，剷削其害根？

巨崖剖以罅裂兮，砉頹乾而陷坤？怒石奮以失墜兮，吁電走而雷奔。蕩重淵以傾覆兮，喪百怪之精魂。雲轉霧溢盤薄蹙蹐兮，注壑於其間。寂寥歲漫肆以長往兮〔一〕，若氣散於坯渾。決其餘以旁溉兮，居其側數百頃皆膏腴之上珍。民降丘而下宅兮。若蟻聚而蜂屯。則幾年幾世之積害一日刷去兮，不啻捐芥而蕩塵。

嗚呼！蜀之爲國，非地之中。宜乎夷貊之雜處，魚鼈之與同。有李侯者至，然後別類於水物。有仲翁者至，然後同俗於華風。然則今所以棟宇而處，衣冠而嬉，皆二公之所翳。若李侯之事，固所莫得而繼；彼仲翁之教，亦何憚而弗爲？

嗚呼！以禹之功，至大至神，括六合以橫被，疇有存而勿論。胡兹爲害獨不得聞，

〔一〕歲：《宋文鑑》卷三、《全蜀藝文志》卷二、《歷代賦彙》卷二五作「散」。

無乃力所不洎兮，抑亦遺其功於後人？而今而後，乃知民未得所欲，事或有不利，先世所未暇除去，聖人所未及裁制，苟有志於生民，皆吾人之所事。若曰兹事體大，必聖人而後爲，則小子也不敢與知。《皇朝文鑑》卷三。

《習學記言》卷四七　狄遵度《石室》、《鑿二江賦》，發明文翁、李冰有功於蜀，其言民未得所欲事，或有不利，先世所未暇除去，聖人所未及裁制，皆吾人之所事，有感於斯言也。

松江賦

程俱

鴟夷子皮既棄越相，乘扁舟，攜西子，泝東流，方將家五湖以長邁，屣萬鍾而不留。放若巨魚縱大壑，脱若六驥馳坦道而挾輕輈。時則八荒收雲，千里一碧，狂瀾不興，遠岫凝色。目盡意往，雲天出没。引風檣以悲嘯，趣煙波而不極。

於是遇亡是叟而問津焉，曰：「三江之湊，實爲五湖，地脈四遠，衍爲松江。洶洶渾渾，溶溶洋洋。孤岑連嶂，七十有二，眇若散螺黛於微茫。五湖之中，大曰包山，風穴晝瞑，霜林夏寒。暮煙屯其疊翠，冬實纍其錯丹。麟鶴之所憩，蛟鼉之所淵。山中之人，忘世與年，倏桑縹緲之下，採石明月之灣。包山有縹緲峰、明月灣。草衣木茹，泊若追羲盤而與還。江流之窮，是則歸墟。王百谷於一吸，環齊州於一區。大鵬奮翅於泱漭，燭龍洗光於咸虞。由江而下，二百餘里，布帆無恙，尚可以朝海門而暮方壺。雖然，善賈者據其會，善搏者扼其吭，方趣南則遺北，既畫圓而失方。今子將攬衆物之會，莫若遐觀乎中央。惟是江湖之接，二州相望，散荒墟於坯塊，識斷岸於毫芒。嘗試與子至中流而四顧，陰霾鬱興，不辨雲水，天高日出，萬頃在目者，五湖也。岡岫相屬，如走如伏，溟濛突兀，乍見乍失者，包山也。擁松江之上流，窮海道於一葦。時矯首而斯盡，固可以訪漁樵而種魴鯉，亦優游而卒歲矣。吾子以謂何如？」

子皮曰：「然務外游者有待，樂内觀者無窮。吾方以日月爲燭，六合爲宫，參天地以爲友，從四海之諸公，乘雲氣、御飛龍，指包山於遺礫，視五湖於一鍾，松江之勝，又安能芥蔕於胸中乎？」一四部叢刊本《北山小集》卷一二。

後松江賦

程俱

程子既爲《松江賦》，假鴟夷子皮、設亡是叟以爲詞。是夜，夢有夫頎然而長，黧色而脩髯，叩舷而稱曰：「松江之勝，吾子之詞侈矣，然子亦聞吳越之遺事乎？」

唯而答曰：「長橋卧波，截江之衝。飛欄疊架，排霧行空。萬景所會，而垂虹屹立乎其中。吾嘗登垂虹、顧二渚，尚想夫霸國之争雄。方其踐忍烏喙，差耕石田，禍起腋下，謀箝悟先，則吳陣江北，越軍江南，殺氣朝合，軍聲夜嚴。銜枚北渡，奮爲兩翼，方風馳而霧障，頓雷轟而電擊。吳卒麕潰，江流赭赤。畢夫椒之世仇，償會稽之膽食。於此，蓋夫子之雄績。乃自太湖、過横山，亂越來之溪，登姑胥之臺，弔亡國於遊鹿，指血化於黄埃，挽艅艎以凌江，卷旌旗而南歸。則夫子於此退身行意，揖勾踐而長辭。蓋與夫咎犯之貪天，子推之獨賢，歌龍蛇而激憤，塊然與槁木而偕燔者，不可同日而言矣。閒者五季棼亂，錢鏐崛興，蘇據都會，乃淮浙之必争。徐約先拔，孫儒繼焚。彼得之不能以歲月守，我守之不能以歲月寧。則江之兩厓，相爲二城，鎮威武之右境，遏淮南之寇兵，實用武者之所憑。吳江，錢氏時謂之南北兩城防遏所。版圖入朝，置爲縣治，畫井疆、設群吏，阜畝棋别，居廬鱗次。帶以千尺之橋，捍以百里之塘，舟輿所通，樓觀相望。曾城邑之幾時，翳喬木之蒼蒼矣。吾嘗嘆曰，一江方東，雖逝不流。閲世事之萬變[一]，去莫知其所遁，而來莫知其所由。今之松江，其昔之松江耶？抑夜半之藏舟，失萬世於俯仰，盡賢愚於一丘？夫子亦嘗弔抉眼之忠魂，而訪伏劍者之靈遊不乎？」子皮不對，顧謂西子，援琴而歌。歌曰：「霰雪紛兮雲霏霏，帶長鋏而佩寶璐兮，子安適而不歸？歲晼晚而將暮兮，路既壅而中迷。嗟二子之不返，折疏麻而搴杜若，羌摇摇其遺誰？」

餘音未息，蘧然而覺，掉頭載歌[二]，付千古於一笑。四部叢刊本《北山小集》卷一二。

松江秋汎賦

葉清臣

澤國秋晴，天高水平。遥山晚碧，別浦寒清。循遊具區之野，縱泛吴松之濡。東瞰滄海，西瞻洞庭。槁葉微下，斜陽半明。樵風歸兮自朝暮，汐溜滿兮誰送迎？浩霜空

[一] 世：原無，據明寫本及《吴都文粹》卷五補。
[二] 掉頭：原作「棹頭」，據明寫本、四庫本、《吴都文粹》卷五改。

兮一色，横霽色兮千名。於是積潦未收，長江無際[一]。澄瀾萬頃，扁舟獨詣。社橘初黄，汀葭餘翠。鷩鷺朋飛，別鵠孤唳。聽漁榥之遞響，聞牧笛之長吹。既覽物以放懷，亦思人而結欷。

若夫敵寇初平，霸圖方盛。均憂待濟，同安則病。魚貪餌而登鈎，鹿走險而忘命。一旦辭禄，揚舲高泳。功崇不居，名存斯令。達識先明，孤風孰競。又若金耀不融，洛塵其蒙。宗城寡扞，王國争雄。拂衣洛右[二]，振耀江東。拖翠綸兮波上，膾蟬翼兮柈中。儻即時之有適，遑我後之爲恫。

至如著書笠澤，端居甫里。兩槳汀洲，片帆煙水。夕醉酒壚，朝盤魚市。浮遊塵外之物，嘯傲人間之世。富詞客之多才，劇騷人之清思。緬三子之芳徽，諒隨時之有宜。非才高見棄於榮路，乃道大不容於禍機。申屠臨河而蹈壅，伯夷登山而食薇。皆有謂而然爾，豈得已而用之。別有執簡仙瀛，持荷帝柱。晨韜史氏之筆，暮握使臣之斧。登覽

[一] 江：原作「干」，據《宋文鑑》卷三、《吴都文粹續集》卷二四、正德《姑蘇志》卷一〇、《古今圖書集成·山川典》卷二七八、《歷代賦彙》卷二五改。

[二] 洛：原作「客」，據《吴都文粹續集》卷二四、乾隆《江南通志》卷一二改。

有澄清之心，臨遣動光華之賦。荷從欲之流慈[一]，慰遠遊之以懼。肇提封之所履，屬方割之此憂。將濬疏於匯川，期拯濟乎沴疇。轉白鶴之新渚，據青龍之上游。濯埃垢於緇袂，刮病膜乎昏眸。左引任公之釣，右援仲由之桴。思勤官而裕民，廼善利之遠猷。彼全身以遠害，蓋孔臧於自謀。鮮鱗在俎，真茶滿甌。少迴俗士之駕，亦未可爲茲江之羞。《皇朝文鑑》卷三。

《習學記言》卷四七　晏殊《中園》、葉清臣《松江秋汎》，自謂得窮達奢儉之中，今亦以此録之。然上無補衮拯溺之公義，下無隱居放言之逸想，則所謂「中」者，特居處飲食之泰而已，不足道也。

河賦

吴淑

伊洪河之下流，出崑崙之絶域。究博望之遐蹤，攷夏王之遠跡。漢已亡其八枝，賈

[一] 慈：正德《姑蘇志》卷一〇、乾隆《江南通志》卷一二作「滋」。

復言其三策。爾其觀瀰瀰，悦洋洋，出葱嶺，注蒲菖。後海既知於務本，一葦曾稱於可杭。

若夫傾竹箭之流，激桃花之水，泥既盈於六斗，曲亦聞乎千里。黄帝之夢兩龍，漢武之歌《瓠子》。簡綮鉤盤，胡蘇太史。至於激三門之險，號四瀆之精。縈九折兮注海，歷千年兮一清。豈作楚昭之祟，但聞王莽之名。識三州之負土，見五老之飛星。則有魚鱗紫貝之居，玄貉白狐之祭。或以作栢舟之矢，或以申如帶之誓。仲尼適趙而迴車，方叔去魯而遐逝。晉侯聽伯尊之言，軒皇聞風后之對。白馬既申於漢禱，黄龍亦稱於舜瑞。亦聞經於張掖，導彼隰川，灌於上嶺，通於華山。秦名德水，漢起龍淵。非寸膠之可治，豈撮壤之能填。

至若澹臺毁璧，申徒負石〔二〕，武侯屈中流之喜，晉人有泛舟之役。爾乃應於天漢，決彼金隄，起積石而浮砥柱，過洛汭而至大岯。沮授臨流而屢歎，甘茂持檝而非宜。觀其鑿彼龍門，分於鉅鹿，笑孟津之捧土，識淇園之取竹。周武之麾陽侯，嬴政之承玉牘。或以灌四郡而爲災，或以潤九里而蒙福。亦聞魚人覿禹，馬圖授羲。慶榮光之四

〔二〕申徒：明秦汴校刊本、四庫本作「申屠」。

塞，歎人壽之難期。識潛流之隱伏，驚迅逝之逶迤。高並之言要妙，王景之識精微。斯皆得河渠之至術，後世胡爲而弗思？宋紹興刻本《事類賦》卷六。

道河積石賦　道河施功，始於積石　楊傑

堯末遇水，禹先導河。俾乂中邦之害，必由積石之阿。疏經瀆之橫流，圖成茂烈，自金城之巨鎮，下決餘波。昔者世病懷襄，人思降宅。天命神聖，力平川澤。悼父績之湮淪，窮水源而疏闢。且謂爲民之患，患莫大於洪河；而治水之功，功宜先於積石。北越降水，東踰大伾。或穿地以湍湍，或鑿山之嶮巇。流不自注，功由此施。昔也出圖，天嘗授於羲氏；茲焉興復，山必始於龍支。況夫江已決於岷山，洛已疏於熊耳。矧此至大，尤當謀始。故我因水徑道，以山綱紀。成其功於十三年，歷其地之五千里，流未入於北海，思是用勞；勢必就於西平，勳由此起。勿謂禹績雖大，河源未窮。殊不知出崑崙以湍激，至蒲昌而會同。皆在塞外，或潛地中。不爲吾俗之所患，故自此山而起功。靈派至長，葱嶺、于闐分而二；聖人經始，西傾、朱圉在其東。宜其海宇砥平，勳庸日積。

治雍州以云備，入冀都而建白。播以過於大陸，遇此洪波；浮而至於龍門，告其成績。有生乃粒，無患其魚。大功可謂至矣，後世何以加於？亦猶引渭會涇，由鳥鼠而基兆；疏淮入海，自桐柏以權輿。惜哉！聖去邈遼，民煩疏導。既禹迹以陻塞，徒漢歌之嗟悼。胡不訪名儒而修水官，講究《夏書》之奥？宋紹興刻本《無爲集》卷二。

浮山堰賦 并引

秦觀

梁武帝天監十三年，用魏降人王足計，欲以淮水灌壽陽，乃假太子右衛康絢節督卒二十萬，作浮山堰於鍾離，而淮流湍駛漂疾，將合復潰。或曰：「淮有蛟龍，喜乘風雨壞岸，其性惡鐵。」絢以爲然，乃引東西冶鐵器數千萬斤，益以薪石沉之，猶踰年乃合。堰袤九里，水逆淮而上，所蒙被甚廣。魏人患之，果徙壽陽戍頓八公山，餘民分就岡壠。未幾淮暴漲，堰壞，奔於海，有聲如雷，水之怪祆蔽流而下，死者數十萬人。初，鎮星犯天江，而堰實退舍而壞。嗚呼，異哉！感而作《浮山堰賦》，其詞曰：

緊四瀆之並麗兮，寔脉絡於坤靈。惟長淮之淼漫兮，自桐栢而發源。貫江河以下鶩兮，拉泗、沂而左奔。走獰雷以赴海兮，駕扶摇而薄山。固元氣之宣節兮，熄衆兆之災患。粵蕭梁之服命兮，抗北魏以争衡。信降虜之詭計兮，阻湯湯而倒征。依兩崖以受土兮，羌合脊於中央。揵竹甾石之不足兮，又沈鐵以厭不祥。衺九里以中峙兮，截萬派之奔茫。大隄矻乎如墉兮，杞柳菀其成行。展源深而支永兮，雖蹔否而必通。倏鯨吼以奔潰兮，與蒼蒼而俱東。若燃犀之照渚兮，旅百怪而争遒。騁馬怒而嘘蹀兮，虎蛟冤而相糾。哀死者之數萬兮，孤魂逝其焉遊？背自然以司鑿兮，固神禹之所惡。世苟近以昧遠兮，或不改其此度。螳螂怒臂以當車兮，飛衛銜石而填海。憯梁人之不思兮，卒取非於異代。豈方迫於尋引兮，不遑議夫無窮？將姦臣取容以幸人兮，公相援而欺蒙？抑五材囚壯之有數兮，特假手於憧憧？

系曰：　敦阜寇冥大川屯，精氣扶輿變乾文。運徒力頓漂無根，潮波復故彌億年。宋

高郵軍學刻本《淮海集》卷一。

涉淮賦

張耒

涉清淮之浩蕩兮，聊以豁吾之幽憂。轉峽石而下泛兮，觀波濤之複流。何佛廟之巍

峨兮，隱於兩山之幽。眺東崖之飛閣兮，納萬里之清秋。昔淮人之倔强兮，恃江左而不賓。方中原之多故兮，遂竊帝而稱鄰。遭世宗之勃興兮，乘累聖之威神。盡疾馳而奉命兮，戈一揮而遂臣。始盤桓於壽春兮，蓋嘗挫而益振。驅貔虎於順流兮，臨長江之廣津。馳千里之玉帛兮，擁百萬之精軍。計其一時之氣兮，固叱咤而風雲。嗟百年之幾時兮，山川儼其如新。忽人事之幾變兮，撫墟廟而湮淪。訪遺事於樵夫野人之談説，指餘迹於荒城故壘之荆榛。徒見夫雲悠悠而朝出，水漠漠而東流，飛沙鷗於晴渚，聽夜櫓於行舟。彼時豪盛此日廢，昔人功業今人愁。嗟夫！旦之心，暮不可求；前之迹，後不可再。胡爲寂寥之前古，乃以興亡而感慨。雖物至盛者，其存也宜久；勢極大者，其亡也可驚。方登臨而遠想，豈獨予兮忘情！明趙琦美鈔本《張右史文集》卷二。

後涉淮賦 有序〔一〕

張耒

余甲寅之秋，自正陽涉淮，作《涉淮賦》。既至泗之臨淮，邑之東南皆淮也。

〔一〕有序：原無，據四部叢刊本補。

朝游夕濟，凡淮之驚畏風濤之變，無不歷之矣。今秋又以事之東海，至漣水，入漣河。舟人告余曰：「淮水自是入海矣。」予生二十有二年，吴、楚、秦、蜀之國，來往殆徧。竊悲其迹之不常，作《後涉淮賦》以自廣云。

浩淮流之湯湯兮，蕩余舟以沿洄。嗟我居之不常兮，未期歲而再來。始進棹於正陽兮，睨下蔡之窮城。界陳許之北壤兮，望荆塗之兩山。緬川原之迴複兮[一]，思禹功而慨然。爰繫舟於徐邑兮，浸淮隅之兩壖。駕長帆於朝風兮，凌星河於夜湍。豈所覽之未周兮，恨未窮其本原。忽行役而南去兮，税吾檝於清漣。指溟渤於西北兮，曰此淮流之所還。彼百川之歸海兮，吾固知其必然。惟循源而極末兮，哀余迹之未安。當天時之晚秋兮，風露慘其既至。山峭峭而瘦出兮，水紺絜而無滓。曳孤輪而忽驚兮，出游鱸於短葦。白鷺飛而下來兮，翩如避世之君子。酒芳香而盈盌兮，吾陶陶而日醉。方頹然而遺形兮，孰卑高而賤貴？彼貴者樂其府兮，富者懷其資。無二者之累余兮，何羈游之足悲？窮天下之奇觀兮，極覆載之所藏。膏吾車而勿反兮，畢吾世而徜徉。明趙琦美鈔本

[一] 兮：原無，據四庫本、民國刻本補。

良干堨賦 並序

吴儆

紹興二十有七年秋八月，詔以樞密院檢詳潘公刺新安。公至，問民所疾苦與利所宜興者，會有以良干堨久廢，請復之。公爲庀司鳩徒，授以規畫。閱三月堨成。先是，附城之東，平原延袤數十里，民障溪引水，溉以爲田，收至畝一鍾，兼并家遽富溢，至有以米籍地爲夸侈者。未幾，堨以震圮，積五十年莫能復，復之輒震。由是城東之田多荒，民多流亡，存者兼重賦，病之久矣。至是，興復如初，而天變亦息，歲大稔。民益德公，以爲非公之誠，有相之者，莫能興是役也。幕府從事、屬邑之吏，相與作爲歌、詩、記、序、贊、頌，論述甚備。公既以言去，而民益思之。延陵吴某曰：是可賦也。其詞曰：

道新安而東騖，遡連山以北馳。忽原田之晻靄，被禾黍之離離。紛茂實之垂黄，穲綠蔚其涵滋。軾吾車以延望，渺雲委而風披。遵蘭皋之泱漭兮，驚長虹之委蛇；引鄭白之駃流兮，決龍首之勇波。放平野以四溢兮，勢同挽夫天河。伊洪源之所自兮，浩漫漫之平川。屹中流之砥柱兮，擁萬馬以莫前。揵木囊石山積而阜亘兮，偉横海之鯨鱣。釃餘波以殺怒兮，駭濤江其上奔。飛流濺沫，騰踔噴薄，洄洑而鯢旋兮，沸匡廬之瀑泉。積濟淪於上流兮，餘委漫其稽天。鬱蒼蒼之一色兮，蹇心愓而神寒。

粤有老漁，飛桂楫，濯清輝，登舟揖客，顧而言曰：「客亦知夫此陂之興廢乎？自陂之西，達於東城，平臯衍其如席，錯隴畝之縱横。渠陂水以灌之，率一畝而一鍾。彼豪右之肆貪兮，連阡陌以爲雄。席羡溢之餘貲兮，委而履之地也。肆皇天之震怒兮，涸其富之源也。惟絶流之巨障兮，勢盤石之固也。何一夕之雷雨兮，曾毫釐之不遺？積五十年莫能復兮，或復焉輒震之。惟茫茫之沃野兮，昔秔稌之所宜。藜莠莽其亡際兮，叢薄蔓其相依。賦名空存田榛榛其既蕪兮〔一〕，縱鞭揵焉奚爲？幸使君之搴帷兮，哀此民之無祜。乃訪故老，乃命官吏，乃涖乃度，乃經乃理。糗糧畚鍤，土石材葦，儲之既具，取之有所。然後集農工而授之，若靈臺之始附。計者度者，畫者指者，負者運者，餉者帥者，或引或啟，或窒或決，或培或鑿，或築或增。讙趨兮如雲，鼛鼓兮弗勝。考龍見兮戒事，閱三月而告成。凡水積兮成淵，渠決兮如雨，浩源委之無窮，極陸

〔一〕空：原無，據《歷代賦彙》卷二九補。

海之饒富，皆使君之膏澤也。今將尸而祝之，社而稷之，不足以爲公之報；冶金伐石，垂耀無極，不足以慰民之思。伊君門之九重兮，儼虎豹之奰屭。孰列城而上控兮，無遽奪乎焉依，若是者其可乎？」

客曰：「吾聞君子之於民也，施之而不期其報，利之而不居其成。矧爾使君，國之股肱，將利澤乎四海，豈下邑之能淹也哉？」漁者俛而不言，仰而長吁，鼓枻而去。四庫本《竹洲集》卷一六。

浯溪賦

楊萬里

予自二妃祠之下，故人亭之旁，招招漁舟，薄游三湘。風與水其俱順，未一瞬而百里。欻兩峰之際天，儼離立而不倚。其一怪怪奇奇，蕭然若仙客之鑑清漪也；其一蹇蹇諤諤，毅然若忠臣之蹈鼎鑊也。怪而問焉，乃浯溪也。蓋唐亭峙其南，峿臺巋其北。上則危石對立而欲落，下則清潭無底而正黑。飛鳥過之，不敢立迹。

予初勇於好奇，乃疾趨而登之。挽寒藤而垂足，照衰容而下窺。忽焉心動，毛髮森豎。乃蹟故步，還至水滸。剥苔讀碑，慷慨弔古。倦而坐於釣磯之上，喟然歎曰：惟彼中唐，國已膏肓。四馬北方，僅獲不亡。觀其一過不父，日殺三庶，其人紀有不斁矣夫！曲江爲篋中之羽，雄狐爲明堂之柱，其邦經有不畫矣夫！水、蝗稅民之畝，融、豎椎民之髓，其天人之心有不去矣夫！雖微祿兒，唐獨不賓厥緒哉！觀馬嵬之威垂，渙七萃之欲離，殪尤物以説焉，僅平達於巴西，吁不危哉！嗟乎！齊則失矣，而楚亦未爲得也。靈武之履九五，何其亟也。宜忠臣之痛心，寄《春秋》之二三策也。

雖然，天下之事不易於處，而不難於議也[一]。使夫謝奉冊於高邑，禀重巽於西帝，違人欲以圖功，犯衆怒而求濟，天下之士果肯欣然爲明皇而致死哉？蓋天厭不可以復祈，人潰不可以復支。何哥舒之百萬，不如李、郭千百之師？搉而論之[二]，事可知矣。且士大夫之捐軀以從吾君之子者，亦欲附龍鳳而攀日月，踐台斗而盟帶礪也。一復泣以耄荒，則夫一呼萬旟者，又安知其不掉臂也耶？古語有之，「投機之會，間不容穟」，當是之時，退則七廟之忽諸，進則百世之揚觶。嗟肅宗處此，其實難爲之，九思而未得其計也。已而舟人告行，秋日已晏。太息登舟，水駛於箭，回瞻兩峰，江蒼茫而不見。

[一] 不難：原作「木難」，據汲古閣鈔本、四庫本及《桯史》卷三、《隱居通議》卷四改。

[二] 搉：汲古閣本、四庫本作「推」。

《桯史》卷三《館娃浯溪》　靈巖、中宫爲蘇、永勝槩，弔古者多詩之。近世王義豐、楊誠齋爲之賦，植意卓絶，脱去雕篆畦畛。余得之王英伯録藏焉。義豐賦館娃曰……誠齋賦浯溪曰……義豐賦中稱先生，蓋時從范石湖成大遊。誠齋則以環轍湘、衡，過顔、元碑下耳。二地出處本不倫，筆力到處，便覺夫差、肅宗無所逃罪，獨恨管子趨霸之説不可以訓，如爲唐謀則忠。今兩刹中皆無此刻，而醒夢複語往往滿壁間云。

《隱居通議》卷四　誠齋先生楊文節公萬里嘗作古賦，然其天才宏縱，多欲出奇，亦間有以文爲戲者，故不録。惟《浯水賦》言唐明皇父子事體，厥論甚當，因録其詞……誠齋此賦出意甚新，殆爲肅宗分疏者。靈武輕舉，貽笑後代，其譏議千人一律，而此賦獨能推究當時人情國勢，宛轉辨之，犁然當於人心，亦奇矣。結語乃步驟《後赤壁賦》，開户視之，不見其處，亦本唐人《湘靈鼓瑟》詩「曲終人不見，江上數峰青」。中間有曰：「觀馬嵬之威挫，涣七萃之欲離。殪尤物以説焉，僅平達於巴西。」此四句形容絶妙。

《歸田詩話》卷上　元次山作《大唐中興頌》，抑揚其詞以示意，磨崖顯刻於浯溪上。後來黄魯直、張文潛皆作大篇以發揚之，謂肅宗擅立，功不贖罪。繼其作者皆一律。識者謂此碑乃唐一罪案爾，非頌也。惟石湖范至能八句云：「三頌遺音和者稀，形容寧有譏刺辭？絶憐元子《春秋》

法，却寓唐家《清廟》詩。歌詠當諧琴搏拊，策書自管璧瑕疵。」然誠齋楊萬里《浯溪賦》中間云：「天下之事，不易於處，而不難於議也。使夫謝奉策於高邑，稟重巽於西帝。違人欲而圖功，犯眾怒而求濟。則夫千麾萬旗者，果肯爲明皇而致死耶？」其論甚恕。

《海涵萬象録》卷四　王義豐賦館娃宮，言吳之亡在殺士。楊誠齋賦浯溪碑，言唐之失在用人。

漫塘賦

劉宰

張端衡謂漫塘叟曰：「余昨宦東州，客有問漫塘之景者，余無以應。或又有徵圖於余者，曰：『子漫塘里中人也，寧無之？』余又謝無有。既歸，將與好事者謀之，而遊乎塘之上，見景物之無奇，遊觀之無所，難之，可若何？」叟不對，退而援筆爲之賦。其辭曰：

東沿柳巷，北屈蔬畦。小溝環其南，通川漫其西。靡種靡藝，不薅不治。平聲葭蘆茁而映帶成行，沙土潰而壅底爲堤。荼蓼叢生，蒲稗因依。菡萏紅白，錯如布棊。爛乎若吳陂初按於彩陳，去聲粲兮若月宮更下於瑶池。翠蓋亭亭，芳氣菲菲。鷺慣圓沙之宿，魚便密藻之依。蛙蚓争鳴而鼓吹百萬，鴛鴻來下而斕斌舞衣〔一〕。雲斷而霞散錦綺，風平而月漾玻瓈。茲寔天壤之真趣，有非世俗之可知。亦有新齋臨乎水涯，小橋斜徑，矮屋疏籬。雨未多而泥没膝，門雖設而草侵扉。朽木慣宰予之晝寢，青苔驚玉川之夜歸。仙舟自去，誰爲元禮？高軒不來，孰爲退之？

叟之辭未畢，端衡曰：「止。余聞李愿安盤谷之居，杜老喜浣花之寓。彼豈玩志於物，縱心佚豫，蓋以厭俗喧卑，脱身遐舉，要必有偉麗之觀，幽閒之趣，以澡雪其精神，澄清其志慮。庶白日可到於羲皇，而宵夢足通於帝所。況如吾子，内絶意於聲色，外忘懷於圭組。爲計已決，歷年已屢。而是塘也，廣深雖愧蘇夫子之滄浪，而僻遠亦殊柳先生之鈷鉧。其隘也可闢，其闕也可補。胡不增其高而爲基，夷其平而爲圃？畫舫浮深，修梁跨阻。嘉花美木之列植，真館涼臺之接廡。使鄰曲改觀，兒童欣舞。顧乃計失於因循，事仍於莽鹵。豈惟無以自適於一時，抑恐由之貽笑於千古。」

漫塘叟曰：「吁！巢居知風，穴處識雨。顧吾與子，雖同聲氣，尚殊出處。子寧規我以目前之苟且，毋寧怵我以方來之謗譽。彼花迷金谷之園，雪冷袁宏之渚，淒涼釣

〔一〕斕斌：正德刻本、《東南紀聞》卷一同，四庫本、《歷代賦彙》卷二九作「斕斑」。

瀨，富哉郿塢，試由今而視昔，果孰去而孰取？」張子由是俛然而思，釋然而悟，曰：「子無俟於索言，吾特從而戲汝。」明萬曆刻本《漫塘文集》卷一。

山河堰賦

晏袤

山河堰，蓋漢相國懿侯□□□所肇創。昔高皇帝分上□□□愛百姓，勵志兵食，公用□乏。乃纘禹之績，隨山濬川，爲萬世利。卒致儲偫豐牣，軍須大備，以能輔佐大業，克成厥勳。遷、固作傳，文實闕如。而耆舊相傳，圖經具載，碑記可攷，斑斑不誣。自漢迄今，民賴其賜。

是堰也，圍之以木，聚之以石，每歲孟陬，鳩工取材，以繕修之。雖出於人爲補造化之闕，然盛衰興廢，物理之常，以逸待勞，有備無患。

紹熙四禩，工役不虔，夏潦暴漲，六堰盡決，田疇幾荒，民用戰栗。常平使者□史右司□郡范公顧瞻吁嗟，克廣德心，捐錢千萬，助民輸本。勸農使者連帥閣學侍郎廣漢章公實主盟之。集材於癸丑之冬，明年春大役工徒，日以萬計。畚鍤運斤，如列行陣，進退作止，枹鼓相應，皆有準繩，桁梁栿榍，數千萬軍。作於仲春之乙未，告成於三月之甲子。南鄭令臨淄晏衮實司是職。竊以二公心雩愛民，先事備具，此所謂先天下而憂其憂，後天下而樂其樂者也，其用大矣。請紀成績而爲之賦云：

閱漢中之形勝兮，實古梁之奥區。控斜谷之衝要兮，□褒中而與俱。山連大䕌兮勢若奔萬馬，江從太白兮濫觴而紆徐。不捨晝夜兮盈科而後進，鏜鞳澎湃後缺。《八瓊室金石補正》卷一一六。

《八瓊室金石補正》卷一一六　右《山河堰賦》，在褒城，碑不知幾石，僅得其一，就所見録之。……文云「晏衮實司是職」，此賦當即出衮手。衮工八分，當亦衮所書也。

豐水賦

王孝友〔一〕

豫章古號勾吳附庸，自江北而徙建，即南昌而分封，漢錫以富，晉命曰豐，梁暫畀

〔一〕雍正《江西通志》卷一四六載此賦，作者題爲「徐鹿卿」，俟考。

撫，隋復隸洪。環囷洄洄，鎮山崇崇，既纛社於爵列，亦要銀於縣公。起造物之休息，産人傑之沖融。經學齊緩，衣冠魯風。仕少宦情，俗與古同。操觚懷鉛，莫備形容。粤自丹陽啟土，長睨中夏，命干將於吳産，資越工於歐冶。鑿大騩以出鋌，訹風胡而定價。發龍淵之新硎，與太阿而更霸。愕千仞之壁立，浩萬折之傾寫。驚屑越於兕甲，指飛飈於駟駕。火精潛閟於吉土，晉旅瑟縮而退舍。武皇築宮以旌異，章帝親題而賚下。何靈物之鏟蹟，淪古犴而不赦？紫氣輪囷而貫斗，寒芒剡奕而争夜。孔章雪鍔於久蟄，壯武服之而驚侘。始丙粲於北巖，終耿光乎少華。眷天寶之必復，駭延平之儵化。凛沖氣之攸在，非見驟而驚乍。玩雙鐔之書贊，豈取次而假借？

迺若池山濯秀[一]，芙蓉浴日。真靈所棲，厥惟始豐，新郛是營，永徽僝功。章水徑其北，曲江滙其東，帶二水之交流，襟三洲之長雄。洪瀾舞蛟，巨隄暝虹。下千艘之粲白，動檣牙之颭紅。灌輸輻湊，泉貨阜通。

若夫晚瀨無波，夕景涵空。聽煙外之鳴榔，認鷗邊之短蓬。髣髴笠澤，依約吳松。晞濠上之游儵，亞洞庭之橘宮。竦屐前聞，侈觀後躅。威鳳巢其高岡，鸑雛啐於幽谷。

[一] 濯秀：雍正《江西通志》卷一四六作「躍龍」。

窖棲神丹，淵生金粟。藥石鏤贊皇之賦，寶室快涪翁之讀。鼇扉之文如在，騎省之頌可續。詞工長善，詩妙羣玉。頫墨池以心敬，蔛孝泉而貌肅。鄉標長樂，里揭長安。洲既騖龍，社亦歌鸞。精行達孝而錫封，壽春羈忠而列仙。追憲表之清風，誦少陵之大篇。記河西之新幢，哦出塞於左賢。嗣銀筅之遺響，證豐碑之瑶鐫。或居鄉而化行，或啟宇以旁延。忠厚策勳於續敕，信誼成德於同年。狥一節而尸祝，壯九拜而極言。偉三稱於郎宿，赫再忤於師垣。詩矜豪於痛飲，賦誇雄於會蹠。續碑語於溪堂[一]，晤賞音於平川。句折良史之奇，學富尊經之篇。或交臂於射鄉，或冠倫於黌省。仲讜議於鬻醝，建遠圖於推茗。欽孝著於辛木，慕廉稱於安定。燹妖像之眩俗，斥叢祠之干正。或乘車於五齡[二]，或用鉞於百乘。裁效牽之絡繹，予蠲除之僥倖。外夙著於模楷，內兼優於文行。扁華椽於補史，勗師說於西岡。詠春還之清詩，諷金影之名章。議論欲超於峨岷，種藝或規乎壽張。墮謫仙於樊樓，精象數於草堂。書哀至孝之通神，卒感仁言而弗忘。睇黃墟之高標，想西陂之逸韻。賦嚴瀨而軒渠，誦贑灘而奮迅。慨玉樓之感歌，弔竹坡之形

[一] 碑：雍正《江西通志》卷一四六作「硬」。
[二] 乘：雍正《江西通志》卷一四六作「垂」。

影。揭誠齋之墓表，哦水心之篇詠。宜鑾夷覿德以心化，涇潁收波而神聽。或遵養於宗府，或厭直於儀曹。指退軒之奎文，問竹坡之詩豪。或廉問於兩驂，或通夢於三刀。莫不富水其清，侯峰其高〔一〕。位不滿才，榮未副褒。或默或言，各惟所遭。道有升降，一人之本。薰然慈仁，告新令尹。雷、裴顯晉，張、柳稱唐。亦有朱、馮，可以搜揚。詩稱水部，律進奉常。或振廩以同食，或鞭石而固防。盱南稱陳，臨汝表江。返宿習以改紀，樂半環而祀王。贊府景伯，專轍有唐。非無印曹，上坡位揚。亦有少僊，宋劉相望。宛其風流，膏沐曄光。巍巍寓公，赫赫明府。於粲大興，發歔溥詡。魯無君子，斯焉取斯。《歷代賦彙》卷二六。

〔一〕侯：雍正《江西通志》卷一四六作「猴」。

宋代辭賦全編卷之四十三

賦　地理　八

洞庭賦

夏侯嘉正

楚之南有水曰洞庭，環帶五郡，淼不知其幾百里。臣乙酉夏使岳陽，抵湖上，思構賦。明日披襟而觀之，則翼然動，促然跂，慄然駭，愕然眙。怳若駕春雲而軾霓，浩若浮汗漫而朝躋。退若據泰山之安，進若履千仞之危。懵若無識，智若通微。跛若不倚，蹌若將馳。耳不及掩，目不暇逃，情悸心嬉。二三日而後，神始宅，氣始正。若此不敢以賦爲事者二年，然眷眷不已。

一日登崇丘，望大澤，有雲崪兮興，歘兮止。興止未霽，忽若有遇。由是漬陽輝，沐芳澤，覿一異人於巖之際，霞爲裾，雲爲袂，冰膚雪肌，金玦玉珮，浮丘、羨門，斯實其對。

因言曰：「若非好辭者耶？」臣曰：「然。」「然則若智有所不通，識有所不窮，用不通不窮而循乎無端之紀，若得無殆乎？」臣又曰：「然。」「然志極則物應，思精則道來，嘉若之勤無諱無談〔一〕，吾爲若稱云：『太極之生，曰地曰天，中含五精。五精之用，而水居一焉。水之疏，邇則爲江兮，遠則爲河，積則爲瀦兮，總則爲湖。若今所謂洞庭者，傑立而孤，廓然如無區，其大無徒。含陽字陰，玄神之都。曖曖昧昧，百川不敢逾，有若臣者，有若賓者，有若僕者，有若子者，有若附庸者，有若娣姒者。有若禹會塗山〔二〕，武巡牧野，千出百會，咸處麾下。每六合澄静，中流迴睨。莽莽蒼蒼，纖翳不翳。太陽望舒，出没其間。萬頃咸沸，彊而名之爲巨澤，爲長川，爲水府，爲大淵。縱之不踰，蹋之不卑，乍若賢人，以重自持。誘之不前，犯之愈堅，又若良將，以謀守邊。澎澎濞濞，浩爾一致，又若太始，未有仁義。沖沖漠漠，二氣交錯，又若混沌，凝

〔一〕無諱無談：原作「無諱談」，據《皇朝文鑑》卷一、《古今圖書集成·職方典》卷一二二五、《歷代賦彙》卷二七、雍正《湖廣通志》卷五三四補。

〔二〕有：原無，據《皇朝文鑑》卷一、《歷代賦彙》卷二七、雍正《湖廣通志》卷五三四補。

然未鑿。此乃方輿之心胸，溟海之郛郭也。三代之前，其氣濩落，浩浩滔天，與物迴薄，滅木襄陵，無際無廓。上帝降鑑，巨人斯作。乃命玄夷，授禹之機，隧山陻谷，滌源暢微。然後若金在鎔，若木在工，流精成器，夫何不通。是澤之設，允執厥中。既巽其性，遂得其正。有升有降，有動有靜。』」

臣應之曰：「升降動靜，可得聞乎？」神曰：「水之性非圓非方，非柔非剛，非直非曲，非玄非黃。劃象爲《坎》，本乎羲皇。外婉而固，内健而彰。降以《姤》始，升以《復》張。其靜處陰，其動隨陽。六府之甲，萬化之綱。式覯是澤，乃知天常。若乃四序之變，九夏攸處。烘然而炎，沸然而煮，羣物鴻洞，爍爲隆暑。澤之作，頎然其容，若去若住，若茹若吐。靈趨怪覰，杳不可覩。蒸之爲雲，散之爲雨。倏忽萬象，如還太古。真可嘉也。若乃秋之爲神，素氣清泚，肅肅翛翛，羣籟四起。澤之動，黝然其姿，若挺若倚，若行若止。巽宫離離，爲之騰風；蒼梧崇崇，爲之供雲。四顧一色，黯然氤氳。其聲瀰瀰，若商非商，若徵非徵。東湊海門，一浪千里。又足畏也。言其狀，則石然而骨，岸然而革，氣然而榮，洚然而脈。有山而心，有洞而腹，有玉而體，有珠而目。穹鼻孤島，呀口萬谷。臂帶三吳，足跬荆、巫。或跂然而望，或翼然而趨。彭蠡、震澤，詎可云乎？」

臣又問曰：「澤之態已聞命矣。水之族將如何居？」神曰：「大道變易，或文或質，沉潛自遂，其類非一。或被甲而遭，或曳裾而圓；或禿而跛，或角而蜿；或吞而呀，或呿而牙；或心以之蟹，或目之以蝦；或修臂而立，或橫鶩而疾；或髮於首，或髯於肘；或儼而莊，或毅而黝。彪彪玢玢，若大虛之含萬彙，各循其生而合乎羣者也。」臣又問曰：「若神之資，其品何如也？」神曰：「清矣靜矣，麗矣至矣，邈難知矣。肇於古，古有所未達。形於今，今有所未察。非希非夷〔一〕，合其心於自然，然後上天入地，把三根六。況水居陸處，夫何不燭。彼鞚鯉之賢，辔龍之仙，乃吾之肩也。其餘海若、天吳、陽侯、神胥，齪齪而遊，曾不我儔。」臣又問曰：「《易》稱『王公設險』，是澤之險，可以爲固。而歷代興衰，其義安取？」神曰：「天道以順不以逆，地道以謙不以盈。故治理之世，建仁爲旌，聚心爲城。而弧不暇弦，矛不暇鋒，四海以之而大同。何必恃險阻，何必據要衝？若秦得百二爲帝，齊得十二而王。其山爲金，其水爲湯。守之不義，欻然而亡。水不在大，恃之者敗；水不在微，怙之者危。若漢疲於昆明，桀困於酒池，亦其類也。故黃帝張樂而興，三苗棄義而傾。則知洞庭之波以仁

〔一〕非夷：原脱「非」字，據《皇朝文鑑》卷一、《古今圖書集成·山川典》卷二九八、《歷代賦彙》卷二七補。

不以亂，以道不以賊，惟賢者觀其知而後得也。」

於是盤桓徙倚，凝精流視。罄以辭對，倏然而晦。《宋史》卷四四〇《夏侯嘉正傳》。

《續資治通鑑長編》卷二九（端拱元年閏五月）殿中丞江陵夏侯嘉正嘗爲《洞庭賦》，右散騎常侍徐鉉見之，曰：「木玄虛之流也，詞采又過焉。」上聞其名，召試禁中，擢右正言，直史館兼直秘閣。

游東湖賦

張耒

紛不知吾之所如兮，獨漫漫而若狂。乘醉飽之餘力兮，遂陟巘而緣岡。惟大冬之栗烈兮，莽川澤之茫茫。農功休乎場圃兮，平陸散夫牛羊。憫大木之百圍兮，慘赤立而無裳。鸛鶴羣鳴而下上兮，雜篁竹之青黄[一]。忽平陸之既窮兮，漸積水之汪洋。曰是爲齊安之東湖兮，右派合乎濤江。荒灣寂寥而葭葦兮，懸疏罾乎夕陽。爲舉網

[一] 篁竹：原作「黄竹」，據四庫本、民國刻本《柯山集》改。

而無獲兮，嘉魚逝而洋洋。弔村落之柴荆兮，哀淮夷之陋荒。呼徒侣吾還歸兮，陰風振而塵飀。畏星昴之將中兮，冒玄夜之飛霜。

顧謂童子，汝其賦詩。爰有小子，褎然致辭。歌曰：「歲窮木落兮大澤空，雁霄征兮天北風。曷不飲酒兮御玄冬？歸來歸來兮樂未終。」余曰：「汝歌置之。」乃歌曰：「臨山川兮懷故鄉，歲窮陰兮晝不暘。升高堂兮潔余樽，耿余思兮古之人。」明趙琦美鈔本《張右史文集》卷一。

冰賦

吴淑

《易》曰：履霜始凝，馴致其道，而至於堅冰。爾其納於凌陰，出於朝覿，冲冲以鑿，峨峨斯積。洞清澈於玉壺，想肌膚於姑射。若夫得東風而自解，當北陸而斯藏。王祥求魚而見卧，子馮闕地而爲牀。六尺積胡貉之地，五斛給汝南之喪。室在宣陽之側，井鑿雲臺之傍。

至其梓慎曾占，凌人是掌。懷疑每見於狐聽，應候則聞於魚上。自立冬而始結，及仲冬而益壯。想慕容之涉海，自叶威靈；憶黄巾之渡河，俄聞敗喪。

爾乃不礱自朗，向日方燃。遇勁風而自合，當白日而難全。王充一尺之説，東門五寸之言。庾儵之賦寒井，馬彪之詠長川。驗以一瓶之論，誦茲《七月》之篇。

至夫斲彼積雪，生於寒水，思讎而常以在抱，負重而那勝見履。既泮而男女始合，將釋而農桑并起。井怪琅耶之寒，河訝滹沱之異[一]。雖非登廟之寶，寔作羣臣之賜。開於春仲，方祭韭而獻羔；祠以司寒，必桃弧而棘矢。宋紹興刻本《事類賦》卷八。

井賦

吴淑

井之時義遠矣哉[二]！若乃素綆寒漿，冬温夏涼。方外嘗聞於玉檻，園中乍識於銀牀。挈壺舉徼宫之職，亭長託新室之祥。則有鮑陸懸鞭，陳遵投轄。雖云取而無損，亦以甘而先竭。鴻臚初得於丹砂，虞舜方趨於旁穴。爾其伯益既作，神農已生。象存改邑，義見羸瓶。憂彼夷竈，隘哉望星。鄭軍嘗見於木刊，晉世曾聞於龍見。或以笑子陽

[一] 滹沱：原作「嘑沱」，據明秦汴校刊本、四庫本改。
[二] 遠：明秦汴校刊本、四庫本作「大」。

之小，或以救魏騰之譴。

若乃《易》象之言勿幕，仲尼之稱有仁。疏勒耿恭之拜，梁朝郗后之神。獲羊既駭於季子，得人方驚於宋君。則有獲灌嬰之銘，解鮑照之謎。或能興於霧雹，或潛祛於疫癘。飲牛見淳于之德，設器美管寧之義。飲明義之甘，望甄官之氣。太極則轆轤博山，九龍則蟾蜍含水。別有鹽煎天水，火熾臨邛。或視之而生子，或穿之而得銅。可用汲焉，叶彼九三之象；鑿而飲也，寧知堯舜之功。

至其北斗狗伏〔二〕，東箱龍出，華林甃玉，陵雲投石。訪金墉之古製，窺江陵之潛室。鬱林有司命之名，豫章有洪涯之迹。嘗聞弗鑿而自成，豈可爲田而見塞？抱甕既説於漢陰，灌韭亦聞於鄧析。見華山之鳥巢，怪北宮之水溢，試葛氏之雞毛，得於陵之螬實。亦聞哭兹茅經，冽彼寒泉。或著法以投酒，或騁術而飛錢。已而究彼無禽，考兹射鮒。月支之湧酒泉，少室之傳雲母。每見鼃休，嘗窺雀乳。或説銅人之掩泉，或謂金人之持杵。訝傴李之摧殘，見雙桐之繁茂。斯金井之爲功，不能悉數。宋紹興刻本《事類賦》卷八。

〔二〕伏：明秦汴校刊本、四庫本作「吠」。

天慶觀乳泉賦

蘇軾

陰陽之相化，天一爲水。六者其壯，而一者其稺也[一]。夫物老死於坤，而萌芽於復。故水者，物之終始也。意水之在人也[二]，如山川之蓄雲，草木之含滋，漠然無形而爲往來之氣也。爲氣者水之生，而有形者其死也。死者鹹而生者甘，甘者能往能來，而鹹者一出而不復返，此陰陽之理也。吾何以知之？蓋嘗求之於身而得其説。

凡水之在人者，爲汗、爲涕、爲洟、爲血、爲溲、爲淚、爲涎、爲沫[三]，此數者，皆水之去人而外騖，然後肇形於有物，皆鹹而不能返。故鹹者九而甘者一。一者何也？唯華池之真液，下涌於舌底，而上流於牙頰，甘而不壞，白而不濁，宜古之仙者以是爲金丹之祖，長生不死之藥也。

[一] 者：原無，據明刊十四卷本《蘇文忠公集》卷一、四庫本《東坡全集》卷三三、魏了翁《經外雜鈔》卷二補。

[二]「人」下四庫本《東坡全集》卷三三有「寰」字。

[三]「爲淚」下四庫本《東坡全集》卷三三有「爲矢」二字。

今夫水之在天地之間者，下則爲江湖井泉，上則爲雨露霜雪，皆同一味之甘，是以變化往來，有逝而無竭。故海洲之泉必甘，而海雲之雨不鹹者，如涇渭之不相亂，河濟之不相涉也。若夫四海之水，與凡出鹽之泉，皆天地之死氣也。故能殺而不能生，能槁而不能浹也，豈不然哉？

吾謫居儋耳，卜築城南，鄰於司命之宮，百井皆鹹，而醪醴湩乳，獨發於宮中，給吾飲食酒茗之用，蓋沛然而無窮。吾嘗中夜而起，挈缾而東。有落月之相隨，無一人而我同。汲者未動，夜氣方歸。鏘瓊佩之落谷，灧玉池之生肥。吾三嚥而遄返，懼守神之訶譏。卻五味以謝六塵，悟一真而失百非。信飛仙之有藥，中無主而何依。渺松喬之安在，猶想像於庶幾。宋刻本《東坡後集》卷八。

黄庭堅《跋自書東坡乳泉賦》（《山谷年譜》卷二九）紫極宫道士胡洞微明之，少入道於廬山康王觀，嘗從容趨事余伯祖父寶之。寶之，人豪也，少名茂先，故往時江淮之間詩云：「江南黄茂先，江北段少連。」明之猶能道其言論風旨，故其見余喜甚，相從忽忘日暮也。東坡公所作《乳泉賦》，數百年之文章也，明之又好東坡，故書遺之，可深藏以待識者。崇寧元年八月己未，泊舟琵琶亭西書。

《韻語陽秋》卷一二 蘇子由病酒，肺疾發。東坡告之以修養之道，有曰：「寸田可治生，誰勸耕黄穋。探懷得真藥，不待君臣佐。初如雪花積，漸作櫻珠大。隔牆聞三嚥，隱隱如轉磨。」……故《天慶觀乳泉賦》及《養生論》、《龍虎鉛汞論》，皆析理入微，則知東坡於養生之道深矣。

《苕溪漁隱叢話》後集卷三〇 《次韻沈長官》詩云：「聞道山中食無肉，玉池清水自生肥。」《天慶觀乳泉賦》云：「鏘瓊佩之落谷，灩玉池之生肥。」《澄邁驛通潮閣》詩云：「杳杳天低鶻没處，青山一髮是中原。」《伏波將軍廟碑》有云：「南望連山，若有若無，杳杳一髮耳。」皆兩用之，其語倔奇，蓋得意也。

《梁谿漫志》卷四《柳展如論東坡文》 展如曰：《天慶乳泉賦》詞意高妙，當在第一。

李耆卿《文章精義》 《天慶觀乳泉賦》理到。

吴萊《南海山水人物古迹記》（《淵穎集》卷九） 東坡泉在西城内天慶觀，蘇文忠公初鑿得一石，狀如龜，泉涌出，號龜泉，清冽亞達磨泉。淳祐間，經略使方大琮浚泉，護以定林廢寺鐵井欄。大琮有《鐵井欄銘》。

《石渠寶笈》卷一三《宋蘇軾書天慶觀乳泉賦一卷》李心傳跋 趙京兆所藏此軸，奇偉特甚。以歲月驗之，蓋蘇公元符北歸所書也。時方厄於章、蔡之餘，而人之貴重如此，豈待百年而後定耶？若夫筆老墨秀，挾海上風濤之氣，以平生所見論之，當爲海内蘇書第一。紹定癸巳歲九月七日，陵陽李心傳謹書。

又王遂題　天一生兮上浮，羽人娭兮丹邱。迥儋耳兮東注，夾崑崙兮倒流。嘉熙三年四月旦，王遂題。

又尤焴跋　萬籟既寂，一氣孔神。吸彼沆瀣，沃此肺膺。至陽之精，天一所生。欽哉此詞，展也大成。焴。

又王亞夫題　蘇公早聞道，文章乃其戲。乳泉出重海，作賦聊紀異。玉池嘸中夜，挈瓶非小智。氣者水之生，此語可深味。淳祐甲辰孟夏朔，峴山王亞夫書於西湖孤山之陽。

又陳仁玉題　坡翁謫海上，人傳已仙去。道逢章子厚，遄復返塵路。至言恐世驚，猶閟《乳泉賦》。遙憐嵩山邱，千古不可駐。是日仙居陳仁玉同書。

又謝奕脩跋　《乳泉賦》不待多贊，特恨此軸尚有餘紙，安得起坡翁書滿卷後耶？天台謝奕修書於西湖，淳祐甲辰首夏望後二日。

又孫子秀題　腥波暗天，濁浪黐日，蛟蜃元鼉之所出没。有屹其島，清泉中發。静涵太虚，寒侵孤月。汲之無窮，元氣所泄。古今正理，不可泯滅。抑斯泉也，爲斯人設？會稽孫子秀書。

又宋濂跋　蘇長公以紹聖四年丁丑二月謫授瓊州别駕，安置儋州。六月渡海，七月十三日至儋，僑寄城南，鄰於天慶觀。觀有乳泉，故公爲援筆賦此。元符三年庚辰，公居儋已四年，會正月祐陵登極，大赦天下，五月移公廉州，六月還瓊，復渡海至廉。七月又以皇長子生，國有大慶，遷舒州團練副使，量移永州。八月終，方自廉啓行。賦後題云「庚辰七月十三日書」，則正在廉時也。十一月行至英州，又復朝奉郎提舉成都府玉局觀，任便而居。公遂度嶺南還。明年爲建中靖國元年辛巳，五月至毘陵，六月因疾告老，以本官致仕。七月廿八日遂薨。公之書是賦，時年已六十有五，距其薨僅隔一歲，實爲晚年之筆。李侍郎微之謂其「筆老墨秀，挾海上風濤之氣，當爲海内蘇書第一」，誠知言也哉。濂嘗見漳水鄙元輿跋公《眉子石硯歌》四十五字斷簡，謂曰「百閲而弗之厭」，使其見此，吾知其必曰「百拜而不止」也。然公之薨未幾，辭翰皆爲世大禁，而狗鼠之徒如霍謹英輩，猶嗚吠不已，磨剗焚焫，無所不用其極。而斯卷無纖毫不完，豈公妙墨所在，或有鬼物呵護之耶？金華宋濂謹書。

又楊一清跋　是卷爲蘇書第一，前輩已有定論。其所著述，亦第一等議論也。予渡清淮，望第一山，盱眙陳質之出所藏相示。不圖今日得數奇觀，非平生第一快事耶？弘治丙辰仲冬望後三日，陝西按察司提學副使石淙楊一清。

《古文辭類纂》卷七一方苞評　所見無絶殊者，而文境邈不可攀。良由身閑地曠，胸無雜物，觸處流露，斟酌飽滿，不知其所以然而然。豈惟他人不能摹倣，即使子瞻更爲之，亦不能如此調適而暢遂也。

後乳泉賦　並序

李綱

玉局翁作《乳泉賦》，妙語雄辯，不可跂及，然理有未安者。梁谿翁作後賦以訂之，其辭曰：

客謂李子曰：「蘇子之賦乳泉也，其言曰：『爲氣者水之生，而有形者水之死也。死者鹹而生者甘，甘者能往能來，而鹹者一出而不復反也。』其果是也耶？其果非也耶？」李子曰：「蘇子騁其辯説之雄、詞語之工而有是言也。揆之以理，蓋似是而實不然也。」

客曰：「願先生賦之。」李子曰：「唯唯。盈天地之間爲萬物，五行最鉅，而水其先也。散而爲氣者水之化，聚而有形者水之體也。其源必甘者水之本，其委必鹹者水之末也。凝爲霜雪，噓爲雲霧；結爲霰雹，融爲雨露。凡水之氣升於天者，兹非其化耶？發爲井泉，匯爲沼沚。流爲川瀆，鍾爲湖海。凡水之形比於地者，兹非其體耶？江河淮濟，井谷之泉。凡水之源未嘗不甘者，兹非其本耶？滄溟之波，斥鹵之地，凡水之委未嘗不鹹者，兹非其末耶？箕子之陳《洪範》，論水之性，水曰潤下，自其體言之也；論水之味，潤下作鹹，自其末言之也。因體兆化，則形可以變而爲氣。故水之升則爲雲，而雲之降則爲雨，是氣形之初無二理也。由末歸本，則鹹可以復而爲甘，故海洲之泉必甘，而海雲之雨不鹹，是甘鹹之初無二味也。請觀諸身：水之在人爲血。

血有形也，流於榮衛則爲氣[一]；血至鹹也，發於湩乳則爲甘。至於涕唾涎沫亦然，漱而鍊之，氣灌五臟，甘而不鹹。由是言之，蘇子以有形爲水之死，而以鹹爲死之味，一出而不復反也，豈不過歟？夫木無味也，其末爲實，味斯酸矣。火無味也，其末爲焦，味斯苦矣。土無味也，末爲稼穡，味斯甘矣。物成然後有味，而末者其所以成也。五行之理，莫不皆然，何獨於水而疑之也？」

客曰：「鹹者水之末而非其死，則吾既得聞命矣[二]。敢問泉源若一，而味有獨甘者，何哉？」李子曰：「五行相生，以金生水。物得所生，其出乃美。故甚甘之泉，洞穴之下，必有金錫以養之；腐敗之井，欲變其味，必資金錫以鎮之，物理之自然也。我卜我居，梁谿之濱。陸子之泉，天下所珍。甘若牛乳，錫山是鄰。烹茶則芳，釀酒則醇。可以佚老，可以娱賓。挈榼操杯，酌冷嘗新。繞齒頰之清甘，滌肺腹之埃塵。析酲愈病，益壽延年。爰撫松而嘯月，遂拂石而眠雲。優哉遊哉，飲水曲肱而枕之，誠可以養

[一] 衛：原作「觀」，據道光本改。
[二] 命：道光刻本無此字。

愚拙而全吾真〔一〕。」四庫本《梁谿集》卷三。

竹林泉賦

王安中

王子遊臺山，既賦焉。明日過竹林，挹飛泉而樂之，曰：「是可與滔滔者同羣。」别爲《竹林泉賦》。

北山高寒，水不濡谷，至花涍泓，育王絶纘。王子決奇觀於八表，縱遐武於千仞，獨相羊而永歎，揖天潢之流潤。曾去此之幾何，顧波瀾其誰吝？客有從余者曰：「夫子未覩竹林之水，盍往觀耶？」繚松麓之右界，面金宇以直出。振杖行嘯，山空響答，虎豹遁莽，龍蛇驚蟄。欻霽霧之褰駮，睨崩崖之郤立。瀑布淙瀉，林岫辟易。雷破斧而木碎紛，其雜雨雹也；星掣旗而石隕爗，其曳芒角也。風軿電策，蠼略碎磕，旄旛譟驅，鐘鼓奮作，其羣帝馭氣而狩斯乎？縞裙練帨，繽綸襞積，煙霏輿衡，璣貝狼籍，其列真踏月而下嬉乎？亂流赴溪，竅石逶迤，銜牙玉珮，

〔一〕誠：原無，據道光刻本補。

嘈雜爭馳。被草木之鮮滋，蔚雲物之瑰奇。蹇淹留而下上，耿夕露之霑衣。揚余袂而欲仙，前洪喬與爲期。

客曰：「自有天地，即有此泉，遒日月以俱邁，夫子將安取旃？」「客學詩乎？《詩》曰：『崧高維嶽，峻極於天，維嶽降神，生甫及申。』山川之秀傑，豈無與於吾人？故曰：石而不泉，則山不聲，周勃、霍光，汾陽、臨淮，未免於無文；泉而不飛，則聲不偉，酇侯、平陽，房喬、如晦，不優於制禮。嘗與客躡鄰斗之高標，臨掛壁之跳波，超萬累以獨邀，俯一氣之同和，立南榮而視余髩鬅，余之謂何？將不但夫金堂石室，虹蜺光景之異；丹砂瑟瑟，芝草葩卉之多者矣。若乃一拳嶔岑，羣潦鍾聚，氣偏産毒，物恠藏蠱，峭薄喧豗，尚奚足顧。彼謫仙之飛流，與漫翁之水樂〔一〕，寧亦有是也哉？」

客退然曰：「僕何足知之。」四庫本《初寮集》卷二。

周必大《跋初寮王左丞贈曾祖詩及竹林泉賦》（《周文忠公集》卷一五） 大父太師與初寮先生同爲

〔一〕漫翁：《南宋文範》卷一作「浪翁」。

元符庚辰進士。大父任忻州法曹，侍曾大父太傅以行。先生調瀛州理掾，未赴而母裴夫人卒，其考孝孫宰代州之五臺縣，先生端憂侍傍。曾大父遊臺回過之，先生年纔二十九，投贈古賦律詩各一篇，詞氣亹亹乎東坡，字畫駸駸乎山谷，蓋崇寧癸未歲也。後十有五年而先君莒公以文受先生之知。又七年，先生自燕山以檢校少師人爲寳籙宫使，兼侍讀。時大父倅廬陵，始刻斯文於石，系以跋語。未幾亡之，而某實藏其真蹟。紹興丙子，抱關京局，又燬於火，恫傷乃心，寤寐弗敢忘。今先生季子通直郎辟綱出示録本，捧讀恍然，如魯人之得寳玉大弓，燕人之悲晉國城社也。泣書而重刻之，庶幾副墨之子、洛誦之孫傳之乎無窮。蓋自宣和乙巳至淳熙乙巳，歲行適周，其日月又同。嗚呼！此豈人力耶，數也！十二月日，孫通奉大夫、樞密使、滎陽郡公某謹記，通直郎田椽填諱。

又《初寮先生前後集序》（《周文忠公集》卷五三）年二十有七，遊五臺，爲《竹林泉賦》，以將相喻泉石，格高而意新。

湯泉賦

秦觀

大江之濱，東城之野，有泉出焉。直回峰，負深谷，分埒引源，迤邐相屬。晨夜有聲，涵雲注玉，薄爲虎鬚，洑爲魚目，鱗介莫潛，遇者斯浴。此何水也哉？野老告余曰：「泓泓涓涓，莫虞歲年。不火而燠，其名湯泉。」

嗚呼！豈非熒惑蒞於上耶？燭龍隱於中耶？旁通咸池，日御之所經耶？幽精沈魄，陰儨其負耶？丹砂黄硫，金石之氣，酷悍之所激耶？德有常仁，惠公而浹。寒凝海兮不冰，旱焦山兮不竭。其或燥濕外干，精氣散越，膚革瘡瘍，憊筋淫血，欣瀚汩之蹔遊，悅幽憂之永脫。以沐則髮澤，以頮則膚悅。其羡流冗浸、捐棄於溝壑者，猶能灌蔬稻之畦，已牛馬之暍。此又何其然耶？

吾聞天下之水，厥類實繁。至於弱水儲陰，投羽必沈；火井萃陽，爛石灼金。祥摽醴泉，病飲而瘳；異紀滋穴，神瀵以流。焦溪乏罥蔓之飾，沸潭謝聱取之遊。其餘酒墨所發，膠鹽是滋，啜懷千金，飲狂一國。裒玉乳以中涵，横金絲而徑度。詭品繆名，紛莫爲數，咸受命於元精，亦各私其所遇。若夫匡廬、汝水之旁，尉氏、驪山之下，煙菲掩褥，王孫鳥隼之所娱，金穴椒房，專寵靡曼之所占，則湯泉之中，又有顯晦者焉。

野老囅然而笑曰：「善乎，齊給之士。」曳杖而去，行歌於塗曰：「潬沸兮滂沱〔一〕，

〔一〕兮：原脱，據《古賦辯體》卷八補。

奮此泉兮被山阿，吾唯灌沐兮不知其他。」宋高郵軍學刻本《淮海集》卷一。

秦觀《遊湯泉記》（《淮海集》卷三八）漳南道人昭慶隱湯泉山之八月，集賢孫公謂其遊曰：「漳南去幾時，已甚久。且聞其所寓富山水，盍往訪焉。」於是余與道人參寥請從之。具鞍馬，戒徒御，翼日出高郵西郭門，馳六十里，宿神居山之悟空寺。神居高不踰三四引，而股趾盤薄甚大，旁占數墟，俗呼土山。或曰：「昔老姥煉丹於此，功成仙去。今寺有石藥臼者，乃其遺物也。」又馳四十里，宿黄公店，從者以雨告止焉。又馳六十里，次六合，館壽聖寺之香積院。院有龐眉老僧主之，應客淡然，若無意於世者。與之言，心如其貌，蓋有道者也。又馳七十里，次真相院。明日漳南來逆，相勞苦如平生歡。遂與俱行，馳二十五里至湯泉，館惠濟院，院則漳南之所寓也。景申，遂浴於湯泉之墟。西惠濟二百步，周亥不踰一成，有泉五。一曰太子湯，舊傳梁昭明所遊，今廢於野。一在居民朱氏家。其三則隸於惠濟。而惠濟三泉，旁皆甃石爲八方斛，竅其兩崖，一以受虛，一以泄滿。泉輸其中，晨夜不絶，其色深碧沸白，香氣襲人，爬搔委頓之病，浴之輒愈。贏糧自遠而至者無虚時。劉夢得《和州記》云：「地有沸井。」即此泉也。噫！泉之爲湯者衆矣，彼汝水、驪山，嘗爲乘輿後宫之所臨幸，方其盛時，綺疏瓏題，魚龍飛動，眩人目睛，勢徂事變，鹿豕得而辱焉。其僻昧不聞於世者，又皆蔽於叢薄，堙於土塗，抱清懷潔，歷千百年，莫或稍試於用。二者皆有恨焉。獨是泉出無亢滿之累，其仁足以及物，豈所謂「無出而陽，無入而藏，柴立乎其中央」者歟？余三人者，既嘉泉之近於道，又貪其有功於塵垢疾病也，日不一至，再日必至焉，率以爲常。越三日，烏江令閻求仁來。求仁，余鄉友也。遂與俱行，東南馳八里，至龍洞山下，棄馬而徒步。山形斗起，蒙籠曲道，尤難登。捫蘿進者五里，然後至其山椒。是日風曀，望建業江山，蟠龍踞虎之狀，皆依約而得之。自山椒轉而西南，盤紆徑復又二里而至龍洞。其上巃嵸崟岑，不可窮竟。門則大穴也，漸下十數丈，窅然深黑，日光所不及，揭炬然後可行。腹中空豁，可儲粟數萬斛。屏以青壁，而泉嚙其趾；蓋以乳石，而鼠家其竇。仰而視之，或突然傲岸而出，若有恃者；或侵尋而却，若有畏者。雲撓而鳥企，鼻口呀而斷齶露，其陬牙横遻卒愕之變，疑生於鬼神，雖智者造謀而巧者述之，未必能爾也。惜乎閟於龕巖敻絶、人迹罕至之地，世莫得而窺焉。夫豈負天下之奇勝者，固不欲售其伎，必待夫至誠篤好之士，然後與之接耶？或曰，洞有小蛇，青色而赤章，旱歲禱雨多應云。景夕，還惠濟。惠濟有庵二：一在太子泉南百步崦中，隱者陳生居之。一未構基，在院西六十步大丘之原，丘勢坡陀，前有小澗，涓涓而流，藩以齊篠，閟以雙松，每泠風自遠而至，泛篠薄，激松梢，度流水，其音嘈然，如奏笙籟。巽嚮而望，自定山轉而西，服光晷，薄星辰，亘二百里，迅馳而矗立，姡危而恬壯，分秀而取奇，各挾其伎，以效履舄之下。孫公愛其地勝，欲寄以老焉，因請名曰寄老庵，相率作詩以約之。明年庵成，發二奇石於雙松之下，形勢益振。於是環山數百里，嘗以遊觀名者，遷延辭避，推寄老焉。西庵之成久矣，其地迫遽無流水，非枯槁自謀之士，莫能居之，故蔑有聞者。

是庵始基也，爲賢士大夫所矚，及成，遂以眺望浮遊之勝，甲於一方。物之興，固自有時也哉！湯泉之事既窮，余又獨從參寥西馳七十里，入烏江，邀求仁謁項羽祠，飲繫馬松下，憑大江以望三山，憩於虚樂亭，復還惠濟，翼日乃歸。蓋自高郵距烏江三百二十五里，凡經佛寺四，神祠一，山水之勝者二，得詩三十首，賦一篇。至於山林雲物之變，溪瀨潺湲之音，故墟荒落、晨汲暝舂之狀，悠然與耳目謀，而適然與心遇者，蓋不可勝計。於戲！兹遊之所得，可謂富矣！明年，漳南自湯泉來，會於高郵，追敘去年登臨之美，且歎日月之速，盛遊之難再也，因撰次之，以備湯泉故事，時與同好者覽之以自擇焉。熙寧十年九月記。

蘇軾《書遊湯泉詩後》（《淮海集》卷一）　余之所聞湯泉七，其五則今三子之所遊，與太虚之賦所謂匡廬、汝水、尉氏、驪山，其二則余之所見鳳翔之駱谷與渝州之陳氏山居也。皆棄於窮山之中，山僧野人之所浴，麋鹿猿猱之所飲，惟驪山當往來之衝，華堂玉甃，獨爲勝絶。然坐明皇之累，爲楊、李、禄山所污，使口舌之士，援筆唾罵，以爲亡國之餘，辱孰甚焉。今惠濟之泉，獨爲三子者咏歎如此，豈非所寄僻遠，不爲當塗者所溷，而爲高人逸才與世異趣者之所樂乎？或曰：明皇之累，楊、李、禄山之汙，泉豈知汙之？然則幽遠僻陋之歎，亦非泉之所病也。泉固無所榮辱，特以人意推之，可以爲抱器適用而不擇所處者之戒。元豐元年十月五日。

《古賦辯體》卷八《湯泉賦》，賦也。雖全是賦體，而其體猶近古。但其中衆體衮雜，故不能純乎古。

秦元慶本《淮海集》評　「大江之濱」至「此何水也哉」工琢而有幽趣。「欣澥汩之蹔遊」四句摹寫温清處。「若夫匡廬汝水之旁」六句藻逸。

林紓《林氏選評名家文集·淮海集》　光怪陸離中，音調諧婉，直逼蕭穎士，非李華所及。

湯泉賦

蘇籀

陝西南坤，泉滃山澗。崖谷焦烈，衮沸奔猛。湯池烝霧，騰寫浩汗。

客曰：「異哉！水在萬物，其性必寒。胡然鬱攸，無事燒燔。草木爍爛，鳧鴨煨燖。匯爲澄泓，而後可探。詰其從來，莫克攷原。」

余蓋知之，《易》有太極，是生兩儀。風金火輪，世界執持。火光生於巨海，波濤湧於汀岸。鎔石成水，敲石成焰。三伏炎曦，温暾河漢。百井隆冬，其氣自煖。吾儕習俗，淪溺情見。煮鼎負薪，而後晨爨。欲窮理而盡性，至中和以推原。徇耳目之尋常，昧造化之機關，是猶火鼠不信冰蠶也。

石中之火，火中之泉。坎離相濟，爲湯固然。此山岳之仁氣，愍寒士之枯朽。假温慈而惠和，以洗浣其塵垢。使於斯而産金玉，終何益於野叟。惟荒山與亂石，無華堂與瓊甃。免汙亡國，華清貴妃。嬿婉之求，無取於斯。予槁項黄馘，短髮葳蕤。青鞋直趨，老櫛自隨。頭輕目明，彈冠振衣。詠而風乎，配魯之沂。四庫本《雙溪集》卷六。

蒙泉賦

胡宿

稽《易》中之奥旨，見山下之出泉，養蒙之體斯在，善利之功未宣。静之徐清，藏用於濫觴之際；動而愈出，含滋於濟物之前。立言蓋自先聖，育德爰資上賢。

原夫《蒙》之爲象兮，晦而未章；泉之爲性兮，導之斯出。將處順以待用，貴守蒙而不溢。況夫人事，在養功未發之時；驗以物情，當習坎初來之日。發彼變盈之地，依乎藏疾之山。既靈長之斯肇，豈利用以爲艱！守爾裔淪，備潛德於一源之内；待夫疏導，致成功於萬派之間。柔以居之，漸而著也。涓兮之狀初出，洌彼之容肇瀉。清而不撓，善淵之性居中；寂爾含虚，觱沸之容在下。

莫潤乎水，受之以蒙。契木升於漸允，法井養之無窮。含德以居，藴斯干之厚利；俟時而動，蓄上善之元功。則知蒙實俟時，泉惟立象，捨之則獨安於静，用之則利有攸往。居乎善地，固不雜於下流；洩爾靈源，信無踰於朽壤。豈不以蒙之道貴守其正，物之用亦存乎時？善下之動未舉，守柔之道攸宜。將萬物而浸彼，豈一勺而取斯？澄乎秩秩之原，至誠自守；譬彼存存之性，果行無虧。異夫湛爾中虛，淵兮下據。思混混以致用，竭涓涓而至著。儻加乎疏導之功，庶滄溟之可助。四庫本《文恭集》卷一。

檻泉賦 並序

周麟之

陽羨祖塋之左，有泉正出，蓋《詩》所謂「觱沸檻泉」者也。暇日往觀，感而賦之。

君山之陽，大城之阜，松楸城乎其中。有泉出焉，於蒼龍之首。隱若靈湫，豁若智井，吹波若魚目，沸潏若湯鼎。吁！此何水也？若是其異乎！

山人告予曰：「維山之巔，峨峨巍巍。三峰環峙，中窪如巵。萬斛之水，潴而爲池。蛟龍之所蟠，神物之所司。水滔天兮不溢，旱竭澤兮不虧。下灌注乎山隴之脈，上潛通乎天潢之湄。淼若陂浸之在望，常未雨而生雲霓。泓泓兮淵淵，行地中兮冥然。值冲秀之所萃，乃奮迅而出焉。稽之古詩，是名『檻泉』。其正出也，萬竅互發，蘊淪洄漩，迸澄沙之金碎，激浮漚之珠圓，吹噓乎管灰之飛，眩轉乎風蓬之旋。其洩流也，潤道委蛇，如玄雲之觸石，遏流不平而鳴，鏗鏘乎佩玉之音，悠揚乎宮徵之聲。擁山川之秀潤，朝鬱鬱之佳城。若乃陰伏陽亢，害於有秋，萬壑源斷，千畦墝浮，火雲晝燎，燭龍夜遊，山岳焦，金石流。則是泉也，其澤涓涓，其聲濺濺，走絣綆於百里，溉稻秫於平田。其羨流餘浸，猶足以已道渴而灌蔬園也。出山限，踰南阡，斯前抵於大澗之濱，而下會乎東瀉之川。則其澤物之功，豈淺淺哉？」

予乃撫然曰：「夫天下之水，殊源異族。注川曰谿，注谿曰谷。仄出而泛則爲氿，懸出而溜則爲沃。湧輪口而凌空，則爲汾陰之濮；下萬仞而曳練，則爲匡廬之瀑。弱水則鴻毛莫載，湯泉則不火而燠。或止或行，或見或洑。各隨物以賦形，紛莫數乎衆目。兹檻泉之觱沸，不槩見於編牘。豈先德之涵潤，故於此發長源而兆吉卜也。」因相與植杖而坐，挹泉而飲之，且歌曰：泉之流兮流祖之德，肆其後兮沐靈澤。泉之清兮爲文英，泉之涌兮騰仁聲。世世兮承休，與兹水兮同流。《海陵集》卷一。

方泉賦

周文璞

惟山居之嶔嶻吟兮，有泉出而方窪。彌歲年而沃渫兮，雖苦寒而萌芽。蓋隨區以賦形兮，非浚工之所加。吾初以道爲澤兮，以溥溥而爲家。既自抱於潔清兮，又含咀乎英華[一]。贊商易而非僭兮，儆坤輿而非夸。摩大蛤非神奇兮，出矩玉非矜誇。雖使女盜冠而窺兮，僕夫汲而盈車。泉豈嗽以爲貪兮，方豈蹈而爲邪？將引竹以種樹兮，放爲池而漚麻。順脈絡而襲水土兮，則又豈退虎豹而進龍蛇？噫！吾命濡滯於此丘兮，又何敢怨懟而舛差？四庫本《方泉詩集》卷一。

柳州白水瀑泉賦

劉克莊

昔列子夸呂梁之懸水兮，太白詫香爐之瀑布。後得西淙千丈之瀑於吾里兮，尤澎湃而奔注。謂天下之美盡於是兮，驚喜而爲之賦。晚逢蜀珍兮，乘軺而南騖。班荆而坐兮傾蓋而語，曰宇宙間殊尤詭異之觀兮顯晦有數。

曩吾擁麾兮天下之窮處，義帝之故都兮莽荆榛而伏狐兔。吾披山而通谷兮，忽奇境之呈露。亘古今之詠瀑兮假玉虬白虹以設喻，下垂三十仞兮流沫數百步。鏗鍧鏜鞈如瓠

[一] 含咀：《江湖小集》卷五七作「收散」。

子之決兮胥濤之怒，莫不託之於雄辭兮曾未極其幽趣。

余白水之瀑兮，雄偉豈減於廬阜。若水石激瀨漱、縈映妙巧、千變萬態兮，不可傳之縑素。的皪者朔雪之縞梅，浩蕩者東風之吹絮，明艷者天魔之散花，霏微者神女之行雨，清泠者樂張於洞庭，璀璨者珠還於合浦。歷中州而罕見兮，忻曠劫之一遇。

吾惟上封有鄴侯之書堂兮，三峽有卧龍之祠宇。矧茲邑兮，亦元公之武城、單父。買田築室其間兮，集衿佩以奉籩俎。闇闇秩秩兮，視嶽麓與石鼓。聆淙琤於枕蓆兮，納紫翠於牕户。動有關於風化兮，非止供於遊豫。大書深刻兮豐碑數堵，心翁不刊之記述兮會溪絶妙之章句。余蓄耳未之聞兮蓄眼未之覩，如斲鼻端之堊兮纔藴之緒。後無來者兮前無古，不鄙授簡兮愧余之衰暮。昔思長兮今縮，昔富有兮今窶。鍾啞兮希攷擊，錦殘兮繆文縷。雖鳳咮之難和兮，或驥尾之可附。清鈔本《後村先生大全集》卷四九。

瀑布泉賦

蒲壽宬

昔披榛而導泉，愛其流之涓涓。居焉而爲清泠，出之而爲潺湲。跨蒼崖而直下，瀉鳴瀑其如騫。忽浣布於火日，俄飛帛於天門。毋乃冰蠶之織，得鮫室之所傳。滎瀠濶灅，凬凬隆隆。或散如凌空之毳鶴，或聚如飲澗之流虹。其光怪也如此，欲想像其奚窮。

嘗聞吕梁之水，懸三十仞，沫四十里。黿鼉魚鱉不可遊處，被髮行歌或蹈於此。羅嶺掛泉，倒注崩湱。石樓鐵橋，迥不可即。衡山三峰，最爲竦桀。噴薄横飛，匪澌而結。分映青林，日光玉潔。自非素朝，翳莫能撤。香爐奇秀，實甲寰海。傳之有三千尺，賦之今幾百載。其自天而下也，耿耿長河；其赴壑而趨也，錚錚萬鎧。納茲細流，不知幾倍。或曰，香山草堂，布水三尺。瀉階隅，落渠石。或垂練於終朝，或鳴琴於永夕。非其狀之可傳，因其事之可摭。於茲瀑也，非曰千尋，豈無匹素。使遇昌黎，必云振鷺。舞風中之仙裳，響松間之寶璐。非假力於人爲，果何心乎天雨。予聞斯語，斐焉而狂，躍然而悟。頓消鄙吝之胸，如餐沆瀣之露。復何騖乎川涂，粗可娛乎朝暮。苟猶誇彼之雄，寧不失吾之故。

嗟夫！其源雖殊塗，其流則同赴。決合黎而西傾，環崑崙而東注。非胼胝之聖功，豈聲教之所暨。利萬物而不争，如方圓之隨器。原上善之所稱，本天一之初氣。四庫本《心泉學詩稿》卷一。

雙瀑賦

王十朋

王子遊簫峯之下，訪鼻祖於仙籍。駐杖屨於金溪，觀雙瀑之千尺。於時驟雨初歇，飄風迅擊，飛泉洶湧，怒流湍激。噴煙霧於蒼嵐，吼蛟龍於大澤〔一〕。百川震而澎湃，萬類紛其辟易。疑若傾崖轉壑，變丘谷而爲陵；又類萬馬千兵，奏鼓鼙而赴敵。久之，狂潦微殺，巨流順適，靈源復尋於故道，雙派交馳於絶脊。勢偶殊而卒合，路雖分而稍迫。玉筯垂兮拂輕寒，長紳拖兮蘸深碧。疑若鯨鯢鬬怒兮，力未決而方酣；干鏌争鋒兮，光交騰而互射。

嗟天匠之施巧兮，作勝事於泉石。顧一派之罕有兮，豈雙流之易得？不見夫銀河落於半天兮，破廬阜之山色。梅雨飛於石門兮，敞芝田之靈蹟。潭千丈於石橋兮，渺仙凡之路隔。龍雨湫於鴈蕩兮，分大小而異宅。彼獨溜而孤飛兮，猶擅名於今昔。況並峙而争流兮，作人間之連璧。吾欲窮千里之源兮，問化工之始闢。思漢使之不

〔一〕吼蛟龍於大澤：原作「吼龍於大澤澤」，據四庫本删補。《歷代賦彙》卷二八作「吼龍虎於大澤」。

復見兮，悵靈槎之難覓。獨終日而登臨兮，寄吾懷於幽寂。興雖盡而忘歸兮，猶待乎風清而月白。於是目瞬飛流之末，耳洗寒潭之側。思往事之微茫，仰遺風而嘆息。竈中煙冷，難尋入竹之人；峰頂臺荒，不見吹簫之客。

賦罷，酾歌而歸，曰：雙瀑之水從何來，靈源千尺高崔嵬。飛流噴沫飄瓊瑰，空山落日鳴春雷。有客來遊獨徘徊，枕流漱石興悠哉。塵襟濯罷飄然回，風清月白空簫臺。四部叢刊本《梅溪先生文集》卷一一。

宋代辭賦全編卷之四十四

賦　都邑　一

汴都賦

周邦彦

臣邦彦頓首再拜曰：自古受命之君，多都於鎬京，或在洛邑。惟梁都於宣武，號爲東都，所謂汴州也。後周因之，乃名爲京。周之叔世，統微政缺，天命蕩杌，歸我有宋。民之戴宋，厥惟固哉，奉迎鸞輿[一]，至汴而上[二]，是爲東京。六聖傳繼，保世滋大，無内無外，涵養如一，含牙帶角[三]，莫不得所。而此汴都，高顯宏麗，

[一] 鸞輿：《汴京遺蹟志》卷二〇作「鑾輿」。

[二] 上：《汴京遺蹟志》卷二〇作「止」。

[三] 帶：《新刊國朝二百家名賢文粹》卷一七九作「戴」。

百美所具，億萬千世。承學之臣，弗能究宣，無以爲稱。伊彼三國，割據方隅，區區之霸，言餘事乏，而《三都》之賦，磊落可駭，人到於今稱之；矧皇居天府而有遺美，可不愧哉！謹拜手稽首獻賦曰：

發微子客遊四方，無所適從。既倦遊，逎崎嶇邅迴，造於中都，觀土木之妙、冠蓋之富，煒爗焕爛，心駴神悸，瞑瞯而不敢進。於是夷猶於通衢，彷徨不知所屆。適遭衍流先生，目而招之，執其袪，局局然歎曰：「觀子之貌，神采不定，狀若失守。豈非蔽席隱茅，未遊乎廣廈；誅草鉏棘，未擷乎蘭蓤；披褐挾緼，未曳乎綺縠；微邦陋邑，未覩乎雄藩大都者乎？」

發微子姡然有赧色，曰：「臣翺翔乎天下，東欲究扶桑，西欲窮虞淵，南欲盡反户，北欲徹幽都。所謂天子之都，則未嘗歷焉。今先生訊我，誠有是也。然觀先生類辯士，其言似能碎崑崙而結溟渤，鏤混沌而形罔象，試移此辯，原此汴都，可乎？臣固不敏，謹願承教。」

先生笑曰：「客知我哉！」於是申喙據牀，虚徐而言曰：「噫！子獨不聞之歟？今天下混一，四海爲家，令走絶徼，地掩鬼區。惟是日月所會，陰陽之中，據要總殊，實搤鍵制樞，拱衛環周，共安乘輿。而此汴都，禹畫爲豫，周封鄭地，觜觿臨而上直，實沈分以爲次，惟蓬澤之故境，昔合縻之所至。芒、碭、涣、渦截其面，金隄、玉渠累其脊，雷夏、灉、沮繞其脇，疊丘、訾婁夾其胰。梁、周帝據而麋沸，唐、漢尹統而寧一。故此王國，襲故不徙，恢拆甸域，尊崇天體。司徒制其畿疆，職方辨其土地，前千官而會朝，後百族而爲市。分疆十同，提封萬井，舟車之所輻輳，方物之所灌輸，宏基融而壯址植，九鼎立而四嶽位，仰營域而體極，立土圭而測晷。蜀險漢坌，荆惑閩鄙，惟此中峙，不首不尾，限而不迫，華而不侈，環睎眡於郡縣，如峋嶁之迤邐。觀其高城萬雉，埤堄鱗接，繚如長雲之方舒，屹若崇山之礧磈，坤靈因贔屭而踴躇，土怪畏榨壓而妥貼，靡胥不可縋而登，爵鼠不可噣而穴。利過百二，嶮逾四塞，鄙秦人之踐華，陋荆州之刦月，頓捷步與超足，矧蹣跚與蹩躠？闢城爲門，二十有九，瓊扉塗丹，金鋪鏤獸。列兵連卒，呵夜警晝，異物不入，詭邪必究。

「城中則有東西之阡，南北之陌，其衢四達，其塗九軌。車不理轚互，人不争險易，劇驂崇期，蕩夷如砥，雨畢而除，糞夷茀穢，行者不馳而安步，遺者惡拾而恣棄。跨虹梁以除病涉，列佳木以安怵惕，殊異羊腸之詰曲，或踠蹶而折轄。顧中國之闤闠，叢貨幣而爲市，議輕重以奠賈，正行列而平肆。竭五都之瓌富，備九州之貨賄，何朝滿而夕除，蓋趨贏而去匱。萃駔儈於五均，擾販夫於百隧，次先後而置敘，遷有無而化滯，抑彊賈之乘時，摧素封之專利。售無詭物，陳無窳器。欲商賈之阜通，廼有廛而不税。銷卓、鄭、猗、陶之殖貨，禁乘堅策肥之擬貴。道無遊食以無爲，矧敢婆娑而爲戲。其中則有安邑之棗，江陵之橘，陳、夏之漆，齊、魯之麻，薑桂藁穀，絲帛布縷，鮐鮆鮿鮑，釀鹽醯豉。或居肆以鼓鑪橐，或鼓刀以屠狗彘。又有醫無閭之珣玗，會稽之竹箭，華山之金石，梁山之犀象，霍山之珠玉，幽都之筋角，赤山之文皮，與夫沉沙棲陸，異域所至。殊形妙狀，目不給視，無所不有，不可殫紀。若夫帝居宏麗，人所未聞，南有宣德，北有拱辰，延亘五里，百司雲屯，兩觀門峙而竦立，罘罳遐望而相吞。天河群神之闕，紫微、太一之宫，擬法象於穹昊，敞閶闔而居至尊。樸桷不斲，素題不枅，上圓下方，制爲明堂，告朔朝歷，頒宣憲章。謂之太廟，則其中可以敘昭穆；謂之靈臺，則其高可以觀氛祥。後宫則無非員無録之女，佞倖滑稽之臣。陋甘泉與楚宫，繆延壽與阿房，信無益於治道，徒竭民而怠荒。故今上林仙籞，不聞乎鳴蹕，瓴甋歲久而苔蒼。

「其西則有寶閣靈沼，巍峨泛灩，繚以重垣，防以回隄，雲屋連簃，瓊欄壓墀。池水則溶溶沄沄，洋洋湜湜，涵潤滉瀁，潚灑浩漾。微風過之，則瀾沉瀺灂，漫散回淀，潽潽漣漪；大風過之，則汩湧湁潗，灡漈滆汖，掀鼓渼溢，不見津灖。儛檷景以斷續，漾金碧而陸離，恍渦、浯與方壺，帝令鬼鑿而神移。其中則有菰蒻萑蘆，菡萏蓮蘧，蕡蘋蘮葦；其魚則有鱣鯉鯊鮀，鮤鮍鰋鮧，魴鱒鰼鰝，鱖鯞王鮪，科斗魁陸，鼉鼊鼈蜃，含蟚巨鼇，容與相羊，蔭藻衣蒲；其鳥則有鶤鷗鵜鶘，鵝鷺鳧鷖，鶇鸐鳷鵲，鷤鴸鵬鶴，鶬鶊楚雀，鸛鶂揮霍，鸑鸑矗矗，群鴿吞啄；其木則有樅檟栟櫚，楩楠栒樅，樗檳榔，檿柘桑楊，梓杞豫章，勾科扶疏，蔽芾竦尋，集弱椅施，挐枝刺條，條幹蟠根，矯蹊鱗皴；其下則有申葉蘭茝，芸芝荃蓀，髮布絲勻，馥郁清芬，其氣襲人。上方欲與百姓同樂，大開苑囿，凡黄屋之所息，鸞輅之所駐，皆得窮觀而極賞，命有司無得彈劾也。於時則有絶世之巧，凝神之技，恍人耳目，使人忘疲。是故宫旋室浮，鱸艦移也；蛟螭蜿蜒，千橈渡也；虓虎䶌䶌，角抵戲也；壘流電掣，弄丸而揮劍也；鸞悲鳳鳴，纖麗歌也；鴻驚燕居，綽約舞也；霆震雷動，鈞天作也；犇驫騳驋，群馬闖也；轔輷轆轤，萬車轍也；灑天翳日，揚埻壒也；杌山蕩海，歡聲同而和氣浹也；震委蛇而嘑罔象，出鮫人而舞馮夷者，潛靈幽怪助喜樂也。

「若迺豐廪貫廥，既多且富，永豐、萬盈，廣儲、折中，順成、富國，星列而棊布。其中則有元山之禾，清流之稻，中原之菽，利高之黍，利下之稌，有虋有芑，有秠有秬。千箱所運，億廪所露，入既夥而委積，食不給而紅腐，如坻如京，如崗如阜。野無菜色，溝無捐瘠，攟拾狼戾，足以厭鰥夫與寡婦。備凶旱之乏絶，則有九年之預。又將敦本而勸稼，開帝籍之千畝，良農世業，異物不覩，播百穀而克敏，應三時而就緒。蹠鎛鎧閧，灌啜雨霔，孰任其力，侯疆侯以。千耦其耘，不怒自力，疏邀其理，狼莠不植，奄觀堅阜，與與薿薿，溝塍畹畦，亘萬里而連繹，醜惡不毛，磽陿荒瘠，化爲好畤。轉名不易，惟彼汴水，貫城爲渠，並洛而趨。

「昔在隋葉，祼丁大業，欲爲流連之樂，行幸之遊，故鑿地導水[一]，而南抵乎揚州[二]。生民力盡於畚鍤，膏血與水而争流，鳳艒徒見於載籍，玉骨已朽於高丘，顧資治世以爲利，迄今抗筏而浮舟。桃花候漲，竹箭比駃，洶湧淈瀄，瀰沚沸澅，搯防崑岸，渚灟迅邁，匪江匪海，而朝夕舞乎滂湃，掀萬石之巨艘，比坳堂之一芥，舵艣不時而相值，篙師齬拱而俟敗，智者不敢睥睨而興作，綿千祼而爲害。豈積患切病，待聖人而後除耶？厥有建議，導河通洛，引宜禾之清源，塞擘華之渾濁，鑿廣堤而節暴，紆直行而殺虐，其流舒舒，經炎涼而靡涸。於是自淮而南，邦國之所仰，百姓之所輸，金穀財

[一] 鑿地：《宋文鑑》卷七、《歷代賦彙》卷三三作「鑿池」。
[二] 而：原無，據《新刊國朝二百家名賢文粹》卷一七九補。

帛，歲時常調，舳艫相銜，千里不絕，越舲吳艚，官艘賈舶，閩謳楚語，風帆雨楫，聯翩方載，鉦鼓鏜鉿，人安以舒，國賦應節。

「若夫連營百將，帶甲萬伍，控弦貫石，動以千數。其營則龍衛、神勇，飛山雄武，奉節、拱聖，忠靖、宣效，吐渾金吾，擲颺、萬勝，渤海、廣備，雲騎、武肅。材能蹶張，力能挾輈，投石超距，索鐵伸鉤，水執鼋鼉，陸拘羆貅。異黨之寇，大邦之讎，電鶩雷擊，莫不縶纍而爲囚。於是訓以鸛鵝魚麗之形，格敵擊刺之法，剖微中虱，貫牢徹札，揮鉈擲鏢，舉無虛發。人則便捷，器則犀利，金角丹漆，脂膠竹木，以時取之，遴棄惡弱，割蛟革以連函，劓兕觡以爲弭，剸魚服以懷鍔。百工備盡，鋥磨鍥削，其成鑑鋼而鋹鑢，植之霜凝而電爍。故有彊衡勁弩，雲梯轒車，脩鍛延鏦，銛戈兑殳，繁弱之弓，肅慎之矢，谿子之弩，夫差之甲，龜蛇之旐，鳥隼之旟，軍事蚤正，用戒不虞。其次則有文昌之府，分省爲三，列寺爲九，殊監爲五，左選爲文，右選爲武，曰三十房，二百餘案，二十四部。黜隋之陋，更唐之故，補弊完罅，剔朽焚蠹。人夥地溥，事若織組，滋廣莫治，亹亹成蠹，纖弱不除，將勝戕斧，雖離婁之明，目迷簿書而莫覩。豪胥倚文以鬻獄，庸吏瘝官而受侮，各懷苟且以逃責，孰肯長慮而却顧？官有隱事，國有遺利，紛訟牘於庭戺，縶纍囚於囹圄，此浮彼沉，甲可乙否，操私議而軋沕，各矛盾而齟齬。於是合千司之離散，儼星羅於一宇，千梁負棟，萬楹鎮礎，誅喬松以爲煤，空奧山而斸楮。官有常員，取雄材偉器者以充其數，上維下制，前按後覆，譬如長虵，扶其脊膂而首尾皆赴。闔户而議，飛檄乎房闥，應答乎秦、楚，披荒榛而成徑，繹綧絢而得緒，崇善廢醜，平險除穢，纖悉不遺乎一羽。於是宣其成式，變亂易守者，刑之所取。貽之後昆，永世作矩。

「至若儒宫千楹，首善四方，勾襟逢掖，褒衣博帶，盈仞乎其中。士之匿華鏟采者，莫不拂巾袵褐，彈冠結綬，空巖穴之幽邃，出郡國之遐陋。南金象齒，文旄羽翮，世所罕見者，皆傾囊鼓篋，羅列而願售。咸能湛泳乎道實，沛然攻堅而大叩。先斯時也，皇帝悼道術之沉鬱，患詁訓之荒繆，諸子騰躪而相角，群言駘蕩而莫守，黨同伐異，此妍彼醜。挈俗學之蕪穢，詆淫辭而擊掊，滅窔突之熒燭，仰天庭而覩晝，同源共貫，開覆發蔀[一]。盲鄙生詭見之目，掩處士横議之口[二]。於是俊髦並作，賢才自厲，造門闌而臻壼奧，騁辭源而馳辨囿。術藝之場，仁義之藪，温風扇和，儒林發秀，宸眷優渥，皇辭

[一] 覆：《宋文鑑》卷七、《新刊國朝二百家名賢文粹》卷一七九、《汴京遺蹟志》卷二〇作「天」。

[二]「盲鄙生」二句：原無，據《新刊國朝二百家名賢文粹》卷一七九補。

結糾。榮名之所作，慶賞之所誘，應感而格，駒行雉响，磨鈍爲利，培薄爲厚，魁梧卓行，捞鋒露穎，不驅而自就。復有珮玉之音，籩豆之容，絃歌之聲，盈耳而溢目，錯陳而交奏。焕爛乎唐虞之日，雍容乎洙泗之風，誇百聖而再講，曠千載而復覩。又有律學以議刑制，筭學以窮九九，舞象舞勺以道幼稚，樂德樂語以教世胄。成材茂德，隨所取而咸有。

「若夫會聖之宫，是爲原廟。其制則般輸之所作，其材則匠石之所掄，萬指舉築，千夫運斤，揮汗飛霧，吁氣如雲，鼛鼓弗勝，靡有諗勤。赫赫大宇，有若山踊而嶙峋，下盤黄壚，上赴北宸[一]，蘂珠、廣寒，黄帝之宫，榮光休氣，龍嚨往來，葱葱鬱鬱而氤氲。其内則櫓橑榱題，宋檻楹栭[二]，閎栱闥闔，屏宇閎閣，聳張矯踞，龍征虎蹲。延樓跨空，甬道接陳，黝堊備旿，燦爛詭文。菱阿芙蕖之流漫，驚波迴連之潺湲，飛仙降真之縹緲，翔鵷鵜鷗之氍毹。地必出奇，土無藏珍，球琳琅玕，璠璵瑤琨，流黄丹砂[三]，

[一] 北宸：原作「北辰」，據《新刊國朝二百家名賢文粹》卷一七九改。
[二] 檻：原作「腎」，據《宋文鑑》卷七、《汴京遺蹟志》卷二〇改。
[三] 丹砂：原作「丹沙」，據《新刊國朝二百家名賢文粹》卷一七九改。

玳瑁翡翠，垂棘之璧，照夜之蠙，鵠象觷角，剒犀劇玉，鍥刻雕鏤，其妙無倫。焜煌焕赫，璀錯輝映，繁星有爛，彤霞互照。軒廡所繪，功臣碩輔，書太常而銘鼎彝者，環列而趨造，龍章鳳姿，瑰形瑋貌。文有伊周，武有方召，猶如蹇諤以立朝，圖寧社稷，指斥利害，踟躕四顧而不撓。其殿則有天元、太始，皇武、儷極，大定、輝德，熙文、衍慶，美成、繼仁，治隆之名。重瞳隆準，天日炳明，皇帝步送，百寮拜迎，九卿三公，挾輈扶衡，儀仗衛士，填郛溢城。於時黔首飈集，百作皆停，地震嶽移，波翻海傾，足不得旋，耳不得聽，神既安止，窮閭微巷，惟聞咨嗟歎異之聲。於是山罍房俎，犧樽竹篚，踐列於兩楹，瞽史陳辭，宰祝行牲，案芻豢之肥臞，視物色之犂騂，登降祼獻，百禮具成。

「至於天運載周，甲子新曆，受朝萬方，大慶新闢。於時再鼓聲絶，按稍收鏑，儼三衛與五仗，森戈矛與殳戟，探平明而傳點，趣校尉而唱籍，千官鶩列以就次，然後奏中嚴外辦也。撞黄鍾以啟樂，合羽扇以如翼，欻飛道駕以臨座，千牛環帝而屏息。爐煙既升，寶符奠瑞，聆《乾安》之妙音，仰天顔而可覲。羌夷束髮而蹈舞，象胥通隔而傳譯，宣表章以上聞，奏靈物之充斥。群臣廼進萬年之觴，上南山之壽，太尉升奠，尚食酌酒。樂有《嘉禾》、《靈芝》，《和安》、《慶雲》；舞有《天下大定》，《盛德升聞》。飲食衎衎，燔炙芬芬，威儀孔攝而中度，笑語不譁而有文，故無族譚錯立之動衆，躐席布武之紛紜。蓋天子以四海爲宅。有百姓而善群，廷内不洒掃而行禮，則天下雲擾而絲棼。故受玉而惰，知晉惠之將卒；執幣以傲，知若敖之不存。聞樂而走者，爲金奏之下作；雖美不食者，爲犧象之出門。賦《湛露》、《彤弓》，而武子不敢答；奏《肆夏》、《大明》，而穆子不敢聞。蓋禮樂之一缺，則示亂而昭昏。是以定王享士會以殽烝而刑三晉之法，高祖因叔孫之制而知爲帝之尊。豈治朝之禮物，尚或展翳而沉湮？此所以舉墜典而定彝倫者也。其樂則有《咸池》、《承雲》、《九韶》、《六英》、《采齊》、《肆夏》，《簫韶》九成。神農之瑟，伏羲之琴，倕氏之鍾，無句之磬，鏗鏗鍠鍠，和氣薰烝。於以致祖考之格，於以廣先王之聲。昔王道既弱，淳風變澆，樂器遭鄭衛而毀，矇瞽適秦楚而逃，朝廷慢金石之雅正，諸侯受歌管之嗽嘈[一]，故文侯聽淫聲而忘倦[二]，桓公受齊樂而輟朝。季子始無譏於《鄶》，仲尼廼忘味於《韶》。故使制度無攷，中聲浸消，非細則摦，非庳則高。惟今也，求器得耕野之尺，吹律有聽鳳之簫，或灑或離，或

[一] 嗽：原作「敇」，據《新刊國朝二百家名賢文粹》卷一七九改。

[二] 故：原無，據《新刊國朝二百家名賢文粹》卷一七九補。

蕤或鬻，或鏞或棧，或管或笅，衆器俱舉，八音孔調，鸑鷟離丹穴而來集，鳴喈喈而舞脩蹻。又有賨旅巴渝之舞，僸佅狄鞮之倡，遠人面内而進技，踰山海而梯航。故納之廟者，周公所以廣魯；觀之庭者，安帝所以喜其來王。

「若其四方之珍，以時修職，取竭天産，發窮人迹，砥其遠邇，陳之藝極。厥材竹木，厥貨龜貝，厥幣錦繡，厥服絺綌。斿貢羽毛，祀貢祭物，嬪貢絲枲，物貢所出。器貢金錫，礪砥砮丹，鉛松怪石，惟金三品，惟土五色，泗濱浮磬，羽畎夏翟，龍馬千里，神茅三脊。方箱櫕篚，肆陳乎殿陛；豐苞廣匱，亟傳乎騎驛。連檣結軌，川咽塗塞，聅歙終歲而不息。至於羌氐僰翟，儋耳雕脚，獸居鳥語之國，皆望日而趨，累載而至，懷名琛、拽馴獸以致於闕下者旁午。廼有帛氎罽毲，蘭干細布，水精琉璃，軻蟲蚌珠，寶鑑洞膽，神犀照浦。《山經》所不記，齊國所不覩者，如糞如壤，軨積乎内府。或致白雉於越裳，或得巨獒於西旅，非威靈之遐暢，孰能出瑰奇於深阻。蓋徼外能率來種來以修好，則中土當有聖人出而寧宇。然皇帝不寶遠物，不尚殊觀，抵金於巉巖之山，沉玉於五湖之川。洞鄂之劍，廼入騎士之鞘；騊駼之馬，或服鼓車之轅。至於乾象表貺，坤維薦祉，靈物仍降，嘉生屢起。暈適背鐍，虹蜺抱珥，鳴星隕石，怪飆變氣，垂白鮐背者不知有之，況能言孺倪。豈獨此而已也？復有穹龜負圖，龍馬載文，汾陽之鼎，函德之芝，肉角之獸，簫聲之禽，同穎之禾，旅生之穀，遊郊棲庭，充畦冒時。非煙非雲，蕭索輪囷，映帶乎闕角，葱蔚乎城壘。鷙鳥不攫，猛獸不噬，應圖合諜，窮祥極瑞，史不絶書，歲有可紀。」

發微子於是言曰：「國家之盛[一]，有若是歟？意者，先生快意於吻舌而及此耶？」

先生曰：「國家之盛，烏可究悉，雖有注河之辯，折角之口，終日危坐，抵掌而譚，猶不能既其萬一。此特汴都之治迹耳，子亦知夫所以守此汴都之術，古昔之所以興亡者乎？」客曰：「願聞之。」

先生曰：「緊此寰宇，代狹代廣，更張更弛。黄帝都涿鹿而是爲幽州，少昊都窮桑乃今魯地，伏犧都陳，帝嚳都亳。堯都平陽，乃若昊天而授人時；舜都蒲阪，廼覲群后而輯五瑞。公劉處豳，而兆王業之所始；太王徙邠者，以避狄人之所利。文王作酆，方蒙難而稱仁；武王治鎬，復戎衣而致乂。蓋周有天下三百餘年，而刑措不用。及其衰也亦三百餘年，而五伯更起。星離豆割，各據穀兵以專利，彊侯脇帶於弱國，不領人君之經費，天下日蹙而日裂，中國所有者無幾。當時權謀爲上，雌雄相噬，孰有長距，

[一] 盛：原脱，據《新刊國朝二百家名賢文粹》卷一七九補。

孰有利觜；兵孰先選，糧孰夙峙；孰有橋關之卒，孰有憑軾之士；孰有素德，孰有彊倚；孰欲報惠，孰欲雪耻？或奉下邑以賂讎，或舉連城而易器。骸骨布野，介胄生蟣，肘血丹輪，馬鞍銷髀，勢成莫格，國墟人鬼。噫彼土宇，凡幾吞而幾奪，幾完而幾弛！

「秦中形勢之國，加兵諸侯，如高屋之建瓴水，神皋天邑[一]，以先得者爲上計。其他或左據函谷，右界褒斜，號爲百二之都；東有成臯，西有崤澠，定爲王者之里。以至置春陵之俠客，興泗上之健吏，扼襟控咽，屏藩表裏，名城池爲金湯，役諸侯爲奴隸。拓境斥地，蹂躪荒裔，東包蟠木，西卷流沙，北繞幽陵，南裹交趾。厥後席治滋永，泰心益侈，或慢守以啟戎，或朋淫而招宄，横調無藝而垂竭，遊役不時而就斃。盧令日縱而不紲，鷺翿厭覩而常值。睚眦則覆尸而流血，愉悦則結纓而珮璲，粉墨雜糅，賢才逆曳。腫微豿豯而竊肉食，賊臣迴穴而圖大器，郡國制節，侯伯方軌，或爲大尾而不掉，或爲重腿而屢踕。室有丹楹，城有百雉，朝廷無用於揚燎，冠冕不閑於執贄，天維披裂，地軸杌棿，群生爂爂而殄瘁。雖有城池，周以鄧林，縈以天漢，曳葦可以陟崇巘，

[一] 神：《新刊國朝二百家名賢文粹》卷一七九作「成」。

設泭可以濟深水〔一〕。故魏武侯浮西河而下，自哆其地，而進戒於吳起。蓋秕政肆於廟堂之上，則敵國起於蕭牆之裏。奚問左孟門而右太行，左洞庭而右彭蠡。」

發微子曰：「天命有德，主此四方，如輻之拱轂，如桷之會極。其硈聳者，天與之昌；其闒砢者，天與之亡。且非易之所能壞，亦非險之所能藏；非愚之所能弱，亦非賢之所能彊。故將吞楚也，白虵首斷於大澤；將繼劉也，雄雉先雊於南陽。龍漦出櫝而檿弧隱亡周之語，蓐收襲門而天帝貽刑虢之殃，人力地利信不能偃植而支仆，而皆聽乎彼蒼。故鯨鯢劖解，決一死於吻血；兕虎闐闕，踐巍嶽爲平岡；蹂生靈如蹋塊，簸天下如揚糠。其敗也抉目而拚骨，其成也頂冕而垂裳。由此觀之，土地足以均沛澤而施靈光而已，易險非所較，賢否亦未可議也。」

先生曰：「以易險非所較者，固已乖矣，以賢否非所議者〔二〕，烏乎可哉！客不聞王公設險以守其國，有德則昌者乎？地欲得險，勢欲參德；迫隘卑陋則無以容萬乘之扈從，供百司之廩餼，據偏守隅則無以限四方之貢職，平道理之遠邇。膴原申區，割宅製

〔一〕泭：原作「跗」，據《新刊國朝二百家名賢文粹》卷一七九改。
〔二〕所：原無，據《汴京遺蹟志》卷二〇補。

里，走八極而奔命，正南面而負扆，舉天下於康逵，力士韁靰而不敢取，貪夫汗縮而不敢睨者，恃德之險也。襟馮終南太華之固，背負清渭濁河之注，搤人之吭而拊人之脊，一日有變而萬卒立具。然而布衣可以窺隙而試勇，匹夫可以争衡而號呼。彼天府之衍沃，適爲人而保聚，此以地爲險者也。地嚴德暢，然後爲神造之域，天設之阻。

「大哉炎宋，帝眷所矚，而此汴都，百嘉所毓，前無湍激旋淵吕梁之絶流，後無太行石洞飛狐句望浚深之巖谷，豐樂和易，殊異四方之俗。兵甲士徒之須，好賜匪頒之用，廟郊社稷百神之祀，天子奉養、群臣稍廩之費，以至五穀六牲，魚鼈鳥獸，闔國門而取足。甲不解纍，刃不離韣。秉鉞匈奴而單于奔幕，抗旌西僰而冉駹螘伏，南夷散徒黨而入質，朝鮮畏菹醢而修睦，解編髮而頂文弁，削左袵而曳華服。逆節躑躅而取禍者，折簡呼之而就戮。眈眈帝居，如森鍉利鏃之外向，死士逡巡而莫觸。仁風冒於海隅，頌聲溢乎家塾。伊昔天下阽危，王猷失度，皇綱解紐，嘷豺當路。帝懷寶曆，未知所付，可受方國，莫越藝祖。圖緯協期，謳謡扇孺，赤子雲望而風靡，英雄螽躍而蝇附，玉帛駿奔者萬國，冠冕充塞乎寰宇，絶塞税鎧而免胄，障壘熄燧而摧櫓。拜檻神威，有此萬旅，奕世載德，蔑聞過舉。髮櫛禾耨，子攜稚哺，擊菓櫪穗，疏惡鑑嫵，鈋觚角之磣刻，剬欃槍而牧圉。爰暨皇帝，粉飾樸質，稱量纖鉅，鍠鍠奏廟之金玉，璨璨夾楹之筐篋，訓典嚴密，財本豐阜，刑罰糾虔，布施優裕。田有願耕之農，市有願藏之賈。草竊還業而斂迹，大道四通而不廄。車續馬連，千百爲群，肩輿稛載，前却而後跙，搏壤歌咢者萬井，未聞歌嚘而告痡。雖立壝爲界，其誰敢擠膊以批捭，況此汴都者乎！抑又有天下之壯，客未嘗覩其奥也。

「且宋之初營是都也，上睎天時，下度地制，中應人欲，測以聖智，建以皇極，基以賢傑，限以法士，垣以大師，屏以大邦，扞以公侯，城以宗子。以義爲路，以禮爲門，鍵鑰以柄，開闔以權，掃除以政，周裹以恩，迺立室家，以安吾君。有庭其桓，社稷臣也；有梴其桷，衆材會也。有闈孔張，通厥明也；有牖孔陽，達厥聰也。其檻如衡，前有憑也；其壁如削，後有據也；其陛則崇，止陵踐也；其極則隆，帝居中也。邑都既周，宮室既成，於是上意自足。迺駕六龍，乘德輿，先警蹕，由黄道，馳騁乎書林，下觀乎學海。百姓欣躍，莫不從屬車之塵而前邁。妙技皆作，見者膽碎。迺使力士提挈乎陰陽，搏捖乎剛柔，應乎成器，方圓微碩，或粉或白，隨意所裁。上方咀嚼乎道味，斟酌乎聖澤，而意猶未快。又欲浮槎而上，窮日月之盈昃，尋天潢之流派，操執北斗之柄，按行二十八壘之次，奪雷公之枹，收風伯之鞴，一瞬之間而甘澤霶霈。囚孛彗於幽獄，斅景雲而黯靄，統攝陰機，與帝唯諾而無閡。如此淫樂者十有七年，疲而不止，諫而不改。吾不知天王之用心，但聞夫童子之歌曰：『孰爲我尸，孰釐我載？茫茫九有，莫知其界。』」

客迺覼覼然驚，拳拳然謝曰：「非先生無以刮吾之矇，藥吾之瞶，臣不能究皇帝之盛德，謹再拜而退。」《皇朝文鑑》卷七。

周邦彦《重進汴都賦表》（《揮麈餘話》卷一）　六月十八日，賜對崇政殿，問臣爲諸生時所進先帝《汴都賦》，其辭云何。臣言曰：「賦語猥繁，歲月持久，不能省憶。」即敕以本來進者。雕蟲末技，已玷國恩；芻狗陳言，再干睿覽。事超所望，憂過於榮。竊惟漢晉以來，才士輩出，咸有頌述，爲國光華。兩京天臨，三國鼎峙，奇偉之作，行於無窮。恭惟神宗皇帝盛德大業，卓高古初，積害悉平，百廢再舉。朝廷郊廟，罔不崇飾；倉廩府庫，罔不充牣；經術學校，罔不興作；禮樂制度，罔不釐正；攘狄斥地，罔不流行；理財禁非，動協成算。以至鬼神懷，鳥獸若。縉紳之所誦習，載籍之所編記，三五以降，莫之與京。未聞承學之臣，有所歌詠，於今無傳，視古爲愧。臣於斯時，自惟徒費學廩，無益治世萬分之一，不揣所堪，裒集盛事，鋪陳爲賦，冒死進投。先帝哀其狂愚，賜以首領，特從官使，以勸四方。臣命薄數奇，旋遭時變，不能俛仰取容，自觸罷廢，漂零不偶，積年於兹。臣孤憤莫伸，大恩未報，每抱舊稿，涕泗横流。不圖於今，得望天表，親奉聖訓，命録舊文。退省荒蕪，恨其少作，憂懼惶惑，不知所爲。伏惟陛下執道御有，本於生知；出言成章，匪由學習。而臣也欲晞雲漢之麗，自呈繪畫之工，唐突不量，誅死何恨！陛下德侔覆燾，恩浹飛沈，致絶異之祥光，出久幽之神璽，豐年屢應，瑞物畢臻。方將泥金泰山，鳴玉梁父，一代方策，可無述焉？如使臣殫竭精神，馳騁筆墨，方於玆賦，尚有靡者焉。其元豐元年七月所進《汴都賦》並書共二册，謹隨表上進以聞。

樓鑰《清真先生文集序》（《攻媿集》卷五一）　班孟堅之賦《兩都》，張平子之賦《二京》，不獨爲五經鼓吹，直足以佐大漢之光明，誠千載之傑作也。國家定都大梁，雖仍前世之舊，當四通五達之會，貢賦地均，不恃險阻，真得周家有德易以王之意。祖宗仁澤深厚，承平百年，高掩千古，異才間出，曾未有繼班、張之作者。神宗稽古有爲，鼎新百度，文物彬彬，號爲盛際。錢唐周公少負庠校雋聲，未及三十，作爲《汴都賦》，凡七千言，富哉！壯哉！極鋪張揚厲之工，期月而成，無十稔之勞，指陳事實，無夸詡之過。賦奏，天子嗟異之，命近臣讀於邇英閣。由諸生擢爲學官，聲名一日震耀海内而皇朝太平之盛觀備矣。未幾神宗上賓，公亦低佪，不自表襮。哲宗始寘之文館，徽宗又列之郎曹，皆以受知先帝之故。以一賦而得三朝之眷，儒生之榮莫加焉！公之殁距今八十餘載，世之能誦公賦者蓋寡，而樂府之詞盛行於世，莫知公爲何等人也。公嘗守四明，而諸孫又寓居於此，嘗訪其家集而讀之，參以他本，間見手藁，又得京本《文選》，與公之曾孫鑄裒爲二十四卷。中更兵火，散墜已多，然足以不朽矣！公壯年氣鋭，以布衣自結於明主，又當全盛之時，宜乎立取貴顯。而攷其歲月，仕宦殊爲流落，更就銓部，試遠邑，雖歸班於朝，坐視捷徑，不一趨焉。三綰州麾，僅登松班而旅死矣。蓋其學道退然，委順知命，人望之如木鷄，自以爲喜，此尤世所未知者。樂府播傳，風流自命，又性好音律，如古之妙解，顧曲名堂，不能自已，人必以爲豪放飄逸，高視古人，非攻苦力學以寸進者。及詳味其辭，經史百家之言盤屈於筆下，若自己出，一何用功之深而致力之精耶！故見所上獻賦之書，然後知一賦之機杼，見《續秋興賦後序》，然後知平生之所安。《磬鏡》、《烏几》之銘，可與鄭圃、漆園相周旋，而《禱神》之文，則《送窮》、《乞巧》之流亞也。驟以此語人，未必遽信，惟能細讀之者始知斯言之不爲溢美耳。居閒養痾，爲之校讎三數過，猶未敢以爲盡。方淇水李左丞讀賦上前，多以偏旁言之，因爲攷之羣書，略爲音釋，闕其未知者，以俟博雅之君子，非敢自比張載、劉逵，爲《三都》之訓詁也。鑰先世與公家有事契，且嘗受廛焉。公之詩文幸不泯没，鑰之願也。

《揮麈餘話》卷一 周美成邦彥，元豐初以太學生進《汴都賦》，神宗命之以官，除太學録。其後流落不偶，浮沈州縣三十餘年。蔡元長用事，美成獻生日詩，略云：「化行禹貢山川内，人在周公禮樂中。」元長大喜，即以祕書少監召，又復薦之，上殿契合，詔再取其本來，進表云……表入，乙覽稱善，除次對内祠。其後宣和中，李元叔長民獻《廣汴都賦》，上亦喜，除祕書省正字。元叔，定之孫也。

《藏一話腴》外編卷上 公少爲太學内舍選，年未三十，作《汴都賦》，鋪張揚厲，凡七千言。奏之天子，命近臣讀於邇英閣，遂由諸生擢大學正，聲名一日震耀海内。

《朱子語類》卷一三九　又問：「高適《焚舟決勝賦》甚淺陋。」曰：「《文選》齊梁間江揔之徒賦皆不好了。」因説神宗修汴城成，甚喜，曰：「前代有所作，時皆有賦。」周美成聞之，遂撰《汴都賦》進上，大喜，因朝降出。宰相每有文字降出時，即合誦一遍。宰相不知是誰，知古賦中必有難字，遂傳與第二人，以次傳至尚書右丞王和甫，下無人矣。和甫即展開，琅然誦一遍，上喜。既退，同列問如何識許多字，和甫曰：「某也只是讀傍文。」吕編《文鑑》，要尋一篇賦冠其首，又以美成賦不甚好，遂以梁周翰《五鳳樓賦》爲首，美成賦亦在其後。

《野客叢書》卷一六　古人制作，動有所祖，不止一端。……如揚雄爲《蜀都賦》，其後班固擬之，爲《西都賦》，張衡爲《南都賦》，徐幹爲《齊都賦》，劉楨爲《魯都賦》，劉邵爲《趙都賦》，庾闡爲《揚都賦》，以至本朝周美成爲《汴都賦》，轉轉規倣，以至於今。

《習學記言》卷四七　賦雖詩人以來有之，而司馬相如始爲廣體，撼動一世。……後世猶繼作不已，其虚夸妄説，蓋可鄙厭。故韓愈、歐、王、蘇氏皆絶不爲。今所謂《皇畿》、《汴都》、《感山》、《南都》之類，非於其文有所取，直以一代之制，一方之事，不可不知而已。《皇畿》以事實勝，而《汴都》惟盛稱熙豐興作，遂特被賞識。昔梁孝王、漢武宣每有所爲，輒令臣下述賦，戲弄文墨，直俳優之雄。而歷代文士相與沿襲不恥，是可歎也。自與虜通和，太行皆爲禁山，坐失地利，故此賦感之。然謂以元祐之版書較景德之圖籙，雖增田三十四萬餘頃，反減賦七十一萬餘斛，以爲不用先王之法致然則非也。夫墾闢衆則利在下，斵放多則恩在上，何害爲王政，而必欲如宇文融乎？蓋近世之論，無不然矣。

《貴耳集》卷下　邦彦以詞行，當時皆稱美成詞，殊不知美成文筆大有可觀，作《汴都賦》。如牋奏雜著，皆是傑作，可惜以詞掩其他文也。

《寶真齋法書贊》卷二一《周美成友議帖》　汴都治賦，公以文藝動人主，而卒以詞名天下，豈雕蟲篆刻之所推歟！字畫之傳，斯亦稱矣。……贊曰：　左太冲賦《三都》，十年門牆藩溷皆著紙筆。予意其因以寓墨池，模倣之妙，而未必徒以詑記事備言之述，不然，則亦焉用是物也？如公書法，或者得太冲之有髣髴乎？有鳳樓之手，以侈其標度；有香奩之澤，以藴其風骨。體具態全，夫豈一日情真之名公所自出世，不當徒以考公之詞賦，尚有因是著公之翰墨也。

《宋史全文》卷一二下　（元豐七年三月）壬戌，詔太學外舍生周邦彦爲試太學正。邦彦獻《汴都賦》，文采可取，故擢之。

《直齋書録解題》卷一七《清真集》二十四卷　徽猷閣待制錢塘周邦彦美成撰。元豐七年進《汴都賦》，自諸生命爲太學正。……《汴都賦》已載《文鑑》，世傳賦初奏御，詔李清臣讀之，多古文奇字，清臣誦之，如素所習熟者，乃以偏傍取之爾。鑰爲《音釋》，附之卷末。

《癸辛雜識》別集卷上　汴之外城，周世宗時所築。神宗又展拓，其高際天，堅壯雄偉，南關外有太祖講武池，周美成《汴都賦》形容盡矣。

《玉海》卷一六　楊大雅作《皇畿賦》，楊億作《東西京賦》，周邦彦作《汴都賦》，宣和四年六月二十九日，李長民上《廣汴都賦》。

黄溍《跋六經直音》（《文獻集》卷四）　周都官爲《汴都賦》，至使人不能讀。雖以樓宣獻公之博洽，而爲之音釋，其弗知而闕焉者蓋多矣。嗟乎！聲韻，母也；文字，子也。子非母不生，執其子以求其母而不得，乃憧憧如是耶！《易》、《書》、《詩》、《禮》、《春秋》之文，昭揭千古，學士大夫童而習之，非若夫賦汴都者之鉤奇摭隱，而使人不得其讀也。《直音》蓋舊有其書，陳君是編，不過蒐其脱遺，摘其舛謬，爲力亦易耳。雖然，不能讀《汴都賦》何害，六經之書一失其讀，則二三聖人傳心之奥旨，經世之大務，所賴以存者幾希矣。

《山堂肆考》卷一二九　宋周邦彦字美成，錢塘人，性落魄不羈，涉獵書史。元豐中，獻《汴都賦》，神宗異之，自諸生命爲太學正。吕伯恭編《文鑑》，欲尋賦一篇冠其首，以美成之作不甚佳，遂以梁周翰《五鳳樓賦》爲首。

《水東日記》卷一九　自太史以病歸里，深知前日紛紛之由，遂絶口不道《文鑑》事，門人亦不敢請，故其去取之意，世罕知者。……如周美成《汴都賦》，亦未能侈國家之盛，止是别無作者，不得已而取之。

《汴京遺蹟志》卷二〇　按黄文獻公曰：周都官爲《汴都賦》，至使人不能讀。雖以樓宣獻公之博洽，而爲之音釋，其弗知而闕焉者蓋多矣！余觀是篇，鈎奇摭隱，誠如黄公之言，讀者細攷韻書可也。

廣汴都賦 有序

李長民

臣竊惟皇宋藝祖受命，奠都於大梁，於今垂二百載。列聖相承，增飾崇麗。煌煌乎天子之宅，棟宇以來，未之有也。昔在元豐中，太學生周邦彦嘗草《汴都賦》奏御神考，遂託國勢之重，傳播士林。然其所紀述，大率略而未備。若乃比歲以來，宫室輪奐之美，禮樂聲容之華，則又有所未及。臣愚不才，出入都城，十年於兹矣。耳目所聞見，亦麤得梗槩。輒鼓舞陰陽，以鳴國家之盛，因改前賦而推廣焉。始則本制作之盛者，分方維而第之，中以帝室皇居之奥、任賢使能之效，而終之以持守，冀備一覽之末。爲賦曰：

有博古先生自下國而遊上京，遇大梁公子於路，相與問答，傾蓋如故。因縱言至於都邑，先生乃援古而證之曰：「我聞在昔受命帝王，繼天而作，首定厥都，用植諸夏之根本，肇隆億載之規模。若乃賁飾恢宏之美，槩見於《書》；經營先後之次，備載於《禮》。宅中圖大，則有姬公之明訓；權宜拓制，則自蕭公而經始。余不敢高譚羲皇，遠舉夏商，試即周而陳之。二華對峙，八川交注，褒斜隴首之攸屈，函谷二崤之並據。此宗周所都，或假山河之險固，漢高因之而啟帝祚焉。孟津後達，大谷前通，導以伊洛瀍澗之澤，控以成皋廣武之衝。此成周所都，適當天地之正中，光武因之而成帝功焉〔一〕。衡嶽鎮畢昴之次，河冀之津，風俗漸乎虞夏，疆域連乎齊秦，魏都之爽塏信無倫也。接壤邛笮，通商野，龍川帶坰，列戈船於三江，儲戎車於石城，吳都之雄壯信足稱也。滇僰〔二〕，地蕃竹木之産，民厭稻魚之食，蜀都之富饒信無敵也。凡兹都邑之盛，實麗美而争雄。旁睨而論，雖辯若炙輠，繼日而莫能窮。」

公子聞之，始若睤眙，已而哂曰：「先生於古誠博矣〔三〕，孰若我目睹汴都之偉觀乎？顧其所以設險，則道德之藩，仁義之垣，豈獨依於山川？所以建中，則皇極在上，九疇咸若，豈必宅於河洛？其爽塏也，有如上帝清都，神人五城，軼人寰之塵壒，極天下之高明。其雄壯也，有如句陳羽林，天兵四拱，威震則萬物伏，怒刑則四夷竦。

〔一〕成：《玉照新志》卷三作「開」。
〔二〕滇僰：《玉照新志》卷三作「盧僰」。
〔三〕誠博：《玉照新志》卷三作「賦得」。

其富饒也，有如海含地負，深厚莫測，追魚麗之盛多，邁騶虞之蕃殖。彼兩漢之雜霸，雖仍乎周家之舊墟，三國之鼎峙，雖臨乎一方之都會，舉而論之於今日，正猶拳石涓水，欲與五嶽四瀆之比擬，所謂談何容易！」

先生曰：「余生長太平和氣中亦既有日，而處於蓬茨之下，無有遊觀廣覽之益，騄來神州，恍然自失。目雖駭乎闕庭樓觀之麗，而未悉其制作之意；耳雖熟乎聲明文物之英，而未究其禮樂之情。子年在英妙，博聞强記，幸爲我索言之。」

公子曰：「僕實不敏，切聞先進有言：昔自唐室不競，王綱浸圮，陵夷五季，紛綸四紀。上帝憫斯民之塗炭，眷求一人，作之君師。肆我藝祖，應天順人，出御昌期。若時衆大之居，實古大梁之域。在漢則郡以陳留而命名，在唐則軍以宣武而分額。攷其地望，雖卓犖乎諸夏，而川流休氣，猶盤礴而鬱積。時乎有待，世孰能測。洎梁祖之有作，始建都而畫圻。匪梁人之能謀，天實啟之；匪天私於有梁，實兆宋基。觀夫分野之次舍〔一〕，則房心騰其輝，實沈寄其曜。仰星躔之有赫，直皇居而久照。察夫土脈之豐衍，則高者磊砢，下者墳壚，廓坡陀之塏澤，極灌溉之膏腴。語地形之高兮，則自泗而

〔一〕夫：《玉照新志》卷三作「天文」。

西，涉川上，歷灘陽〔一〕，遂東至於通津。岡阜隱轔，煙雲飛屯，其上鬱律，勢與天連。語汴渠之駛兮，則自鞏而東，達時門，抵宣澤，障洪河之濁流，導温洛之和液。中貫都城，偃若雲霓，泝湍悍而不窮，上接雲漢之無倪。語雉堞之固，則偉拔金墉，繚以湯池，仰憲太微之象，屹臨赤縣之畿。語郊闉之壯，則密拱中宸，高映四野，揭華榜以干霄，謹嚴更而警夜。

「維是都之建也，雖自於梁，逮藝祖而始興，至太宗而浸昌〔二〕。列聖相承，洎於今日，當國家之閒暇，肆乘時而增葺。遂跨三都，越兩京，擬一周而抗衡。數其南，則神霄之府，上應南極，偉殊祥之創見，恍微妙之難測。歲在丁酉，大闡真機，用端命於玉帝，而彰信於群黎。爰設定命之符，妙以蟲魚之篆，繼乾元之用九，參八寶而垂範。乃嚴像設，祇奉兹宫。儼一殿以居上，總諸天而位中。靈妃上嬪列於西〔三〕，仙伯天輔列於東。諤諤群卿，峨冠景從〔四〕。往往名在丹臺，而身爲世輔，像圖孔肖，後先攸序。闕金

〔一〕涉川上歷灘：《玉照新志》卷三作「周之罘歷睢」。
〔二〕太宗：原作「高宗」，據《玉照新志》卷三改。
〔三〕靈妃：原作「靈地」，據《玉照新志》卷三改。
〔四〕峨冠：《玉照新志》卷三作「峩峩」。

堂，敞玉室，駭寶輪之飛動，森鸞仗之紛飾[一]。其側乃有元命之殿，實總位於衆福[二]。本始載叶，葳禮惟穆。罄華封請祝之誠，效《天保》無疆之卜。

「若其陽德之建，咸秩火神。於赫熒惑，厥位惟尊。次曰大火，時謂大辰。配曰閼伯，以序而陳。原夫帝業之創，自於宋地，蓋乘是德，而王天下。飾之靈鉦，赤文婀娜，舉以示衆，遂定區夏。豈必赤伏合信於鄗南之亭[三]，豈必神母告符於豐西之夜。主上承紀，奉祀致嚴，審辰出戌入之度，有視慈禮明之占。遂維五帝之象夏，體重離而面南。諧祉聲於樂府，驗朱草於靈篇。火得其性，景貺昭然。瞻彼煌煌，位在南端。歷太微以受制，避心星而載還。相我昌運，於千萬年。出南薰，望泰壇，隱若天高，渾若天圓。欽柴於兹，僉曰稱焉。先是有司，循國舊貫，明宮齋廬，悉取繒縵。後洎紹聖，端誠攸建，精意孔昭，禮文彌粲。

「主上改元之初載，辛巳長至，始親郊見。逮至癸巳之歲，蓋四舉兹禮矣，申勅春

[一] 紛飾：《玉照新志》卷三作「粉飾」。
[二] 總位：《玉照新志》卷三作「會乎」。
[三] 合信：《玉照新志》卷三作「粉合瑞」。

官，益嚴祀事。於是規法三代，祭器肇新。躬秉玄圭，天道是循。百官顯相，齋戒惟寅。帝登玉輅，皇衢載遵。已而日景晏温，天真降臨。衣冠幢節之輝映，綵仗葦輅之參差，豈徒若見於渭陽，而接拜於天門〔一〕？仰重瞳之四矚，聳群目而動心。乃闢琳館，揭號『迎真』，用伸昭報，以福斯民。度玉津，抵天田，王者之藉，厥畝惟千，上春展事，務崇吉蠲。於時農祥晨正，東作是先。載黛耜於玉輅〔二〕，敞雲幄於紺壇，蒽犗馴服於廣阼之側，青旗晻靄於黄麾之間。帝御思文，飭躬禱專，屈帝尊以秉耒，動天步而降軒。三推告畢，貴賤以班，遂播青箱之嘉種，以成高廩之豐年。然後穫之秷秷，瑞禾是導，郊廟明堂之大享，親奉粢盛以致告。豈惟率天下之農而敦本，蓋時勸天下之養而致孝。層臺岧嶤，上觀昭回，厥基孔固，下鎮地維。儀象一新，於焉具設，上下互映，俯仰並察。天體斯著，辰曜斯列，鼇雲上承，金虬四匝。備璿璣玉衡之制〔三〕，兼馮相保章之法。陋靈臺銅渾之規，斥周髀宣夜之説。於以觀星，則進退伏見，不失於正；於以觀雲，

〔一〕天門：《玉照新志》卷三作「交門」。
〔二〕載黛耜於玉輅：《玉照新志》卷三作「載糞耕於玉耜」。
〔三〕備：原脱，據《玉照新志》卷三補。

則分至啟閉，各得其應。以候鍾律，則清濁之均協；以候晷景，則長短之度稱。遂與天地合其德，日月合其明。休徵既效，叢祥並膺。

「至若祕書之建，典籍是藏，法西崑之玉府，萃東壁之靈光。凡微言大義之淵源，祕籙幽經之浩博。貫九流，包七略，四部星分，萬卷綺錯。犀軸牙籤，煇燿有爍；金匱石室，載嚴封鑰。或資討論，則分隸於三館；或備奏御，則會粹於祕閣。以至字畫所傳，則妙極六書，巧窮八體，有龜文鳥蹟之象，有鳳翥龍騰之勢，真僞既辨，衆美斯備。圖畫所載，則三祖餘範，七聖妙迹，列名馬於曹韓，覽古松於韋畢，緊絶藝之入神，駭衆觀而動色。肇建古文，宏璉豐敞，擇一時之英髦，命於焉而涵養。天下歆艷，不啻登瀛洲而隱藏室，名卿鉅公，由此塗出。若夫龍津所在，大闢賢關，作庇寒士，今踰百年。勒豐碑以正文字之訛，建華構以閣載籍之傳[一]。其中則鼎新大成之庭，寅奉宣聖之祀，象肖尼山，制侔闕里。其配享也，惟顔孟之亞聖；其從祀也，多鄒魯之儒士。儼威儀之若存，肅衣裳而有偉。至於庠序學校之教也，首善於京，自熙豐始。乃詳備講説，謹嚴課誦，規繩以勵其行，舍選以作其氣。發揮《詩》、《書》之奥，頓革聲律之

[一] 閣：《玉照新志》卷三作「藏」。

敞。爾乃采芑新田，育莪中沚，人材於此乎輩出，聖道因之而不墜。

「其西則用建原廟，近倣元豐，伻圖程度，罔或不同。朱甍相望而特起，縹垣對峙而比崇。界以馳道之廣，臨乎魏闕之雄。祥煙瑞靄，焕爛蒙蘢。大明以奉神考，重光以奉哲宗，父子之親彌篤，兄弟之義彌隆。屆四孟之改律，感節物於春冬，愴衣冠之出遊，軫羹牆於帝衷。既進祠於東宫之七殿，御潔誠以致恭，想睟容之如在，備享獻而肅雝。参以時王之禮，肆浸盛乎威容，飭茲惟謹，稽首拜顒。牙盤或薦，玉饌惟充，有飶其香，齋誠默通。顧靈心之響答，宜福祚之延洪。乃若中臺所寄，衆務泉藪，象應乎文昌，運侔乎北斗。四方利害，於是乎上達；一省政令，於是乎下究。爰即西南亢爽之所，度宏基而易舊，太社爲之嚮，西掖直其後。形勝潭潭，不侈不陋，列屋前分，是爲六部。自吏洎工位於左，自户洎刑位於右，公庭肅若，百吏輻輳。於是糾以虞舜黜陟之公，輔以周公訓迪之悉，黠胥不能措其姦，慢吏不能逃其責。秩秩乎天地四時之聯，各率屬而分職，有倫有要，有典有則，用能效臂指之相應，總紀綱而並飭。至如天府之雄，統以京尹，民物浩穰於三輔之墟，聚邑列布於千里之軫[一]。風俗樞機，教化原本。

[一] 列布：《玉照新志》卷三作「綱領」。

當府庭之既徙，肇分曹而務謹，職業斯勵，名實斯允。爰擇撥煩之才，俾長治於爾寮。南司之俗，坐革循訟之積弊；原廟之近，人無箠楚之喧囂。遭承平之日久，匪彈壓之是務，皇仁如天，萬物覆露。矧茲輦轂之下，日薰陶而饜飫，不得已而用刑，每哀矜於梏拲。日無滯訟，歲無留獄，貫索之象既虛，圜扉之草斯鞠。巍巍乎帝王之極功，頌聲作而民和睦。爾乃背宜秋，出城阿，神池靈沼，相直匪賒。象苑囿之非一，聚衆芳而駢羅。神木千歲而不彫，仙卉四時而常花，宗生族茂，厥類實多。當青鳥之司扉，開條風之妍暖，命嗇夫而啟禁，縱都人而遊覽。吾皇踐阼之五載，六飛始御於苑門，蓋將順民心之所樂，達餘陽於暮春。指金明而駐蹕，觀曼衍之星陳。蘭橈飛動，綵仗繽紛。帝曰斯樂，予何敢專？遂踐瓊林，宴寶津，零湛露於九重，均禊飲於群臣。先朝之遵故事〔二〕，張大侯以示民，於以戒不虞於平世，勵武志而彌勤。

「其北則營壇再成，亶爲方邱，竚柔祇之歆饗，故坤輿之是侔。攷一代合祭之失，實千載循襲之尤，敦牂比至，曠典聿脩。帝躬臨乎澤中，即陰位而類求，配以烈祖之

〔二〕先朝之遵故事：《玉照新志》卷三作「脩先朝之故事」。

尊，侑以嶽瀆之儔。乃奠黄琮，震於神休；乃奏函鐘[一]，格彼至幽。澄宿氛而不雨，暢協氣以横流。顧瞻空際，密邇靈斿，有持戈者，有執戟者，有質若獸者，有喙若鳥者，地之百靈秘怪，感帝德而來遊。景光爲之燭曜，祥雲爲之飛浮。侍衛駭愕，莫測其由。哀時之對，上軌成周，豈若漢祠后皇，徒歌乎物發冀州？至其棣萼之庭建，蓋示優於同氣。主上欽承永泰之基，益隆則友之義，兢兢業業，欲偕追述之志，永紹裕陵，垂法萬世。載因心以撫存，肆匹休於棠棣。爵以真王之封，陟以上公之位，褒以兩鎮之節，厚以三錢之賜。俾遂安其居宇，咸克保乎富貴，何愧建初歲之入豐也？每歲時之衎樂，儼雁齒而密侍，和樂且湛，靡拘堂陛。笑言之適無間，勸侑之勤有繼，飲酒之飫，既翕既醉，何愧花萼之盛也！乙未之春，龍翔效瑞，脊令來集，數以萬計。嘉首尾之胥應，感昆弟之是類。灑宸翰以體物，用闡明乎至意。

「若乃帝假有家，明内齊外，自天申命，本支昌熾。攷祥羆之應夢，演慶源而毓粹，藹《螽斯》蟄蟄之衆，《假樂》皇皇之懿。受祉而施於孫子，既侔乎周王；多男而授之職，又合乎堯帝。肇正元嗣於春宫，申眷後王而加惠。冠禮薦行，三加攸次。詔以成人

[一] 函鐘：原作「函中」，據《玉照新志》卷三改。

之道，載隆出閤之制。卜吉壤以圖居，惟宫隅之是邇。標蕃衍之美名，彰我家之盛事。顧起處之獲寧，信皇慈之曲被。於此賓師友，簡僚吏，習禮節，講儒藝，日奉朝著，克勤無怠。拳拳乎上承忠孝之訓，而臣子之義備。至若宗正著録，枝派實繁，上及曾高，下及曾玄。分宅廣睦，恩義兩敦，第族屬之疎戚，班秩禄以惟均。遠則褒崇藝祖之冑，近則加厚濮邸之孫，配天其澤，同姓悉沾。歌《湛露》，詠《行葦》，戒《杕杜》，鄙《葛藟》，考親親於《伐木》，繼振振於《麟趾》。於赫帝命，屬籍是典，皇宗取則，率遵繩檢。歲月薰陶，朝夕漸染。藹藹賓興之才，擢儒科而登仕版。時則有清静如辟疆，忠精如更生，文若東阿，勇若任城，莫不激昂自奮，騰實飛聲。於是參親疎而兩用，冀羽儀於王國。遂壯周家之藩屏，固漢宗之磐石。

「若夫由朱雀以縱觀，下天漢而北望，千門萬户，併將有伉。言觀其陽，則仍宣德之舊稱，定五門而改創。其始也，憲娵觜，摹大壯，揆吉日，命大匠。庶民子來，則靡煩於鼛鼓；瓌材山積，則又疑於神貺。其上則藻色麗乎方井，雲氣萃乎修楣，躍水波乎柏楝，列繡文於薗栭，罔不隨色象類，因木生姿。窮奇極妙，豈人能爲？若有鬼神異物陰來相之。其旁則檐牙高張，欄楯周布，往往雕鸞刻鳳，盤獸伏虎。或連拳欲立，或猛據若怒，或奮翼東廂，或圈首西序，殊形詭制，見者内怖。於以自中夏而布德，總八方而爲極。披路三條，則梐枑森以相連；立觀兩隅，則罘罳儼以並飾。善頌落成，上下用懌。言觀其陰，則嶤嶤北闕，時謂景龍。於焉採民謡，於焉觀民風。閲夫闤闠，則九市之富，百廛之雄，越商海賈，朝盈夕充。乃有犀象珠玉之珍，刀布帛貨之通，冠帶衣履之巧，魚鹽果蓏之豐，貿遷化居，射利無窮。覽夫康衢，則四通五達，連騎方軌，青槐夏蔭，紅塵晝壒。乃有天姬之館，后戚之里，公卿大臣之府，王侯將相之第，扶宫夾道，若北辰之蕃衛。

「太平既久，民俗熙熙。徒觀夫仙倡效伎，侲童逞材。或尋橦走索，戲豹舞羆，則觀者爲之目眩；或鏗金擊石，吹竹彈絲，則聽者爲之意迷。亦有蜀中清醥，洛下黄醅，蒲萄汎觴，竹葉傾罍。羌既醉而飽德，謂帝力何有於我哉！瞻彼艮維，肇崇琳闕，始真天祥，吩分彪列，妙道由是聿興，至教於是旁達。辛卯之夢既符，壬辰之運斯協。外則立仁濟輔正之亭，行玉笥考召之法，博施於民，俾絶夭閼。神符一出，群邪四讋，鍼毒治病，功深效捷。内則艮嶽屹以神秀，介亭聳以巀嶭，天人交際之夕，清供於此備設。俄而玉斝自傾，寶劍如掣，駭雷霆之轟轟。靈囷下兮雜遝。逮夫應鍾紀律，里社開祥，凡預臣子之列，欲傾頌禱之誠，即兹宫以效報，期萬壽之無疆。於時演《大梵》希夷之旨，諷《太玄》空洞之經，遂頒秘籙，八百聯名。猗彼乾維，龍德是營。地直天奧，上鬱化清。有岡連嶺屬之勢，有龍盤虎踞之形。儲休發祥，繄我聖明。惟崇飾之彌麗，正土木之夸矜。蓋示不忘其所自，爲萬世之式程。彼漢之代邸既瑣瑣焉，唐之興慶又奚足稱！

「爰有瑶池波湛，翠水淵渟，峨方壺，起蓬瀛。大君戾止，廣殿歡騰，九奏備，八佾成。凡左右侍宴者，恍若躡神仙而遊紫清〔一〕。戊戌之冬，太一次於黄祕之廷。其位在西北，則臨乎是宮之地；於辰爲閹茂，適契於元命之晶。詔鳩工以基迹，用揭虔而妥靈。十神載别，五福來寧。至於端闈之内，大慶耽耽，路寢斯在。有大符貺於此乎躬受，有大祭祀於此而齋戒。日精東承，月華西對。重軒三階，翕赩動彩。左城右平，相與映帶。睆靈光猶培塿，晞景福之叢芮。春王三月〔二〕，履端匪懈，庭燎有光，禁漏斯艾〔三〕，供張既盛〔四〕，法物咸萃，乃建招摇，欻以環合，蒲牢發乎輕蓋。正宁當陽，天極是配，九賓星拱，垂紳委佩。樂奏《乾安》，間以韐韎。上公薦壽，捧觴跪拜。天子萬

〔一〕神仙：原作「神山」，據《玉照新志》卷三改。
〔二〕三月：《玉照新志》卷三作「三朝」，四庫本《歷代賦彙》作「正月」。
〔三〕艾：《玉照新志》卷三作「大」。
〔四〕供張既盛：《玉照新志》卷三作「鋪張絶世」。

世，兆民永賴。

「其左則合宫之制，高出百王。上圓下方，法象乎天地；九筵五室，經緯乎陰陽。旋四序之和於四阿，達八風之氣於八牕，淵衷默定，聖畫允臧。重屋告成，光我家邦。於以饗帝而饗親，則日卜上辛，時丁肅霜。樂調黄鍾，享維牛羊。爰熙太室，恭薦馨香。肆推尊於神考，用嚴配乎上蒼。於以視朔而布政，則春朝青陽，秋覲總章，冬遇平朔，夏宗明堂。玉冊以極其變，内經以攷其常。欽授於人，遂正天綱。

「其右則徽調之閣，凝嚴密静。神鼎内藏，天所保定。侔郟鄏之永固[一]，笑甘泉之匪稱。其始鑄也[二]，窮制作之妙於縏表，得隱逸之士於草茅，一鑄而就，光應孔昭。其始定也，夜出九成，不吳不敖，龍變光潤，氣明煙消。惟鼎鼐之重，作鎮神皋。數極九變，象該六爻。屹然中峙，增崇廟朝。曰蒼曰彤，以奠齊楚之域；曰晶曰寳，以奠秦趙之郊。有位東南，有位西南者，有位東北，有位西北者，分方命祭，罔或不調。宜乎卜世卜年，過於周歷，永保兹器，與天無極。

[一] 郟鄏：原作「郊鄏」，據《玉照新志》卷三改。

[二] 鑄：原作「禱」，據《玉照新志》卷三改。

「至其内朝，則祥曦、延和，清穆顧問，親臣侍列〔一〕，禁衛彌慶。治朝則紫宸、垂拱，丹青有焕，一日萬機，此爲聽斷。厥或進拜將相，號令華夷，爰即文德，播告惟宜。燕樂群臣，詳延多士，乃御集英，以時蕆事。又有龍圖、天章、寶文、顯謨，以洎徽猷，五閣渠渠，奉祖宗之彝訓，示子孫之楷模。言追《盤誥》，道契圖書，緊祕藏之靡怠，仰聖孝之如初。

「次則東西分臺，政事所會。始揆而議，則可否有蓍龜之決；既審而行，則出納擅喉舌之寄。於以斡旋鈞軸，輔成至治。其在西樞，掌武之庭，則有將印之重，軍符之嚴。爾乃運籌帷幄之中，折衝樽俎之間，爰戢五兵，坐鎮百蠻。其在翰苑摛文之地，則惟密旨是承，德意是導。爾乃覃恩潤色，追風渾灝，遂繼東里之才，允符内相之號。

「乃若天子燕息之所也，宣和秘殿，翬飛跂翼。憲睿思之始謀，因紹聖之故迹。凝芳瓊蘭，重熙環碧，輪焉奂焉，光動兩側。聽政之暇，來遊來息。搜古制於鼎彝，縱多能於翰墨。致一凝神，優入聖域。爰命邇臣，於焉寓直，罄啟沃之丹誠，庶密效乎裨益。中紹紀元，昭示萬億。視彼元狩、元鼎、神爵、五鳳之號，詎能專美於史冊！

〔一〕親臣：原作「新臣」，據《玉照新志》卷三改。

「至如后妃親蠶之所也，延福邃深，有嚴金鋪。當春日之載陽，率六宮而與俱。懿筐既飾，柔桑既敷，鞠衣東向，三採躊躇。風戾川浴，地温氣舒。然後龍精報貺，瑞繭紛如。五色之絲，允侔乎東海；八蠶之綿，倍富於吳都。爰獻天子，祭服所須。由此率先天下，則無斁之化，斯並美於《關雎》。以至掖門曲榭之奥，周廬徼道之肅，長廊廣廡之連延，珍臺閒館之重複，倬然在列，璇題輝映。雖使廣延墨客，衆集畫史，曷足以紀兹區宇之盛！」

先生聞而稱贊曰：「汴都之美，其若是乎，抑何脩何飾而臻此乎？」公子曰：「主上以神明資才，受天眷命，爲天下君。其所以圖回宰制，獨運渠矱之中者〔一〕，愚不得而測也。切仰廟堂之所先務者，任賢使能而已，試爲子陳之。

「若夫十室之邑，必有忠信，天下至廣，豈曰乏才。觀夫燕趙汝潁之奇，勾吳於越之秀；兩蜀文雅，三齊質厚；以至關東舊相之家，山西名將之胄，感會風雲，雜然入轂。矧兹神聖之都〔二〕，是爲英俊之躔，元精於此回復，間氣於此蜿蜒。

〔一〕渠矱：《玉照新志》卷三作「宥密」。

〔二〕矧：原脱，據《玉照新志》卷三補。

「以言乎儒風，則長者之稱，自漢而著；以言乎世族[一]，則文士之盛，自晉而傳。隱逸有夷門之操，文章出漼涣之間。帝賚嶽降，運符半千。商弼周翰，接武差肩。陋七相五公之紱冕，邁杜陵韋曲之衣冠。譬猶俶儻權奇，素多於冀野；璵璠結緑，自富於荆山。上乃以道觀能，兼收並取。明明在公，濟濟列布，同寅協恭，相與脩輔。故得朝廷清明，紀綱振舉，威武紛紜，聲教布濩。東漸鴨緑，南洎銅柱，深極沙漠，遠踰羌虜，陸讋水懷，奔走來慕。雕題、交趾、左衽、辮髮之俗[二]，願襲於華風；金革、玉璞、犀株、象齒之貢，願獻於御府。

「於斯時也，治定而五禮具焉，則採《周官》之儀物，稽曲臺之典故，攷吉禮、嘉禮之義，正婚禮、冠禮之序。車輿旂常，衣冠服制，職在太常，各有攸敘。功成而六樂舉焉，則詔后夔辨舞行，命伶倫定律吕。法太始五運之先，諧中正五均之度。笙鏞鞉磬、琴瑟柷敔，職在大晟，各有攸部。衆制備，群音叶，天地應，神人悦。脩貢斂珍，應圖合牒。上則膏露降，德星明，祥風至，甘雨零；下則嘉禾興，朱草生，醴泉流，

[一] 世族：原作「世俗」，據《玉照新志》卷三改。

[二] 交趾：原作「反趾」，據《玉照新志》卷三改；左衽辮髮：《玉照新志》卷三作「繡面金齒」。

濁河清。一角五趾之獸，爲時而出；殊本連理之木，感氣而榮。嘉林六目之龜，來遊於沼；芝田千歲之鶴，下集於庭。期應召至，不可殫形。是宜登泰山，躡梁甫，泥金檢玉，誕揚丕矩，奏功皇天，登三咸五。

「上猶謙挹而未俞也，於是親事法宫之中，齋心大庭之館，思所以持盈守成，垂萬世之彝憲。躬執道樞，卓然獨斷。仰以順天時，俯以從人願。規模則惟寧人之指是循[一]，政事則惟元豐所行是纘。其在官也，絶僥倖之路，汰冗濫之員。奉詔者戒於倚法，治民者戒於爲姦。其在士也，納讜言於群試，復科舉於四遠。保桑梓者遂孝養之心，在流寓者獲遊學之便。其在民也，除苛濫之科，蠲不急之務。農人服田，以效力穡之勤；父老扶杖，以聽詔書之布。將使四海之内，反樸還淳，背僞棄末[二]。皞皞乎太古之風，各安居而樂業。」

先生聞之，歎美不暇，乃謂公子曰：「今日治效如此，正臣子歌功頌德之秋也。固惟疎遠之蹤，名不通於朝籍，雖欲抽思騁辭，作爲聲詩，少述區區之志，君門九重，難

[一] 寧人之指：《玉照新志》卷三作「周官之隆」。

[二] 背僞棄末：《玉照新志》卷三作「皆敦本而棄末」。

以自達，則乙夜之覽，何敢冀哉？」因擊節而歌曰：「麗哉神聖位九重[一]，仁天普被四海同。曠然丕變還淳風，金革不用囹圄空。千齡亨運今適逢[二]。下七制，卑三宗，微臣鼓腹康衢中，日逐兒童歌帝功。」歌畢，振衣而去。

公子遂述其事而理之，以總一賦之義焉。理曰：

赫赫皇宋，乘火德兮。奠都大梁，作民極兮。一祖六宗，世增飾兮。光明神麗，觀萬國兮。穆穆大君，天所子兮。粤自叢霄，履帝位兮。體道用神，妙莫名兮。立政造事，亶有成兮。金鼎奠邦，神姦讋兮。玉鎮定命，垂弈葉兮。天地並應，符瑞著兮。應圖合牒，千百祼兮。坐以受之，開明堂兮。三靈悦豫，頌聲興兮。元臣碩輔，侍帝旁兮。相與弼亮，守太平兮。運丁壬辰[三]，化道行兮。己酉復元，寶曆昌兮。天子萬年，躬在宥兮。斯民永賴，躋仁壽兮。《歷代賦彙》卷三四。

[一] 麗：《玉照新志》卷三作「儼」。

[二]「千齡」句：《玉照新志》卷三作「於今亨運余適逢」。

[三] 運：原作「連」，據《玉照新志》卷三改。

《揮麈餘話》卷一　宣和中，李元叔長民獻《廣汴都賦》，上亦甚喜，除祕書省正字。元叔，定之孫也。

《玉照新志》卷二　明清《揮麈餘録》載李元叔上《廣汴都賦》於裕陵，由此晉用。近得全篇於其從孫中父宣柔，今盡列於後。……元叔名長民，元豐内相定之孫。其後建炎中爲監察御史，終江西提點刑獄公事。有子潮，文亦工。

宋代辭賦全編卷之四十五

賦　都邑　二

鄴都賦　並序

趙鼎臣

仲尼有言：「質勝文則野，文勝質則史。」揚子雲亦曰：「事勝辭則伉，辭勝事則賦。」蓋賦者，古詩之流也。其感物造端，主文而辨事，因事以陳辭，則近於史。故子夏敘詩而繫以國史，不其然乎！雖然，文不害辭，則辭不害志，以意逆志，其要歸止於禮義者，詩人之賦也。兩漢而下，詞人之賦始爲麗淫，競相祖述。至左太冲則譏之，以謂盧橘非上林所植，海若非西京所出，辭不稱事，指爲詬病。然觀其論魏也，舉禪代則以謂虞、舜比蹤，述風化則以謂義、熊踵武，非堯譽桀，誕謾滋甚。夫辨物或失其方，記事之小疵；擬人不以其倫，立言之大蔽。昔有獨夫既殄，天下同歸於周；明王不作，海内莫强於秦。然猶伯夷抗登山之志，仲連懷蹈海之義，相與耻而非之，况乎助衛君之奸國，褒吴楚之僭號？以古揆今，壹何相去之邈也。方且笑昔人之未工，忘己事之已拙，欲使覽者信之，過矣。嘗因暇日讀《相臺志》，盛言山川之美，宫室之富，愛其博而譏其雜，於是感《三都》，因《相臺志》，又頗裁其僞體，削其醲詞，略前載之已詳，補後來之未備，總折衷以有宋之制，命曰《鄴都賦》云爾。

趙子與客遊於三臺之上，以望鄴都之城。客曰：「烏虖壯哉！豪傑所宅，市朝之區。三畝霸邑，四成帝都。子亦嘗聞舊史之傳，觀《相臺》之志乎？」趙子曰：「未也。《相臺志》何言哉？」

客曰：「魏之初基，厥惟冀野。中奠鄴而居相，始冠冕於諸夏。世虎踞以龍蟠，亘千齡而高跨。其左則浩浩洪河，犇濤湧波。匯以清淵之聚，派爲黄澤之渦。東峒嶔岑而突兀，西陵屹嵲而陂陀。其右則太行隆慮，玉泉天平。擎據穹壤，蔽虧日星。隱若疊障，巍如置屏。斬晉脊以中斷，連代襟而外縈。其陽則宜師之溝，司馬之泊。交蕩羑之浸潤，互淇泉之脈絡。矗大岯以中峙，障驚瀾而猶却。猗綠竹以彌望，豐邦儲而利博。

其陰則近控漳滏，遠連常碣。水東逝以委帶，山西傾而墜玦。廣逕方軌，平原四達。幽扼吭以形茹，趙咋喉而氣奪。若乃厥賦上上，土厚水深。穜稑蔽野，桑麻耀林。頃必萬秉，畝皆百金。錯輪轂於塗中，資菽粟與縑紝。有《葛屨》之遺化，故雖富而不淫。爾其雅俗推重，尚氣矜節。

「三晉之豪，四君之俠。顧眄刃挺，喑嗚皆裂。驅市人而一戰，可撻秦而係越。故其物夥財阜，兵雄勢張。擇要塞以胥宇，據膏腴而造邦。思重閉以固國，務崇宮而濬隍。笑前帝之阨迫，圖後王之煒煌。慳瑶臺而吝瓊室，詎數阿房與未央。蓋其號也，前則銅爵金虎，顯揚太武；後則涼風清都，鴛鴦鸂鶒。鬬雞戲馬之榭，赤橋紫陌之籞。聳飛閣之千雉，聯危譙於百步。玉壁珠簾，銀楹金柱。不可億記而指數，豈直千門與萬户！偉鳳陽之特建，飾翔離之雙鳥。何帝子之懷彼，亦矜能而護巧。物太盛以弗禁，假飛柯而匠夭。悵靈質之難駐，忽遡波而孤矯。伊仙都之肇造，恢華林之舊規。傾地産於土木，殫心計於般倕。嗟燕翼之敗度，反歆羨於窮黎。諒習侈以玩富，豈艱難之與知。故其制創之廣博，締構之穹隆，藻飾之瓌麗，觀眺之疏通。升而瞰之，則翼翼眈眈，雲儲霧涵。泰華僅形於培塿，辰極才映於楹櫩。類竦身於天表，迷不悟於北南。仰而瞻之，則炳炳鬱鬱，煙霏日出。但聞絲竹之音，環珮之聲，似蓬宮之彷彿。於是孟德季龍之際，慕容渤海之儔，鹿既獲於嬴氏，羊方縶於宗周。則燕則譽，以遨以遊。莫不宰割區宇，分裂華夏。邀乙發以計功，揖高光而第課。正南面以居尊，襲冕旒而朝群下。於時鞮女畏力，旄倪戴仁，來享來貢，或臣或賓。彼孫馬之旅拒，潛竄迹於江濱。如黑子之塵著，亦何與於藩鄰。

「若乃汎覽九原，周流四垌，求故老之謠詠，訪先民之典型。過羑里而太息，悲伯昌之縶囹。聖人發憤以儲思，演微言而作經。則天人之學，所由興也。邦有淫祀，西門發之。野有巨浸，史公決之。或蠹或賊，岑君遏之。生歌死哭，齊民悦之。則守令之賢，有善稱也。周鼎既震，尉遲抗鉞。隋曆方季，堯生挺節。墓藏太尉之骨，衣濺侍中之血。力殉廟社，氣凌冰雪。凛芒采以映世，雖身摧而志潔。則忠誼之士，藹令名也。吐實爲秋，掞華爲春。彫刻造化，鑪錘鬼神。唱則應劉徐陳，和則邢魏子昇。儼思王以獨步，若衆星之拱北辰。則文章之美，擅英聲也。爾其洞穴漫汗，仙靈屈奇。絶伎之所興起，肥遁之所幽棲。酒千里以噀火，丹一丸而療飢。孫登放浪於譎詭，佛圖巧幻而瑰琦。森逸駕與雋軌，差難得而備知。

「若僕者徒捃摭於舊志，譬猶萬鈞之一釐。故言其地則四境莫及，論其人則一邦有餘。古在前以不足，今居後而豈如。首相亶甲，起蹟奮跆。當塗繼興，遂城遂堞。三高厲吻以旁噬，二石磨牙而外獵。率皆裨壞補敝，披圖案牒。據之則捷，去之則怯。得之則爲婦，失之則爲妾。綿奕姓以傳祚，常鋭鋒而不慴。夫豈代無僻主哉，亦云形勢之所挾也。是以文命敷土，厥載惟冀。美哉山河，武侯所偉。遠兆朕於聽音，邇萌芽於望氣。故張賓慷慨以揆策，崔光懇激而納説。元氏弗康，卜雒之陽。曾二帝而乃蹶，信人謀之不臧。逮夫李唐中葉，有震且業。彼慶緒之孤童，奮螗肱而拒轍。由藉險以憑固，故王師之不涉。以是觀之，人無賢愚，而地有厚薄。兵無利鈍，而勢有强弱。諸葛家蜀而破，宣尼用魯而削。故僕以爲冀不常重於天下，而鉅鄴獨雄於河朔也，豈不謂然哉。」

　於是趙子慨然而歎，有間而答曰：「異乎！吾子者之撰。夫登高能賦者，非以耀文，所以辨義也。陳詩觀風者，非以娱目，所以驗俗也。故陟景山者，見中興之美；館雒汭者，思平成之功。未聞商頌有固圉之談，夏諺啟崇墉之論也。今客誦糟粕，拾腐餘，掉三寸之舌，美六尺之軀，指金湯爲仁壽之域，謂干戈爲禮義之塗。長王追貊，主盟裔俘。遂欲霸燕趙而帝齊魏，兄《二京》而父《三都》。是猶蒙鳩豖蝨擇蹄而繫葦，自以謂有王侯之樂，安土之娱。曾不知風摧火燎，率虀粉而遽焦枯也。褊居晉鄙，狹隘沮洳。子遷姬系，滅迹失據。雖無忌之傑黠，亦何延於天祚。炎風不競，典午委馭。故使阿瞞與賀六，得鴟張而跋扈；況值羯胡與鮮卑，豈正餘分而閏序。當建安之考室，冀日月以齊光。奚三馬之不戒，俾一槽之遽亡。彼季龍之侈忲，摐地陷以天崩。曾僵觜之未腐，遂流水以飄零。凡此皆莫紹其終，無傳於始。三光之所不緯，五行之所不紀。危朝菌之待暮，徒倏生而忽死。而吾子則美之，豈其惑於舊貫歟？胡取舍之不韙也。

「自昔屬辭之士，綴翰之徒，不務明五典之常道，九疇之盛符，乃惟夸國炫域，度城計郛。較廣狹以誹訾，無異商廛與賈區。蓋尚東都者，以伊洛爲帝王之里；主西京者，謂崤函爲天子之居。甘泉遠蔭於西海，上林左引於蒼梧。將譽美而章惡，信欲近而返疎。左生崎嶇，遵迷遂誣。拏三國以等競，角蝸牛之所廬。不獨陵轢岷蜀，詆諆句吳而已，又將超秦越漢，汙唐凟虞。尊盜臣以擬聖，謂羲熊之可踰。客又實之，豈不過歟？

「僕病木訥，而倦於談。雖然，請爲客粗陳其靡者。子獨不聞皇宋之光宅，清汲之規摹乎？背澶面譙，挐鄭提曹。非宛非鄴，不瀍不崤。邦畿千里，坦然四郊。環萬國以面内，類百川之海朝。厥初生民，纘唐之緒。紛綸后辟，易代以五。咸罔堪於顧天，乃眷命於藝祖。當此之時，陵谷易處，天地否閉。野有輿尸，室無噍類。國靡一定之民，朝乏委質之士。冀婾食以終夕，敢燕居而卒歲。帝用不蠲，既薙既薅。掃欃槍於一鼓，盪澆豷於崇朝。援赤子而出塗炭，謁大命於旻霄。蚩蚩遺黎，不徒去亂即治，誅蓬刈蒿。乃復慈母遊樂郊，安太平之後笑，悔既往之先咷。既而人獲更生，時有遠慮。成周飾闕以望幸，西鎬清宫而請御。臣懷良、敬之策，士獻班、張之賦。咸榮古以陋今，脂雷同而景附。天子穆然載思，而未俞也。乃規乾矩坤，與神合契。靈謀睿謨，盡屈群議。即故國以營基，懋皇圖於億祀。蓋謂洞庭夢藪，曷若以四夷爲守；未央章華，孰若以六合爲家。方且陟岱勒華，裒神翕河。建道德以爲營衛，詎論丘垤與汙沱。至於體國經野之法，宫室苑囿之制，寢不踰廟，非不廢禮。姑以備一王之軌儀，同百姓之欲利。固無僞采與淫泰，疇克夸詡而奢麗。若乃風俗之純懿，政教之緝熙，人物之磊砢，貨殖之陸離，既立談而未判，且非創業之樞機。徒尚口以譁衆，亦鄙人之不爲也。

「皇皇百年，顯顯七世。堯父舜子，神傳聖繼。無增尺帛之奉，不益十家之費。晏然磐石而覆盂，若天維而地置。遂使豫里輟險，雍郊弛防。江靖建業，氣清南陽。洞外闔以不閉，咸變雍而樂康。於維此邦，陶醇化醲。川潤岳峻，旁薄虚空。蒸粹炳靈，降爲英雄。作我國棟，時惟魏公。勳在社稷，行銘鼎鐘。非后牧與伊稷，疇並芳而比崇。兹乃相之所以隆也，客遂略之。鯨鯢陸梁，峻宇彫牆，葅醢庶類，黥灼一方。斯乃鄴之所以亡也，客顧樂之。意者非相人之志，盛德之事，縉紳之所宜談，國史之所可記也。客又不聞嬀氏陶漁，三年成都。商盤五遷，邑無奠居。安有擇地而化被，簡民而信孚者哉？將吾子未之思乎！」

於是客乃詞殫辯屈，不悸自栗。泚顙却避，懵然若失。四庫本《竹隱畸士集》卷一。

揚州賦 有序

王觀

揚州古都會也，枕江臂淮，與益部號爲天下繁盛，故有唐以來節鎮〔一〕，首稱揚、益焉。今夫廢興之跡與夫土風人物、貢賦井邑之纖悉，詳見於傳記，可得而攷，因摭類次第而賦之。其詞曰：

天纍先生，溺意藝文，緜日窮年。梶踸踔之短步，鬱遏情而不宣。悵江淮之去來，間走陸而航川。徒踆踆而奚補，寄赧色於頹顏。睇故國之荒蕪，尚氣象之巑岏。思抽毫而弔歎，傷日月之徂遷。環中丈人推手而前，曰：「子非無文，何爲嗇辭華於一言？」先生答曰：「去來於兹，十歷春秋，或行役之不遑，或疹疾之相嬰，有所不暇。」丈人曰：「子今請邑此邦，古今之廢興，人物之賢愚，封域之遐邇，土風之纖微，貢賦之所

〔一〕有唐：原脱，據明嘉靖刻本《揚州賦》補。

出，心詳目熟，益已周矣。請子賦之，吾將觀焉。」先生因驅撥冗猥，滌慮操觚，放肆厥辭[一]。嗚呼吁歔！策駏驉以出遊兮，欸近郊而驚春。芳華冉冉以摧謝兮，俄汎然而點塵。稅倦鞅於危岡兮，俯樓欄而棲神。哀衰殘之戟目兮，發古意之酸辛。搜傳記之浩穰兮，契口耳之傳聞。稽質乎地誌兮，參諗乎乾文。

牽牛婺女，流爲揚州。南攝乎鉅海之滸，北壓乎長淮之流。包有吳、越，首建楚周。保章辨之以星土之數，職方分之以畜產之由。茲惟陶唐，置牧十二，揚居其中，世濟以治。夏因商襲，九州以異，惟周封建，各正其地。季末解紐，侯國爭利，犬羊用人，孰作藩衛？嬴秦咄嗟，奄有神器，煨燼墳籍，變亂古制。罷侯爲守，郡縣始置，昧形勢之孤弱，薄恩親於子弟。下更晉、漢[二]，南北分裂，隋繼以興，陳室復滅，天下始一，冠屨有別，易州而郡，法制未絕。增置太守，統以司隸。有唐開府，刺史分莅。此牧守郡國，先後變更而相異也。

環中丈人復曰：「茲述其概，請道其詳。」先生曰然，執筆而前：惟揚之先，在周

[一] 放：原作「於」，據明嘉靖刻本《揚州賦》改。
[二] 晉漢：當作「漢晉」。

屬吳，魯哀之年，城茲邗溝，遠通江淮，見於《春秋》。後越滅吳，用爲寇讎。强楚東侵，廣地自謀，抵於泗上，雄視諸侯。楚復奄滅，是爲廣陵。

顧始皇之蜂豺，覽天下而吞并。略長世之遠謀，出須臾之經營。郡始屬於九江，本立異於虛名。偉項籍之姦雄，置秦鹿兮相兵。王英布而開國，俄劉邦之勃興，革前人之故號，易淮南之新稱。或江都兮創更，或廣陵兮相仍。首皇子之啟封，復沛侯之繼承。彼得失之奚計，間叛逆之爲朋。弔漢公之逡巡，亦異號於江平。

踵三國之紛紜，作重鎮於魏邦，彊榦弱枝，倚賢進良。逮文帝之黄初，幸故城兮臨江，奮山川之戎旅，蓊煙靄之麾幢。志南渡兮已必，卒冰舟兮莫航。目波濤兮稽天，奪神明兮歎傷。實皇天之限隔，豈人力之能障？浪賦詩於鞍馬，因縱美於湯湯。曰魏與吳，名號相因，統縣有八，屬徐而紛。

繄晉末之驅馳，控三齊之要津。逮宋有邦，州鎮是隆，擇刺史以惟人，俾撫柔於土風。講盛事於嚴秋之月，觀鉅濤於海陵之東，俯江湄之壯闊，瞰京口之穹崇。歷陳、梁、齊之累朝，卒更革離合之不同。一陳留而分郡，一東廣而啟封，復吳州而異稱，示屏衛於其中。

隋總管以名府，顧舊名而是從。眷煬帝之纂圖，詔修飾於離宮。會殿脚兮揮楫，揚錦帆兮翳空。決東幸而建都，引千艘兮戲龍。戮忠臣而杜口，括寡婦以從戎。獻無尾之恙兮絶繼，作遭春之語兮凶終。鵲集黼帳，血腥劍鋒。徹牀簀以窆藏，痛精誠之奚依。指雷塘之漫漫，仰楓林之巍巍。本馳情於一快，反植禍於當時。敕陳稜兮留鎮，擁大軍兮北歸。

眷天意之昌唐，卒虯髭之見幾，叱咤喑嗚，作興帝基。承江淮之歸命，更南兗以臨之，外增置於行臺，内維持於本枝。武德而還，寓縣輯熙，或邗或揚，陞號都督。貞觀之間，十道分牧。景雲、開元，增廢遄速。採訪處置，道路擊轂。緜延永泰之末，創新節度之目，敕親王而領使，慶皇宗之敦睦。副以長史，權任戒獨，跨豪華於天下，駢十里兮雲屋。此州之因革，名號之大較也。

擾擾後先，興亡可録。吴王濞之不臣，非子建之就戮。淮南安之自殺而始惡彗星，厲王長之憂死而民歌「春粟」。非貪地以害公，卒三分而承續。紀陟之譬護寒也，知險要之必争；諸葛之誅樂琳也，表誣辭而自贖。文欽之叛也，因曲赦以示恩；曹丕之走也，駭疑城之在目。沈慶之設强弩於高臺兮，謹乎備禦；吴孫權置烽火於孤山兮，驗夫神速。蔣濟諷三州之論，袁術哀馮氏之辱。季子通之暫據，杜伏威之驅逐。彼公祏之何知[一]，運螳臂而相觸。力未加而已喘，息未伸而已促。委雉堞於荆榛，痛黔黎之魚肉。徐敬業之傳檄兮，武后臨朝而嘅歎；田神功之提兵兮，劉展就擒而顛覆。陰奏伯和之罪兮，少游之凶狡；外匱南方之力兮，李錡之貪黷。

唐控失御，昭皇蒙塵。屬朱梁之侮國，復巢兵之不臣[二]，沸淮海之狂波，漲寰宇之妖氛。迨吳僭王，楊氏始振，行密亟亡，渭溥稱尊。兵弱地狹，器卑識昏。亦猶指尾閭而瀦去水，即虎穴而寄蒸豚，未有不亡者也。夫然，迭守迭攻，代亡代存。

方東都之敵國[三]，倏大齊之自君，始焉懼神謀之或泄，默然晝爐火而誑人。咄嗟高駢，跳吠狺狺，叱海嶽以倒立，嘘風雲兮晝昏，忽埋金之行壓，終故氈兮裹身。呂用之之狂妖，畢師鐸之并吞。孫儒厲言於庸賊，秦彦仗劍於轅門。時雨降矣，雖灌溉兮何益；太陽昇矣，顧小星兮徒云。

顯德興周，淮南克復，撲燎原之凶燄，起摧風之腐木。赫赫然我太祖之興也，不取

[一] 公祏：原作「公柘」，據明嘉靖刻本《揚州賦》改。
[二] 巢：原作「漕」，據明嘉靖刻本《揚州賦》改。
[三] 方：原脱，據明嘉靖刻本《揚州賦》補。

一毫，不折一鏃。何重進之跳梁，逆神鋒而自衄，按九天之成法，斷巨鼇之左足。捧祥日以出海，乘鳴雞而御籙。民適父母，天薦福禄。冠帶百蠻兮，蠢然集慕羶之衆蟻；束帛萬國兮，浩然收朝宗之百谷。土歸民耕，野無鬼哭，括有幅員，悉吾臣僕。銷藩鎮之僭謀，亶皇明而外燭，敕示守臣，語吾約束。掃戰争之故地，變歌謡之善俗。此州之聖愚，興亡之明戒也。

長岡蟺嶙，西馳東走。凛劍外之危勢，吞淮天之遠岫，帶楚水之縈盤，瞰吴林之森秀。巨魚乘波，偃然出壑；長蛇吸煙，翹然引首。高焉上摘於星辰，廣焉環迷於宇宙。四帳無所兮，失迷藏之樓；萬點猶明兮，餘放螢之囿。乏擊毬之壯女，悲喪馬之龍廐。帝子去久兮，空《文選》之樓；雨蘚朝生兮，侵蜀泉之甃。風飄飄兮，引竹西之歌吹；雨纖纖兮，發貢芽之香茂。塔西靈兮軋空，池九曲兮分溜。杜子美思東流而乘興，朱長文目西山而懷舊。風亭月觀，琴室吹臺，屹萬歲之雕華，對鍾山之崔嵬。待玉鉤之初月，銷丹楹於大雷。走十宫之狐狸，鞠三陵之草萊。魏水軍兮，穿巨池而分浦；隋酺戲兮，揭羽葆而横街。僊臼尚存兮，混草莽之墟；胥骸未朽兮，感金玉之精。植桂荒謝公之宅，搠淚傳秋浦之情。筮山火以疑寺名之妖祥，驚夢寐以登峻臺之峥嶸。望輿浦兮，表瑞始乎范邈；峙危城兮，施築本乎張嬰。孫郎作涂塘而淹北道，齊高分巨水而過艾陵。此州之城邑、山川、樓觀之所在也。

所以庾闡縱麗言於禦寇，鮑照攄雅思於《蕪城》。因獻賦以賜錢兮，酬王正之才；聞宫聲而疑變兮，見令言之明。客謝井兮，起盧仝之意；表薦士兮，示蕭遥之能。張祐著浪遊之跡，杜牧悲薄幸之名。箴告執籌兮，揚子雲之慷慨；詩弔故宫兮，李義山之縱横。訪木蘭兮，偉王相國之貴；渡金湯兮，陋章孝標之輕。子瑱據城而生叛逆之志，嵇康鼓琴而識禍亂之萌。騎鶴誚昔人之妄，露觔哀正女之誠。大中紀年兮，獲官河之聖米；韋生避地兮，悲水調之遺聲。此州之古今賢哲之所褒稱而悲歎也。

揚揚水波，人實躁勁。或土多篠簜之材，或地宜楊柳之性，厥田惟下，天草惟盛。利焉金錫之爲美，民焉男女之爲正。馳甓社之湖兮，夜駭乎明珠之光怪；泛揚子之心兮，朝出乎寶鑑之精瑩。袍美蕃客，布出鮫人。半臂美錦，土穀花紋。烏節早香，蛇粟連根。蒟蒻竹笋，蘆芽水芹，海榴石楠，松藻葵蒓。菰粉白芷，松柘葛薑，芡角翻刺，蒲劍飛鋌。鶉鴨鸛雉，狐狢兔獐，野不利穀，畜不宜羊。鱖鰋魨鰍，鰣鱣鯉鱨，龜鼊黿蜃，蟹蛤鯿魴，螺蚌蟶蠣，獱殼堅剛。五都百郡，千豪萬商，趨牀頭之冗會，定萬貨之低昂。天長甘泉，蓮塘石粱，積冬雪之綏綏，乘春霖之浪浪。泥冰土陷，輪摧馬傷，張氏記明於行役[一]，李巡注釋於輕揚。采得寶之歌兮，韋堅進官於常侍；興北埭之役兮[二]，謝安獲美於甘棠。

奇乎哉！瓊花吐英，芍藥矜芳，媚靈宇以敷秀，覆修亭而舞香。其潔也御緑雲之玉妃，其美也奔素月之仙妝，其色也照時春之藻景，其馨也破真室之罯香。友姚黃於西洛，奴玉蕊於唐昌。至於雜樂奇戲，歌童舞倡，結荳蔻之春梢，艤珠簾之密航[三]。九橋連居，善和名坊。楊柳發孫生之句，牡丹爲李氏之光。姓氏之出，其源章章：劉馬鄭盛，韓林車張，戴高槐遊，茅泠蕭王。此風俗、物産、氏族之所出也。

兩京而降，五代以還，人物之詳，善惡可觀。微至於棲巖遯谷之士，下至於羇臣寡婦之賢。董子諫易王之驕志，何武寬戴聖之微愆。吏民刻石，頌馬稜而懷德；祠祀祈福，祝張綱而致虔。趙苞成三年之政，徐璆謝上公之官。劉馥先一時之備，出苦蓑而復壘；陳登當東方之事，合部衆以安邊。事大見委兮，責温恢之效；以函致問兮，尊劉

[一] 役：原作「殺」，據明嘉靖刻本《揚州賦》改。
[二] 北：原作「壯」，據明嘉靖刻本《揚州賦》改。
[三] 艤、航：明嘉靖刻本《揚州賦》作「漾」、「光」。

曄之言。政治尤異，三府薦臧旻之績；鎮撫安静，郭謀言滿寵之德。張玄不逮子綱而雅有高行，張遼至自海陵而今猶血食。笮融利財奉佛，而忘督運之急；孫景委郡東歸，而得見幾之力。陳瑀懼袁術之集兵〔一〕，周瑜識蔣幹之説客。陸伯言之先幾而知楊笠之終敗，糜子仲之傾財而資先主之軍食。器中鬻茗，而老姥不聞於增減；帷下燕客，而桓温恥崇於雕飾。劉頌博識而見稱時人，盛彦異才而不應召辟。華譚好學而取貴乎鄉里，惠休復姓而晚階乎仕籍。開南門而必王兮，恭陵胡爲乎反禍？實根本之所寄兮，劉氏於焉而深惜。荀伯玉夢稚兒之語，吕僧珍遇師相之識。白虹貫城，而義慶以之懇還；十年養士，而季崇以之破敵。老能馳射者，傅永之好勇；畏如神明者，蕭景之舉職。方隋之時，趙才、裴矩之從幸，其止輦抗辭，毅然而不佞，志一朝兮已決，言百車兮孰聽？指血染鞅兮，徒爲乎宫女之留；輿服羽儀兮，徒爲乎何稠之定。李襲譽非特築句城以興利也，復聚書而訓子；王志愔豈惟破凶滑以示信也，先保民而爲政。吉甫徙壽州也，求行乎招懷之策；德譽惜丁黄也，力沮乎智興之令。參佐不用，明李鄘之失；郡人紀德，見姚崇之正。倪若水因班公而有登仙之慕，陸鴻漸對季卿而别中濡之性。南

〔一〕袁術：原作「李術」，據明嘉靖刻本《揚州賦》改。

柯駭淳于之夢，沙堤發李嶸之詠。臧珍對世宗，言卑濕之狀；田頵諫楊氏，喻狂猛之心。賈崇失律，懼元宗而受責；馮謐削髮，遇周師而見擒。

環中丈人曰：「子之博聞，吾已詳知。子之憑高睨下，或得於古，或得於今，人之所不得見而知者，試爲陳之。」

先生怡然，布席揖座，觴三行而已醺，徐爲丈人言之：「引目迢迢，邈不知其所極也；撫心迥迥[一]，恨不知其所至也。倏隆倏平，闕絶頹危，勢相睽而不屬者，此前日之廢城遺堞也。斜分直出，東西左右，而名不質其孰謂者，此前日之市朝街陌之故處也。殘刻斷礎，燒昏草没，而牛羊牧放之所憑陵而上下者，此前王之離宫别殿也。纍然而峙，谺然而空，穴狐鼠、宅虺蜴，棄於人跡所不及者，此前賢昔帝之壞陵廢冢也。前日之綺羅鼓吹之坊，今日之芸童樵叟之歌場蔬圃也。前日官寺，法度之所出，而今日之浴牛飲馬之斷溝荒塹也。齊緑高陰，局分而井列者，此茭麻桑柘高下之畦隴也。似出而没，若來而去，非圖繪筆墨之所可形容而盡者，此荒煙野霧朝暮之氣候也。茂林陰陰，挂晴日也；白鷺翩翩，戲平池也；遠水沄沄，艤舟舠也；羣山亭亭，帶長江也。疏

[一] 撫：原作「無」，據明嘉靖刻本《揚州賦》改。

花綴草，夭夭灼灼，訴春情也；修篁舞煙，曳曳徐徐，縈客愁也。怒蛙沸雨，怪禽嘲暮。行商去賈，千蹄萬檣，南浮而北走者，不能誰何其一二也。是以思紛然而蕩越，斂而不能相合；言屑然而躁冗，就而不能少功。夫然，景物之夥，不爲丈人道也，敢肆其所可道者，丈人姑聽之！」因屏息整衣，受揖而立，端以俟命。

「皇乎哉！我太祖之有天下也，進賢黜愚，定羌服胡。分茅裂土，而啟十友之封；銜璧輿櫬，而赦諸王之誅。萬里一統，混同車書。粵茲維揚，古曰名都，屏扞京師，世倚賢儒。唐季彫微，羣雄角趨，寄人命於戈鋋，委城雉於榛蕪。誅殺蹂躪，掊削驅呼，政察察而不綱，下嗷嗷而無餘。一祖經營，四聖扶持，逮皇上之興也，天覆地容，風養雨濡。振歷世之衰殘，造太平於須臾，四海九州，稱唐頌虞。士樂膠庠，商通有無，工事於器，民安厥居，老舞少歌，其氣于于。實惟神州，東南奧區，併邑治以簡役，廢軍壘以寬租。江浙甌閩，交廣湘湖，摩轂銜尾，駢走津途。蓋鑒前季之興亡，建永世之規模。儲粟穀之千倉，宿驍雄之萬夫，擇將臣以嚴訓御之法制，尊牧守以絕鷹虎之侵漁。淬蘭錡之戎械，增堅金之外郛；崇中國之藩垣，銷姦人之覬覦。」

言未及既，環中丈人委杖出席，拊髀爵躍，失氣出舌，乃曰：「賦者古詩之流，古人所以通諷諫也。今先生之言，磊落崢嶸，豈特詳一州之事，舉而措之，足以彌縫帝

濊、睢、瀏、洓、逐、黄〔一〕。八水出宋城。黄見《左傳》，濊見《北征記》，穀、睢見《水經》，涣見《元和志》，洓、逐、瀏見《圖經》。從横馳騖，源分派張。過乎隕石之壄，徑乎龍丘之岡，行乎釣臺之渚，出乎穀城之塘。上接大河，通於鋃潰，下達渦泗，匯於淮湘。淵湝矕瀰，淼淼洋洋。澴瀷濃淑，潏潏湯湯。

「若乃歷華里，經汋陵，乘襄塢，陟貫城，傍空桐而過沙隨，階鴻口而升横亭。伊高辛之帝子，主大火而修祀。鄗葛伯之仇餉，猗湯征之攸始。嘉微子之啟封，卒繼承於商氏。訪桐盧之兩門，孰世遠而難紀。企蒙城之故邑，懷漆園之傲吏；登北岡而遠瞰，想橋公之德懿。銘三鼎與征鉞，曾餘光之未墜。仰子喬之飈馭，世獨尚其丘墳。臨繪水而徙倚，睢、涣二水謂之繪水，見《述異志》。誦相如之高文；闞雙廟之靈宇，欽張、許之威神。忠義焕乎日月，世彌久而逾新；英風激於萬代，如想見乎其人。覩山川人物之舊，纔得其凡而略之，僕固未能詳也。

「若宫室苑囿之盛，池沼臺榭之廣，侈靡誇前，光輝絶後，惟梁孝王有足稱者，僕

〔一〕穀：原作「穀」，據《水經注》卷二四、《歷代賦彙》卷三四改，下同改；睢：原作「雒」，據《水經注》卷二四改，注文同改，《歷代賦彙》作「濉」。

衮，龜鑑當時。」天鬻先生跼蹐戰汗，怳不知其所如。百拜以謝，定色悉記，將以俟采詩者也。四庫本《歷代賦彙》補遺卷六。

南都賦

王仲旉

洛陽王仲旉侍親客於宋十有餘年矣。宋，南都也，山川、城邑、人物、風俗、禽獸、草木，博觀而窮覽，粗得其凡焉。因藉華陽先生、涣上公子爲問答以賦。詞曰：

華陽先生與涣上公子步於西山之隈，環於竹圃之左，《水經》曰：「睢水東南流，歷於竹圃。有竹數百頃，周四十一里。」曰：「美哉邈乎，土地之沃，人物之夥也！」公子喟然歎曰：「先生睹斯而已，獨不聞往者之事歟？上自五帝，中接三代，下訖漢唐，目擊而可知，指陳而可喻，請爲先生言之。於顯樂國，在睢之陽，其地則宋，其分則房。夏豫、周青，秦碭、漢梁，帶以黍丘之野，包以閼伯之疆。盟猪出其右，汳水更其旁。涣、穀、

願繼其説，而先生自覽其切焉。漢有天下，至文而昌，九族敦序，帝室以光。乃命子武，俾侯於梁。惟梁大國，城四十餘，北限泰山之險，西界高陽之墟。禦備東南，則九州之奥區焉；廣衍沃壤，則天下之膏腴焉。於是舍大梁之故土，卜睢陽之新都。傍漻城而連屬，起甬道以縈紆[一]，外廣池洫，内經郭郛，陋九筵與百堵，法上國之規模。發小鼓以始倡，下節杵而和之，流樂府而度曲，豈餘音之獨遺？於是乃作曜華之宫，儗阿房與林光，鬱正殿之嵲蘖，巍然起乎中央，散彤彩而澔汧，復煒煒以煌煌。驚虬龍於金楹，乍矯首以騰驤，軒鸞翥於飛甍，欲乘風而下翔。歷太階之寶砌，駢璧瑛與玉瑠，光陸離而眩目，足幾往而徜徉。旁有曲室，後連洞房，叫窱窈窕，仰不見陽。列方疏而散騎[二]，玉女睨而悠颺。

「又有宴閒之館，寔曰忘憂。文章灝博、卓落瑰奇者[三]，萃乎其中。貢以文鹿白鶴，參以淥酃細柳，間以連璋沓璧，綴以清管弱絲。東苑望囿，三百餘里。駿鸃鷦鷯，山鵲

[一] 甬道：《歷代賦彙》作「閣道」。
[二] 散騎：《歷代賦彙》作「散綺」。
[三] 卓落：《歷代賦彙》作「卓犖」。

野雉，守狗戴勝，鵪鴿翡翠，聲音相聞，翺翔往來，萬端鱗崒，不可勝記。其木則棵松梗柟，楸梧柘橿，欃檀木欄，栟櫚豫章，華楓翠槐，古檜朱楊，雲封霧鏁，臨谷被岡。其果則樝梨楟栗，素奈朱櫻，紫棗來禽，吳橘楚橙。其草則蕙若蘭茝，蘼蕪蓀蘢，杜蘅蘄蒕，江蘺芎藭，庭蕉聳緑，階藥翻紅。糅以忘憂合歡之嘉植，雜以避暑延壽之芳叢，芬芬馥馥，蒙蒙芃芃。其竹則篔簹鐘篁，篛笴䈥篃，疎篁密篠，布壠夾池，檀欒蓊茸，婀娜陸離，露滋雪映，風靡雲披。於是乎複道連綿，亘數千步，飛閣層樓，動以百數。望平臺與離宫〔一〕，瞟眇忘其何所。中有百靈，煙嵐奇秀，表以落猿之巖，環以棲龍之岫，既盤紆以茀鬱，亦映帶其左右。面百尺之深潭，瀨鳴玉之清溜，升望秦之峻嶺，懷故關而回首。維彼螽臺，在城之西，勢千仞而崛起，豈終日之可躋？攀未半而神悸，意欲下而復迷。驚斗杓之頫逼，傾霓𩮣之下垂，疑真仙之攸館，非人寰之所棲。屹清冷之對峙，復偃蹇以穹隆。上憑危檻之峥嶸，怳忽不知其幾重；下瞰清淵之澄澈，金碧倒影乎其中。旁接雁池，緑争漪漣，秋浪漲雨，春波拍天。鶴洲背其後，鳧渚面其前。棹女謳而蕩槳，漁人集而叩舷。水禽則有鷫鷞鵁鶄，鴛鴦鷺鷗，鳬鷖鶴子，鶬侶鴻儔，翺翔

〔一〕「望」上原空一格，《歷代賦彙》作「一」字。

翻翻，載沉載浮，既瀺灂而隨波，蹔蜚鳴而驚舟。水草則有蘸苧蘋莞，蒹葭蒲蔣，白蘋緑荇，茭實蓮房。雨濯幹而增緑，風被華而吐芳。王臨是國，綽有餘閑，思遊東苑，縱獵乎其間。於是乘雕玉之輿，馴黄褭之馬，紛萬騎之徒，驚千乘之駕，服太阿之雄劍，靡彩虹之珠旂，鳴和鸞以玲瓏[一]，翳羽蓋以葳蕤。安國奉轡，嚴忌附輿，扈從横出，並山之隅。左許少，右專諸，依岡爲罝，因川爲漁。奮駭百獸，電激雷驅，搤雄螭，蹴豪猪，轥犀犛，轔麕麌，轢遊寓，躙駏驉。弓不妄發[二]，應聲而殊；鋋不虚擲，洞胸穿髃。山殫谷盡，孑然無餘。於是梁王弭節而還，容與委蛇，徘徊往來，其樂未衰，相與賓客，復遊於雁鶩之池。登龍艦，飛鳳蓋，釣錦鱗，出文貝，弋白鷳，掛黄鶴，鶬鴰下，鸕鷀落。薄暮日斜，俛仰極樂。獲獸之多，弋禽之衆，子虚之所遺，西賓之所略也。馳騁少怠，明日乃宴於平臺。召相如，延鄒、枚，綺席列，雕屏開，膾猩脣，炙豹胎，酌金漿之酎，觴縹玉之醅。吹紫鳳之簫，擊靈鼉之鼓，聆遼滇之歌，睇巴渝之舞。又有邯鄲曼姬，燕代麗女，輕袪靚粧，綽約媚嫵，明眸微睨，色授神予。於是衆客皆

[一] 和鸞：原作「和鑾」，據《歷代賦彙》改。
[二] 弓：《宋文鑑》、《歷代賦彙》並作「矢」。

醉，頹然忘歸，浩歌起舞，獻壽考無疆之詩曰：「君王淵穆德日躋，間暇遊宴樂無涯。願千秋兮萬歲，常與日月争光輝。」」

先生曰：「噫！公子何謂兹邪？若公子，所謂重耳而輕目，榮古而陋今，膠以人物之陳迹，炫以山川之舊經，又烏睹大宋之盛乎？夫大宋之開基也，肇自商丘，大啟土宇。創洪圖而遺億代，一帝統而超邃古。萬國被德澤，四裔暢皇武。西盪巴蜀，東澹海澨，北指幽薊，南曜朱垠。天乙七十里而興王，姬周三十世而卜宅，曾何足云！至於祥符之際，累盛而重熙，增太山之高，禪梁父之基。神祇安妥，日星光輝，寶符瑞應，萃乎斯時。於是巡方寓，幸亳社，動天輅，備法駕，海夷獻珍，黄雲覆野。就見百年，存問鰥寡，明壹法度，赦宥天下。當是時也，翠華迴馭，龍旆載揚，廼睠兹土，如歸故鄉。觀紫氣於芒山，辨白水於南陽，洒翔鸞之神翰，掞鴻藻之天章。於是建南京，陪上國，首諸夏，作民極，對列乎浚郊，相輝乎洛宅。頒慶洞開，歸德峻峙。正殿曰歸德，端門曰頒慶。若閶闔之特闢，連駁娑與柃指。偉宮室之光明，仰觚稜之神麗。儉不至陋，奢不逾侈。旁立原廟，三聖神御奉安鴻慶宮，宮官日事酌獻。巋嵲穹崇。殿實有三，一祖二宗，顯文謨而承武烈，彌萬祀而無窮。觀其英豪之域，冠蓋相望，元勳雋老，五姓寔昌。杜正獻、趙康靖、王文忠、蔡敏肅、張文定，寓睢陽者凡五族。蹈先生之學舍，祥符中正素戚先生始建學舍於睢陽，爲諸郡之先，祠堂存焉。溢誦聲以洋洋。敬鄭公之碩德，仰文正之餘芳。富鄭公、范文正嘗遊學於此。俯浪宕之舊渠，汴渠一名浪宕。迴伊洛之清流，熙寧中引洛水入於汲。釃江吳之漕粟，浮寶鷁之千舟。若乃昭仁、崇禮、迴鑾、祥輝，南都四門名。連闤帶闠，列隧通畿。萬商千賈，鱗集羽歸，星布纖麗，山積瑰奇，來不可抑，往不可羈。南獠蠻而東濊貊，紛大貝與明璣。其軍旅則棘門細柳，連總百營，馭以驍將，厲以犀兵。時以蒐獮之際，陣以魚麗之形。扼一都之衝會，耀萬里之天聲。其原野則田疇彌望，不可計數，浸以曜漁之源，被以沃壤之土。舉趾即雲，荷鋤迺雨，芃芃離離，禾麥稷黍。其亭館，内之則有流觴渌波[一]，檜陰四合，照碧妙峰，武備道接；外之則有朝雨暮雲，暖風殘月。又有玉觴金縷，光華宴喜，嘶馬落帆，芳草柳枝之列，自流觴至柳枝，十二亭名。聯觀光與望雲，觀光、望雲，二亭名。指中天之巍闕。其池沼則東西二湖，㵘㵘迢迢，水澄似鏡，波泛如潮。窺馴鷺於別渚，晏元獻放馴鷺於南湖，作賦以紀。識海雁於舊橋。夏文莊自青社攜二雁置湖中，名其橋曰海雁。爾乃金魚分篇，玉麟剖符，命夫輔弼耆德，侍從鴻儒，鎮撫東土，保釐此都。視先王之遺民，愛風俗之安舒。乘剸繁之多裕，覺坐嘯而有餘。陟高臺而環望，悟神意之自如；

[一]流觴：原作「流觸」，《宋文鑑》、《歷代賦彙》並同，茲據下文小注「自流觴至柳枝，十二亭名」改。

臨緑水而暫止，疑放曠於江湖。若予之所舉，僅知其髣髴，十分未得其一隅。吾子徒聞孝王之遺風舊迹，不睹大宋之豐功偉烈也；徒詫梁國故墟之名，不知藝祖興王之實也；徒誇兔園之大、雁沼之廣，不識原廟之尊、帝宮之美也。曜華故基，鞠爲茂草，孰若都城佳氣，鬱與雲翔；諸侯僭上，遊宴無度，孰若天子巡守，動靜有常；珍怪之翫，奇木異卉，孰若農夫之慶，黍稷稻粱[一]？」

先生之言未終，公子矍然若驚，惘然若醒，茫然若有所失者。既而幡然改曰：「鄙哉予乎！嗟予舍近而取遠，習迷而遂非，其亦久矣。先生博我以皇道，宏我以王圻，使數十年所眩曜，釋焉無疑。僕雖不敏，請終身而誦之。」

先生於是作歌以遺焉，其辭曰：「翼翼神都，皇祖起焉。煌煌巍闕，真人巡焉。有睟其容，三殿位焉。於萬斯年，天子明焉。」《皇朝文鑑》卷一〇。

《習學記言》卷四七　賦雖詩人以來有之，而司馬相如始爲廣體，撼動一世。……後世猶繼作不已，其虚夸妄説，蓋可鄙厭。故韓愈、歐、王、蘇氏皆絶不爲。今所謂《皇畿》、《汴都》、《感

[一] 粱：原作「梁」，《宋文鑑》、《歷代賦彙》並同，兹據文意徑改。

山》、《南都》之類，非於其文有所取，直以一代之制，一方之事，不可不知而已。

南都賦 並序

傅共

臣切觀主上駐蹕吳邦，建立行宮，累載於斯矣。始惟草創，今則恢宏。宮壼寢殿，省寺臺閣，百官之府，以及廏廩，翼翼巍巍，有則有度。民室兵營，不相雜處；市巷平夷，方軌并馳。闠闤閭閻，公私有所；溝瀆隍竇，經緯無紊。城壁樓櫓，廣衍繩直；複道重櫩，鴛宇翬飛。陂池囿苑，高下適宜；郊壇帝籍，布列方位。華麗如是，壯觀如是，實爲帝王之所居也。臣載攷行宫之地，乃三吳之邦，非偏方下國之所。臣聞昔漢光武發跡南陽，創爲帝京，實爲南都。厥後遷之，居於東洛，南陽之都，存而弗廢。故張衡作賦，以志其事。今皇帝德侔天地，奄宅九有，威聲所加，廣被六合。際天所覆，孰非吾土？食土之毛，孰非吾臣？豈有彼此疆界之異哉！臣輒以臆見，謂今行宫宜號南都，亦若光武之南陽也。臣謹倣張衡之作，撰爲《南都賦》，以紀一時之盛，而貽萬世之名焉。上觀星紀次舍之文，下攷山川城邑之圖，中採民風里俗之異，傍搜海嶽動植之産，泛取四大夷夏之聲，詳述斯民愛戴之情，作爲此賦，是亦詩人比興之義焉。其詞曰：

梁國之郊，汴水之濱，有博古君子，聞南都之始建也，乃遊於三吳之會，見圓機先生而揖之曰：「子聞漢高之開基於長安乎？夫長安之域，實惟雍州。東有崤函之隘，西有棧道之深，終南嵯業障其陽，巨靈擘峽蔽其陰，踐華之麓以爲城，因河之阻以爲池，一夫當關，萬夫莫窺，實爲四塞之國，天地之奥基焉。漢祖以龍種之精，蕩秦虎視之害，規模西京，二百餘載，子亦聞其説乎？」先生曰：「唯，僕固聞之。」

客又問曰：「子聞周成王之卜宅於河洛乎？夫河洛之封，實惟豫州。東有嵩高之固，汜水之關，西有崤陵之限，商嶺之巔，伊洛周其後，熊耳峙其前，大河龍門，廣武轘轅，攷極星而參日景，實爲天地之中焉。成王以盈成之盛定鼎於郟鄏，傳基累葉三十有六，子亦聞其説乎？」先生曰：「唯，僕固聞之。」

客作而起，修容厲辭，拱而立曰：「僕聞我宋太祖之肇基於睢陽也，膺符秉籙，握圖御極，上應天而下順人，嗣炎精而隆火德，撥五代之遺煨，續周人之大歷，即夷門之舊都，而襲十二帝之故宅，岱宗、日觀延亘其左，王屋、嵩高峻極其前，上黨、羊腸後而環衛，邙山、伊闕右以澗瀍。太祖克開，太宗克承。真宗封祀告其成，仁宗仁壽持其盈。英宗淵默，既治既平。神祖恢張，既熙既寧。哲廟嗣其服，徽攷廣其聲。淵聖丁陽九之運，馳八駿以遐征。維我汴都之富貴，配鞏洛而媲咸京。未聞南都之制，子其爲我以評評。」

先生曰：「嗚呼！公子蓋所謂知其一而未識其二，狃於見聞而昧於天地之情。夫聖人之應運也，明乎消息盈虚之理，遠乎開闢動静之機，觀天文而制變，攷《易》象以知微。乾旋坤轉，雷厲風飛。子徒識夫周漢雍洛之既治，而未聞光武南陽之初基。予請更僕命席而一二陳之。夫光武之興也，當火德之中微，壯炎精而開拓，職方未全於朔易，寧暇作京於河洛？乃闢鄧墟，乃營宫室，綿周楚之壤地，跨荆豫之疆場。是爲南都，巖巖翼翼，名實既稱，皇威孔碩。逮乎時丁大壯，天開地闢，乃作東都，中天而宅。今主上卜宅三吳，以營宫室，雖非洛河之營，是亦南陽之匹。謂之南都，孰曰非歟？昔者帝舜之居，一年成聚，二年成邑，逮乎三載，帝都始立；太王之遷，一年成邑，二年成都，至於三載，五倍其初。子徒聞宅中而圖大，而不知王者之無外，聖人以天下爲一家，侔天覆而地載，盡率土而皆臣，豈此疆而彼界？

「子欲聞今日南都之形勝乎？仰觀天文，斗牛吐光，俯察地理，龍飛鳳舞。太伯開基，延陵接武，遜揖高風，昭今曜古。闔閭、夫差，闢疆拓宇。廣嘉植於長洲之苑，遊巨鱗於潮汐之池。峻姑蘇之臺，選館娃之姬。内尊子胥之謀，外聘孫武之勁。教民射御，破楚入郢。争伯長於諸侯，制越人之要領。漢封若濞，列郡連城，鑄山煮海，富國强兵。孫氏秉戎，跨有江東，三分鼎足，魏蜀争雄。奠居建鄴，今我離宫。五馬渡江，一龍雲翔。晉僵宋植，刀齊尺梁。伊彼數主，奄有南土，或爲蒼姬之侯衛，或分炎劉之圭組，或乘衰叔，争雄黷武，雖定一時，夫安足取？

「惟我皇帝，膺圖御世，席列聖之基緒，臨諸夏而控制。參合兩儀，包涵四裔。頃膺中運，遺大投艱，省方侯邦，舜歷蠻荆。萬國玉帛，禹會塗山。手拯塗炭，口銷鋒鏑。爲妾爲臣，孰華孰狄？僕請語子以日畿之廣輪，與夫嚴城之千雄。高徹雲霄，深憑厚地，跨峰巒以爲基，引渤海以爲池。群山奔躍，萬馬競馳。海門三山，銀闕參差。注孤鶩聽斷鴻，迎夕陽映江紅。蒹葭遶岸，楓柳摇空。浮圖插煙，酒旗翻風。菱歌斷於畫橈，胡笳動乎疏鍾。洞簫桃笙，吴歈越吟，俳優唱譁，楚調南音。闤闠千門，蘭燈晶熒，有類乎燕趙之歌，無異乎蝦蟆之陵。吴儂傖父，徭氓蜑户，如駒犢從，如嬰兒慕。填郛溢郭，如飢待哺。如舜擅行，而民風騖。挽黄屋，駐金輿，留天蹕，闢皇居。帝乃命步輦，偃旗旜，相陰陽，觀流泉，占星揆日，矩地規天。鬱鬱葱葱，延延綿綿，奠厥攸居，爲民極焉。中峙嚴宸，當陽日麗，玉殿星羅，丹楹櫛比。仰象華蓋，環瞻帝位，觚稜雙闕，浮金聳翠。慈寧新宫，大任是事，問寢視膳，天顔怡洩。前朝群公，坐論立議；外方群牧，委質輯瑞。易冑而冠，熊羆之士。朝廷之儀，武夫或悖。既立大室，躬親營度。群后在天，雲車焕曜。左昭右穆，神光遞照。時祭月享，蕭蕭膰燎。豆登好修，臚螽豢豹。通於神明，天子之孝。

「乃即南國，郊祀昊天。玉輅金根，龍旗翩翩。一聲清蹕，天容穆然。萬靈奔趨，千官肅虔。搢圭執旍，前後邃綖。藹犢告成，燔柴升煙。雨師弭節，羲馭揚鞭。陰雲解駮，饋奠周旋。幅員萬里，霈澤昭宣。日在營室，躬耕帝籍。親載耒耜，以臨阡陌。千畝其衍，三推無斁。群公既事，其耕澤澤。秋成登場，有實其積。郊社之祀，粢盛之實。玉粒浮浮，其光照席。豈特教諸侯之養，所以萃三農之力。

「建庠立序，規夏模虞。乃闢黌序，乃聯師儒。中崇廟貌，仲尼之居。春誦夏絃，左《詩》右《書》。圓冠千萬，橋門之儒。帝錫奎文，雲卷霞舒。澤潤經子，炳燿璠璵。頒於要荒，鄒魯寰區。闡化之源，自天子都。

「挑水在涘，乙鳥司晨。追遺卵於娀簡，攷誕契於高辛。感兹長發之祥，祠立高禖之神。鸞輿臨幸，必躬必親。命彼弓韣，帝之宫嬪。應星流於華夏，履帝武於清晨。熊夢協吉，龍顔載欣。宜子孫之千億，咸蟄蟄以振振。建尚書三省之屬，列天地四時之卿。柏臺凛峻，棘寺峥嶸。雲師扈正，山虞水衡。百司庛庫，食廪兵營。雉堞城廓，倣稽度程。導溝瀆於江濡，通舟航於市闠。

「若夫版圖之囿，荒怪之圃，浮屠之宫，神仙之府，參立錯峙，如列庭廡。金堂玉室，麻姑婺女。琉璃金丹，雙成故宇。鐵柱鏁蛟，蹤遺吳許。燃犀燭幽，神交牛渚。靈隱飛來，雲峰孤峙。壽星巍峨，錫帝繁祉。天竺仙宫，飄香桂子。浮玉金山，江心無址。右橋跨空，應真飛錫。噴波蕩雲，鴟夷鼓息。掣鏁拽牛，支祈之力。神怪茫茫，不可殫悉。四方貢異，則有桂蠹范卯，玉篳瓊支，烏孫之柿，大谷之梨，千年之枸杞，萬載之肉芝，會稽之竹箭，吳江之蓴絲，江瑶之柱，海鯊之鬐。登乎鼎俎，競薦新之鬬奇。黜駝峰於熊掌，鄙鐸俗之貔貍。萍實如斗，蓮耦若船。巴邛之橘，固蒂巢仙，如瓜之棗，辟穀引年。龍眼鴨脚，湖目雞頭。馬乳來於西域，人面貢於南州。楊梅盧橘，乃果中之俗物；方紅陳紫，實荔枝之無儔。剅象率舞，生犀可羈。猩猩之笑，狒狒之啼。秦之吉了，隴之鸚鵡，黑衣之郎，雪衣之女。孔雀之文，翠禽之羽，或能言而誦詩，或聞聲而起舞。飛走之奇，夥不可數。朝獻於上苑，夕貢於玉津。藏之於内府，守之於虞人。以供燕閑之玩好，而備賜於臣鄰。

「爰建皇都，逮修庶政。下錫萬國之林，上廣一人之慶。制度可肩於雍洛，而跨乎周秦漢唐之盛。公子以爲何如？」

公子曰：「斯乃日畿之盛，建國之體，官府之屬，朝廷之禮。善則善矣，而未聞其大也。」先生曰：「噫！我觀其東，日華所宫。浴乎扶桑，駕之六龍。亘延乎暘谷之外，磅礴乎大荒之中。琉球、日本，隱見沖融；高麗、百濟，航海傾風。千竈熬波，青煙裊空。萬斛龍驤，絡繹飛蓬。聞洗髓於方朔，將問道於鴻濛。

「我皇自東，萬壽無窮。我觀其西，宿直婁奎。炎精景爍，太白爲低。方物來於四蜀，衣裳被於五溪，想開國於蠶鳧，攷怪異於三犀。城通白帝，峽湊瞿塘。相如草檄，用保夜郎。漢武航江，斬蛟潯陽。聽咸池於洞庭之野，魚龍鼓鬣以徜徉。

「我皇自西，萬壽無疆。我觀其南，則炎帝之墟，祝融之宅。滄溟巨壑，際天無極。化外之邦，計以千億。風航浪舶，駕空如織。珊瑚犀象，積欲沉舟。龍涎之津，蘇合之油。沉水篤褥，猫精軟流。夜光照乘，輻湊於海山之樓。以實天子之南庫，時轉致於中州。

「我皇自南，萬歲千秋。我觀其北，則龍舟之耀，析木之精。上騰魁杓，前列勾陳。帝居象焉，端如北辰。攙搶斂鋭，熒惑銷嗔。旄頭先驅，風伯清塵。既偃武而修文，益親仁而善鄰。交馳乎玉帛之使，無愛乎南北之民。

「我皇自北，長居厥宸。萬有千歲，與物爲春。乃若四方之内，既庶既繁。嘆舟居之多穰，覺宇宙之彌寬。或登高而臨遠，時翹首以遐觀。其有百丈延引，五兩欹斜。舳艫銜尾，舸艦交加。胡商越賈，吴鹽蜀麻。樵歌斷續於煙際，漁笛激響於天涯。樓臺落照，孤島殘霞。令摩詰虎頭而吮筆，莫不袖手以長嗟。

「又有騷人詞客，聱叟漫郎，賦遊獵於雲夢，逢故人於瀟湘。泛舟南浦，登樓岳陽。呼童烹雞，命酒浮觴。樂昇平之勝概，弄筆墨於摛章。搜奇摘怪，音韻琅琅。豈比夫登單于之臺，經古戰場，聞出塞之曲而心折，感青塚之賦而神傷。望陰山之衰草，痛白骨之如霜。信南都之樂土，乃華胥之仙鄉。今之經略提封若是，公子以爲何如？」

公子曰：「廣矣大矣，然吾未聞險阻之守也。《易》云：天險不可升也，地險山川丘陵。王公設險，以守其國。今日之守，厥安在哉？」先生曰：「噫！天下神器，天位大寶，器寶待人，於焉永保。請先語子以天塹之闗，而次論以君相之造。

「淮自桐柏，江出岷山，千里萬里，達海波瀾。三江七澤，控制荆蠻。彼洞庭彭蠡之險，曾無外乎其間。東溟渤海，白浪滔天，測之無底，望之無邊。長鯨巨鰌，毒氣如煙。彼有艨艟之巨艦，遇舴艋而猶旋。堂堂元老，天子之師。彌綸其缺，輔相其宜。虎節陰符，張弛隨時。斟六韜於帷幄，勝百里之熊羆。端紳笏而不動，安社稷於無期。與長江而表裏，夫孰得而雄雌？是謂藏天下於天下，寧轍迹而可窺。運精神以爲閫奥，體道德以爲堂基。禮義以爲干櫓，忠信以爲城池。揚六樂之金鼓，揭五典之旌旗。闢闔乾坤之門，經緯日月之維。然則今日之守，豈不固於峭函太行之阻隘，而廣於孟門河濟之逶迤乎？流離之子，扶病攜瘠，奠枕而居，如跛遇息，如渴遇飲，如飢遇食。徒擊壤而歌呼，又孰知夫帝力？」

博古君子拊髀雀躍而言曰：「莫神於天，莫富於地，莫大於帝王。而今而後，乃知道德之威而成乎安强。吾儕小人，何異乎坎井之蛙，而窺東海之汪洋？」俛仰懷恧，時欲遁而傍徨。乾隆《僊遊縣志》卷五一，民國十九年鉛印本。

辨蜀都賦

王騰

人物習性，有忠有邪，有智有愚，出於才行，而不由土產。自趙諗狂圖，好事者類指以疵蜀人，蜀之衣冠含笑强顔，無與辯之者，余嘗切齒焉。及讀左思《賦》，見其薄蜀、陋吳、諂魏，以諛晉之君臣，苟售一時之聲價，而滅天下之忠義。晉之公卿，一口稱譽，風俗頹矣。士無特操，以陷西朝於五胡，卒貽萬世之愧。夫魏者漢之賊，而晉者魏之賊也[一]。原思之詞，似欲尊正統而黜偏方，然不顧正氣之淪溺。乃知蜀之横被枉抑，其所由來者久矣。故作《辯蜀都賦》，以申蜀人之憤氣。其商略土風，採摭人物，不該乎治亂興廢之變、邪正是非之理者，不在鋪布之限。非若前輩之詞，主於類聚山川，毛舉動植，以焕文彩之美觀，悦讀誦之利口而已。

辯疑先生核理儲思，欲折《蜀都》，未繹其辭。客有東方者，過而問之曰：「昔者太沖構十稔之意，搜三都之奇，文成示人，張華見推，士安序焉，盛傳於時。豈其猶有未盡，而夫子欲糾其所違？」先生曰：「嘻！子未之知也。吾蜀立極之初，域民之始，井邑山川之秀，人物風俗之美，是則左思備言之矣。然而論列人材，詳明士類，第言文藻之華掞，不及蜀人之忠義，遂與吳俗，例加抑忌。非特没其實美，且沮之以横議。川靈爲之扼腕，嶽鎮爲之憤氣。吾以此爲有遺恨，故申言其所以。

「夫品物流形，九土分敷，惟有蜀爲極險之區。羊腸繞其垠堮，鳥道駕於至虚。行者却履以視棧，乘者投繩而鉤車。驗太白之所賦，蓋未髣其錙銖。實天限而地隔，故山

[一] 而晉者魏之賊：原無，據《新刊國朝二百家名賢文粹》卷一八〇補。

峭而川迂。宜若與中夏否閉，而不通其車書也。然而朝宗之水，浩浩而南傾；内附之山，峨峨而東蹙。口呀雙劍，若邠岐虎啗之吻；尾拽二南[一]，乃咸雍金城之麓。以其有所附屬而不能自立，故命名者號之曰蜀。

「自西而東，昔本無途，金牛詐言，五丁是除。吾人由之既艱，且虞一夫舉足，十夫荷儲，食黄白以骨立，卧冰藜而裂膚。蜀士遠於進取，蜀民疲於轉輸。歎天閭之已邈，望秦隴以長吁。然且連綱之運應聲，穿領之牛係路。陟長坂以猶及，繞大江而不誤。指日而物不緩期，按籍而民無逋户。邊餉以需，上供有裕。悉陸海之攸産，飽神囷之所聚。五季之阨，王朴獻謀，謀先取蜀，以阜兵餱，餱足兵强，乃征方州。時乏遠御，朴言不酬。及我太祖，算如朴策，蜀定國富，次平諸國。蜀於是時，興王有力。

「嚮者孟氏，撫嫗矜憐，惠愛其人，捐租五年。及我王師，宣威三川，卒無一夫東嚮而控弦。蓋傾心於正統，視私恩猶缺然。是使僞命牽羊，偏方銜璧，顧旌纛以涕泗，仆逵衢而思積。感恩之意則誠，効順之心自直。豈若他邦之惷悍，怒螳臂於車軛。由古而來，可得而聞。李雄、劉闢、季連、公孫，因仍是難，割據坤靈。盜蜀而王，踵起而

[一]二南：《新刊國朝二百家名賢文粹》卷一八〇作「終南」。

霸，類非蜀人。三國之際，異方鼎峙。若南若北，輔吳崇魏。惟我蜀人，不私非類。雖輔璋戴備以自國，猶謂吾君之子而卒臣劉氏。晉宋而下，南北風馬，南鬱屈以遊魂，北陸梁而聘駕。衣冠稽首於左衽，濟洛順風於氐霸。惟此西土，爰歸南化。豈赴弱以背强，蓋惡夷而即夏。迨蕭紀之不令，泝岷江而僭正。梁人召寇以救亂，魏氏懷姦而託信。彼實包藏，此惟附順。逆施不惠於宜都，内潰爰從於遲迴。豈瞻顧於北風，蓋欽恭於王命。不惟蜀人不盜蜀都，歷代以來，亂離間起，在内在外，爲姦爲宄。董卓、桓氏，元載、朱泚，龐勛、劉闢，樊崇、韓遂，懷兇煽悖，言不詳記。試攷譜牒，按其間里，苟揮羿浞之戈，悉匪岷嶓之士。在唐中弱，齊蔡幽并，諧結諸鄰，脣齒相因。叛主之師，逐帥之黥，陸梁百年，不爲王臣。是亦何嘗連吾蜀民？帝室内訌，孽牙匪彝。震動萬乘，再狩於西。民與其帥，開闢迓之。天王蒞止，百官六師。國用告乏，衆艱於飢。與其吏民，縑粟輸之。比其還歸，恬不知危。茲蓋處平則理下以奉京邑之靈，遭變則自完以待中原之睦。欲擕之則難叛，欲一之則易服。豈特文有餘而武不足邪？亦其天資正順而敦篤。

「近者趙諗，圖結巴渠。包藏歷年，困於無徒。爰及吳儔，妖謀是趨。蜀人白發，遄服其誅。由是言之，蜀何負於君王歟？思徒見其鄰於西夷，遠於上國，誚丘壑之險，鄙方隅之僻，但分中外之質麗，不決正邪之名實，何所據耶？

「成周之盛，四海同風。冠帶所加，古無比隆。淮徐連齊魯之軫而有夷，伊洛接豐鎬之都而有戎。方春秋之尊夏，視吳楚猶貉蟲。大周宗伯而不數，抑又矧於閩中？雖今俊乂之所出，在昔語言之不通。是則與我均爲遠服，安得妄論其異同？然而自差觀之：華陽黑水，別封畛於堯籍；岷山導江，歷經營於禹跡。秦氏剖符，李冰擁節。五政七賦，被自古昔。而四載所至，南止荆揚之域。荆揚之民，島夷卉服，矧又過此以往耶？百粤之取，始自漢武。郡國雖判，衣冠未楚。所謂粤人，無用章甫。常袞化之，士乃文舉。然則論淺深之時，較久近之序，烏可與蜀同日而語？

「王莽元舅，霍山冢勳。遺愛帝壻，林甫皇孫。許、李聯堦於黼座，封、裴接棟於楓宸。既同心於肺腑，亦託體於親鄰。逞螟蟊之毒噬，爲虺蝮於君親。是則勢疏者未必孽惡，地近者未必誠純。我雖遠於國，而忠則邇也。高下既別，一凸一凹。太行成皐，三門二郩。或壯帝王之形勢，或資姦盜之炰烋。或王路之攸梗，或伏兵之所交。正用之則亦在德枳，邪憑之則遂爲寇巢。吾人之心如砥，吾人之行如螘。結羶美於一心，捐崎嶇於萬里。申、韓生於中土，不免爲僻學；鄭、衛作於中州，不免爲僻樂。九野同列於地，何獨非梁益之墟？四隅無私於天，曷常戾西南之角？況乎江行地脈，鮮決埽而敗岸；星值天狼，工弭姦而觸惡。肖此正氣，挺吾先覺。節以遇立，文非苟作。王褒明君臣之合，何武憤福威之削；張綱扼腕於跋扈，揚子甘心於寂寞。相如不數，子昂見却。謂誦述以阿諛，恐吾徒之貽怍。才高則委靡面覥，氣直則回邪膽落。彼徒嫉於西子，殊不慚其鄭璞。不意兒曹懵其志行之僻，反以居處僻我也。且圃植蕙而菜育，畦毓禾而莠生。梟倫鳳族，蜓肖龍蟠。君子小人，常溷其間。古何邦而無佞，亦何地而無賢？龜蒙孔孟之攸宅，冀北唐虞之所營。宜丘門之不雜，何蹠黨之橫行？鯀爲父而禹子，蔡爲弟而旦兄。導挺節而敦逆，奕推忠而杞姦。彼爲同屬以行異，況指一方而概言！

「吾請與子姑置遠近之殊，而摭正邪之辨。晉取之魏，魏取之漢。功非定亂，位實圖篡。思誠晉人，言諛而辯。辭抑蜀以黜吴，志借魏而佞晉。魏爲高廟之寇賊，蜀實中山之宗姓。不然，何故進亂世之姦雄，而沮先王之枝屬乎？況蜀以得賢而王，以失賢而亡；魏以己篡而張，以人篡而戕。彼賦魏事，徒言刑罰之清平，何不言文若之殞命也？徒言忠良之聚會，何不言三馬之食槽也？」

詞未及已，客奮而起：「獲聞高義，欽服厥旨。」歎草澤之空言，不能廷辯於天子。

《全蜀藝文志》卷一。

魏了翁《跋眉人王慶長辯蜀都賦》（《鶴山先生大全文集》卷五九）　後唐張不立嘗爲詩，曰「朝廷不用憂巴俗，稱霸何曾是蜀人」，人以爲名言。至本朝張次公序《蜀檮杌》、天覺送凌戡歸蜀，大抵亦皆爲蜀人辯數者也。忠義固臣子之常分，知不知庸何恤？而蜀人之大節表表在人，亦豈狂圖者之所能溷？三子者之撰亦不洪矣，故不若東溪《辯蜀都賦》，蓋不專爲蜀辯，將以發左思抑蜀黜吳、借魏詆晉之罪，真有功於名教也。士之生蜀者，其自今宜知所愛重，毋使後人辯今猶今辯昔焉。

宋代辭賦全編卷之四十六

賦 都邑 三

王畿千里賦 畿制千里，尊大王國

宋祁

王有一統，人無異歸。中四方而正位，畫千里以爲畿。總大衆之奠居，式昭民極；據方來而處要，以重皇威。二代而還，維周有制。擘庶績以圖大，廓多方而爲衛。作我上國，垂諸永世。以爲地非中夏，無以示天子之常尊；土不一圻，無以待諸侯之入計。爾乃測圭於地，攷極於天。風雨之所交者，道里之必均焉。郊野錯而回合，鄉遂亘而蟬聯。溝封斯萬，疆埸且千。差籍九畿，定夫家於都鄙；出車萬乘，括賦入於原田。是謂辨方，且非期侈。廓焉天府之國，巍乎王者之里。爵禄命賜之供億，朝覲會同之底止。不傴陋以取侮，不誇矜而侈美〔一〕。侔江海之重潤，乃據上游；法日月之徑圍，用張天紀。

且其蠻夷面內，玉帛駿奔。內則百官承式，外則四國於蕃。化之遠者，禮益廣；歸之衆者〔二〕，務愈繁。必在制廣輪於有截，示極摯於羣元。倍十子男，大有由而御小；任包甸稍，卑不得以侔尊。亦猶天之高燾，物而無外；地之厚廣，生而咸賴。使高而可度，則寥廓何仰；厚而易知，則沈潛有害。是用控天下以咸乂，極宸居而稱大。詩美四方之是則，理乃同歸；史稱後世之無加，事誠胥會。

美夫！周原膴膴，禹畫芒芒。或處瘠爲教，或建瓴是防。然皆按成事於神甸，跡前謀於令王。所以漢相論都，首識金城之廣；召公相宅，前知墨食之祥。洪惟我朝，奄有方國。託洪基於天地，亘長藩於道德。所以申畫邦畿，是用守之無極。四庫本《景文集》卷三。

〔一〕侈：原作「役」，據《古今圖書集成·坤輿典》卷一一六、《歷代賦彙》卷三四改。
〔二〕歸：原作「居」，據《皇朝文鑑》卷一一、《歷代賦彙》卷三四改。

《賦話》卷五 宋人律賦起手亦極重制題。宋祁《王畿千里賦》云：「測圭於地，考極於天。風雨之所交者，道里之必均焉。」陳元裕《大椿八千歲爲春秋賦》云：「物數有極，椿齡獨長。以歲歷八千之久，成春秋二序之常。」熊元《君人成天地之化賦》云：「物產於地，形鍾自天。賴君人之有作，成化工之未全。」率皆流播藝林，奉爲楷式。

皇畿賦

楊大雅

有賦家者流，欲馳名於當世，思著詠於神州。忽念前古，深懷景慕。誦《二京》於張衡，覽《兩都》於班固。於是輟卷意慙，閣筆心伏，讓而謂臣：「請書簡牘。」臣辭不獲已而謂之曰：「予讀二子之賦，而知兩漢都邑之制、宮殿之麗，而未知大宋畿甸之美、政化之始也。予幸得職採風謠，官參儒雅。千里之郊圻是巡，八使之軺車斯假。若夫大邑名城，神皋沃野，畫地可記，濡毫可寫。至於宮禁之深嚴，予未聞也；都城之浩穰，衆所覩也。是故彼述其内，予言其外。蓋萬分之舉一，難盡述而備載。「昔者唐綱不振，國鼎將遷，俄梁室之革命，啟浚都而應天。既觀法於左崤右隴，亦取則於西澗東瀍。大矣雄圖，昭然聖謨。謂陳留天下之衝要，謂大梁海内之膏腴。漢祖得之，則齊楚之敵敗亡相繼，咸就擒而即誅；梁王守之，則七國之師不敢西向，盡爲馘而爲俘。實王氣之長在，宜萬世而作都也。莫不廣封溝，設險固。襄平割宋之美田，戴邑裂曹之沃土。滑分屬邑之二城，陳減太康之萬户。潁川之鄢陵、扶溝，滎陽之中牟、陽武。咸命落編民於州籍，升地圖於天府。故得雄臨九州，陋視三輔。經營歷於五代，法則垂於萬古。

「皇宋之受命也，太祖以神武獨斷，太宗以聖文誕敷。平江表，破蜀都，下南越，來東吳，北定并汾，南取荆湖。是故七國之雄軍，諸侯之陪臣，隨其王公，與其士民，小者十郡之衆，大者百州之人，莫不去其鄉黨，率彼宗親，盡徙家於上國，何懷土之不聞。甲第星羅，比屋鱗次，坊無廣巷，市不通騎。於是有出居王畿，掛户縣籍，興産樹業，出賦供役者矣。豈比夫秦遷户口於咸陽，漢徙豪傑於陵邑，魏將實於河南，驅冀民而是入也！

「今聖上之在東宮也，尊以皇儲，尹兹京邑。視政之初，民訟雲集，莫不察之以情僞，辯之以曲直。發伏禁姦，親剸繁劇。既而桴鼓不鳴，豪右斂迹，吏不敢欺，民用懷德。若乃龍樓曉出，奉法謹身，教民以事父也；親拜師傅，降禮國儲，教民以事師也。公退則侍講在前，出入則四賓是翼，尚老尊學，與民爲則。是時王畿之内，易俗移風。

以至正南面，居域中，由内及外，化行令從。是君上德惠素立，而正教早崇也。

「若乃鋭旅百營，高城千雉，孫武教陣，吴起撫士。其齊如林，其猛如虎。手擊利劍，足張彊弩。躍馬奪槊，投石拔距。入則訓練，出無征戰。身閒賞厚，家有餘羡。是故擁彊兵，衛近甸，如大郡雄藩，爲屏爲翰者且有九縣。尉氏、咸平、陳留、雍丘、襄邑、太康、考城、東明、陽武也。

「天設二渠，曰蔡曰汴。通江會海，縈畿帶甸。千倉是興，萬庾是建。杜預主計，劉晏司漕。何貢何輸，吴粳楚稻。月致百萬，猶責其少。漢之太倉，積粟紅腐。使彼粒而計之，未及我斗量之數。成王之庾，萬箱以供，未若我千艘往來，運江淮而無窮。是故備九年之儲，充六軍之給。當津處要，山積雲入者復有五邑。陳留、雍丘、襄邑、尉氏、咸平也。

「若乃總戎者貴領專城，宰邑者上應列星。簿既資高，尉亦秩清。率兵守戍者五鎮，建雄、義聲、園城、馬欄、萬勝鎮皆置甲士防守，有使臣掌領之。統騎分巡者兩路。府界東西兩路，各置都同巡檢二人。城皇之外，遊徼四布。京城四面巡檢各一人。桓桓八臣，是警是護。謂東西兩路洎京城四面巡檢使臣共八人也。

「郊原膴膴，春草萋萋。邊烽不警，牧馬爭嘶。廐空萬櫪，野散千蹄。陂閒牧南，汴河已南縣邑長陂廣野，多牧放之地。沙平走西。中牟已西地廣沙平，尤宜牧馬。一飲空川，一齕空原。去如霧散，來若雲連。地廣馬多，古未有焉。若乃任土出於民心，獻芹比於古俗。園茄早實，時果先熟。瓜重南門，笋宜脩竹。鬻於市兮利既兼倍，進於君兮恩必霑沐[一]。

「時或戴勝降桑，螻蟈未鳴。野人登麥以先至，蠶婦貢絲而已成。別有襄陵之桃，陽夏之柿，朱櫻宜於谷林，丹杏出於尉池。其或陽鄉千樹之梨，扶樂千樹之栗，比封千户之侯，亦何讓於昔日？

「鹹壤宜北鄉之羊，野蓑美東邑之豕。魚鼈鳧鴈之盛，西有陂兮萬頃；菱芡蓮藕之美，東沿堤兮百里。其或仲冬之月，禮尚進鮮，介麋素出於逢澤，狡兔復多於梁園。乃命萊田於虞人，選徒於司馬。四校畢陳，六飛夙駕。任千乘萬騎之馳騁[二]，滿四通五達之郊野。西或過於圃田之藪，東或出於平臺之下。乃有孟賁之徒，烏獲之類，襢裼而來，叱咤而至。搏虎兕，擊熊豕，玄豹逆曳，白狐生致。復有負羽從獵之人，控弦伏獸

[一] 沐：原作「沭」，據《皇朝文鑑》卷二、《汴京遺蹟志》卷二〇、《歷代賦彙》卷三四、《古今圖書集成・坤輿典》卷一一六改。

[二] 任：原作「何」，據《古今合璧事類備要》別集卷一改。

之士。落孤鴈於馬首，貫雙鵰於雲裏。然猶示之以三驅之仁，寬之以一面之網。不使獸殫於下，禽盡於上。何長楊之獵，自謂於禽多；雲夢之畋，敢誇其地廣哉？

「圖書載詳，境土斯見。開封則漢志之名邑，今二赤之首冠；祥符則天書之降年，易新名於舊縣。稔秸之人，斯爲近甸。若乃百萬衆之分營，十二市之環城，囂然朝夕，異彼郊坰。

「其東則有汴水之陽，宜春之苑。向日而亭臺最麗，迎郊而氣候先暖。鶯囀何早，花開不晚。瞻太一之清宮，壯先朝之命工。構宇煙霞之外，出俗囂塵之中。效仙人之樓居，慕老氏之玄風。青青道邊，千畝何田。端拱之初，藉於此焉。黛耜一執，青史千年。登蓼隄以東望，見高臺之百尺。居道之南，在岡之北，下有廣場，可馳可逐。我皇帝初即寶位，大閲軍旅，親乘戎輅，習戰於此。士馬秋勁，甲冑晨整。止憑軾以將觀，衆無譁而是聽。列八陣之形，申三令之語。肅將帥，嚴部伍。頗、牧授之以方略，韓、彭進之以旗鼓。失軍容者戮以徇衆，有勇敢者賞而裂土。彼上林之馳射，驪山之講武，豈可同日而語哉？

「其南則有崇崇清壇，肅肅齋宮。卜是吉土，龜從筮從。永奉禋祀，郊見昊穹。燔柴展禮，萬世無窮。別有景象仙島，園名玉津。珍果獻夏，奇花進春。百亭千榭，林間水濱。珍禽貢兮何方，怪獸來兮何鄉？郊藪既樂，山林是忘。則有麒麟含仁，騶虞知義。神羊一角之祥，靈犀三蹄之瑞。狻猊來於天竺，馴象貢於交趾。孔雀翡翠，白鷴素雉，懷籠暮歸，呼侶曉去。何毛羽之多奇，罄竹素而莫紀也。忽斷苑牆，又連池籞。介族千狀，沙禽萬類，盡游泳而往來，或浮沉而出處。柳籠陰於四岸，蓮飄香於十里。屈曲溝畎，高低稻畦。越卒執耒[一]，吳牛行泥。霜早刈速，春寒種遲。舂紅粳而花綻，簸素粒而雪飛。何江南之野景，來輦下以如移？雪擁冬苗，雨滋夏穗。當新麥以時薦，故清蹕而親至。輦從千官，郊陳萬騎，既觀穫以云罷，亦宴犒而後已。

「其西則有池鑿金明，波寒水殿。鷁首萬艘而壓浪，虹橋一道而通輦。太液無濫觴之深，靈沼有潢汙之淺。時或薰風微扇，晴瀾始暖，命樓船之將軍，習昆明之水戰。天子乃駐翠華，開廣宴，憑欄檻於中流，瞰渺茫於四面。俄而旗影霞亂，陣形星羅。萬棹如風而倏去，千鼓似雷而忽過。則有官名佽飛，將號伏波。驤江中之龍，避船下之戈。黃頭之郎既衆，文身之卒且多。類虬龍而似蛟蜃，駭鯨鯢而走黿鼉。勢震動於山嶽，聲沸騰於江河。別有浮泛傀儡之戲，雕刻魚龍之質，應樂鼓舞，隨波出没。鑾輿臨賞以盡

〔一〕耒：原作「手」，據《皇朝文鑑》卷二、《玉海》卷一七一改。

日，士庶縱觀而踰月。波池之南，有苑何大，既瓊林而是名，亦玉輦而是待。其或桂折天庭，花開鳳城，則必有聞喜之新宴，掩杏園之舊名。於是連鑣上苑，列席廣庭。蓋我朝之盛事，爲士流之殊榮。一派如飛，通漕架虛，越廣汴湍流之上，轉皇城西北之隅。貫都注御溝之口，轉漕通廣濟之渠。京索導源而於彼，金水名河而在兹。

「其北則瑞聖新名，含芳舊苑。四方異花，於是乎見；百囀好鳥，於是乎聞。十洲儗景，三島分春。延廄之設，是名天駟。伐大宛以新求，涉渥洼而遠致。羣驅八騎〔一〕，隊數十驥。雖輓粟之千車，乃嘗秣之一費。彼沙臺之崔嵬，聳佛刹之千尺。岡阜連延於西南，原田平坦於東北。何沙海之飛揚，忽到此而止息？莫不地多賢士，代出異人，何干旄之孑孑，向浚郊而雲臻？雖梁多於長者，非安國而不聞。

「過信陵之祠宇，想英風而若存。何侯嬴之白首，尚抱關於夷門？遇公子之好賢，忽枉駕而咨詢。既同載而過市，謁隱屠而駐輪。果嘉謀之斯得，救邯鄲而義伸。奪晉鄙之十萬，終自將而卻秦。設守冢而奉祀，值漢皇之東巡。若乃過陳留之故邑，訪地名之所因。蓋二留之分別，彼彭城而此陳。昔赤帝之起義，會子房而於此。始錫賢於上天，

〔一〕騎：《皇朝文鑑》卷二、《玉海》卷一七一作「駿」。

終受封於茲地。既萬户以建侯，亦千年而崇祀。千屯北縣之郛郭，三月南河之鄽市。何飛梁之新遷，患横舟之觸柱？

「今之雍丘，古曰杞國[一]。民厚風俗，土繁貨殖。縣之西郊，山曰谷林。其或花迎野望，煙禁春深。景當妍麗，俗重登臨。移市景日，傾城賞心。幄幕蔽野，軒蓋成陰。暮而忘歸，樂不絶音。既同歡於萬室，罔惜費於千金。厥篚織文，出於襄邑。池濯錦以爲名，蜀有江而焉及？

「復有咸平大縣，我宋新建。因紀年以命號，詔將作而營繕。公宇之制，甲於畿甸。中有大川，通闤帶闠。貫都邑而北來，走江湖而南會。何客棹之常喧，聚茶商而斯在？千舸朝空，萬車夕載，西出玉關，北越紫塞。徵尉氏之名，本大夫之邑，蓋鄭國之上田，俾獄官而世襲。何彼樂郊，今爲畿地？爰有仁木，應乎嘉瑞。二棠合生，雙榆連理。槐獨秀而通枝，木異類而同氣。良宰畫圖而來聞，大尹飛章而奏異。莫不召虎殿之宿儒，集麟閣之名士，驗彼祥經，攷乎信史。表六合之一家，而帝德之光被也。加以地多藪澤，利有蒲魚。晴瀾望皛陂之色，山水觀惠民之渠。乃有檝師炭商，交易往復。素

[一] 杞：原作「祀」，據《汴京遺蹟志》卷二〇、《歷代賦彙》卷三四改。

衣化緇，漆身同色。行舟則夏瞻雲雨，售貨則冬禱雪霜。經宋樓而關征既薄，歷朱曲而市税有常。潺潺洎溝，渙渙洧水，入鄢陵而碧截原田，過扶亭而清映閭里[一]。珍貨奔馬欄之道，豪俠聚建雄之市。彼東昏之舊城，易美號於新室。似興廢之有時，而圖讖之預出。何以明而代昏，符作畿於聖日？考城之人，舊俗剛毅，鄉出勇夫，里多壯士。椎埋爲姦，任俠尚氣，睚眦必報，盃間刃起。今爲畿民，禮束化被。暴虎之徒，聞義則畏。南徂太康，淮陽甚邇。地宜琅玕，家有蒼翠。城過兩扶，溝踰二備。地既成於上田，人不趍於末利。桑成陰而春繁，棗結實而秋美。問中牟之耆民，歎魯恭之仁宰。何三異之善政，有千年之遺愛？遇我后之盛明，西朝拜於園陵。瞻路隅之靈廟，想前史之嘉名。祭以上公之禮，爵以太師之榮。

「若夫八澤、《圖經》有八澤：清口澤、管澤、鴈澤、蓼澤、淳澤、卑澤、龍澤、滑澤也。九溝、九溝謂醋溝、鸛鳥溝、青陽溝、泥溝、蓼溝、渡没溝、丈八溝、浮家溝、白馬溝也。二池、青陽、蓮藕。三固，潘固、朱固、鄭固也。按：《圖經》，取高阜堅固爲名也。周流原野，表界境土[二]。指萬勝以遥觀，見斗門

[一] 映：原作「耿」，據《皇朝文鑑》卷二、《汴京遺蹟志》卷二〇改。
[二] 土：原作「内」，據《皇朝文鑑》卷二、《古今合璧事類備要》別集卷一改。

之雙注。吸驚浪以横來，絶長隄而可懼。其始也，患彼決溢，利其填閼。溉萬頃之陂澤，變千古之舄鹵。盡若膏腴，咸通耒耜。有若決漳灌鄴旁之田，鑿涇沃關内之土。然後疏導入白溝之流，會同爲漕渠之助。彼梁固之在東，亦派分於波勢。梁固斗門在萬勝鎮東三十里，景德四年置。沿流有一舍之遥，則水無寸差之異。何一啟而一閉，常若合於符契？始注陂而雷聲，終入渠而駟逝。散濁浪以澄沙，廣良田而濟世。

「指陽武以北邁[一]，涉博浪之長沙。岡斷續以千疊，塵飛揚而四遮。人迷途而莫辨，鳥投樹以何賒。策不進兮我馬，輪欲埋兮何車。過户牖之名鄉，乃曲逆之舊里。何分社之稱平，已宰國而有志。經計相之里中，思張蒼之善算。屈柱史以事秦，榮列侯而佐漢。宜二賢之靈祠，歷千古而輝焕。西望河流，襟帶二邑[二]。高岸山立，回灣箭急。蟻壤憂漏[三]，衝決莫救。基根相扶，萬柳千榆。輿梢畚土，常設備禦。建營置卒，轉粟實庾。堅彼金隄，鑒乎前古。秋防夏扞，守以朝暮；冬計春修，役均編户。岸艤連航，

[一] 邁：原作「遇」，據《皇朝文鑑》卷二、《汴京遺蹟志》卷二〇改。

[二] 襟：原作「經」，據《皇朝文鑑》卷二、《淵鑑類函》卷三三三改。

[三] 憂：原作「夏」，據《皇朝文鑑》卷二改。

兵屯兩渡。阻浩浩之波，扼憧憧之路。北棹謳晨，南帆落暮。唯姦是防，非利是務。右倚太行，横絶雲霧。

「夫雍阻二崤之險，洛憑九河之固。方之於是，彼若平路。過濮水之長渠，經封國之舊域。寥落兮桐牢之亭，湮没兮黄池之迹。何昔也明誓重重，諸侯於此以會同；今也京邑翼翼，四方於此以取則。涉長垣之塗，歷古衛之境。城有婦姑之名，人恭孝慈之行。嘉孔子之入蒲，先宰予以觀政；美大家之東征，復農田而發運。若乃南瞻潘里，北指蘭岡，樹新文於二碑，易美號於兩鄉。因東封之行幸，感瑞應之非常。忽有鶴唳，降於穹蒼。丹頂未辨於煙際，玉羽已穿於仗旁。九其數，象君道之體陽；再而降，符帝運之重光。何德動於上天，而道盛於前王也如是哉？」

客既聞臣之説，而知漢以宫室壯麗威四夷，宋以畿甸風化正萬國。彼尚侈而務奢，此謌道而詠德。乃曰：「使孟堅可作，平子再生，讀子之賦，不敢復談於漢京也。」《宋文鑑》卷二。

歐陽修《諫議大夫楊公墓誌銘》（《歐陽文忠公集》卷六一）　府君生十歲，作《雪賦》一篇，始爲之笑。及長，尤好學，日必誦書數萬言……吳越國除，隨其皇祖以族行，寓宋州。……咸平三年，交趾獻馴犀，府君以秘書丞監在京商税院，因奏《犀賦》。真宗嘉之，召試學士院，遷太常博士。賦，一時文士争相傳誦不及。明年，又上書自薦，獻所爲文二十餘萬言，乃直集賢院，知袁、筠二州。

《習學記言》卷四七　賦雖詩人以來有之，而司馬相如始爲廣體，撼動一世。……後世猶繼作不已，其虚夸妄説，蓋可鄙厭。故韓愈、歐、王、蘇氏皆絶不爲。今所謂《皇畿》、《汴都》、《感山》、《南都》之類，非於其文有所取，直以一代之制，一方之事，不可不知而已。《皇畿》以事實勝，而《汴都》惟盛稱熙豐興作，遂特被賞識。

又《宋史》卷三〇〇《楊大雅傳》　楊大雅字子正……咸平中，交阯獻犀，因奏賦，召試，遷太常博士。久之，又上書自薦，獻所爲文，復召試，直集賢院。

聖宋錢塘賦

葛澧

錢塘據東南之都會，號天下繁盛之樂土。其山川之秀麗，井邑之浩穰，人物之豊，景槩之美，詳詢熟覽，實浮於名。攷按圖籍，見於前人之稱述備矣。因摭其大略，總而賦之。其辭曰：

茹華大夫遺棄歊塵，採擷芳英，窮足力之所暨，徧九垓而週行。想見東南之域，有名區焉，據一方之都會，萃萬景而敷榮。嬴糧道途，薦罹寒暑，始入其城。倘佯踸踔，四縱覼矕，紛錯呈露，莫能識覽。目眩神聳，惕慓而驚。稔聞摛藻先生謝迹人寰，屏除俗慮，繹黄庭之祕術，躡征僑之高趣。眠雲嘯月，隱林泉之勝處。廼滌垢心齋，鞠躬緩步，徐屆衡門，情懇厥故，曰：「先生高卧久矣，蘄有攸聞，願洞開而悉諭。」

先生囅然笑曰：「眡子辭氣，若有所覩，有弗當於中心者乎？豈生於偏城下邑，而未究雄藩巨鎮之浩穰也邪？子來前，予語汝。

「粤若一氣肇分，二儀聿建。有清有濁，或合或散。凝爲山嶽，融爲河漢。五方各殊，號名爰辨。烏策篆素，文該迹備。顧兹都督之大府，上當星紀之躔次。驗《夏書》之所别，爲揚州之内地。春秋之際屬吳，春秋之後屬越。嬴秦統於會稽，歷世藩於東北。至陳始建錢塘之號，當隋重置杭州之額。總管府立於仁壽初，餘杭郡更於大業末。唐武德時因名於開皇，李子通後嘗陷於公祏。及貞觀之休明，隸江西之疆場。開元中分東道之采訪，乾元來歸江南之觀察。厥後景福間，刱鎮海軍之節度；聖宋淳化，制寧海軍而改易。

「有山有川，有市有廛。提封千萬井，丁黄幾萬千。景概之佳美，百物之富繁，可指而言焉。七雉維高，數尋維厚，矗然屹然，長雲斷岸。敞以高臺，穿以㢑竇，甃以陶甓，覆以鴛霤。其出入有譏，其啟閉有守。内足以衛居止，外足以禦戎寇。周衺連亘五十餘里，耽耽然虎踞麟伏。羅峰列岫，是爲州城。城中則有東西之陌，南北之阡，四達之衢，九出之逵。開通且長，方軌甚夷。清流中貫，蕩漾漣漪。畫艖來艤，郵亭枕湑。敦禮會別[一]，去思披雲。寶石七星，清輝吴門。彩虹横帶，欄楯夾烝。常樂延寶，千秋普明。清湖衆安，通仙都亭。綺分瓜列，各撫界分。時則有壩南壩北，南城西城。開道奉國，温泉水明。中棚清波，朝天清平。廵邏糾禁，晝警宵繩。

「剖析途巷，標題坊號。時則有通和延福，廣文常慶。興禮會昌，義和從訓。慈孝清飆，安國延定。通寶豐財，紫雲立政。大書深刻，誇詡争勝。坊中則有塈茨之垣墉，肯搠之堂室。上棟下宇，以避燥濕。欂櫨關鍵，牆楎地闑。緑窗朱扉，畫簾繡幕。聳樓閣兮千門，叢綺紈兮萬閾。或對牖而胥瞰，或面水而穩植。崇庳列峙，交措雜出。如櫛密比，如鱗疊集。夫家於焉而樂生，稚艾於焉而燕息。鑿井渴飲，實廪飢食。《漢志》

[一] 敦：原注「廟諱」，據四庫本《咸淳臨安志》卷九四改。雍正《浙江通志》卷二六九作「構」。

載用物常足之言，《隋史》有尚禮惇厖之説〔一〕。牧之具甲於天下之稱，居正敘繁會雕麗之迹。邑屋華麗，文忠公之記可稽；萬屋相誇，王文公之詠紀實。蔡侯云『爲一都會』，吕公云『爲天下劇』，伯鳳言『地多奇勝』，沈立言『人物安逸』。世守良工，競精舊業。繢畫函韡，刮摩搏埴。裂帛之摫，裁木之鈲。刱物器具，交持遞挈〔二〕。百所爲備，纖微罔闕。背窳就攻，豐阜積墆。學古者不知力農之勞，通鬻者不知伎巧之法。熙熙陶陶，含哺鼓腹。沐浴皇靈，優遊化國。

「其阜通緤，賄楙遷化。居則建垂旌之思次，分朝夕之三市。旗亭五重，俯瞭百隧。列族聚貨，通闤達闠。陳次有所〔三〕，次敘有地，度量有式，僞飾有禁。大賀小劑，亮執其言。胥師肆長，各謹其令。江帆海舶，蜀商閩賈，水浮陸趨，聯檣接武。紅塵四合，駢至叢貯。儸嚚臬獿，揮袂飄舉。息操倍蓰，功辨良苦。廼有安康之麸金白膠，汝南之蓍草龜甲，上黨之石蜜貲布，劍南之縞紵牋錦。其他球琳琅玕，鉛松怪石，蠙珠檿絲，

〔一〕惇：原注「廟諱」，據《歷代賦彙》卷三七、雍正《浙江通志》卷二六九改。
〔二〕持：原作「特」，據《咸淳臨安志》卷九四、《歷代賦彙》卷三七、雍正《浙江通志》卷二六九改。
〔三〕次：《歷代賦彙》卷三七作「設」。

杶榦栝栢，金錫竹箭，丹銀齒革，林漆絲枲，蒲魚布帛，信都之棗，固安之㮚，暨浦之三如，奉化之海錯，奇名異狀，夥夠堆積。貿易者莫詳其生，博洽者疇克徧識。

「其承流宣化，聽訟訊獄，則有官府焉。貴有正有貳，有寮有屬；賤有府有史，有胥有徒。牧伯之宇，雄峙於爽塏；廉按之司，對列於通衢。繡桷雲楣，鏤檻文梍，瓌榦虹梁，藻井橑桴。長廊廣廡，連閣閈庭，碝礖緻砌，渥彩紛敷。塞門內立，儀簷豁如。於以植其晝戟，於以通於軺車。列鍛垂戲，警戒不虞。詔條自是以宣揚，吏民於焉而犇趨。聯識之第，絪等並建；征商之局，據要潤居。圜扉靜兮束矢罕入[一]，帑藏啟兮金帛廣儲。鹺礬榷酤，秉式法而受授；常平鎮城，積紅腐而羨餘。其歲月有會有計，其參署有籍有書[二]。庭無壅滯，綮師帥之明健；人恥鬭訟，由易俗於恬愉。其職供正取時運，而益大府之用；其休聲美政時傳，而達天子之都。

「毓材養士，有學官焉。隸集有舍[三]，勸講有堂，模範有師，切偲有友。升降以齒，

[一] 圜：原注「御名」，據《歷代賦彙》卷三七、雍正《浙江通志》卷二六九改。

[二] 署：原注「廟諱」，據《咸淳臨安志》卷九四改。

[三] 隸集：《歷代賦彙》卷三七作「肄業」，雍正《浙江通志》卷二六九作「肄習」。

而人遵長幼之序，漸磨有素，而俗安禮義之守。春秋祭饗，多儀必舉，由是習先王之典；歲時較藝，工拙精分，由是勵循循之誘。故得圃澤之多賢，妹邦之君子。楚材南金，汝潁神錐，鼓篋朋來，袍紛鷺集。俎豆莘莘，獻酬交錯，歌唐頌虞，泳仁蹈德。長者皆不厭不倦，幼者亦克岐克。嶷日就月，將自强不息，人人號爲書淫，處處稱其傳癖。念夏侯拾芥之言，慕桓榮稽古之力。杏檀茂陰，扇習習之清風；泮水澄波，漾明明之皓魄。衣冠不特盛於鄒魯，齗齗豈專美於洙泗？

「輔助文德，有武備焉。養以稍食，衣以帛繒，會以什伍，居以營屯。駐泊崇節，龍山水軍。船務實興，捍江牢城。統以節制，訓以五兵。焠刃沙浦，刷馬江濱。大閱有時，賞罰有經。或揮左或揮右，或三令或五申。暨暨諮諮，堂堂烝烝。跿跔揘臂，儵眒鼉鱷。密須之鼓，闕鞏之甲。繁弱烏號，黃間千鈞。枉絜殺鍭，龍藻龜文。偏裻重襲，矛鋋飄英。奮烏合兮其陣猛，厲鷹揚兮其敵勍。稔坐作進退疾徐疏數之節，熟鉦鐸鐲鐃旗斿厹稍之名。器用犀鋭，人習精明。陣整魚麗，法嚴柳營。勇者壯者，大以備不虞不庭；弱者脆者，小以充執役使令。足以鎮南國之疆宇，足以暢皇家之威稜。

「府地之北，有吳山焉。巀嶭豈隮，崣峗嶭巋。墱道邐倚，刻陗可步。英烈廟庭，架植其所。伊昔楚國，有臣子胥。憤讒夫之寖潤，哀天屬之非辜。解劍以析漁父，渡江而犇東吳。五戰至郢而昭王大去，破冢鞭尸而宿恥已除。聲光既振，措國彊盛。南服越人，北威齊晉。徙闔閭之撫封，實子胥之輔政。逮夫差嗣立，宰嚭用事。納勾踐之幣遺，欲伐齊而肆志。雖輸忠讜之諫，覬寤君心；莫逃讒佞之謀，終行詭計。於戲！身雖殞而德愈光，事雖往而名彌彰。致黔黎之愛慕，建祠宇於高岡。以迄於今，餘千祼矣。回廊邃殿，覃覃增壯。直誠大節，藹藹騰芳。顔貌如生，濟濟鏘鏘。孱夫觀之，而激懦志；烈士過此，則厲剛腸。駊騀巍巔，夏屋大啟。夷茀崴裹，巘巘摧嶉。越軼埃壒，炳耀曄韡。仰攀雲兮俯杳眇，是爲堂兮曰有美。坻崿棧巇，控壓羣峯。飛翬老拱，誕豁雲際。前瞻後盼，左顧右睨。江潮訇訇，波瀾蕩泆〔一〕。翠屏碧嶂，極目無翳。

「夫尊榮之飾，必因聖人吟詠而後得，誰其詠之？我仁宗皇帝；夫景趣之佳，必待賢者輯治而後顯，疇其輯之？前守臣梅摯。由是天下想望而玩慕，邦人咨嗟而欣喜。當其陽和焕發，景物華鮮，值清明之後，或禁火之前，依依之緑野無際，茸茸之芳草連天。撲春歡之燕乳，啼春恨之鶯遷。汀蒲岸柳之褭娜，紅葩緑蕚之芊綿。都人士女，妒豔争妍。鞚香韉，擁翠軿，闐郛溢郭，累跡差肩。駢衍佖路，要遮鮮扁。水畔遲遲，問

〔一〕泆：原作「沃」，據《咸淳臨安志》卷九四改。

誰人之祓禊？林梢隱隱，知何處之鞦韆？若曰山之氣候，則變態而無窮。却躬遠望，穹林隱藪出没於杳靄，嵐光翠色合散於空中。移跗近觀，低坡崇岌，彌絡開莫，幽禽野鳥，嘲哳舞歡。

「州城之外，有西湖焉。泉流瀦滙，廣深停蓄。漴淏滖漭，止而清些；灟渹涵瀎，動而聲些。沙洲之垂柳綻嫩，波心之浮圖弄影。湖中迺有千艘荃橈，萬舸桂楫。紼纚輕維，蘭枻鬬捷。行客遊人，旁午雜遝。或浮泛緑漪之上，或艤泊他山之脅。梵宇樸絣，峰巒襵谽，相攜首東。水心定水，崇福興福，惠明妙惠，法善土宿。其山有若竹園，其嶺有若鐵埜。其亭臺則有杲樂、集賢在焉。徙履回南，淨慈佛慧，招慶普寧，淨因淨相，真如寶林。其山有若南屏，其嶺有若慈雲。其亭觀則有發符、白蓮在焉。縱步尋西，惠因香積，法雨法空，廣果資國，正濟六通。其山有若靈石，其嶺有若麥嶺。其亭檻則有流杯、涵溪在焉。隨徑趾北，菩提招賢，寶積寶雲，普濟寶勝，智果壽星。其山有若巾子，其嶺有若衣眉。其樓臺則有看經、英遊在焉。傍西深入，巖谷益秀。上下天竺，靈隱靈鷲。争出奇巘，互獻重岫，烟籠黛染，澤通雲覆。十里之松徑陰陰，萬脉之列泉溜溜。又其西則南北高峰，獨透羣嶺之表，亭亭插天，氲費浮雲在其下，而可以攀瑶光、曳玉繩者也。植中巖巖，則有孤山，西林報國，崇因廣化。開闔扉楹，層厠碧瓦。或跨閣於陛砌，或引泉於堂下。

在昔林逋，傲世嘉遁。慕冥冥之高飛，潔皎皎而率性，幽居遂志，遺累深隱。飄飄杖履，泛泛小艇，去尋精剎，步隨幽徑。縱鶴翔雲，延客反命，長留長者之車，屢至公卿之迎。蕙帳久虛而遺跡永存，幾換園林而猶佳故境。芬芬播傳而不泯，湖山得是以增勝。

「誕安步屧，則有長隄，隆隆防障，横卧湖心。其長千尋，其廣並輪，增卑培薄，完繕砥平。跨以徒杠，夾以柳陰。其他巖曰玉女、佛手，洞曰烟霞、香林，石曰纜船、隱士，峯曰蓮花、白雲，亭曰夜講、映發，塢曰大慈、楓林，塔曰慈雲、黄皮，澗曰呼猿、石門，井曰金沙、烹茗，菴曰永安、寶雲，泉曰虎跑、卧犀，池曰定箭、湧金。錢源龍濺，袁松陳檜，渦渚别嶼，塢漾曲水。緑竹有並生之奇，偃松有八面之美，小嶺有飛來之號，高臺有翻經之志。畫橋碧沼，觸處逢之，月觀歡亭，時時見矣。或遠或近，四週環列，妙景幽趣，殊蹤異跡，名不可以殫紀，足亦難於偏歷。供騷人無窮之吟，付丹青意外之筆，故張祜載『樓臺高聳翠岑』之言，賈島有『烟濃景晚難狀』之述。『春波千頃』，見文正之句；『魚躍蟬嘶』，形舜欽之什。楊蟠以百詠而譽佳，元之以畫圖而顯飾。

「每歲孟夏，初旬八日，郡人數萬以胥會，競縱羽鱗而祈福者，天禧中故丞相王冀公始請爲放生之會也。水涸則草生，水淺而葑横，深虞堙塞之漸，力陳浚治之言者，元祐歲前内相蘇東坡敷奏乞興役之策也。

「廣乎大哉！東抵郭瀝之境，西接新安之際。申畫郊圻，幾七百里之地，若稽古先，建邦蕃衛，以守民社，以壯形勢。設灋備具，莫盛於成周之世。析之則有鄰有比，統之則有鄉有遂。豈王畿特私然？畢六服皆若是。故得内外同歡，遐邇均惠。國家大猷是經，議事以制，敻觀典則，損益其事。總之有州，附之有縣。縣則分鄉以識别，鄉復分里以表異。惟此錢塘，疆界既廣，故立縣有十，而縣之所治九十二鄉，鄉之所管四百二十有七里。口口遼隰[一]，迺疆迺里。其爲縣也，錢唐置號，以華信出私錢而築塘；餘杭立名，因秦皇舍舟航而登陸。於潛、鹽官，始自漢家；臨安、富陽，更由晉室。孫吳分富春而剏新城之邑，我宋以仁和而易錢江之目。南新立當淳化之年，昌化改在太平興國。或爲緊，或爲望，或爲中，或爲上。其爲鄉爲里，制名取義，亦各有所因焉。

[一] 口口：原注：「二字廟諱。」《歷代賦彙》卷三七作「高原」，雍正《浙江通志》卷二六九作「高厚」，並不可解。疑作「惇惇」或「敦敦」。

如曰七賢，因覩僊客；如曰新登，因更縣額。若兹之類，有所因而名鄉者也。如云勳貴，因命錢鏐；如云白雀，因見白雀。若兹之類，有所因而名里者也。

「生齒居聚，畜牧養蕃。有場有圃，有廬有園，有桑有梓，有林有泉。爨烟相望，雞犬相聞。隱隱振振，繚垣綿聯。穲秀菰穗，象耕鳥耘。賽華薌之重秬，散滍臯之香秔。俗享再稔之利，婦蠶八育之綿，家蓄鶴膝之器，户衒犀渠之精。出入足以相友，賙救足以相生，閒暇足以相樂，急難足以相存。頒白不負戴於道，幼疾各得所而安。

「吳地舊俗，歷世仍傳，尊釋氏以崇奉，習巫覡以相先。故蓮宫紛置五百三十有一，而祠廟建立一百七十有三。其爲寺也，在内則有若承天梵天，廣慧竺林，淨戒淨住，明心法雲，寧邦延壽，仁王國清，寶月翠峯，澄鑒福明；在外則有若寶輪龍光，晝錦瑞竹，朱金龍華，雲霄淨福，靈耀普光，圓通正覺，昕慈靈巖，忻平石室。紺園洞啟，淨土廣闢，殿閣横敞，廊廡深邃。寶相璘璸，花香列衛，光以堊丹，飾以金貝。珊瑚琳碧，瓀珉翟翠。藻繡纖縟，瑰奇屬綴。雕櫳繪椽，争華競麗。幡幢互出，摇摇曳曳。梵歌唄音，磬低鈸厲。晨魚數擊，散落民家；暮鐘杳杳，縱横四起。其爲廟也，近則武烈普濟，福安福利，福隆廣靈，武寧衛寧，保定立德，護國始興，夫差臯亭，威勇老人；遠則保慶興聖，彭澤七松，隆福迎陽，安惠桑亭，廣慶懷柔，徐偃郭文，塔山松溪，白石崇寧。雄姿偉貌，仗衛森然。或因功血食，或以德顯名；或當朝近世，或數百千齡。載於祀典，咸秩其文，傳記紀厥美實，金石播厥馨芬。至若旱潦流行，札瘥驟起，竭歷虔禱，肅將祀事，立致感格，默符人意。故茲信仰，弗怠弗替。

「若夫疆圉形勢[一]，則有羣山焉。鳳凰白鹿，秦望鑿石，功臣衣錦，璧茂安國，岩蕚金牛，流襄峻立，石甑金現[二]，玉座與邑，阿頂獨角，金樓華石。峴曰顧望，墩曰仙姥[三]，嶺曰金鵞，峯曰卓筆。巖則虎頭雞棲，龍池朱積。惟名山暨幽，洞多異事及靈跡，或振奇於一時，或罕聞於曩昔。如臨平山，石鼓嘗出，唯張華有言，用蜀桐可擊。天井開兮涸溢蔑增損，龍洞闢兮源深不可測。如仙姥墩，裴姥嘗居，採衆卉之華蘂，因釀酒以當壚。異人來飲，授藥與俱。如曰僊坑，則有僊客回鸞駐蹤，雖有獵徒之偶到，第見白鶴之飛空。如曰金錢，有僧智度棲隱山巔，忽覩神人之出現，因建精舍以相傳。

「言其山勢，嶔巇崚嶒，屹岦岩峉，嶎峊嵳巢，峛崺嵂嵲。猶雲之蒸，猶林之疊，

[一] 圉：原作「固」，據《咸淳臨安志》卷九四、《歷代賦彙》卷三七、雍正《浙江通志》卷二六九改。
[二] 金現：《歷代賦彙》卷三七、雍正《浙江通志》卷二六九作「金硯」。
[三] 墩：原注云「廟諱」，據《咸淳臨安志》卷九四、《歷代賦彙》卷三七、雍正《浙江通志》卷二六九改。下同。

猶獸之蹲，猶陣之列。或如旒垂，或如珮委，或如鼎峙，或如壁植。遠者若朝，近者若揬，在後若拱，居前若揖。繚若篆籀，妥若弭伏，揭若甄桓，赤若禿髑。其上乃有薜荔芷朮，蒲黄牛膝，桃李梅杏，柑橘棗栗，薑藿芋蒜，葵蘇芹蕨，榆柳楓檀，桑柘梓櫟，葠堇菼葥，葦苕茅荻。髮蔓滋茂，雨培露殖，攢柯拏莖，重葩掩葉。素蘂丹秀，紫房青壁。麗藻燦燦，芳蕤馥馥。橚矗森莘，冒霜停雪。傒樵傒采，莫有藝極。

「噫嘻！山雖多矣，莫若天目爲大焉。其廣也，厜㕒甗隒，縈繞盤礴，連延負壓，週遭有八百里；其高也，侵接霄漢，彌茫眇眂，莫見其脊，凡三萬九千尺。仰太虚兮日月低，坐絶頂兮乾坤窄。圍八極於寸眸，撫四海於一息，帶絡虹蜺，襟包坱軋。其上則有東西澗，可度谷，塢澳湖，蛟龍池。其冢坦平，兩湖對立，若人之有雙眸，兹其名曰天目。又有洞府三十六所，每至深秋，風雨晦冥而叵測，蓋靈異之所潛藏，神仙於焉居宅。異時嘗有徐五仙、張道陵，或餌霞而服氣，或舉室而飛昇。近世亦聞隱者結廬危層，高卧棲真。每下眂山半，薈蔚紬隮，如聞嬰兒之聲，必有霶霈霒霫，大雷大霆，則其穹窿峻極，復可知矣〔一〕。主之有神，司之有責，飌飌飌兮宣威，雲霏霏兮降澤。霥霥

〔一〕復：《咸淳臨安志》卷九四、雍正《浙江通志》卷二六九作「從」。

其零，祁祁傳及，以沃我田埜，以稔我稼穡。山所藍蔚，布濩蟬聯，觸類推覈，斯可略言。

「其木則山榎山樗，杻檍椵樀，棆楈棣樿，櫇櫜楮櫟。揔莖裛葉，橋杭樛垂，蓊鬱菱葑，吐葩颺蕤。杉松青青，並榦接枝。其高千仞，其大百圍。擁腫拳曲，發骪權奇，蔓根鏁石，落影卧溪。

「其草則有若苜蓿藷蔗，苓葛蘺薊，萊蘋旨蕌，菴蔗蓪蕎。芊芊散葉，茸茸合蔕，瓣華黝黶，竦擢豔異。萬色爭妍，千枝鬭麗。

「其羽則有若鷟鶩鵠鵒，鶡鴒鸐鸝，鷴鴩鵂鶘，鶂鶋鷁鷂。排虛軒翥，彳亍參差，近呼遠應，木巢草棲。或曳尾而食，或理翮而飛。

「其毛羣則有若犛犦白麅，貐羖貁獑，貜黴麈麃，貔麎臭麂，駋駚騤瞿，獮迒駢田。或遁藏密林，或長養幽巖，或馳逐而飆雲起，或吟嘯而山谷寒。

「若夫疏通灌溉，則有衆流焉。溪則停辭石鑑，頰口上博，無他平渡，下阮盤石，曰苕曰猷，曰松曰葛。湖則御息明聖，陽陂臨平，南上南下，明星建寧，曰查曰北，曰高曰谷。渡則鹽橋廟山，占渡剡口。塘則武丞捍海，沙河吳諸。潭則浣沙玉兒，浦則百尺明珠。渠曰五福，濠曰中外。或始濬，或增治，或築以去害，或開而興利，或因事建名，或因名顯義。如停辭溪，始於范蠡，欲開鑿爲山，通浙江之水，因民弗願，辭訴而停焉。如南下湖，修於歸珧，溉公私之大田，興利澤於無窮，因對上湖以立名焉。在臨平湖，則開通壅塞以顯祥，得石湖邊以呈瑞。築捍海塘，則彊弩射濤，以弭衝決，詩什投海，以回潮勢。茲惟神奇之殊跡，因以播傳於後世。言其經理，開竇釃流，隄塍相軺，或遂之縱，或溝之横，或洫之廣，或澮之深。以列以舍，以寫以揚，以蓄以止，以蕩以均。潦則引出，俾免滔溢；暵則通入，以遂耕耘。

「噫嘻！水雖衆矣，莫若浙江爲大焉。自婺、歙之深山，合二州而發源。潨流會派，東下淪奫，由建德經富春而後入海。昔神禹行水，嘗躬臨其厓。厥後巡狩，横渡會稽，想其服乘之車馬，儀衛之旌麾，鍾鼓撞磕，鑾轝生輝，應足以暢文宣武，普暨博施。若江流之浩蕩，盡目力而渺淼。沈瀧潚瀠，泛薄濆澴，茲其深些；湯湉涾淢，滮漉潎浹，茲其流些。貌也浤浤淈淈，洱滭瀵滐；廣也漭泱瀠澐，沺澥添瀠。西顧則疑達濛汜，東盼則恐盡扶桑。歲時之潮，有信不妄，其大必於哉生明月既望，其微必於上澣之休下旬之半。當星虛之政中，異三時之汎濫。湧激澎湃，浩漾滉瀁，浴日之波，浮天之浪。沸騰回復，其高數丈。眇覿若赴敵，大兵貫弓，捧戟攢刃，列杖争先，揵出猛奔，急趨而俯仰。又如白練颺空，隨狂飈而舒卷。飛騰於波面，聽之則硡硡之聲，千車萬馬，雜錯轟吼而前鄉。又如破山疾靁，悖神迅電，驚天震地而動蕩。西覩浮石之隨出，時玩曙樓之呈像[一]，離婁注目而瞍瞍，陽侯傾耳而伎儓。眂無巔倪，稽盧賦之鋪陳；狂拋猛過，發羅詩之詠賞。雄乎偉哉！岻山之江，桐柏之淮，亦有潮焉，異若是也。逮其平旹，則湛湛波光，彼蒼一色。廼有艅艎艒艢，艬艣艒艕，艌艛艒艉，舸艞艎舶。鷁首載浮，鼓棹舑䑼，乘飆破浪，以濟以涉。自西自東，或南或北，輕颿楗櫓，朝吳暮越。

「以言所産[二]，則有若鮇鰡鮦鰶。魦鈍鮥鮥，鰒鮔鮍鰤，鯇鮎鯷鱳，鯖鰡鯽鱨，鰅鰫鯸魠。隨波去來，逐流出没。梁笱交設，網罟互撒。其他水蟲水草，水蓄水鳥，傳記鮮備，方言莫攷，筆難覼縷而細道。

「至若烏雲入河兮俗仰諸葛之神，十石大瓠兮衆嗟張儼之奇。光怪生於先壠，知孫氏之當興；斂板而見長吏，美淩統之肅祇。柯相因溺舟而顯異，元遜以老桑而爛黿。寄魚還刀兮術嘉子恭，靈運欲至兮夢應明師。猛獸報郭文之德，鄉譽高叔孫之爲，却縑

〔一〕曙：原注「廟諱」，據《歷代賦彙》卷三七、雍正《浙江通志》卷二六九補。
〔二〕言：原作「之」，據《歷代賦彙》卷三七、雍正《浙江通志》卷二六九改。

顯孫謙之潔，猾吏畏允恭之威。江巖剖石而獲紫玉之珍，廉使繪圖而獻蔓竹之枝。仰孝義於公弁之門，慕遺德於吴筠之碑〔一〕。詰僞駮假，人服其明者，張無擇之爲參軍也；飄流雅韻，播於吴中者，房孺復之爲州牧也。梟尹盧於中江，破曹休於石亭。征六安不務徼倖，圍珠崖力諫無行，則全琮之將略殊於衆也。挺直致主，剛毅不跆，載筆謂君舉必書，還笏扼黷嬖之立，則遂良之秉節，尤足尚也。匠施及泉之工，俗享勿幕之利，貳叁散處，永世亘廢，則李泌之政，誠可嘉也。增築塘隄，時其鍾泄，以灌以溉，勿湮勿窒，其居易之澤，是足道也。禪師振錫而歸浄界，德輿述序以送之；惠皎石壁而鏤法華，元稹撰記以紀之。候仙亭立於韓仲聞之任，觀飄亭剏於裴庶子之時。見山置於盧子望，冷泉建於元左司。清輝之榜未掛，幽致想嚴郎之飄度；胥山之銘已刋，敘實見元輔之芳詞。虚白花開兮，念賢牧之栽植；南庭記成兮，仰子烈之施爲。術士識牛斗之王氣，紹威薦羅隱之能詩。錦樓集成兮，傳元瓘之篇章；庖人疾愈兮，悟靈龜之酬私。陳文惠以薪土易籠石而就工，杜偉長自官浦至沙徑而築隄。范文正發粟遊宴，大施荒政之惠耳；沈文通鉏治姦蠹，人皆繪像以祠之。砌石爲函，接竹引水以注六井，散在閭

〔一〕筠：原注「廟諱」，據《咸淳臨安志》卷九四、《歷代賦彙》卷三七、雍正《浙江通志》卷二六九補。

里而一城足用者，長樂陳公之恩以及民也。因舊佛祠，刱新道觀，前旌錢氏之順服，後作臣子之獎勸，而表忠爲名者，清獻趙公之請以有立也。以至仙人臺高兮，聞琴瑟之音；陌上花開兮，起緩緩之詠。燈市於祥符而尤盛九曲，花王有吉祥而冬日豔異。亭牓碧波於道左，堂標中和於府内。南園之萬卉爭春，别圃之翠幄殊麗。羽宫之三教名垂，理公之石室仍置。百尺之佛樓齊巘，後嶺之鰻井洩洩。前建後增，昔殊今異。遠覽近收，萃佳擅美。棋散域中，孰窮孰計？」

先生言未既，茹華盱衡愕眙曰：「富哉言乎！可謂多聞而博識者也。僕嘗聞之，有唐之世，分符守土多用名曹星郎，老成宿望，而名世佳士蓋嘗酸辛哀鳴，投書相府，願擁朱旛，一闖是境，而終不可得者。今兹先生羣曉猿，侶夜鶴，雲冠霞裳，鴻飛遁迹。藝苑百家，飽爛胸臆。日玩山川之勝概，優爲聖代之真逸。其知幸乎？是言也，播之天下，傳之後世，雖千萬齡之永，足以知今重熙累洽，極富極庶，比跡於二帝三王之盛際。其蕃方外地尚至於此，則内之宸居帝都，其皇皇之美，赫赫之盛，雖駕傾河之辯，秃南山之竹，亦不能形容其萬一。若兹山川祠廟之號名，閭里景物之故跡，因革廢興之所由，人材産殖之攸出。括古今之流傳，備版圖之闕失，則將即此以覈實。」徐磬折而復請曰：「我宋中華疆境，萬里泰平一家，名邦大城，特勝相誇。如大江之南，則有建康；劍閣之西，則有成都。彼二邦者，青山碧水，與夫邑都，非不衆且雄些，然莫儷茲之盛者，豈有説乎？」

先生曰：「猗嗟二邦，昔事詎忍言哉！夫風聲氣俗繫一時理亂，而盛衰景趣由羣情憂愉，雖歷年已久，而未能悉變。譬若病既痊，而尚覺纍癯。劉備鼎分之時，鄧艾、鍾會之討伐；東晉建都之後，祖約、蘇峻之戰争。去世愈遠，姑置勿談。至其近代之事，則可按典籍而推言。稽昔唐季，王綱縱弛，姦雄伺隙而虓闞，攘臂唾掌而競起。僭竊位號者有焉，逐鹿四方者多矣。逮朱梁既立之後，咸負固而列峙。由是王建據蜀闊眂，至後唐莊宗之時，當同光乙酉之歲，廼詔軍將曰：『郭崇韜舉兵往伐，所鄉犇潰，翦除妖孽，削平僭僞。』即以孟知祥鎮撫而臨治。及明宗應順之初，知祥復肆其姦計，跳梁一方，攫拏傲睨。豈非僻處方隅，保棧閣靈闕之阻，又幸中邉之多故，因得逞爪牙而搏噬乎？當彼之時，五六十歲之間，經幾戰而幾争？封豕其土，麋爛其民。鉦鼓一過，則犬羊竄伏；士卒所至，則草木戕殘。川谷半凝膏血，居室盡染腥羶。我宋龍飛，乾德二年，爰命全斌，副以仁瞻，統師西征，入境問辠。故蜀昶始降，而劍嶺屬内。

「若夫建康之事，亦大同而小異。始唐明宗本以徐温而鎮守，至晉天福，厥子知誥廼竊位，自稱唐裔，還姓李氏，建國立號，昪殂璟嗣。恃長江之險，保兵甲之利。我太祖之御宇，應天神而順舉，愛惜元元之生命，姑與包容之未取。待其自悛，十有五年，輕肆桀驁，終昧神天。致皇威赫怒，而大軍首南。擁以羆貅，度以龍船，驍兵鋭卒，既逾采石，一入其城，李煜遂擒。

「彼二邦者，如成都之濯錦江、浣花溪、武都山、錦里城，與夫相如之舊壚，子雲之故居，君平之簭肆，子美之草堂之類；如建康之龍洞山、白鷺洲、烏衣巷、華林園，以至齊武射雉之地，鳳凰棲集之臺，大江秦淮之波濤，茅山蔣山之崔嵬之類。非無風光之美景，物象之繽紛，可以搜羅而賦詠，可以悦目而娱情。奈何自前世之用武，罹兵火之蕩滅，頹垣廢址，鼠穿狐穴，殘刻斷礎，燒昏塵没。幸逢聖世，昌運大來，睿澤洋溢而無類，鴻恩共被其根荄。道綏德，撫薰醲，涵浸一百五十載之久矣。風聲氣俗，雖移易而一於正；而山川景趣，猶未克遠邁於雅無征戰之邦也。

「如論錢塘，請申厥旨。自唐乾符之後，擁戎車者接軌，徐約、劉浩之徒，孫儒、董昌之輩，或毒螫於淮甸之邦，或擄掠於二浙之内。蘇、常近境，允常故都，鞠爲戰場，蕩爲兵墟。至錢塘則不然，賴守土以安居。雖黄巢之衆，不能逾臨安而深入；雖田頵之暴，弗克破北門而馳驅。歷五季之後，迄聖朝之初，幾百年間，安堵無虞。干戈有備而不試，四民奠枕於里閭。方太宗皇帝之當天，繄太平興國之三年，鏐裔曰俶，遂捧圖籍，以所管而獻焉。是邦之内，曰民曰軍，詎知血戰之憂苦，疇當矢石之辛勤？矧歷休平，八聖相承。鋪鴻藻，申景鑠，灑德波，散皇明，教條備，民風純。小而任一同之宰，皆是榮途之遴選；大而擁麾旄之牧，莫非鵷行之貴臣。勤勞勸課，惠養斯民。兹其繁富日增者也。」

茹華曰：「二邦以戰争而其跡若彼，錢塘以効順而其盛如此。非特其邦也，三家苗裔，盛衰同之。且清時待士，如皇天罔私，蓋有賢而有否，豈特用而特遺？質以禍福報應之明驗，實縁忠順惡逆之殊歸。因先生之言，將使忠臣義士聞之而咸奮，又足以貽萬世姦宄之永戒者也。雖然，是邦之内，或今或古，抑有遺美，可以爲風化之補者乎？」

先生曰：「昔者范子安不受蒲輪之召命，褚伯玉優遊林泉而自娱。或追謚而褎其節，或立館以安其居。孫鍾色養而孝行感天，成緬廬墓而紫芝顯符。或致司命之降顧，或得旌表於門閭。此其高尚之操，純孝之行，尊之榮之，足以粉飾王政。當今明天子將聖在上，賢公相以道弼丞，孜孜圖治，勉勉厲精。惟是崇化阜俗之本常，加宵旰探討之誠，逸民之舉，孝廉之科，旌表之式，追謚之榮，即聞講求而悉行矣。」

茹華曰：「大哉言矣！經國懿範，豈伊地美，實美風俗；豈伊跡厚，足厚人倫。

儻緣疏遠而難達，盍亦投獻於搢紳。或因言以寤意，將探摭而申明。庶或不負皇皇之言。」言訖，曳踵而退。武林掌故叢編第九集本《錢塘賦》。

《復小齋賦話》卷上　宋葛澧作《錢塘賦》七千九百餘言，末言建康、成都，山水都邑非不重雄，然二邦以戰争而衰，錢塘以效順而繁富日增，蓋用歐陽文忠《有美堂記》。文忠獨言金陵，賦又兼及成都耳。

宋代辭賦全編卷之四十七

賦 都邑 四

會稽風俗賦 並敘

王十朋

昔司馬相如作《上林賦》，設子虚、烏有先生、亡是公三人相答難。子虚，虚言也；烏有先生者，烏有是事也；亡是公者，亡是人也。故其詞多夸而其事不實，如盧橘黄柑之類，蓋上林所無者，猶莊生之寓言也。余賦會稽，雖文采不足以擬相如之萬一，然事皆實録，故設爲子真、無妄先生、有君答問之辭。子真者，誠言也；無妄者，不虚也；有君者，有是事也。以反相如之説焉。

有客過越，自稱子真，介於無妄先生，贄見於有君。謁入，廼膝而前曰：「聞有君之名雅矣，今幸際顔色，聆話言，僕輒有請，君其聽焉。君世家於越，以風流自命，業傳緗素，才播歌詠。越之山川人物、古今風俗，載在君腹，願聞其略，可乎？」有君廼歛衽肅容謝曰：「唯唯。客姑坐焉，吾以語爾。越於九域，分曰揚州。仰瞻天文，度當斗牛。在辰爲丑，自夏而侯。郡於秦漢，霸於春秋。州於隋而使於唐，公有素而王有鏐。因種山而中宅，廓蠡成而外州。龍樓翼而屹峙，石竇伏而異流。法天門兮壂户〔一〕，惟崑崙兮是侔。實東南之大府，號天下之無仇。

「其山則鬱鬱蒼蒼，巃巃嵬嵬，磅礴蜿蜒，嵂崒崥崹。若騫若奔，若闔若開，或凸或凹，或阜或堆，或斷而聯，或昂而低。虎卧龜礴，龍盤雁徊。舒爲屏障，峙爲樓臺。崦映江湖，明滅雲霓。八山中藏，千里周回。彭鮑名存，蛾馬迹迷。鉅者南鎮，是爲會稽。洞曰陽明，群仙所棲。石傘如張，石帆如揚。石簣如藏，石鷂如翔。石壁匪泥，石甕匪攜。香爐自煙，天柱可梯。韞玉有笥，降仙有臺。禹穴窅而叵探，葛巖蜚而自來。射堂豐凶之的，宛委日月之珪，應天上之玉衡，直海中之蓬萊。至若嵊山巋其東，塗山屹其西，阜至谿蜀，龜來自齊。梅山廼隱吏之窟〔二〕，紵羅蓋西子之閨。五泄争奇於鴈蕩，

〔一〕天門：原作「大門」，據嘉慶刻本《會稽三賦》卷上改。
〔二〕「梅」字上原有「小」字，據四庫本及嘉慶刻本《會稽三賦》卷上删。

四明競秀於天台。五雲中令之故居，十峯曇翼之招提。故越爲之首兮，剡爲之面兮。沃洲天姥，眉兮目兮。金庭桐柏，仙子宅兮。南明嵌崆，寶相湧兮。南巖嵯峨，海跡古兮。陟秦望而望秦兮，登洛思而思洛兮[一]。采葛食蕺，敬弔前王兮；脩竹茂林，緬想陳迹兮。連山如珠，秦皇之所驅兮；壓山如玦，亞父之所割兮。北幹隱兮明月在，東山卧兮白雲迷。少微寂兮幽鳥怨，太白空兮埜猿啼。

「其水則浩淼泓澄，散漫縈迂，漲焉而大[二]，風焉而波，凈焉如練，瑩焉如磨。溢而爲江，潴而爲湖，爲沼爲沚，爲潢爲污。匯爲陂澤，疏爲溝渠，寖而田疇，淤而泥塗。生我稻粱[三]，溉我果蔬。集有梟雁，戲有黿魚。實有菱芡，香有芙蕖。鶻舟如擊，馬檝如驅。船龍夭矯，橋獸睢盱。堰限江河，津通漕輸。航甌舶閩，浮鄞達吳。浪槳風帆，千艘萬艫，大武挽繂，五丁譟譁，榜人奏功，千里須臾。境絶利博，莫如鑑湖。有八百里之回環，灌九千頃之膏腴。浮賀監之家，浸允常之都。人在鑑中，舟行畫圖。五月清

[一]「登洛思」下原衍「兮」字，據四庫本及嘉慶刻本《會稽三賦》卷上删。
[二]大：原作「天」，據四庫本及嘉慶刻本《會稽三賦》卷上改。
[三]粱：原作「梁」，據四庫本及嘉慶刻本《會稽三賦》卷上改。

涼，人間所無。有菱歌兮聲峭，有蓮女兮貌都。日出兮煙銷，漁郎兮嘯嘑。東泛曹江，哀彼孝娥；西觀驚濤，弔夫子胥。槩浦思夫槩之封，翁洲訪偃王之廬。篁醪投兮沼吳國，扁舟去兮變陶朱。鼓樵風兮遊若邪，興雪棹兮尋隱居。禊事脩兮觴蘭渚，陶泓沐兮池戒珠。了溪鑿兮禹功畢，刑塘築兮長人誅。酌菲泉兮懷古，飲清白兮自娛。

「其物則有魚鹽之饒，竹箭之美。山涵海蓄，亘其有幾。貢入王室，利周遐邇。耕焉以火，耨焉以水。南風翼苗，翠浪千里。耙稏一空，玉粒如峙。炊粳釀秫，既甘且旨。檿桑之奇，號爲第一。龍精儵儵，吐絲滿室。萬艸千華，機軸中出，綾紗繒縠，雪積縑匹。木則楓挺千丈，松封五夫，桐柏合生，檫棐異隅，文梓楩柟，櫟柞櫧榆。連理之柯，合抱之株，廼斧廼斤，以輿以廬。廼有蕭山陸吉，諸暨三如。胡柟成林，賀瓜滿區。棗實全赤，檎腮半朱，火樝殼玉，櫻桃薦珠，鴨脚含黃，雞頭去盧，百益七絶之奇，雙頭四角之殊。蔗有崑崙之號，梅有官長之呼。蔓生則馬乳蘡薁，土實則鳧茈慈菰。野蔌谿毛，園蔬木菌。湘湖之蓴，箭里之苟。可薦可羞，采擷無盡。鱗蟲水族，海生池養，丁首丙尾，皤腹縮項，赤鯶文鱧，玄鰭黃鱶。獻人駢集，以鉤以網。羹金鱠玉，不數熊掌。能言之鶩，善鳴之鵝，輸芒之蟹，孕珠之蠃，文身合氏之子，跛足從事之徒，街塡巷委，與土仝多。異獸珍禽，屑銅吐綬。猛虎負子，靈烏送鶯。鳳棲鹿化，鶴拾雁耨。熊羆貍豹，猴玃猿狖。鵁銜鸕吐，鶯求鶉鬬。鷗浮鷁浴，鵶寒鳦瘦。巧婦錐喙，春鋤雪脰。林棲水宿，脩尾長咮。江湖爲籠，山林爲囿。以牡以牝，以蜚以走。甲第名園，奇葩異香。牡丹如洛，芍藥如揚。木蘭載新，海榴懷芳。蘜山黄華，蘭亭國香。天衣杜鵑，東山薔薇。湖映香雪，鑑生水芝。鴛梅並蒂，仙桂丹枝。司華騁巧，天女效奇。桃李漫山，臧穫眂之。藥物之産，不知其名。白朮丹參，甘蘜黄精，吴萸越桃，禹糧石英。薊訓鬻之以療疾，彭祖服之而延齡，秦皇求之而莫致，葛仙餌之而飛昇。日鑄雪芽，卧龍瑞草，瀑嶺稱仙，茗山鬬好，顧渚争先，建溪仝畚。碾塵飛玉，甌濤翻皓，生兩腋之清風，興飄飄於蓬島。剡藤番番，管城斑斑。冰敲嵊水，竹翦顧園，製於蒙、蔡之手，遊於羲、猷之間。友陳元與端紫，仝文字於人寰。至若龍護金書，苔封石刻，苗山金玉，邪堇銅錫。黄帝之鑑，神禹之璧，歐冶之釰，蔡邕之笛，虞翻之牀，秦皇之石。淳碑斯篆，江筆肅墨。靁鼓銅漏，梅梁窆石。罍金履鐵，罌銅印玉。胎艸蹄石，黄竹神木。流黄漢簟，錞于周樂。活人之艸，止痛之木，柘敷榮而華含戚，天雨錢而山儲粟。皆希世之奇迹，蓋欲言而不足。

「其人則見於《吴越春秋》、《會稽典録》，圖經墜志，歷代柬牘，大書特書，班班滿目。孝者悌者，忠者義者，廉者遜者，智者健者，優於文詞者，長於吏事者，擢秀科目之榮者，策名卿相之貴者，殺身以成仁者，隱居以求志者，埋光屠釣之微者，晦迹佛老之異者。虞翻之言有所不能盡，朱育之對有所不能既，予亦焉能縷數之哉，姑摘其尤之一二：前則種、蠡、計硯，號賢大夫；後則嚴助、買臣，直承明廬。孝悌則張萬和之父子，韓靈敏之弟昆。鄧、斯、祁、樊自殺以代皐，董黯、朱、魏報讎而名聞。或濕衣以障火，或泣血以戢焚。或銜哀而廬墓，或負土以成墳。或以行而名里，或以義而旌門。懿矣三女，賢哉二娥，處子之孝，凛然可多。節義則黃公居四皓之列，魏少英參八儁之儔。蒙難衛主則有若丁潭，委身授命則有若王脩。虞喜躬歲寒之操，孔愉洪止足之謀。或一門死三世之義，或一邑萃三康之沵。至若窦楊柳朱，永寧瞿素，婦節峥嶸，蹈死不顧。卓行則鄭洪、韓説、鍾離意、朱儁、戴就舉於孝廉，虞潭、孔奐、沈融、朱仕明舉於秀茂。虞寄起於對策，趙曄推於有道。陳子公退侵墜之藩，鍾離牧拒慙還之稻。循吏則有還珠孟嘗，致雁虞國，希銑遺四州之愛，夏香著歷任之績。儒學則王充以《論衡》顯，沈珣以《大義》稱，謝沉、謝承之史學，孔僉、孔袪之明經，賀孝先擅儒宗號，虞伯施軥博學之名。文章則孫興公掞金聲之賦，徐季海揮玉堂之策。曄若春榮則任弈、虞翔，文不加點則四明狂客。二賀、二虞蜚聲籍籍，吴融十詔成於俄刻。隱逸則嚴、謝、秦、方、述睿、充符，方術則介象、吳範、嚴卿、夷吾。丹青則孫遇、道芬，筆札則孔琳、徐嶠，浮屠則道林、靈澈，神仙則劉晨、阮肇。廼有谿上浣紗之女，林間舞劍之姝，色白天下，氣雄萬夫。故勾踐復國也，有六千君子，項氏崛起也，有八千子弟，霸有江淛，横行當代。彼二霸之得人，尚斗量而車載，矧歷世之人材，亦足明其大槩。逮我國朝，尤號多士，二百年間，不可勝紀。大則杜正獻之勳德，次則孫威敏之功名。姚石郎司元祐之直，顧内相號江南之英。萬石雲仍，匪建則慶；二陸棠棣，如雲與衡。吴先生風高於賀老，齊職方迹擬於淵明。錢氏世賢科之盛，史門繼衣錦之榮。劉求以義門顯，杜趙以處士稱。或覽古以流詠，或編啚而著名。至若聯翩桂籍，焜耀簪纓，名登史策，足疊天庭，蓋嘗詢之故老，往往莫識其名矣。故千巖競秀、萬壑争流者，顧長康之言也；山轉遠轉高、水轉深轉清者，李淅東之記也；瑰奇市井、佳麗闉闍者，白餘杭之詩也〔一〕。忠臣係踵、孝子連閭者，虞功曹之對也。越之山川風物，其大略如此。」

子真始驚而疑，卒歎而歆曰：「壯矣哉，盛矣哉！山川如斯，人物如斯，吾未之前聞也。然越在春秋，僻處東夷，夫子作經，㝵爲於越，其人材風俗，固未可與齊、

〔一〕之：原作「州」，據四庫本及嘉慶刻本《會稽三賦》卷上改。

晉、魯、衛諸列國抗衡也。今有君所稱，幾不容口。豈昔日遠於京畿，含香未越，如王景興之言邪？抑山川降靈孕秀，固自有旹邪？抑亦因人作成而致然邪？」有君曰：「昔嚴朱二子，爲漢名卿，晝綉故鄉，夾道郊迎，争觀快覩，歆豔其榮，故其俗始尚文學而歆功名。晉王右軍爲越内史，雅會蘭亭，流觴曲水，臨池墨妙，輝映千祀，能使遺文感槩君子，故其俗始尚風流，而多翰墨之士。唐元微之一代奇才，罷侍玉皇，謫居蓬萊，賓賨鄰白，唱酬往來，繇是鑑湖秦望之奇益聞，故其俗至今好吟詠，而多風騷之才。不獨此數君子也。任延、張霸以尚賢爲治，而俗始貴士；劉寵、車俊以潔己化下，而人斯尚清。第五倫下令而淫祀之風革，諸葛恢莅政而陵遅之俗興。至若李唐，刺史九十八公，首有龐玉，顯有姚崇，圖經十子，郡績稱雄。國朝逮今，蓋百餘政，前有文簡，後有文正，題名所記，比唐爲盛。承宣得人，風俗斯美，蓋亦理之然也。」

子真曰：「是誠有之，然皆二千石之事爾，未足多也，願聞其上者。」有君曰：「昔勾踐懲會稽之棲也，痛石室之辱也，蓼目水足，抱冰握火，采葴於山，置膽於坐。葛婦興歌，名曰《何苦》，其詞曰：『嘗膽不苦味若飴，令我采葛以作絲。』二十年間，焦心苦志，卒滅强吴，以雪前耻。《越絶》之稱，權輿於此。故其俗至今能慷慨以復讎，隱忍以成事。若是何如？」

子真曰：「兹霸者之事也[一]，傳不云虖，『碎而王，駁而霸』，彼齊威、晉文之盛，猶不足稱於大君子之門，況勾踐虖！」有君曰：「昔禹治水之畢，與群后計功苗山，更名會稽，卒而葬焉，祠廟陵寢，於今尚存。上有遺井，下有菲泉，過而飲者，莫不發免魚之歎，興河洛之思。不獨勾踐有其烈，馬侯嗣其功，至今其俗勤勞儉嗇，實有禹之遺風。若是何如？」

子真曰：「美哉禹功！宜其代舜而有天下也。遊於是，穸於是，廟食於是，兹所以化被萬世之久也。然説者以爲入聖域而未優，其必有大於此者虖？」有君曰：「舜生於諸馮，孟子以爲東夷之人，歷世逾遠，流傳失真，太史公以爲冀州，然邪，否邪？然越之邑則有上虞、餘姚，山則有虞山、歷山[二]，水則有漁浦三憮[三]，墜則有姚丘百官。里焉有粟，陶焉有竈，汲焉有井，祀焉有廟，皆其遺迹也。意者，不生於是，則遊於是乎？舜爲人子，克諧以孝，故其俗至今烝烝是慠；舜爲人臣，克盡其道，故其俗至今

[一] 霸：原作「百」，據四庫本及嘉慶刻本《會稽三賦》卷上改。
[二] 則：原無，據嘉慶刻本《會稽三賦》卷上、《歷代賦彙》卷三七補。
[三] 則：原無，據嘉慶刻本《會稽三賦》卷上、《歷代賦彙》卷三七補。

孳孳是蹈；舜爲人兄，怨怒不藏，故其俗至今愛而能容；舜爲人君，以天下禪，故其俗至今廉而能遜。若是如何？」

子真矍然離席而立，拱手而對曰：「於戲噫嘻！盡善盡美，雖甚盛德，蔑有加矣。昔季札觀樂而止於《韶》，自《韶》之外不敢觀。余問風俗，亦極於舜，自舜之外不復問矣。」無妄先生粲然失笑於旁，曰：「固哉[一]！子真之問，有君之答也。兹皆古之越，非今之越也。人死骨朽，世變風移，山川雖在，人物已非。前日淳樸變而澆僞，前日廉遜變而争敓，前日勤儉變而矯怠，前日忠孝變而凶悖，尚何執紙上陳迹而譊譊其頰舌邪？」一有君曰：「先生之言是也。然風俗不常美，亦不常弊，善焉惡焉，維人是繫。今朝廷駐蹕東南，越爲鉅藩，密邇堯天，蓋尺五間。帝命重臣，來鎮是邦，入境問俗，登堂觀風，因舜禹之遺化，明吾君之至仁，布德教於黄堂，變薄俗而還淳。矧何世之無才，亦奚有於古今？子不見夫銜命虜庭，死於王事，如陳公、張公者虖？議禮靖康，赴難建炎，如華君、傅君者虖？是豈異代之人邪？又不見夫姚江陳公，所臨有聲，亦

〔一〕哉：原作「則」，據嘉慶刻本《會稽三賦》卷上、《歷代賦彙》卷三七改。

克知退[一]，身名兩榮；執政李公，忤意權臣，老於淪落，世賢其人；愍孝蔡子，捐生可悲，同彼旌忠，廟食於兹；隱吏王君，斬讎著名，一門可稱，賢父難兄。兹固先生目所親睹也，安知後之視今，不猶今之視古乎？」

先生曰：「有君越人也，知越之風俗而已矣。昔子虚夸雲夢，烏有先生詫齊，亡是公折之以上林之事。今越未足侔齊楚之大，尚何足以夸之？」有君曰：「昔吴子問柳先生以晉國之事，而柳以晉對；今子真問余以越國之俗，而余以越答，亦各因其所問而及之爾，余豈瞢然無聞無知於越之外哉！今天子披輿墜之圖，思祖宗之績，求治如不及，見賢而太息，文德既修，武事時閱，蓋將舞干戚而服遠夷，復侵疆而旋京闕。余竢其車書仝，南北一，倣吉甫，美周室，賦《崧高》，歌吉日；招魯公，命元結，磨蒼崖，秃鉅筆，頌中興，紀洪烈。邁三五，敻前牒，亘天地，昭日月。於是窮章亥之所步，考神禹之所别，覽四海九州之風俗，掩《兩京》、《三都》之著述。騰萬丈之光芒，有皇宋一統之賦出，回眂會稽，蓋甄陶中之一物。」

[一] 知：原作「之」，據四庫本及嘉慶刻本《會稽三賦》卷上改。

無妄先生自知失言，色有餘媿，廼與子真逡巡而避。有君退而嘯傲於南窗[一]，有飄飄凌雲之氣。四部叢刊本《梅溪先生後集》卷一。

孫因《越問序》（《寶慶會稽續志》卷八）　古有三聖人，越兼其二焉。加以種、蠡之所經營，王、謝之所栖隱，司馬遷、李太白、杜少陵之所遊覽，以至國朝諸名賢之所流詠，班班可攷，而大述作未聞也。惟紹興間，狀元王公以幕府元僚，援筆作賦，搜奇抉異，雄麗偉卓，雜用《二京》、《三都》、《晉問》體，蓋自有會稽以來之大述作也。然嘗熟復詳繹，其間猶未能無遺恨焉耳。何者？越之四封，最爲廣袤，南踰句無，北界禦兒，東至於鄞，西盡姑蔑。至後漢時，提封尚數千里。今之越雖非昔之越，然都督一道，封疆猶不爲狹，而斯賦所録止及境内之山川，此其遺恨一也。會稽土地所宜，以金錫竹箭爲稱首，職方氏九牧之貢莫先焉。蓋金錫竹箭，戎備所資，非其他一草一木比，正當表而出之。而是賦所述，乃雜舉夫秔秫桑蠶、楓松桐梓、雞頭鴨脚、馬乳凫茨、木蘭海榴、園蔬木菌之屬，他郡獨無之乎？此其遺恨二也。並海魚鹽之饒，東南大計仰焉。柳河東《晉問》於魚鹽二物，各爲專條，以侈其富饒，鋪張揚厲，無慮數百字。彼三河所出，尚未敵海藏之什一也。兹賦纔一語及之。往往纖悉於赤鱔黄頳之族，而闕畧於縱壑之巨鱗；

[一]嘯：原闕，據四庫本補。嘉慶刻本《會稽三賦》卷上、《歷代賦彙》卷三七作「寄」。

搜羅乎餘粮石英之品，而簡棄夫積雪之寶鹽。此其遺恨三也。紹興之初，翠華巡幸，駐蹕者彌年，實履舜、禹之故迹。陞州爲府，冠以紀元，且嘗就行殿舉大享禮。中興之業，於此乎濟，可謂是邦曠絶之盛典。而兹賦俱不之及，此其遺恨四也。然自有越以來，所謂大述作者，獨此一賦而已。王公作賦後五十七年，有書生孫因自句章徙餘姚，逍遥鹿亭樊榭間，處越土，爲越民，飽越飯，酌越水，每欲補《越絶》之所未載，廣越賦之所未備，而未能也。……愚不敏，成《越問》一篇，釐爲一十五章，凡三千九十五字。借楚詞體而去其羌誶謇侘之聲，倣《晉問》意而削其詰屈聱牙之製，非足以發揚會稽之盛，庶幾附郡志之末云。

《宋史》卷三八八《陳橐傳》 陳橐字德應，紹興餘姚人。入太學，有聲，登政和上舍第。教授寧州，以母老改台州士曹，治獄平允。更攝天台……既謝事歸剡中，僑寓僧寺，日糴以食，處之泰然。王十朋爲《風土賦》，論近世會稽人物曰「杜祁公之後有陳應德」云。

《賦話》卷一〇 《會稽三賦》，宋王十朋撰。一曰《會稽風俗賦》，二曰《民事堂賦》，三曰《蓬萊閣賦》。以上皆高宗紹興戊寅年秋冬爲府簽判時作也。明陶望齡合三賦序行，而註之者則渭南逢吉也。

適越賦

李洪

出脩門而東騖兮，駕靈胥之怒濤。命榜人而理櫂兮，御龍驤之巨艘。睨組練之噴薄兮，忽鶬鶴之鳴號。江海淼瀰以東注兮，雉堞屹然而增牢。啟東南之王氣兮，應赤縣之神皋。仰中天之華闕兮，非煙鬱以霞韜。慶警蹕之清夷兮，見弓矢之載櫜。屆西陵以爰憩兮，灌木蔚乎蓬蒿。叢祠鴉噪而日暝兮，古戍鬻海以烹熬。越山千嶂以相矗兮，斷港縈迂而一篙。臨錢清之汐浸兮，拖廢埭之輕艚。覽禹穴之窆古兮，嗟會稽之棲勞。悼壯圖於種蠡兮，鐫諂辭於斯高。眺蓬萊之清勝兮，懷蘭亭之儁髦。史遷之遊孰繼，蕺山之扇誰操？少陵壯節之英遊兮，太白俊逸之詩豪。泛鑑湖之佳致兮，羨外監之嬉遨。讀幼婦之刻辭兮，遺貌摽夫孝曹。弔貞魂於千載兮，奠桂醑之罩醪。夜宿上虞，舜風所陶。民淳尚存於濬井，鳥馴猶象於耘薅。三江既泛其洶湧，萬壑亦飫於嶗嶆。姚江縈帶而並海兮，四明勃鬱以周遭。山峭拔而益奇，溪洄洑而滔滔。雲獻狀而絕態，松逞姿而蝟毛。猿清吟而送客，竹蓊薈而解苞。雨淙淙而鳴瀑，風颼颼而勢饕。予既冥搜而遐矚，聊舒嘯以抽毫。四庫本《芸庵類藳》卷一。

洛陽懷古賦

邵雍

洛陽之爲都也，地居天地之中，有中天之王氣在焉。予家此始半歲〔一〕，會秋乘雨霽，與殿院劉君玉登天宫寺三學閣，洛之風景，因得周覽。惜其百代興廢以乘〔二〕，天子雖都之，而多不得其久居也。故有懷古之感，以通諷誦。君玉好賦，請以賦言之。

秋雨霽，日色清。萬景出〔三〕，秋益明。何幽懷之能快，唯高閣之可憑。天之空廓，風之輕泠。覽三川之形勝，感千古之廢興。乃眷西北，物華之妍。雲情物態，氣象汪然〔四〕。擁樓閣以高下，焕金碧之光鮮。當地勢之拱處，有王居之在焉。

惜乎天子居東都，此邦若諸夏。不會要於方策，不號令於天下。聲明文物，不自此

〔一〕始半：《皇朝文鑑》卷五、雍正《河南通志》卷七二、《古今圖書集成·職方典》卷四四一、《歷代賦彙》卷三八、《宋元學案補遺》卷一〇作「治平」。

〔二〕乘：元鈔本及《皇朝文鑑》卷五作「來」。

〔三〕萬景出：元鈔本、四庫本及《皇朝文鑑》等均作「景方出」。

〔四〕氣象汪然：元鈔本、四庫本及《皇朝文鑑》等均作「一氣茫然」。

而出；道德仁義，不自此而化。宮殿森列，鞠而爲茂草；園囿棋布，荒而爲平野。鸞輿曾不到者三十餘年，使人依然而歎曰：虛有都之名也。

噫！夏王之治水也，四海之内列壤惟九，而居中者實曰豫州。荆河之北，此爲上流。周公之卜宅也，率土之濱建國爲萬〔一〕，而居中者實曰洛陽。瀍、澗之側，此唯舊邦。迄於今日〔二〕，二千年之有餘，因興替之不定，故靡常其厥居。我所以作賦者，閲古今變易之時，述興亡異同之迹，追既失之君王，存後來之國家也。

昔大昊始法，二帝成之，三王全法，參用適宜。伊六聖之經理，實萬世之宗師。我乃謂治民之道，於是乎大盡矣。逮夫五霸抗軌，七雄駕威。漢之興乘秦之弊，曹之擅幸漢之衰，始鼎立而治，終豆分而隳。晉中原之失守，宋江左之畫畿，或走齊而驛梁，或道陳而經隋。自元魏廓河南之土，植六朝之風物；李唐蟠關中之腹，孕五代之亂離。其間或道勝而得民，或兵彊而慴下；或虎吞而龍噬，或雞狂而犬詐；或創業於艱難，或守成於逸暇；或覆餗而終焉，或包桑而振者。故得陳其六事，雖善惡不同，其成敗

〔一〕建：原作「達」，據四庫本及《皇朝文鑑》卷五改。
〔二〕日：原無，據明鈔本、四庫本及《皇朝文鑑》卷五補。

一也。

其一曰：大哉！德之爲大也，能潤天下，必先行之於身，然後化之於人。化也者，效之也，自人而效我者也。所以不嚴而治，不爲而成，不言而信，不令而行。順天下之性命，育天下之生靈。其帝者之所爲乎！

其二曰：至哉！政之爲大也，能公天下，必先行之於身，然後教之於人。教也者，正之也，自我而正人者也。所以有嚴而治，有爲而成，有言而信，有令而行。拔天下之疾苦，遂天下之生靈。其王者之所爲乎！

其三曰：壯哉！力之爲大也，能致天下，必先豐府庫，峙倉箱，鋭鋒鏑，峻金湯。嚴法令於烈火，肅兵刑於秋霜，竦民聽於上下，慴夷心於外荒。其霸者之所爲乎！

其四曰：時若傷之於隨，失之於寬，始則廢事，久則生姦。既利不能勝害，故冗得以疾賢。是必薄其賦斂，欲民不困，而民愈困；省其刑罰，欲民不殘，而民愈殘。蓋致之之道，失其本矣。

其五曰：時若任之以明，專之以察，始則烈烈，終焉闕闕。既上下以交虐，乃恩信之見奪。是以峻其刑罰，欲民不犯，而民愈犯；厚其賦斂，欲國不竭，而國愈竭。蓋致之之道，失其末矣。

其六曰：水旱爲沴，年歲耗虚。此天地之常理，雖聖人不能無，蓋有備而無患。不得中者，加以寬猛失政，重輕逸權，不有水旱兵革而民已困，而況有水旱兵革者焉？所謂「本末交失，不亡何待」！天下有成敗六焉，此之謂也。君天下者，得不用聖帝之典謨，行明王之教化？士可殺不可辱，民可近不可下。上能撫如子焉，下必戴其后也。仲尼所以陳革命，則抑爲人之匪君；明遜國，則杜爲人之不臣。定禮樂而一天下之政教，修《春秋》而罪諸侯之亂倫；删《詩》以揚文、武之美，序《書》以尊堯、舜之仁；贊大《易》以都括，與六經而并存。意者不可以地之重易民之教，不可以民之教悖天之時[一]。必時教之各備，則居地而得宜，是故知地不可固有之也。

君上必欲上爲帝事，則請執天道焉；中爲王事，則請執人道焉；下爲霸事，則請執地道焉。三道之間，能舉其一，千古之上，猶反掌焉。則是洛之興也，又何計乎都與不都也！如欲用我，吾從其中。唐宋史料筆記叢刊本《邵氏聞見録》卷一九。

[一] 民：原作「天」，據明鈔本及《皇朝文鑑》卷五改。

《邵氏聞見録》卷一九　富公未第時，家於水北上陽門外，讀書於水南天宮寺三學院。院有行者名宗顥，嘗給事公左右。及公作相，顥已爲僧，用公奏賜紫方袍，號寶月大師。公致政，築大第於至德坊，與天宮寺相邇。公以病謝客，宗顥來或不得前，則直入道堂，見公曰：「相公頗憶院中讀書時否？」公每爲之笑。時節送遺甚厚。康節先公自共城遷洛，未爲人所知也，宗顥獨館焉，可見宗顥非俗僧也。康節登其院閣，嘗作《洛陽懷古賦》曰……康節先生經世之學蓋如此，託賦以自見耳。熙寧間，宗顥尚無恙，伯温嘗就其院讀書，宗顥每以富公爲舉子事相勉，曰：「公夜枕圓枕，庶睡不能久。欲有所思，冬以冰雪，夏以冷水沃面。其勤苦如此。」康節先公《懷古賦》初無本，唯宗顥能誦之。年幾九十乃死。

《復小齋賦話》卷上　謝惠連《雪賦》，闢初四句皆三字，後人祖之者不一，如梁簡文《舞賦》、宋邵雍《洛陽賦》、陳普《無逸圖賦》……皆是也。

又　宋陳普《無逸圖賦》不滿二百言，而簡括已盡。元人方、胡、汪三作，雖淋漓奔放，終不能出其範圍。

昆陽城賦

蘇軾

淡平野之靄靄，忽孤城之如塊。風吹沙以蒼莽，悵樓櫓之安在。横門豁以四達，故道宛其未改。彼野人之何知，方傴僂而畦菜。

嗟夫，昆陽之戰，屠百萬於斯須，曠千古而一快。想尋、邑之來陣，兀若驅雲而擁海。猛士扶輪以蒙茸，虎豹雜沓而橫潰。罄天下於一戰，謂此舉之不再。方其乞降而未獲，固已變色而驚悔。忽千騎之獨出，犯初鋒於未艾。始憑軾而大笑，旋棄鼓而投械。紛紛籍籍死於溝壑者，不知其何人，或金章而玉佩。彼狂童之僭竊，蓋已旋踵而將敗。豈豪傑之能得，盡市井之無賴。貢符獻瑞一朝而成羣兮，紛就死之何怪。獨悲傷於嚴生，懷長才而自浼。豈不知其必喪，獨徘徊其安待。過故城而一弔，增志士之永慨〔一〕。

宋刻本《東坡集》卷一九。

朱熹《跋韋齋書昆陽賦》（《晦庵先生朱文公續集》卷八）「爲兒甥讀《光武紀》，至昆陽之戰，熹問何以能若是，爲道梗概，欣然領解，故書蘇子瞻《昆陽賦》畀之。子瞻作此賦時，方二十一二歲耳，筆力豪壯，不減司馬相如也。」韋齋紹興庚申，熹年十一歲，先君罷官行朝，來寓建陽

〔一〕元劉壎《隱居通議》録此賦全文，末句有注云：「嚴尤最曉兵法，爲莽謀主，昆陽之敗，乘輕騎，踐死人而逃。」疑爲蘇軾自註。清陸心源《穰梨館過眼録》亦録有此賦全文，文末有「元豐二年九月廿五日書寄參寥子，眉山蘇軾」凡十八字。

登高丘氏之居。暇日，手書此賦以授熹，爲説古今成敗興亡大致，慨然久之。於今忽忽五十有九年矣，病中因覽蘇集，追念疇昔，如昨日事。而孤露之餘，霜露永感，爲之泫然流涕，不能自已，復書此以示兒輩云。慶元戊午四月朔旦。

《荆溪林下偶談》卷三《詞人懷古思舊》 詞人即事睹景，懷古思舊，感慨悲吟，情不能已。今舉其最工者，如……東坡《昆陽城賦》：「横門豁以四達，故道宛其未改。彼野人之何知，方傴僂而畦菜。」……蓋人已逝而迹猶存，迹雖存而景隨變。《古今詞話》云，語言百出，究其意趣，大概不越諸此。而近世仿傚尤多，遂成塵腐，亦不足貴矣。

《隱居通議》卷五 東坡先生有《昆陽城賦》，殊俊健痛快。

新城賦 並敘

周紫芝

建炎元年五月朔，今天子以天下兵馬大元帥即寶位於南都。尚書右丞吕公，奉隆祐皇后旨，持國璽歸行在所。上嘉其忠，拜公以丞轄之命。三年秋八月，公移病，得請爲宣城守。時朝廷方專任老成，以惠安黎庶。而宣於江左爲要郡，因飭有司賜中都錢五萬緡，俾繕築故壘，悉起而新之。公至鎮之三月，既因舊址，分命其僚，鳩工飭材，以振頹靡。曾不淹歲，告成於朝。雉堞樓櫓，聳然環峙；長河深塹，縈帶乎四維。民始有賴以安焉。某實此邦之士，均被惠澤，以保厥攸居。不能自默，乃爲之賦以獻。其詞曰：

皇受命之無疆兮，撫列聖之重熙。植本支以爲城兮，守中國於四夷。成威疆於道德兮，柔遠人而懷來。雖外户其弗閉兮，詎正晝而穴坯。陵垝垣其寖弛兮，悵孤墉之日隤。邇謀臣之鑿空兮，結奇禍於邊陲。盜鋒起於中夏兮，焜樵蒸之配黎。纂嗣聖之丕圖兮，倏虎嘯而龍飛。登故老於海濱兮，勤懇惻於疇咨。眷大江之横鶩兮，紀南國而東維。瞻霓旌而望幸兮，阻石頭之崯巇。何兹土以爲輔兮，實警蹕之是毘。

爰屬公以往城兮，即舊址以增治。始天語之丁寧兮，旋縮板以塈茨。驚萬杵之雷動兮，屹百雉其厜㕒。初浮梁以陜陜兮，趣伐鼛而既疲。聳丹樓之如霞兮，麗朝日於罘罳。繄二水其如帶兮，湛汪灣而渺瀰。具藺石而布渠答兮，亦虎落之旁施。役不再籍兮，耕不解縻。民不告病兮，負鉏以遨嬉。

忽寇賊之凌暴兮，蔽横江之旌旗。剽旁邑而不入兮，無匹馬之敢馳。豈精誠之下格兮，匪木石其奚疑。追迴天之讜議兮，信大廈之復支。斂餘波以小溢兮，在此一方之群黎。公時與賓客而周覽兮，淚雨下而交頤。念北狩之既遠兮，渺法駕其何之？客起舞而壽公兮，願效節於守陴。公亦友松喬而不得兮，反雲旆乎霄涯。屏四方其安堵兮，豈陋壤之足爲。儼余冠以從公兮，聊望雲而裴回。四庫本《太倉稊米集》卷四一。

東平賦

陳宓

惟東平之長川兮，挂玉龍於曉空。樹蓊蔚其如雲兮，翼兩旁其相從。翻九河以浴日兮，咲氛氣之垂虹。當盛夏而不枯兮，爲千載之穰豐。羗滌塵而卻者兮，常喧外而寂中。結草亭以枕流兮，聽《韶》《武》之商宫。極耳目之娱悦兮，駭皷盪於心胸。方綿飛而絮擘兮，忽霆擊而雷椿。忘百慮以無營兮，視不息之化工。譬小德之順行兮，研至理於無窮。豈玩情於幽獨兮，庶天運之同功。續修四庫全書影印本《復齋先生龍圖陳公文集》卷一。

寧海縣賦 並序

儲國秀

孫興公作《天台賦》，信耳聞而任臆度。寧海其東麓也，事或湮没而弗著。獨一丹丘存舊名，而臨海、天台交有之，莫訂其實。余家寧邑蓋五世，其山川里社之所隸，人物土産之所鍾，有親見，非剽聞，有諗知，非臆度也。矧夫皇輿塘、錢塘邑在五百里甸服中，聲教濬滌，精彩呈露，月異而歲不同。顧以千百年往事概觀，得乎？暇日繙故書，因命子墨賦之。詞之淺薄，雖不諧金石聲以取譽於時，原古備今，聊以補前賦所未及云。

有客自東都來，問於桃源主人曰：「吾行天下，周覽山川，九土之別揚州，台嶽未發於神秀；六朝之都建鄴，寧海罕著於名賢。堪輿闇而弗耀，圖諜佚而無傳。子居是邦，願聞其所以然。」

主人曰：「客亦知夫天施地生之有消長，古往今來之有更禪者乎？以吳越爲蠻索，《春秋》之所同貶；以台明爲瓌富，詞人之所深羡。惟晉太康，吾邑始顯。截回浦而置郡，析章安而爲縣。初宅白嶠，聲迹歲遠。旋卜海游，規模日淺。今遷治於廣度，得形局而恢展。背烏石之岧嶢，腰玉帶而回轉。橋亭横界乎兩街，市門旁達於四面。祠應三台之頃臨，井象七星之分建。方祥符之奉帝真，新皇祖之登御殿。藩府之儀式崇，十節之侯謁見。乃紹興之定庠，揭四教之堂扁。屏門闠之囂諠，儼麗澤之淵泫。祝聖則放生池之記複出，勵賢則釋褐坊之題壯觀。祭社有壇，以重先農之祈報；登陸有亭，以隆過客之賓餞。爾乃六卿冠蓋之都會，千室絃歌之敷闡。隸方畿之繁邑，非郑小而滕褊。

「其山則東有帽尖蓋蒼之絶巘，西有桑洲桐巖之卓峰，峴城矗立於南鄙，天門昂峙於北封。三十六雷當其肘，一十六窟蟠其胸。跨古岫而上寮斗，蓋梁宣王之舊遊幸；踰摘星而入瑞雲，又佛曇猷之諗經從。垝橋之虹，石梁杳通，蒼蒼葱葱；仙巖之峰，洞天幾重，穹穹窿窿。奇龍勍虎，嶮怪巃嵸。雲情雨狀，變現洪濛。康樂思登而泥武，文舉願從而遲蹤。

「其海停納萬流，宗長四瀆，控直港於稽鄞，引大洋於温福。出烏崎，通鴨緑，睎日本，睇暘谷。合鎮都而爲五十二，隸海嶼者有三十六。馬筋滉漾之鄉，匯閭尾而吸長川；黄渡湍激之勢，架修梁而接平陸。緱城以北，厥壤既隩，歎畸亭之舊，築浮門之曲。厥聚惟簇陳，長城之故族。一日再潮，陽往陰復。千艘萬艘，東奔西逐。元輿觀之而難言，子虚賦之而不足。

「其野則有郊坰原隰，溪澗洞潭。其平如掌兮通適，其峻無涯兮叵探。視涓流而過坂兮，爲碑爲甽；望朝氛而竟野兮，爲霧爲嵐。風挾颷而震遠，雨拖浪而蕩炎。居甿安之而生聚，神物憑之而隱潛。爾乃培厚而百家集，淵深而萬有涵。董畦富於松壇黄社，蔬圃利於後洋溪南。苔脯擅奇於古洞，茶筍毓瑞於寶巖。峽石蘋奴，魁蹲鴟而軟滑；栲溪楮友，方剡藤之瑩纖。九頃蓮芡，得水澤之富；三洋椒漆，宜土性之咸。竹蕃於筀筋淡苦，木盛於櫧樟松杉。

「其卉則萱蕉葵蒲，艾蓼蘆蒹，而灑然秀出者，惟蓀珥蘭簪。其果則李奈榴栗，桃杏梅枬，而磊然飣座者，惟香橙乳柑。其田穀則秈秫總總，而利獲於海塗者相倍蓰；其陸種則麻菽穟穟，而歲收於山貨者常二三。藥物誌於篔窗者大半，菊種譜於南塘者相參。厥草芊芊兮，長重脂之狩；厥桑黝黝兮，登五熟之蠶。鑿埳則梅村之沙成鐵，熬波則長亭之土成鹽。以至惟錯之珍，所産者多。鱸脆鰲肥，螺珍蛦柱，蠣牡鰕魁，望潮章巨。蟳含膏而團臍，鱟凝油而塞肚，鮻通黄而粲金相，鯞柔白而懸銀縷。新婦臂婉而凝脂，老嫗帔長而曳組。舊總謂之鱻鮮，賤不論於分數。

「若夫滂漲而河豚生，汐退而彈塗聚，蛇沫浮鰂黑煦，鼂車攢蠔山豎。修帶如篦，斑鹿禎虎。鰜目之比如瞪，魦觜之銛於鋸。鯕梅之輭如束，鮨苗之多於黍。鯧楓葉之僄輕，鱧竹夾之癯露。加之鯕鰻鱭魛之黨類，蚌蛤蟶蜼之儔侶。《水經》失於登載，《爾雅》昧於記注。名不周知，品不殫舉。於是術逞詹公，巧兼任父。隨搜收於緡罾，膭堆貯於鼎俎。又有鯉鯽細鱗，鮎鰍吐哺，蛙蟹産於疇塍，鱔鼈穴於沙渚。濈濈湡湡，洋洋圜圜，雖水族之殊科，亦海物之同與。礦石涸於蛇盤之丘，石首發於洋山之嶼。工師鑽堅而斷分，舟人冒險而漁取。磨礱碶砌，以供百家之常需；膠鰾鱐鯖，以通四方之販賈。此雖方物之所宜，抑亦他邦之鮮伍。而況東南正氣，界截海邦，霞嵋月嶼，鍾英孕芳。曩以去天之遼邈，超然避地而退藏。至屈氏子廬於湫水之滸，梅長者棲於鳳山之岡。曰鐵場則有若張少霞之藥鼎，曰桐柏則有若葛稚川之丹房。雖啟靈而著述，迄鏟彩而埋光。

「偉宋德之當天，同文軌於殊方。崇姬孔而抑聃釋，業文策而變工商。越嘉、治、祐、宣之熙洽，聯周、王、羅、李之騫翔。赫名第而起晦，闢井社以劚荒。迨六飛之度南，廣仁澤之延袤。東西王兩族之望，左右許一門之秀，疏學殖之根源，競賢路而輻湊。鄉貢之家，比比乎連甍；橋門之彥，翩翩而結綬。或騫華於童習晚恩，或擢穎於宗英世胄，或文武科之踵升，或內外優之疊奏，或能流光於宦業，匪徒角勝於文囿。爾乃白屋公卿，青雲步驟，烏臺騎省之出入，虎節菟符之先後。重典選於春闈，侈歸榮於晝繡，簪筆素以對天光，典樞衡而應台宿。等而上之，來者靡究。更有尚清修而立門户，輕進取而安里廛。泥滓名位，膠漆林泉。瀉陶篇而杜什，藐島瘦而郊寒。蒙菴文會，襄陽之耆舊；閬風詩侶，江西之派源。或闢野堂而講學，或儲墨藏之遺編，或守柴桑之廬而厭仕，或結香山之社而逃禪。信君子之行藏，表鄉里而率先。士得師於庠塾，農勤身於桑田。工執藝而精良，商通貨而貿遷。舉樂道而懷德，知委順以安天。於是俗化，明表裏正，有事生事亡之合於理，有爲婦爲母之一於敬。守義者却婚於崔盧，篤教者媲賢於陶孟。兹陽倡而陰和，猶宫動而商應。若蔡貴嬪則垂國史之懿範，若汪李氏則著郡記之賢行。厥惟風教所關，非但室家相慶，亦或厭世味之甘辛，悟法身之清凈。傳祖遠之衣鉢，擅上方之名勝。

「惟此舊俗，安於遐陬，不從軍而走馬，不帶刀而賣牛，僅守田園之業，以紓衣食之謀。彼錢氏之僭竊，奄全浙而誅求，遞逢迎而加賦，苦椎肌乎何尤。獨陳長官，如魯中牟，歷上書而争詆，寧委身於縶囚。直挽回其毒手，得輕損於苗頭。迨夫錢俶納土，而後皇政優遊，閔赤子之彫瘵，從寬典而撫優。由是歲月久，雨露周，主意渥，宿瘼瘳。立縣渚之鎮，以警鄉落之狗鼠；設臨門之寨，以壯屯衛之貔貅。寬税斂於經典，弛酤榷於糟丘。免身丁而生齒有滋蕃之益，行義役而鄉鄰無糾決之讐。遂百年之聚族，溥一同而蒙休。又況氣數斡於定理，矩矱係於操修。赤城經行之日著，拙齋生徒之雲稠。寓黌舍而象繪，備烝嘗於春秋。植公道之赤幟，屹砥柱於中流。後生宗之而自勵，末俗聞之而不偷。

「且夫自有邑里以來，希見兵革之事。袁晁狂徒，竟殲於十二保橋；吕囊殘黨，隨撲於清泉山寺。二難既消，寸鐵不試，晏然媯葛之居民，真若仙佛之樂地。子來幾日，談何容易？」

客再拜曰：「吾儕小人，麤明大義，兹固道聽而塗説，或恐俗殊而政異。敢將狂夫之言，以發主人之意。海瀕斥鹵，旱乾無備。三日不雨，則田龜坼而枯焦；一穀失收，則民憔悴而狼狽。枯富家之儲贏，仰客舟之米至。此合推廣社倉之成規，以爲凶年之久利。萬户酒酤，沈湎荒恣，大家造年計以糜穀，細民乏朝炊而求醉。是雖郡國之委輸，終亦縣家之枵匱。此合稍復發賣之通規，以貯公私之元氣。官弱民强，誰實誰祟？治邑者悸憚而不問，攝事者苟且而不治。此安得關中司馬、洛陽康節之復生，以主鄉邦之公議？余亦言外之散人，或干狂謀而出位。」

主人矍然起而謝之曰：「客固咎吾之不言，而未知吾所欲言之志。」就歷敘於篇中，以備觀風者之所采。《歷代賦彙補逸》卷六。

節鎮賦

王應麟

東自梓定，劍南東川潼川府。西從益求。西川成都府。東載名於峴首，山南東道襄陽府。西次立於梁州。山南西道興元府。河陽盟津，河陽三城孟州。東得太原之壯；河東太原府。淮南揚土，淮南揚州。荆無郢渚之憂。荆南江陵府。節建閬中，軍名安德。閬州。興居齊土，成處鎮土；濟南府、真定府。彰曰鄴國，昭爲潞國。相州、隆德府。華原沮水，宜多所感之人；耀州。武陵桃源，是謂有常之域。常德府。寧海、鎮海，杭都、益都。臨安府、青州。陸本在於臨汝，汝州。清實蒞於番禺。廣州。曰横瀛兮，乃景城、河間之地；滄州、河間府。曰平静兮，爲清源、瓊管之區。泉州、瓊州。載惟夔國之名也，實自寧江而肇于。夔州。鎮静無譁，豈京口、桂林之異；鎮江府、静江府。定平不擾，無尋陽、吴會之殊。江州、平江府。定彼馮翊，護彼河中；同州、河中府。寧於宣城，安於鉅鹿。寧國府、信德府。奉鄞水兮國次五位，慶元府。慶襄邑兮保先五福。拱州。東陽咸謂於寧土，婺州。鄜時允爲於大麓。鄜州。乃順洮陽，洮州。乃成府谷。府州。房陵康兮，房州。平山陜郡之臻；陜州。符離静焉，宿州。信自合肥之篤。廬州。武以昌始，地惟鄂强。鄂州。南陽、黔中，武信、武泰；鄧州、紹慶府。滑臺、洋川，武成、武康。滑州、洋州。入中山而衆則皆定，中山府。服均陽而彼烏敢當。均州。或秦雄而遂信，秦州、遂寧府。或邕建以延彰。邕州、延安府。威著長樂，福州。忠聞許昌。潁昌府。寧有後先，徐州武寧、利州寧武。在徐土、葭萌之地；冀州安武、潭州武安。據信都、嶽麓之疆。鎮七其名，越自東先；紹興府。洪次於南，麟由西併。隆興府、麟州。安居陳國之位，淮寧府。寧秉澶淵之柄。開德府。洮熙河而熙以名著，熙州。潼華陰而華焉域正。華州。瀘濬別州，瀘平川泳。瀘州、瀘川、濬州平川。昭安彰之三化，洧水密涇；金州、密州、涇州。興泰奉之三寧，彭原兗鄭。寧州、襲慶府、鄭州。遂普二安，嚴劍從命；嚴州、隆慶府。淮建二康，蔡昇嚮風。蔡州、建康府。彰曹南、崇漢東，而昭具信贛；興仁府彰信，隨州崇信，贛州昭信。安鄖國、寧容管，而清兼遠融。德安府安遠，容州寧遠，融州清遠〔一〕。宜作慶始，宜爲遠終。宜州慶遠。陽安化之郡內，慶州慶陽。源樂城之域中。趙州慶源。犍爲湖亳，以及康嘉昭集永；嘉定府、安吉州、亳州、德慶府。巴郡端舒，而暨蜀重肇安崇。恭州重慶，端州肇慶，舒州安慶，蜀州崇慶。岳岳陽而順昌汝陰，岳州岳陽，順昌府順昌。光光山而鳳翔好畤。光州光山，鳳翔府鳳翔。寧建富沙，雄建晉國；建寧府建寧，平陽府建雄。天平鄆城，涼平隴坻。東平府天平，渭州平涼。然則永興長安，嘉興檇李，而忠正下蔡焉，京兆府、嘉興府、壽春府，靜難終居於邠水。邠州。四庫本《玉海》卷二〇二《辭學指南》。

〔一〕融州：原作「副州」，據《宋史》卷九〇《地理志》六改。

宋代辭賦全編卷之四十八

賦 治道一

開封府試人文化成天下賦 以「焕乎人文，化成天下」爲韻[一] 田錫

大哉至明之君，膺景運，集洪勳。躋域中於皇極，化天下以人文。時屬升平，焕聲明於禮樂；道尊儒雅，發謨猷於典墳。豈不以丕光大之遠圖，闡雍熙之至化？金革斯偃，朝堂多暇。遒人述職，方下采於詩聲；真宰經邦，亦恥言於强霸。美哉！文之爲用也，至化攸先，明乎焕然。比萬彙流形於厚地，三辰垂象於穹天。藻火衮裳，禮之文也，始飾容而有爛；羽旄綴兆，樂之文也，將達節以相宣。故堯舜

[一] 四庫本作「以『焕乎文章，化被天下』爲韻」。

化民以仁，禹湯躋俗以義。致玄德以招著，見皇風之光被。

是以魯史述湯之德也，則曰「齊聖廣淵」；《虞書》美堯之仁也，則曰「聰明文思」。宜乎籩豆品數，車服采章；成均掌庠序之齒列，瞽宗司金石之鏗鏘；繪宗廟之彝器，炳日月於太常：皆文之於外者也。黎民閱之以恭肅，靡不昭彰。迨乎《易》之教也，厥旨精微；《書》之訓也，俾人貞幹；《詩》之教也，致流俗之惇厚；《春秋》之教也，懲賊臣之叛亂：斯乃文之於内者也。萬國化之以中正〔一〕，炳然明焕。是知撫育中區，恭臨寶圖，納生靈於富壽，致品彙於昭蘇。亦猶挹水於器，而方圓自適；以木從繩，而規模罔踰。是以洋洋鄒魯之風，宜乎盛矣；穆穆唐虞之化，猗歟焕乎！

今我后功格昊穹，澤流區夏；復風俗於淳古，播詠歌於大雅；悦靈臺之偃伯，慶華陽之歸馬。小臣幸與試於王庭，抃蹈於雙闕之下。傅增湘校訂淡生堂鈔本《咸平集》卷九。

聖德合天地賦 以「聖德昭彰，合乎天地」爲韻

田錫

聖德昭宣，巍乎焕然。廣大而下蟠於地，高明而上極於天。地道以卑，我則小心而

〔一〕以：原無，據上文「黎民閱之以恭肅」補。

翼翼；天心以健，我則終日以乾乾。《洪範》曰：「思作睿，睿作聖。」常心逸於萬務，每躬親於庶政。文明取象，圜穹照昭晳之文；恭默無爲，方輿順發生之令。閱史官之圖籙，披夫子之文章。堯舜禪讓謂之帝，羲軒拱揖謂之皇。漢文或尚雜霸道，夏禹則首隆王綱。雖殊塗而光被，實同德而昭彰。宜乎恩普黎元，澤均品彙，鹿鳴食野以斯樂，魚性悦泉而自遂。亦猶高無不覆，三辰垂象於昊天；廣無不包，萬物流形於厚地。

天之道福謙也，所以用人於朝；地之道害盈也，所以用德勝妖。《禮》或稱乎穆穆，《詩》或詠乎昭昭。睿聖崇高，固難闚於户牖；謨猷静謐，亦下采於芻蕘。美哉！仁比春融，量能海納，信一德以允若，與二儀之吻合。

濡之惠澤，若吐自於山川；扇以皇風，比來從於閶闔。故得保興隆於帝圖，常覆育於中區。故天不愛其道，而祥風入律；地不愛其寶，而器車在塗。所以封泰山以告成，既盡善也；禪梁父而報本，不亦宜乎！今我后功掩百王，恩敷萬國，齊夷夏於大信，納生靈於壽域。故風雨咸若，陰陽不忒。大哉！蕩蕩巍巍，與乾坤而合德。傅增湘

校訂淡生堂鈔本《咸平集》卷八。

聖人無名賦

元聖之道，無得稱也

王禹偁

聖人執大象，體乾元，雖有教以及下，故無名於自尊。仰之彌高，强配乃神之號；爲而不有，奚矜惟睿之言。原其先天之謂道，體道之謂聖，所以居域中之大，所以爲天下之正。惟澹惟默，固抱璞以含章；不識不知，豈命氏而考姓？

所謂上德不德，無爲不爲。其作也，萬物所覩；其用也，百姓弗知。難審之於耳目，徒象之於希夷。亦猶微妙者神焉，蓋强而名矣；蒼黄者天也，但據遠視之。徒觀其妙有羣生，躬臨大寶，寧鑽燧以啟祚，豈巢居而建號？聰明盡黜，罔求濬哲之褒；迹用弗彰，但守虚無之道。得非喪天下於華胥，得環中於道樞？蛇身牛首兮非吾之耦，雲官鳥紀兮莫我爲徒。孰躋王而黜霸，孰追堯而禪虞？其或稽之以帝籙皇圖，則視之若無；求之以温恭允塞，則名之莫得。其何必謂栗陸氏以居尊，據軒轅丘而啟國者哉？所謂莫之與京，無得而稱，探至賾以爲用，曷常名而足徵。尼父復生，欲憲章而何取？子長雖在，思紀列以無能。

今我后尚黄老以君臨，闡清净而化下；抑徽號於睿聖，扇玄風於華夏。有以見聖無名兮神無功，信大人之造也。四部叢刊本《小畜集》卷二。

君者以百姓爲天賦 君有庶民，如得天也

王禹偁

勿謂乎天之在上，能覆於人；勿謂乎人之在下，不覆於君。政或施焉，乃咈違於民意；民斯叛矣，同謫見於天文。在乎觀百姓之勞逸，豈止仰一氣之絪緼而已哉！徒觀乎浩浩玄穹，蚩蚩黔首，覆盂之狀何在，倚杵之形莫有。苟知乎御之以道，亦類乎戴之而走。

悠也久也，固無杞國之憂；養之育之，宛其媧皇之手。取彼穹昊，方兹兆民，匪在蒼蒼之色，勿輕蠢蠢之人。雖令不從，反時之烖是比〔一〕；撫我則后，無親之義斯陳。可仰兮匪獨高明，可畏兮亦惟黎庶。每慮其一夫不獲，竊比於六龍以御。驗惡紂以歸周，似厭秦而授楚。是知察彼哀樂，同兹慘舒，但人心之悦矣，任天道之何如。教以文章，似列星辰之際；示之淳朴，疑歸混沌之初。想夫君既柔懷，民同剛克，姑寅畏以

〔一〕烖：四庫本作「災」，《古今圖書集成·皇極典》卷二五四、《歷代賦彙》卷四一作「烖」。

則可，苟暴殄而安得？輿人謌頌，乃大舜之升聞；自我聰明，信惟堯之是則。大矣哉！善化民者，以天爲則；善知天者，以民爲先。若天人之理洞達，則帝王之道敷宣。寧資禆竈之言，斯爲妄矣；自取夷吾之説，不亦明焉。今我后子育兆民，砥平九野。上惟奉於穹昊，下每矜於鰥寡。自然以百姓爲天，萬方歸也。四部叢刊本《小畜集》卷二。

正家而天下定賦

以「家道居正，平定天下」爲韻

夏竦

夫王者刑於國，自於家。苟家人之居正，則天下之無邪。男女有宜，序君臣而甚邇；威嚴罔懈，制刑政以非賒。原夫九聖微言，六虚元造。《巽》、《離》之象攸設，家國之文可考。内惟陰正，式符順以之規；外則剛中，克叶威如之道。蓋其以威爲本者，患愛之不孚；以愛爲本者，患威之無餘。思愛育之不黷，在威稜而自居。恭謹見嗃嗃之儀，故有孚於居極；侮慢有嘻嘻之象，蓋失節於慎初。故聖人治家之威，刑國之政，始親親於九族，終明明於百姓。恭己則人敢不恭，正家則國罔不正。則在乎聰明御下，端謹存誠。言必信而無妄，行有常以惟貞。

陰禮可觀，既閨門之肅睦；聖功惟敘，則區宇之和平。故能親賢才，放邪佞。國之定則家之正，家之正則國之定。防閑不失信，君令以臣行；教化無遺見，姑慈而婦聽。是則德及荒服，恩覃溥天。四海爲家而肅肅，萬民如子以平平。二女有儀，乃虞舜政行之始；寡妻可法，爲文王教令之先。是知正於外者先正其中，治於衆者先治於寡。差於近則失於遠，正於上則平於下。今上審安危，慎取捨，家道成於親戚，國政行於夷夏。《易》所謂「王假有家，交相愛也」。四庫本《文莊集》卷二三。

政猶水火賦

夏竦

夫濟水者火，濟猛者寬。苟水火之功罔咈，則寬猛之政堪觀。蓋治不得以常舒，舒則民慢；事不得以常急，急則民殘。故君子施之以寬，糾之以猛。式齊離坎之象，自合陰陽之境。謂晦之至兮將闇，必繼之以明；動之極兮則勞，必濟之以靜。是故上善是將，炎德其相，愛畏之宜迭用，文武之道交光。九德用宣，始湯湯而洊至；百刑以正，俄烈烈以方揚。故能成良吏之功，立明王之制。或温潤以和協，或彊明而正厲。德均烹飪，傳齊美於和羹；道合剛柔，《易》同功於《既濟》。然則建皇極，合中庸，若慘舒之更用，類律吕之相從。刑久則殘，故賞於春夏；賞煩則弊，故刑以秋冬。

是知物不終衰，有時而盛；道不終利，有時而病。在乎酌炎上以求治，參積陰而發政。羣生不匱，如符菽粟之資；萬事適中，奚取韋弦之性？蓋以水濟水兮其德衰，以猛濟猛兮其政危。猛因寬而不暴，水因火而無虧。故法網明明，孰見蹈而死者？政經閎閎，誰敢狎而玩之？我國家宅元功〔一〕，播鴻造，流睿澤於潤下，發恩光於就燥。儒有服子産之言，願佐太平之道。四庫本《文莊集》卷二三。

司馬光《涑水記聞》卷三 景休曰：夏竦字子喬，父故錢氏臣，歸朝爲侍禁。竦幼學於姚鉉，使爲《水賦》，限以萬字。竦作三千字以示鉉，鉉怒不視，曰：「汝何不於水之前後左右廣言之，則多矣。」竦又益之，凡得六千字以示鉉，鉉喜曰：「可教矣！」年十七，善屬文，爲時人所稱。

〔一〕我：乾隆翰林院鈔本作「故」。

藏冰賦　以「冰盛之日，藏以昭禮」爲韻

夏竦

大寒陰凝，國乃藏冰。法上天之歷象，遵百代之規繩。鑿諸窮谷之間，清聲競發；納彼凌陰之内，素彩交騰。當其冬氣殘，寒風勁，溪壑霜皎，川池雪映，天子於是度時令，齊國政，詠卒章於《七月》，知邠國之風；觀列職於凌人，見周官之盛。乃睠有司，謹而行之。將不遺於國用，冀無爽於天時。納自輿人，委截肪之瑞彩；閉之冰室，積靈玉之寒姿。蓋以氣肇微和，候殘嚴律。念積陰之潛伏，懼盛陽之侵軼。乃鑿彼凝沍，藏其凛慄。紅輪引耀，遵北陸於斯辰；黑秬惟馨，享司寒於是日。莫不陽威振發，陰德潛藏。禮雖遵於往古，事疑出於非常。取不失時，斬峨峨之素質；用之以道，結凛凛之寒光。吾乃觀其所因，知其所以。致苦雨之不降，亦驚雷之罔起。獻羔而啟，既不解於東風；治鑑而成，又何歸於舊水？美夫元功可驗，至德孔昭。不失膳羞之味，且無霜雹之妖。《詩》謂春開，享祖宗於清廟；《禮》聞下逮，頒禄位於公朝。我皇上以典故臨人，以文明繼體，修時政以施令，藏堅冰以示禮。故時無愆伏之災，而道光乎祖禰。四庫本《文莊集》卷二三。

日在北陸而藏冰賦

寒盛之月，藏著冰室

宋祁

古者上求辰次，下立正端，視北陸以爲候，納層冰而命官。枵次可瞻，既乘陰於窮谷；輿人畢入，方用牡於司寒。兹乃順天之經，降邦之命，使陰不得閉而成眚，陽不得越而爲病。是用測日所在，居冰方盛。一之日氣方烈烈，乃俟顓頊之躔；二之日鑿焉冲冲，遂舉凌人之政。

觀夫順考舊典，申嚴有司，彼日之道，在虛之維。有史氏以戾止，有虞人而致之。乃曰藏乎以道，今也其時。愛景方融，霜有至堅之象；隆冬聿暮，狐無可聽之疑。然後積水並營，窮山異伐。丘聚鄉縣，玉堆城闕。投冶鑑以彩凝，射清壺而光發。動而合禮，當吕《紀》之小寒；居不踰時，本《邠》詩之《七月》。

嚮若官失其業，君怠於常，歲日既易，川池弗藏，時則有淒風苦雨，時則有厲雹災霜。人誰禦之？物薦臻於疵癘；呰常燠若，天取謫於陰陽。我是以利不素愆，事因微著。步晷歷以潛測，厲嚴凝而豫慮。六龍回薄，仰觀象以告期；九澤腹堅，悉送官而待御。

同升。噫！恭授惟日，畢賦者冰。二端以協，百度其凝。用能俟朝覲而惟謹，逮火出以獻羔羊而始開，廟祧云薦；祓桃弧而後賜，禄位其承。宜乎左氏直書，申豐善述，示後代之成憲，著先王之要術。日之至兮冰之藏，敢告凌陰之室。四庫本《景文集》卷四。

用天下心爲心賦 人主當用天下心矣

范仲淹

至明在上，無遠弗賓。得天下爲心之要，示聖王克己之仁。政必順民，蕩蕩洽大同之化；禮皆從俗，熙熙無不獲之人。當其治國牧民，代天作主。敷至治於四海，遂羣生於九土。以爲肆予一人之意，則國必顛危；伸爾萬邦之懷，則人將鼓舞。於是審民之好惡，察政之否臧。有疾苦必爲之去，有災害必爲之防。苟誠意從乎億姓，則風化行乎八荒。如天聽卑兮惟大，若水善下兮孰當。彼懼煩苛，我則崇簡易之道；彼患窮夭，我則修富壽之方。夫如是則愛將衆同，樂與人共。德澤浹於民庶，仁聲播於雅頌。通天下之志，靡靡而風從；盡萬物之情，忻忻而日用。豈不以虚己之謂道，適道之謂權。下有所欲，吾何可專？一應萬而誠至，寡治衆而功宣。堯舜則舍己從人，同底於道；桀紂則以人從欲，自絶於天。必也重乎安危，明夫用捨。弗凝滯於物我，可并包於夷夏。賾老氏之旨，無欲者觀道妙於域中〔一〕；稽夫子之文，虛受者感人和於天下。

若然則其化也廣，其旨也深。不以己欲爲欲，而以衆心爲心。達彼羣情，侔天地之化育；洞夫民隱，配日月之照臨。方今穆穆虛懷，巍巍恭己。視以四目，而明乎中外；聽以四聰，而達乎遠邇。噫！何以致聖功之然哉？從民心而已矣。清康熙刻本《范文正公集》卷二〇。

《賦話》卷五　宋范仲淹《用天下心爲心賦》中一段云：「於是審民之好惡，察政之否臧，有疾苦必爲之去，有災害必爲之防。苟誠意從乎億姓，則風化行乎八荒。如天聽卑兮惟大，若水善下兮孰當？彼懼煩苛，我則崇簡易之道；彼患窮夭，我則脩富壽之方。」此中大有經濟，不知費幾許學問纔得到此境界，勿以爲平易而忽之。

〔一〕道妙：四庫本作「妙道」，四部叢刊本及《古今圖書集成·皇極典》卷二四六、《歷代賦彙》卷四一並作「道妙」。

聖人大寶曰位賦

仁德之守，光大君位

范仲淹

聖人以正兹盛位，御彼兆民，故稱之於大寶，實守之於至仁。保於域中，既永綏於南面；貴乎天下，自可象於北辰。當其穆穆承乾，巍巍立極，必先安之於位，然後崇之以德。闡兹神化，既天啟於一人；固此鴻基，方君臨於萬國。念兹在兹，高而不危。於以見大人之造，於以見王化之基。是謂國之寶也，故得人皆仰之。九五之尊，求忠信而爲助；億兆之上，與慈儉以同施。故能上配三無，下安九有。且無反以無側，誠可大而可久。慎終如始，若難得以爲思；持盈守成，契不貪而是守。

則知稟其聖者，於焉位昌。寶其位者，於焉化光。斯位也既首出於庶物，其化也乃日聞於四方。亦如位於高明者，天故生成而莫極；位於博厚者，地則養育於無疆。夫如是，則遐邇具瞻，上下交泰。言其寶則非常之寶，謂其大則强名之大。寧慙希代，間千載以居尊；豈止連城，鎮萬邦而攸賴。大哉！君以守位，位以居君。能辯方而是處，則行教而有聞。聖域旁連，想善鄰而是比；皇圖斯啟，覩王度以爰分。我后執契嗣文，垂衣有位。并光華於日月，齊長久於天地。赫赫鴻猷，萬斯年兮光被。清康熙刻本

王者無外賦

王者天下，何外之有

范仲淹

穆穆皇皇，爲天下王。宅六合而化何有外，育兆民而道本無疆。廣若乾坤，曷有能踰之者；明借日月，曾無不照之方。當其保安宗社，混同夷夏。運德車而無不至焉，闢義路而何其遠也。普天率土，盡關宵旰之憂；九夷八蠻，無非臣妾之者。其仁蕩蕩，其道平平。視之不見，尋之無邊。誠厚載之象地，亦洪覆之配天。令出惟行，寧分乎遠者近者；德廣所及，但見乎無黨無偏。若然，則包括八紘，牢籠九野。惟善守於域内，乃化成於天下。萬邦同式，孰謂乎限蠻隔夷；四海爲家，莫聞其彼衆我寡。

故得五兵不試，四國是訛。於以見上下交泰，於以見遠近咸和。九霄之皇澤下施，無遠弗屆；萬國之黔黎受賜，其樂如何。故知覃及鬼方，守在海外。書同文而車同軌，地爲輿而天爲蓋。如春之德，廣育而萬物咸亨；若海之容，處下而百川交會。

大矣哉！自南自北，覆之育之。見兆民咸賴，信一人不遺。五霸何知，據山河而一戰；三王有道，流聲教於四夷。今我后寅奉三無，光宅九有。播皇風於無際，守鴻圖而可久。夫如是，四海九州，咸獻無疆之壽。清康熙刻本《范文正公别集》卷二。

君以民爲體賦 君育黎庶，如彼身體

范仲淹

聖人居域中之大，爲天下之君，育黎庶而是切，喻肌體而可分。正四民而似正四支，每防怠墮；調百姓而如調百脈，何患糾紛。先哲格言，明王佩服。愛民則因其根本，爲體則厚其養育。勝殘去殺，見遠害而在斯；勸農勉人，戒不勤而是速。善喻非遠，嘉猷可稽。謂民之愛也，莫先乎四體；謂國之保也，莫大乎羣黎。使必以時，豈有嗟於盡瘁；治當未亂，寧有悔於噬臍。莫不被以仁慈，躋於富庶。教禮讓而表其修飾，立刑政而防其逸豫。蒸人有罪，諒責己之情深；慶澤無私，訝潤身之德著。豈不以君也者舒慘自我，體也者屈伸在予。心和則體儼若，君惠則其民晏如[一]。永賀休戈，攸若息肩之際；乍聞擊壤，樂如鼓腹之初。彼以芻狗可方，草芥爲比。一則强名於老氏，一則見譏於孟子。曷若我如屬辭

[一] 晏：原作「宴」，據四部叢刊本及《古今圖書集成·皇極典》卷二五四、《歷代賦彙》卷四一改。

復使臣而以禮。故能以六合而爲家，齊萬物於一體。清康熙刻本《范文正公别集》卷二。何殊修己；觀萬民之風俗，豈異觀身。今我后化洽風行，道光天啟。每視民而如子，大哉！一人養民，四海咸賓。求瘼而膏肓曷有，采善而股肱必臻。修兆人之紀綱，而比事，終去此而取彼。觀其可設，猶指掌以何疑；視之如傷，豈髮膚而敢毁。

堯舜帥天下以仁賦

堯舜仁化，天下從矣

范仲淹

穆穆虞舜，巍巍帝堯。伊二聖之仁化，致四海之富饒。協和萬邦，蓋安人而爲理；肆覲羣后，但復禮以居朝。當其如天者堯，繼堯者舜，守位而時既相接，行仁而性亦相近。内睦九族，善鄰之志咸和；外黜四凶，有勇之風遐振。聰明作聖，濬哲如神。一則命羲和而欽曆象，一則舉稷契而演絲綸。孰謂各行其道，但見同致於仁。謗木設時，惻隱之情旁達；薰絃奏處，生成之惠皆臻。

民保淳和，政無譎詐。實博施而可大，亦無爲而多暇。茅茨何耻，方不富以爲心；璿璣有倫，惟罕言而自化。故得兆民就日，萬國慕羶。誠同心而同德，又何後而何先。水沴久憂，曷三月而違也；朝綱歷試，非一日而用焉。然則帝者民之宗焉，仁者教之大也。帝居大於域内，仁爲表於天下。諮詢四岳，何異樂山之情；統御八元，允謂長人之者。

美夫五帝之最，百王之宗。物無不遂，賢無不從。於以見昭德於文思，於以見播美於温恭。殊途同歸，皆得其垂衣而治；上行下效，終聞乎比屋可封。大哉！光宅無私，文明由己。稽陶唐之道，法有虞之理。是則萬彙熙熙，咸頌聲而作矣。清康熙刻本《范文正公别集》卷二。

《優古堂詩話》劉輝《堯舜性仁賦》，其警句曰：「静而延年，獨高五帝之壽；動而有勇，形爲四罪之誅。」蓋本於范文正公《堯舜率天下以仁賦》：「内睦九族，善鄰之志咸和；外黜四凶，有勇之風遐振。」

聖人抱一爲天下式賦

淳一敷教，爲天下式

范仲淹

巍巍聖人，其教如神。抱一而萬機無事，爲式而庶彙有倫。秉乎天得之樞，群氓作則；立乃道生之化，八表還淳。

老氏有云，聖皇無失。保環中而可久，率天下而守一。蓋以一之妙也，冠四大而强名；式之用焉，正萬靈而咸秩。莫不冥符妙有，吻合虚無。察察之機悉去，淳淳之理誕敷。於以見清浄而不擾，於以見易簡而不踰。遵黄帝之求珠，我真未喪；契莊生之齊物，我化皆孚。無臭無聲，是則是效。包自然之禮樂，畜無親之仁孝。去奢去泰，惟存至道之精；自西自東，咸被不言之教。豈不以一者道之本，式者治之筌。苟能持於罔象，自可制於普天。亦若大衍攸虚，爲四營之本也；太陽無二，作七政之首焉。豈比夫昧於希夷，煩其用捨。滋彰之法著矣，沖寂之猷遠也。曷若我静守權輿，克寧華夏。執此惟精之旨，得自窈冥；俾諸咸有之風，播於上下。

大矣哉！上德不德，無爲而爲。保谷神而不宰，育芻狗以何私。政復結繩，罔有二三之令；理敦執契，自爲億兆之規。我后超五帝之功，邁三王之德。化育而四時爲柄，恭默而萬邦承式。故得兆人熙熙，登春臺而躋壽域。清康熙刻本《范文正公别集》卷三。

體仁足以長人賦

君體仁道，隨彼尊仰

范仲淹

聖人受天命，體乾文，既克仁而是務，遂長人而不群。法元善之功，可處域中之大；奉博施之德，宜爲天下之君。

原夫《易》象洞分，乾元光啟。謂元之德也，莫大乎始生之道；生之善也，莫若夫至仁之體。所以法而用也，既不由斡事之貞；體以長焉，又不預亨嘉之禮。君子乃時法斯道，力行乎仁。俾剛健之克著，致惻隱以昭陳。敦惠愛以爲心，首出庶物；得慈和而示化，利見大人。莫不與合化權，潛符天造。蓋本生成之禮，益見尊崇之道。安仁爲念，我則俯視於黎氓；克己存誠，我則上居於大寶。

豈不以體其仁則物皆尊戴，居其長則民咸悦隨。君非仁則曷享於推戴，人非長則寧致於淳熙。詎三月之違焉，道之行也；致一國之興矣，人皆仰之。足可以首四德以居斯，冠兆人而在彼。不曰仁何以見爲生之妙，不曰長何以見居上之美。故得萬民以濟，咸承煦育之恩；百姓不知，盡荷發生之理。不然，何以握圖在上，御宇居尊。俾乾道之罔息，酌仁恩而不煩。念兹爲器之人，未足與議；審彼樂山之士，始可與言。方今道化惟微，神功至廣。用乾剛而不紊，奉仁道而無爽。所以吾皇體斯道而御寰中，故是尊而是仰。清康熙刻本《范文正公别集》卷三。

爲君難賦 天下之大，王道非易

宋祁

於鑠元后，尊臨普天。將圖難而自戒，宜克己以爲先。守則至艱，慮極置危之器；行非孔易，居深若隕之淵。稽夫萬有實繁，一人蓋寡。巍然居上，岌然御下。儻内怠於兢慎，必外彰於滿假。循是要道，兹爲難者。側身修德，答愛戴於黎民；積行累功，念勤勞於宗社。斯蓋憂以啟聖，治無忘危。務謹戒以欽若，敢安懷而守之。

堯不豫而舜不擅，方隆國本；湯爲犧而稷爲稼，始定皇基。是則此謂之難，以兆民之吾賴；彼謂之易，以爾躬之彌泰。民賴者允定聖功〔一〕，躬泰者必悼後害。言之惟訒，我則出令不私；人未易知，我則進賢爲大。亦猶防近者，可以慮遠；誡弱者，可以禦强。必在祇畏一德，勤勞萬方。懼乎災而災息，敦厥化而化光。所以夏禹克艱，訓黎民之乂德；周公《無逸》，誡孺子之將王。

是則知罰之難者罪不繁，知賞之難者功可考。聖人憚之，則克此永世；叔葉易之，

〔一〕功：原作「躬」，據湖北先正遺書本改。

故失乎大寶。小心翼翼，敢輕視於萬幾；思日孜孜，冀力行於至道。況夫天命弗僭，道心惟微。伊前監之有作，誡後圖之習非。《七月》陳王業之風，由兹可見；一言示興邦之道，於此其幾。宜乎寶業阜安，皇威翔被。昧者謂我不遑啟處，知者謂我靖恭爾位。非深識乎險艱，曷馴致乎簡易。四庫本《景文集》卷四。

水涸成梁賦 先事成績，人則無患　宋祁

水涸於澤，梁成在川。欲濟民而有要，務底績以爲先。仰視天根，爰謹度材之始；坦成周道，居當病涉之前。伊昔哲王，深圖能事。謂土工不可不集，故用於有節；地險不得不達，故成於豫備。國守舊章，人資長利。歲云暮矣，弗踰收潦之辰；工則度之，潛識造舟之地。徒觀夫三農云隙，百穀既成。天寥寥而雨畢，波渺渺而川平。由是鳩工無慮，爲力有程。一之二之日，徒杠既飭；三之四之日，輿梁悉營。架濬壑以航聯，遂知攸濟；截重淵而虹度，蔑有留行。何則？措事以時，有動而無斁；均利於下，未勞而成績。

我乃致時令之閒月，畢津塗之力役。欲俾從橋乃安之士，惠爾肯來；遇深則厲之

徒，昭然有適。況夫關防者何國蔑有，啟閉者與時而新。又焉得怠經始於餘力，壅方來於後人，使馬踠來足，車停去輪？是以茀道未除，單襄有以垂其戒；乘輿而濟，子産不得稱其仁。

噫！惟上所以教民，惟官所以垂則。此不善用，彼焉保力？是用乘戒寒之凋節，焕濟川之丕式。寧比夫營溠詭計，矜懼服於隨人；獨榷取財，務誅求於漢國夫！然則候人在境，司空視塗，著以成法，乂夫永圖。道路之行既遠，風波之患終無。作者匪勞，濟畢九州之險；事方有備，何存一日之虞？

美夫！時儆交修，茂功無間。據嗣歲以獻狀，俾臨深而除患。敢告有司，宜先時而物辨。四庫本《景文集》卷三。

建用皇極賦

胡宿

在昔箕子，贊於武王。演皇極建用之道，爲彝倫攸敘之綱。經以大猷，統九疇而克正；執乎至德，裕萬化而有常。故能立觀天之至教，爲經國之彝章。

原夫立民必本於大中，治衆必由於至寡。既抱一以行矣，實用九之大者。體元立制，將舉正以適中；極深研幾，乃立常而化下。豈不以皇者保大之至，極者處中之規！

建於民則國之寶也，藏諸用則神而化之。肇修乎八政之紀，上律乎五行之宜。酌剛柔動静之方，裁成大本；樹正直平康之道，表正丕基。義用遵王，仁符守位。慎過差之咎，取中庸之治。立乎大法，爲百世不易之規；綜爾羣倫，協一統無偏之義。

功歸乃聖，道格惟皇。協九功而時敘，體五始而化光。保合太和，克御旁行之道；綜制萬變，統歸中立之方。去彼異端，謹乎常憲，六極所以垂戒，五福由之致勸。既殊塗以同歸，由執一以應萬。亦同夫三辰上運，歸尊乎璇極之居；四氣旁流，取法於斗杓之建。無反無側，有猷有爲。處人上而欽若，正天下以宜其。「允執厥中」，仰稽古重華之訓；「莫匪爾極」，見《思文》后稷之詩。

大矣！上聖有爲，羣生作則，體風行而斯化，妙日用而不測。故能昭睿哲之元功，建中和之至極。四庫本《文恭集》卷一。

主善爲師賦

能主其善，成彼師道〔一〕

文彦博

德由善立，學以師興。苟見善而可采，則爲師而足稱。抱義戴仁，既崇乎顯顯令德；摳衣函丈，尤務乎拳拳服膺。故克己而復禮，在推賢而讓能者也。稽古典之立言，見先賢之遺矩。謂道也有益於攸往，謂學也無常於所主。遵乎主善，則非禮而勿言；務彼求師，乃惟德而是輔。

由是尊賢勿怠，服義忘疲。苟積慶之美者，在脩業以宜其。順彼如流，必展趨隅之禮；崇諸若水，須陳擁篲之儀。令譽爰彰，嘉猷遂闡。蓋千里之所應，故五常之是顯。片言可法，我則捨短以從長；一行堪宗，我則遏惡而揚善。則知人非善而不主，善非師而靡成。故君子就義以如渴，聖人聞善而若驚。翼翼彌恭，允盡持謙之志；孜孜罔倦，爰傾景行之誠。所以見賢思齊，聞義能徙。豈宜乎以貴而格物，必在乎去此而取

〔一〕彼：原作「此」，據四庫本改。《古今圖書集成·皇極典》卷二三四、《歷代賦彙》卷四一題注作「以能主其善爲韻」。

彼。雖周公之聖，下白屋以成能；縱夏禹之尊，拜昌言而擅美。是故德無常主，學無常師。所謂乎見而遷也，誠宜乎擇以從之。近取斯文，同以賢而爲寶；旁探厥喻，類立德以成基。

異哉！嘉善之言足稱，容衆之文可考。寔遠邇之咸仰，亦邦家之所寶。夫然，則上自君而下達民，何莫由於斯道。明嘉靖刻本《文潞公文集》卷二。

能自得師者王賦

能得師者，王道成矣

文彦博

王者求賢仄席，聞善服膺。克隆於大寶曰位，用臻乎庶績其凝。得士者昌，懋顯日新之德；好問則裕，弼成天縱之能。豈不以訪道者非師而弗克，治國者非王而不得。苟能擇賢師而訪道，是以爲聖王而治國。勿謂乎介在人上，我則接下而思恭；勿謂乎富有域中，我則尊道而貴德。所以保傅是重，模範攸資。克永持盈之業，彌隆卜世之基。周道方融，吕尚處三公之首；漢業將盛，子房爲萬乘之師。樂育賢材，旁求儒雅。咨詢而學在中矣，體貌而禮無違者。誠由勤以行之，用致勃焉興也。心惟主善，既光闡於鴻猷；道在經邦，遂尊臨於函夏。

若夫雲師紀運，天統興王，無爲之德斯盛，可大之功已彰。問道猶深於虔鞏，拜言尚極於齋莊。行之非艱，既美乎后從則聖；繼者爲善，是宜乎邦乃其昌。永孚於休，必由斯道。師事之禮無忒，衆正之言可考。固異夫五帝之佐，德弗及以非功；三王之臣，志同憂而可保。曷若我博采俊彥，周爰老成。始摳衣而翼翼，終負扆以明明。前有疑而後有丞，嘉謀未盡；帝與師而王與友，至教方行。

偉乎！稽仲虺作誥之由，見成湯革命之美。非徒下順於人欲，不獨仰符於天理。蓋由在上而不驕，得師臣之道矣。明嘉靖刻本《文潞公文集》卷一。

國學試人主之尊如堂賦

堂陛隆峻，人主尊矣

歐陽修

位既異等，君宜有常。惟居尊而體國，爰取諭於如堂。望而畏之，使下民之咸仰；高爲貴者，譬遠地以同彰。稽往諜之遺文[一]，懿嘉言之洞啟。謂立制於君上，諭相承於堂陛。蓋以貴賤殊品，尊卑異禮。下臨於物，必也尊嚴而有儀；上譬於堂，所以崇高

[一] 諜：四庫本、《歷代賦彙》卷四一作「牒」。

乎正體。誠以赫赫化被，巍巍道隆，儼正宁以居極，統群黎於宅中。

蓋取乎馭民之貴，非資於構廈之功。位正當陽，若盛九筵之制；民欣戴后，如瞻七尺之崇。然則堂非高則偪下而易陵，君弗尊則保位而難慎。卑高必貴乎不瀆，上下於焉而克順。邇臣内附，類榱楝之相依；列辟下陳，由陛廉而比峻。豈不以富有函夏，躬臨兆民，示臣庶之弗越，表等威之有倫。將使制爾萬國，宗予一人。

下絶僭王，非歷階之可及；世惟與子，彰肯構以相因。是知制衆室者莫先乎堂，奄九有者必尊其主。蓋兼統於邦國，匪專稱於楝宇。化有於下，奉穆穆以深居，仰之彌高，若耽耽之可覩。蓋由堂不可以卑而亂制，君不可以黷而不尊，喻穹隆於九仞，用總制於群元。且異夫蓋之如天，但述居高之旨；就之如日，惟明照下之言。

大哉！陛峻而堂高者勢之然，臣貴而君尊者國之理，伊制度之有別，俾崇高而是視。所以建公卿大夫而天子加焉，其尊也於斯見矣。宋慶元刻本《歐陽文忠公集》卷七四。

下令如流水賦 以「令順民心，如流水矣」爲韻

劉敞

因人而治，惟德之優。下令而順，如水之流，蓋有悦從之美，而無底滯之憂。命苟

出中，勢殆無於反汗；理符趨下，速奚止於置郵？稽昔伯臣，誕修人紀。謂君者所以出令，必先於得衆；令者所以馭俗，故譬之流水。得其道則萬方咸若，猶川之決焉；失其義則千里違之，如澤之壅爾。必也訏謨定命，平易近民，使上有淵源之喻，下無墊隘之因。先甲後庚，示國彝之必信；開物成務，俾王澤之咸均。

且夫政不出於上，則民無所軌；令不行於下，則君失其勢。欲其出於上，莫若壹而止；欲其行於下，莫若順而已。是以喻彼旁流，達兹至理。下而忘返，源於君豈源於山乎；逝者如斯，漸於人不漸於海矣。取類爲密，貽謀孔深。蓋憲度者國之紀，而主上者民之心。孚號未明，戒泉流之胥敗；遠猶斯布，畏川壅之爲臨。

邇罔弗從，遠無不順，四邦之内泳其沫，窮海之表蒙其潤。木鐸修禁，譬決蒙而就卑；象魏觀書，法行險而有信。如是則君之發令也，可不慎夫？令之於國也，奈何忽諸？焉有水逆行而物無傷者，令廢格而國不亂歟？與其亂而救於後，孰若詳而慎其初？得百姓之歡，曾建瓴而何遠；研諸侯之慮，非赴壑而焉如。已矣乎，功以衆成，官以理盛。未有違衆而功遂，越理而官正。故君子於流水必觀焉，以其有似於令。

《公是集》卷一。 四庫本

登臺觀雲賦

以「書其祲祥，以爲歲備」爲韻

劉敞

天事見象，人君順時。登觀臺而謹爾，候雲物以書其。陟兹累土之居，非求自佚；占彼垂天之狀，庶或前知。古之爲邦，敏於節事。蓋陰陽之數不可以獨越，則水旱之變宜先其未至。升高而望是臺也，固經始於子來；推象而言彼雲也，可逆爲於歲備。貴若侯氏，尊如天王，並有事於覽觀，示察微於祲祥。誠由慎德者固，務民者昌，峻或九層，豈憚煩於陟降；變惟五色，殆無惑於豐荒。

若乃日月分至，春秋啟閉，氣動乎下而雲爲之出，祥見乎上而物莫能蔽。於是儼君儀以居高，詔保章而占歲。義殊臨國，固無魯史之譏；志取望氛，允協楚臣之説。豈不以先天者天所不違，憂民者民亦説隨？故登臺也，可以知勤民之至；觀雲者，可以見奉天之爲。因爽塏以四通，高爲貴者；辨郁紛之萬狀，書用識之。毋以臺爲奢，其意甚美，毋以雲爲遠，其應甚邇。胡不揆厥攸建，察其所以？備不虞者，善政有焉；無遠慮者，近憂至矣。

故漢明復古，見頌於孟堅；魯僖秉常，取貴於左氏。稽合典禮，昭明策書，非臨下之爲樂，蓋恤人而有初。寓目以觀，陋章華之奉己；非煙是紀，類《河廣》之跂予。彼執同律者，聽軍事之吉凶；序星辰者，詔天文之精祲。雖均先見之美，本非南面之任。固未若躬靈臺而候五雲，順四時以施禁。四庫本《公是集》卷一。

無可無不可賦 以「聖人之道，應物無方」爲韻

劉敞

有能有不能之謂賢，無可無不可之謂聖。賢也者，擇善而固守；聖也者，體神而終静。萬物并作，無得稱其名；億變齊同，莫不盡其性。且夫自然爲質，不測爲神。尸居而龍變，天運而日新。能體全德，是謂至人。故雖有取捨，其迹難窺；雖有去就，其情不私。寂爾任物，汎乎適時。且若是而已矣，曾何足以間之？是以《語》著仲尼之賢，毋意毋必；《詩》頌文王之美，不識不知。豈非可否者俗之明[一]，變化者聖之道？遊於俗内者，須有適而有莫；躋於聖域者，亦奚醜而奚好？序才而處[二]，彼誠一

[一] 明：傅增湘校改作「名」。
[二] 序：傅增湘校改作「度」。

曲之人；與化而遷，此蓋上天之造。其大也無爲，其行也善應。體達節以素遊，觀萬物以交勝。進退有義，可以其理求；用舍無常，難以其類證。是故雖柳惠之并容，伯夷之不屈，各自守於一節，詎兼通於庶物？夫惟抱惟睿之識，應變而不窮；蹈無名之方，旁行而弗咈。且世之所謂可者未必可，世之所謂愚者未必愚。故信其可而作，將同乎芻狗；指其愚而去，何異乎守株？必也行無轍迹，獨與道俱。苟出處之非地，豈汙隆之在吾？智絶自私，信能周於萬類；大斯容物，亦允奉於三無。得是道者，静而聖，動而王。蓋舉一而廢百者陋，賤彼而貴我者亡。苟非聖人之性也，孰能若是其無方者哉？四庫本《公是集》卷一。

王配於京賦

以「王配於京，世德作求」爲韻

劉敞

大哉！天祚明德，世有哲王。纘乃祖之休烈，配於京而溥將。三后成功，達孝思而維則；四夷面内，知聖德之無疆。且昔者群雄紛争，五季昏忒，惟我藝祖，自天生德，内揖讓以興治，外征伐以宣力。武節飆逝，怙惡者喪其巢；盛德日新，爲善者得其職。於是餘孽未靖，神宗作求，躬一戎以歸獸，曠百王而繼周。正朔所加，蓋罔有於不服；封禪之禮，猶未遑乎聿修。克成大勳，用集先帝，丕顯元德，發明王制。上則升中於天，下則作程於世。故創業如彼之艱難，守成若此之昭晳。豈非文武并用，而治亂隨時；明聖不同，而述作相繼者哉？宜乎世濟厥美，王配於京。實對越而在上，茲遹駿而有聲。亦何必道上古之書，希成康之治，語鴻荒之事，慕堯舜之名？

且夫湛恩濛湧而易豐，憲度著明而不昧。故王在京而善繼，帝在天而克配。豈獨《下武》之什，歌周發於丕承；同墠之靈，美姬公於哀對？且上方法太祖之武以平叛，繼二宗之文以永圖，越無名之蕩蕩，返茲世之于于。因斯談之，則何貴乎周鎬；攷於往者，將孰先於浚都？

客有起而頌曰：「於皇上天，輔景鑠兮。有赫天子，恢聖作兮。祇遹祖考，垂矩矱兮。萬有千歲，永欽若兮。」四庫本《公是集》卷一。

宋代辭賦全編卷之四十九

賦　治道　二

南廟試佚道使民賦　民得終佚，勞固無怨

程顥

人情莫不樂利，聖政爲能使民；以佚道而敦敕，俾當時之服循。教本於農，雖極勤勞之事；功收於後，自無怨讟之因。厥惟生民，各有常職。勞而獲養，則樂服其事；勤而無利，則重煩其力。惟王謹以政令，驅之稼穡。且爲生之本，宜教使以良勤；則從上也輕，蓋豐餘之自得。

蠢爾農俗，陶乎教風，知所勞者爲乎己，圖所利者存乎終，莫不勉勉以從令，于于而勸功。志在便人，役以農疇之務；時雖畢力，樂於歲事之豐。雖復教令時頒，科條日出，嚴刑以董其或惰，加賦以戒其不一，然而俗樂趨勸，時無怨疾。擇可勞而勞也，

敢憚初勤？因所利而利焉，自全終佚。

大抵善治俗者，率俗以敦本；善使民者，順民而不勞。道皆出於優佚，令無勤於繹騷。不奪其時，導以厚生之利；將求其欲，豈聞力穡之逃！勿謂民之冥而無知，勿謂農之勞而不務。趨其利則雖勞而樂，害其事則雖冥而懼。志取豐益，業其安固，便爾農於墾殖，縱極勤劬；異有國之力征，自膺饒裕。得非納於豐富之道，教以便安之途。在服勞而雖至，顧有憾以曾無。體《兑》《象》之悦民，下安其教；同周《詩》之戒事，衆樂而趨。

異夫！雖上之行，抑民所願，或躬籍以爲率，或名官而申勸。是皆俾民有樂佚之道焉，雖勞何怨！清同治刻本《河南程氏文集》卷二。

佚道使民賦

民得終佚，勞固無怨

林希

古者善政，陶乎庶民。上安行於佚道，下無憚於勞身。教思有原，得樂趨於農役；人知足養，胥仰戴於君仁。始也，井天下之田，比民居之域。乃闢疆里，乃營稼穡。寒則思爲之衣，飢則願爲之食。法既歸厚，利茲各得。蓋上執其道，務優佚以便民；衆樂其生，率歡娱而竭力。春使之作，熙然悦從；冬使之息，慶其有終。趨時也如鳥獸之至，收成也如寇盜之空。利而不庸，自足王民之用；厚而無困，本資帝力之功。蠢惟有生，不能自恤。役之所以奉其己，利之然後知其佚。仰有以供其祭祀，俯足以寧其家室。穀播其始，化同豳俗之深；壤擊而歌，野有堯民之質。俾爾晝出於墊，俾爾宵索其綯。無力役以奪其節，無賦斂以爲之搔。曾動作之敢息，由醇醲之所陶。驅於足用之原，安而服業；圖厥終身之養，樂以忘勞。

大抵强民者難使從，利衆者久益慕。及充其口腹之欲，由竭其手足之故。汝業既畢，汝居既固。爲之一日之蜡，怠心已忘；優爾三時之農，收功有素。然則于于其處，皞皞其趨。俾常産之各得，顧閑民之舉無。治貴優遊，農者願耕耘於野；俗相廉遜，老而不負戴於塗。噫！藏其用者其政神，厚其本者其民愿。化而不示其迹，勞而不知其困。斯道也，養生送死，無憾焉，何有於怨。《皇朝文鑑》卷一一。

寅畏以饗福賦

祗畏天道，能饗隆福　御試

范祖禹

天道昭顯，聖心肅祗。欲興隆而饗福，乃寅畏以承時。深慎清衷，以上當於帝眷；

誕膺純祉，能永固於邦基。若夫究精祲之所由，勤夙宵而當畏。何修而臻治道，何飾而致休氣？唯天爲大，每懷懼而敢寧；唯聖爲能，宜擁祥而不既。

欽若元后，簡於上天。日月星辰，有順而有盭；風雨寒暑，或應而或愆。是必建大中而茂對，圖至治以周旋。動以至誠，仰德威而自懼；介之純嘏，享宗祉以長延。則知萬幾非逸豫而爲，四海在憂勤而保。宜軫慮於當極，以延禧於有昊。惕焉若厲，惟應以實而不以文；善則降祥，蓋親有德而饗有道。豈不以助順者惟天之理，降福者乃人之能。無其畏則心或怠，有其畏則德乃興。五事交修，惴如臨於淵谷；萬靈來助，固若保於岡陵。

噫！位豈不尊，志非自廣。災常懼於未至，福乃來於無象。所以文王小心而事帝，多祉常懷；高宗見異以飭身，百年常饗。若然，則寶命增永，蘿圖浸隆。謹天戒以當國，延帝休而在躬。用能薦享郊丘，答純禧之所自；躋民壽域，傳徽號於無窮。大哉！建功所以永年，宜人所以受禄。應如律吕之動，報逾影響之速。夫知天之仁愛人君，寅畏者饗其福。四庫本《范太史集》卷三五。

天下爲一家賦

呂大鈞

古之所謂天下爲一家者，盡日月所照以度地，極舟車所至以畫疆，以八荒之際爲藩衛，以九州之限爲垣牆。列國則羣子之舍，王畿則主人之堂，凡民之賢而不可遠者，皆我之父兄保傅；愚而不可棄者，皆我之幼稚獲臧。理其財，乃上所以養下之分〔一〕；責之事，乃下所以事上之常。渾渾然一尊百長，以斟酌其教令；萬卑千幼，以奉承其紀綱。貿遷有無，而不知彼我之實；損益上下，而不辨公私之藏。

大矣哉！外無異人，旁無四鄰，無寇賊可禦，無閭里可親。一人之生，喜如似續之慶；一人之死，哀若功緦之倫。一人作非，不可不愧，亦我族之醜；一人失所，不可不閔，亦吾家之貧。尊賢下不肖，則父教之義；嘉善矜不能，則母鞠之仁。朝覲會同，則幼者之定省承稟；巡守聘問，則長者之教督撫存。

嗚呼！周德既衰，斯道斯屈。析爲十二，并爲六七。勢不相統，亂從而出。忘祖

〔一〕「分」上原衍一「道」字，據《歷代賦彙》卷四一刪。

考之訓，則劫奪其屢盟之時；輕骨肉之命，則戰死於争城之日。曲防遏糴，以幸其災；縱諜用間，以乘其失。乖睽有甚於鬩牆，鬭很不離於同室。迨至秦政，以强自吞。推所不愛，以殘自昏。斧斤親刃其九族，塗炭自驟其一門。興阡陌而廢井田，則委貨財於盜賊之手；置郡縣而罷封建，則託婦子於羈旅之屯。貧富不均，幾臣僕其昆弟；苟簡不省，皆土苴其子孫。

自漢以來，終亦不復。雖有王侯，而不得輒預其政；雖有守令，而不得久安其禄。譬之錦衣玉食，縱無所用之子；雕車良馬，委不善御之僕。門庭雖存，亦何足以統制？閨門無法，則何緣而雍睦？豪彊日横，而略無鞭扑之制；單弱日困，而不識襁褓之鞠。豈天理之固然，寔人謀之不足。嘗聞之治亂有數，廢興有主。昔既有離，則今必有合；彼既可廢，則我亦可舉。惟盛德之難偶，故曠時而未覩。豈有待於吾君，將一還於治古。《皇朝文鑑》卷九。

《習學記言》卷四七 《天下爲一家賦》，吕大鈞作。大鈞兄弟從張氏學，而大防爲相，程氏與司馬氏善，當時在要地者多程氏之門，故元祐之政亦有自來。此賦與《西銘》相出入，然其言「昔既有離，則今必有合；彼既可廢，則我亦可舉」，謂井田封建當復也。若存古道，自可如此論；

若實欲爲治，當更審詳。

位一天下之動賦

黄庭堅

衆以一制，位以時乘。齊天下之所動，非聖人而孰能。撫臨大寶之崇，體居其正；宰制群生之變，終莫之陵。惟兹生齒之繁，難以統臨之者。既相感以情僞，又弗同於趨舍。必據要會，以齊正雅。是則制動居乎静，治衆由乎寡。故崇高莫大，乘五位於域中；雖參差不齊，播一陶於天下。盛德之柄，至尊之權。操利勢以獨斷，收治功於大全。其變俗也偃之如草，其容民也蓋之如天〔一〕。一化遠近，同心幅員。任重器以至隆，莫能傾者；定群情之多異，罔或紛然〔二〕。誠由或剛或柔，有愚有智。相奪以力，相蒙以利。使夫群動之循聖，必也大人之得位。貴無倫而富無敵，安以位中；統有宗而會有元，歸乎不二。議夫衆星紛錯也，拱

〔一〕如：四庫本《山谷别集》卷四作「若」。
〔二〕紛然：四庫本《山谷别集》卷四作「紛紜」。

於辰而不亂；群陰變動也，歸於陽而自卑。況兹蠢動之紛若，固賴聖神以一之。是以居可致之位，得大君之宜。控飛龍以御天，物皆利見；明大觀之在上，民必風移。用能大一統於緜區，齊萬殊於至術。變則復貫，繁而不失。粲然道中和之域，浩然趨仁義之實。非得勢以來服，雖嚴威而不率。我所以宅萬乘尊安之地，守之以仁；合四方遠近之情，定之於一。

或謂元元中宇，蠢蠢方維，約之以刑或不至，驅之以善或不爲。孰曰居位，乃能宅斯。殊不知歷在舜躬，用作同民之術；鼎遷周室，誰爲御衆之資？非悦乎貴勢之獨尊，所大乎凡民之一總。使亂者樂以歸治，邪者化而自董。故聖人履盛位而立萬國之中，以齊其動。乾隆本《宋黄文節公文集》别集卷一。

仁人之言其利博賦〔一〕

仁者之語，其利誠博

劉弇

君欲圖治，臣當志仁。至矣斯言之告，博哉爲利之均。始陳温厚之辭，徐裨庶政；

〔一〕博：《歷代賦彙補遺》卷七作「溥」，下「博哉」同。

終致休明之澤，廣被烝民。

夫惟四海之廣無窮，一人之臨至寡。謂爲之法制雖係於君上，然物之寬恕實藉乎仁者[一]。優遊亮直，來篤論於上聰；普博淵深，洽湛恩於中夏。誠以惻隱之德素備，憯怛之心内持。一啟沃盡蓼蕭之澤，一贊襄皆行葦之慈。禍貽無俟於後悔，罪苦靡容於横罹。凡有説也，民皆利之。觀過斯知，方自立談之頃；成功則一，果周時措之宜。膏澤於是下乎民，匹夫無不獲其所。方明己任之莫重，豈止悔亡而有序。淵若達德，藹如法語。推陳賤踊，嘉晏子之告齊；别白蹊田，美叔時之悟楚。豈無厚貌，終身戚施。豈無邪説，觸塗詭隨。蓋愛己甚篤，則愛物亦至；而處情彌厚，則處人豈欺。是必取布帛以兼暖，恥風波之數危。慮既及此，言斯善其。大人格君之非，初不勞於自反；惠心盡物之願，曾莫見於容私。

故夫物則能供其求，以民則皆受其賜。濟人何補於陋術，移粟何嗤於末利。又孰若天回上聽之默識，仆起積年之弊事。已殊咸口，徒深志末之滕[二]；無取屯膏，終愧未光

〔一〕「物」下原注「疑」。
〔二〕志末：豫章叢書本《龍雲先生集》、《歷代賦彙補遺》卷七並作「轉末」。

之施。

厥後俗既持薄，説非用情。鄙矣嗇夫之便捷，紛然戰國之縱横。嘗脣拭舌，而何有理奪；剥膚椎髓，而適資患生。煩或勝簡，僞斯奪誠。利口覆乎邦家，悲聞班固；傷人甚於矛戟，歎起荀卿。

異哉，守中無待於多言，寡信或生於輕諾。蓋世濟其美者，由反君於道；民受其弊者，亦逢君之惡。故知仁人之言，其爲利也博。四庫本《龍雲集》卷一。

君臣相正國之肥賦

秦觀

因知正主而御邪臣者，難以存乎安强；正臣而事邪主者，不能浸乎明昌。美盛時之會聚，常直道以更相。蓋上下交孚兮，若從繩之糾畫；故民物阜蕃也，常飽德以康彊。所以舜申后稷之忠，民或饑而可救；唐相韓休之鯁，己雖瘠以何傷。王敬之等刻《淮海集·補遺》。

《履齋示兒編》卷九　協韻雖亦作字，不可重押。如秦少游《君臣相正國之肥賦》，第五韻云：

「因知正主而御邪臣者，難以存乎安强；正臣而事邪主者，不能浸乎明昌。美盛時之會聚，常直道以更相。蓋上下交孚兮，若從繩之糾畫，故民物阜蕃也，常飽德以康彊。所以舜申后稷之忠，民或飢而可救；唐相韓休之鯁，己雖瘠以何傷。」係中魁選。有訟其重疊用韻者，遂殿舉。朝旨：「今後詩賦如押安强，即不得押康彊矣。」蓋十「陽」韻中，「彊」字亦作「强」故也。

五穀皆熟然後制國用賦

年穀皆入，而制邦用

李廌

國欲制用，穀宜有年。俟農功之皆入，乃邦財之敢專。歲杪必登，已審有無之數；政柄在我，允釐多寡之權。

原夫邦本惟人，民天以穀。受之田而俾養，取以制而無瀆。征求有藝，既具在於積倉；經費是程，實有資於稍禄。蓋以地利有荒而有治，天時或和而或乖。故無禾無麥而不一，鮮多黍多稌之孔皆。視耗與豐，惟謹成於歲事；量入爲出，自允協於民懷。若乃時三登而政平，食四鬴而家給，外有大田之稼，內有萬箱之入。多不爲虐，雖明上熟之饒；度以賦民，豈過取盈之急。於是賦者斂者，裁之制之。物乃惟其有矣，民寧至於殆而。司徒令貢於土均，示恭乃職；太宰節財於九式，亦貴其宜。斯乃以民爲心，隨時立制，因成隆殺之節，相夫上下之歲。循九一助之法，固以適中；以三十年之通，斯能無弊。

彼或用侈爲政，弗仁佐邦。利雖利矣，而王制已壞；國非國也，而民心匪降。李悝以平糴取名，第期昌富；楊炎用兩税變法，愈革淳厖。異哉！冠百辟之攸司，輔一人而御統。位獨崇於民極，職乃均於邦用。惟仁人共其心，而無忝厥官，可臻輿頌。四

庫本《濟南集》卷五。

原亂賦

胡寅

始予納履於重圍兮，期汗漫而遐征。又眷眷而躊躇兮，覩國光於廣陵。方郊禋之先慶兮，祥雲鬱乎帳殿。忽黑幟之連林兮，朔吹激夫鳴箭。瞻日隕於武林兮，又浴光於秦淮。何羲和之鞭車兮，與吾願以或乖。弔夫差於姑蘇兮，望句踐於會稽。送龍旂之翩翻兮，怒雲氣之淫裔。俯潮海之洋洋兮，蹇吾行之不濟。傷春心乎江南兮，懷《九辯》乎

三湘〔一〕。莽蒼梧之愁予兮，顧洞庭而浩湯。計北歸之幾時兮，誓南征而徊徨。星攸拱必北辰兮，客子懷惟故鄉。雖山川之信美兮，非吾土以安翔。結湘雲以爲廬兮，攬明月而爲袂。煮澗石以考槃兮，樂琴書而卒歲。曷斂迹之遥遥兮，道未昧而孰睹？鯨鯢翻於陸海兮，曠野嘷夫兕虎。掃欃槍於紫清兮，翳黄道以榛莽。蹙四方而靡騁兮，民曷罹此怒也！

豈天運抑人事兮，吾未聞其故也。悼厲階之方梗兮，誰不仁而落基？泝頹波以討源兮，我有云君其聽之。監自古與在昔兮，懿哲后之御極。儼動作於威儀兮，起風化於衽席。故妹喜、妲己兮，滅夏商之祀，飛燕、太真兮，傾漢唐之國。何覆轍之荒忽兮，邇聲色而縱極。曼三十六宫之蛾眉兮，承倩盼而弗懌。慚栢谷之主人兮，託富平之貴客。朝貰酒乎新豐兮，暮更衣乎綺陌。湛露瀼瀼乎草莰兮，孔鸞雍雍乎枳棘。九侯争寵以迅衆兮，五家競麗於淫泆。靡夜宴而絶纓兮，娉大庭而衷袓。寵光爛以相紛兮，莫敢指乎東霓。入聲。故沬鄉采葑非於要期兮，溱洧贈芍藥於戲劇。三綱蕩而淪胥兮，此所以啟亂萌者一也。

〔一〕九辯：原作「九辨」，據清經鉏堂鈔本改。

人才不足以屹柱石兮，法度不足以斥麗敝。崇傾宮與瑶臺兮，鳩班輸與工倕。土賈埒於粟帛兮，木林蔽於河渭。粲珠宮與貝闕兮，耀金塗而玉砌。沙堂方連以蛾緑兮，網户縹緲而朱綴。矗穹窿而交罩兮，界夭邪而鱗次。前鍾鼓之未移兮，後繩墨已新制。曾步遊之幾何兮，又改圖而更締。眷蒼頭之下陳兮，錫歌兒之外嬖。近皇宫之秀色兮，峙北闕之大第。毁孤臺之室堵兮，快狐鼠之凴祟。激宏侈以交夸兮，紛渠渠之莫計。嗟赤子之流離兮，或風雨之無庇。竟不得以託處兮，此所以失土宇者二也。

事遠略於四陲兮，闢疆境而孔貪。收夜郎於已棄兮，指青海而必戡。建石泉於成都兮，置真、播於巴濮。策振武於河外兮，開古平於瘴嵐。軍旅動而繹騷兮，民呻吟而弗堪。竊弄兵於潢池兮，繡衣斧以斷斬。又使講於强敵兮，航東海以揚帆。遂渝盟而北師兮，授兵符於老閹。罄大農之陳陳兮，飽虓虎之飢饞。乃計口而調庸兮，吏疾視而欲芟。乖皇祖之仁術兮，换幽薊以帑縑。府厩何知於璧馬兮，稱慶之觴猶未銜。通烽火於甘泉兮，突騎已漫乎關南。隳廟祏其何救兮，獵九土而血染。微道德之安强兮，此所以不戢而自焚者三也。

舉籍包於四至兮，闢提封於禁地。視崑閬之規模兮，壯天都之形勢。作崔嵬之艮方兮，六五岳曰萬歲。笑祖龍之驅石兮，憚瑶池之騁轡。斲瑰特於太湖兮，浮巉巖於汴泗。役歲星其兩周兮，崇巢峨於天際。望峰巒之連娟兮，瞰洞壑之逷邃。跨玉梁於瀑下兮，漾金沙於澗涘。珍林日以劍拔兮，嘉卉藹其雲萃。移西域之蒲萄兮〔一〕，轉南海之丹荔。空檀欒於江湖兮，牛曳輦以道瘁。扛綺檻及雕籠兮，殫文毛與彩翅。豈中貴人之未稱兮，又應奉焉有相使。聳福威以享上兮，十五里而傳置。盡動植之怪奇兮，夫烏識其稱謂？疇若予之虞衡兮，日千斛爲鳥飼。宜便嬖之自忠兮，忍暴殄之滋熾。或蕩析其家巷兮，咸此物之攸致。胡爲阱於國中兮，失一兔而與死。比彼佞巧之偷樂兮，方腰束夫金賜。通權科於私門兮，竊揮霍以如志。邊塵坌其既揚兮，山猶覆乎一簣。予及汝以偕亡兮，此所以不能獨樂者四也。

海上燕齊之士兮，神姦變化之語。投耽肆以易惑兮，遂服行而莫悟。上天安得而矯誣兮，曰李耳乃吾祖。積氣何有於基扃兮，曰神霄其有府。夫孰爲此詼譎兮，幻羽客慧名而姓楮。握符籙之小技兮，駭恍惚於呼吐。神光煒其炳夜兮，雷隆隆而在户。赤劍鏗然電燄兮，墮梨棗以如雨。按神變之是則兮，謂天地之神祇。亦可覩降玉皇於圜丘兮，出方澤之后土。接萬靈於明庭兮，紛肸蠁之延佇。惕羣臣之薦恭兮，閔下俗之聾瞽。皇

〔一〕兮：原作「分」，據清經鉏堂鈔本改。

自躋於上帝兮，七廟曷其孔俯？敞千柱之琳宮兮，兩帝君之攸處。騰步虛之希聲兮，廣袖颯以翻舞。遂覃風於八紘兮，黄冠紛其鶴舉。排閶門遊禁内兮，户者莫之敢禦。日再中不可候兮，鼎金餌而何補？渺三山之安在兮，奚用神之巨武？豈聞異教之駁雜兮，正座講於黌宇。六籍危其不焚兮，學士窘而如鼠。痛人紀之俶擾兮，强鄰固宜予侮。既彝倫之大斁兮，此將亡而聽於神者五也。

朝既列夫高位兮，國又賦於重禄。聖王所以俟天下之豪傑兮，爲億兆而作牧。彼刀鋸之殘人兮，祇閹寺之役。畜一身而二任兮，達内外而妾僕。資慘刻而厲荏兮，示柔靡而含毒。任巾車而秦敗兮，殿國師而齊辱。仰前古其一律兮，禍必發於所伏。悼崇觀之已還兮，乃卒踐於往躅。班輔國之王爵兮，建承宗之旄纛。踵澄樞師傅於南漢兮，睎令孜總兵於西蜀。根盤據於紫闥兮，奪萬乘之心腹。以小善要君之諗己兮，以巧思逢君之多欲。外攘擅以肆行兮，況奉承而加肅。從媟狎於閨閤兮，事繕營於土木。攬尚方之工技兮，筦靈囿之花竹。司防扞於城闉兮，導津梁於河瀆。籍稻畝於塘水兮，領修宫於洛卜。資文武之二柄兮，將相涵其恩育。稱門生其未厭兮，又申義子以敦篤。口天憲而慘舒兮，脅不附己以赤族。沛恩澤之四漸兮，走貨賂而上黷。逮僭亂之引咎兮，勢已迫於指鹿。昭廣陽之雙節兮，飛燕頷以食肉。帷籌蠢其無良兮，百萬挫於一衄。皇匆匆而内襌兮，孽隷凛而頸縮。就斧質於倉卒兮，罪未書於獄牘。雖少紓天下之憤兮，已無益於顛覆。木蠹盡而自及兮，此親小人所以傾頽者六也。

姑置此而勿論兮，敢請循夫厥初。河源可以濫觴兮，下流憂其爲魚。曾議道以持世兮，中商術而施諸。昔願治而更化兮，荆舒秉夫國政。詆先后之持循兮，肇欲新夫邦命。憎鼎鼐之敦古兮，工鑿之而鍛銷。悦鄭衛之利耳兮，罷希夷之咸韶。陳王度以法律兮，興太平於聚斂。惡私藏之削國兮，曰民富爾何借？日剥割而月朘兮，民岌岌其愁阽。城高危而復隍兮，此損下而爲漸。飾六藝以文姦言兮，假皇威而敷之。示好惡以同俗兮，蒙一世而愚之。標榮利以爲誘兮，敕罰法以爲驅。何中人之敢桀兮，謹迪率而取模。又憎威於西戎兮，拔將軍於利口。俄斬將而軍没兮，終兀擦於羌醜。考氓利於畎洫兮，嗣涇漳之古功。茗莽榷而奪商兮，掘五金於地中。璅碎逮於手實兮，籍釜甑與鼒狗。坐市吏以龍斷兮，列賈肆而窶藪。何下漁之竭悉兮，皇自富以九有。行犖然而弗恤兮，掠萬情而力揉。夫孰與羽翼斯化兮，哀細德之險巇。斥忤恨之異己兮，羣剌天而高飛。久咸喻乎僻志兮，般新進之合黨。黜諫説之忠辯兮，謂以私智非其上。輔累葉之遺老兮，籲昊穹以血誠。皇中疑而未決兮，雱欲殺而示懲。勢崇成而權一兮，换斗魁而自斡。闔闢洶其雷風兮，喬木萎而先拔。鳳知幾而高逝兮，翔梟鴟而來巢。赤麟不屑於好時兮，紛孽狐之在郊。綿七閏而弗績兮，皇晚悟而瘝恫。罷輪臺以富民兮，授馬吕於震宫。彼柏充亦何忍兮，迷德意而弗將順。忽龍胡之不可攀兮，紛須厲以吾刃。雖任姒之黄裳兮，席晏粲於九載。慘鍾山之死屬兮，惎婿卞以無改。卞先登而拔幟兮，京背水而力攻。一戰勝而奪國兮，此蔡方之崇墉。

詭丕承之前修兮，謂遂非爲達孝。進興亡之大規兮，曰汝罝夫宗廟。皇不核其損益兮，垂衣裳而聽之。梟與狐其彙昌兮，迄進退而證之。洽韋布之美譽兮，修禮樂之彌文。兹誦播於要荒兮，殍瘠惠之宰墳。鑄九金以聚粹兮，圖忠良爲魑罔。闢三雍而旌伐兮，植衛輔以自廣。劫特操以犴獄兮，鉗民口以誹謗。哀善類而網舉兮，聯祖孫而流放。襲貂蟬於幄内兮，玩圭組於乳嬰。著籍通於永巷兮，家人紛紜以紫庭。夾城洞以澓流兮，輕舟颺而小輦。角與徵其合奏兮，閟諼慝之非淺。總六害以自躬兮，益蠱疾乎皇衷。阿瞞肝膈之有要兮，巨君肯休乎漢公？冠沐猴於巖廊兮，豺狼鬪其相牙。飛廉舞以夷羊兮，白晝號乎鬼車。歌桃李之成陰兮，乃雜族而此等也。迫荒耄而未試兮，韜匕首而心猛也。兵氣躔於岱華兮，横彗孛於太微。載頭顱而遽南兮，前星升而闌威。披穴窟於城社兮，逐鮫鱷於潮海。式拂除夫氛曀兮，或碪鑊以俎醢。予以天爲可恃兮，網不漏而恢恢。豈霜霰之既零兮，杳陽春之不回。少皇鋭而致理兮，升陸沉之髦傑。俾投戈於瀚海兮，奠弨笴而未發。士雲興而踴來兮，願爲皇而捐軀。忍城下之盟辱兮，誰出口而矢謨？約質以皇之介弟兮，約盟以朝之台袞。獻服以國之冕輅兮，輪器以廟之圭瓚。周赫赫之南仲兮，實獫狁之於襄。我舊學之老傅兮，何執計之不臧。皇洞監其不任兮，割邦寄於爰立。傅忿懟而愎戾兮，怵自營而增急。終故恩之攣攣兮，侍黄門而眷留。荐呼吸其阿好兮，與清議而爲仇。嫉導日之啟明兮，彎大弧而落之。妒止車之金柅兮，騰謗口而鑠之。敵陽張而内恇兮，虎臣蹙之以貙貔。恥籌略之衆詘兮，得氣去而弗追。愚自用而何燭兮，禍方隱於旋踵。舒施施而委蛇兮，諛媚態以取寵。么嗣子之讒儇兮，方舞智而矯虔。間乃翁之多猜兮，罔上下而爲後先。斸畝蘭與畹蕙兮，畦藝之以艾蒿。蔭嘉樹以方榮兮，逸殘剥之騰猱。倘受和於三關兮，何并門之淪陷。又割分以大河兮，何京師之環闞。皇勤恤而旰宵兮，駭顧輔而託疇。何望傅以隆平兮，傅遺台以幽憂。二百年之洪業兮，敵舉之如持葉。沙漠漠以北吹兮，悽孤城之遺堞。妖魃出不惴人兮，張楚坐而受圖。欣藉藉而附攀兮，猶老姦之黨徒。自熙寧之師臣兮，反淮蔡之維垣。迄宮傅之調護兮，咸喪邦於一言。

坦周道之如砥兮，今胡鞠爲茂草。過宮闕而禾黍兮，塗黔黎之肝腦。彼臨川之雄才兮，妄仰儔於伊皋。偶睿思之有作兮，沕配合其自遭。若賊京之巨猾兮，尚得輩於林甫。嗟耿耿之庸暗兮，才闒茸而誰數？貽大患之既彰兮，曾莫較其重輕。嗟世俗之蒙欺兮，或未歸之罪名。亂與敗孰甚於此兮，蓄萬古之遺憾。往噬臍而奚及兮，吾將爲來者之龜鑑。惟黄茅與白葦兮，日既淹而就摧。習新説之小生兮，亦寂歷於寒灰。握京手而磨足兮，紛淫朋之比德。天剿殛而莫逭兮，又多淪於鬼蜮。獨傅黨之肖翹兮，銜卵翼之類我。班陸離其錯綜兮，固幸時之轗軻。膠投漆以締要兮，繘汲井而必隨。指九天而誓日兮，憂一朝而顛隮。幸少康之纘祀兮，又美衛文與燕昭。宣王遇災而側身兮，漢光四征而勞焦。偉哲王之英達兮，撥亂世而反之正。求豪傑與之馳騁兮，掃舊跡於邪徑。蚤發軔於暘谷兮，行萬里以爲期。選騏驥使伏轅兮，駕玉輿而乘之。建霓旌之千仞兮，五色燿其相章。騰蛟龍之蠖略兮，驂雲氣而高驤。詔豐隆使導路兮，風伯屏夫埃昧。役太歲而隸辰星兮，勇有進而無退。遂弭節於清都兮，登通明而受朝。眣蕩蕩而天門開兮，羣仙侍而超遥。樂九奏以萬舞兮，執斗柄而斟酌。調玉燭於四時兮，備太和於九洛。懭下土之虐妖兮，流虹氣與星精。嘯涕爲霾霖兮，嘘旱爲螽螟。帝有命以下討兮，集海嶽之百職。建修鋒而乘飛霆兮，洶震蕩而翕砉。威横廓以雷迅兮，欻掃滅而無蹤。藐神凝而息癘兮，帝不言而自功。噫嘻乎！世幽鬱而迫隘兮，黨人曷其猶紛。就重華以陳詞兮，儻濬哲之予聞。

亂曰：天道周如循環兮，治與亂必因續。吾端策而潔筮之兮，得七日而來復。四庫本《斐然集》卷一。

三王之道若循環賦 以「道若循環，代爲終始」爲韻

王之望

百代稱治，三王最隆，各垂統以相繼，若循環而罔終。所尚不同，要舉偏而補弊；其周必復，斯迭用以無窮。

稽古史之遺言，見先王之政理。雖革而信之者，事有新故；然因而循之者，道無彼此。列三正而異物，關彼盛衰；旋一化而無端，代爲終始。夏繼虞軌，商因夏基，或以忠而爲治，或變質而制宜。暨彼周家之盛，粲然文教之垂。用有還復，弊斯改爲。異世殊時，雖靡聞於沿襲；同條共貫，曾不泥於操持。上下千載之間，周流六虚之内。乘五德以迭王，類四時而更代。樞始得兮弛張無執，柱不膠兮變通斯在。本人情而立政，時有汚隆；法天運以求端，迹無留礙。前之二帝兮，其道淳而未備；後之五霸兮，其風駁而不純。備乃盡變，純斯可遵。惟三代之甚善，宜百王而是因。所遇殊塗，琴更張而或解；其歸一揆，規宏遠以相循。

觀其先聖垂休，後王繼作。有可因而可革，故或稽而或若，用能歷萬世以無弊，關百聖而不怍。知其或繼，宣尼推損益之原；舍則無由，揚子述太平之略。逮乎桓文以後，秦項而還，霸道既雜，王功孰攀？喜利名者操賞罰而爲柄，善攻戰者生奇正以如環。絶紐莫續，異端曷删？所以宣帝勵精，自用漢家之制；封倫飾辨，力言唐治之難。異哉！史遷明救僿之宜，董子陳用忠之道。約當世而不悖，載前書而可考。方今欲一變周家之文弊，則宜稍復於夏商，迴狂瀾於既倒。四庫本《漢濱集》卷一。

以德爲車賦

王之望

運啟元后，天臨廣居，握至權而負扆，恢盛德以爲車。位正當陽，式誕敷於利器；術周御俗，協順動於皇輿。王者受命應時，繼天立極，以何道而諸侯順軌，以何階而百官承式。遵適治所由之路，必有其資；爲積中不敗之車，莫如以德。

粤若子育兆姓，君臨九埏，篤實輝光之有照，剛柔正直之無偏。蹈中庸而美俗，思簡易以承天。動靜有節，周旋罔愆。敷自清躬，爰顯懋昭之化；行乎正道，初無詭遇之權。彼其合乎天地者，是惟蓋軫之儀；中乎規矩者，厥有輪輿之旨。文章藹旂常之制，聲教協鸞和之美。惟積誠以能然，故安行而得以。無反無側，獨由仁義之塗；不處不留，遠襲帝王之軌。豈不以據崇高之勢，享盈成之基？惟爲之而行者，我無失道；則動罔不吉者，物皆得宜。凡此敦臨之術，必資厚載之爲。虞舜升聞，實由行於本性；唐堯光被，示廣運於當時。

若乃當軸於上者，皆咸有之臣鄰；得輿於下者，有偏爲之衆庶。我乃肅禮貌以中立，攬威權而外附。由亨衢而出入，動靡顛危；總柔轡以馳驅，行無遑遽。其或外靡允修之實，内乖攸好之心。致遠兮才非所及，載重兮力非所任。曳輪弗濟，亂轍相尋。所以揚子著書，智匪壘奔之用；夏王有訓，欽惟朽馭之臨。

異哉，上奉皇天，下臨赤子，克謹日休之念，斯盡時乘之理。當今規模宏遠，欲方駕於唐虞，肯半途而遂止！四庫本《漢濱集》卷一。

天子以德爲車賦 省試

黄公度

治盛天子，尊臨帝居。每安行而在德，遂取用以爲車。獨操馭世之權，履兹寶位；克廣長民之道，端若安輿。夫惟上纂洪圖，俯綏赤子。外以動化於羣下，内以操修於一己。正宸心而御極，其術何先；運大德以爲車，莫安於此。豈不以貴主大器，富包普天。一猷爲兮，立兆民之表正；一號令兮，舉萬國以風傳。是必動有彝訓，事無過愆。稟聰明睿智之資，坐而撫御；體篤實輝光之大，用以周旋。

由是儼萬乘之威儀，聳羣方之瞻視。爲輗軏以寓其賞罰，謹銜轡以張其綱紀。恭儉無爾僞之載，忠信有在衡之倚。其用若是，非德曷以？言無不聽，前瞻進善之旌；政在必行，下順納民之軌。

懿夫！名，德之輿也，名久必泯；權，主之車也，權傾則危。曷若此厚以載物，動而中規。同五帝以載驟，與三王而並馳。世底安寧之治，上無顛覆之爲。出必自於聖門，靡聞過舉；行每遵於王路，罔蹈非彝。

故得仁義由行兮虞舜與稽，聖神廣運兮唐堯是則。器蔑小人之盜，輿有君子之得。侍從僕御無非正，乘豈假於王良；出入起居罔不欽，諫何煩於廣德？厥後循治軌者世乏顯顯，蹈覆轍者日益駸駸。不能任重而致遠，豈知執古以御今。以至化不流行，無復置郵之速；治亡祇懼，徒嗟朽索之臨。上方慎保基圖，務綏黎庶，中以視履，動而順豫。既無隕越之失，又絶奔馳之慮。然則有大物者無他，在審其御。宋人集乙編本《莆陽知稼翁文集》卷一。

《賦話》卷五　公度字師憲，紹興八年進士第一，省試《天子以德爲車賦》，解試《和戎國之福賦》，又《賢人國家之利器賦》。

聖主明目達聰賦

史堯弼

主既克聖，道能博通。覽萬事以明目，兼衆謀而達聰。大極彌綸，御此邇遐之廣；悉祛壅蔽，昭吾視聽之公。

竊原遠莫遠於四方，繁莫繁於庶政。以博照爲德，則乃可周遍；以自私爲智，則焉能兼并？不蔽於物，獨高乃聖。惟廣充於睿知，無得而踰；必洞達於聰明，大亨以正。爾乃天地其運，運行莫窺；日月其照，照臨不遺。叢然裁萬幾之務，邈然臨九有之師。不決去於壅塞，將自招於蔽欺。是必遠者近者，視之聽之。包爾堪輿之大，入吾耳目之司。茂迺廣淵，顧一身之獨運；廓其聞見，畢萬物以周知。不妄觀也，觀進善之旌；不苟聽也，聽敢諫之鼓。凡形聲而必察，無幽遐而弗睹。内焉照群下之邪正，外焉究生民之疾苦。廣闢治路，允爲英主。知有臨而剛有執，獨冠群倫；戒不睹而懼不聞，坐周萬宇。

大抵以獨見爲見，則豈盡遠察；以偏聽爲聽，則難通下情。既徇黨偏之蔽，將聞浸潤之行。我是以内正五事，外周八紘。廣矣堯聞，無嘉言之攸伏；大哉舜視，有庶物之皆明。則知旁黈纊以塞聰，前冕旒而蔽目。蓋將幽隱以必達，竊慮見聞之任獨。得不謀當博訪，既摇納諫之鞀；事恐弗聞，又設求言之木。

夫然不出户而灼見方外，不下席而悉該事倫。明無幽而弗燭，德廣運以如神。良由衢室咨度，總章博詢。以暗以明，豈待魏公之對；作謀作哲，自符箕子之陳。彼師曠非不聞也，止聞六律之音；離婁非不視也，但視一毫之末。任小己以偏徇，將衆情之壅遏。是豈知聖天子廓萬里之剛明，旁四通而五達哉？四庫本《蓮峰集》卷八。

高祖好謀能聽賦 以「天性明達，好謀能聽」爲韻

樓鑰

高祖獨奮，漢圖以成。蓋有好謀之德，又兼能聽之明。顧夙負於英姿，乘時以起；尤樂聞於羣議，擇善而行。迹其提三尺以初興，念四方之未定。謂不咨於衆，則孰判利害，不擇其言，則曷分賢佞？從吾心之所好，謀之其臧；屈羣策以兼收，又能審聽。

觀其逐鹿崛起，斷蛇勃興，善欲納則如恐不及，策可用則何爲不能？惟大公至正之是取，豈小智淺私之自矜？功爲最高，雖獨稱於赫赫；計將安出，每嘉納以兢兢。莫不説辭或悦於監門，謀主或資於亡命。食而吐哺也，恐彼敗事；言而逆耳也，知其利行。設施皆合於衆智，明達蓋由於天性。顧將軍何以教，深圖東嚮之功；非夫子無所聞，爰下南浮之令。非不知雌雄之勢可決於一戰，甲兵之利可服於諸侯。蓋念至仁伐不仁也，何必恃勇；多算勝少算也，敢忘用謀？我是以疑切戒於築室，從有如於順流。爲真王，爲假王，悟陳平躡足之語；趣刻印，趣銷印，用張良借箸之籌。帝之性也，非不聰明；帝之度也，非無豁達。然而助桀爲虐者，欲居秦室之富；養虎遺患者，幾遂鴻溝之割。謀苟匪於能用，亂何由而可撥？所以關東欲棄，問不憚於據鞍；戍卒能言，見豈嫌於衣褐？

難者曰：趙王之立也，不顧叔孫之争；匈奴之伐也，反囚婁氏之賢。謀不詢於多士，智難合於敷天。殊不知過雖聞於有此，改必見於幡然。遂令信彼四人，爰割體膚之愛；封之萬户，深懲械繫之愆。至兹騎項雖倨也，諫而必從；溺冠雖慢也，賢非不好。吾不愛於兼聽，人亦爲之樂告。故能舉秦如鴻毛，而取楚若拾遺，翦一時之强暴。

宋代辭賦全編卷之五十

賦 治道 三

文武之道同於伏羲賦

文武之道，上同伏戲　甲子鄉試

方大琮

文武相授，古今並推。既躬任於道統，宜上同於伏羲。載觀述作之朝，所傳者正；允合神明之主，無間於斯。古初之民極既開，前後之聖人更造。惟互相啟發，此理有助；故均是源流，迄今可考。烝哉文武，雖時非太古之時；論及本原，此道即伏戲之道。皇矣命受，烝哉烈丕。嗣續乎相傳之統，扶持於未墜之時。陰陽之理秘，六畫著矣；正直之義隱，九疇見之。知一道由來於古始，故二君相與以維持。承烈顯謨，共發心傳之秘旨；肇端立極，有如皇德之初基。

蓋亦均是倫也，明於後，肇於前；莫非極也，建於今，基於古。三聖人之抽關啟鑰，千萬世之重規疊矩。爻所當重，非求合於卦八；皇本自建，豈强參於數五。有能求是道於古初，不必異伏戲於文武。宅心而後，以身續萬世之傳；此理孰開，在昔有三皇之祖。

大抵自昔凡幾君以述作自任，有功於吾道則初終亦同。使開闢至今，一聖而止；恐流續正理，數傳則窮。惟立極剖元於其始，復敘彝演《易》於其終，使後世獲見精微之旨，皆昔人互相發越之功。數具三三，總括三百爻之内；法存六六，包羅五六字之中。故嘗以精微授受之時，想朴略鴻荒之上，不見其異，烏見其合？既無所述，亦無所創。惟夫《易》微矣不得以不演，倫斁矣不容於不訪[一]。

是道至周室而始明[二]，故人謂伏戲之再王。語其深矣，豈無意於孟堅；論及由之，抑有心於苟況。向使洛書戲未作，復嗇於武，卦爻戲未略，不詳自文，是吾心有歉於千載，豈向者所期於二君？蓋發明之責求以自塞，而異同之論判而不聞。後人當論其道合，或者毋徒於迹分。勿謂作爻止合取諸之離象，凡其敷誥可追大也之皇墳。觀孟軻論

〔一〕訪：四庫本作「修」。
〔二〕是：原作「由」，據四庫本改。

若合之始終[一]，與韓子序相傳之綱目，皆於皇道以獨略，惟至周人而三復。然則戲氏遠矣，後世因文武有考焉，吾故曰觀周即伏。明正德刻本《宋忠惠鐵庵方公文集》卷二六。

太宗得至治之體賦 唐治之盛，實由於此 乙丑省試

方大琮

唐祚方啟，太宗有爲，極治體之至者，先聖心而得之。天開英武之姿，素存遠略；躬獲昇平之具，已立成規。昔太宗起百年頹弊之風，植一代根本之地，立國規模，屹若素具。措世寧謐，循之可致。方其興也，大體已定於初心；及既得之，當世果躋於至治。帝也負英明之見，爲宏遠之謀。仁義刑罰，決擇之意審；紀綱制度，維持之慮周。自帝心之定體先立，唐世之承平有由。喟然興焉，憫漢魏以來之弊；從其大者，享成康幾致之休。

是時以寢兵爲極功，則節目詳明；以作樂致太平，則形容善美。鞭背之法弛，誰識囹圄；計口之制行，民安田里。自非體統之素定，未必治平之至此。勵精初志，不

[一]孟軻：四庫本作「子輿」。

意嚮徒措國於苟安；舉世丕平，孰識成模之自始。大抵理亂靡常，皆由國體之弗立；意嚮一定，毋患治功之不彰。古人得其全必底全盛，後世從其小固宜小康。帝乃熟思政體而面斥法律，深識君體而躬行帝王。執此致二十年之治，推而爲三百載之唐。論及拯民，張氏述宏模之略〔一〕；語其成效，史臣稱至治之詳〔二〕。

蓋始也斥萬紀之利，恐蠹君心；既闢德彝以刑〔三〕，慮傷民命。雖一心攻者甚衆，然大體不爲之病。使隨聽而輒惑，靡所定止，則粗安且不可，況乎極盛。不見作《帝範》以訓太子，首以曰君；書《漢紀》以賜近臣，論其爲政。獨奈何效方形而喜治之色動，治粗具而力行之意疏。獄雖稀斷，第是歲而止；户亦不閉，僅數月之餘。神疲登岱以告瑞，躬蹈伐遼之覆車。向之所得，今復失矣；以此爲至，亦徒止於。託以文容，終未免武功之習；歉然顔面，深有慙貞觀之初。

雖然，槩論其形迹，未免小疵；推原其心術，亦無甚失。刑歎不肉，事雖泯而意

〔一〕略：原脱，據四庫本補。
〔二〕至治：原作「大略」，據四庫本改。
〔三〕既：原無，據四庫本補。

美；身各有庸，法雖疏而慮密。後之論太宗者，固當於體之外求之，不失爲治平之實。

明正德刻本《宋忠惠鐵庵方公文集》卷二六。

文帝以嚴致平賦

方大琮

漢治所尚，孝文克明。雖務德以爲本，亦以嚴而致平。躬以率先，素稟天姿之厚；威非輕用，迄臻治效之成。

蓋聞因循乃治道之虧，奮發非仁人之意。然弊積於寬，非以威克，則民有所玩，適爲政累。且文帝雖仁柔之主，其慮已深；漢家享治平之功，皆嚴之致。雖曰德本專務，賢爲素聞，然寬厚之風，寓在禁網；仁義之意，藏於法斤。要非徒善以爲政，無但以寬而議文。自謂慈柔，難任一再傳之業；勉加奮勵，庶收六十載之勳。

豈非禮雖興於務化，亦斷獄而興；奸不止於除刑，以定笞而止。玉環非忍斷，恐滋犯法之弊；銅虎豈徒制，是乃息兵之始。以仁君未免於自振，亦柔德終難於專以。獨先以朴，非予心不足於仁柔；寧過乎剛，使庶事無輕於委靡。

大抵民惟狃於寬，其弊愈甚；仁不至於懦，其嚴可知。以武帝行嚴，祇見虛耗；

以孝宣用嚴，適滋慢欺。文也以平日寬仁之素，爲此時剛斷之施。戮昭非負，乃愛昭之意；繫勃非忍，爲全勃之思。所以治者，豈無致之？既重其仁，崔寔發非寬之論；不阿其罰，賈生形大化之辭。是何差級既重責，隨赦魏公；犯蹕欲必誅，卒從張議。豈終無仁愛之念，特顯示嚴明之治。故聞躬服之威，漸肅邊境；睹定律之嚴，皆爲禮義。使異時獲安静之福，亦今日有激昂之志。

是則公卿篤厚，得非有激於玉杯；方外安寧，亦自持威於竹使。又當知無踰侈之禁，自革僭服；無趨利之戒，潛消剟簾。几杖非示威，受者益竦；金錢非責貪，愧其不廉。無可畏之迹，猶曰足畏；於不嚴之中，乃其至嚴。將軍有不犯之威，但成其禮；丞相畏益莊之後，愈致其謙。山言解弛，力請進威；誼陳治安，痛言定制。豈運用之中獨晦其迹，故謀議之臣迭言其弊。嗚呼！文帝用嚴之意，而當時有所不能知，此其所以爲帝。明正德刻本《宋忠惠鐵庵方公文集》卷二六。

帝王圖籍陳左右賦

方大琮

古有圖籍，事該帝王，宜聖明之是鑑，陳左右以爲常。歷觀上世之傳，文書具載；

列在扆居之側，言動無忌。蓋聞人君當有動其畏心，古訓非徒爲於陳迹。謂簡編所載，自有深鑑；故朝夕其側，不能暫釋。念緝熙之始，此心已在帝王；故左右之間，所見無非圖籍。

仰考聖哲，歷觀古初。八卦森列，戲畫文畫；百篇明白，《虞書》《夏書》。況於左右以置此，其敢斯須之離於。坦若甚明，有竹帛丹青之紀；森乎其側，殆準繩規矩之如。想是時序東皆畫卦之垂，殿北何藏書之有。觀三七之文，如親法象之聖；考陟降之詩，若睹文明之后。求其易接於耳目，是以近陳於左右。我聞於昔，有兹簡冊之詳明；環列其旁，儼若聖賢之前後。大抵君心無所畏，每托古以自警；聖人不得見，幸有書之可陳。故籍惟充秘府，於覽籍以何預；圖不在内殿，與無圖而則均。是必森羅龜鑑之在列，密邇龍顔而俯親。縱事機餘閒，欲少肆於非念；然左右顧盼，得無慙於古人？聖質是躬，王吉亦言於思務；興王可鑑，翟生因戒於脩身。

若乃以諫疏爲可觀，則列作障屏；以政論爲有益，則特陳宥坐。凡爲規戒，動則隨寓；豈有謨訓，鑑之不可。非徒爲文具之觀，亦以警予心之惰。豈使文觀，漢帝並收相府之中；當令經鋭，唐宗特置殿廷之左。

後世不幸乎東觀，則不復閲籍；未至於明堂，則未嘗鑑圖。或城西之往，意在披籍；或石渠之幸，心乎召儒。彼求而觀覽，可謂勤矣；亦旁顧左右，未嘗有乎！當令大訓在西廂，近接階垂之際；甚至《無逸》置内殿，轉爲山水之娱。雖然，鑑觀在我，此念不忘；佐佑非人，其勤易替。入講如張酺，籍不徒覽；侍讀非處厚，經何必鋭。然則陳左右者有圖籍，而輔左右者又有其人，庶不徒稽於王帝。

明正德刻本《宋忠惠鐵庵方公文集》卷二六。

人主天下之利勢賦

方大琮

人主綦貴，化權獨持，奄敷天之下也，何利勢以如之。躬明德以有臨，尊崇已極；操寰區之可致，宰制無遺。

昔者奉一人而處以崇高，環四海而聽其操制，使斯民奔走於下，皆自我剸裁之係。且人主出當司牧，可謂至尊；舉天下莫不順從，是爲利勢。儀表當極，聰明過人。堂陛森嚴，尊據九級；雷霆震壓，重隆萬鈞。故威制於遐方之表，亦勢歸於人主之身。道足能群，淵邃九重之上；權之所在，斡旋一世之民。豈非群臣環向而柄有所操，諸侯竦聽而刃施其利。刑罰刀鋸，剪削姦巧；爵禄砥石，磨礱節義。處世之順，服人也易。聰以臨，剛以執，氣啖動人；嬰者拆，觸者摧，指麾如意。

大抵奔走讋服有術以能使，廢置生殺惟君之得專。蓋群焉服役，退聽元后；苟輒扞格，豈爲利權？是必不怒之中，鈇鉞森若；未擊之時，斧斤凛然。予但居尊於五位，彼知聽命於敷天。得則以安，莫切孫卿之論；操其所致，明言董子之篇。切疑之，剥擊之請，文帝未遑；威斷之柄，太宗不取。然祖尚少格命，隨即置辟；淮南且割地，曷嘗釋斧。豈威福大柄，不當議於臣下；而剸制微權，已陰施於人主？恨不用德宗之命，削彼强藩；固宜震宣后之威，截兹淮浦。

然古人處世至利，不露圭角；視民如傷，肯加鄙夷？斷棄不忍施，聽亳衆之終定；殄戮姑勿庸，任商民之自移。雖操切從命，勢所必至；然毫釐有傷，聖其不爲。是雖退若以能鈍，未有令之而不隨。因壘崇降，文姑遲於修教；舞干苗格，禹特示於班師。其有使斧屢出，宜可立威；吏刀日用，若能繩下。然漢俗不能勝，轉以逆〔一〕；秦民不堪鍛，潰而解瓦。是知聖人操天下之利勢，而不敢盡用者，無他，蓋亦慮其窮也。明正德刻本《宋忠惠鐵庵方公文集》卷二六。

〔一〕此處當脱一字。

天子垂萬世之基賦

方大琮

天子繼作，聖謀遠貽，非計一時之利，蓋垂萬世之基。獨高能致之君，所圖者大；益茂無窮之業，永賴於斯。當其承祖宗積累之餘，思社稷久長之計，謂傳襲在後，雖若難必；然植立自我，預爲可繼。天子撫中興之運，高出百王；皇家建不拔之基，永垂萬世。誠以居位得致，乘時有爲。雖操功之始，無愧紹功之意；然接統於前，當爲繼統之思。規模肇始於今日，根本已垂於異時。居正體元，穆穆大人之見；遭時建策，綿綿後裔之垂。

於是建金城之業，貽及帝王；揭泰山之維，傳之孫子。總以條貫，立之經紀。使商祚無疆，常如旒綴之日；周民永保，不墜瓜綿之祉。在當時有此封植，知後世必無窮已。五百歲休明之運，惟聖獨膺；千億年綿遠之功，自今以始。大抵源流淺近者不必久以難繼，基本深固者雖未傳而已知。觀垂裕之時，預卜其嗣服；驗垂統之初，必知其過期。

故我上承累聖之基業，俯衍萬年之本支。聖明培植，亦既深矣；國家長遠，終將賴之。恩自有餘，請驗馬周之語；極因首建，更稽倪氏之辭。且夫漢君之心何止接千，秦人之志亦思至萬。奈何土求其闢，不思海内之耗；瓦漸以解，反稔長城之怨。既無深根固蒂之道，徒有長治久安之願。可嗤計數，不過一再之傳；謾詫登封，殊慊中和之建。

故嘗論國祚修短，始見維持之驗；先王功用，每施封殖之先。且以紀綱蕩矣，尚十餘世；典則墜矣，猶三百年。既無憑藉之大業，尚足扶持於數傳。使當乎末造，苟有續者；雖傳之萬世，未爲過焉。且異漢開四百載之規，侈言其業；唐止二十君之祚，已永於天。又聞經綸固君責之當然，規畫賴臣謀之有永。建萬世之策，王吉抗疏；立萬世之程，賈生有請。天子能遠垂其基，又得賢以立其基，親見乃吾身之幸。明正德刻本《宋忠惠鐵庵方公文集》卷二六。

王者仁義威眇天下賦

納天下於三者之内

方大琮

王大仁覆，義權事宜。兼皇威之振也，眇天下以臨之。據此域中，具有三而迭舉；藐兹宇内，統歸一以無遺。蓋聞道大則萬物能容，權在則一身非寡。惟綏懷理御，參以事勢，故奔走服役，藐乎區夏。以仁義並威而迭尚，運自王心；合人物與己以並觀，眇哉天下。觀夫大矣無外，治焉嚮南，其量江河之廣，此心天地之參。

然權衡輕重，處得其當；追英靈震壓，難隨爾戡。何推尊咸曰於王大，以迭用不窮之道三。上聖統垂，時出震驚之武；群方囊括，俯臨坤載之含。得非吾惠足懷，薄海率從；吾德能度，小邦畏愛？時乎戢暴以爲用，抑又輔文之不逮。奄觀九有，安乎商后之置；俯視四方，赫若周文之對。凡奔趍斯世以惟命，以闔闢大權之有在。三代皆其具也，奮發以時；四海宜若小然，包容於內。

大抵物不能兩大，惟上宰制；治難執一説，隨機斡旋。主上操術，足自居下；朝廷有道，細宜在邊。矧方來徯於我后，本欲大同於一天。然含洪之外，區處得策；棄絶之餘，控持以權。顧三者惟所用耳，視一世何其眇然。

若曰畏懷盡下，述楊生之註；如云親貴服人，稽荀氏之篇。攷古者親慕如禹，非止德懷；赫濯若湯，豈專力假。昔容苗、今征苗，異世異術；始遺葛、終伐葛，一操一捨。蓋弛張闔闢，有妙用焉；故拱揖指揮，惟吾意者。

是則見其小也，奚傷鄰國之交；視以蠢茲，何有洞庭之野。奈何唐驕藩鎮，處置失策；漢資侯王，寬容有餘。彼於教化以終梗，不以威稜而亟除。遂至臂難使指，陸贊抗疏；脛大如腰，賈生上書。既常變相形，無以權此；將物我角立，孰爲大於。使淮右能平，不過三小州之隘；若外夷兼制，是誠一大縣之如。又況包容區畫，皆昔已爲；奮揚震蕩，於今亦盍。可不用而無敵，上唱下應；勇於必爲，枯摧朽拉。然則容之應之以仁義之道，而伐之者亦仁義之舉焉，孰不囿聖王之容納！明正德刻本《宋忠惠鐵庵方公文集》卷二六。

王道以德義生民賦

方逢振

王立民命，道於福基。念本根之係此，即德義以生之。坦然至正之彝，理皆日用；推此可遵之實，人遂春熙。聖人出而胎一世之春，天理乃壽群黎之地。惟寬平正大，事事無擾，故涵育渾融，元元咸遂。王維知此，宵旰之念在斯民；道豈他哉，德義之中有生意。

觀夫洪範其建，騶虞以成。無反無側，以脩以明。非屑屑以力假，非區區於利征。萬端皆正，此洪範之攸建；纖芥不仁，豈騶虞之大成？此王者能自得師，孰是顧所行之本？要先爲益，俾遂莫不壽之情。生者可養期無憾，烏可以不厚？欲惟和種，豈容於罔克？有大孕育，無窮保息，尊以不傷，是即罔砥懋而欲並口。口無禹拯，觀彌滿天下；民所蒙福，見胚胎春意。義之與德者，眇以飭修之始，莫匪常行；納夫人心歸悅之中，疇非允殖。

大抵一毫悖理，此豈粹王之道；萬宇皆春，莫非吾道之功。故仁壽多見帝治醇醲之際，而糜爛每基於伯圖功利之中。王乃綱審其執，貫民所同。極予遵而汝免短凶之咎，仁我行而爾無鄙夭之風。使王民之皞皞如是，見道之生生不窮。

情本欲安，事自商湯之制；典因以任，教由成后之通。是道也，在商爲極，惟以用康；於夏曰中，形而允治。春風惟政之德，時雨行師之義。用能蘇怨徯之困，漿食西北；拯瘠捐之命，蠶桑兖冀。奈千載以來，亦幾斯道之泯；幸一王者作，而受更生之賜。如或戛沈其命，當不任刑；儻令念爾推肌，勿交征利。嘗論衆形皆有弊，理獨不朽壞。證苟弗除，脉終未蘇。胡乃括田非義也，忍矣膏腴之奪；科斂薄德也，傷哉疲弊之敷[一]。曾不曰愁已滿腹，剥將及膚。不去斯二者，使承蘇也，則生之一脈，殆將斬乎。當令化致幽原，壽一農夫之必介；仁先政邑，餒宜老者之無。

〔一〕疲：原作「皮」，據四庫本改。

噫！滅義非可怒，曷怒商頑；敗德不必誅，曷誅苗蠢？衆芳同植〔一〕，育則兼育；一物獨枯，忍與不忍？王者若曰：順吾德義者則施以春生之惠，梗吾德義者則示以秋殺之威，道宜兩盡。

噫！陶物以古治，固善胚腪；醫國用盜臣，反滋殘忍。毋管晏術行，斬民命於筭筴；毋孔桑利折，朘民脂於平準。否則遏絶生意，小人未去，皆足爲吾民之巨蠹焉，斯道奚其能盡？明天順刻本《蛟峰集》卷八附《山房先生遺文》

人主師式帝王賦 人主以帝王爲師式

方大琮

人仰真主，治循舊章。師爰取於盛帝，式聿兼於令王。雖居利勢之尊，聰明不恃；仰法同條之世，言動無忘。

蓋聞聖明捐己見之私，道法至古人而極。苟輕爲舉動，不鑑往轍，是自越繩墨，寧無失德？曰王與帝，在累朝有此典刑；自古迄今，凡人主宜皆師式。觀其富貴操柄，

〔一〕衆：原作「血」，據四庫本改。

睿聰冠倫。謂一身儀表，下屬群望，故萬世軌範，上稽昔人。森然鑑戒之示我，以此周旋而律身。總持一世之權綱，未嘗自用；明白前人之模楷，敢不知遵？

蓋曰惟精惟一，授我者堯；有典有則，貽吾者禹。少不知鑑，動皆戾古。當口傳面命，敬守謨訓；而聲度身律，動循規矩。信有可行、有可遵，豈無常師、無常主？崇高無敵，休期適應於半千；表則在前，每事必稽於三五。大抵在昔有成訓，曉若可鑑；律己以聖人，動無越思。

蓋規警君心，惟古之足畏，苟蕩跌古法，聽君之自爲，是必佩服執中之語，祗嚴建德之丕詞。典謨訓誥，警我多矣，而法度準繩，終身守之。範足示人，孔氏述可行之語；蹤當稽古，崔生形遵述之辭。且以善儀刑者孰有過乎王，能授受者無以加於帝。

然《詩》言「不式」，所式奚道？《傳》曰「唯師」，所師何世？以當時猶有憲於前聖，矧後代敢遽忘於古制？凡憲章所在，動稽文武之君；雖講論之餘，必及唐虞之際。然嘗論漢非陋八世，略以不法；秦豈薄五帝，背而不師。蓋典章詳密，私意難接；而規矩森嚴，憚心易隨。籍弗去則害己，政欲行而戾時。此其盡廢於古典，始得肆行其己私。使田制尚存，何至紛更於阡陌；如肉刑猶在，豈能復創於鞭笞？

噫！師焉尊敬之凜然，式則準繩之必以。曰政雜者知循守之不盡，誇遠輩者以等夷而相視。嗚呼！廢古者不足責，而慕古者有高自尊大之心，去師式之義遠矣！明正德刻本《宋忠惠鐵庵方公文集》卷二六。

見堯賦

鄧牧

吳君自號漁隱，富春老儒也，以「見堯」名齋，予爲賦之。

古有聖人，作君作師。憂民之溺，由己之溺。憂民之飢，由己之飢。故能治九年之昏墊，播艱食於烝黎。其德澤所浸，如時雨之化；其功用所及，如春陽之熙。蓋聖人在位，問之朝野，而朝野已不知。今也寥寥數千載之下，悠悠我思，先生見之，若之何其？先生不言，浩然長噫。余請逆先生之志，而爲之辭。

昔者芒芴之間，無形之忽化而爲有形也，圓而在上者，蕩蕩乎無涯；方而在下者，廣廣乎不可圍；紛而處乎中者，緜緜乎，淫淫乎，其相攜而相持。蓋終古而融結，豈隨時而變移。瞻四方之無窮，感吾生之有期。既不得遊於康衢，見堯服之微；又不得廬於平陽，見堯風之遺。撫河洛而念禹功，揖南風而思舜詩。

今吾仰而觀天，見日月星辰、風雨霜露之晃耀沾滋，則必憮然歎曰：「昔堯之事此天也，蓋嘗欽若曆象，而授人以時。今雖不見其端緌冕以事上帝，亦想見咨汝羲和之心事，兢兢祇祇。」則吾俯而觀地，見山川草木、羽毛鱗介之崔錯柴池，則必愴然傷曰：「昔堯之治此地也，蓋嘗平水土，烈山澤，使百獸率舞，而鳳凰來儀。今雖不見疏河瀹濟、決汝排淮之神績，亦想見十有二州之制度，昀昀齊齊。」又吾中而觀人，見君臣父子、典章文物之雍容委蛇，則必蹙然憂曰：「昔堯之愛此人也，蓋嘗使契教人倫，有典樂之龍，有典禮之夷。今雖不復見垂衣裳之化，然寤寐思服，若將見都俞吁咈之氣象，堂堂巍巍。」吾進吾簞豆而餐也，則見其糲粱與藿藜；吾正吾章甫而出也，則見其黄收而純衣；吾倚吾蓽門圭竇而以爲安也，則見其不雕之樸桷，不析之素題。在萬世以如見，豈蘭陵之我欺。舜之見堯，見於父子之間，存没之遺；君之見堯，乃見於君民之隔絶，今古之乖睽。爲舜者慕，爲君者悲。

嗚呼！茫茫九原，龍蛇居之，衣冠禮樂之封，交鳥跡與獸蹄，洪水之患豈至此。聖人不復起，已而已而。

嗚呼！高高巢、由，言危行危。揖讓之水，燋然恐污牛腹。若高論怨誹，離世異俗，今君其庶幾。所得同者，巢、由之心；所不得同者，巢、由之時。陶唐世遠，吾將誰歸？

嗚呼！千萬世一日之所推，千萬人一氣之所爲，死生不出於天地之間，變化不過乎人物之孳，反復終始，孰知端倪？安知君不嘗見堯於黄屋清問之上，堯不復見君於耕田鑿井之卑？雖然，請妄言之奚。

吾願君澡雪而精神，寧極而天機，而與四子者逍遥乎無何有，放蕩乎遙恣睢。御六氣之辯，而道不窮；遊四海之外，而物不疵。此君所耕之山，即藐姑射之陽；所釣之澤，即汾水之湄。堯固將往見君矣，君何以見堯爲哉！知不足齋叢書本《伯牙琴》。

惟則定國賦 有序

陳普

則者，大小事物之理，各有常度定法，一毫不可過不及，皆天命之當然，人心之同得，古今天下之公道，百王聖賢之共守而不敢有所損益。是即《中庸》之「時中」，堯舜之所謂「執中」，與《大學》之「至善」是也。《仲虺之誥》，制心制事之禮義，箕子告武王之《洪範皇極》，皆此物也。君天下者，惟於事事物物各守其不可踰越之定則，則一正而國定矣。

自飲食起居，車服宫闈，品數限節，以至於朝廷軍國，天下政刑，不以大小，各有一定之本分常理，所謂則也。國者，一天下宗廟社稷。定者，不獨朝廷正，天下宗廟社稷亦永固而不揺矣。蓋事事皆守其則，則無一事之不善，而人心天命皆歸之矣。惟者，獨也，言其他皆不可以定國，惟此爲能定國也。秦公孫枝之言，亦古學相傳之未泯者也。

國有典立，事無妄爲。惟其則之正也，主於中而定之，但循有典之常，不由他道，則是安邦定國之深計，益壯鴻基。蓋嘗聞之，道外無保邦制治之謀，上聖有止善執中之力。一循天命之至正，永固皇圖之翼翼。謂之則者，皆常度之與常經；惟此理焉，有定力故能定國。事非可法[一]，德常罔愆，動得義方之正，静皆體道之全。侵伐類禡，隨其地以順帝；上下進退，不以人而用天。日用事物無所貳也，天下國家定於一焉。皦日之中，止水之平，不參以欲；盤石之安，泰山之固，於萬斯年。蓋以威儀無忒，所

〔一〕非：《歷代賦彙》卷四一作「惟」。

以矩範臣民；紀綱不亂，所以維持社稷。億載正統，萬民壽域。能静而安，無作亂以債事；亦孔之固，同受天而偏德。一事各有一中，定國莫踰定則。禮制有常，心君有主。循物無違，帝命不改。人心不摇，配天罔極。

大抵天命人心，覵爲政之善惡；物則事理，在用功於執持。爵五土三，本常大而末常小；井九家八，俗自恬而風自熙。但守至正大中之矩，即爲久安長治之規。君無過舉，神喜人悦；政有常行，民安物宜。純乎一敬則自定，蔽以一言而曰惟。放之東西南北，無思不服；質諸鬼神天地，不悖無疑。何者？古人制禮作樂，等殺貴賤尊卑；立極建中，斟酌淺深多寡。萬事萬物必盡美而盡善，一舉一動亦有操而無舍。豈不曰天理流行，守之則永受眷命；我民視聽，順之則相安國野。惟者惟其無過差焉，定則定之以中正也。異端苟道，一皆召亂致亡；誠意正心，始可居尊治卑。

噫！道理之原，必性與命；治平之具，惟《詩》及《書》。制度漢家自有武帝之私也，法令更爲師秦始皇之妄與？鞅阡陌斯郡縣，是豈天人之望？蒼章程通禮樂，亦皆智力之餘。非帝典周官敬以守此，恐堯雍舜治寥哉邈如。匪常經决未定也，必一變乃能至歟？虞皇夏收安有曼胡之服，周冕殷輅豈容九纛之車？吾嘗謂《左氏》多格言，莫謂浮誇；古學猶在人，實當考訂。國之大十二，往往獻文；則之言不一，洋洋視聽。然則觀公孫枝「惟則定國」之語，當知劉成子「有則定命」之言，天者定則人自定矣。明萬曆刻本《石堂先生遺集》卷一五。

焚雉頭裘賦

珍異之服，焚去無取

文彦博

晉武帝以德繼惟睿，功齊乃神。焚雉裘而崇儉，負鳳扆以臨民。化彼元元〔一〕，必被先王之服；燔兹楚楚，蓋除希世之珍。原夫聖澤遐敷，皇風廣被。當百度之攸敘，見萬邦之從乂。諸侯述職，既悉貢於瑰奇〔二〕；獷俗賓王，亦咸輸於珍異。伊彼程據，當兹盛時，庶爲臣之美矣，必竭節以事之。由是製此雉裘，將充乎任土之貢；獻諸龍陛，爰陳乎執帛之儀。徒觀其麗彩鮮明，爛光彬郁。彌縫皆自於藻翰，製作遂成於珍服。異王恭之鶴氅，但取清奇；殊李兑之貂裘，惟彰温燠。帝乃念兹至巧，命以俱焚。慮淫靡之下漓薄俗，恐奢華之上惑明君。俄委燎原之

〔一〕彼：原作「被」，據四庫本改。
〔二〕悉：原作「息」，據四庫本改。

勢，遂同有齒之文。紅焰初騰，漠漠而漸成餘燼；青煙欲斷，依依而尚藹微芬[一]。然後珍怪罔求，姦邪悉去。六合咸歸於儉德，萬化永安於鴻緒。雖斯裘之甚美，焉能衣之以奉天；且厥用之至繁，豈可被之而當宁。

若然，則聖政敷於九有，帝德合於三無。闡易俗移風之道，遵還淳返朴之途。雖文帝之罷露臺，尤難并矣；縱武皇之焚甲帳，未可同乎。則知德不廣，無以化蚩蚩之氓；儉不崇，無以成蕩蕩之主。故焚裘之可美，在去奢而有取。既著美於一時，遂流芳於千古者也。明嘉靖刻本《文潞公文集》卷一。

斲雕爲樸賦 除去文飾，歸彼淳樸

歐陽修

德以儉而爲本，器有文而可除。爰斲載雕之飾，將全至樸之餘。篆刻未銷，見背僞歸真之始；鏤章咸滅，知去華務實之初。稽史牒之前聞，述政風而遐舉。懿淳儉之攸尚，斥浮華而可沮。謂乎防世僞者在塞其源，全物性者必反其所。素以

[一] 藹：四庫本作「靄」。

爲貴，將抱樸而是思；焕乎有文，俾運斤而悉去。誠由淳自澆散，器隨樸分，騁匠巧而傷本，掩天真而蔑聞。故我反淳風而矯正，杜末作之紛紜。剖刻桷之形，復采椽而不琢；滅鏤簋之僭，反木器於無文。則知工巧盡捐，浮淫是抑，道尚取乎反本，理何求於外飾！

圭磨嶽鎮，歸璞玉以全真；畾去山雲，表瓦罇而務德。是則遵乎樸者，將反始而臻極；斲乎雕者，惡亂真而飾非。約澆風於一變，矯治古以同歸。礲而錯諸，盡滅彫蟲之巧；質爲貴者，寧慚朽木之譏？用能杜文彩之焕然，返淳和而遵彼。雕雖著，則尚可磨也；樸其復，則在其中矣。

棄末反本，小巧之工盡捐；革故取新，見素之風可美。彼琢玉然後成器，命工列乎彫人，務以文而勝質，徒散朴以還淳〔一〕。曷若刓劂之功靡施，大巧若拙；刻鏤之華盡減，其德乃真。懿之隆者，非假飾以爲資；儉之至者，匪奇淫而是覺。但期乎去泰去甚，寧患乎匪雕匪斲？有以知一變至道之風，由是而復歸乎樸。宋慶元刻本《歐陽文忠公集》卷七四。

〔一〕還：四庫本作「遠」。

《黄氏日抄》卷六一　第四韻結聯云：「圭磨嶽鎮，歸璞玉以全真；罍去山雲，表瓦罇而務德。」愚恐無此理，鎮圭、雲罍，古人制度，非漢人所斲之雕。且斲雕者，史臣形容反朴之意然爾。

漢斲琱爲樸賦

陳傅良

史尚刻深，弊見於元封、元鼎；意多穿鑿，機形於五鳳、黄龍。《履齋示兒編》卷九。

《履齋示兒編》卷九　凡用事須探究本文，不可以虚對實。如陳傅良《漢斲琱爲樸賦》云……按《漢郊祀志》，武帝封泰山，改元封元年。明年夏旱，公孫卿曰：「黄帝時封則天旱，」乾封三年，乃下詔曰：「天意欲乾封乎！」乾音干，則乾封非年號也。以對五鳳，則爲偏矣。

殿試藏珠於淵賦

君子非貴，難得之物

歐陽修

稽治古之敦化，仰聖人之作君，務藏珠而弗寳，俾在淵而可分。效乎至珍，雖希世而弗産；棄於無用，媲還浦以攸聞。得《外篇》之寓言，述臨民之致理。

將革紛華於偷俗，復芚愚於赤子。謂非欲以自化，則争心之不起。蓋賤貨者爲貴德之義，敦本者由抑末而始。示不復用，雖乎寶而奚爲[一]；捨之則藏，秘諸淵而有以。誠由窒民情者在杜其漸，防世欲者必藏其機，使嗜欲不得以外誘，則淳樸於焉而可歸。將抵璧以同議，諒彈雀而誡非。照乘無庸，盡遺碕岸之側；連城奚取，皆沉媚水之輝。將用能崇儉德以外昭，復淳風而有謂，民心樸以歸本，物産全而靡費。珍雖無脛，俾臨淵而盡除；事異暗投，永沉川而不貴。然而道既散則民薄，風一澆而樸殘，玩好既紛乎外役，質素無由而内安。故我斥乃珍奇之用，絶乎侈靡之端。將令物遂乎生，老蚌蔑剖胎之患；民知非尚，驪龍無探頷之難。

是則恢至治之風，揚淳古之式。不寶於遠，則知用物之足；不見其欲，則無亂心之惑。上苟賤於所好，下豈求於難得。是雖寶也，將去泰而去奢；從而屏之，使不知而不識。彼捐金者由是類矣，摘玉者可同言之，諒率歸於至理，實大化於無爲。致爾漢臯之濱，各全其本；雖有淮蠙之産，無得而窺。自然道著不貪，時無異物，民用遵乎至儉，地寶蓄而不屈。所以虞舜垂衣，亦由斯而弗咈。宋慶元刻本《歐陽文忠公集》卷七四。

[一] 乎：四庫本作「至」，《歷代賦彙》卷四一作「可」。

《唐宋文醇》卷二二愛新覺羅弘曆評 此修殿試作也。其云「上苟賤於所好，下豈求於難得」，已有謇諤氣象。

《賦話》卷五 宋歐陽修《藏珠於淵賦》，乃殿試作也。其佳句云：「將令物遂乎生，老蚌蔑剖胎之患；民知非尚，驪龍無探頷之難。」又「上苟賦於所好，下豈求於難得。」疏暢之中時露剴切，他日立朝謇諤，斯篇已見一斑。

《復小齋賦話》卷上 唐人賦有以詩句爲題者……宋亦間有之，范文正公《天驥呈才》、歐陽文忠之《藏珠於淵》，皆以賦句爲題也。

學問至芻蕘賦

學問而至芻蕘之善

陳襄

上聖以文明闡化，撝讓臨朝。每精窮於學問，爰下至於芻蕘。心專探討之勤，率親草芥；志切諮詢之道，靡間薪樵。斯蓋務小善以畢納，庶大猷而孔昭者也。嘉往哲之徽言，述先王之至治，必有學以務其訓誘，必有問以通夫擬議。欲求善以無斁，乃詢蕘而聿至。

且夫聖人有狂言之擇，實務多聞；而樵夫知王道之談，豈宜遐棄？莫不功專時集，事切疑思，罔間丘樊之賤，率求訓教之辭。是必擇其善者，俯而就之。當請益請業之初，蒭蕘盡及；暨咨事咨才之際，草莽無遺。誠以統御綿區，興隆景運。君雖尊，有教則不可非學；民雖小，有善則誠宜下問。故乃罄藪澤以旁求，奉謀猷而不紊。祇承誘誨，當刈楚之良材；廣務諮謀，受析薪之丕訓。則知學不好也，無以臻乎善道；問非博也，無以納乎嘉謨。故我每樂聞於典教，遂俯及於薪芻。將務四聰之達，何慙一得之愚？博習親師，奚間采樵之士；疇咨熙載，必親往囿之徒。

夫如是，則閲習宷勤[一]，諮諏益顯，雖蕘言之勿用，諒蕪音而必選。不窮不倦，率求林藪之譚；曰都曰俞，并及草萊之善。向若非求博諭，靡極周咨，雖愚言之或善，在上德而罔知，又安能恢教本以昭若，導化源之遠而？是以高宗求巖野之賢，命而納誨；西伯舉屠釣之老，立以爲師。此所謂詢事考言，篤信好學。伊片善以咸取，欲大謀之先覺。故《詩》曰，「先民有言」，而「詢於芻蕘」。播英規而孔邈。宋刻本《古靈先生文集》卷二。

[一] 宷：四庫本作「彌」。《歷代賦彙》卷四一、《古今圖書集成·皇極典》卷二六六作「宷」。

首善自京師賦

崇勸儒學，爲天下始

王安石

王化下究，人文内崇，緊京師首善之教，自太學親民之功。闓承師論道之基，先繇轂下；廣成俗化民之誼，甫暨寰中。

古之聖人，君有天下，治遠於近，制衆以寡。不用文何以修飾政教，非設校何以崇明儒雅？迺建左學，率先諸夏。在郊立制，繫一人之本焉；養士興仁，形四方之風也。本仁祖義，取材斂賢。講制量於中土〔一〕，鬯聲明於普天。始於邦家，用廣師儒之衆；行乎鄉黨，斯爲庠序之先。是何拳拳諸生，亹亹先覺，所傳者道德仁義，所肄者詩書禮樂。以言乎功，則萬世用乂；以言乎化，則八紘匪邈。其流及於三代，率以明倫；此理達於諸侯，誰其廢學！

故曰校官者庶俗之原本，京邑者群方之表儀。養原於上，則庶俗流被；設表於内，則群方景隨。惟時於變，緊上之爲。三王四代惟其師，使人知化；兆姓黎民輯於下，

〔一〕制：《歷代賦彙》卷四一作「智」。

自我興基。向若俗敗隄防，朝墮統紀，教化之宮衰落，禮義之官廢弛，鄉風者無以勸於善，肄業者不能官其始，則撫封之主，毀鄉校者有之；承學之民，在城闕者多矣。必也啟胄子之秘宇，據神邦之奥區，憲先王而講道，風下國以恢儒。邑翼翼以宅中，契商人之詠；士彬彬而蒙化，參漢室之謨。

噫！孝武，逸王也，而有興置之謀；公孫，具臣也，而有將明之論。矧睿明之主紹起，俊乂之僚並建，宜乎隆儒館以視方來，使元元之敦勸。《皇朝文鑑》卷一一。

舜琴歌南風賦　帝舜作琴，以歌南風

舒亶

帝意雖遠，琴音可通，欲發揚於孝道，遂歌詠於《南風》。寓意五絃，寫生成之至德；託言萬物，荷長養之元功。粤其耕稼陶漁至爲君，聰明睿智積諸己。日深致孝之念，躬盡事親之理。以謂鞠養之德，欲言之不足；生育之愛，欲報之何以！緣情指物，孰形孝子之思？流詠在琴，且載《南風》之旨。時其比屋熙乂，巖廊靚深，包我萬慮，寫於一琴。協天地以同趣，按絲桐而播音。作以敘情，適在無爲之日；薰兮入奏，永言至孝之心。

蓋曰風之於物也，有化養之恩覃；親之於己也，有劬勞之德博。眷物理之明甚，假琴聲而遠託。一彈而歡意具寫，再鼓而羣心咸若。按絃而奏，聲參韶樂之淳；寓象而言，義並《凱風》之作。議夫琴，求以意，而不求乎形器。帝樂在孝，而非樂於絃歌。感民之義，豈並於《北里》；思親之志，固深於《蓼莪》。藏韻於心，非止解一時之愠；寄聲於政，又將陶萬國之和。

自是正音暢而化洽幽遐，協氣流而時消沴灃。閨門聽之，則翕爾和順；朝廷聞之，則歡然感厲。風被乃俗，功歸於帝。又得夔工之奏，同樂於民；不煩鄒律之吹，阜財於世。玆蓋淵默玩意，優遊面南。歌孝風之遠暨，託琴理以中含。惜乎道與世汩，樂非德參。操變而亡，徒起後人之嘆；音調而理，空聞前史之談。夫豈知昔者導樂理之淳淳〔一〕，達孝思之進進？內將報德之罔極，外以格民之大順。然則歌琴之意至矣哉，莫如虞舜！《皇朝文鑑》卷二。

樓鑰《跋袁光禄轂與東坡同官事迹》（《攻媿集》卷七七）　慶曆詔郡國立學，而置教官者纔數處，

〔一〕昔：《宋文鑑》卷二、《歷代賦彙》卷四二作「音」。

多延致鄉里之有文學行誼者爲之師。我高祖正議先生教授四明前後三十餘年，一時名公皆在席下。是時赴鄉舉者纔百餘人，解額六人，試於譙樓。秋賦之年，先生謂舒公亶、袁公轂、羅公適曰：「二三子學業既成，不應有妨里人薦名。」於是舒試於鄉，袁試於開封，羅試於丹丘，三人皆在魁選，實爲一時之盛。舒以《舜琴歌南風》、袁以《易更三聖賦》名於時，而袁之著述傳於世者有《韻類題選》百卷，後學賴之。

周公成文武之德賦

公旦成此文武之德

陳襄

天開周道，臣有姬公，滅管蔡流言之亂，成文武盛德之風。攝政宣謀，纂徽柔之懿鑠；勤王致理，集保定之元功。足以劭重光於有後，揚休命於無窮者也。

當其待旦輸忠，攝儀建極，謂文考之興也，方啟於周祚；武王之立也，肇平於商國。念遺業之至重，非沖人之可測。我乃兼彼三王之事，成此二后之德。踐祚而治，綽興純被之謨；陪扆以朝，庶賡丕承之則。才美中著，勳勞外施。能勤教之行也，遂竭節以成之。業業爲師，纘居岐之茂烈；拳拳作相，隆在鎬之丕基。蓋夫國得士而乃昌，后非賢而罔理。惟文也，順帝則而撫方夏；是武也，遏亂略而爲天子。懿王業以昭若，賴我功而成此。

股肱周室，啟明明在上之猷；左右成王，紹謌謌以昌之美。用能蕃衛中國，疑丞大君，恢好仁之景範，集偃武之清芬。將以垂綿綿之慶，昭郁鬱之文。白屋禮賢，緝多士濟寧之化；東山祗役，固一戎大定之勳。苟非績著勤勞，心專夾輔，上以追奉乎西伯，下以欽承於姬武，成休德於二代，固重基於下土，則何以父作子述，七百年永著徽猷；發粟散財，三十世茂隆丕矩？

蓋以憂勞幹國，忠利推誠，遠啟中興之道，光揚未墜之名。皋陶爲舜帝之謨，功宜一貫；管仲霸齊桓之業，道匪相成。此則昭致純熙，綽平暴亂，本枝百世兮寶系丕固，子孫千億兮英猷克煥。噫！奚由知聖德之成焉？由兹公旦。宋刻本《古靈先生文集》卷二。

周以宗彊賦 周以同姓，彊固王室

沈初

古之建國，制莫如周。盛宗枝而作庇，强王室以承休。治尚以文，重恩親於同姓；世綿其祚，大形勢於諸侯。自昔后稷開基，公劉經始，盛德物被，豐功世美。文武大其業，成康繼其軌。奚永永以能然，蓋親親而得以。任先宗子，協圖夾輔之勳；本固王家，益植太平之趾。天邑中奠，侯封外崇。大邦小邦兮我所錫壤，伯父叔父兮汝其懋功。肇國勢於寖盛，粹民風於大同。膺木德以當天，王圖以永；法轄星而建屏，邦本其隆。有衮服以華其躬，有金路以優其命。寶玉分賜，賑播均慶。所以等異諸臣，恩先庶姓。

史稱乃德，盛陳過曆之期；《詩》大其功，茂著維城之詠。豈無異姓與之翊昌？豈無列辟與之贊襄？推本而治，尚親則强。故蒼籙之興起，始諸姬而阜康。忠厚一時，重本枝而相輔；儀刑百世，壯基緒於重光。至如魯衛之所分，邢茅之所附，衆列邦壤，一寧國祚。巋然磐石之安，屹然寶鼎之措。無煩兵革，坐收禦侮之功；不假山河，自得爲藩之固。譬夫木之殖，枝茂者幹必大；水之委，源深者流必長。緊爾列辟，輔予一王。秦室寖微，蓋削五侯之壤；漢邦未善，徒恢七國之疆。

盛哉！本本之扶持，承承之操術。國五十兮，比如犬牙之制；年七百兮，綿如瓜瓞之實。方今宗也盛而國也强，跨基圖於周室。《皇朝文鑑》卷一一。

周必大《跋宗室士奎所書周以宗强賦》（《廬陵周益國文忠集》卷一六）漢二獻皆以好書聞，故傳國亦皆最久。彼其遺子孫者，固有以致之矣。今賀王不惟金譜玉局是務，而孜孜短檠佔畢間，無惑乎文章盛於王門，而遺澤遠及苗裔也。僕少時應舉覓官，乃未嘗手抄一賦，見此不覺汗下。壬午十月十四日。

《説郛》卷一五上引《螢雪叢説》卷下《聲律對偶假借用字》　《周以宗强賦》：「故蒼籙之興起，始諸姬而阜康。」《東門種瓜詩》：「青門無外事，尺地足生涯。」二公之所以對者，見於賦詩，無非借數與器而已。《詩史》以皇眷對紫宸，《曲詞》以清風對紅雨，或以青州從事對烏有先生，或以披綿黄雀對通印子魚，因朱耶之板蕩，致赤子之流離，談笑有鴻儒，來往無白丁，是皆老於文學而見於駢四儷六之間者，自然假借使得好，不知膾炙幾千萬口也。嘗記陳季陸應行先生舉似作賦之法，用高皇對小白。

四庫本《無錫縣志》卷三上　宋沈初字子深，無錫人。熙寧六年擢進士第。初始入國學時，試《周以宗强賦》爲第一，文詞典麗，時争傚之。元祐間尚詞賦，朝廷常以林希《佚道使民》、沈初《周以宗强》、劉煇《堯舜性仁》、陳之方《恤民深者饗其樂》、江衍《王道正則百川理賦》五篇頒天下爲格。初之賦後流至西夏，夏人織爲文錦，其珍賞如此。

王道正則百川理賦 王道公正而百川理

江衍

物格大順，化由至公。本一道以持正，致百川而會通。庶政修明，端若承天之意；

衆流協應，沛然行地之中。嘗聞宰物之工，提平在聖。大而覆載者，既輔相以德；廣而融結者，皆管攝以政。故彼災祥，繫乎邪正。惟王有歸往之義，蓋在爲公；而水存平準之稱，遂皆得性。何則？明審刑罰，持循紀綱，亶聰明而作后，一好惡以遵王。執此之政兮，堅若金石；行此之令兮，信如陰陽。有猷有爲，屏邪心於黨附；或源或委，暢柔德於靈長。

由是温洛效珍，滎河薦祉。若江漢焉，莫不歸其潤；若畎澮焉，莫不循其理。民自絶於昏墊，物大蒙於豐美。坦周人之砥道，率履大中；協夏后之神功，敉寧洚水。豈非德之隆者，高深遠近而必及；道之公者，偏覆包含而不偏。博既通於化育，幽遂達於淵泉。上廣堯仁，有既陂之九澤；下殊幽暴，無皆震之三川。

況夫中和發於聖誠，精祲交於神造。萬物之類，尚率育而揔揔；五行之本，宜分流而浩浩。平康在治，玆咸敘於彝倫；脈絡交通，遂安行於故道。向若所持悖繆，所向阿私，或盛外家之寵，或簡宗廟之儀，害既作矣，時將殆而。白馬沉而福益遠，金堤塞而民已疲。是以雅什貽譏，蓋念沸騰之失；漢臣建白，重興湧溢之悲。殊不知水之爲功，物資其澤。以之浸潤也，其功倍；以之灌溉也，其利百。然而疏導則莫勝其勞，壅塞則悉罹其厄。惟王道公正而不頗，自然順適。《皇朝文鑑》卷一一。

宋代辭賦全編卷之五十一

賦　治道　四

畏天者保其國賦

祇畏天道，能守其國

歐陽修

聖人以凝命恭默，膺圖肅祇。爰務畏天之義，但彰保國之規。惟帝難之，翼翼固欽於乾道；爲人上者，兢兢慎守於邦基。用能御寶位而惟永，隆昌運以咸熙者也。探齊王之式陳，懿子輿之所謂，將設治民之術，先本爲君之貴。且曰天惟簡在，誠由乎不敢荒寧；國乃治平[一]，是宜乎克自抑畏。

惠此方國，欽若昊天。實克遵於慄慄，示無爽於乾乾。慮威宣咫尺之間，所以嚴恭

[一]治：《古今圖書集成·經籍典》二九〇、卷二九九、《歷代賦彙》卷四三作「治」。

罔怠；致疆畝幅員之内，所以底定無愆。蓋由仰高明以惟勤，遂邦家而永保。「又新」之戒斯在，《無逸》之篇可考。順帝之則，始敦危懼之誠；俾民不迷，終得阜安之道。豈不以天者本降鑑而是顯，國者在緝綏而以興。畏乎天，表降鑑之甚邇；保乎國，示緝綏而可憑。審雖休勿休之理，遵日慎一日之稱。是故懼無災以爲懷，見楚莊之勿伐；不敢康而在念，識周成之有能。

夫如是，則垂拱是圖，持盈可久。不遑啟居兮，以圓靈之是奉；無敢暇豫兮，以中區而自守。昭事而宜乎宗社，咸寧之旨攸同；欽承而惠彼民人，設險之功何有！不然，又安得惟寅謹爾，匪懈昭其？蓋足憚於覆燾，必克固於蕃維。

《周詩》垂陟降之文，亦足畏也；洊雷著修省之説，於時保之。至哉，闡繹聖猷，鋪昭皇極，眷戁悚以爲本，在撫綏而作式。有以見惟天爲大，而君則之，故定於萬國。

宋慶元刻本《歐陽文忠公集》卷七四。

《賦話》卷五　宋歐陽修《畏天者保其國賦》，雖前人推許，然終是制誥體，未敢爲法。

進擬御試應天以實不以文賦

推誠應天，豈尚文飾

歐陽修

天災之示人也，若響應聲；君心之奉天也，惟德與誠。固當務實以推本，不假浮文而治情。彼雖不言，謫見以時而下告；吾其修德，禍患可銷於未萌。臣聞天所助兮，惟善則降祥；德苟至兮，雖妖而不勝。皆由人事之告召，然後天心之上應。若國家有闕失之政，則當頻見於衆災，欲人主知戒懼之心，所以保安於萬乘。

臣請述當今之所爲，引近事而爲證。至如陽能和陰則雨降，若歲大旱，則陽不和陰而可推；去年大旱。陰不侵陽則地静，若地頻動，則陰干於陽而可知。去年河東地頻動。又如黑者陰之色，晦者陰之時，或暴風慘黑而大至，白晝晦冥而四垂。康定元年三月，黑風起，白日晦。日食正旦，雨冰木枝。今春二月。如此之類，皆陰之爲。蓋陰爲小人與婦人，又爲大兵與蠻夷。若四者之爲患，則群陰之失宜。故天象以此告吾君，不謂不至；陛下所宜奉天戒，不可不思。是謂應以實者，臣敢列而言之。

若夫慎擇左右而察小人，則視聽之不惑；肅清宫闈而減冗列，則恭儉而成式。況乎遠佞人者，孔宣父之明訓；放宫女者，唐太宗之盛德。

又若西師久不利，宜究兵弊而改作；叛羌久未服，宜講廟謀之失得。在陛下之至聖，行此事而不忒，庶天意之可回，雖有災而自息。

方今民疲賦斂之苦，又值饑荒之年。貲財盡於私室，苗稼盡於農田。劫掠居人，盜賊并起；流離道路，老幼相連。陛下視民如子，覆民如天，在於仁聖，非不矜憐。故德音除刻削之令，赦書行賑濟之權。然而詔令雖嚴，州縣之吏多慢；人死相半，朝廷之惠未宣。

夫天至高遠也，惟可動以精誠；民之休戚也，皆繫君之好尚。惟善政之能惠，則休符之并貺。而況富有四海之大，獨制萬民之上。一言之出兮，誰敢不從？百事責實兮，自然無曠。發號施令，在聖意之必行；變災爲祥，則太平之可望。

今《漢史》有《五行》之志，《尚書》有《洪範》之文，願詔侍臣之講説，許陳古事於聽聞。可以見自召妖災，雖由於時政；能招福應，亦自於明君。故禾偃於風，表周王之覺悟；雉鳴於鼎，成商帝之功勳。蓋恐懼修省者實也，在乎不倦；祈禳消伏者文也，皆不足云。

臣生逢納諫之聖明，不間直言之狂斐；惟冀愚衷之可采，苟避誅夷而則豈！蓋賦者古人規諫之文，臣故敢上干於旒扆。宋慶元刻本《歐陽文忠公集》卷七四。

歐陽修《進擬御試應天以實不以文賦引狀》（《歐陽文忠公集》卷七八） 臣伏覩今月十三日御試《應天以實不以文賦》，題目初出，中外群臣皆歡然，以謂至明至聖，有小心翼翼事天之意。蓋自四年來，天災頻見，故陛下欲修應天以實之事。時謂出題以詢多士，而求其直言。外議皆稱自來科場只是考試進士文辭，但取空言，無益時事。亦有人君能上思天戒，廣求規諫以爲試題者，此乃自有殿試以來，數百年間最美之事，獨見於陛下。然臣竊慮遠方貢士，乍對天威，又迫三題，不能盡其説以副陛下之意。臣忝列書林，粗知文字，學淺文陋，不自揆度，謹擬御題，撰成賦一首。不敢廣列前事，但直言當今要務，皆陛下所欲聞者。臣聞古者聖帝明王，皆不免天降災異，惟能修德修政，則變災爲福，永享無窮之休。臣不勝大願。其賦一首，謹隨狀上進。

《續歷代賦話》卷九 慶曆二年三月丙辰，御試進士《應天以實不以文賦》。公擬進一首，賜勅書獎諭。（《歐陽文忠公年譜》）。 銑按：公子發述公事迹云：「慶曆二年御試進士以《應天以實不以文》爲題，公爲擬賦一道以進，指陳當世闕失，言甚切至。」 「應天以實不以文」見《息夫躬傳》，又見馬周貞觀十一年上太宗疏。

《復小齋賦話》卷上 不字，唐宋人賦皆押有韻，唯陶拱《五色比象賦》及上官遜《松栢有心賦》押尤韻耳，從未有押入聲者。宋唯歐陽文忠公《應天以實不以文賦》押豈不字。

又 宋仁宗慶曆二年，御試進士以「應天以實不以文」爲題。歐陽文忠公爲擬賦一道以進，指陳當世得失，言甚切至，賜敕書獎諭。視相如之徒勸百諷一者，奚翅霄壤，而當時之君從流、臣逆耳，尤可思已。

應天以實不以文賦

推誠應天〔一〕，豈尚文飾

金君卿

惟聖作則，惟心應天，當務實以正本，豈尚文而致愆。上順帝心，但貴誠而不怠；仰承乾造，詎飾詐以爲先？聖人考古建中，握符居上。且謂一細民之行者，當率以正；應上靈之心者，固非可妄。由是宅大順以昭事，盡至誠而寅亮。遣僞之飾，惡真之喪。天元貴信，我乃抱誠一以相符；天道棐忱，我乃屏浮華而靡尚。諒夫牧羣靈之命，保重蓄之資。顧洪造之非遠，奉一心而敢欺？志在順紀，動皆秉彝。斥虚誣而自任，與精祲以相推。念高明之聽卑，率由善應；即真純而履信，安在文爲？是何天之所應本於誠，民之所順在乎德。不可以矜忲干民之譽，不可以罔蔽違天之則。所以推以悃愊，奉茲欽翼。矯枉以歸正，考宜而建極。對明威而凝命，務達精衷；體正觀以宣

〔一〕應：原作「在」，據翰林院鈔本、宜秋館本改。

猷，奚煩末飾？得非應之以實者，順天理以惟精；應之以文者，違天心而足明。違之則速彼譴告，順之則享夫治平。故我悉道欽承之意，都捐矯舉之名。至如宋景之言，退星不虛其應；西鄰之祭，受福蓋主於誠。

由是慮善乾乾，飭躬亹亹，思正直以無貳，遑浮夸而失則。豈期靈貺之鑒祐，保珍圖於盛偉。簡於上帝，貴其約而不貴其華；崇彼令儀，從其厚而不從其菲。展矣哉！恭己臨下，畏天作君。顯中孚而上達，任至德以升聞。稟成湯精一之志，體文王陟降之勤。不然，安得圓穹助順而應誠，翕臻景祐；黎俗承風而化上，悉弭繁文？宜乎前史著之而爲規，後王奉之而有證。惡文而實以爲貴，任德而妖奚足勝。夫然，本誠慤以御邦，自協天人之應。四庫本《金氏文集》卷上。

《澠水燕談録》卷六　王彦祖初名亢宗，慶曆二年方勝冠，廷試《應天以實不以文賦》罷，寢旅舍，夢一人告之曰：「君今年未當中第。」彦祖尤不平，且責之曰：「子未嘗見予程文，又未始知予生月，何從而知未中第？」其人笑曰：「君若中選，賦題『天』字在下，君當三中選，皆然。今題『天』字在上第二字，是以知其未也。」及唱名，果不預選。次舉春試，不利於禮部。八年，再預廷試，《蓋軫象天地賦》，又復黜。至皇祐五年，免解赴禮部。前以卧疾困眠，夢至一大府，見二人，因懇求生平禄命，二人笑不答；再叩來年得失，其人指面前池水曰：「待此水分流，君即登第也。」覺以爲池水不能分流，決無中第望矣。久之乃寤，即更名汾，以符水分之兆。及試禮部《嚴父莫大於配天賦》，廷試《圓丘象天》，皆中高選。其後召試學士院，又賦《明王謹於事天》，得帖館職。皆符夢中之言也。

陽禮教讓賦

修射崇飲，民不争矣

范仲淹

先王制陽禮於百姓，興民讓於九州。覩射飲之斯在，知政教之所由。我弓既張，觀德之風遐被；朋酒斯饗，序賓之義咸修。觀其司徒之職既揚，王者之教云下。使穆穆而鄉飲，俾濟濟而燕射。將以弧矢之利，習彼威儀；復於罇俎之間，宣其教化。至若洞啟澤宫，射夫來同。内叶和平之志，外敦廉順之風。揖讓而升，非尚六鈞之勇；進退可庶，不矜五善之功。此射之讓也，邦教攸崇。又若以年以品，會於鄉飲，在獻酬之無謬，居長幼而必審。貴賤位矣，三賓之象不踰；和樂興焉，百拜之容弗寢。此飲之讓也，國人是禀。則知邦禮循循，以教萬民。所以安天下於不競，所以教域中之有倫。射不主皮，息争心於君子；酒以成禮，導和氣於鄉人。

是知用之而在化可久，廢之而其化則不。斯射也可以止其暴亂，斯飲也可以樂其富壽。所以反當仁之義，以勸四方；遵成魄之規，用寧九有。然則謂其陽也，取其吉而爲名；謂其讓也，取其和而不争。於以見莫善於禮，於以見與世作程。俟以明之，罔替君臣之義；禮無違者，遂諧賓主之情。遂使德藝可觀，忿肆遄已。知沿事以興教，蓋因時而立紀。故聖人務焉，則違之者寡矣。清康熙刻本《范文正公别集》卷三。

《復小齋賦話》卷上　小賦多以成語作對偶，濫觴於唐人，至宋而益工。余最愛范文正公《陽禮教讓賦》射飲相儷數聯，如自己出，尤爲因難見巧。

政在順民心賦

明主施政，能順民欲

范仲淹

王者廣育黔首，誕布皇明。闡邦政而攸叙，順民心而和平。振窮恤貧，必俯從於衆望；發號施令，實允協於羣情。

昔管子以祖述大猷，發揮明主。垂教之言斯著，爲政之方可覩。以謂逆其民而理者，雖令不從；順於民而化焉，其德乃普。是以究其所病，察其所宜。禮應時而沿襲，教隨俗以彰施。欲求乎廣所及也，必在乎俯而就之。彼患困窮，我則躋之於富庶；彼憂苛虐，我則撫之以仁慈。於以見百姓爲心，萬邦惟慶。無一物不得其所，無一夫不遂其性。所以感其和氣，所以謂之善政。故得上下欣合，莫聞不協之謀；遐邇悦隨，每覩易從之命。豈不以政者爲民而設，民者惟政是平。違之則事悖，順之則教興。乃古今之必重，實聖賢之所能。亦猶梓匠任材，因曲直而制作；化工造物，隨大小而陶蒸。是以布政從民者，黎元克信；驅民從政者，羣心不徇。思柔遠而能邇，必去逆而効順。舉刑罰罪，因衆棄而方行；列爵養賢，由僉諧而後進。懿夫施此彝倫，洽彼生民[一]。在上者弗私其欲，居下者孰敢不遵。務材訓農，皆因民之所利；布德行惠，常捨己以從人。今我后稽古省方，順時察俗。上克承於天道，下弗違於民欲。有以見善與物之咸亨，實無幽而不燭。清康熙刻本《范文正公别集》卷三。

通其變使民不倦賦

通物之變，民用不倦

蘇軾

物不可久，勢將自窮。欲民生而無倦，在世變以能通。器當極弊之時，因而改作；

[一] 彼：原作「此」，據四部叢刊本、四庫本及《歷代賦彙》卷四三改。

衆得日新之用，樂以移風。

昔者世朴未分，民愚多屈，有大人卓爾以運智，使天下羣然而勝物。凡可養生之具，莫不便安；然亦有時而窮，使之弗鬱。下迄堯舜，上從軒羲。作網罟以絶禽獸之害，服牛馬以紓手足之疲。田焉而盡百穀之利，市焉而交四方之宜。神農既没，而舟楫以濟也；後聖有作，而弧矢以威之。至貴也，而衣裳之有法；至賤也，而臼杵之不遺。居穴告勞，易以屋廬之美；結繩既厭，改從書契之爲。如地也，草木之有盛衰；如天也，日星之有晦見。皆利也，孰識其所以爲利；皆變也，孰詰其所以制變？五材天生而並用，或革或因；百姓日用而不知，以歌以抃。

豈不以俗狃其事，化難以神。疾從古之多弊，俾由吾而一新。觀《易》之卦，則聖人之時可以見；觀卦之象，則君子之動可以循。備物致功，蓋適推移之用；樂生興事，故無怠惰之民。及夫古帝既遥，後王繼踵。雖或不繇於聖作，而皆有適於民用。以瓦屋則無茅茨之敝漏，以騎戰則無車徒之錯綜。更皮弁以圜法，周世所宜；易古篆以隸書，秦民咸共。

乃知制器者皆出於先聖，泥古者蓋生於俗儒。昔之然今或以否，昔之有今或以無。將何以鼓舞民志，周流化區？王莽之復井田，世滋以惑；房琯之用車戰，衆病其拘。

是知作法何常，視民所便。苟新令之可復，雖舊章而必擅。神而化之，使民宜之，夫何懈倦！明萬曆刻本《蘇文忠公全集》卷一。

《賦話》卷五　宋蘇軾《通其變使民不倦賦》云：「制器者皆出於先聖，泥古者蓋生於俗儒。昔之然今或以否，昔之有今或以無。將何以鼓舞民志，周流化區？王莽之復井田，世滋以惑；房琯之用車戰，眾病其拘。」……以策論手段施之帖括，縱橫排奡，仍以議論勝人，然才氣豪上，而率易處亦多，鮮有通篇完善者。……寓議論於排偶之中，亦是坡公一派。

又卷一〇引《野獲編》　歐陽文忠典試，出題《通其變而使民不倦賦》，時謂多一「而」字，錢氏子因作詩云：「試官偏愛外生兒。」

《復小齋賦話》卷上　東坡《通其變使民不倦賦》末段云：「制器者皆出於先聖，泥古者蓋出於俗儒。王莽之復井田，世滋以惑；房琯之用車戰，衆病其拘。」蓋隱斥荆公新法之不便民也。

又　東坡小賦極流麗，暢所欲言，而韻自從之，所謂「萬斛泉源，不擇地湧出」者，亦可見其一斑。

三法求民情賦　王用三法，斷民得中　蘇軾

民之枉直難其辯，王有刑罰從其公。用三法而下究，求輿情而上通。司刺所專，精

測淺深之量；人心易曉，斷依獄訟之中。民也性失而習姦邪，訟興而干獄犴。殘而肌膚，不足使之畏；酷而憲令，不足制其亂。故先王致忠義以核其實，悉聰明以神其斷，蓋一成不可變。所以盡心於刑此三法，以求民情，孰有不平之歎？

若夫老幼之類，蠢愚之人。或過失而冒罪，或遺忘而無倫；或頑而不識，或冤而未伸。一踏禁網〔一〕，利口不能肆其辯；一定刑辟，士師不得私其仁。孰究枉弊，孰明僞真？刺宥舍以盡公，與原其實；輕重中而制法，何濫於民？雖入鈞金，未可謂之堅；雖入束矢，孰可然其直？召伯之明，猶恐不能以意察；皐陶之賢，猶恐不能以情得。必也有秋官之聯，贊司寇之職。臣民以訊，讞國憲以何疑；寬恕其愆，斷人中而無惑。

然則圜土之内，聽有獄正之良；棘木之下，議有九卿之詳。五辭以原其誠僞，五聲以觀其否臧。尚由哀矜而不喜，悼痛以如傷。三寬然後制邦辟，三舍然後施刑章。蓋念罰一非辜，則民情鬱而多怨；法一濫舉，則治道汩而不綱。故折獄致刑，本豐亨而御世；赦過宥罪，取解象以爲王。得非君示天下公，法與天下共？當赦則赦，姦不吾

〔一〕踏：《東坡先生外集》卷一一作「蹈」。

惠；可殺則殺，惡非汝縱。議獄緩死，以《中孚》之意；明罰勑法，以《噬嗑》之用。彼吕侯作訓，赦者止五刑之疑；而《王制》有言，本此聽庶人之訟。噫！刑德濟而陰陽合，生殺當而天地參。後世不此務，百姓無以堪。有苗之暴，以虐民者五；叔世之亂，以酷民者三。因嗟秦氏之峻刑，喪邦甚速；儻踵周家之故事，永世何慚。大哉，唐之興三覆其刑，漢之起三章而法，皆除三代之酷暴，率定一時之檢押。然其猶夷族之令而斷趾之刑，故不及前王之浹洽。明萬曆刻本《蘇文忠公全集》卷一。

《賦話》卷五　《三法求民情賦》云：「刑德濟而陰陽合，生殺當而天地參。後世不此務，百姓無以堪。有苗之暴，以虐民者五；叔世之亂，以酷民者三。因嗟秦氏之峻刑，喪邦甚速；倘踵周家之故事，永世何慚。」……以策論手段施之帖括，縱横排奡，仍以議論勝人，然才氣豪上，而率易處亦多，鮮有通篇完善者。……寓議論於排偶之中，亦是坡公一派。

六事廉爲本賦　先聖之貴廉也如此

蘇軾

事有六者，本歸一焉。各以廉而爲首，蓋尚德以求全。官繼條分，雖等差而立制；

吏功旌別，皆清慎以居先。器爾衆才，由吾先聖。人各有能，我官其任。人各有德，我目其行。是故分爲六事，悉本廉而作程；用啟庶官，俾厲節而爲政。善者善立事，能者能制宜。或靖恭而不懈，或正直而不隨。法則不失，辨別不疑。第其課兮，事區別矣；舉其要兮，廉一貫之。蔽吏治之否臧，必旌美效；爲民極之介潔，斯作丕基。

所謂事者，各一人之攸能；所謂賢者，通衆賢之咸暨。擬之網罟，先綱而後目；況之布帛，先經而後緯。於冢宰處八法之末，厥執能分；在西京同大孝之科，於斯爲貴。乃知功廢於貪，行成於廉。苟務瀆貨，都忘屬厭。若是則善與能者爲汙而爲濫，恭且正者爲詖而爲憸。法焉不能守節，辨焉不能明嫌。故聖人惡彼敗官，雖百能而莫贖；上兹潔行，在六計以相兼。此蓋周公差次之，小宰分掌者。考課則以是黜陟，大比則以爲用捨。

彼六條四曰潔，晉法有所虧焉；四善二爲清，唐制未之得也。曷曰獨標兹道，分貫其餘？始於善而迄辨，皆以廉而爲初。念厥德之至貴，故他功之莫如。譬夫五事冠於周家，聞之《詩·雅》；九疇統之皇極，載自箕書。噫！績效皆煩，清名至美。故先責其立操，然後褒其善理。是以古者之治，必簡而明，其術由此。明萬曆刻本《蘇文忠公全集》卷一。

《賦話》卷五《六事廉爲本賦》云：「此蓋周公差次之，小宰分掌者，考課則以是黜陟，大比則以爲用舍。彼六條四曰潔，晉法有所虧焉；四善二爲清，唐制未之得也。」……以策論手段施之帖括，縱横排奡，仍以議論勝人，然才氣豪上，而率易處亦多，鮮有通篇完善者。……寓議論於排偶之中，亦是坡公一派。

《復小齋賦話》卷上　東坡《六事廉爲本賦》：「五事冠於周家，聞之《詩·雅》；九疇統之皇極，載自箕書。」上句即《小旻》之五章「聖哲謀肅乂」也。鄭箋云：「詩意欲王敬用五事，以明天道。」

射宮選士賦

能中正鵠，男子之事〔一〕

王禹偁

稽夫古之射也，觀容體，試賢能，建澤宫而洞啟，萃貢士以雲蒸。選于里〔二〕，舉於鄉，待時而動；張其弓，挾其矢，揖讓而升。正鵠既設，聲詩乃登，有以知君臣之義

〔一〕「能中」二句：原無，據四庫本補。

〔二〕于：原作「千」，據四庫本及《歷代賦彙》卷四六改。

洽，有以見禮樂之道興。豈不以行高於人〔一〕，藝推於衆，與鄉老之薦，充諸侯之貢。試其射也，當仁而雖有所争；考以德焉，合禮而奚資偶中〔二〕。徒觀其射法有程，射樂有聲，《采蘩》之詩既作〔三〕，翹楚之技斯呈。非取其十發而九中，在合於二節而五正。必也射乎，蓋觀德而飾禮；不失職矣，由體正而心平。

是以大射之儀，既弦弧而剡木〔四〕；選士之義，乃張侯而設鵠。九賓既序，二耦爲屬，於以定隆殺，於以分榮辱。與於祭者，所以昭乎寵光；削其地者，所以行乎誠勖。是故五等相參，罔遺之子男；多士至止，必命之鄉里。其中也，得爲主賓；其争也，是謂君子。取於德而不尚於力〔五〕，非蹲甲而射之；求諸己而不反於身〔六〕，乃審固而中矣。是謂繹志，孰云主皮？焕乎得矍相之義，洋然有闕里之儀。所謂禮無違者，故得

〔一〕豈：原作「起」，據四庫本及《歷代賦彙》卷四六改。
〔二〕禮：原作「德」，據四庫本及《歷代賦彙》卷四六改。
〔三〕蘩：原作「繁」，據四庫本改。
〔四〕木：四庫本作「矢」。
〔五〕於：原脱，據四庫本及《歷代賦彙》卷四六補。
〔六〕不反：四庫本作「必返」。

人皆仰之。士有遊六藝之場，抱四方之志，雖中鵠而有立，尚居龍而爲事。將射策於金門，别取穿楊之利。四部叢刊本《小畜集》卷二七。

鄉老獻賢能書賦[一]

鄉老之薦，登彼天府

王禹偁

古者選於里，舉於鄉，考德行而賓之以禮，典賢能而獻之於王。是故鄉老之薦不濫，貢士之道有光。豈不以敦至教，合要道，察之於鄉黨，升之乎俊造，合議於衆寡，定謀於耉老？非賢不舉，在百行之孔修；唯善是從，非一鄉之皆好。區以别矣，尊而寵之。察道藝而斯茂，表公共而滅私。於以振鄉大夫之職，於以行鄉飲酒之儀。厥時徹謙，拜書以薦，遂使乎賢者能者，靡至乎自媒自衒。有才見舉[二]，固於我以何求；在邦必詢，所欲人之知勸。既而有禄斯膺，有位斯登，嘉黄髪之上獻，匪玄纁之下徵。拜而受，所以知樂善尊老；義而舉，所以見推賢讓能。

[一] 能：原脱，據卷首目録、四庫本及《古今圖書集成·選舉典》卷四一、《歷代賦彙》卷四六補。

[二] 有：原作「自」，據四庫本改。《古今圖書集成·選舉典》卷四一、《歷代賦彙》卷四六作「因」。

其進也，若石之投水；其用也，類木之從繩。然後佞倖之風不起，激勸之道自彼。咸謂乎爾公爾侯，亦在乎我鄉我里。學優則仕，豈患人之弗知；没世不稱，唯曰士之深恥。故得朝有多士，野無遺賢。以此取人，道合於邃古；以此治世，功侔乎上天。乃鄉舉里選之謂，信朝行夕斁者焉。

我國家茂育羣材，躋攀太古，任賢克舉於二八[一]，闡化自齊於三五。小臣待詔向金門，願詣公車之府。四部叢刊本《小畜集》卷二六。

黄屋非堯心賦

黄屋車貴，非帝堯意

王禹偁

惟彼陶唐，憂民道光，處黄屋之非貴，慮黔黎之弗康。忘彼乘輿，示一人之勤儉；思乎稼穡，見百姓之平章。不然，又安能禪位於大舜，比崇於軒黄者哉？豈不以天生蒸民，樹之司牧，方誕敷於文德，匪留心於華轂？

善行無迹，我則期同軌於萬方；覆轍在前，我則致可封於比屋。蓋以樂爲御，德

[一]於：原脱，據四庫本補。《古今圖書集成·選舉典》卷四一、《歷代賦彙》卷四六作「夫」。

爲車，欲躋民於仁壽，將納國於華胥。苟兆民之困矣，雖萬乘以焉如？憂勞於四海九州，未臻富庶；顧盼而鸞旗鳳蓋，終類蘧蒢。有以見上德爲心，下民可畏，唯惸獨以是念，匪崇高兮自貴。遂使轔轔之響，莫達於四聰；慄慄之心，常咨於庶彙。自然我躬以瘠，我民以肥。但慮一夫而惕惕，焉知四牡之騑騑。足可使域中之御朽乘乾，因兹而取則；天下之車轍馬迹，由是而知非。所以道冠百王，功齊五帝，焦勞之德罔怠，濬哲之風靡替。耕田鑿井，固何有於萬民；神智天仁，自流芳於百世。今我后功邁伯禹，心侔帝堯〔一〕。處越蓆而古風斯振，設土堦而儉德彌昭。御六馬以兢兢，常思罪己；通八鑾而穆穆，尚戒宣驕。故得洪業彌芳，玄穹降瑞。念蒼生而唯恐無告，乘金輅而未嘗介意。小臣待詔於公車，願比伊耆之故事。四部叢刊本《小畜集》卷二六。

《復小齋賦話》卷上　唐人賦有以詩句爲題者……宋亦間有之，范文正公《天驥呈才》、歐陽文忠之《藏珠於淵》，皆以賦句爲題也。王元之之《王屋非堯心》、蘇子瞻之《濁醪有妙理》，皆以詩

〔一〕帝：原作「十」，據四庫本改；伯禹、帝堯：《歷代賦彙》卷四六作「百禹」、「十堯」。

句爲題也。

復改科賦

蘇軾

新天子兮，繼體承乾。老相國兮，更張孰先？憫科場之積弊，復詩賦以求賢。探經義之淵源，是非紛若；考辭章之聲律，去取昭然。原夫詩之作也，始於虞舜之朝；賦之興也，本自兩京之世。迤邐陳、齊之代，綿邈隋、唐之裔。故遒人徇路，爲察治之本；歷代用之，爲取士之制。追古不易，高風未替。祖宗百年而用此，號曰得人；朝廷一旦而革之，不勝其弊。

謂專門足以造聖域，謂變古足以爲大儒。事吟哦者爲童子，爲彫篆者非壯夫。殊不知采摭英華也，簇之如錦繡；較量輕重也，等之如錙銖。韻韻合璧，聯聯貫珠。稽諸古其來尚矣，考諸舊不亦宜乎？特令可畏之後生，心潛六義；佇見大成之君子，名振三都。莫不吟詠五字之章，鋪陳八韻之旨。字應周天之日兮，運而無積；苟合一歲之月兮，終而復始。過之者成疣贅之患，不及者貽缺折之毀。曲盡古人之意，乃全天下之美。遭逢日月，忻歡者諸子百家；抖擻歷圖，快活者九經三史。議夫賦曷可已，義何足非。彼文辭泛濫也，無所統紀；此聲律切當也，有所指歸。巧拙由一字之可見，美惡混千人而莫違。正方圓者必藉於繩墨，定㯺括者必在於樞機。所以不用孔門，惜揚雄之未達；其逢漢帝，嘉司馬之知微。

噫！昔元豐之《新經》未頒，臨川之《字說》不作。止戈爲武兮，曾試於京國；通天爲王兮，必舒於禁籥。孰不能成始成終，誰不道或詳或略。秋闈較藝，終期李廣之雙鵰；紫殿唱名，果中禰衡之一鶚。大凡法既久而必弊，士貽患而益深。謂罷於開封，則遠方之隘者，空自韞玉；取諸太學，則不肖之富者，私於懷金。雖負凌雲之志，未酬題柱之心。三舍既興，賄賂公行於庠序；一年爲限，孤寒半老於山林。自是憤愧者莫不顰眉，公正者爲之切齒。思罷者而未免，欲改之而未止。羽翼成商山之父，謳歌歸吾君之子。諫必行言必聽焉，此道飄飄而復起。明萬曆刻本《蘇文忠公全集》卷一。

《復小齋賦話》卷上　東坡《復改科賦》云：「鋪陳八韻之旨，字應周天之日。」蓋小賦律令也。

仕而優則學賦　君子之仕，優則爲學

李廌

仕欲行道，功期致君。既政優而能裕，當學殖以惟勤。初委質以在公，有茲餘力；

宜潛心而師古，益務多聞。

且夫志於聖人不苟之君子，謂昔以學優也，故得從政；今以仕優也，復將窮理。雖匪懈於夙夜，貴念典於終始。臣工無曠，已就列而效能；天爵弗忘，庶存誠而爲己。位既不忝，政宜克施。智明效速兮，才有遊刃；心清事省兮，日寧廢時。幸燕安而暇豫，忍偃仰以棲遲。業欲廣也，學宜聚之。敏則有功，已臨民而易簡；達不離道，矧役志於嬉隳。

然則砥行以立名，非苟容而從仕。求益則不如學也，持禄則徒勞人爾。朝雖聽政兮，晝則訪道而不厭；夜則安身兮，夕猶修令而未已。居之綽綽，固無從事之獨賢；進以乾乾，豈俾古人之專美。豈不以仕惡妄進，學當敏修。彼外物也，或不可必；此放心也，獨不知求。況已寘周行之貴，又期聞大道之優。經籍益耽，美成功之杜預；弦歌不輟，歎治邑之言遊。

以故雖吏事之猥并，用儒術以緣飾。經義可決於訟獄，官府奉行以法則。馬融絳帳，傳授詎廢於牧民；董氏書帷，講誦奚聞於弛職。若乃大官大邑也，身何以庇；有社有民也，學何必爲。被其服而德不稱，尸厥位而事罔知。鄙無遠謀，動有面牆之誚；暗於成事，夫何製錦之宜。

於戲！君總萬幾，道期先覺，猶遜志以愛日，尚儲精而務學。矧臣工仕優而無所用心，可不思於約卓！四庫本《濟南集》卷五。

梅溪題名賦 並引

王十朋

吾徒宋孝先、李大鼎作《梅溪庚午多士賦》，敘一堂八齋六十人名字，而鋪陳條列三百六十字之中，言簡意盡，有足觀者。陳元佐、萬孝傑、童侃又作《梅溪多士賦》，通前後八年間凡一百二十人而併列之，文工而事益詳。予於是采二賦之餘意，變聲律而古之，先美後規，效古人勸諷之旨，非敢以文戲也。目曰《梅溪題名賦》。

余闢館於梅溪兮，歲甫及乎夢齡。余弟壽朋字夢齡。書館之闢，今八年矣，故借夢九齡以喻意。自淵獻而逮乎敦牂兮，頃十朋而今百朋。某，余名。百朋，予季弟昌齡名。予癸亥秋闢館聚徒，遊從者十人，至庚午歲通數之，凡一百二十二人。齋敞八而堂虛一兮，咸與賢而與能。謝與賢僴之，與能任之。余宗旦而罔有一德兮，余宗旦仲阜，賈稱一德。敢不希仲舒之明經。陳元佐希仲。幸諸友能祖説之遜志兮，張祖説文孺，鄭遜志時敏。又恪希顏回之服膺。陳恪叔恭，林次淵希顔。廼有汾晉五士，羅士能少陵，謝士奇文美，士龍漢臣，連士表少華，季士宏宏老。昔晉文公五士，故曰汾晉五士。漢唐群英，張次房漢英，孫元齡唐英，李杞亦字唐英。鄭國七子，張仲遠子猷，周孝友子施，孝顯子揚，孝思子則，濬子深，王淳、張載並子厚。《春秋》有鄭七子賦詩。涼州三明，劉玄德明夫，萬序明之，余如晦明叟。後漢有涼州三明。器成三足之鼎，李大鼎鎮夫，郜鼎叔鎮，萬鼎鎮遠。才宜九佐之卿。萬澄清卿，童偉俊卿，侃文卿，宋孝先舜卿，林湯臣商卿，陳朝揆正卿，施良臣名卿，陳光朝臺卿，林叔舉虞卿。有一瑞兮冲遠之鶚，賈脩一瑞，劉鶚冲遠。有千里兮圖南之鵬。周千里百駒，謝鵬圖南。莫不端武升堂，蔡端武威仲。敦詩趨庭，劉敦詩温夫。如璧之瑩，余璧全之。如芷之馨，玉芷茂之。如窠之茂，葉窠茂正。如椿之靈，萬椿、楊椿並字大年。如榎楠之美，萬榎永年，楠億年，楊楠元幹。如松梓之青。萬松喬年，林梓材叔。森乎如鉞之可畏，劉載通達。轟乎如震之可驚，周震景東。皎乎如海嶠之吐明月，蔣嶠景山。耿乎如長庚之輝衆星，李庚少白。昂昂乎如季梁之梗槩，萬孝傑季梁，陳昂仲昂。孜孜乎衛伯玉之老成。潘孜元善，劉鬭伯玉。可居天任而澤遠，趙公倚天任，楊寓澤遠。可爲王佐而揚庭，王佐才仲，陳獻可揚庭。可起傅巖之築，劉傅巖叟。可同舜佐之登。謝皐羽舜佐。憲一夔而樂作，連憲民式，周次鳳一夔。炳伯虎而文興。賈炳作德，夏伯虎用之。肇輝先之德業，陳肇德遠，許煇先光甫。諧興祖之家聲。余諧孝仲，姚紹宗興祖。汝文兮宜月選而季詮，何鐸汝文，季詮仲言。汝弼兮必類進而方升。陳舜咨汝弼，方升中高。遜矣乎！王遜正矣。

有來二客，業彼管城，橫陽許武子、龍泉管叔奇來客梅溪，以篆字題名。名列甲乙，字篆丙丁，丙丁謂篆字也，見《爾雅》。如翼斯飛，吳翼季南。如璘斯熒，王璘德夫。燦銀鉤與玉筯，儼壁上之題名。吾徒之秀，廼有詞賦兮少雲之作；朱少雲吉作。太原之老，廼變聲律兮祖舜之賡。繆陳少虞祖舜。於是闡大猷而溥告之曰：李大猷定夫，孫溥德廣，林溥叔廣。學必剖藩籬而克己，宋孝忱克己兼夫。道必舍蹊徑而中行。蔣中行謙仲。先之以孝忱之意，萬庚先之曾來會課，亦與題名。宋孝忱伯恂。申之以敦信之誠。萬庠申之，劉敦信信叟。禮欲安上兮必先自治，林安上世閎。仁欲及遠兮慎毋自矜。林取仁及遠。湛萬頃以窺憲，黃萬頃伯厚，葉頃澄叟。妙一唯之悟曾。鄔一唯仁叟。祖伊尹畎畝之樂，許祖伊次尹。振仲尼文教之鳴，陳之紀振仲。玩蒙亨之爻象，李蒙亨彥通。俟泰來而彙征。萬康泰之。勿務世華而起文通之附，夏伯文世華，劉文通叔達。唐陸淳謚文通先生，柳子厚嘗欲掃其門，然陸亦附王叔文者。勿求必達而貪季孫之榮。張必達邦彥，劉祖漢季孫。窮則隱居，吳隱若靖翁。達斯大亨。徐大亨顯仲。凡百君子，毋渝此盟。四庫本《梅溪前集》卷一一。

太學教化之宮賦

史堯弼

太學中建，人文外隆。誕布聖神之治，允爲教化之宮。設以在郊，爰重上都之本；

首於斯地，形爲四海之風。

惟王日靖四方，獨觀萬化。謂教養之法不立，則士或佻達；謂儒術之治不行，則俗將鄙詐。乃即天邑，鼎興庠舍。凡問道承師之所，莫此爲尊；宜漸仁摩義之方，由斯而下。輪奐儒館，典章聖時。隆師友以爲之追琢，養老更而示之孝慈。方領矩步，肅肅而至止；夏絃春誦，洋洋而詠思。敷五教以在是，風群方而動之。設序開庠，式示神州之盛；移風易俗，是爲王政之基。橋門外峙兮巍巍，辟水環流兮混混。一人由是以表正，萬俗於焉而草偃。言其治由中而及外，語其聽自近而及遠。致神道之無外，由儒宮之爲本。式孚下土，罔踰於五學之庭；於變黎民，不越乎三雍之梱。議夫庶俗至繁也，何術而納之坯冶；九州至廣也，何爲而作之範模？欲使回心而向道，莫先設校以隆儒。習俗已正，澆風自無。

故此成均之瀍，首乎衆大之區。嚴東序西序之名，禹聲遠暨；闢上庠下庠之制，舜德攸敷。大凡格時雍於民者教爲先，暢文明於世者學爲重。建於上而下孰不化，設於中而外無不聳。故王民歸皥皥之美，而髦士有峩峩之奉。圜門者億萬，邁漢治之丕平；鼓篋者三千，軼唐家之高拱。其或文物積微之際，干戈平定之餘，聲名猶鬱於中土，揖遜未還於里閭。斯時也，欲敷善教以顒若，尤在賢關之建於。苟既化矣，不其偉歟！

世祖躬臨，必在投戈之始；武王祖割，率先歸馬之初。今我后建置膠庠，載櫜弓矢。道德之威，既肅然而外被；禮義之俗，宜油然而内起。丕哉，三王四代之宏休，復隆於此。四庫本《蓮峰集》卷八。

博陵家塾賦

黄補

鳳城，越東之佳地也；林君，鳳城之偉人也。予束書而南，見其山聚水環，奪人之耳目，而不可以星月觀，於是乎知有異人以産乎其間。及揖君而坐，見其氣閑神妙，照人之衣冠，而不可以冰玉曉，於是乎又知有老作以稱乎其表。然則是塾之興，豈苟乎哉！幹方寸之清而發見乎詩書，窮不可名狀之樂而浸溢於閭閻。彼飛甍疊棟，輪奐而已，巍樓複齋，赫奕而已，君不徒是。連籤積軸，縝郁而已，鳴鐘拊瑟，鏗鏘而已，君不徒是。

試叩君之所存，而告於子弟鄉人曰：陋巷簞瓢，可以爲顔淵；桑樞甕牖，可以爲原憲。苟以寢處之便而求安於此者，不知學也。帳前聲妓，而不亂於馬融；國中授室，而不慊於孟子。或以華麗之故而不安於此者，亦不知學也。足之所履而心或不知，形之所留而神或不隨，森森乎視萬象之横前，而不足以損吾之毫釐，此真善學之徒，而若亦望子弟鄉人之至於斯也。若夫歲月之春秋，廊廡之巨細，則有詩焉，有記焉，兹不復析其一二。《永樂大典》卷五三四五。

宋代辭賦全編卷之五十二

賦

治道　五

賢人不家食賦 賢國之寶，家食生吝

王禹偁

聖人以好爵斯懸，養萬物兮法上天。朝有代耕之禄，世無家食之賢。飯糗羹藜[一]，休隱衡門之下；重茵列鼎，争趨魏闕之前。豈不以養正豐財，求賢輔國，既審像於傅築，亦明揚於舜側。馳束帛以雲委，揭干旄而杓直。寂寂而永辭顔巷，誰復曲肱；憧憧而盡赴堯庭，自期陳力。遂得四門穆穆，百僚師師，蓋知乎覩所養也，匪謂乎飢者食之。

[一] 飯：四部叢刊本作「含」。

考其才而受其禄，象於《豐》而取於《頤》。罔敢素餐，盡謇謇而無隱；厥惟退食，必逶逶而有儀。是知食乃人天，賢爲國寶，克勤乎待士之禮，允叶乎養民之道。法吐哺以興周，笑飲酒之在鎬。當年漢殿，猶聞索米之言；今日商山，不見採薇之老。自然人爵無愧，君庖有加，借箸競陳於籌畫，漱流休卧於煙霞。不僭不奢，豈效何曾之室；載飢載渴，免同原憲之家。得非畝有餘糧，人無艱食，君以禄兮御下，賢以才兮舉職。則知進之人，欲鑿坯而莫得。

向使民起菜色，時沉頌聲，君築臺兮避債，臣採稆兮偷生，則識時之士，雖竊禄以非榮。方今三時不害，百度惟貞。夢到華胥，高枕而寧勞旰食；民躋富壽，還淳而盡飫和羹。士有併食儒宫，成功文陣，入官未免於五斗，探學徒窺於數仞。將期乎鼎食鳴鐘，寧虞往吝？四庫本《小畜集》卷二七。

好賢如緇衣賦 心好賢者，同彼詩詠

宋祁

賢之可慕，好莫如深。仰宣聖之垂教，譬《緇衣》而用心。嚮義無窮，極高山之至願；懷仁不已，均適館之餘音。前典與稽，後人是蹈。伊吉士之咸在，懱我心之匪傲。

將使動必立誠，久無易操。謂疾惡之甚，莫如《巷伯》之斷章；謂樂善之勤，孰首《鄭風》之篤好？可立非志，可親匪賢。在敷求而顒若，協詠歎以翹然。嘉迪吉之時乂，冀龍光之日宣。獎以寘行，同敝又改爲之語；樂其縻爵，等還予授粲之篇。

況夫百度交修，器非可假；九德並事，任之或寡。必在推愛心以無倦，倣長言而則寫。藹藹胥洎，美髦士之生焉；善善所欣，繼國人之宜者。異夫征吉之文存乎彙，相求之氣本於同。因君子之樂善，媲詩人之念功。至誠前定，丕績有融。側席諮謀，美若上卿之服；虛心與進，愛同一國之風。彼羔裘素絲，訂儉德之美；干旄良馬，諭樂告之旨。未若推善職之流詠，爲類能之至理。

我實念此，賢將在彼。烝髦甚謹，顧改造以相諧；惠迪彌勤，與申章而酷似。故王者因其教典，列以民彝；縻之我爵，舉乎爾知。樂周國之多士，法武公之采詩。旌迺善人，竚斯謀之允濟；俟夫來哲，賦之席以攸宜。則有運遘右文，時丁作聖。育士類於至教，本言章於遺詠。願一附於芻蕘，爲之歌鄭。四庫本《景文集》卷三。

與人不求備賦

君使臣下，無責其備

宋祁

才不求備，職惟有分。伊專任之臨下，俾竭誠而事君。人各有能，敢十全而責實；

臣無虚受，但一善以圖勳。古有辟王，善於任使。精較民極，稽參國紀。以謂性既萬變，道非一揆。或工大而拙小，或樂成而憚始。故我差以物序，合之天理。事無俱得，異全能於聖人；功靡兩求，殊不器於君子。徒觀其外盡羣慮，中經大倫。登於朝則求文德之士，扞於國則求武功之臣。

過不掩善，言無廢人。尺有短而寸有長，迭期就效；韋自寬而弦自急，各俾修身。且夫百行至難，一人至寡。苟取盡美，必乖御下。昨之非也，未易輕棄；今之是也，胡能遂捨？所以由於扞難，但論績於受戈。禆諶經邦，豈責成於謀野？豈不以能否并列，功惟萬殊；賢佞異禀，理非一途？猶夫良匠度才，長短隨其制；巧冶造器，大小盡其模。然後用物不失，遺材則無。

易治潁陽，可驗薛宣之教；優爲魏老，足明公綽之徒。如是則何往不臧，惟變所適。材不吾過，官胡爾責？豈徒列於訓典，乃備存於方策。隻輪甚恥，穆公忘一眚之微；冠玉非賢，漢后收六奇之畫。噫！內不兼外，尊無預卑。儻上紊於天秩，曷俯經於國彝。用實咸若，功將總其。聖在孔門，尚四科而辯論；明於《舜典》，猶九德以疇咨。宜乎古訓騰文，先王著義。覽萬國之共理，豈一夫之必備？儻推用人之心，可研天下之志。四庫本《景文集》卷四。

后非賢不乂賦　以「君得賢者，而後寧乂」爲韻

劉敞

歷選上古，究觀盛君，將圖治以無非，忽得賢而未聞。兼聽萬機，思降衷而俾乂；敷求多士，貴圖任而成勳。發揮舊經，稽合至德。民不能自治，待君而率教；君不能獨化，待賢而宣力。是以博選羣智，仰成衆職。同體之密，若股肱之自然；注意之勞，期寤寐而必得。此所以流化率土，熙功上天，高拱而物服，不言而教宣。豈非爲之用者衆，助之治者專？聚精會神，增固本朝之重；創業垂統，盛推當世之賢。

且夫外輯四夷，内懷中夏。一人之明也，當戒乎遺遠；萬乘之勢也，率難乎逮下。釐爾天工，屬之能者。使甚盛之德，覃及乎方隅；無窮之休，丕承乎宗社。以此見非明君毋以得士，非賢士毋以康時。譬猶濟川者，假力乎舟楫；禦侮者，因備乎藩籬。其具修，則其事立；其用闕，則其功隳。然而臨政而失人，無足覩已；捨賢而望治，不亦遠而？

是以聖王總覽英雄，旌别能否，仄席思進，詢謀虛受。重禄賞以勸其前，遠讒邪以固其後。名澤純粹，士得以願忠；功烈昭明，下欣於戴后。且虞舜之聖也，由穆穆而

興；文王之仁也，以濟濟而寧。蓋好善者，得民之大略；籲俊者，事帝之丕經。一德永孚，實茂宣於聖職；衆材並用，彌上燀於君靈。盛矣哉！民非后罔安，后非賢孰乂？毋舉枉以亂直，毋損正以盈穢。庶幾乎太平之功，垂萬世而不廢。四庫本《公是集》卷二。

臯陶戒舜在知人賦

劉攽

惟舜德所以大，聖非自爲，其與人而同者，蓋擇善而從之。執兩竭而用其中[一]，志存樂取；見一行而莫之禦，衆豈遐遺。緬思古人，實惟虞氏。審萬物之備我，體至人之無己。蓋夫慮善以動，則自用者小焉；與人同功，而任事者貴矣。察言好問，但見其聞斯行之；明目達聰，孰有夫怨乎不以。若乃耕稼以力，陶漁是親，試諸難而興事，納於麓以明民，然後謳歌之所屬，曆數之暨身。曷注措之天若，奚持循之日新。夫何爲哉，徒正面而恭己；弗可及已，常稽衆以從人。

[一] 竭：武英殿聚珍版書本作「端」。

且夫羣於人者，物莫能離；同於善者，德有常主。故我總萬彙以兼載，人自一言而汎取。克協於帝，是以謂之重華；尚論其人，斯弗忘於稽古。譬夫山嶽之高也，其積以細；江海之大也，其受以虛。蓋與其足己而弗及，夫孰若忘懷而有餘。求福不回，顧明德之若此；樂告以道，靡寸長之失於。然則一心之所謀，其智也淺；一力之所濟，其功也鮮。故道莫貴於因衆以寧，德莫大乎與人爲善。不然者，安得側微在下，九男順而服從；登庸受終，五臣與而丕顯？

大矣哉！不震不盈，不伐不矜，肆昊天之眷命，實億姓之與能。是以姒氏承風，聞昌言而亟拜；子淵希德，聆介善而服膺。世之人行己也專，改過而吝。以出衆兮爲可任，以遜志兮爲必信，然後知善與人同，巍巍乎其斯以爲舜。四庫本《彭城集》卷二。

惟善能舉類賦

金君卿

躬秉吉德，時惟善人。但推賢而是尚，故舉類以惟親。昭著徽猷，既務援能之理；薦伸同志，式彰濟美之倫。探往牒之垂言，偉哲人之爲義。軫乎濟俗之念，急乃求賢之利。是必舉爾，各從其類。志非吾黨，敢甄拔於昌朝；道契威儀，當進揚於顯位。

諒以懿識旁達，純誠内凝。察言行以旌美，於朋儕而薦升。有滯必進，惟賢是稱。將大用以無失，致太平而聿興。忠美祁奚，舉解狐之同德；智稱鮑叔，知管仲之多能。蓋由明哲允昭，忠良克闡。進其類者，必己之類；稱其善者，必子之善。爲乎國紀，洞幾先而有開；擢乃邦良，由道同而益顯。

況夫寅奉臣職，思隆化基。不進賢，曷以贊夫邦治？不舉類，未足彰乎己知。必也務申援拔，罔間謀惟。推來歙者，漢之臣僚，等儕是重；知子產者，鄭之良佐，朋類寧遺？彼或伐善自彰，蔽賢是務，有柔良不能以顯拔，使側陋奚由而善遇？兹貽尸禄之誚，曾爲匪吉之務。誠在招致賢材，旌明仕路。其達也，由乎德進，敢私爵禄之榮；其舉也，當以彙征，孰遠親仇之故？懿審彼德行，同吾醜夷。詎愛憎之間矣，當舉稱以從其。所以子桑顯孟明之賢，進非異類；文舉薦禰衡之傑，道本相推。

大哉！引重巨才，彰明茂緒。非其類者，貽世之辱；同其榮者，得臣之序。是故苟非爲善之徒，曷能明其所舉？四庫本《金氏文集》卷上。

任官惟賢材賦　分職求理，當任賢者

范仲淹

官也者名器所守，賢也者才謀不羣。當建官而公共，惟任賢而職分。大則論道經邦，帝賚之猷允著；小則陳力就列，家食之嘆無聞。王者臨萬邦之民，列百揆之職，將政理而有截，故掄材而不忒。示以好爵，惟皇之士攸臻；致於周行，命世之才盡得。始其精選不貳，明揚勿休。察其言之所謂，觀其行之所脩。苟進者不可不慎，待用者予取予求。勸農勉人，咸委循良之德；處繁理劇，悉咨濬哲之謀。

豈不以官者一人之股肱，兆民之綱紀。厥用也雖各司其局，厥功也蓋同歸於理。非其人則貽民之憂，得其人則致君之美。是故每孜孜於仄席，憂在進焉；俾濟濟以盈庭，野無遺矣。蓋以非賢不乂，得士則昌。度其才而後用，授其政而必當。上以見知人之道，下以見稱職之方。亦如大廈搆興，惟美材而是取；良工制作，得利器而允臧。自然讒邪知禁，惟君子之是任；政教昭宣，致王業之不愆。庶績咸若，羣方晏然[一]。其或未精黜陟，弗辯媸妍，素飡之誚必作，嘉魚之詠莫傳。曷若我命以鈞衡，乃負鼎之明哲；升乎諫諍，必及霤之忠賢。

大哉！考古典之訓謨，觀前王之取捨。巍巍堯帝，得五臣而洽域中；赫赫軒皇，用六相而光天下。故我后法二帝之垂衣，舉多賢者。清康熙刻本《范文正公别集》卷二。

[一]晏：原作「宴」，據四部叢刊本及《古今圖書集成・皇極典》卷二五九、《歷代賦彙》卷四三。

得地千里不如一賢賦

賢實邦寶[一]，何地能及

范仲淹

地廣千里，功虧一賢。故開基之大矣，寧命世以生焉。附益我疆，雖有邦畿之遠；發揮王業，難居家食之先。得不載考謨猷，旁稽士實。延袤之境以雖衆[二]，挺特之才難可失。疆吞是戒，豈一千乘之多爲；禮聘斯行，在五百年之間出。又何取險包絶壑，深控澄江。非形勝於十二[三]，貴國士之無雙。尋師之道路咸歸，何能翼聖；展驥之途程盡入，詎可經邦？是以攻掠無聞，束求可考。匪煩開拓之力，唯取弼諧之道。秦商於而齊即墨，非我之求；傅巖野而渭水濱，是吾所寶。唯賢也其功莫料，唯地也於用如何。自欲得人之盛，豈須拓地之多。爵舉之流，可

[一] 寶：原作「本」，據四庫本及正文「是吾所寶」改。
[二] 以：四庫本及《歷代賦彙》卷四三作「土」。
[三] 十：四庫本及《歷代賦彙》卷四三作「百」。

進之而授賞；目極之所，難獻之而請和。斯蓋意切求賢，事非避地。雖沃野之咸在，諒奇才之足懿。任附庸之國衆，胡比盡忠；縱兵賦之數多，罔加餘智。豈不以賢之得雖少必貴，地之有雖多曷能。捨地得賢兮，邦基以立；失賢有地兮，國難隨興。是故治亂咸繫，古先足徵。鴻溝割而楚亡，惟賢不用；昌國去而燕奪，何地堪矜。在乎啟土罔資，虛襟是急。皇明由是以彌遠，鴻業於焉而允緝。若然則議賢者之深功，何百城而能及。清康熙刻本《范文正公別集》卷三。

《復小齋賦話》卷上　范文正公《得地千里不如一賢賦》第七段云：「鴻溝割而楚亡，惟賢不用；昌國去而燕奪，何地堪矜。」不獨議論警拔，亦得前虛後實之法。

三公調陰陽賦　中輔之職，燮理陰陽

陳襄

朝無闕政，官設居方。故三公俾輔和於邦國，用調燮於陰陽。居槐位以分班，洞均舒慘；列鼎司而效職，灼序柔剛。

伊昔令王，寵綬綿宇。以謂設官分職兮，非政而曷任？曰陰與陽兮，非公而莫主。由是統爾和氣，委茲中輔。兢兢論道，順消長以無差；業業在朝，致中和而茲取。誠以翼奉君上，贊臨域中，竭股肱而胥附，調變化以無窮。位應六符，正居夏居冬之氣；爵隆八命，定爲刑爲德之功。

況夫子育群生，君臨大國，二儀有愆伏之運，四氣異往來之則，得不命乃上公，謹茲常職？庶天令以惟和，裨歲功而無忒。

卓爾量才之任，式序爲綱；居然明理之司，用期合德。則知陰不治也，惡肅殺以非宜；陽不順也，慮生成之有遺。故我法三光而昭若，專二氣以調之，使萬物各得其所，庶人不失其時。

稟四海之儀，率正耀藏之度；居萬民之表，庸均唱和之期。夫如是，則居職儼然，經邦翼爾。順成開闔之化，曲致雍熙之美。是以邴吉有問牛之志，蓋務協和；陳平無對獄之辭，用勤燮理。

懿夫國之治也，必須官而分務；物之生也，蓋抱陽而負陰。惟此承君之職，式勤觀變之心。九卿通寒暑之權，功惟并致；太史司星辰之候，事匪同欽。

誠哉茂建官儀，昭垂邦諜，萬幾之政是輔，三合之宜用燮。自然天地節而歲時和，致生成之允協。宋刻本《古靈先生文集》卷二。

六官賦 分職無曠，王道行矣

范仲淹

伊六官之設也，所以經綸庶政，輔弼大君。治四方而公共，宅百揆而職分。克勤於邦，同致皇王之道；各揚其職，以成社稷之勳。王者富有八紘，君臨萬國。何以致熙熙之化？何以崇巍巍之德？欲行其教，必舉賢而授能；將致其功，故列官而分職。乃立冢宰，爰命司徒。一則執掄衡之柄，一則掌土地之圖。總其庶官，位定而上下皆正；敷於五教，民成而怨惡曾無。至若宗伯執事而惟和，司馬論功而無曠。典三禮而稽古，統六師而安上。俎豆之事，登降而不失其宜；軍旅之容，征伐而無有不當。又若司寇之治可畏，司空之政惟常。主憲綱而有典有則，勸農功而無怠無荒。御百姓於五刑，罔敢作亂；宅兆人於九土，孰不來王？惟兹六官，邦國是保。叶贊王業，恢張聖造。所以均天地之化，所以全君臣之道。軒皇六相，稽其義而弗違；舜帝五臣，比其功而可考。

夫如是，則六官之任也，司二儀之理，法四時之名。於以平天下之政，於以安天下之情。得其人則聖政咸若，失其人則王化不行。雖乃武而乃文，各從其理體；亦同心而同德，共輔於文明。今國家博采遺賢，陟明多士，將五帝以齊邁，命六官而共理。有以見萬國一家，頌聲作矣。清康熙刻本《范文正公别集》卷二。

賢不家食賦

尊尚賢者，寧有家食

范仲淹

國家廣闢四門，推賢可尊。俾進身於禄位，寧退食於丘園。出仕文明，萬鍾之榮自足；不居側陋，一簞之樂奚論。當其王道勃興，聖人在上，納忠良而罔怠，庶弼諧而無曠。敦三接而何善不臻，達四聰而無遠弗訪。思舉之士，效明試於勳庸；崇德之人，耻素飡而高尚。莫不濯纓交進，束帶相先。上既諧於輔聖，下絶見於遺賢。克勤於邦，自重茵而列鼎；不出其位，寧鑿井而耕田。遂使獻替無虧，經綸是假。外兼濟於黔首，内盡忠於王者。行爵出禄，但見其聖人養賢；論道經邦，詎聞乎君子在野。豈不以天下之政也，惟賢是經；天下之情也，得賢而寧。所以宅兹百揆，所以康彼萬靈。靡吟皎皎之駒，已縻好爵；宜詠呦呦之鹿，盡宴明庭。彼茹藜而隱者，亦士之醜；飲泉而居者，何樂之有！曷若我美祿是干，良時是偶。如蛟龍兮得雲雨，異麟鳳兮在郊藪。是以子牙就聘，求魚豈戀於水濆；伊尹逢時，執耒寧思於田畝！美夫聖主斯在，明賢不遐。咸簪纓而奉國，豈菲薄而在家。端冕之前，既協鹽梅之用；衡茅之下，誰興葵藿之嗟？士有學稟素風，運逢皇極。方勵入官之業，獲頌養賢之德。幸奏藝於堯階，庶無慙於家食。清康熙刻本《范文正公别集》卷二。

尊賢則士願立朝賦

以「尊賢則士願立於朝」爲韻

樓鑰

士固自重，君宜罔驕，惟克尊於賢德，斯願立於王朝。上懷樂道之誠，必加優禮；下起充庭之望，不待旁招。

凡稱命世之才，俱有事君之願。然而世或崇儒，則與朋類以偕進；時乎慢士，則雖佚遺而不怨。惟明主有尊賢之意，每務撝謙；則羣髦興入仕之思，誰甘肥遯？時也晉晝接下，鼎烹養賢。德行道藝，則必預旌表；忠信孝友，則皆蒙薦延。此既加於體貌，彼寧甘於棄捐？神聖謙沖，每優崇於儒術；英豪歆慕，咸樂效於官聯。自是來榮軒冕之華，去恥山林之人。望旒纊者拭目以期見，候旌車者比肩而竚立。謂邦有道兮於時可見，故心欲仕兮如是其急。聖人在上，既聞有禮之三；君子於行，願厠亂臣之十。

大抵士雖貴於求仕，位尤慙於苟居。視君好惡以決己進退，觀道興廢以卜身卷舒。雖尊德樂義[一]，而見或嗟晚；則離蔬釋蹻，而來惟恐徐。莫不有道，賤焉而恥也；豈若吾身，幡然而改於？立或無方，必負割烹之鼎；待如不次，自投衒鬻之書。是何君專行爵之權，士守立身之則。儻恃禄位者因明月而按劍，則安義命者必冥鴻而避弋[二]。是故好仁文后，有海濱二老之歸；慢罵高皇，致商嶺四人之匿。譬如鳥巢不覆，則鳳集阿閣；駿骨必市，則驥來西極[三]。

今也世遇右文之盛，朝惟有德之尊，語而前席者非鬼神之論，見而賜璧者非捭闔之言。又孰不思棄商築，來趨舜門？盡令雖水之西，同爲振鷺；肯顧鍾山之北，猶念驚猿。王者以是改容就不召之臣，式閭禮非常之士，俾乘駒以去者賁然而至，卧廬以隱者幡然而起。是之謂王公尊賢，士乎士乎可以出而仕矣。武英殿聚珍版《攻媿集》卷八〇。

[一] 雖：原作「惟」，據四庫本改。

[二] 弋：四庫本作「戈」。

[三] 西：四庫本作「四」。

見賢思齊賦 有志於學，見賢思齊

方大琮

士有志學，時親見賢，每致思而在是，必加勉以齊焉。面稽有德之英，相觀而善；日切我心之慮，欲並其肩。

蓋聞人品不無等級之殊，學者期造高明之地。非有接吾目，惕若興念；是恥不若人，安於自棄。賢之未見，拳拳既見之懷；材若不齊，勉勉思齊之志。於時粲若相接，群然與居。瞻孔在前，如有所立；望回孰愈，寧甘不如？及終造於大賢之域，亦機生於一念之初。三人必有我師，察之審矣；一日有能用力，凝以參於。

意曰：予何人，爾何人，非固爾殊；彼丈夫，我丈夫，奚爲我後？精神慨想之切，蚤夜注懷之久。同道同志，周旋君子之列；亦步亦趨，彷佛聖人之偶。如非一念慮之發，寧不大徑庭之有？士有著一鄉之善，其德可觀；吾不爲斯人之徒，於心有負。

大抵學本無止法，思則必進；人皆可爲賢，沮於自卑。惟狂克念，雖聖可作；見善弗還，其愚不移。矧均之爲人，加我一等；則觸乎其目，終身三思。當齊驅並駕以入道，毋躐等好高而自疑。包生述内省之辭，可參其等；孔疏推至高之行，欲勉而爲。昔孔門聖賢並世以從遊，師友同堂而講學，謂至愚之陋難化，而自畫之資亦駁。開孰賢之問，進汝弗及；發彌高之喟，有心若卓。故諸賢道合以德齊，亦初意見高而慮確。所以《中庸》論教，亦由審善以誠明；《學記》誨人，必曰相觀而磨琢。又當知論其友於賢，則國士未足；求之今不得，則古人與稽。望湯數百歲，思兼於姬旦；距舜千餘載，思就於昌黎。

矧趨世相求，此意若闊；而聞知與見，其功則齊。使爲法可傳，此寧處鄉人之下；彼聞風而作，其可攀孤竹之西。厥後有慕藺而不能，以識膺而爲羡。豈知並仁於張修所力拒，比予於管西之色變。然則古之所謂齊賢，其諸異後世之賢歟？學識之高可見。明正德刻本《宋忠惠鐵庵方公文集》卷二六。

禮義爲器賦 崇禮明義，斯以爲器

范仲淹

禮義交舉，聖賢是崇。既覩化人之要，爰彰爲器之功。修之於身，豈晚成而是慮；體之於政，見日用之無窮。前典可稽，格言斯啟。假其器而宣其教，尊其義而貴其禮。

本於太一，寧因雕琢之勞；見無不爲，豈定方圓之體？不速而成，與世作程。於以致滿而不溢，於以知用之則行。見者之謂智，述者之謂明。合二美以同歸，皆能致用；列五常而共久，何患易盈？

是以化彼邦家，器兹禮義。其美也混而爲一，其設也分而爲二。助政教而可大，貫古今而不墜。宣尼始問於周史，雅契求新；晉文首定於襄王，允符先利。豈不以爲君之柄也，非禮何持；立人之道也，惟義是資。居上而不我遐棄，化下而何莫由斯。有之則安，在傾欹而莫覩；聞而能徙，信用捨以從宜。是知彼器也利乃生民，此器也歸諸君子。蓋用之而可資，故喻之而有以。察其無體，可忘尚象之言；執以衛身，詎有假人之耻？念兹在兹，無爲而爲。但守執虚之戒，難忘持滿之規。安上治民，寧使乎小人乘矣；見危致命，豈惟乎長子主之。今國家稽古不忘，宣風遐被，其禮也同二儀之節，其義也正四方之志。覆萬國而無疆，通大道之不器。清康熙刻本《范文正公集》卷二〇。

制器尚象賦

范仲淹

器乃適時之用，象惟見意之筌。當制器而何本，實尚象以爲先。審彼規模，雖因民而利也；取諸法則，必設卦而觀焉。究大《易》之指歸，見上古之仁聖。備其器，則所以足用；存乎象，則不失其正。制皆有度，爲後世之準繩；用各從人，遂羣生之情性。當其備物之始，立意之端，茹毛血者憫疾傷之易及，居巢穴者嗟燥濕之未安。爰乃臼杵授時〔一〕，《小過》之文是則；棟宇易俗，《大壯》之法可觀。其用不窮，觸類而長。鼎鼐稽火風之義，衣裳著乾坤之象。弧矢之作，遇其《睽》而必施；舟楫之功，取諸《涣》而有往。

由是樸斲之姿日益，陶鎔之質星陳。施於田疇，則兆民所賴；設於禮樂，則百代相因。創自三皇，誠利濟而可久；體諸八物，故制作而有倫。然則器之未興也，民愚而俗弊；器之既興也，人滋而事濟。終成乎百代之利，勿謂乎一時之制。登降有數，取資於大衍之中；追琢其章，觀理於六爻之際。

異哉，有生於無，不其然乎！樸未散而器象一致，樸既散而氣象萬殊。有方有圓，俄成形於梓匠；無小無大，咸得意於羲圖。於以見制器之方，於以見尚象之義。必審有益之象，豈陳虛設之器。故曰，聖人立成器，以爲天下利。《古今圖書集成·考工典》卷一四〇。

〔一〕爰：《歷代賦彙》卷四四作「我」。

百工由聖人作賦

工善其事，由聖人作

陳襄

統爾六職，良哉百工。何藝事以斯作，由聖人而是崇。辨器成能，自乃神而立制；化材適用，本惟睿以興功。賾姬旦之明文，見冬官之盛典。謂夫智之出也，始創物以興制；工之立也，乃成器而盡善。嘉衆藝之勃興，本聖謀而丕闡。攻金攻木，資濬哲以裁成；作舟作車，由靈機而洞顯。自兹立器爲利，因材究奇。雖大匠之述作，皆往哲之規爲。既執技而紛若，誠取法以宜其。所以鳧氏成鍾，自高辛而立範；車人作耒，本炎帝以垂規。且夫國有四民，工分百事，或居肆以成業，或飭材而興利。率皆因上聖以資始，致宏規而綽備。依於法而遊於藝，肇自神謨；智者憂而巧者勞，出由睿意。豈不以工之立事者，蓋本於前修；事之經始者，必資於善謀？伊衆制之雖盛，非聖作以奚由？網罟以畋，實庖犧之肇用；杵臼之利，因熊氏以垂休。自然衆伎靡紛，大模率正。雖云乎代守其業，但見乎作者之聖。亦由五聲兆黄鍾之律，節奏爰彰；大輅起椎輪之姿，雕幾彌盛。此則藝能交舉，物用具陳。祖述雖資於匠者，經營率自於古人。案乃度程，實聰明之制作；勤乎樸斲，資睿哲之經綸。

噫！夫世變澆漓，時𨫝樸略。高曾之矩交喪，器用之資惟錯。今上方稽古道而復淳源，立是工也，體聖明之所作。宋刻本《古靈先生文集》卷二。

春秋元氣正天端賦

黃庭堅

昔仲尼陳後王教化之本，定舊史《春秋》之辭。尊元氣以書也，據天端而正之。編歲書以成文，必加統始；次陽中之首月，蓋謹明時。當其號令絶於衰周，筆削興於將聖，遵余制以昭其法，撥亂世以反其正。舉元首事，固將謹始以敘天；書王次春，又可承天而爲政。志在微密，言存後先。

自混茫之氣始，見開闢之功全。必變一以書年，裁成有法；備首時之養物，推本於天。運行四序而繼繼無窮，鈞播百嘉而生生罔既。不正其端，則其功或息；不書其元，則其本孰謂。故辭總者大，因一歲以稱名；而歲始於春，兆三陽之微氣。

且夫將正其中，莫不本於始；欲探其本，莫不本於元。故發明造化之首，以顯著生成之恩。所以唐策劉蕡，以體元而上對；漢稱董子，亦正本以爲言。考天正則此爲之元，論主道則莫與之大。裁一字以垂訓，惟萬世之永賴。

蓋陰陽爲本，故函三之氣爲初；而制作有因，見生物之功皆泰。言其體而不敘，法其體而不完。此有國所以大奉，故後聖存而不刊。《書》明天地之常，從而繫事；《詩》爲政教之始，可以求端，大哉！凡欲有爲，莫不取法。元氣之始也，故生三統以相用；元善之長也，故養萬物而不乏。何以太陽發於春乎，天者人君之檢押。乾隆本《宋黃文節公文集》別集卷一。

有文事必有武備賦 文事武備，全才必兼

李綱

刑作教弼，文資武全。惟兩器之兼用，乃一道之當然。欲柔順之可行，必須剛克；致德禮之不易，允賴威權。

原夫夾谷之盟，真儒相事。謂敵國素稱於多詐，而上策莫如於自治。兩君爲好，雖事多獻酬交錯之文；具官以從，必武有豫備不虞之志。豈不以文待燮友[一]，武懲姦回。惟無忘於經略，乃克致於懷來。勇不懼而仁不憂，固並推於達德；文足昭而武足畏，

[一] 燮友：《歷代賦彙》卷四四同。道光刻本作「燮理」。

蓋有俟於全才。德以服人，義存禦侮。有所濟者，以威之克愛；無能達者，以仁而不武。《雅》歌吉甫，宜爲憲於萬邦；《頌》美僖公，能昭格於烈祖。下焉爲臣，上焉爲君。不能全文武之道，何以致久大之勳？冠履圓方，載施佩玦之斷；黼黻辯義，式彰火藻之文。有國有家，惟仁惟義。雖誕敷於文德，宜克修於武備。

所以六卿率屬，出分鄉遂之兵；三時務農，隙講蒐狩之利。蓋以治安之本，在於文武之兼。其相濟若火之於水，其相待若梅之與鹽。勸賞畏刑，以陽舒而陰慘；揆教奮衛，遂西被而東漸。大哉武之於文〔一〕，雖二而一。藏於無用之用，蓋以不必而必。方今四夷侵而中國微〔二〕，安得文武全才，以股肱於帝室？四庫本《梁谿集》卷四。

〔一〕於：《歷代賦彙》卷四四同。道光刻本作「與」。
〔二〕四夷：原作「外患」，據《歷代賦彙》卷四四及道光刻本改。

宋代辭賦全編卷之五十三

賦　治道　六

從諫如流賦　王者從諫，如彼流水

范仲淹

聖人以治歷乾綱，思邁前王，從忠諫而弗逆，觀流水以堪方。每行補過之言，曾無凝滯；或得興邦之議，寧昧激揚。矧夫内守宗社，外臨華夏，臣不興諫則君道有虧，君不從諫則臣心莫寫。所以遵啟沃之致理，若汪洋之就下。設樽以進，似使其狎而翫之；折檻弗誅，寧見其蹈而死者。豈不以君之德也，貴納諫而温恭；水之性也，美隨流而順從。故周旋而納善，如蕩漾而朝宗。詢彼芻蕘，豈愧束薪之詠；聽諸藥石，更疑浮磬之容。莫不洞達四聰，旁求五諫。上既資於獻替，下寧生於謗訕。聞善必信，不争之勢何殊；擇善以從，就濕之情無間。

於以見萬乘之主，納賢以虚；七人之職，竭節而居。又何煩於斷鞅，豈有悔於觀魚。由是忠讜咸臻，信智者之所樂；俊賢是效，見臣心之亦如。又何必博聞取規，從繩爲軌。但見弗違於啟乃，自可偕行於沔彼。所以明虚受之功，所以得上善之旨。及霤之士，雖濡首而何傷；補袞之臣，思澣衣而可美。

夫如是，則咸聞不諱，但見寡尤。上下莫聞於闕政，大小皆罄於嘉謀。威王之三賞屢行，恩波下施；晏子之一言見用，德澤旁流。我后光被羣方，柔懷多士。陳謗木而聽政，建善旌而求理。所以彰從諫之心，率疏通而如水。清康熙刻本《范文正公别集》卷二。

明君可與爲忠言賦 明則知遠，能受忠告〔一〕

蘇軾

臣不難諫，君先自明。智既審乎情僞，言可竭其忠誠。虚己以求，覽羣心於止水；昌言而告，恃至信於平衡。

〔一〕受：原作「順」，據《東坡先生外集》卷一一改。

君子道大而不回，言出而爲則。事父能孝，故可以事君；謀身必忠，而况於謀國。然而言之雖易，聽之實難，論者雖切，聞者多惑。苟非開懷用善，若轉丸之易從；則投人以言，有按劍之莫測。國有大議，人方異詞。佞者莫能自直，昧者有所不知。雖有智者，孰令聽之？皎如日月之照臨，罔有遁形之蔽；雖復藥石之瞑眩，曾何苦口之疑。

蓋疑言不聽，故確論必行；大功可成，故衆患自遠。上之人聞危言而不忌，下之士推赤心而無損。豈微忠之能致，有至明而爲本。是以伊尹醜有夏而歸亳，大賢固擇所從；百里愚於虞而智秦，一身非故相反。

噫！言悦於目前者，不見跬步之外；論難於耳順者，有以百年而興。苟其聰明蔽於嗜好，智慮溺於愛憎，因其所喜而爲善，雖有願忠而孰能？心苟無邪，既坐瞻於百里；人思其效，將或錫之十朋。彼非謂之賢而欲違，知其忠而莫受。目有眯則視白爲黑，心有蔽則以薄爲厚。遂使諫臣乘隙以彙進，智士知微而出走。仲尼不諫，懼將困於婦言；叔孫詭辭，畏不免於虎口。

故明主審遜志之非道，知拂心之謂忠。不求耳目之便，每要社稷之功。有漢宣之賢，充國得盡破羌之計；有魏明之察，許允獲伸選吏之公。大哉事君之難，非忠何報。

雖曰伸於知己，而無自辱於善道。《詩》不云乎，哲人順德之行，可以受話言之告。明萬曆刻本《蘇文忠公全集》卷一。

《賦話》卷五　宋蘇軾《明君可與爲忠言賦》云：「非開懷用善，若轉丸之易從；則投人以言，有按劍之莫測。」又：「有漢宣之賢，充國得盡破羌之計；有魏明之察，許允獲申選吏之公。」横説豎説，透快絶倫，作一篇史論讀，所謂偶語而有單行之勢者，律賦之創調也。

折檻旌直臣賦 修述折檻，深旌直臣

李綱

士有敢諫，君當體仁。爰修飾於折檻，以表旌於直臣。收雷迴霜，已寬斧鉞之戮；葺隳因闕，更瞻軒陛之新。

惟漢朱雲，希風汲黯。偶賜楓宸之對，因致龍鱗之犯。指陳姦佞，願借尚方之刀；退就誅夷，遂折便朝之檻。辱師傅之貴，雖曰敢言；干雷霆之威，自應可斬。而天子能恕，將軍敢争。因免冠而致悟，乃飾檻以爲旌。寬以納忠，豈獨垂萬世之訓；闕而當宁，更以致三墀之榮。易令名以愧賢，詎能比跡；藏斷罟以志諗，庶可同聲。

原此狂生，素稱義烈。雅有意於漢室，故屢陳於主闕。命駕徑去，不爲薛宣而少留；趣和藥來，更助蕭公之引決。惟直情而徑行，故太剛而必折。成帝淵默，臨朝靚深。謂陳善閉邪者小臣之難事，而尊賢從義者大君之用心。難甘切直之言，雖加譴怒；終懋矜容之德，曲示承欽。然而所求者名，不務其實；文雖足觀，質焉可述。寵昭儀而絶皇嗣，大斁天倫；恩元舅而殺王章，遂傾帝室。雖存折檻，足爲後世之規；實廢嘉言，詎救當時之失。

豈不以篡漢室者必王氏，佞王氏者惟張侯。以師臣而取信，乃保身而自謀。隄防禍機，實爲國之至要；拔去姦本，期厥德之允修。能充葺檻之心，何施不可；深味借刀之旨，豈謂無由。凡曰司聰，皆有言職。欲致國家之治，必盡箴規之益。魏公獻疏，乃切論而危言；賈生上書，亦流涕而太息。遇文帝、太宗之君，必能褒崇於正直。四庫本《梁谿集》卷四。

《賦話》卷五　宋李綱《折檻旌直臣賦》，其出落云：「辱師傅之貴，雖曰敢言；干雷霆之威，自應可斬。而天子能恕，將軍敢争。因免冠以致悟，乃飾檻以爲旌。」以韻語敘事，曲折匠心，無一毫遺漏，中云：「逕命駕去，不爲薛宣而少留；趨和藥來，更助蕭公之引決。惟直情以徑行，故太剛而必折。」尤爲開合動宕，神明於規矩之中。按忠定律賦專仿坡公，兼有通篇次韻者，此殆青出於藍矣。

《復小齋賦話》卷上 李忠定公《折檻旌直臣賦》中云：「所求者名，不務其實；文雖足觀，質焉可述。寵昭儀而絕皇嗣，大戮天倫；恩元舅而殺王章，遂傾帝室。雖存折檻，足爲後世之規；實廢嘉言，詎救當時之失。」字字爰書，切中漢成之病，而忠定之忠肝義膽，亦可見矣。潘黄門《西征賦》：「過延平而責成，忠何辜而爲戮。陷社稷之王章，俾幽思而莫鞫。忲淫嬖之凶忍，勦皇統之孕育。張舅氏之姦漸，貽漢室之傾覆。」忠定乃以一聯二十二字包之，何等筆力！

史官權重宰相賦

方大琮

國事孰紀？史官獨專。任□聖朝之責，重於宰相之權。載嚴簡策之司，實兼所制；雖處鈞衡之勢，莫得而先。

蓋聞人情非真可以法繩，名位有若卑而望聳。蓋凜然紀載，有一定之賞罰；雖嚴而黜陟，不如斯之畏悚。且世有史官之掌，無事不書；雖職非宰相之尊，其權實重。

是官也，紀述悉備，是非不虚。職掌蘭臺之次，文紬石室之儲。莫嚴於王法，褒貶尤係；莫尊於天子，動言亦書。兹史法凛然而可畏，則相權視此以何如。形爲載筆之片言，聞之益竦；貴有詔王之八柄，蔑以加於。勿以執簡之卑，非執政之尊，秉筆之微，豈秉鈞之比。然刑誅猶可，誰甘一字之戮？爵賞雖榮，孰與片辭之美？是非宰相之無權，或者人心之畏史。此筆削螭階之下，萬古不移；彼尊嚴鳳閣之間，一時而已。

大抵操制一世，時用以遽止；榮辱千載，權尊而若卑。故人不懼漢相而懼士序之一等，世不畏晉卿而畏丹書之一辭。則知内史掌柄，豈宰所獨；太史雖令，曰公亦宜。豈其無職之大此，未必夫人而畏之。兼制乎人，豈敬則選高之後；獨先以計，正馬談位置之時。胡不觀董狐書法不避正卿，知幾奏記切譏時宰。記魯史者不爲咺而諱，作唐史者不以張而改。使相臣之威望可懼，是史法之權衡安在？雖敬宗之用，安能止入仗之隨；以甯殖之專，終莫掩書名之罪。乃若李實爲相，御史氣懾；延齡方相，近臣膽寒。然國史可隱而歷疏於蔣，實録宜諱而直書者韓。以尊嚴之勢皆可用於朝列，而威福之權竟莫施於史官。

惜夫中書豈刊正之官，僞辭皆有；東觀置監修之職，措筆誠難。雖然，史權蓋自古以森嚴，後世類隨時而崇尚。太宗重其職，置以門下；武帝尊其權，位之相上。嗚呼！如必待二君之崇重，而後有可尊之權，是權非素加於宰相。明正德刻本《宋忠惠鐵庵方公文集》卷二六。

無逸圖賦

陳普

維叔旦相厥孤，宅洛後，歸政初，慮君德之不勤，乃無逸而作《書》。遠引商哲，近陳祖謨，進艱難之藥石，攻躭樂之癰疽。數百字之懇切，七致意於嗚呼。此誠萬世之龜鑑，而人主不可一日無者也。

越厥開元，有若臣璟，圖而獻之，星日新炳。帝曰俞哉，卿我戒儆，出入起居，莫不觀省。然念六馬可調而氣難御，檠水可捧而志難持。以前殿之焚錦，卒深宫之舞衣。内蠱惑之已甚，外姦邪之不知。遺虎患乎漁陽，濺鵑血乎峨嵋。由山水之一易，遂顛沛而至斯。後人哀之而不鑑之者多矣，周公豈我欺也哉！明萬曆刻本《石堂先生遺集》卷一五。

《復小齋賦話》卷上 宋陳普《無逸圖賦》，不滿二百言，而簡括已盡。元人方、胡、汪三作，雖淋漓奔放，終不能出其範圍。

又謝惠連《雪賦》，鬪初四句皆三字，後人祖之者不一，如梁簡文《舞賦》、宋邵雍《洛陽賦》、陳普《無逸圖賦》……皆是也。

無逸圖後賦

陳普

陳時中見寄，用其語意再作。

彼美人兮心銕石，相厥君兮憂厥職。求矩矱兮孰我同，有衮衣兮作《無逸》。君子之所無逸兮，殷三宗而三王。申之以告兮，七嗚呼而成章。艱難以箴砭兮，耽樂以膏肓。拜手稽首誨言兮，夙夜基命不敢康。刑措不用兮，實以此致。吾感開元比隆兮，若涉淵而求濟。數百字之炳炳兮，畢寫以爲圖〔一〕。圖成上獻之君兮，曰此不可一日無。按勤政之垂意兮，非不茲鑒；何山水之據易兮，心先圖而昏暗？肆志聲色兮，夜梨園而日華清；委務姦邪兮，相卜林甫罷九齡。蜀道間關兮，誰使洒沾襟之泣？西内凄凉兮，誰使遭露刃之驚？逸之爲害也至

〔一〕畢：原作「平」，據《歷代賦彙》補遺卷七改。

矣！悔不篤信兮文貞，嗟不復見兮文貞！明萬曆刻本《石堂先生遺集》卷一五。

宥過無大賦

民罪之誤，無大宜宥

宋祁

過無故作，宥必有因。非緩獄於中典，蓋原情於庶民。事異刻深，宜屈一成之法；理當詿誤，率從三赦之仁。於穆聖皇，撫寧四海。慎上世之明罰，清下民之多罪。刑小必重，以其惡而怙終；宥大必輕，以其善而能改。明德攸尚，深仁念茲。義或出於彼失，情非因於我欺。雖深文之具正，在降等以行之。慮有司之誤傳，申恩必速；顧智者之一失，屈法何疑！

且夫法以防姧姦，過非有素。儻議事之一貫，則淫刑之可懼。在夫審克無爽，哀矜合度。賜縑或失，可明郎吏之非；書馬不全，足驗侍臣之誤。則知刑惟一體，事有萬殊。蓋情之無狀者，非民之失；文之徒備者，乃法之辜。所宜慮萬方之有罪，察一夫之嚮隅。宥誠我出，過亦誰無？比宣父之知仁，必於其黨；同漢文之贖罪，豈忍加誅？

噫！欲正莫若去邪，欲利莫先除害！賴姦隱匿者雖小，吾不見其輕；失辭無簡者雖繁，吾不見其大。誠昭察於政條，乃兼該於理會。脅從罔治，但計惡於刑中；非意相干，悉恕情於度外。故得有宥在治，不慍不知。非厚誣而專意，成善貸以從宜。事偶出於忘遺，法誠可降；義稍干於深固，罰亦無私。異哉！獄貴簡孚，君惟精究〔一〕。情不踰矩，政思從舊。致斯民之不偷，自哲王而獲宥。四庫本《景文集》卷三。

去邪勿疑賦 明后之政，除惡無惑

宋祁

邪惟害政，令貴必行。嘉討惡之無惑，示爲君之至明。聖譏說以並除，志無留斷；放憸人之甚速，奸不容生。事表前經，功歸哲后。將欲杜乃多僻，用以垂於永久。以謂拒衺説者本乎義勝，瑩疑心者絶乎膚受。果於除慝，戚施之計何從；利在繩愆，猶豫之心奚有？朕志先定，爾無我欺。竄庸違而一盡，蕩惶惑以無遺。非由不早辨也，但見削而投之。鋭撥亂之聖功，寧煩顧慮；決擒兇之治典，豈俟沈思？

〔一〕惟：原作「情」，據湖北先正遺書本改。

蓋由邪不可與守邦，疑不可與承命。故我總攬衆議，裁成庶政。不終日以明罰，靡踰時而出令。所以四凶並殛，彰大舜之重華；七日必誅，表宣尼之至聖。則知邪不必大，去之於初；疑不以細，察之在予。繇君慮之昭若，乃國經之晏如。邦憲必加，貴干將之立斷；佞言必遠，防蔓草之難除。

況乎決惟智君，存乎主略；懦者不事，戒乎紛若。兩端之慮儻起，三至之言必作。衆方共棄，何傷速即之刑；事苟有猜，將致不悛之惡。又安得恢明治本，鞏固洪圖？絶邪道於彼有，俾疑情於我無。禁僞防奸，詎稽遲於天罰；去貪攻昧，敢猶豫於靈誅。宜乎綿代垂言，方來作式。示必信於奸宄，詎致疑於典則？然後不仁遠而至道昌，撫安萬國。四庫本《景文集》卷四。

賞以春夏賦 天子行賞，欽順時令

歐陽修

賞出於國，時行在天，紀勳庸而有序，順春夏以昭宣。無忘爾勞，法蠢生而布惠；用嘉乃績，因長養以旌賢。原夫執政者君，爲民之紀，懼賞罰之一失，則恩威之兩弛。受焉不以其私，賜之非爲其喜。蓋夫欲固其國者，必謹國之常；能奉乎天者，是謂天之子。將出令以無僭，必順時而后軌。顯庸制爵，爰占星鳥之中；茂德建官，當俟薰風之始。

且夫春居東以首歲，夏司南而執衡，在氣爲燠，於時主生。東動也，以之起；南任也，以之成。我所以推本萬事之理，欽象四時之行。政刑由是以有度，寒暑於焉而不爭。頒以土田，順木行而養育；昭其服物，助火德之光明。故曰天之大端在陰陽，君之大柄在刑賞，操其柄以歸己，求其端而取象。法太蔟贊陽之月，行慶有常；體林鐘種物之時，勸功無爽。誠以賞當則民協，澤流而德深，但慮過時之失，敢懷虛受之心。故《月令》有布德之文，前規具在；景風爲賜爵之候，往牒攸欽。嗚呼！王者畏天以臨民，天道在人而可信。

事與時合，則爲和而爲福；時與事逆，則有災而有饉。在乎察動静以爲本，布仁恩而克慎。亦由獮田主教，非仲秋而不行；議獄斷刑，須大冬而乃順。故能光昭國體，欽奉邦彝，用豈有於逾德，舉無聞於振時[一]。且異夫賜以鞶纓，示假人而取誚；贈其衮冕，譏錫命以非宜。

[一] 振：《古今圖書集成·皇極典》卷二七一、《歷代賦彙》卷四三作「拂」。

大哉！君之舉者必書，上之出者爲令。苟違時而不度，懼招尤而失正。故《左氏》載聲子之言，以戒後王之立政。宋慶元刻本《歐陽文忠公集》卷七四。

刑統賦

傅霖

律義雖遠，人情可推。能舉綱而不紊，用斷獄以何疑？立萬世之準繩，使民易避；撮諸條之機要，觸類周知。

竊原著而有定者律之文，變而不窮者法之意。文有未備，既設於問答；意有未顯，又詳於疏議。刑異五等，例分八字。累贜而不倍者三，與財而有罪者四。私貸私借，皆以字爲法；餘親餘贜，各隨文見意。子孫非周親也，或與周親同；曾高同祖父也，或與祖父異。贜非頻犯者，後發須累於前發；身自傷殘者，無避亦等於有避。毆不必告也，有須告乃坐之毆；詈不必聞也，有親聞乃成之詈。盜親屬猶減等，何況於詐欺？詛父母爲不孝，可明於厭魅。許嫁有私約，知殘疾養庶之流；損人以凡論，爲鬬毆殺傷之類。

觀夫首從之法，有正而有權；加減之例，或後而或先。失官物不償也，坐而又償者，以持守之别；盜衆財必倍也，累而非倍者，猶掌當之專。罪因搜檢而得者，許推於狀外；事須追究而正者，聽言乎赦前。出舉得利，非物之蕃息；棄囚拒捕，亦事之因緣。誣輕爲重者，坐反所剩；從杖入徒者，罪論以全。會赦會降，有輕於會慮；議親議故，獨先於議賢。配所犯徒，杖不過於二百；流刑加役，里亦止於三千。

又若親姑被出，亦是親姑；繼母改嫁，即非繼母。責其已越則未過，重乎未度；矜其稍遠則不舉，輕乎不糾。故屏人食，論以鬬殺；貿易官婢，同於和誘。併贓類累併法也，而法兼於贓；本部如本屬也，而屬尊於部。詐傳制書，情類詐僞；私造軍器，罪加私有。言其變則或嚴未得之始，語其常則皆重已然之後。主典不原於覺舉，官物宜吝於給受。已囚而切，則親等他人；囚走而殺，則杖等空乎？妄認或依於認錯，公取豈殊於竊取。失器物者，方便於官私；貸市易者，始分於監守。使人迷謬，固宜加藥之從强；可以殺傷，孰謂扼喉之輕毆？

議夫制不必備也，立例以爲總；條不必正也，舉類而可明。官司捕逐，法寬於救助；主守故縱，理異於聽行。借物係監臨者，車計庸而船計賃；買贓非盜詐者，流從重而徒從輕。罪不首亦同自首，盜已成猶爲未成。義勝於服，則捨服而論義；情重於物，則置物而責情。手足法齊於他物，繼養恩輕於本生。孫同於祖者〔一〕，立以承祖；契同於符者，用而發兵。替流之役，無丁難準徒加杖；同罪之刑，至絞即依例除名。

大抵情僞不常也，宜以萬變通；色目有異也，難乎一槩理。留住本爲於工樂，稱人不及於奴婢。部曲娶優於雜户，伯叔愛隆於刺史。妻非幼而准於幼，女稱子而異於子。五服定罪，有親同於疎；六贓計貫，或終如其始。相侵不辨於尊卑，相犯各加於彼此。誤殺係尊長者，科之以過失；對燒非積聚者，論之以棄毁。篤疾戇愚，亦合於三赦；輕囚就重，聽移於百里。事大不論乎失，法重尤矜於死。罪相爲隱，外止及於祖孫；理直減科，内不行於兄姊。

信夫犯不知者，輕必從本；親相殺者，律並依常。雖戲雖失，而不從戲失；非毆非傷，而有同毆傷。度關三等，自首而獲免者買度；贓罪六色，共犯而合併者盜贓。他捕或同於自捕，因亡有異於徒亡。文無失減者，必依減三等之失；罪有强加者，不准加二等之强。誤殺私馬牛者，法止無罪；故傷親畜産者，價亦不償。見役在官，脱户止從於漏口；特勑免死，殺人須至於移鄉。

〔一〕祖：《歷代賦彙》補遺卷七作「子」。

大哉！罪有累加不累加，贓有併計不併計。公坐爲私者，官當同公坐之法；謀殺從故者，首從依謀殺之制。小功大功，尊又加等；聽贖收贖，語無別例。傷重加凡鬬者，非止内損；出降依本服者，兼明外繼。士庶饋與，猶坐於去官；親故乞索，不論於挾勢。噫！吏之於法也，知非艱而用惟艱，宜盡心於議刑之際。四庫存目叢書影印元刻本《刑統賦》。

《明史》卷一五〇《虞謙傳》附　嚴本字志道，江陰人。少通羣籍，習法律，以傅霖《刑統賦》辭約義博，註者非一，乃著《輯義》四卷。

《四庫全書總目》卷一〇一　法家書之存於今者，惟《唐律》最古。周顯德中，竇儀等因之作《刑統》。宋建隆四年頒行，霖以其不便記誦，乃韻而賦之，併自爲注。晁公武《讀書志》稱「或人爲之註」，蓋未審也。其後註者不一家，金泰和中李祐之有《删要》，元至治中程仁壽有《直解》、《或問》二書，至元中練進有四言《纂註》，尹忠有《精要》，至正中張汝楫有《畧註》，並見《永樂大典》中。此本則元祐中東原郄氏爲韻釋，其鄉人王亮又爲增注，然於霖所自註，竟削去之，已非完本。亮註亦類皆勦襲前人，無所發明，且傳寫訛誤，第四韻、第七韻内脱簡特多，殊不足取。

擬試車服以庸賦

臣有功者，錫之車服

李廙

君不僭賞，臣惟有功。錫車服之邦禮，飾威儀於爾躬。軒冕有輝，允示龍光之著；事言可績，用昭閥閱之隆。臣有膏澤加於生民，勳勞被於天下，賜以弓矢鈇鉞，未足旌其能矣；紀於旂常彝鼎，未足稱其美者。惟命車命服，分寵賚於本朝；可賞善賞功，俾榮懷於諸夏。夫以巾車陳六等之制，司服辨九章之儀。樊纓采就之蕃飾，絺繡藻繪之彰施。金輅象輅兮，功異小大；袞冕毳冕兮，義存等差。凡所别者，將因表之。不可假人，固慎持於名器；用以葳禮，寔顯答於猷爲。以爾爲民軌儀，是用錫之車；以爾積民粟帛，是用錫之服。安其體以佚豫，章其身而吉煥。駕彼元牡，則儀衛威重；副以赤舄，則禮容敬肅。得輿爲美，方將世選爾勞；在笥無譏，時乃自求多福。

四岳羣后，九官庶臣。言敷納而咸在，效明試而具陳。膺此異數，示於衆人。錫命文侯，爰示東周之烈；褒賞申伯，非惟元舅之親。彼蓋求於侯也，貢之則非；索於市也，粥之何有。吾既重於施報，汝毋輕於授受。輜乘寵桓榮於少傅，師道攸尊；黻冕拜士會於中軍，君恩益厚。若乃以訟而受服，舐痔而得車，負乘致寇者在是，不衷災身者有諸。鶴乘軒而厚禄，鵜在梁而晏居。載軀無禮義之心，以盛爲辱；采菽刺侮慢之意，雖予猶虚。異哉！聽彼和鸞，觀夫襲裼，慕崇賢之令典，勉勤王之嘉績。致爵位而安富尊榮，行見尚方之申錫。四庫本《濟南集》卷五。

湯刑勸善賦　湯之用刑，亦能勸善

李廌

古有哲后，時稱聖湯。能用刑而俾義，致勸善而知方。法欲禁非，惟馭威而審克；民皆厲節，遂化性於循良。

原夫民初秉彝，心知好善。勸必加賞也，賞或不給；勸必見利也，利之或鮮。況乃肇修人紀，始建刑典，惟明德而慎罰，不爽厥麗；故砥行以立名，咸知自勉。彼以法主忠厚，意存哀矜，重有致於無赦，薄或示以小懲。改過則畏而弗敢，遷善則恥夫不能。釋彼無辜，自俾非心之格；殖夫有禮，咸期美行之興。實由禁令有倫，奇衺勿縱。以聖敬之明也，斯固不濫；雖孥戮之誓也，夫豈輕用。善亦期於無刑，必也使之無訟。儆於有位，訓蒙士以恭行；在予一人，率多方而康共。

然則刑所去者，示之使避；善之取者，道之使思。知其畏而戒懼也，因其警而誘掖之。義征葛而用甲兵，攸徂相慶；仁祝網而及禽獸，罔或遐遺。夫惟彰信以無私，胥然而咸勸。迄徧爲於爾德，在簡孚於常憲。克用三宅，庶不犯於有司；無陷十愆，宜敬修其可願。

若乃制短長之命，妄輕重之刑，非惟中而克允，第淪胥而不庭。彼且咨怨，尚何輯寧。異時革夏之寬，剛柔匪濟；後世從商之論，名實匪輕。異哉！稽古之君，御邦立辟。愼所施而必中，俾允懷。原闕。四庫本《濟南集》卷五。

愼術賦

范浚

人孰不良？惟術也利人之傷，則爲豺爲狼。人孰不令？惟術也劫其正性，則爲梟爲獍。彼市矢工，懼羽鏃無庸，幸仇敵之交攻。彼鬻棺子，懼禪傍積委，冀市人之立死。歲或大飢，足穀者男歡而女怡；蠶不三俯，櫝帛者朝歌而暮舞。癘疫興而國工捧腹，雩禜用而淫巫布武。

推類以言，事胡不然！習武者思亂，好夸者盜權，爭名者不得不賣友以自遂，爭利者不得不排人而取先。聚斂用，則不得不爲桑羊，爲孔僅；法律進，則不得不爲張湯，爲臧宣。子貢不得不亂五國以納説；蘇秦不得不鬭七雄而合連。故曰：術不可不慎也，爾其戒旃。四部叢刊本《范香溪先生文集》卷七。

觀遠臣以其所主賦　以「視其所主，人豈廋哉」爲韻

劉敞

善不徒立，德常有鄰。將盡遠臣之趣，必原内主之因。來賓於王，信無迷於懷寶；深察所館，可不誤於知人。

原夫士無懷居，居無常所，欲精覈於趣操，宜究觀於出處。蓋夫人之過，猶各於其黨；士之窮，必視其所與。翔而後集，既觀國以來斯；爲之先容，庶推類而及汝。誠由攷行於鄉里者易察，擇臣於羇旅者難知。故論其主也，則情可見；攷其交也，則行不疑。仲尼悦司城之賢，德斯著矣；商鞅因景監之嬖，禍亦宜其。固未有仁者而依於不仁，義者而寓於不義。明君則以此而鑒其下，智士則以此而引其類。爾慎己歸，衆將彼視。譬之鳥矣，猶有擇木之稱；豈伊人焉，而謬託身之智？然則居上而治者，知臣則爲優；自外而至者，無主則不留。思得臣，必自遠者始；思觀

遠，必以近而求。覽乎德輝，雖疏賤而何有；賓於私館，識邪正之焉廋。故曰善以彙征，物以類聚。士謹身兮，誠難乎所寓；君相士兮，亦先乎得主。譬若聲之生響，清濁之不欺；影之附人，曲直之可覩。此其分也，豈或亂哉？是以四方之賢，可得而官使；一介之士，彌務於朋來。困雖旅人，苟自他而有耀；善得常主，將藉外而論才。已矣乎！親仁實然，附勢則豈。諒喪道兮固久，曷知賢而無幾？孰能舉而行之，亦庶幾乎卓偉者哉！四庫本《公是集》卷二。

圭璋特達賦 以「圭璋特達，昭德之至」爲韻

劉敞

禮崇朝聘，器用圭璋。推至珍而在御，昭特達以爲常。抗瑞節而來儀，含章有耀；先庭實而自至，比德彌光。察舊典之遺文，窺盛王之懿則，圭以底信，璋惟輔德。朝而至，則上公之饗王后；聘而用，則諸侯之交邦國。雖有皮馬之幣，莫得而同升；雖有黼黻之珍，不能以致飾。

何哉？內不足者，藉外以見美；質有餘者，略文以効奇。我用至寶，爾捐末儀，自玉人而作矣，及賓禮而陳之。慎其獨焉，有君子之象；少爲貴者，協禮器之辭。徒

觀夫辨物乎行人，正名乎典瑞。虹氣温潤，珍光純粹。陳其數，雖待人而彰；備其用，不因物而致。瑑八寸以旁達，豈貨之多？冠四器而獨升，維德之至。

且夫結好莫如聘，尊王莫如朝。斯禮也，由玉而後達；斯玉也，因禮而孔昭。天質顒卬，以難得而稱貴；繅文絢耀，雖專達而非驕。然則王者之制有尊卑，天下之理有本末。苟尊矣，卑安得而並及？是本也，末不足以上達。因方挺質，無一物之可偕；判白凝輝，非衆珍之能奪。

噫！幣美則禮幾乎没，德盛則物莫能齊。此所以專尚乎寶鎮，特旌夫半圭。彼束錦加琮，何相須之密；白鹿薦璧，何競進之迷？貴賤於此乎分，媺惡於此乎識。譬夫體道者，無待而素遊；性善者，直前而自得。則夫學禮之人，何怪夫圭璋之特也？四

庫本《公是集》卷二。

享禮有容色賦 以「因聘行享，容色可觀」爲韻

劉敞

聘既盡禮，享難極恭。儼多儀而將事，發和氣而盈容。庭實序陳，嘉奉辭之遜悦；賓榮改觀，知飾貌之肅雍。

古之諸侯，交於鄰國。其聘也，珪璋以申信；其享也，璧琮以往德。信莫如固，則示之誠慤；德莫如厚，則論之文飾。然而誠慤難以見，故嚴其狀貌；文飾易以明，故逞其顔色。儀不及物，諒君好之益隆；和以宣心，何天機之自得？想夫肅肅宗廟，顒顒國賓，能曲直而赴節，毋怠荒而亂倫。鞠躬之慎也，豈不誠善？致享之歎也，吾無所因。奉幣入門，有舒揚以率己；升堂受命，靡促數以臨人。然則隆殺者，禮之不同；文質者，儀之可象。致辨異於賓主，戒猥并於聘享。曩子襲而今子裼，見美可推；正爾容而悦爾顔，參和足仰。

且夫臣之致使也，過恭而奚害；客之結好也，非嚴而何覿？蓋夫弛張者，所以爲文武之道；茂悦者，所以昭邦國之歡。寶四器以同升，禮盛則文縟；率衆介而將事，心廣而體胖。是以上不爲縮縮之矜，下不爲愉愉之盛，先私覿以致獻，聳温顔而承命。上觀《儀禮》，周公舉此而著經；近察魯《論》，仲尼法之以行聘。豈非厚恩惠者，享不可以闕；遠暴慢者，色不可以輕？必在修采章而時當，和體貌而躬行。且異祭祀於神，專尚恭之説；會同於國，擅主詡之名。此蓋盛升降以示人，踐行色而在我，濟君靈於輯睦，戒臣節於輕惰。夫如是，享禮之有容，奚適而非可？四庫本《公是集》卷二。

和戎國之福賦 解試

黄公度

上聖圖治，遠戎請和。民獲安而不擾，國膺福以滋多。俯親庶俗之情，信行蠻貊；誕保有邦之祜，時戢干戈。

嘗聞帝王盛時，不無蠻夷猾夏。治失其術，則咸尚詐力；御得其道，則悉歸陶冶。惟天子修盟講好，德莫厚焉；俾戎人稽首稱藩，國之福也。莫不膺使交聘，丹誠遠通。厚賜之子女玉帛，俾修其朝覲會同。用珪璋而結好，無甲胄以興戎。我無詐而爾無虞，遐陬内附；災不生而禍不作，百順來崇。時其萬國懷柔，四方澄寂。内不聳於邊鄙，外靡擾於夷狄。措乃國於龜鼎，脱斯民於鋒鏑。良由禮招攜而柔服，故得道建極而敷錫。揉茲荒裔[一]，俾爲不二之臣；介爾中邦，永保無疆之曆。大抵異域之情兮，乍臣而乍叛；中國之治兮，或替而或昇。征之弗克者，尚且聞於敗衄；絶之弗通者，猶未免於憑陵。曷若此無老師而耀武，無好戰以矜能。下有方來之比，福如川至之增。所以事

［一］揉：原作「操」，據舊鈔本、四庫本改。

彼昆夷，果見周家之盛；會於戎子，因知晉室之興。彼有湯后征南，宣王伐北，或隆肇造之業，或啟中興之德。雖曰奉天而致討，豈不蠹財而傷力？必也禮懷遠裔，道交鄰國。鞏王業以永固，祐聖時於罔極。氈裘氣暖，行觀塞草之長；沙漠風清，坐見邊烽之熄。

前古既遠，後王不思，惟務力制，類非德綏。侯空號於定遠，將徒勞於貳師。閉玉關而謝質者，不聞世祖；罷朱崖而切諫者，無復捐之。殊不知秦帝擊胡，必底亂亡之患；武皇征虜，迄成虚耗之危。上方敦龐澤以撫綏，冀狼心之輯睦，務使邇安而遠至，蔑有兵窮而武黷。故勤勤然誠意以通和，駢臻百福。宋人集乙編本《莆陽知稼翁文集》卷一。

宋代辭賦全編卷之五十四

賦　典禮　一

南省試聖人并用三代禮樂賦

以「皇猷昭宣，禮樂備舉」爲韻

田錫

吾皇帝膺運承乾，唯師古以爲先。化邦家而輯睦，因禮樂以昭宣。雖三代令王，稽沿革而殊矣；而千齡聖運，能損益而焕然。豈不以樂也者本乎天，禮也者本乎地，將化民以成俗，信有教而無纇。禮能加肅，先俎豆之有儀；樂以導和，宜笙鏞之大備。

昔夏后之御曆也，憲章於舜，祖述於堯，推曆稽人統之正，用寅爲歲首之朝。牲用乎驪，能降神於肸蠁；聲均《大夏》，又何取於《簫韶》。所以致皇猷穆穆，而王道昭昭。

又若有商之統天也，以應天順人，惟干戈兮是舉；以逆取順守，致彝倫兮攸敘。

恭爲禮本，嘉尚白於衣冠；《濩》爲樂稱，表均和於律吕。

其以宗周之致理也，以道合乎地者稱帝，仁合乎天者爲皇。能兼帝皇之盛德，是爲聖哲之令王。騂犢貴誠，加以用宗彝之鬱鬯；黄鍾本律，其始導天統於陰陽。是知三王之救衰弊而拯黎元也，不相襲乎至音，靡相沿乎大禮。亦猶五材迭用，運元化以成功；四序交新，致歲功而有體。

今皇上嗣位而致升平也，前古之遺文必復，百王之闕政皆修，是以文章明備，聲教同流。明堂辟雍，表尊崇於儒術；宫懸樂府，方遠播於鴻猷。矧今卜代繼於周姬，登歌美乎象箾，方期駕玉輅於魯道，封金泥於泰嶽。遐方咸走於梯航，太史遠頒於正朔。小臣稽首而稱之曰：穆穆皇皇，有以見我宋之禮樂也。傅增湘校訂淡生堂鈔本《咸平集》卷九。

泰山父老望登封賦

田錫

吾皇帝厚德比於坤元，至仁侔於穹昊。伊岱宗之父老，望翠華以升告。傾心精意，向天闕以虔恭；頓首斂容，冀綸言之布誥。豈不以恩深覆育，惠感生成，桑榆之景方暮，葵藿之心迭傾。檢玉高峰，思覩登封之禮；鳴鑾近甸，佇諧延望之誠。咸曰：帝嗣洪圖，寰區晏如；納生靈於壽域，俾至化於華胥。北天山而南越裳，爭輸職貢；右流沙而左滄海，正混車書。莫不天意與人心交泰，戎情與物性相于。斯乃運方契於千年，得冥符於昊天，《雅》《頌》溢道人之采[一]，祥經盈太史之編。泳鯨[二]翔鶤，已效靈於郊藪；靈茅秬黍，宜薦羞於上玄。

臣等幸以期耄之身，爲太平之民，生籍寄龜蒙之下，先疇邇洙泗之濱。七十二君，古常稱於茂典；三千年後，今正逢於聖人。願陛下采古義於前書，命擇儀於良相，敕宗伯修壇宮之禮，詔太常建黄麾之仗。鹵簿鐘鼓，圭瓚秬鬯，展儀於梁甫之下，禋祭於靈峰之上。虞君頌瑞，願諧方伯之心；漢帝射牛，宜慰老臣之望。鶴髮齯齒，精誠不已。俯躬如就燥之焰，注意比朝宗之水。朝隮雲彩，諒龍德以堪從；口比山呼，冀鸞車之戾止。

《易》曰先天弗違，《書》云肆覲群后[三]。思古禮以猶缺，鬱衆心而是佇。泥金報天

[一] 道人：四庫本作「人文」，宋人集丁編作「大文」，《歷代賦彙》卷四二作「路人」。

[二] 鯨：原作「鰊」，據宋人集丁編本改。四庫本及《歷代賦彙》卷四二作「麟」。

[三] 群后：《尚書·舜典》作「東后」。

德之高，封土增坤靈之厚。協探策之冥數，薦如山之萬壽。小臣亦能著《封禪》之書，向皇風而拜手。傅增湘校訂淡生堂鈔本《咸平集》卷八。

籍田賦 並序

王禹偁

臣謹按：周制，孟春之月，天子親載耒耜，躬耕籍田〔一〕，所以事天地、山川、社稷、先王，醴酪粢盛，於是乎取之，恭之至也。自周德下衰，禮文殘缺，故宣王之時，有虢公之諫。秦皇定霸，鮮克由禮；漢祖隆興，日不暇給。孝文、孝景〔二〕，始復行焉，昭帝弄田，亦其義也。後漢永平中，明帝東巡，耕於懷縣，非古制焉。魏氏親耕，闕百官之禮，蓋草創爾。晉武太始之年，略修墜典；宋文元嘉之代，亦舉舊章。齊用丁亥之辰，梁以建卯之月。後魏、北齊，沿革有異；隋朝、唐室，文物可觀。太宗行之於前，明皇繼之於後。自茲已降，廢而不行，將煥先農，必待

〔一〕「籍田」下，《新刊國朝二百家名賢文粹》卷一七六有「務本勸農之道也」七字。《文粹》所載是賦，與今傳文集本文字多異，蓋爲初本。

〔二〕孝文：原無，據四庫本及《皇朝文鑑》卷一、《古今事文類聚》遺集卷六、《歷代賦彙》卷五一補。

真主。皇家享國三十載，陛下嗣統十四年，武功以成，文理以定，乃下明詔，耕於東郊。百職悦隨，三農知勸〔一〕。禮官、博士，蹈舞而草儀；甸師、嗇夫，歌詠而供職。右拾遺直史館王禹偁再拜而颺言曰〔二〕：耕籍之義大矣哉！千畝之田，三推之禮，所以教諸侯而事上帝，率人力而成歲功，實邦國之彝章，皇王之大典。昔潘安仁賦之於晉，岑文本頌之於唐〔三〕。今王道行矣，王籍修矣，神功帝業，焕其有光，宜暢頌聲，以播樂府。謹上《籍田賦》一章〔四〕。雖不足形容盛德，亦小臣勤拳之至也。其詞曰：

十四年兮〔五〕，帝業遐宣，寰區晏然，乃順考於古道，將躬耕乎籍田。務本勸農，稽前文而備矣；事神教養，舉墜典以行焉。萬國歡心而懌懌，百官供職以虔虔。草儀注

〔一〕「百職」二句：《新刊國朝二百家名賢文粹》卷一七六作「禮也。百執事是悦隨，三農以之知勸」。

〔二〕「右拾遺」句：《新刊國朝二百家名賢文粹》卷一七六作「長洲縣吏王禹偁聞而揚曰」。

〔三〕「於唐」下，《新刊國朝二百家名賢文粹》卷一七六有「事美一時，語留千載」八字。

〔四〕「謹上」上，《新刊國朝二百家名賢文粹》卷一七六有「望闕拜手」四字。

〔五〕十：原作「上」，《聖宋文海》卷四作「王」，據四庫本及《皇朝文鑑》卷一、《古今事文類聚》遺集卷六、《歷代賦彙》卷五一改。

於有司，議沿革於遺編，築壇墠之二陛[一]，開阡陌之百廛[二]。文物聲明，合禮經而有度；旌旗衣服，應方色而不愆。

既而屆孟春，擇元日，太史先奏，天子將出。是月也，遒人徇路，星鳥中律，當東郊之迎春，是東作之平秩。皇帝於是即齋宮，辭帝室，戒錫鸞，嚴警蹕，乘青輅以有威，儼朱紘而無逸。佩乎玉也，懸黎之色蒼蒼；載其旂焉，干呂之雲鬱鬱。屬車負播殖之器，後宮獻穜稑之實。紅縻黛耜，服葱犗以陸離；縹軛紺轅，駕蒼龍而飄欻。太常之禮具舉，司農之屬各率。甸師掌舍，警御陌以惟嚴[三]；封人野廬，設壝宮而靡失。於國之東，千官景從。風清塵而習習，雨灑道以濛濛。時也，木德盛，陽氣充。春芒甲拆，青青兮葱葱；春土脈起，油油而溶溶[四]。冠蓋蔽野，珮環咽風，狀浮雲兮隨應龍；旂幟張日，車徒塞空，若衆星兮環紫宮。修農事以惕惕，襲春服之重重。

[一] 二：四庫本及《聖宋文海》卷四、《皇朝文鑑》卷一、《古今事文類聚》遺集卷六、《歷代賦彙》卷五一並作「三」。

[二] 開：原作「關」，據四庫本及《皇朝文鑑》卷一、《古今事文類聚》遺集卷六、《歷代賦彙》卷五一改。

[三] 嚴：原作「巖」，據四庫本及《皇朝文鑑》卷一、《古今事文類聚》遺集卷六改。

[四] 而：四庫本及《皇朝文鑑》卷一、《歷代賦彙》卷五一作「兮」。

爾乃配少皡，祠先農，尸祝無媿，豆籩以供。太牢之牲薦之而肥腯，太簇之樂奏之而春容。於是修帝籍，勞聖躬，撫御耦以無怠，履遊場而有蹤。將循乎千畝之制，豈止乎數步之中！耕鉤盾之弄田，但矜兒戲；脩建康之春籍，未煥農功。有以見萬乘之尊，三推而舍。或五或九，隆殺之義有倫；爾公爾侯，貴賤之班相亞。嗇夫灑種以斯畢，庶人終畝而告罷。千耦其耕，焕乎禮成。播百穀兮率人力，歌《載芟》兮揚頌聲。將見乎餘糧棲畝，腐粟如京。神倉令納乎黍稷，以備粢盛；廪犧氏收其藁秸，用餉犧牲。親畎畝兮化被，重人天而教行。自得訓農之實，非貪慕古之名。然後下青壇，歸絳闕，百姓知勸，羣后咸謁。在鎬之宴啟，歌虞之音發，獻萬壽兮懽呼，奏九《韶》兮鏗越。開三面以行惠，宥五刑而慎罰。恩流於孝弟力田，德被於雕題辮髮。興五土之利[一]，固必躬而必親；同三代之風，復不矜而不伐。

大矣哉！籍田之禮，豈三年而不爲；躬耕之義，將百代而可知。我所以舉久廢之禮，定不刊之儀，慮弗勤於四體，將有害於三時。務農桑兮爲政本，興禮節兮崇教資，民乃力穡，歲無阻饑。神農斲木之功，我其申矣；后稷播時之利，我得兼之。供秬鬯

[一] 土：原作「上」，據四庫本及《皇朝文鑑》卷一、《古今事文類聚》遺集卷六改。

以斯在，介豐年而有期。丕顯事天之禮，誕歌祈社之詩。祀山川兮神鑒明矣，配祖考兮德馨遠而！永錫純嘏，用光孝思，乃作頌曰：

倬彼東郊，公田是闢。大君戾止，言耕其籍。帝籍既脩，乃及公侯。親爾耒耜，勤爾田疇。言采黍稷，祀於圓丘。億萬斯年，以承天休。

又曰：倬彼東郊，耕壇其崇。大君戾止，言訓其農。農功既勖，乃知榮辱。爾家以給，爾人以足。言奉烝嘗，遍於比屋。億萬斯年。以介景福。四部叢刊本《小畜集》卷一。

蘇頌《小畜外集序》《請東封賦》，前知盛德之事必行聖代。

《習學記言》卷四七 《籍田》、《大蒐》、《大酺》不常有賦頌，所以記也。《明堂》未之有，所以兆也。凡此類以事觀可也。

《賦話》卷五 宋王元之《籍田賦》序，……攷索既核，敘次亦工，因附録之。

藉田祈社稷賦

李廌

王者躬藉千畝，治農上春。載耒耜之稼器，祈社稷於元辰。播種始修，願備粢盛之實；吉蠲昭告，虔恭土穀之神。

蓋以藉是天田，借夫民力，躬稼雖勤於率勸，陰相乃臻於蕃殖。吾欲宜物生之理，故控誠於社稷。載耕一墢，敢違東作之時；欲致三登，實賴柔祇之德。春既應候，物將發生。農祥正兮隩者析，土膏起兮勾者萌。田既有藉，親當勸耕。金根而縹軏，絺冕而朱紘。三推之儀，既服勞於壟畝；五祀之本，亮來燕於齊明。誠欲屢獲於豐年，矧敢黷煩於上帝。惟爾次祀，可祈嗣歲。受霜露風雨也，既達氣於天地；能聰明正直也，宜饗誠於牲幣。撫茲御耦，意顯示於農先；用以太牢，敬幽通於血祭。

於是王后獻種，甸師清畿；宰夫庀事，祠官致祈。推精意之匪懈，惟明靈之具依，今詠《載芟》，冀三時之不害；願歌《良耜》，終百禮以無違。夫然重彼民天，始吾帝藉，惟方壇設埍埒之敬，則神倉有坻京之積。著於《月令》，則邦典無曠；非尊地類，則歲功何獲。考文、景之明詔，遵禮攸行；思龍、棄之有功，配祠來格。厥後田鉤盾以爲弄，耕上林而匪恭。既緩民事，寧修禮容。伊常祀之弗舉，何靡神而不宗？彼周室之中興，猶廢大事；迨隋儀之亟講〔一〕，惟祀先農。

〔一〕迨、亟：原脱，據宋人集丙編本《濟南集》補。

異哉！事雖勞於王躬，化遂行於天下；咸知貴於官稷，矧敢厭於方社？然則民和而神降福焉，繇祀與農而致也。四庫本《濟南集》卷五。

歸馬華山賦

王者無事，歸獸西岳

王禹偁

聖人以文德昭彰，放戎馬兮功齊武王。望三峰而縱逸，見萬騎以騰驤。噴雪眠沙，罷飲長城之窟；嘶風齕草，咸歸華嶽之陽。當其鎔鑄五兵，蕩平九野，舞朱干以在上，振木鐸而化下。於以來遠人，於以卻走馬。塞垣既静，何爲夙駕之虞；國步方清，莫有生郊之者。所以散屈産之乘，解渥洼之駒，嘶北風而何益，患南牧以應無。朔吹生時，免聽隴頭之水；秋霜落處，寧啣關上之榆。已而汗血休墜，蘭筋不匱，出皂棧以弄影，入青山而解轡。芙蓉峰畔，争翻歷塊之蹤；邏沙城邊，詎見防秋之事。是何驌驌騑騑，星分電飛，十二就之華纓不御，五千仞之翠嶺如歸。過岫幌以長鳴，乍來天廐；出雲關而互躍，似突兵圍。永別戎車，長隨野獸。玄黄之病何有，赭白之紋自瘦。既無取於代勞，亦奚資於禦寇。空疑旌旆，映片片之朝霞；更誤鍚鑾，響泠泠之山溜。寧載驅而載馳，任自東而自西。散亂浮雲之景，奔騰逐日之蹄。認巨靈於按轡[一]，想石鼓於聞鼙。免隨掉鞅之人[二]，揚塵紫塞；非有敝帷之費，朽骨青溪。美矣夫！帝道方行，王師既鑠，取威罔在於凶器，耀德唯矜於朽索。有以見太平之業兮邁前王，可登封於泰岳。四部叢刊本《小畜集》卷二七。

大蒐賦

丁謂

司馬相如、揚雄以賦名漢朝，後之學者多規範焉，欲其克肖，以至等句讀，襲徵引，言語陳熟，無有己出。觀《子虛》、《長楊》之作，皆遠取傍索靈奇瑰怪之物，以壯大其體勢。撮其辭彩，筆力恢然，飛動今古，而出入天地者無幾。然皆人君敗度之事，又於典正頗遠。今國家大蒐，行曠古之禮，辭人文士不宜無歌詠，故作《大蒐賦》。其事實本之於《周官》，歷代沿革制度參用之，以取其麗則。奇言逸辭，皆得之於心，相如、子雲之語，無一似近者。彼以好樂而諷之，此以勤禮而頌

[一] 認：原作「詔」，據四庫本改。

[二] 掉：原作「棹」，據四庫本改。

之，宜乎與二子不類。辭曰：

仲冬，天子嚴祀事，答神祐，佇農隙，謹蒐狩，踵教本，稽典舊〔一〕。禮容左右，武事前後。等尊第卑，上長下幼。人民豐濃〔二〕，物色繁富。蓋亦閱軍實於介胄，非徒恣遊畋於禽獸者哉。前期，命虞人以萊莽蒼〔三〕，芟擁遏。草木躶枯，原隰砥闊。視軍衆寡，度地本末。高表四立，坦場中豁。限田防而蘭織，志轅門而旌揭。青龍白虎，擁護乎行在之所；左罕右畢，分張乎侍衛之列〔四〕。風蕭蕭而野鳴，雲陰陰而晝結。麇鹿狼狽以投林，狐狸踉蹌而遷穴。

由是司馬舉職，羣吏咸秩，各有司存，皆給名物。備小駕而六龍集〔五〕，開武庫而五兵出。輅車金玉，旂章日月，戟牙刺舉，旄頭雪密。畫蚩尤於旆顛，匣干將於劍室。駃騠妥貼以負軛，驌驦徘徊而轉軑。召佽飛以前導，命玄武而殿卒。目恍羅列，神驚比

〔一〕典：原作「與」，據四庫本及《歷代賦彙》卷五九改。
〔二〕濃：《歷代賦彙》卷五九作「穠」。
〔三〕萊：四庫本及《歷代賦彙》卷五九作「采」。
〔四〕張：原闕，據四庫本及《歷代賦彙》卷五九補。
〔五〕小：原闕，據四庫本及《歷代賦彙》卷五九補。

櫛。師勑戰法，帥董戎律。始建旗以誓衆，亦斬牲而戒失。所畋之野，備物咸畢。外事尚剛，戊日惟吉。上乃乘七騶，擁六軍，白旄方下於北極，黃纛已搴於應門。服章天地，車駕風雲，日隨月侍，嶽走川奔。列缺收聲而聽蹕，豐隆鼓力以扶輪。隊仗乎八百諸侯，殿呼乎七十二君。煙霞錯雜以垂地，河漢顛倒而失源。靈祇慴慄，怪物驤騫。顯帝蒼黃而廢職，玄冥倏閃以馳魂。儼方離於大內，盛已列於平原。禡表云已，啣枚而前。蛇陣翼張，虎賁環匝。鼓以三闋，圍不四合。律戎索以濟濟，飭軍威而煒煒。鐶再振而鐃再鳴，弓斯張而矢斯挾[一]。爾乃驅百獸，當一人。弓工操軒轅之弧奉御，羅氏設商湯之網擁羣。熊羆之爪距摧折，虎豹之心肝分裂。射必三獸，發則五豝。雹逆毛羽，星飈角牙。肉墮庖丁之刃[二]，血濺魯陽之戈。諸侯卒事以儼雅，百姓突圍而交加。

上方斂綏以慘愴，衆乃靡旗而諠譁。圍開一方，憫盡殺也；捨順取逆，彰懷來也；出表不顧，恥逐奔也；等別三殺，貴宗廟也。得匪上以顯孝思，下以不僭乎？鳥獸之肉，不登器者無取；貔虎之士，罔用命者有誅。警進退於鉦鼓，習威儀於卒徒。

[一] 挾：原作「浹」，據四庫本及《歷代賦彙》卷五九改。
[二] 之：原脫，據四庫本及《歷代賦彙》卷五九補。

戎事同，鑾輅迴。軍聲振而方國聳立，天仗指而九門洞開。郊饁獸而禮之勤也，廟獻禽而神其享哉。以勞飲至，以能策勳，刑必加於共棄，爵乃及乎衆尊。如是，則不曰暴天物，不曰教民戰。於以辨名號而訓仁義，於以昭文章而明貴賤也。

下臣竊詳三代之書，頗究二王之典，大閱之制，昭然義見。軍旅之事，闕教則失利；祭薦之物，非理則不獻。施信賞，率怠倦，使夫民知方，兵識變，莫若示蒐畋而敦大勸也。後之王者，反禮叛經，荒樂誅殺，放懷蕩情。借如漢武，於古詳明，博搜聖書，廣召文英，講評謨訓，華飭聲明，凡曰大樂，闕焉不行。乃窮畋極獵，誇國耀兵，隔蜀羅設，跨秦戈横。麛卵夭死，獝狘愁聲，以至欺猛狂而手格，喜暴惡以力争。豈殘忍之足恥，唯豪勇之所京。下垂歷代，不能變更。魏晉而下，離合寰瀛，咸局促以僅守，曷禮樂之能興？

粤抵李唐，時惟會昌，彼文明二帝，實驅馳百王。大畋之義，猶或廢亡。若陛下自膺寶命，臨萬方，動必法度，舉皆故常。緝犧、軒之絶緒，新姬、孔之舊章。郊焉而五帝肅肅，享焉而百神洋洋。九年三月，升於紺壇[一]；十有三年，躬耕籍田。心以民本，

[一] 紺：原作「紏」，據四庫本及《歷代賦彙》卷五九補。

事由禮先。謫王滿嗜慾乎馳騁，斥帝徹瞽瞶乎神仙。故天地不能藏祥而秘瑞，日月無以示譴而戒愆。甘露降而區宇澤，景星燭而氛祲蠲。總治本，操化源。措慮寂爾，存神泊然。是以發狂之心，無自入焉。

下臣以謂大蒐之典，周公制於往古，陛下行於今兹，中間數千餘祀，咸杳昧而不知。彼唐、漢之士，修崇禮儀，封禪之徵誕，明堂之説奇。此數事不詳於堯舜文武之書，臣寧敢狂斐而陳諸？所以賦大蒐而歌盛禮也，俾千古知至德之巍巍。《皇朝文鑑》卷一。

《習學記言》卷四七　《籍田》、《大蒐》、《大酺》不常有賦頌，所以記也。《明堂》未之有，所以兆也。凡此類以事觀可也。

天禧觀禮賦

楊億

客有嘲臣曰：「夫飄飄之氣能賦，可爲於大夫；蕩蕩之道不談，見嗤於樵采。當今景炎震赫，休嘉翕習，禮有同節，會無後至。容典寖盛，謳謠載路。子嘗奏伎於玉堂之署，方司籍於道家之山，智効乎官聯，隸業乎雅頌，烏可後淵、雲之杼嘆，怯游、夏之措辭哉！」臣應之曰：「大明升中，螢爝息照，廣樂合變，巴歈絶響。皇上躬濬明之德，探述作之奥，堯文惟焕，禹聲爲律。三變以至於妙道，群臣絶望於清光。而敢飾枯槁之姿，呈露於仁壽，持瓴甋之質，唐突於璵璠？斯固不知量而任其責矣。」

客曰：「不然。海以善下，故號爲谷王；山匪護塵，爰配於天極。兜離雜奏，亦升於樂府；沼沚纖植，尚參於廟薦。稗官之説，列於廣内之藏；游董之謳，備於清夜之誦。蓋各言志，斯爲樂職，亦奚畏於咎耳？」臣應曰：「唯唯。」

皇上御天下之二十載也，守宇嘉靖，斯民樂和，邊庭卧鼓，武庫包戈。講萬樞而俾人，序彝倫而可歌。南踰銅柱，西亘金河，北彌狼望，東越鯷波。四表之德咸被，崇朝之澤匪頗。錫嘉生於庶士，均善養於中何。張旃駕牡兮篤鄰好，徇鐸舞干兮脩國教。恤人隱兮如納於隍，握道樞兮以觀其妙。弛罟之惠兮洽於懷生，非黍之馨兮升於有昊。交感兮惟微，蓋高兮必報。

先是，景德之夕也，宸闈靖冥，齊居潔清，脩令乃慎，觀書中程。息偃寧處，希微告徵。猶蒼水之感禹夢，同金人之翔漢庭。戒期晤語，錫瑞幽經。專洗心而淳濯，果頒文於紫清。逖覽輿議，屬國封事。旃頭先驅，玉牒不秘。采倪寬之節文，述夷吾之所記。陟阿閣之神房，追縱乎七十有二。承統得天，勒崇高世。復以嗣歲，詔蹕中冀。榮河發光，靈坤制位。西賓相歡，篚車宿戒。八奏升祇，貳觴遺味。醰粹格於清寧，恩霈淪乎骨髓。伊明祭之並脩兮，彌小心而抑畏。罄宇多歡，西清燕間。窅忘懷於赤水，邈馳想於姑山。至靈不測，秘感無間。同傳巖之夢寐兮，駐列御以盤桓。

先期之庚甲申戒，太一之威神下觀。坐乙帳兮岑寂，望殊庭兮太息。倏御氣以旁戾，倪排雲而絶迹。漿柘滑甘，旌霓駱驛。述百世之璿源，係九清之霄極。垂誨諄諄，厥靈赫赫。語秘兮珠囊，事傳兮金策。稽尊祖之丕憲兮，享自天之純錫。祇遹洪應，介福甚盛。稽群言，建徽稱，達淵衷，昭默定。答報貺之惟幾，擇元辰而申命。歷吉習祥，首祚居正。講儀物而有容，勵齋明而執競。

若夫紫虛定位，星機宅粹，典諸神之秘圖，主九陽之生氣。象先之賾兮，至寂而誰知？魄寶之精兮，常明而絶異。總御人靈，握司命紀。强爲之名，尊無與二。惟紫簡緑文兮，於以宣其音旨；惟琳闕絳房兮，於以象其奧祕。謂天載之無聲兮，其言大備。謂帝居之既邈兮，其應孔邇。皇哉監觀，屑然戾止。伊虛皇之錫祚兮，瑞如山兮交委。

又如人皇興世，天歷允歸，誕生刑馬之麓，財成分土□□。蠙彰應玉，理標奇乘。五精之雄運流，三百之英威升。神翊化窮，變通微奄。九天而受職，主赤符之始基。期九垓之汗漫兮，友千年之令威。挹浮丘之霞袂兮，賡西母之雲辭。乘飈車於空漠，提生籍於太微。右序皇曆，輸姓本支。

唯靈神之垂裕兮，應如響而弗違。非夫合德之淳懿，凝禎之蕃熾，積累之憑厚，懷監之尤異，即何以恢恢大圓，訖寓以昭夫顧諟？顒顒高真，降格以敷乎明晦？休徵叶景福同，貞期啟精慮通。包衆志而惟一，保大盈而若冲。清心而欽翼，錫類以豐融。乃度建乎真闕，以萃乎子民之勸功；乃增飾乎壽壤，以昭夫靈命之所從。乃範金而攻玉，侔晬像以致恭；乃薦馨而陳信，載令甲以無窮。稽樞電之騰精，式表乎號榮；罄輿域之所括，咸列乎閈閎。置官局而寅奉，著節物而有經。恭默以忘，翫衆妙而無極；吉蠲用享，監二代而作程。味道之腴，配天合符。念美報之斯在，必鴻名而與俱。内以盡其志，當罄其稱謂；動以觀其變，必包其美善。

夫天之稱有九，曷嘗不處其厚；道之大居四，曷嘗不極其摯。揔清襟，考宏議，抽大猷，研秘思。疏瀹以虚心，登閎而立制。粤若疑始混天，盤古開先，判一氣而有象，裁萬靈而既甄。肇司符契，翊宣統紀。鬱彼蒼之正色，宅中黄而定位。藴妙樸以無名，襲氣母而不匱。綿綿若存，皇皇而帝。乘六龍以御天，首庶物而出類。蓋宵晨之凝命也，兹可以撰德而比義。

又如濯濯炳靈，窈窈儲精，周遊罔象，出入淩兢，翊帝宸而御辨，宅天極以揚明。乘於至正，司人之命。冒九域以顧臨，保群生之安定。大庇皇圖，丕昭有慶。冠衆真之上階，祚卜世而惟永。斯靈尊之藴道也，固可以漱芳而摛景。於是建顯號，司至奥，方底奉將，楊庭誕告：含生之聽惟新，經禮之文再造。刊以美瑜，藉之采繅。升龍繡裳，回鸞篆寶，備物惟精，奉珍咸造。

先時，易紀元之稱，順更端之道。以天禧之告朔，遵上辛之明教。宿寢燕寧，京室密清。屬車九九，以詣夫叢霄之庭。苾芬既薦，純嘏具膺。回轅弭節，歷重闉而徑五城。還憩乎恭館，謁隸乎上靈。官師相規，徒御不驚。藹曾宙而丕覆，淡淑氣而惟清。天行彌健，國容以成。浹歡康於庶品，騰英茂而莫京。乃揆次辛，習於肇禋。追懷貽厥之盛，奉承如在之神。悟仙源之敻遠，屬景輿之下臻。述宣乎懿鑠，昭報乎恩勤。節壹惠以增號，薦六室而同寅。鏤秦璽，琢荆珉。龍旂耳耳，鷺序振振。上公奉璋以恭肅，列聖在天而顧存。殆齋輅之息駕，飾壺人而警夜。祗見宗祊，躬奠樽斝。僾然永懷，禮無違者。

卜郊大報，於國之陽。樵蒸具設，牲角無傷。九賓之列濟濟，六變之音洋洋。百靈受於瑞記，五時燭於神光。官象物而罔忒，天明畏而孔彰。唯聖能享，唯德能讓。扢嘉壇之嶕嶢，升高煙於沆碭。對越之容有孚，奔走之工無曠。諒克誠之在兹，垂億兆之攸仰。旋雕軫，御端闈，儼天臨於兩觀，縱堵觀於九逵。法雞星而肆赦，漏蠅筆之先知。雲油然而澤布，蕭蓼被而露垂。廄置之馬沃若，圜土之牢闃其。固室家之無外，威相慶以惟熙。凝辰旒，負法扆，呼鞭出乎東房，委佩森乎文陛。鏤金版以揚蕤，會紫庭而成禮。就如日兮方中，戴如天兮仰止。執萬玉以相趍，植九旗而有煒。殆鳥獸之異類，亦率舞而交至。

觀夫八狄六蠻之述職，四海九州之獻力。荆楚謹包茅之供，鮮虞給守燎之役。走計車而相望，旅庭實而惟百。列三恪而有容，包十倫而爲式：其助祭之尤盛也。博士禮官之總領，執秩司儀之辨等。素青因革以或殊，綿蕝討論而先定。金玉條貫兮揔宸衷，粉澤彰施兮參國政。制上下以咸秩，與天地而相並：其講禮之得正也。鳳蓋棽麗，狼狐逞威。前清塵兮天畢，密扶路兮雷輜。六駿駮兮沛艾，萬虎賁兮鬖髿，撫皇輿而進轍，遵大道以甚夷：此容衛之多儀也。瑄玉温潤，齋犧博碩。沛蘭之齊甘良，爇蕭之馨充格。品百籩而既豐，列奇鼎而有翼。嘉薦普淖以盡恭，至神盻蠁而輔德：此奠獻之成式也。傅御咸暨，官司靡勞。或累葉珥貂而內侍，或有客卓馬而來朝。拱於著而匪懈，寔彼行而勿囂。戩穀之錫攸洽，陟降之容孔昭：此庶工之不佻也。藻袞象夫，雷聲默淵。侯張弧而登舉，中采茨以周旋。奉迴酌而沃酹，步容珮以鳴鋗。躬接神於紫幄之次，如坐拜於交門之前：此宸心之至虔也。帷宮靚深，鼇庭赫敞。受祭膰而在茲，翕天祺而專享。卿底日以敘徽，嘏告慈而克廣。介南山之壽臧，躋大庭之怡暢：茲福應之不爽也。恩典龐鴻，慶賚均被，沉貫索之星輝，徧班觴於耆指。室無幽而不燭，民有瘼而皆弭。滌蒙士之瑕疵，納群倫於物軌：此渥惠之兼濟也。原夫曆祚之永，推炎漢以洎前唐；載祀之久，惟孝武逮於明皇。當元鼎之際，幸甘泉而祠泰畤，奉郊以致禮。且元符絶聞，曷以昭夫天意？洎天寶之歲，尊金闕而造曲里，惇宗而考瑞。然真遊匪接，奚以貞乎道契？自餘屑屑之習儀，區區而脩廢，或增置於巫史，或但益於珪幣。或祠官之所奉，不可勝談；或祀典之罔載，成乎諂祭。稽方冊以遐觀，曾無足以擬議。儒臣司禮，祗承己事，覘德容而悉同，裁頌聲而弗墜。系曰：皇天上帝宅高穹兮，巍乎真祖序太宗兮。剝璋錯寶施尊名兮，麗牲𦵔水享衆靈兮。鏗鍾舞籥神降格兮，燔柴通火志淵塞兮。紆軫旋衡澤汪濊兮，備物典冊德明類兮。深居蠖濩膺眷祐兮，丕冒方國躋富壽兮。清淨致治臻無爲兮，億萬斯年咸保宜兮。

《新刊國朝二百家名賢文粹》卷一七六。

大酺賦 有序[一]

劉筠

臣謹按前志，酺之言布也，王德布於天下而合聚飲食焉。肇自炎漢初興，日不暇給，罰其合醵之會，著於三尺之法。逮乎孝文，崇修禮義，賜酺之惠，繇是流行。況我朝盛德形容，汪洋圖諜，固不可以寸毫尺素，孟浪而稱也。臣今所賦者，但述海内豐盛，兆庶歡康，爲負暄獻芹之比爾。其辭曰：

聖宋紹休兮，三葉重光。祥符薦祉兮，萬壽無疆。昭景貺於紀元之號，還淳風於建德之鄉。慶無邈而不被，俗無細而不康。乃下明詔，申舊章，賜大酺之五日，洽歡心於庶邦。爾乃京邑，翼翼四方。是則通衢十二兮砥平，廣路三條兮繩直，固不以列肆千里，集民萬億，群有司而先置，戒掌次而具飭。幕九章兮，燦若舒霞；廊千步兮，軒如布翼。外饔之百品有敘，酒正之六物不忒。分命司市，遷闤闠於東西；鳩集梓人，

[一] 有序：原無，據《古今圖書集成·禮儀典》卷二九〇、《歷代賦彙》卷五二補。

校輪輿於南北。將以極瑰奇詭異之歡，示深慈至惠之澤也。

於是二月初吉〔一〕，春日載陽，皇帝乃乘步輦，出披香，排飛闥，歷未央，御南端之嶢闕，臨迴望之廣場。百戲備，萬樂張，仙車九九而并騖，樓船兩兩而相當。昭其瑞也，則銀瓮丹甑；象其武也，則青翰艅艎。聲砰磕兮，非雷而震；勢憑淩兮，弗葦而航。且觀夫魚龍曼衍，鹿馬騰驤，長蛇白象，麒麟鳳凰。呑刀璀璨，吐火熒煌。或敲氣而爲霧，或叱石而成羊。文豹左拏兮右攫，玄珠倏耀兮忽藏。畫地而川流洴洴，移山而列岫嶈嶈。神木垂實，靈草擢芒。髬髵巨獸，綽約夭倡。曳綃紈而綷縩，振環珮兮鏗鏘。赤刀受黄公之祝，大面體蘭陵之王。木女發機於曲逆，烏言流俗於冶長。千變萬化，紛紜頡頏。前者拗怒而欲息，後者技癢而激昂。舞以七盤之姸袖，間以九部之清商。彈箏擫籥，吹竽鼓簧。南音變楚，隴篴鳴羌。琵琶出於胡部，摻鼓發於禰狂。方響遺銅磬之韻，羯鼓鬭山花之芳。箜篌之妙引初畢，笳管之新聲更揚。洞簫參差兮上處，燕筑慷慨兮在旁。琴瑟合奏而奚辨，塤篪相須而靡違。信滿阬而滿谷，豈止乎盈耳洋洋而已哉！

〔一〕吉：原作「言」，據四庫本及《古今圖書集成·禮儀典》卷二九〇、《歷代賦彙》卷五二改。

又若橦末之技，趫捷之徒，籍其名於樂府，世其業於都盧。竿險百尺，力雄十夫。望仙盤於雲際，視高絙於坦塗。俊軼鷹隼，巧過猿狙。衒多能於懸絶，校微命於錙銖。左迴右轉，既亟只且，嘈囋沸潰，鼓譟歊歑。突倒投而將墜，旋斂態而自如。亦有侲僮赤子，提攜叫呼，脱去襁褓，負集危軀。效山夔之躑躅，恃一足而有餘。欻對舞於索山，跳丸劍而争趨。偃仰拜起，如禮之拘。雜以拔距投石，衝狹戲車。蛇矛交擊，猿騎分驅。韓嫣之金丸疊中，孟光之石臼凌虚。習五案者，於斯盡矣；透三峽者，何以加諸？復有俳優旃孟，滑稽淳于，詼諧方朔，調笑酒胡，縱横謔浪，突梯囁嚅。混妍醜於戚施，變舒慘於籧篨。乃至角抵、蹴踘，分朋列族。其勝也氣若雄虹，其敗也形如槁木。誰謂乎狼子野心，而熊羆可擾？誰謂乎以彊凌弱，而猫鼠同育？斯固藝之下者，亦可以娱情而悦目。

是時也，都人士女，農商工賈，鱗萃乎九達之逵，星拱乎兩觀之下。舉袂兮連帷，揮汗兮霈雨。鈿車金勒，雜遝而晶熒；袨服靚裝，藻縟而容與。綱利者罷登龍斷，力田者競辭畎畝。屠羊説或慕功名，斵輪扁亦忘規矩。寂寂兮巷無居人，憧憧兮觀者如堵。以遨以遊，爰笑爰語。始乃抃舞於康莊，終乃含歌於罇俎。旁有相如滌器，濁氏賣脯[一]，乘時射利[二]，鬻良雜苦。勺藥之味，蚳蝝盡取。既賈用以兼贏，咸滿志而自許。又乃百工居肆，衆貨叢聚。錦繡之設，錟朗甍廡。競相高以奢麗，羌難得而覼縷。於以見國家蕃富，上下充足，女有餘絲，男有餘粟。顧金土兮同價，興禮讓兮鬱鬱。若夫七相茂族，四姓良家，蟬聯鼎盛，照耀繁華，皆結駟而連騎，雖兩漢其寧加？則又有菟裘老臣，逍遥高尚，乘下澤之車，曳靈壽之杖，爰稽首於堯雲，挹衢罇而無量。鄉里俊造，草澤英才，覽德輝而狎至，覯國光而聿來。顧鼎食之可取，豈直野苹之謂哉！羽林戴鶡之夫，期門佽飛之子，罷羽獵於長楊，投賓壺於棘矢。襲楚楚之衣裳[三]，喜交臂於廛里[四]。

大矣哉！惟堯舜之作主兮，盛德日新；矧臯夔之爲佐兮，嘉猷矢陳。奏君臣相悦之樂，會比屋可封之民。湛露未晞，在藻之懽允洽；太牢如享，登臺之衆咸臻。老吾

[一] 脯：原作「用」，據四庫本及《古今圖書集成・禮儀典》卷二九〇改。
[二] 乘時射利：原作「以兼贏咸」，據四庫本及《古今圖書集成・禮儀典》卷二九〇改。
[三] 裳：原闕，據四庫本及《古今圖書集成・禮儀典》卷二九〇補。
[四] 喜：原闕，據四庫本及《古今圖書集成・禮儀典》卷二九〇改。

老，以幼吾之幼，不獨子其子，而親其親。鰥寡孤惸兮，各有所養；蠻夷戎狄兮，孰非我臣？粟帛之賜已厚，牛酒之給仍均。春醴惟醇，炮炙𦵏芬。皤髮者駕肩而洩洩，支離者攘臂而欣欣。莫不含和而吐氣，蹈德而詠仁。一之二之日，樂且有儀；三之四之日，不醉無歸。五日兮饜飫斯極，但見乎含哺而嬉。介爾眉壽，和爾天倪。非夫上聖之乾乾致治，其孰能逸豫而融怡者哉？

敢爲系曰：於鑠我宋，巍乎帝先。創業垂統，静直動專。威烈既茂，文德是宣。謙而不宰，讓之於天。上帝允答，靈貺昭然。厥慶惟大，庶民賴焉。爰錫酺飲，流惠周旋。有殽如阜，有酒如川。既醉既飽，無黨無偏。體安舒兮被堯日，氣和樂兮暢薰絃。祝聖祚兮揚純懿，永延長兮彌億年。《皇朝文鑑》卷二。

《習學記言》卷四七 《籍田》、《大蒐》、《大酺》不常有賦頌，所以記也。《明堂》未之有，所以兆也。凡此類以事觀可也。

白雲起封中賦 以「至德符通，白雲祥呈」爲韻

夏竦

漢孝武尊百神，朝萬國，觀素雲之嘉瑞，見東封之盛德。英英初起，騰玉檢之晴

光；皎皎漸升，帶金泥之曉色。當其大樂從律，靈旗逗風，登天孫以讓德，禪梁甫以歸功，至理旁達，精神遂通。上帝之命克彰，監於君所；泰山之雲不散，出彼封中。爾其薈蔚朝隮，氤氲載白。俄失素於霄露，將奪鮮於夜魄。貫五色之土，輝映銀繩；透三脊之茅，光連玉冊。徒觀其輪囷乍起，皎潔斯呈，既異赤烏之色，應同白鶴之名。紛玉葉之浮光，低離印璽；動蒼梧之素影，漸過粢盛。

蓋其神造匪謀，元功罔閡，德有感而必屆，應無遠而弗至。當登封之禮上達於天，而雲物之祥下發於地。足以表陰騭，合乾符。不羣山以遐布，不五采以相踰。騰瑞玉之佳色，映靈壇之四隅。待族以分，傍亭亭而鬱律；崇朝而散，臨繹繹以芬敷。是知白者潔之祥，雲者和之瑞。紀於官而天造昭假，歌於詩而德音廣被。足令八九之主，慚降禪之功；三五之君，媿升中之義。於時百辟所視，明姿聿分。天子凝旒，既享其嘉貺；太史秉牘，且紀其祥雲。有處士大夫之職者，賦盛事於斯文。四庫本《文莊集》卷二三。

大禮與天地同節賦

范仲淹

惟大禮之有節，同二儀而可詳。其大也，通庶彙之倫理；其節也，著萬化之紀綱。

貴賤洞分，列高卑而不爽；弛張冥契，制舒慘而有常。稽彼前經，察兹大禮，其始則生乎太乙，其極則至乎無體。能長且久，定上下而不踰；原始要終，與剛柔而并啟。觀乎施爲，人紀張，作國維。協五常而有序，齊萬物而無私。陰陽節之於消長，日月節之於盈虧。同異之儀，向清濁而别矣；往來之則，於寒暑而知之。

於是各執其中，咸約其泰。父子正之於内，君臣明之於外。從無入有，統乾道而常存[一]；自古及今，配坤元而可大。則知節者禮之本，禮者節之筌。節假禮而其用斯顯，禮能節而其功乃全。所以下蟠乎地，上極於天。是謂治之本也，抑亦出乎自然。誰正北辰之居，衆星拱矣；孰定東溟之位，百谷朝焉。彼以籩豆相參，玉帛交致，誠非禮之節，是皆禮之器。必也變化從宜，廣大悉備。施於祀事而不黷，布於人倫而有次。務於大者，可安上而治民；引而伸之，則規天而矩地。

大哉！覆載之中，其禮周通。龍泳而鱗蟲咸附，鳳翔而羽族來同。制作從時，賦群形而有度；周旋在我，運四序而無窮。國家樂導至和，禮崇大節。統今古而咸備，與乾坤而并列。有以見聖人節，而天下寧知大禮之攸設。《古今圖書集成·禮儀典》卷一一。

[一] 常：《歷代賦彙》卷四四作「長」。

養老乞言賦

求善言以資國之用

范仲淹

年高者不可不養，言善者予取予求。奉黄髮以無怠，垂清問而弗休。主善爲師，尊縱心之耆舊；既飽以德，咨逆耳之謀猷。仰彼前王，垂兹令典。謂仁者所以能受，則言也於斯可選。肆筵授几，聿修尚齒之宜；論道經邦，必採無瑕之善。莫不崇其盛禮，納以明恩。登上庠而有則，躋太學以居尊。待以常珍，用貴皓然之士；裨其闕政，是詢耈矣之言。

養老之美，於斯有以。一則崇孝悌之本，一則求善教之旨。式宴且喜，蔑聞大耋之嗟；切問近思，屢逆聖人之耳。豈不以老者倍年之長，言者善人之資。養其老則惟賢是擇，乞其言則患己不知。識君臨之所重，見父事之攸宜。不素飧兮，實舉燕毛之禮；善待問者，當陳補袞之詞。是知捨此則無以尊德，遵此則足以守國。大禮載之而爲美，前王行之而不忒。漢朝定嗣，延四皓以咨謀；周伯興邦，奉太公而取則。恩斯勤斯，故舊不遺。孰侮桑榆之暮景，每求藥石之良規。祝饐無虧，何患乎老夫耄矣；沃心有取，但見乎聖人則之。今國家治歷萬邦，緝熙庶政。納老成之嘉話，闡誕敷之休命。於以見至道勃興，與唐虞而比盛。清康熙刻本《范文正公別集》卷三。

親賢進封賦

晏殊

燕禖啟兆，熊夢開祥；分暉日域，稟秀星潢。陪漢幄以遵禮，奉堯闈而中式。寢門屢至，足見於純誠；吏牘遥觀，葢彰乎敏識。接申、白以談經，越應、劉而振藻。《玉海》卷一二九。

皇子冠禮賦

晏殊

玉英珠蕋之元貺，日角山庭之峻格。漢幄增輝，堯門有赫。亨期俯協，冠禮斯陳。曄華纓而粲粲，峨爵弁以斌斌。啓嘉會於中闈，動懽聲於紫宸。正容體兮道昭備服，順辭令兮誼協成人。羲《易》考祥，契黄離之元吉；漢詩載美，歌皓月之重輪。觀吏牘以知遠，朝寢門而竭忱。《淵鑑類函》卷一七四。

闢崇賢而毓德，御宣猷而待賓。東明之銀牓彌高，西海之瑶山特峻。《玉海》卷一二九。

《續資治通鑑長編》卷八五（祥符八年十二月）戊子，著作佐郎、集賢校理晏殊上《皇子冠禮賦》，詔奬之。上曰：「殊少年孤立，力學自奮，人鮮及之。加以沈謹，造次不踰矩，甚爲縉紳所器。或聞有大族欲妻以女，殊堅拒之。京城賜酺，京官不得預會，同輩召之出遊，不答，但掩關與弟穎讀書著文而已。穎亦幼能屬詞，朕嘗遣取其所業，且戒殊勿爲改竄。其弟請加塗乙，終不之省，亦不言其故。周密至此，信其稟賦本異也。」

《玉海》卷五九《祥符皇子冠禮》　祥符八年十二月戊寅承天節，羣臣上壽。是日，皇子加冠禮。輔臣面賀，宗室賀於内東門，司天言日煇珥直抱氣。戊子，集賢校理晏殊上《皇子冠禮賦》，詔奬之。

德車載旌賦

車結旌者，昭德之美[一]

宋庠

君有至德，時乘大車。當偃革以無外，乃結旌而有初。奉駕陳儀，采物雖資於備

[一] 題注八字原無，據《皇朝文鑑》卷一一補。

設；鳴鸞示禮，旂旒匪俟於垂舒。順考前經，鋪聞往說。謂戎事以既息，貴君車之有結。雍容撫軾，蓋藏飾以尚純；肅穆展鈴，詎垂旓而就列。蓋由抑乃盛飾，昭夫令名。雖冠品於輿服，蔑揚威於旆旌。肅軫無譁，方斂藏於旂厲；馳輪有度，靡赫奕於綏纓。且夫禮有質文，器隨用捨。車號乎德，則崇化於邦本；旌結其表，則示仁於天下。意自象見，名非人假。君軒弭節，孰訝乎卷而懷之；國乘制容，益顯乎素爲貴者。是知車之用兮，充德以成大；旌之飾兮，輔威而孔昭。既武怒之不作，信軍容而外銷。組轡啟行，陋郊旄之孑孑；錯衡遵路，殊風旆之摇摇。

若然則動有彝儀，文無異色。雖嚴駕以備物，終去華而表德。故使禮典攸重，民瞻不忒。皇皇整御，始中括於采章；檻檻肅容，豈外揚於藻飾？用能上載明德，旁昭縟儀。自駕言而戾止，殊幅裂以藏之。升降惟寅，僅比非心之屋；章明盡屏，寧同止獵之綏。大矣哉，邦禮是崇，帝儀資始。實務德以垂教，必收旌而昭理。宜乎國容備而兵器銷，率由茲而盡矣〔二〕。四庫本《元憲集》卷一。

〔二〕矣：原作「美」，據《皇朝文鑑》卷一一、《古今圖書集成・考工典》卷一七五、《歷代賦彙》卷四四、《淵鑑類函》卷三八七改。

德車結旌賦

車結旌者，昭德之美

宋祁

德美中尚，戎容外除。示同軌於函夏，爰斂旌於大車。清道以行，盡屏垂緌之飾；展軨載效，還同卷旆之初。禮典鋪觀，訓言備列。以爲車之崇德也，不取乎盡飾；旌之曳綵也，宜從乎善結。因乃器用，敷乎帝烈。此駕而俟，蓋專講於禮章；彼舍而藏，示不矜於武節。

諒以聖洽嘉靖，邦臻治平。思闡化於偃革，詎飾威於抗旌。纓就煥然，絶搖搖之曳影；鸞聲嘒爾，收孑孑之流英。盛化當兹，末儀可舍。言車也尊，君乘之至美；語旌也陋，軍容之相假。方且假赫奕於轂佐，燀聲明於帝者。輿音在御，纏乃旒而弗彰；軨節載和，曳爾旂而蓋寡。則知車必稱德，以其當偃武之朝；旌必命結，以其惡盡飾之標。然後潤國容之濟濟，藏禮器之翹翹。載戈之德同邵，動旝之譏且遥。

鄙楚廣之建茅，但專武事；賤晉軍之畫旆，益昧文昭。在夫外損祲容，内充至德。越暢轂之務戰，矯寅車之宣力。我衡既倚，於以斂文羽之繁；我御既均，於以褫武綏之飾。彼朱髦炳於漢牒，元乘載於周詩。或邦光之克煥，或武怒以攸施。曷若明達至治，裁成上儀。奉乃轔轔之音，文爲貴者；顧厥悠悠之質，卷而懷之。懿夫！化極偃修，教臻善美。乘其車也，見作者謂聖之道；結是旌也，示不復用兵之旨。噫！奚由知盛德之然哉？以此。四庫本《景文集》卷四。

《能改齋漫録》卷一四　宋莒公殿試《德車結旌賦》，第二韻當押結字，偶忘之。考試官奏過，得旨，因得在數，以魁天下。其後謝主文啟云：「掀天波浪之中，舟人忘檝；動地鼓鼙之下，戰士遺弓。」蓋敘此也。故今《三元衡鑑賦》載此賦無結字。

乾元節賦

宋庠

炎歷四世，天子坐法宫，憲宗軌。深根寧極，遠聽高視。其仁如天，其道如砥。亹亹穆穆，爲綱爲紀。方且秋駕軫慮，宵衣致治。摽甲卧鼓，張旃厚篚。至和薰而桀驁革，鴻澤淪而翾蠢曁。黿龍宅沼，牛羊避葦。民遠於罪，畫衣冠而知禁；吏久其職，保子孫而爲氏。禮無未補之闕，樂有既盡之美。日月之所燭，霜露之所墜，跂踵延頸，莫不率俾。而乃辰居乎蠖濩，宇泰乎醇粹。起真想於黄庭，遡慶源於赤水。陶鈞之所獨運，聲教之所橫被，遐哉邈乎，越不可載而已。

先是有司擄舊典，輯元命，因誕彌之吉序，稽《長發》之休詠，攷乾健不息之象，含元長體仁之性，作爲佳節，冠於甲令。將以合萬國之歡，敵千齡之聖，掩周、漢而遐蹈，齒堯、頊而高映，寖明寖昌，惟天下正。則是禮也，宜我朝而爲盛。

若乃仲吕鳴律，恢台御時，斗建於巳，舒將望羲。授赤光照室之瑞，叶寶軫歌薰之期。内外欣躋，官師肅祇。於穆先靈，辰備宿設。善氣前應，遊氛外徹。開閶闔之洪洞，廓紫宫之寥泬。飛龍抗殿，神鼇負闕。

若夫宣室先帝之正寢，大火天王之明堂。啟稷嗣以辨等，率鴻臚而詔方。采物紛樹，衣纓焜煌。金匏畜響而待叩，籥翟旌動而啟行。庭實萬品，天幕九張。巇鑾卓馬之覲，戴斗占雲之鄉。砮丹文越効其質，毛車象戴輸其祥。或布濩於外庭，或就望於西廂。其内則上宫碩老，袞衣繡裳。元侯顯父，珍圭判璋。麟定之親，信厚而在列；鷺廱之客，潔白而來翔。莫不委佩垂紳，肅穆端莊，以竢乎當陽。

始乃警大庭，導初旭，纖羅靡動，羣陰盡伏。輦出於房，帝暉有穆。正法座於皇極，凝邃旒於元服。燦乎若瑶極之御羣宿，滄焉若天池之朝百谷。塗山會兮後萬玉，華封來兮善三祝。豈徒揚甚盛之節，蓋將儲難老之福。況乎燕禖虹渚，天啟也，雖曠代而罕至；重瞳采眉，君表也，惟元聖而後備。畫堂甲觀，昭漢嫡之祚；金鑑露囊，盛唐宮之制。蓋所以謹帝胄之正統，鍾天元之粹氣。謹聲身而爲律度，聰神明而資孝悌。作我司牧，光有神器。

若夫定默之至數，重熙之高致，蘊上業而未發，候昌朝而來萃，則不若是也。於是丞相奉觴而進曰：「臣聞德之所積者厚，則天之所報者隆。道之所召者遠，則神之所贊者聰。今陛下尊祖襲宗，寢威盛容。退奸士以進道，斥彫纂而敦風。嚮學乎金華之殿，因心乎長樂之宮。程百斤以忘倦，慎萬幾而執中。而猶翼翼以惠迪，謙謙而養蒙。宜乎繼萬世之典業，藹千祥於聖躬。焕至德而有融，等仙劫而無窮者也。臣不勝大願，昧死上後天之壽。」

制曰：「都此高厚之降康，宗祏之流光，俾爾熾而昌，俾爾壽而臧，朕其志哉，所不敢忘，恭舉公之觴。」時左右皆稱萬歲。四庫本《元憲集》卷一。

圜丘賦

宋祁

若夫天地之區，既奥而腴，王者所以作京焉；神明之隩，匪攻而築，上帝所以定位焉。我朝之擁歸運也，畿函、鎬保界之陋，鄙周、雒渟瀦之淵，乃據梁之芒芒，偵河之渾渾，畫邦畿之千里，於以宅天子之尊。然後翼翼乾乾，作邦乎先。禘其祖之所自出兮，遂有事乎昊天。占國南之七里，得高丘之崛然。自乾宇之初闢，保坤靈而不遷。藏偉兆於遐葉，震元符於兹年。此烈祖所以裒神之對，神宗所以旅物之躅。真考之所陟降，丕后之所周旋。藹列聖以烝衎，總萬靈而賓筵[一]。翕降監之厚福，焯巍巍而亡原。則晉攷卜乎委粟，漢肸蠁乎甘泉。曾不得望我之末光絶炎，況並驅而齊肩哉！

敢問圜丘之狀也，其何如矣？廣矣大矣，略可詳矣。上崔嵬以鬱律兮，外博敞而神麗。遡朱鳥以高蟠兮，概瑶魁而袤峙。休氣回復乎其椒兮，榮泉滋滲乎其趾。魑魅不若，泯伏於其遠兮；神明肅然，離衛乎其邇。於是攘之辟之，其菑其翳；修之平之，其坎其畷。上三陔以積高，外四門而疏陛。列道糊楨，重營界紫。無縮版以作勞，不藉斸而昭侈。因天質之自然，非人力之攸致。崒兮似高山之在周邦，巀焉若隆脽之亘汾澨。

及夫涓日肇祀，於郊之宫。陶匏尚質，金石有容。璧奠縟以蒼蒼兮，鼎歆雲而隆

[一] 筵：湖北先正遺書本、《皇朝文鑑》卷三、《玉海》卷九三、《歷代賦彙》卷四七作「延」。

隆。百神服食，蔓衍乎坎間兮；有司守燎，粲爛乎壝中。穆穆天子，相維辟公。咸盛氣以彊力，相升降兮穹崇。披大紫之莫莫，招翠黄之雍雍。合蕭薌於欽祡，曳高煙乎璇穹。塞天淵以隤祉，奮光明於無窮。竣乎已事，罔有不恭。

若乃自内出者，無匹不行；自外至者，無主不止〔一〕。故我率乎祖而推本，正乎位而升配。使禮動乎上則神饗，樂交乎下而人喜。畢九州以獻力，罄一純以盡意。君子曰，觀天下之物，無以稱其德，所以因天事天，取至誠爲貴。則斯丘也，實國家集福之清場，事神之寶畤。國聽之所凴厚，靈心之所翔會。駐魄寶於飈欻，賁黄圖之方志〔二〕。彼草樓列仙之館，像設梵王之廬，豚蹄種祠之託，鱗長九淵之居，皆祠官之細，祀族之餘。尚且落成者鼓吻而極嘆，乞靈者舐筆而争書。叛宣父以語怪，溺丘明之好巫。獨圜丘歸而遺美，寧儒者佁儗而未之思歟！遂作頌曰：

屹圓壇，赫盱盱，大盤盤兮。君之升，帝是饗，鞏而安兮。禮無違，福不回，委如

〔一〕主：原作「王」，據湖北先正遺書本、《皇朝文鑑》卷三、《玉海》卷九三、《汴京遺蹟志》卷一九、《古賦辯體》卷八、《歷代賦彙》卷四七改。

〔二〕黄：原作「萬」，據湖北先正遺書本、《皇朝文鑑》卷三、《汴京遺蹟志》卷一九改。

山兮。聖繼聖，萬斯年，長監觀兮。四庫本《景文集》卷一。

《古賦辯體》卷八《圓丘賦》，賦也。雖規規模倣，然語極工麗，猶是强追古躅者。若視當時《五鳳樓》等作，則又淺陋於此矣。蓋宋賦雖稍脱俳律，又有文體之弊，精於義理而遠於情性，絶難得近古者。

圓丘象天賦 「圓丘就陽，上憲天體」爲韻

鄭獬

禮大必簡，丘圓自然，蓋推尊於上帝，遂擬象於高天。必在國南，燔宏基之高厚；用符陽體，取大運之周旋。王者揆禮之文，爲民之唱，脩明大禘，導迎景貺。有祭焉格神於下，有祀焉享帝於上。謂丘也其形特異，我所以貴其自成；蓋天也其體亦圓，我所以法之相尚。爾乃旋仲冬之序，迎至日之長，埽以除地，升而詔王。是必肇靈壤以高峙，模圓清而上當。擇吉土之成基，乃定其位；倣高穹之大體，以就乎陽。由是懽然神意交，穆然天貺授。偏羣靈以從之祀，嚴太祖以爲之侑。焕爾盛容，配乎大就。成非人力，聳寶勢以下蟠；仰合乾儀，環太虚而高覆。然則禮有物也，其制

可象；天無形也，其端可求。故我相法於厚地，取類於重丘。崇崇其高，隱若積土之固；浩浩其大，渾如洪覆之周。

是故有藁秸以藉誠，有陶匏以薦禮。大裘焉以彰其質，蒼璧焉以象其體。固異周朝授政，築層級之三成；漢祀命郊，兆重陛之八陛。是則事至神者，物無以稱其德；接至高者，丘所以表其虔。與地居上，如天轉圜。對方澤之成形，乃殊其象；規大儀之冥運，自貴其全。聖人所以明禮大原，建邦茂憲，兆其成迹，符於至健。夫然，因天事天，得先民之至論。四庫本《鄭溪集》卷一五。

《能改齋漫録》卷一四 内翰鄭毅夫久負魁望，而滕甫元發名亦不在其下。暨試禮闈，鄭爲南宮第四場魁，滕爲南廟別頭魁。及入殿試《圜丘象天賦》，未入殿門，已風聞此題，遂同論議，下筆皆得意。時留後李公端夢滕作第三人，服緋牙繫鞋來謝，而鄭亦有白龍之夢。將唱名，二公相遇，各舉程文。滕破題云：「大禮必簡，圜丘自然。」及聞鄭賦「禮大必簡，丘圜自然」，滕即歎服曰：「公在我先矣。」然未忘魁望，預爲笏記云：「朝廷取士，唯求一日之長；畎畝望君，咸務積年之學。」及唱第，鄭果第一，滕果第三，皆如素望。鄭卻無陛謝之備，遂用滕記。

《賦話》卷五 宋鄭獬《圜丘象天賦》起句云「禮大必簡，丘圜自然」，語極渾括而肅穆。滕甫破題亦云「大禮必簡，圜丘自然」，以第一人自命。見鄭句，爲之心折。及唱名，鄭果第一，滕次之。當時以比「德動天鑒，祥開日華」，但通篇未見出色處，不逮《五色賦》遠矣。

《復小齋賦話》卷上　律賦最重破題，李表臣程《日五色》，夫人知之矣。宋唯鄭毅夫《圜丘象天賦》一破，可與抗行。外此如黄御史滔《秋色賦》「白帝承乾，乾坤悄然」，能摹題神。范文正公《鑄劍戟爲農器賦》「兵者凶器，食唯民天」，能使成語，亦其亞也。

宋代辭賦全編卷之五十五

賦　典禮　二

皇帝後苑燕射賦 並表序[一]

宋祁

臣祁言：伏聞今月九日幸後苑，詔宗室賜宴射弓者。氣肅商旻，神清漢籞。展懿親而合宴，講王射以侑歡。常武是經，良辰飾喜。恭惟皇帝陛下，靖嘉民極，勤訓道樞。鈞衆志以惟精，乂永圖而無逸。夾輔蕃屏，立愛於周親；夏屋權輿，示慈於鎬飲。乘九秋之盛集，修六耦之帝容。終日射侯，不出正而命中；嘉賓式燕，實厥篚以奉將。洽公姓之樂胥，疎臣鄰之詠嘆。多儀有煥，在古罕偕。臣位屬

[一] 題下原注：「案：《仁宗本紀》不載後苑燕射事，此賦首云『執徐統歲』，當是天聖六年祁改國子監時上。」

冗閒，業專講肄。久陶景化，竊耳大猷。敢萌誦聖之心，仰企强名之作。感緣中發，雖極抃於四支；音以叩頻，更增羞於五降。謹夙夜齋戒，撰成《皇帝後苑燕射賦》一首，繕寫隨表上進。

臣聞義圖肇畫，諸睽取星弧之象；周文彌郁，大樂著天騶之節。諒以四方爲志，本男子之事；一張作武，震王者之威。自秦制專私，漢道云雜，徒存燕射之舊禮，罕聞明辟之親御。惟魏祖畋南皮之野，一日射雉，獲六十三頭，史筆詫其妙；文成避靈丘之區，仰山發矢，高四百餘丈，琰刻旌其處。是皆殊絶之詭遇，本非揖讓之多儀。攄其善經，徯我嘉會。恭惟皇帝陛下，載膺周之陳錫，紹放唐之丕律，高拱巖廊之上，丕冒環海之表。百執之駿奔走，無或曠官；四方之大和會，不知何力。於是外朝夙退，杪秋告豐。慶重合之陽名，申式遨之夏具。披虎落之囿，會麟定之親。始講射侯之容，將明潔觶之禮。若其天威粹健，帝表胖正。雕弓栗笴，儼若有容。棲鵠畫正，砉然命中。歡聲回商琯之肅，餘勁助霜旻之高。宗室奉觴，以次稱壽。僉謂天挺其武，所以輔文之縟；事本於禮，所以綴樂之諧。蓋陛下財成大猷，冠卓千古，是而弗紀，有司之過也。夫言以文遠，功由賦宣。不有作者，將何述焉？其詞曰：

執徐統歲，少皞司秋。月著授衣之令，日紀吹花之遊。僊盤露變，神闕雲浮。田畯告茨粱之獲，鄉童啟豫助之謳。上乃留矚良辰，載懷茂苑。呼蹕複道，回輿帳殿。望葱鬱於麟椒，披陰岑於虎圈。蹌鳳遥遡，相烏細轉。涼翠下長楊之宫，暝紫入棠梨之館。千門洞接，九幄霞連。周邦則伯叔之懿，漢家則肺腑之賢。相趨規地，雜遝瓊筵。儼飛綏而交弭，森委珮而凝鋗。川醪溢泛，騎炙紛傳。湛其露而在草，需有雲而上天。

先是司射謹官，梓人庀具，飾虎進侯，張貍設步。上幹下幹之交維，三乏三正之並樹。排崇旌以虹拖，畫廣堋而雲布。并夾並儲，決拾相旅。我物孔揚，我儀用光。剡矢薦於夏箙，彫弓出於扶桑。彩五施而列暈，歌九節而升堂。萬乘來御，羣心樂康。弦隨月上，弓與天張。姬周則多材之主，湯乙乃甚武之王。有翼有嚴，不懟不竦。舍拔則拱，應弦而中。主皮劃其已徹，勁羽飲而猶動。駭踆烏於日域，震封狼於星塚。彼藝有六，徒得乎剡注參連；我善兼五，不專乎興舞和頌。掩前辟以擅名，表上天之錫勇。

於是皇襟兑悦，協氣雲蒸。少府之賜錢流地，庖人之割肉如陵。示慈則折節加俎，式宴則鼓瑟吹笙。軒霞蕃后，磐石宗英。美發的之希代，咸奉觴而造庭。似雝澤之翔振鷺，若辰居之環列星。原夫射之爲義，是謂觀禮。外則審固而正躬，内則雍容而繹志。支左詘右之能，項發口縱之異。或合宴序賓，或算多與祭。公用隼而射墉，觀如牆而揚觶。中則得爲諸侯，争有似乎君子。然特人臣之善容，未識我皇之射意。若夫修五常爲弓，矯百度爲矢。總黎獻以樹的，罄綿區而除位。參天地之控引，順陰陽而張弛。一發則英雄在彀，虛撫則蠻夷斷臂。豈徒鵠爲小鳥，取難中之名；騶曰仁獸，樂庶官之備而已哉？是日，太師闋樂，酒正徹觴，辰旋回指，歸於未央。四庫本《景文集》卷一。

皇太后躬謁清廟賦 並表〔一〕

宋祁

臣某言：伏以遹追孝者，雅人歌其匪棘；能事神者，書策美其多材。況祇款廟祧，裒對宗禰。宣治馨而有飶，怳愾嘆以如聞。從昔所難，乃今具舉。恭惟皇太后陛下，至仁兼愛，柔道體元，保育長君，就成聖德。出入一紀，鞏固萬樞。黎苗偃化，則澤從雲遊；殊鄰結好，則倚若天等。三光儲發斂之度，百物遂零茂之宜。且念措多方之治平，皆真考之遺法。成功不薦，審訓謂何。亟詔攸司，屬圖新禮。

〔一〕題下原注：「案《仁宗本紀》，謁廟時，祁直史館，在明道二年。」

躬按天飛之馭，並會月遊之庭。萬羽蹈揚，褘章參亞。逮晏朝而已事，因列聖以居歆。薰然至和，入金匏而成象；錫之多福，塞穹壤以無垠。臣屬在陪祠，職當汗簡，輕率斐狂之思，少裨舞歎之餘。敢露懽悰，自忘樸學。謹夙夜齋戒，撰成《皇太后躬謁清廟賦》一首，干瀆宸覽。

聞夫祀以息民，王假有廟，昔人美而稱之。殊不知粢盛之香，所恃者昭德；祝史之薦，不愧者信辭。濟濟非盡志之貌，翼翼爲多福之基。然未有祓精，意燀鴻儀。仰瞻丹楹，則祫而後獻；俯奠嘉玉，則告而不祈。非聖后之有作，疇能出千古而㲋豐規哉！

於皇齊聖，紹天葆命。佑育我長君，財成我庶政。十有一年，綿區底定。且曰予惟膺真廟之託，耿列聖之光，投艱夙夜，罔或怠遑。幸三邊無誰何之警，萬物躋仁壽之場。若使成功不告，則春秋祗事，無以奉承審訓而享我先王。丕顯明辟，孝愛兼極。將順德音，爰告方國。列保廕於親慈，諗勤勞於聖職。

粤若朝多吉士，位靡瘝官；乃承乃弼，爲屏爲翰；薪有芃棫，河無伐檀：此則聖后備陶姚則哲之難也。清問下民，哀矜庶獄；興列化條，恢疏綱目；杜其牙角，保我墉屋：此則聖后有成康措刑之速也。每歲命使，繼好龍庭；轒輼相銜，厥角相平；罔投以餌，罔縶以纓：此則聖后保漢宣撫和之盟也。能仁精廬，聖仙福地；有種於祠，有歆於類；莫不發少府之藏，賁萬楹之麗：此則聖后奉唐家戒禧之至也。恭則易優，儉斯少欲；金玉不釦於上方之器，纂組不麗於三宮之服；別苑無從禽，離宮無改築：此則聖后守黃老清靜之躅也。

至於熙百志，乂萬樞，粹與天謀，沖與道俱。朝未昕而晰燎，夜已乙而觀書。尚且勤勞勵翼，輯闕袞而按羅圖。是以長樂之記，彤管之史，休功懿績，紛綸填委。雖巧勞與智憂，邈無階而勝紀。是宜格祖謝成，有齋恤祀。答在天之丕覆，擁如山之祕祉。於是方岳投頌，臣鄰肄儀。增蔽旒於法冕，加縟采於褘衣。皆宸心之參定，掩前聖之未思。

乃以仲春吉日，曳九旗，參六螭，雲罕前導，王軑下馳。羲和掃霞以登照，雨師沈景而藏霏。攸徂之民，注耳傾目者以萬計，惟恐屬車之行遲。寶輅徐動，雲簾四垂。翟茀騩乘，次於雞翹之省。莫不穆穆肅肅，按周道而翳華芝。有侐閟宮，光昭帝容。百工如繡，廣樂成宮。咀芝英以自潔，秉葵首而有融。鸞刀騞然，刑麗牲以升几；玉瓚觩爾，湛明水而函空。籩豆惟旅，鉶芼相從。偏七室以沃灌，罄一德而虔恭。星妃備亞獻之列，月后謹三酌之容。二告交答，萬祥來同。然而歸蕃釐於嗣帝，讓懿鑠乎祖宗。是以祕祝私請，無一當於聖躬。寧不謂慮危以安，保盈以沖？雖古之任姒馬鄧，區區述美，曾不足踵武而齊風。

樂闋禮成，回輿而歸，天子乃擥率籲之固請，建丕稱而揚徽。拜奉瓊冊，内薦椒闈，上公旆節以焜照，羣臣冠劍而陸離。遂鴻名於茂實，儷天極之巍巍。已事而詔曰，我之此行，務達至誠，不豐於昵，不有其名，惟齋心以交肸蠁，惟合漢以侑神明。然重勞百執之庀事，聊第賜於公卿。若夫策勳舍爵，兹事體大，則俟夫皇帝之躬耕。四庫本《景文集》卷一。

《石林燕語辨》《漢書・周昌傳》，吕后見昌，爲跪謝周。宣帝詔命婦皆執笏，其拜宗廟及天臺皆俛伏，則其時婦女已不跪矣。故是時明肅后謁太廟，非郊祀也。宋子京《謁廟賦》云：「增蔽旒於法冕，加縟采於褘衣。皆扆心之參定，貫前辟之未思。」九拜有稽首，有頓首，非皆不跪也。不跪雖有之，蓋拜之輕者爾。

法施於民則祀賦

功被民譽，長享常祀

宋祁

法本垂教，祀惟報功。仰茂績之顯著，標祭典以欽崇。大德既昭，勒廟彝而不朽；遺風可考，歆飲食以無窮。稽古哲王，詳明深志。念先憲之丕冒，思隆名而廣被。由是尊以法教，陳於祀事。經邦體國，昔用之而有常；邀福乞靈，今奉之而不墜。蓋以德冠後世，功施兆民。風聲遂以遐布，禱祀從而不泯。據洪閥於當來，死宜廟食；答大功於既往，凛若生人。

莫不彰敘洪猷，協宣來譽。此垂法也，物賴其賜；彼崇祀也，民將有助。業成久大，禮亦蕃庶。棄爲稷而龍爲社，薦幣乃興；湯以寬而周以文，奉辭交著。法之備者名大，祀之豐者日長。奉我一德，安爾萬方。昔也禮樂政教之道備，今也玉帛犧牲之品詳。所以軒祖至誠，民百年而胥畏；重華盛德，世千祀以彌昌。

且夫法之不施，雖威而曷仰；祀之不永，雖恭而孰享？必在著厥話言，炳乎圖像。立功立德，固咸秩於禮經；先聖先賢，率來思於大饗。異夫法昭憲度，祀載典常。蓋名垂於身後，非政息於人亡。比夫臯陶世衰，潛起忽諸之嘆；若敖寡德，遽形餒而之傷。是則惕厲永圖，景鑠洪美。奮名實於簡策，流馥香於簠簋。諒非此族之名，不在常祀。四庫本《景文集》卷三。

三王不相襲禮賦

功與時異，無襲於禮

宋祁

王既殊號，禮非一同。念典章而革故，因損益以殊風。天、地、人而異正，繼昭大統；忠、質、文而參尚，各定元功。至訓攸聞，前經可敘。蓋以教逐民變，禮沿世舉。矧三代之攸聞[一]，匪一隅之所與。前聖後聖，采章由是而惟新；彼時此時，名器從茲而異處。是曰救弊，非專改爲。

昔異今教，今非昔時。爾乃車輅更象，旂常異儀。萬邦爲之承式，百世由茲可知。驪翰騂牲，迭舉常尊之制；子丑寅朔，平推相勝之辭。蓋由夫夏之道，不可行商之時；商之風，不可易周之治。周安商教則僞而蕩，商從夏俗則愚而肆。必在深察國體，一新民志。歸乎治而則同，抗其同而乃異。闇朝陽之制祭，不一其儀；立坐酬而享尸，

[一]聞：原作「間」，據湖北先正遺書本改。

各祗乃事。豈不以政必有敝，起敝者賴乎聖謨；道必有失，正失者歸於永圖。此盛王所以斟酌，大禮於焉散殊。

俾至治之我有，欲争心之汝無。時輅冕則異制立勳，作之者聖；松柏栗乃因宜建社，無得而踰。若然則揖讓干戈，各歸乎允執；聲明文物，安得而相襲？視前跡以交勝，表太勳之既集。亦由日移月運，各異象而明生；暑往寒來，不同時而歲立。用能鴻名交至，美化迭居。湯纂禹緒，周變商餘。百王仰止，萬物依於。鯀冥稷之恢祖功，並隆毖祀；夏濩武之昭樂綴，參美前書。誠哉改作嗣興，鼎新光啟。儻膠柱於舊典，曷轉圜於治體？三王之作也，豈徒然哉？君子謂之知禮。四庫本《景文集》卷三。

龍杓賦 彝器爲象，名有龍者

宋祁

昔夏后氏之祭也，制龍杓而用之。爰有形於神物，俾致用於宗彝。存身醆斝之中，初蟠縟禮；驤首陶匏之内，遂奮鴻儀。懿夫，義著禮經，功參祀事。蓋恭神而祈福，乃觀象而制器。謂龍也，冠四靈之首；謂杓也，統六樽之義。奮鱗昇几，既三獻而有容；弭首負樽，俾萬靈之具醉。蓋由象著，且異文爲。登祏室以獻狀，湛醇醪而挺姿。

始訝躍淵，灩汙樽而俯映；乍同銜燭，焰明火以前施。

其用足徵，其儀不爽。炳九采以入用，先六瑚而列象。寧虞探頷，儼祝史以獻酬；自契攀鱗，對孝孫之俯仰。則知龍者所以作繪，杓者於焉寓名。匪徵奇於假象，蓋絜意於精誠。雄視爲盬之虎，俯連酌兕之觥。暗想召雲，蒙鬱香而宣氣；潛疑窺牖，歷清廟以持盈。外實而有文，中虛而思受。蜿蜒於鼎俎之外，夭矯於豆籩之首。雞彝莫得以同列，獸樽視之而何有。時乘斯驗，固當神享之初；勿用可知，蓋在禮成之後。

且夫超騰祭典，攄變禮容。將挹既清之酒，用圖莫智之龍。垂名不俟於紀官，司存盡在；屢進何憂於過亢，酌獻彌恭。夫如是則昭事上神，外迎純嘏。取鱗長以爲飾，配雲罍而在下。是故觀其龍也，則而象之；用其杓焉，禮無違者。四庫本《景文集》卷三。

祭如在賦 躬主明祭，如彼神在

宋祁

祭惟首義，禮乃慎終。念奉先而勵翼，必如在以欽崇。肅薦尊彝，怳先靈之可接；

祗陳籩豆〔一〕，訝聲欬以潛通。用能敦至孝於前牒，貫純誠於厥躬者也。作訓其誰，聞諸宣父。稽明祀之備物，欲致恭而爲主。謂夫祭則惟爾有神，謂乎在則莫予敢侮〔二〕。相其志意，但見懍然如生；儼乃衣冠，孰云無念爾祖？

蓋以自邇推遠，居幽達明。彼耿默以無朕，此吉蠲而有成。奠獻彌勤，若奉杳冥之信；齋莊愈篤，如聞歎息之聲。且夫物之感者，莫盛於神；禮之修者，莫大乎祭。所以交乎不測之用，立乃惟馨之制。思所樂而思所嗜，寅命有加；於此乎而於彼乎，精衷益勵。則知祭煩則數，祭怠則疏。故我嚴祀事以顒若，遵時思而穆如。奉鬯而前，望若有求之際；潔粢以進，僾同將見之初。若然則故能立教哲人，垂謀翼子。苾芬之至如彼，濟漆之容若此。

其用足見，其徵可擬。類謀事而就祖，必取致誠；譬入虚而有人，寧忘率履？異夫祭之垂範也，節之以禮；在之告虔也，先誠其身。念酢侑而咸舉，若音容之不泯。允謂孝子能享，至誠感神。亦猶事亡如存，顯周文之永錫。闕。《宋景文集》卷四。

〔一〕籩：原作「邊」，據湖北先正遺書本改。
〔二〕侮：原作「悔」，據湖北先正遺書本改。

乘石賦

名器無小，因禮爲重

宋祁

物有因君而重，禮非以陋而輕。偉介石之致用，由乘車而正名。盤姿堂陛之間，始空國步；踞重和鑾之地，遂啟乾行。愚嘗眇覿古經，深探聖意。考上禮之云展，總羣倫而咸萃。求有大而必給，體有微而莫棄。斯石也，所以賤而獲舉；彼乘也，所以待而後備。

惟進退不失其正，仰奉帝儀；非左右先爲之容，自參國器。有方不毀，匪德而隅。既出類於瓦礫，敢較珍於瑾瑜。履也非患，憑焉則無。本匠石之載磨，發於穹谷；保詩人之不轉，邇及丹塗。觀夫觸之孔堅，榮如增皎。常抱璞以在下，罔自他而飭表。厥容自扁，既接之於至尊；其履不疑，故重之於雖小。

及夫廟朝有事，采物畢陳。大輅儼而竢駕，華旒粲而承辰。爾乃詔隷僕以進御，對皇居而肅振。洗以示恭，肆夏爰回於步玉；蹈而升駕，屬車遂汎於清塵。可謂勤王而后貴，執禮而相因。彼擊而拊者，樂律所諧；嘉而肺者，民情攸啟。各著邦典，皆參治體。然未若屹如帝所，邁投水以效忠；密爾車前，類補天而贊禮。不如是，追琢何取，平鎸罔施！

賤目弗尚，多磗見遺。諒以延帝暉之戾止，輔國章之褘而。簡在王庭，實奉時行之典；始於足下，居呈不磷之姿。異夫元后有求，攸司是奉。竦彼寅畏，格其虔鞏。故曰捨我兮，履之卑；保我兮，用可重者也。四庫本《景文集》卷四。

省試諸侯春入貢賦 天下侯國，春入方物

文彦博

聖啟洪緒，君臨溥天[一]。侯國之辨方有要，王春之入貢昭宣。列爵正儀，謹奉藩而立制；建宣協序，致任土以居先。稽芳載於禮經，仰徽名於帝者。諸侯述職以無曠，太史奉時而可假。以謂惟王建國，我則敘五等於域中；與物爲春，我則任九貢於天下。徒觀夫爵分顯父，位列元侯。

當是時，緹管順煦和之美，皇祇布發生之休。震方之善氣潛道[二]，長樂之洪儀聿脩。

[一] 溥：原作「博」，據四庫本、《歷代賦彙》卷四七改。
[二] 道：四庫本作「達」。

帝容執瑁以端拱，臣節奉璋而告猷。旅幣羣方[一]，咸奉舜班之瑞；充庭萬品，皆分禹別之州。但見雲布封疆，綺分邦域。故我當歲首以入用，致坤珍而罔忒。巽風和令，導傳臚之九賓；遲日當陽，麗執玉之萬國。豈不以辨九土者當貢，首四序者上春。蓋將備物宜於時育，助邦光之日新。龜納江沱之錫，磬浮泗水之濱。齒革羽毛以偕至，球琳琅玕而畢陳。三品良金，於以向履端而執贄；五都奇貨，於以當獻歲而效珍。莫不名物森羅，衣纓雜襲。雖厚篚以斯備，在庶邦而允集。

此春也霈於皇澤[二]，當鄒律之均温；彼貢也錯於地財，異楚茅之不入。彼來宗者夏之禮制，獻功者秋之典章。曷若謹歲貢以備物，慶春祺之載陽。諒脩時而貢職，乃辨物以居方。備於蕃於宣之儀，皇皇輯瑞；當載生載育之候，濟濟來王。故聖人灼敘聲明，光昭文物。懿公侯之隆盛，充貢賦之繁蔚。屬后王布和之辰，獻國珍而罔咈。明嘉靖刻本《文潞公文集》卷一。

[一] 幣羣：原作「弊郡」，據四庫本、《古今圖書集成·食貨典》卷一九四、《歷代賦彙》卷四七改。
[二] 也：四庫本作「色」。

省試青圭禮東方賦 修舉春祀，崇尚圭薦

文彥博

青惟五色之首，圭乃六器之儔。朝日之郊是薦，迎春之禮聿脩。結緑鴻輝，既肅陳於震位；出藍美質，將仰奉於神休。原夫穀旦前諏，祲威具舉。太史先春而必告，宗伯庀職而攸敘。青圭之秘寶爰資，蒼帝之明靈可佇。謂物生有象，我則鋭其質以協宜；謂歲起於東，我則傃其方而得所。無瑕可貴，有美惟珍。配其色，表盛德之在木；正其位，彰與物以爲春。異彫楮之奇文，琢工奚取；侔剪桐之秀彩，寅位斯陳。詎止温其，寧專瑟彼。成形自表於瑰器，致用必先於毖祀。色斯舉矣，俯玉案以相鮮[一]；禮以行之，背金方而致美。豈不以標十德者圭爲貴，列四序者春是崇。將順時而展禮，故辨方而在東。葱蒨呈姿，禀粹自輝山之石；虔恭致薦，逆蟄從解凍之風。然則爲器之用不同，禮神之功可尚。名參有邸之義，色異因方之狀。縹華中秘，生成之氣候斯迎；紺綵外融，温厚之方隅相向。

[一] 案：原作「按」，據《歷代賦彙》卷四九改。

懿哉！享兹生物之主，異彼迎秋於西。神感而登禮必答，時和而迓衡不迷。用可重焉，且異舜班之瑞；文爲貴也，還殊禹錫之圭。故得鴻覆降康，太庭錫羡。祈民福以昭格，授人時而於變。蓋由以方圭總翠之美，欸青郊而可薦。明嘉靖刻本《文潞公文集》卷一。

祭法天道賦

君子之祭，能合天道

文彦博

稽立言於往典，考至德於明君。承大祭以無忒，法高穹而有聞。礿祀爲儀[一]，隨時之義寧爽；蘋蘩致潔，用天之道爰分。昔者明王，古之君子，著誠將格於祖考，昭孝遂嚴於禋祀。必防黷祭之失，乃協奉先之美。所以法乾造以無違，順天時而有紀。外盡物而内盡志，既表僾然；春曰禘而秋曰嘗，皆符倬彼。禮無違者，神其饗之。順寒暑往來之節，感陰陽代謝之宜。簠簋斯陳，怵惕於履霜之候；黍稷是薦，齋莊於濡露之時。

[一] 礿：原作「初」，據四庫本改。

然則域中四大，實本於天；禮有五經，莫崇乎祭。伊祭典之克舉，與天道而相契。不疏不數，爰遵奉若之規；是享是宜，蓋得欽崇之制。是知威儀抑抑，夙夜兢兢。將惟馨而是薦，在無變以爲能。感於神明，舉十倫而寅奉；行其典禮，循四序以欽承。故得愉愉之忠是伸，穰穰之福可納。或宗祀之怠棄，則禍淫而暗合。不然，則何以歲祈百穀，涓辰日以郊耕；君主五行，體盛衰而祖臘。則知將制其祭，必本於天。於以表乎思孝，於以示乎承乾。率神而從，固未彰於純嘏；被袞以象，可同致於吉蠲。偉乎！潔彼踐籩，具其蘊藻。欲恭致於薦享，皆冥符於穹昊。是則葛伯之爲仇，焉知天道。明嘉靖刻本《文潞公文集》卷二。

省試司空掌輿地圖賦　平土之職，圖掌輿地

歐陽修

率土雖廣，披圖可明。命乃司空之職，掌夫輿地之名。奉水土以勤修，慎司無曠；覽山川而盡載，按諜惟精。所以專一官而克謹，辨九區而底平者也。伊昔令王，尊臨下土。以謂綿宇非一，不可以周覽；衆職異守，俾從於各主。故我因地理之察，宜建冬官而法古。將使如指諸掌，括乎地以無遺；皆聚此書，著之圖而可覩。

險固咸在，方隅異宜，分形勝以昭若，庶指陳而辨之。度地居民，既修官而有舊；辨方正位，俾披文而可知。其或作屏建親，命侯封國，小大有民社之制，遠邇異封圻之式。非圖無以辨乎數，非官無以奉其職。主於空土，既險阻之盡明；別爾分疆，誌廣輪而可識。誠由據函夏之至要，贊大君之永圖，上以體國而經野，下以建邦而設都。參古號於周官，各司其局；辨群方於禹跡，無得而踰。

是何標區域以并分，限華夷而靡爽，域中所以張乎大，天下無以逾其廣。亦猶五土異物，必辨於司徒之官；九州有宜，乃命乎職方之掌。用能三壤咸則，四民奠居，窮人跡於遐域，包坤載於方輿。且異夫充國論兵，但模方略之狀；酇侯創業，惟收圖籍之餘。彼《夏貢》紀乎州名，《漢史》標乎地志。雖前策之并載，在設官而未備，曷若我謹三公於漢儀，專掌圖於輿地。宋慶元刻本《歐陽文忠公集》卷七四。

祭先河而後海賦 王者行祭，先務其本

歐陽修

在祭者必有常典，務本者貴乎不忘，既先河而告備，乃後海以爲常。幣玉始陳，恭視諸侯之瀆；牲牢繼列，方祠百谷之王。探國典之舊文，撫禮經之大旨。

以謂河導其派，本一勺而始矣；海納其會，實百川之委也。祀容肅設，必先有事於靈長；望秩並修，然後功歸於善下。誠以決九川而分導，括衆流而混并，一則窮本而有自，一則兼容而積成。是用分禮章而異數，昭祭典以推行。命祀首陳，始則出圖之所；禱辭以設，方祈紀地之名。用能縟乃令儀，昭夫重祭，利萬物以斯善，用五材而並濟。無文既秩，禜經瀆以領祠；群望繼行，禱朝宗而用幣。外則盡物，中惟告虔，既義取於源委，乃禮分於後先。一禱致誠，必告榮光之涘；大川并走，嗣臨重潤之淵。得非衆嶽肇乎一拳，椎輪生乎五輅，考厥初之攸在，彰返始而爲務。亦猶文王之祀雖貴，不踰后稷之尊；齊人之事將行，敢越配林之故。是知河必居首，取發源而肇兹；海不自大，由積衆以成其。導洪流而并注，散靈潤以旁滋。顧乃濫觴之因，必有先也；視爾委輸之廣，然後從之。異哉！祭尚潔誠，禮惟思反，將展報以爲義，必討源而自遠。故夫三王之祭川，必務其本。宋慶元刻本《歐陽文忠公集》卷七四。

魯秉周禮所以本賦　魯公之後，其本周禮

歐陽修

侯國修度，時王著彝。惟東魯之大本，秉西周之舊儀。曲阜襲封，率奉先規之盛；

鎬京遺法，限爲至治之基。説者謂惟王建邦，裂疆分土，禀正朔者歸於元后，尊制度者合於前古。惟周之典，世爲大則；惟魯之盛，法爲常矩。及夫姬道衰逸，邦侯侵侮。雖周公之才之美，不行於時；文王之德之純，盡在於魯。逮夫禮與時至，教由治隆，翊奉孺子，位爲上公。千乘之國，仰有遺法，數世之後，敢棄元功！

雖治邦治刑，尚可宏宣於祖業；而教典教法，猶能固本於民風[一]。大德純純兮世不敢忘，至文微微兮流而自遠。守茂典之惟永，遵飛休而可損。一變於道，聖人之後所以昌；百世可知，先王之法以爲本。且夫德固則邦化，法行則教流。治而久，於諸侯則莫若魯；教而正，於三代則莫如周。在隱、桓之世，力行純軌；至定、哀之後，不棄芳猷。蓋固蒂以惟至，以治人而可求。彼雖發歎於詩人，改王室而作《離黍》；何俟興言於聲子，見《易》象之與《春秋》。蓋夫與治同道罔不興，安上治民莫如禮。禮與邦化，則莫窺其枝葉；法因時至，則深蟠其根柢。亦如齊有太公之遺制，定作民彝；杞觀夏道之可知，式成邦體。

嗚呼！聖之所治，人不可追。移茂實以參用，著通規而有宜。遂使化民之議有所

[一]猶：原脱，據四庫本、《古今圖書集成·禮儀典》卷一一、《歷代賦彙》卷四四補。

經，理之大者；治國之君無亂紀，則而行之。大哉！周世所行，魯邦慎守，秉其法爲治之極，則其文延付而後。故仲孫知魯而不可取者，禮爲本焉，致邦儀之含厚。宋慶元刻本《歐陽文忠公集》卷七四。

《賦話》卷五　宋歐陽修《魯秉周禮所以本賦》云：「雖周公之才之美，不行於時；而文王之德之純，盡在於魯。」此聯屬對，傳誦當時。然「周公之才之美，申伯於蕃於宣」，張燕公《宋廣平遺愛碑頌》已開之於前矣。

大報天賦

范鎮

大宋七十有二載，符節合於聖神，陶鈞運於真宰。化至而乾用九，令行而風不再。泰山四維兮，固基圖而靜寧；黄河一清兮，撫期運而茂對。元尊降休其如嚮，富媼効珍而弗愛。星氣交見，景炎青赤之光；魚馬兩至，道出東西之海。於時百靈會鈞天之遊，萬物極崇丘之大。鑿井者罔識帝力，仰盆者不知天蓋。以上方遊神治古之表，垂意幾成之會。道皇極以甚夷，基太平而無外。重兹盈成，罔或遑怠。

若曰：「時靡愆伏，物不疵癘，協氣洪鬯而融然無際者，上穹之保艾；邊鄙不聳，干戈倒載，生靈相與而讙然於内者，三后之大賚。按物理以順考，曾朕躬之弗逮。不有反本之報，曷爲含生之賴？況夫事具往聖之行，文備前世之載。嬀庭有六宗之禋，周家有始祖之配。《書》以巡嶽而用事，《禮》以掃地而展采。總條貫於先猷，赫聲文乎當代。」

上一其唱，下百其響。伯夷秩宗之典，叔孫奉常之掌，咸謹職以先次，率參謀而來上。僉曰：「用日之至，吾道之長；就國之南，吾君之嚮。可以爲人而祈福，示聖人之能饗也。」

涓辰之良既如是，講儀之盛又如彼。將命以方底，飛文以疾置。皷先令於民聽，俾咸知於上意。西踰月毳之垠，東走天池之紀。北窮祝栗之野，南極濮鉛之地。雷出而奮豫，風興而披靡。穹居卉服、華體本薦之酋[一]，髽首貫胸、離身反踵之帥，尋聲望景，

[一]華：原作「革」，據《宋文鑑》卷四、《古今圖書集成·禮儀典》卷一六八、《歷代賦彙》卷四七、《淵鑑類函》卷一六五改。

知中國之有至仁；梯虛航深，示戎狄之無外事。順走我轍迹，服馴我鞭轡[一]。迺有雙觡共觝之獸[二]，赤汗赭沫之駟，浮琛没羽之珍，文鉞碧砮之異。諸福之物，倜儻奇偉；彙變之狀，燦爛譎詭。按圖諜而未書，歷封禪而不至。滔滔焉，峨峨焉，來助祭者波委而嶽峙。吾皇遊巖廊，操絶瑞，嘉聞聲教之遠，樂觀儀物之備。

迺飭四方，近逮周行，搜傑索俊，提忠挈良，相與齊於蟺蜎蠖濩之中，思所并而周流常羊者已。在出警之先期也，闕觚削其如倚，鋪首呀而欲驤。行幄默而下垂，樂宫屼其高張。八校拱著，五旗司方。禮器之葳蕤，軍裝之陸梁。錯文以章藻采兮，四會五達之莊。既法從之肸飭，倏呼鞭之對揚。神扶絳扆，乾行東箱。左黄鍾兮五應以俱動，前式道兮三候而相望。始乘輿也，顒顒昂昂，奮至德之光。大明登兮，重昏破而群陰藏。既遵途也，秋秋蹌蹌，走萬人之望。駭飈馳兮，浮埃沉而瑞氣翔。參忠信於倚衡兮，遠何適而不臧；總德法於銜勒兮，大何爲而不防。嶽然其不動兮，躬自厚而矜莊；春然

[一] 鞭：原作「邊」，據《宋文鑑》卷四、《古今圖書集成·禮儀典》卷一六八、《歷代賦彙》卷四七、《淵鑑類函》卷一六五改。

[二] 雙：原作「變」，據《宋文鑑》卷四、《古今圖書集成·禮儀典》卷一六八、《歷代賦彙》卷四七、《淵鑑類函》卷一六五改。

其太和兮，躬不違而滋涼。顯儲思於逆釐之事也，徑息駕乎列仙之場。儼陟降以肅潔兮，杳悟靈於忽恍平。

款謁之辭稱畢，孝思之容外溢。葦然如傷，沛然不懌。念報天之罔極，顧履霜而懷惕。莫重乎《禮》經之五，以觀乎世廟之七。內則樂穆羽，舞旄狄，薦苾芬，儀赫奕，遲奉乎明靈之來格；外則熊司旗，虎視戟，威振厲，氣勃鬱，肅陳乎遊徼之駢坒。俄而傳呼旦之聲，嚴出廟之蹕。眄重闉以南直，屆夫禮神之室。觀夫涂大朱以洞闢，壇八觚而翼騫。颯紳綏之綷縩，頍貂蟬之葱芊。上摩星以旓雲，下藻野而縟川。聖人凝旒以則數，薦璧而象圜。樂六變而導和，爵三獻而告虔。百神愛瑞以祖洽，四方承宇而來旋。啟膟膋之芬膏，焜樵蒸於高煙。杳馨明之升聞，藹嘉休而肅延。迴五輅兮清道，御兩觀於中天。歌塗巷而沸湧，觀堵牆而駢填。或陰而霞，紛振衣而瞥袂；方冬而暑，盛疊迹而側肩。

靚糚千車，迴轅衝輣。岌若移山之行，隱如奔雷之聲，礚砰磤硡，以拱乎神庭。鐵衣萬騎，奮踶橫逸。皛如積雪之釋，迅如衝風之疾，宛轉絡繹，以環於帝室。嚴辦兮中外，臚句兮上下。繩鶴馭以飛書，絙雞竿而肆赦。縱係縲以畢出，普疵吝而一灑。重離之曜，大繼明以照四方；泰山之雲，不崇朝而徧天下。飭飫賜，沐純嘏。受釐而延膝席，飲福而奏需雅。太室之聲曼延於壽曆，覆盂之安盤固於宗社。彼甘泉、汾陰后土之祠，交門、竹宮神光之拜，或孜孜於曲請，或屑屑於末戒。隘哉陋乎，曾未知福含生、懷萬靈之爲大也。

有一二眉壽顧謂臣曰：「子游都而盛其際、吉其逢者，所謂『觀國之光，利用賓於王』矣，亦嘗知盛際之所自出、吉逢之所由來者乎？子少留，吾其語汝。夫聖人之將有爲也，必本於仁義。聲而爲樂，文而爲禮，柄而刑賞，統而祠祭。崇讓以樹之，懷遠以固之，作德以茂之。此古先之能事、教化之肇基也。故其始下詔，則有司指圖有經，叩天進辭，相與上乎號榮者，當宁卻而不名，斯崇讓之至誠也。將僎儀，則百蠻款塞移珍，謁讙象譯，厥角於北闕者，本朝羈而不絕，斯懷遠之上烈也。既已事，則縣官去煩削密，輕徭緩租，驅躋於仁壽者，庶黎愉然而在宥，斯作德之洪覆也。夫一舉而關衆目，非由聖躬發憤[一]，其孰能大圖而殫究？子蓋亦按胥庭之圖，披羲農之籙，援結繩造契之具，迹卷領垂衣之躅，料乎基緒之馮厚，準元精之回復，揚波以挹其腴潤，摘芳以搴其稠縟，然後攄文心，散辭氣，伏天庭而進牘？」

[一] 由聖躬：原作「曰躬聖」，據《宋文鑑》卷四、《古今圖書集成·禮儀典》卷一六八、《歷代賦彙》卷四七改。

曰：臣蹶然而仰曰：「富哉言乎！微丈人，後進生其不識王澤之滲漉也。」謹拜手而系赫赫鉅宋，體元垂統，升中而奉兮。恢恢大圓，應聖何言，隤祉以蕃兮。吾皇之隆，彼蒼之崇，合符無窮兮。《皇朝文鑑》卷四。

右射騶虞賦

以「右射騶虞，天子之禮」爲韻

劉敞

射於右學，歌以《騶虞》。示君儀之至重，識文教之誕敷。王在西郊，爰舉尚功之典；聲依九節，以成觀德之謨。伊昔武王，既平商紂，未革新禮，聿遵徂后。其習射也，欲偃武而興文；其居學也，姑賤左而貴右。詩樂之節，雖遠及於《國風》；臣主之儀，毋下瀆於《貍首》。想夫王歸自鎬，天方授周，外飭萬乘，中嚴七騶，眷西學而戾止，法澤宮而載遊。乃習斯射，曰昭厥猷。弧矢之威，所以服四海；揖讓之禮，所以懷諸侯。苟微仁聲，安取正己；不有嘉樂，孰明盡美？故必攷律度於太師，辨等威於天子。勇非貫革，取服猛以示人；巧在循聲，明備官於同軌。

且夫射也，講德而繹志，序賓而攷賢，内可以教士，外可以事天。習非其地，則禮失而亂；聽非其節，則樂流而偏。是故因商人養國老之方，抗侯有所；奏《召南》應《鵲巢》之什，舍拔無愆。用能上有常尊，下亡僭禮，遵國郊而西顧，闢儒宫而洞啟。彼或教胄，昭尚右於質家；我以和容，歌得賢於治體。豈非事爲之制，物有其儀？國之興也，建學則不暇；王之射也，於左則已卑。慎所習者，誰能間之？號稱訾宗，豈特育材之用；禮行君鵠，必先「彼茁」之詩。稽仲尼之遺言，偉宗周之善化。急於誘民也，故因先代之太學；篤於尊王也？故正列侯之左射。聖人之治世也，蓋皇皇然，豈苟悦於自暇哉？四庫本《公是集》卷二。

鄉飲升歌小雅賦

劉敞

古者爲國，厚於養賢。故鄉飲登歌之節，取周詩《小雅》之篇。左聖序賓，推人聲而在上，肆三官始，揄風什以居先。攷縟儀於古經，得嘉言於達者。禮有盛而進取，儀有輕而迨下。燕雖示惠，亶合樂於二《南》；飲蓋屬民，反升歌於《宵雅》。何則？養老以教愛，上賢而習鄉，孝悌之本，邦家之光。微重禮不能以變俗，微備樂不能以賓王。由是獻酒於阼，席工於堂，庶令在位之人，徧聞其奏；雖用諸侯之樂，未失其常。

且夫教希闊則政昏，禮廢壞則民擾。十月飲酒也，吾猶以爲簡；三年興賢也，吾猶以爲少。宜乎發德於民上，永言於物表。曲高和寡，美周德之尚衰；氣盛化神，知王政之有小。用能丕變黎俗，發揚至和。飲雖微也，教讓以爲主；《雅》雖尊也，厚賢而匪他。亦猶士冠本微，三加爵弁之服；鄉射至簡，一用《騶虞》之歌。蓋志恭者，貌必甚嚴；禮盛者，文豈宜略？方將序長幼之等，成賓主之樂，坐以四面，正齒位而無逾；倡者二人，始《鹿鳴》而有作。

然則飲非鄉也，不足以敦化；歌非《雅》也，不足以獨升。仰德容之交舉，俾兆衆之欽承。然後和樂而不流，符戴氏之著記；恭儉而好禮，協師乙之所稱。是謂導民，豈曰崇飲？領其音者，信《國風》之爲陋；處其位者，究陽禮之有品。故曰：「觀鄉，知王道之易易焉。」由此而可審矣。四庫本《公是集》卷二。

不下堂見諸侯賦 以「覲禮尊君，不下於堂」爲韻

劉敞

諸侯北面，天子當陽。義蓋專於尊主，儀蔑聞於下堂。順命於王，爾有盡恭之節；受享於廟，此無思降之常。

原夫制有萬國，必依於順；時序四朝，必示之信。所以昭上下之交正，示威懷之至慎。焉有親屈至尊，下從肆覲？矧秋見之最質，貴君儀之特峻。儲精蠖濩，俟輯瑞之來升；高拱穆清，觀入門之序進。大節斯著，禔容不繁。下屈體而彌謹，上抗威而益尊，萬玉前趨，伊述職之無爽；九筵洞啟，奚降階之可言？蓋覲也，所以比天下之功；堂也，所以示王者之禮。必毋損上以益下，是謂正位而居體。臨軒自若，仰德度之顒顒；當扆不遷，俯駿奔之濟濟。用能制爾多辟，宗於大君。思體貌之無褻，自廟堂而可分。擯詔交相，焉取就卑之誚？威顔咫尺，曾微去所之勤。不如是，則朝廷之勢易凌，臣主之節不厚。易凌則生犯上之漸，不厚則多苟簡之咎。豈若謹入覲以爲常，謂倨見而則不？車馬效貢，序臣職於蕃宣；被衮居高，儼天姿於户牖。得非正遠在乎近，慎終戒乎初？修之朝會，而易于之制定；謹於廊廟，而陵僭之患除。專九尺之崇高，儀惟謹爾；定一王之制度，世得據於。丕宣國經，揮綽皇化。惟覲也，有貴於師事；斯堂也，非美乎能下。獨不見夷王之亂典，常凌遲而至於五霸者哉？四庫本《公是集》卷二

路寢聽政賦

以「君居路寢，而聽朝政」爲韻

劉敞

朝位非一，邦儀必分。稽辨方於路寢，資聽政於人君。深居法宫，聳顒昂之上德；總攬幾務，集丕遠之洪勳。

古之大猷，禮存異數。朝廷有内外之辨，必爲之定位；宫室有遊燕之别，宜慎其常度。於赫太寢，維親庶務。政教於此乎成，號令於此乎布。收視反聽，雖深處於虎門；安上治民，將率遵於王路。業業明后，巍巍廣居，誠制治而欽若，豈便安而自如？高拱内朝，思無求於出位；究觀治體，制必便於宗予。大則四方之風，小則一國之政。舉而失，則民受其弊；行而當，則世蒙其慶。安得不儲思乎凝嚴，養神乎清浄？間於户牖，曾靡宴惰之容；垂其衣裳，是專法度之正。

且夫尊而不可不慎者位也，是君之儀；貴而不可不勤者政也，是國之基。故必嚴其所敵處，謹其所施爲。然而外朝則已遠，小寢則已卑，酌是中制，垂爲典彝。恭己五門之中，人皆仰止；厲精萬幾之會，政靡殆而。是何垂憲有邦，裁儀廣廷，託民上以臨御，躬日昃而觀聽。是使獨化陶鈞之表，物莫能違；遊精巖廊之間，治將自定。然則路，大名也，示君德之孔昭；政，本務也，貴民事之不佻。必推重於正處，表克勤於視朝。獨不見齋居決事者，漢宣之賢，取褒於史策；應門失守者，周康之過，興刺於歌謡。是以爲君，外統百官，内嚴正寢，辨居處以勿貳，專聽斷而有禀。宜乎天子諸侯，遵以爲常，見治道之必審。四庫本《公是集》卷二。

郊用夏正賦　以「三王之郊，一用夏正」爲韻

劉敞

王雖有三，郊則惟一。因正歲之更始，卜上辛而協吉。聖人饗帝，禮莫重於感生；夏數得天，氣遂迎於長日。

原夫損益殊世，質文異宜。謂治人之政，則可得而革；奉天之禮，則無得而移。必正其節，必嚴其儀。五精不同，雖各祀其祖出；三正非一，而咸貴於夏時。

若乃歷告王春，律回人統，天地之氣交泰，陰陽之和錯綜。驗之於卦，三著之效已明；參之於天，大報之儀可用。於是天子對越在上，親見於郊，席以稾秸，器用陶匏。因天事天，則發生之候爲稱；禘祖配祖，而肸蠁之靈可交。故曰：祭莫重於時，時莫先於孟。

將修嚴父之饗，必用前王之正。蓋所以欽若昊天，迪知帝命。用祈農事，順啟蟄而布和；將擁神休，迨發春而施令。然則周以建子，其陽尚藏；商以建丑，乃地之方。皆不足以逆繁禧於吉土，格上靈於彼蒼。是以稽合徂后，發揮盛王。統和天人，是資出震之始；降興上下，聿爲嗣歲之常。古之制也，此其盛者。德非王不足以興大禘，禘失時亦何以格純嘏？故魯侯博卜，《春秋》譏其用郊；顏淵問邦，仲尼告以行夏。得非祭祀之典，貴乎咸秩；沿革之制，美乎登三？順天時之資始，見王道之相參。夫然則郊之用夏正也，蔽百代而無慙。四庫本《公是集》卷二

四海以職來祭賦 天下之職，能助王祭

孔武仲

上聖孝至，諸侯職揚。當一人之奉祭，罄四海以來王。肅爾駿奔，各述修方之舊[一]；翼如顯相，用嚴肆祀之常。夫惟承祖宗積累之休，處廉陛崇高之勢。尊其親也，既重假廟；大其禮也，又當配帝。化首正宁，教流當世。本至誠之恭愛，可以感人；

[一] 述：《歷代賦彙》卷四九作「職」。

極四海之欣歡，入而助祭。時也，六服而内，五侯至前。同姓異姓兮，各奉玉帛；大賓大客兮，迭承豆籩。並來享以悦懌，咸侍祠而吉蠲。造此闕庭，鎗八鸞於外屏；盛其饌貢，洽百禮於中天。擇於大射，則賓自得賢；誓以常刑，則臣無廢職。辨其吉禮之掌，同厥歡心之得。儼若將事，欣然獻力。分行遞見，居多振鷺之容；承命勤修，皆有和羹之德。

誠以報本反始者，神聖之美教；尊祖嚴父者，朝家之上儀。在盛王之顒若，格綿宇以承之。故爾各備上服，並承約軝。所以周廟陳常，美羣公之肅肅；湯孫致饗，詠列辟之祁祁。衆莫衆於侯方，尊孰尊於君者。大邦小國兮，至自畿外。美味和氣兮，實於堂下。共承上化，參德遜於前書；各盡臣恭，協祼將於大雅。夫盡九州之力，致五福之膺。殊免爵於西漢，異責茅於召陵。以極精禋之意，用全孝饗之能。薦牲惟時，推至誠而茂對；執膰有序，贊大事以靈承。

噫！德教所加，惠心益著。外易俗於蠻貊，下感心於黎庶。矧乎茅土分寵，親賢同慮。幸丁萃亨之時，孰不驩虞而來助！《皇朝文鑑》卷一一。

奉祠西太乙宮賦

沈遘

躬明詔以攝事兮，奉祠乎太乙之靈。戒前期之三日兮，祗祓而造乎神庭。命徒御以夕駕兮，候北斗之尚明。啟國門而西出兮，顧旭日之既升。背城闕之嵯峨兮，氣佳哉其可挹；度川原之平遠兮，風泠然其可乘。方春陽之發茂兮，感萬物之舒榮。塘冰散兮波已淥，野雪消兮草欲青。時嘉魚之浮躍，間好鳥之嚶鳴。池籞嚴以望幸兮，於以見承平之多豫；耒耜載以就田兮，於以見黎民之樂生。

予心逌然其有獲，尚安知乎一舍之遠而凿征者乎！爾迺逍遥而舒榮，高舉而遐矚。氤氲兮雲霞之合，隱嶙兮臺殿之矗。鍾磬之音兮，砰焉而震於耳；金碧之光兮，燁焉而眩於目。曾城、縣圃乎？閬苑、崑崙乎？其遠也，若不可到海中之神山；其邇也，若猶可擬漢家之甘泉。巍巍乎雙觀，沈沈乎重闕。鞠躬而下，屏息以前。趨就乎下房之次，而齋嚴乎其間。於是遊心於神明，致思於精粹。披柱史之書，玩漆園之義。考星經之説，合道家之記。

蓋太乙北辰之主，而天之貴神也。其尊五福，其行九宫。上運乎樞機，下監乎吉凶。沿漢暨唐，是類是宗。聖朝因焉，定時西東。蓋所以逆三神，接萬靈，致諸福，綏群氓者焉。惟月孟陬，惟日辛卯。迎氣於郊，實協吉卜。侍臣焉承其祀，祝史焉贊其禮。牢醴兮芬芬，幣玉兮煒煒。蓋節兮葳蕤，旛旍兮旖旎。三陔之壇兮，所以降上神；八通之道兮，所以賓衆鬼。威靈兮如在，肸蠁兮受記。

時也太陰既傾，列宿在躔。紫宫之右，天極粲然。帝閽兮若啟，氛翳兮若褰。美光之發兮，赫奕而照燿；休氣之充兮，輪囷而蜿蜒。凡厥執事之臣，莫不肅然震動，俛伏於地。既起而贊饗曰：「泰一報享，臨示厥祥。錫衍天子，萬壽無疆。大宗小宗，繼承不忘。」於是事既功休，出而言歸。告僕夫以促轡，吾將奏釐於太微。清光緒刻本《西溪文集》卷一。

歌雍徹祭賦　宗廟之祭，歌雍以徹

楊傑

王享於祖，禮終以時。《雍》詩所以歌者，祭器從而徹之。周頌一章，擇作永言之用；宗廟九獻，此爲去饌之期。成王以貴爲一人，祀兼七世。歲或舉於祠禴，時或行於祫禘。且謂盡物盡志者，孝子之事；有始有卒者，聖人之制。當取正聲，以尊先帝。

尸初以入，必奏肆以迎尸；祭及其終，故歌《雍》而徹祭。《詩》云：「至止肅肅，有來雍雍。祖考我格，辟公我從。」有眉壽降祥之述，節宰夫屏器之容。篇本附於臣工，詠而見意；時因去其胙俎，禮以爲恭。大抵詩不可廢，廢之則闕；祀不可久，久之則褻。故我就靈宇以行事，揚正音而後徹。聲聞於外，且非客出之初；孝事其先，用作神歸之節。豈不以遷其祭具之謂徹，播以人聲之謂歌？徹焉造其禮之備，歌焉報其福之多。以樂爲用，非《雍》則何？是以小師教於瞽矇，職當諷誦；君婦廢其籩豆，音應純和。

惜哉！周運否而大禮衰，魯權喪而陪臣侈。樂奉祖廟，義同天子。雖能享獻以自大，莫測聲詩之所以。故孔子謂來助有二王之後，始可謳謡；奚取於三家之堂，徒彰僭擬。則知帝威穆穆，上德顒顒。詩曲盡於辭意，禮告成於祖宗。且異夫率諸侯以祀文，頌陳清廟；就方丘而祭地，吕奏黄鍾。愚嘗因《雍》什之詠歌，求詩人之微妙。以謂薦可用於廣牡，禘可行於太廟。及其徹也，又從而聲之，爲萬世之典要。宋紹興刻本《無爲集》卷一。

周兼養老禮賦

兼修三代，養老之禮

楊傑

古之養老，禮莫如周。兼三代之常法，新一王之令猷。尚文德以唱風，典章尤盛；奉年耆而興教，飲食忝修。昔自有虞，訖於二代，必重年德，以均仁愛。然而禮有質而有文，事或興而或廢。及周之治也，古今之通制兼明；而老者養之，帝王之餘風盡在。大抵燕者虞之禮，饗者夏之儀。太牢而食，有商所爲。

天下未有遺年者，周人兼而修用之。就膠庠以致勤，高年畢萃；順陰陽而爲具，異制同施。莫不鼎俎豆籩，牲牢酒醴。然四代之異制〔一〕，萃一朝而爲禮。貴親尚齒德爵富，雖曰殊風；黑衣素裳深燕縞，雜然在體。至如樂之作也，六樂並用；學之建也，五學相參。而況養庶老而明廣愛，事國叟而記高談。得不比前世而文盛，優上壽以恩覃？

尊耆艾於每年，時凡有七；嚴豆觴於一日，事徧其三。故得風始朝廷，化流穹壤。春夏焉先饗而後燕，秋冬焉先食而後饗。舜禹湯之盛

〔一〕然：四庫本作「玫」。

事，得以追修；鄉國學之殊方，各隨所養。向非岐昌之德盛而大，武發之功肅而嚴，成王治定，姬公思兼，則何以設珍具以完備，致蒸民之仰瞻？且異夫禮用四朝，記者美魯侯之盛；文同三代，史臣推漢德之炎。則知兆民莫不親其親，聖人惟能老其老。推年齡以優事，監古昔而順考。孔子曰：「周郁郁乎文哉！」未必不由於此道。宋紹興刻本《無爲集》卷一。

繼別爲宗賦 君之别子，繼者爲宗

楊傑

諸侯之庶爲乎別[一]，別子之適謂之宗。欲正世以相繼，惡羣心之異從。惟君弟之初生，法當似續；致族人之仰事，禮盡寅恭。古者列侯，先正其裔。凡立厥次，乃奠而世。則斯子也，君夫人以爲母；必有弟也，卿大夫以同制。宰乎爾族，爲始祖以優崇；適曰大宗，庶後昆之承繼。嗣既云立，禮無不司。如親疏之升降，昭穆之尊卑，

[一] 爲乎：四庫本作「謂之」。

吉凶之容節，昏冠之威儀〔一〕，族所爲者，吾皆主之。職在成家，紹一宗之本始；代相纂服，豈百世以遷移。

亦有自異國以肇臻，與是邦而有别〔二〕。既處其土，因謂之别。亦自命其來裔，嫡嫡相仍；得兼綜於小宗，承承不絶。大抵綱之舉，則綱不得而亂；表之正，則影無從而欹。欲家邑之咸乂，捨宗子以何爲？

豈不見魯國三桓，立其長而統其下；鄭人七族，建其本而率其支？是知别者别也，父别異於侯氏；宗者尊也，已尊優於冑子。以纂其德，以紹其美。考之《書》，無作室之誚；在乎《易》，盡克家之理。彼於國而食采，肇啟封疆；此以族而得氏〔三〕，嗣承綱紀。

夫然則仰繼公子，上尊國君。正統得以全其貴，同姓無以亂其羣。且異夫三從事之以稱宗，易於後世；庶子賤而不爲長，載在前文。孰若我在九族而貴之，稱五宗之上

〔一〕儀：原作「幾」，據四庫本改。
〔二〕有别：四庫本作「同列」。
〔三〕氏：原作「民」，據宋人集乙編本改。

者，無忝父德，克甯家社。故曰繼其祖者，傳代不遷，重其統也。宋紹興刻本《無爲集》卷二。

藉田居少陽之地賦 天子之藉，居地少陽

楊傑

位各有法，籍無妄爲。實聖人之耕者，宜少陽以居之。建王社於田中，因時以享；就春方於國外，順氣之施。蓋夫追養祖宗，告虔天地。酒齊以之薦，粢盛以之備。故凡建國之先，必擇爲田之次。然而制度不同，方隅相異。在周人之盛世，嘗處南郊；至唐帝之昌朝，變居東位。其意若曰地播生氣，時從少陽。土因而沃，物得而昌。此既興於王藉，吾可實於神倉。是故廣闢農疇，用作躬耕之所；仰參乾道，式當歲起之方。

時或晨見農祥，日躔天廟。則必朝士謹司徒之戒，王者納稷官之詔。命載耜以勤勞，率就田之壯少。東作以禮，自符虞帝之書；壇置於郊，何愧孔生之誚。胡不居於北者？惡其就嚴凝之地；胡不居於西者？惡其專肅殺之權。就嚴凝則莫繁其稼，專肅殺則徒事於田。曷若我地乘於震，氣順於天、啟千畝於王畿，壤稱其奥；遵五行之木德，位據其偏。是所謂假力於人，名田爲籍。因先聖而有建，匪後王之能易。

禮殊西漢，賈生不必獻其言；時在陶唐，羲仲可以兼而宅。夫然後天下之農不敢

以息，諸侯之養不得而疏。自我良疇之廣，據兹盛德之初。亦猶王所處之明堂，國陽以立；臣所興之小學，宫左而居。厥後政失紀綱，君輕耒耜。上既逐於晏逸，下亦忘於耘耔。宜國家舉盛典以興藉田，繼有唐之天子。宋紹興刻本《無爲集》卷二。

宋代辭賦全編卷之五十六

賦　典禮　三

大饗不入牲賦

金君卿

六服將幣，一人示恩，故臨饗以物備，不入牲而禮存。歡然命侑之誠，必行諸廟；略爾烹牢之事，皆止於門。聖人祗講禮經，飭修時會，加帝寵以勤至，示饗儀而甚大。謂上有祖宗之祀，宜親割於廟中；此惟賓客之來，可就烹於門外。觀其繡斧而扆，鷩衣而旒，親屈於饗，交歡爾侯。司樂升鼎乃進，且殊歌舞之牛〔一〕。臣以嚴上而來，君亦推恩弗枉。嚴上所以有朝聘，推恩所以有燕饗。獻皆如命，禮

〔一〕「且殊」句：宜秋館本作「天子重席相酬」。

存儐詔之司；牲不麗碑，儀自割烹之掌。噫！訓儉者必曰饗，貴誠者必曰牲。儻入乃殺，因迎宜烹，奈何内黷廟靈之重，上召君德之輕？牲所以外，禮由此成。尚腶脩而飲賓，恩足以見；缺昭夏而弗奏，理從而明。無曰於此不勤，在誠弗照；而況用以祭器，行之祖廟。迹君親之意尤重，勉臣子之心可劭。躬臨體薦，敢忘恭接之勞；殺自宗祊，深得制宜之要。

大抵事合義則損而獲益，饗非禮則親而反疏。故我接賓至以優甚，較祭儀而略諸。凡籩彼冠焉，專爾靈蓍之命；止其相者，示予交擯之初。未若几虚爵盈，文昭武察，敕備物，率循大戛。宜乎不越棖闑之前，牲於此殺。四庫本《金氏文集》卷上。

六聖原廟賦 並序

王子韶[一]

臣以爲原廟之作古矣，而議者祖叔孫通，非也。且洛邑成而作清廟，魯宇復而

[一]《新刊國朝二百家名賢文粹》卷一七七署王韶撰。然據賦云「宋興一百二十又二載」，又云神宗即位「十五年」，則當作於元豐四年；又云「臣具職儒館」。而據《宋史·王韶傳》，韶元豐二年知洪州，四年卒。且《玉海》卷一〇〇亦引作「王子韶《六聖原廟賦》」，則作者當爲王子韶。

新閟宮，皆表見篇籍，遺文炳炳，顧第弗深考。國家欽明若古，追述三代之禮，築宮廣廟，以備制度，昭孝思，丕赫我祖宗之光烈威神，引耀後嗣，昭臨其臣庶，甚盛德。而禁密侍從、經師詞宗、遊談辯博之臣，未聞操一簡、肆一言，褒德顯功，緝熙聖世之光明，以極衆人之所矜，新天下之耳目，且使後世有述焉，亦臣子之闕也。

昔吉甫歌宣，史克頌魯，皆掎摭事實，揄揚君父，播之當時，不以爲諂，傳之後世，不以爲誣。此無他，辭跡相稱故也。臣幸遭盛明，粗有知識。惜其巍巍在上，獨無頌德之臣，心竊恥之。況臣具職儒館，受學聖訓，故光敭國美，不爲僭越。辭義質理，强之不高，豈足自效，徒速罪悔而已。謹昧死頓首，以獻賦曰：

粤若宋興一百二十又二載，景業隆乎六世。御大器以時乘，熙重光而下濟。乾行以健，離明以繼。五帝之闕典咸補，三王之絶業復綴。洞洞粥粥，致孝乎鬼神；兢兢翼翼，昭事乎上帝。曰禋曰祀，則嚴郊丘明堂之配；以嘗以礿，則崇疏屏複簷之制。謂天子之孝，宜無以加，而聖主之心猶以爲未。於是刺六經，獵群議，覽洛邑《清廟》之詩，參《魯頌·閟宮》之事。營館御之珍庭，即薰脩之福地。遊六聖月出之衣冠，廞九后時瞻之服器。

先是，命司空，詔大匠。定墨而龜食，闢地而氣王。灼楚焞以揆辰，伻繪圖而獻狀。帝曰：「欽哉是將！祖宗威靈之攸宅，宜其神明杳默而來相。」則使山虞會伐，林衡僝木。萬人揮斧以坌入，千嶺踣雲而下復。捫拺兩郊坰，技填溪谷。其仆大木也，雷硍拉攦，砉剨擂裂，根斷標絶，有如共工怒觸不周而天柱折。其運材也，奔挽拔軋，先後趨趌，飈駮雷掣，又如五丁尾巨蛇而出穹穴。然後編桴聯筏，蔽流而下，泆如濤駈，激若矢射。交萃於作宫之地，曾不兼於晝夜。又有陶公伏冶，秦神鞭石，固耶谿以待鎔，墮菀蓬而薦舄。黄能竊壤以負載，女皇摶土而埏埴。斤築交興，工徒既飭。伐鼛鼓以作氣，率子來而勿亟。中產靡斂於十家，百姓不加於萬室。

爾乃張霄搆宇，益地裁基。望瑶光而結極，憲觜娵而創規。佩翔鸞之裔裔，面友澙之漪漪。西則控太河之遠勢，東則望商丘之逶迤。發揮宇宙之晶采，張皇廟祏之神威。寶係之傳，邈矣真仙。故道祖宸居於中域，列聖星分而纚連。是猶兩儀生於太極，六帝共乎中天。請言其狀也：穹崇崛崅，陰臨鬱律。發厚地以嶔崟，秀中天而茂密。雖博物者莫能舉其上，亘終古蓋未見其匹。磅礴乎人境，烜赫類乎帝室。於廓照爛，宏博壯觀。矗崔巍以離婁，紛瓌譎而倩練。高謝冥冥，勢凌漫漫。蔽虧乎日月之光，跨跱乎神州之半。遠而望之，固以瞪目軃手，翕舌張口，趨之則顛，背之則走。進而迫之，不覺精瞀神亂，躑躅戰汗，俯而不敢躇，仰而不敢嘆。寔上聖之所經營，而有生之所未見。

始也聘巧東魯，致匠西秦，四合於是楩梓選，三齋然後繩墨陳。奔雷觸山不能犯其慮，連城誘目不能眩其真。合於天，類梓慶之削鐻；應於手，猶齊扁之斲輪。所以造之者莫測，見之者疑神。雖梧齊之智，莫敢詰其規矩；而丁護之巧，無所投其斧斤。爾其締構也，稱平各宜，錙銖不欺，合形輔勢，大小相維。上糺結以麗倚，下戢春而互持。或憑虛投會，或邀險赴危。或支柱邪據，或妥帖橫施。或相凌而不亂，或相遠而不攜。狀岌峨而不安，怵將墜而復稽。觀夫因材寓智，託類班形。螭矯題鄂，虵勝楯櫺。鋪文蠡以飾户，踞開明而守扃。天鹿鬱拂以含怒，雲爵宛轉以輧停。被龍文而彩錯，揚鯨目以晶熒。陸盡物怪，水窮海靈。夏鼎之所未鏤，《山經》之所未名。非由果與賁勇，孰不心折而骨驚？

至如覆井交葩，圓淵結綺，縈蔓藻於迴波，艷藕花於倒水。神珠硨磲，銀盤之寶遐燭；鴟尾聯拳，機山之巖對峙。蓋所以勝服而厭祥，豈所謂誇詡而濟奓？爾乃文梁飾杏，複橑彫蘭。棼桴受梠，栟斗承欒。四阿負櫓而巘巘，雙楹楝扆以桓桓。燭龍銜光於北闥，秋河從帶於南端。御温房則不嬉炭而揮冬汗，闢陰室則不清冰而興夏寒。豈比夫玉宸之蘗闕[一]，瀛海之金鑾？一則恍惚於象外，一則阻絕於驚瀾。既謬悠而莫詰，非人間之可觀。

別有危級三休，飛甍四注。紫閑寮以靚穆，朱簃縈而迴互。罘罳峻結於宫隅，牟首橫經於輦路。訬重坐於青冥，飛增盤於碧霧。極其高，差兩表而不能度；徑其廣，布萬武而不能步。既以極宏規於壯麗，且將擬盛德之形容。於是召衆史，睨四墉。想象丕天之偉蹟，彰施冠古之殊蹤。有以見二祖艱難而成王業，四宗積累而開帝功。豈惟貽孫謀於翼子，抑亦觀盛德於無窮。

次則股肱元老，社稷宗公，峨金烱而熠煜，委玉佩之青葱。瞻其象則思忠臣烈士之志義，覿其德則知賢相名卿之始終。出入户庭，示萬嗣於儀刑之内；周旋牆屋，覽百年於俛仰之中。彼周室楚廟，凌煙麟閣，曾何足與較美而疇庸者哉！爾乃流覽延矚，高低眩目。飛丹約黃，含青吐緑。彫屏疏金，漫階釦玉。碭基青閏，涣然春水之溢塘；華覆葳蕤，蔚矣喬雲之是族。曠然真境，肅爾天居。汗漫而遊，如掀壯士之臂；滕凌而上，必執化人之袪。故群仙乘蹻而旁戾，諸天蔽景而下趨。清泠回列子之御，蹁躚集

[一] 宸：原作「晨」，據《新刊國朝二百家名賢文粹》卷一七七改。

葉令之凫。靈心盻蠁，神物睢盱。霞控飈輪，望真遊之彷彿；琁琉龍卷，儼玉坐之清虛。以此致孝，孝無不成；以此饗親，親無不格。近可以躬執乎豆籩，遠可以駿奔乎玉帛。蓋聖人之孝也，通乎神明而光於四海，俾萬世承休而無斁者也。

於是縉紳先生，緇黃耋艾，爾稱顒而言曰：盛乎哉，茲世也！我宣祖養時晦以開遠祥，藝祖膺曆數而集大命。功衍於太宗，化隆於章聖。傳次仁、英，遂重熙而累盛。卓哉煌煌，烽熥燎煬。極熾而昌，以至於我皇。協中建極，聖業以張。思愛忘勞，以增孝子之至；推功振耀，以發前人之光。故即位已來，十五年而治軼於成康。猶復慕虞舜夏禹之行以自勉，思文祖寧考之道以自强。所以內不親佳艷妖冶之色，唯禮樂詩書爲之悦[一]。外不恣俳諧優笑之樂，唯師臣賢輔與之處。寵微金穴，而東朝之養是隆；倖茂銅山，而直道之人是與。簡約器服，美黻冕與簠簋；屏斥濮鄭，訂雅樂與《韶》舞。臺觀弗營而盛三雍，苑囿希幸而籍千畝。克己復禮，動不爲身。然念嗣臨萬國，可不厚其本；富有四海，不以儉其親？廣宗廟所以教人尊其上，嚴祖禰所以篤民興於仁。

若然，則雖欲土木無遺巧，衆不厭其侈；郡國無餘力，下不患乎貧。況是殿也，

[一]「樂」下原有「以」字，據《新刊國朝二百家名賢文粹》卷一七七刪。

制不踰古，役不加民。宜其有司奔走以將順，天下鼓舞以歡欣。戴白之老愛惜朝夕，冀覩其盛禮；懷鉛之士稱道功德，不愧於斯文。《聖宋文海》卷五。

三夏享元侯賦

李山甫

臣禮茲異，君恩乃宣。奏三夏以交舉，享元侯而率先。器在擊鍾，播聲音而中節；儀當備物，寵牧伯之賢能。匪特報成功於守土，蓋將明頒惠於自天。若古有邦，建侯分理，下所以輯於民庶，上所以尊乎天子。必也因述職以來見，遂講儀而旌美。然遇之之理，在辨乎等級；享之之樂，必防乎僭擬。故茲三夏，方節奏而有聞；惟爾孟侯，以尊崇而及此。

觀乎列國修覲，盈庭奉琛，有束帛以供其獻，有佩玉以鏘其音。而我享之設也，將以象其德；樂之備也，又以娛其心。酌獻有典，用著示天恩之寵；殺烝遞進，以尊崇方伯之深。爾實勤王，吾當臨享，特陳宴好以加異，爰備樂文而伸獎。是以樊遏渠者歌之，大俾宣播於鍾師；獻酬酢者禮之，隆式褒崇於牧長。是知位益尊者禮益盛，享愈厚者樂愈優。此互聞於九曲，彼延冠於群侯。以此見命數從而差别，王澤爲之下流。肅侵威而相勵，奉褥典以交修。詎同乎晉作伶簫，在臣儀而有得；楚爲地室，按賓禮以奚由。然而侯必享者益答其勛，歆以夏者實尊其德。設非伸厚貺於盛樂，曷以結歡心於大國。載揚頌類，欽修訓儉之方；灼示王儀，彌重專征之職。爾其侯藩鬮至，享禮前施。不有樂也，無以導其歡愛；不有夏也，無以别其等威。矧揚音而鏗爾，顧推惠以行之。或歌《湛露》以燕諸侯，可參其義；或賦《東山》而勞歸士，豈異其儀。

偉矣！臣奉寵光，君頒優偓，嘉肅陳乎廟亨，殊宣昭於夏樂。宜穆叔舍其大而拜其細，誠於理而有覺。乾隆十六年刻本《瀘溪縣志》卷一一。

大禮慶成賦

張耒

惟宋六世皇帝踐祚之七年，所以和同天人，綏靜中外，垂鴻襲裕，增高累厚，以對於神祇祖考者，固已蒙被充塞，光融翕赫，六合一意，四海一口，無得而言矣。粵以壬申之仲冬，將有事於南郊，乃詔列位，恪職賦事。而有司建言：「惟我國家，因時施禮。郊丘之位，天地咸在。牲幣並薦，禮樂合舉。而古者乃以陰陽之至，即南北之郊，別位殊時，薦獻異數。有司其何從？」

於是天子惕然深思，祗畏敬慎曰：「茲大事，我其敢專？羣公卿士、典禮之官，竭思和會，以訂不易。」

於是議者曰：「先王齊明以享帝，而帝之享否，雖聖人未由知之，惟受福者其享之占也。恭惟國家合祭天地，於茲六世矣。惟我太祖躬膺駿命，以遏亂略，堂皇二儀，拓落八極，以定萬世之業。太宗威定宇内，震蕩大鹵，以一九有，定天下於一尊。真宗熙洽富盛，符瑞委積。南牧之猘〔一〕，不戰請命，威加北荒，奏功岱宗。仁宗席安據厚，不勤指顧，孽獠猾羌，含毒内向，吏士未頓，藏竄屈伏。終始太平，垂五十年。英宗入纂，百姓與能。神考有爲，六服承德。此可謂受天地之福矣。然則神祇之安，吾享也其久哉！」

於是天子乃翳青雲之屋，乘雕玉之輿，應龍受轡，招摇翼輈。建虹霓之修竿兮，飂彗星之飛斿。太乙執節以先驅兮，二十八星拱手布武經營而周流。貔貅六師，雷霆萬乘。初海沸而雲湧，忽山峙而川静。蓋天子粹然玉温，健然天運，望宫門而動色，顧執

〔一〕猘：四庫本、民國刻本《柯山集》作「旅」。

策而命進。惟烜赫之靈源兮，實鼻祖於神明。覽光德而來降兮，館玉宇之嚴清。張咸英之廣樂，備干籥之盛舞。景光交徹，鸞鶴來下。神嬉靈豫，醉爵飽俎。翼翼清廟，觀德之宮。七聖在天，時降於宗。□□□□，世有哲孫。豈弟無疆，惠我文人。瞻祖祏而念功兮，顧禰室而感親。聖孝油然發中兮，在位望而含辛。霽暘告旦，祥飈掠塵。從我髦士，來祇精禋。御史肅吏，司馬飭兵。既逶逶遲遲，雲流而日行兮；又洶洶業業，海運而天聲。靈旗洪頤翕赫欻霍兮，攫拏龍虎而亂鯤鵬。雄鷙憯威而震伏兮，柔良化禮而肅清。弛威弧、戢天戈兮[一]，固已熄滅蚩尤而折欃槍。執飛廉囷商羊屬之有司兮，羲和磨刮披拂盡獻其光明。蓋傾都空閭，翹首跂足，俯窺履綦，傍覘佩玉者，忽焉不知手之加額，口之成祝也。

於是背都城，望帷宫。郊坰坦其迤邐兮，場圃既寒而畢功。頳青雲以連屬，燦虹霓之經緯。紫微下屬於兩觀，勾陳錯施於萬雉。扶傾之神，仰立而拱；翔德之龍，下抱而曳。疑神變之欻成兮，湧九地而出峙。連廡千柱，廣殿萬杙，飛甍闘桷，洞牖屹壁。酸股之隅，眩目之極。唐洛執算而莫計，班倕操斤而自惑者，類非資材於蹔墁，而皆機

[一] 弧：原作「馳」，據《皇朝文鑑》卷八改。

杼之紡績也。一室之用，足以温一家，一宫之費，何啻衣一國？驚霆之蹕既震，洶壑之聲咸寂。敞齋寢之靜深兮，何清虚而邃密。天子方端而虚，儼而一，多儀未舉，精意已塞。甲夜始晦，嚴鼓載作。飛斂走伏，神讐鬼愕。望舒騰精以燭宵兮，玄冥收威而布德。靈鼉五震，軫車將中。天子乃被衮執玉兮，齊明莊栗之誠。動於進趨，表於形容。千燎具揚，萬炬畢融。上撩熒惑，旁爍燭龍。近爲朝陽，遠爲融風。赫赫曦曦，煌煌輝輝。列次之士，野屯之師，嚻如酌醇醪而御兼衣。黄流汪洋，璧玉照徹，祥祲衡布，協氣下浹。音爲樂和，形爲人悦。白質之獸，簫聲之鳥，紛披雜沓，應奏而舞節。陟降既周，燎煙始升，奔星走虹，奉璧薦牲。豐隆奔馳而仰鶩兮，祝融焜煌而上征。開閶闔兮闢清都，后帝燕兮百神愉；圓錫蓋兮方獻輿，岳輸固兮溟効濡。

於是禮備樂成，整車而旋，萬類環極，端門闢天。賞出千庾，恩流百川。北包大壤，南盡島蠻，西越流沙，東窮海壖。令未脱口，雷運風傳。野無窮人，獄無宿愆，破械解縲，負帛囊錢。車反其舍，士復其伍，効技呈才，千鐃萬鼓。天子舉酒，以屬羣公，咸曰「休哉，天子之功」！

系曰：於穆聖主，建皇極兮。嚴恭精禋，帝來格兮。柔祇並位，儼牲璧兮。文祖右坐，臨有赫兮。於惟祖宗，有常則兮。諱兵畏刑，後貨食兮。政有損益，兹不易兮。

帝則鑑之，戩穀錫兮。兢兢業業，日一日兮。三載一祀，年萬億兮。明趙琦美鈔本《張右史文集》卷一。

張耒《進大禮慶成賦表》（明趙琦美鈔本《張右史文集》卷四八） 臣伏見皇帝陛下即位以來，事天治民，虔恭豈弟，光被四表，格於上下。雖太母保宥，一遵聖訓，而仁厚之誠，不言而孚。乃者肇見天地，實陛下即位之初郊，内自臣工，外達海宇，於以觀神人感格之際，占信順獲助之驗。前祀二日，陰霰暮集，俄而氛祲廓清，星月明潤。將事之夜，風伏不興，景氣晏温，圓穹清明，神祇來格，於是乎在。凡執事在列之臣，與夫侍御奔走之隸，喜動乎容，和見乎聲。《記》曰：「福者，備也。備者，百順之名也。」天既順之，備孰甚焉！帝之來格，見於天時；祭之受福，見於人情。臣幸執筆，待罪太史，實奉祝冊，天威咫尺，親見齋莊粹穆之容，陟降拜俯，誠敬盡兼。臣竊喜太平之必至，多祥之必集，四方之民，受福不疑，姦宄作慝，不禁而息，謹撰成《大禮慶成賦》一篇，隨狀上進。雖不足以追配《甘泉》、《河東》之廣大盛麗，然犬馬之愚，庶以自竭。伏惟清閒之燕，略佇覽觀，干犯宸嚴，無任激切屏營之至。

《古賦辯體》卷八 賦而雜出於雅頌，其間多步驟，相如、子雲、孟堅諸作，脱其意而異其辭，初不拘於架屋下之屋、樓上之樓者也。中間化腐爲奇處，正可學。後學知此，則謝朝華於已披，啟夕秀於未振，何患語言之陳腐哉？若曰傷於精刻，則荀卿諸賦已然，此何必議？

《賦話》卷一〇　耒字文潛，有《大禮慶〔成〕賦》，原出雅頌。

元符南郊大禮賦

劉弇

粤若溟涬鴻濛之始，登魚奠獸，肇豺獺之知，圓顱方趾，厥協精純肅專，於是乎有祭。及稽諸載籍，則郊之禮尚已。《傳》曰：「帝王莫大乎承天。」《記》曰：「惟聖人爲能饗帝，以其祖配。」則七代之所更立，如指諸掌者，蓋明乎郊社之義。虞、夏、商、周，胚胎前芳，鯀、冥、嚳、黄，用詔於後王[一]，厥惟舊哉！及陋者爲之，則誣天贅祖，神醊雜擾，其語弗經見，搢紳者不道。九天太一、三一八神，則方士之説試；黄蛇白帝，陳寶鳴雞[二]，則秦餘之祀舉。或龍馬寓木，或待我而五，或遥拜竹宫，或侲子旁午。故漢三十年間，天地之祠五徙，而稚圭之徒，罷去四百七十餘所。有唐末造，闕漏莽鹵，殆不足數。是則數千百載，寂寥無詔之闊典，誠有待乎我宋七世彌文之真主

〔一〕王：原校：「京本無此字。」
〔二〕鳴雞：原校：「京本作雞鳴。」

矣。

昔者五季不綱，嘯屯拏否，童卓魁陵，蕩去典制。遇民則薙氏刈草，置國則累棋十二。雪桃薦屨，顛倒本末；飲羊璞鼠，廋贋竄真。盛鶴列者羞綿蕝，笑章甫者高惠文。翼飛虎使婪食〔一〕，冠沐猴使搢紳。惵惵遺黎，沸糜擾雲。柴薪燔之弗嗣，丘故圜而益泯。凡時君惡其害己也十去八九，而先王所以揭虔妥靈者其間僅存〔二〕。雖有天成、長興之字圖，固已愐愧趑趄，翦翦焉獨奚補吾世之討論哉〔三〕！

我藝祖之初也，皇武奮張，拱揖宅師。奠九壥而業萬世，支傾柱而紉絕維〔四〕。道籠德絡，藥瘵砭疲。於斯時也，武而未熙。太宗熙文，僕我景命。汾晉江吳，以次係頸。去鼠箏之苛，徯茹黃之諍。於斯時也，熙而未定。大定維真，底綏謐寧，貯祥儲休，汾脽云亭〔五〕。於斯時也，定而未成。然猶一祖二宗，或五或三，嚴配昭升，往遵於南。曰

〔一〕使：原校：「一作與。」
〔二〕存：原校：「一作序。」
〔三〕世：原校：「京本無世字。」
〔四〕紉：原校：「京本作紐。」
〔五〕脽：原作「睢」，校云：「當作『脽』。」豫章叢書本《龍雲集》作「脽」，據改。

仁曰英，承憲履繩，乾酬坤答，轂不及停。爰追神考，基命宥密，釐正丕誕，無文咸秩。剟偍陋與遳脆，獨飛蕤而篚質。上咸五而下登三，墳作四而籍言七。更載十九，上儀越軼，則有元豐之祀典存焉。

及陛下繼之也，履紹聖，躋元符，讋夏子，覰唐虞，童劉李，廝魏吴。掃攢蠹如彈痤，開夷軌乎破觚。皐後夔前，履錯珮摩。洗渭巢箕，來遊來歌。懟往者易頑顏而鑿方心，跽新者厭淡泊而酲醇和〔一〕。搴同潁之秀而穀人腹，沐塗旁之枝而桑者衣。霜顛卒齒而不兵，黄吻嘯儔而課嬉。褒衣短後，羽襹衹裓，陶冶於既醉；風胎雨鷇，灌莽苞皂，長懋乎由儀。雞犬之聲相聞，烏鵲之巢可窺。若乃史不絕書，則甘醴歲濡，華滋宵零；奔精標南而照老，滎波醴曲以薦清；緇文黄輝，素鳥朱英，四肩九尾，不可殫名。象來致福，則髽首鐻耳之俗，頭飛鼻飲之鄉，濮鉛僻卧之酋長，戴斗蝡蠕之名王，解辮削衽，踵係乎職方。然猶雍上久虚，傳國壽昌之玉刻；譙赫申旦，下貫不揜之景光。仙驥儷翼於武夷，駢竹笨篔於豫章。是謂應期紹至，不特創見，豈徒諸福之物，可致之祥也邪？聖上則攬靡禧，初矍然，諏挹損，採撝謙。休哉孰爲此者，我則歸賴於天。於

〔一〕厭：原校：「京本作飫。」

是條頌祇之書，下發中之詔，天姥之日練，掌故之儀章。即是歲之冬至，將有事乎南郊之兆，禮也。

先是齋宫僅存，翼以縵城，有司弗虔，拄頹支傾。天啟人惎，厥營端誠。觀夫端誠之成也，司空庀徒，太史揆星，審曲面勢，匠人是經。爾乃計工傭，課匠石，陰陽順，衆材度。霰屑雨柿，礱山噎壑。協庶民之子來，讙百堵之皆作。於是桴木姑繇之墟，薦舄苑蓬之巔。負瑤光而捫太乙，走神皋而眡綺阡。飛轙軒軒而鵲起，修梁亙空而虹蜿。左平右堿，青瑣綺疏，的皪連蜷，承阿結隅。叢芝栭與繡楶，爟賦白而騈朱。銜環躍楯，千詭萬殊。豈惟仙靈雲氣倩練而靃靡，厥有飛廉翁仲瞵睒而睢盱。其前則崛起泰裡，瞰臨朱垠，象嶢闕之中天，疑徙居於化人。其後則崇墉屹屹，配以拱極，嘉德中豁，揭之金勒。承和迎禧，左右迭掖。告虔則賁明東峙，表事則肅成西直。銅題釦砌，徼道外周，扶拱棲櫨，陽烏陰虯。狀嵬峨而嵽嶪，吁欲擲其中留。然而高廂嚴除，窅寮靚深，舒紫蔭之奕奕，晭清思而愔愔。卷皇明於寂照，攝睿念於幽襟。於此而疏瀹澡雪，則見其所爲齋者。於此而觀天地萬物之復，則履新陽於故陰。於此而朝群臣，則壯萬乘而取威重。於此而申懿鑠，則有嘉德而無違心。是謂一舉而四善得，豈比夫雲陽、甘泉，窮物怪而誇麗淫者哉！

然後前期七日，受誓戒，飾戎容。命掌次使設邸，詔封人使壝宮。請中嚴而奏外辦，毋不恪以稟臣工。款原廟而朝祏室，龜食墨而吾從。是日也，改天步，仗黃麾，服大裘，翳華芝，巾玉輅，駟秀騏，撰清斿，旅佽飛。平盤廓以蠖略兮，緄帶颯而葳蕤。絢綢杠之孑孑兮，右闟戟左青旂。百神讋而陪衛兮，千官儼以禠褷。於是雲罕啟行，幰弩射私。⿰禾暴稍星羅，柯舒鱗差。烏號夏服，星鏑月弦。跳盪虓闞，震震闐闐。塵不漸軔，委如注川。初逗隘而取寬，俄舉中而包偏。清蹕曳聲而肅譁，班劍竦飾以陸離。鼻獸獻馴而雅拜，天驥睨雲而嚼羈。黃道端以綢直兮，下朱雀，迤南薰。物色別之五衣兮，翕焉綺錯，霍焉霞分。貫裂闕以靡旃兮，哄閶闔而噫輪。詰蚩尤使當兵兮，戒雨師使清道。坌波湧而燎揚兮，默霆吞而鯨窨。岌簸丘而跳巒兮，恍神騰而鬼趡[一]。辰十二以效時兮，車抗指而司方。蓬勃鬱蓊蹂以戢脅兮，半岸叱綽沛以相羊。騰蛇白澤詰呵神姦兮，桃弧棘矢攘却不祥。決旬始而掃攙搶兮，飛蒙茸而走陸梁。爾乃賁諸之儔，拗怒立發，跋扈睚眦，陰伺微察。鏤朱涅墨，裂眥直髮。當之者糜碎，過之者氣奪。曾徒手之不抗，況臂弧而腰鐵。

[一] 趡：原注：「子笑切。出《河東賦》。」

於是乘輿之至，端誠也適。晡焉，然後金吾誰何，挈壺警昏。雞人叫巾車而呼旦，太宰眡滌濯之前陳。物告備，攢題揭，寘蒼璧，豆登設[一]，器陶匏，席藁鞂，牲孔時，酒醴絜。時也，天形束磬，萬籟寂絶。玉繩低隅而黏波，霜華飛清而漲闕。蒼虬蟠閫而不動，爥龍噴坰而布爇。班馬蕭蕭，七萃卷舌，絳紗萬枝，扶鑣夾轍。烘鱗髓與鳳膏，邈珠還而雹掣。天子乃步自大次，暨小次而須焉。左延右揖，樞臣禮官，以引以翼，遂造乎壇端[二]。柴煙升[三]，帝諶寫，靈斯斿，下風馬。藝祖是配，禮無遺者[四]。百神受職，魚魚雅雅。將事之臣，罔敢不共，肅骨嚴顔，秋秋顒顒[五]。弁匜首以星俯，球飾趨而鸞雝。若乃堵以備樂[六]，磬簫笙鏞，孤竹之管，其宫圜鍾。狎獵後先，翠葆崇牙，宣和播粹，金支秀華。般裔裔以依永，貴人聲而登歌。以亞以終，飲福受胙，熙事備成，權火

[一]豆：原校：「京本作玉。」
[二]乎：原校：「京本作平。」
[三]柴：原校：「京本下有望字。」
[四]遺：原校：「當作違。」
[五]秋秋：原校：「京本作秩秩。」
[六]乃：原校：「京本作萬。」

斯舉[一]。御端誠而大朝會，於以篤萬世無疆之祜[二]。於是屬車改轅，先驅復路。乾熙坤恬，協泰齊豫。疏祥飈而舒徐，翕遊雲而布濩。奪騁目而醉夸心，抃藪足而踰林羽。千乘萬騎，不暘而暄。望彷彿以依約，至徘徊而蟬聯。霓衣差綵以暗地，雲韶紓聲而撲鄽。車轍馬跡，無取獨謠白雲之穆滿；驂龍駕鳳，尚陋按行蓬萊之列仙。

上乃御應門，弛金科，天德晛[三]，百福荷，鏗萬石，攷雲鼉，奏隆安，協猗那。皇心懌，賜顏色，揭雞竿，繫囚釋。堯言布，漸動植，翔仁風，滂睿澤。紬繹祀典，攬蒐潛德，興滅繼絶，蠲逋已責。徧存問乎高年，秩牛酒與束帛。於是歡呼之聲，沸渭鏘洋，億庶千官，環瞻赭黃。慰若大旱之望雲霓，榮若湛露之晞朝陽。快若庶鳥之宗鵬鸞，竦若衆山之景嵩常也。今夫施洪則報斯腆，德茂者禮逾文。其事則丘上帝而廟祖考，其教則尊尊所以爲義，親親所以爲仁。然而博碩肥腯，亦或吐諸，則貴德不貴物；齋戒沐浴，有取乎爾，則在誠不在人。豐蒇省則大饗不足以大，旅牛慙禴則東鄰不如西

[一] 權：原校：「京本作爟。」
[二] 祜：原作「祐」，原校云「疑作祜」。據改。
[三] 天德晛：原校：「京本作德天晛。」

鄰。此固元符所以材兆物，瑩吾民，時斟酌，孿精真，陋前代而講嚴禋也。頃歲宗祀明堂，格於蒼昊，哀對神考，既往之聖孝也；問者爰兆北郊，媪神是報，以須敬造，方來之順道也。今又睹夫端誠之岊岊，搶空跋蘙，方地跐而天到；擁和纏休，實神明之所相勞，非曠古盛德效邪？兹亦羸國削君，冗儀細藻，羌不可得而匹紹也。且夫留滯周南，馬談則没有餘恚；當君而譽堯舜，亦蔣生之所深恥。正得春而不萼，信寠黮頑萎而已矣。況若小臣親陪祠事，苟蟄吭而錮毫，持此將復誰諉[一]？不其鄙歟！不其鄙歟！敢拜手稽首而爲之頌曰：

澒洞蒼莽，辟元精兮。陽司陰覞[二]，無臭聲兮。契彼自然，壇圜成兮。百聖差軌，款拳擎兮。宋更七世，邈飛英兮。紛綸焕爛，賁朱坰兮。瓊開金闔[三]，踴端誠兮。蹂漢轢唐，奄上征兮。帝諶肅將，臻百靈兮。倬彼慶霄，薦清明兮。於焉降格，若見情兮。自時厥後，福罔陵兮。若之風雨，妥日星兮。臣夷妾狄，寢五兵兮。疇蟠壠縈，稼坻京

[一]將復：原校：「京本作復將。」
[二]覞：原校：「京本作瞷。」
[三]瓊：原校：「疑作敻。」

兮。顯允天子，我民寧兮。於萬斯年，揭鴻名兮。四庫本《龍雲集》卷一。

劉弇《進元符南郊大禮賦表》（《龍雲集》卷一）　臣弇言：臣疵賤坎壈，生亡益縣官。紹聖中，有司第臣宏辭程文入等，奏御，蒙陛下誤恩，擢太學博士。厥績弗底，禄屍食浮，今者歲一再見矣。平居訓講之暇，不敢自齒於録録，則間騁意翰墨，因得窺知古人所以班班槩見，而不可厚誣，如《三都》、《二京》客卿、烏有之比者。竊嘗謂詞人文士之作，雖取經不純，去道時遠，至於變化飛動，神開筆端，得不因人，自我作古，新一代耳目，起太平極功，有如此曹，殆不多得。屈、宋已還，賈生、相如、向、褒、雄、固，最號高手，能使往漢光華至今，數子力也。自時厥後，苟作之徒，弊毫殫楮，或文不足以起意，或趣不足以會真。而其時君至有持一時赫赫盛烈，甘心低回，委之斯人之手，磨滅就盡，豈不痛哉！恭惟皇帝陛下光明緝熙，纂業七世，自親政以來，事條物理，包乾括坤，縟儀豐藻，符貺休顯，雖古號丕平極隆，無以加此矣。乃者冬至有事於南郊，其日甲子，最道家所貴，協吉登良，曠古難值。況復肇嘗齋宫，燕神億明，行事之始，曠無纖雲，風恬星輝，萬里一色。竣事復軔，登門肆眚，天人統和。臣弇時則猥預祠事，耳更目悉，竊自慶快，以爲出於昔人以有事爲榮、欲焉而弗獲者遠甚。夫易難遭忽希闊，闓熙事而不榮，郁主美而弗宣，亦懷薄技而不效者罪也。弇不避僭易，頗復採掇西漢氣質，課成《元符南郊大禮賦》一通，使萬世之下，知有吾宋，如白日之麗慶霄，兹臣志也。夫餘力逸勁，飲羽於石梁，上方宋人之弓則不足，然臣之精力自以爲盡於此矣。謹昧死繕寫，隨表上進，伏望陛下清閒之隙，少紆叡覽，則臣雖没齒，榮莫大焉。臣無任云云。

李彦弼《**劉偉明先生墓誌銘**》 元符中，進《南郊大禮賦》，將將虖不獨蹂躪班、揚，要之鼓吹經史，丕赫盛時之大典者。哲宗皇帝嘉之，除秘書省正字。

楊萬里《**誠齋詩話**》 鄉先生劉尚書才劭字美中云：「劉弇偉明獻《南郊大禮賦》，首云：『粤惟古初，豺獺有祭。』南郊大禮，祭天地祖宗，而比之豺獺之祭，此譬如千乘萬騎，羽獵長楊，而於其間説蝦蟆。」

周必大《**龍雲集序**》（《周文忠公集》卷五五） 廬陵郡自歐陽文忠公以文章續韓文公正傳，遂爲本朝儒宗，繼之者龍雲劉公也。……頃嘗與鄉人論公之文，如《南郊賦》氣格近先漢，已爲泰陵簡擢。

《宋史》卷四四四《劉弇傳》 元符中，有事於南郊，弇進《南郊大禮賦》，哲宗覽之動容，以爲相如、子雲復出，除秘書省正字。

劉璋《**龍雲文集序**》（明弘治刊本） 先生之學，博極天下之書，見諸文章，一以羽翼聖道爲先務。才雄氣駕，縱横開闔，千姿萬態，生生不窮。其《南郊賦》厖郁雄邃，如殷卣周彝，龍紋漫滅，古意獨存。又如泰山之雲層，鋪疊湧沓，莫知其端倪。

擬進南郊大禮慶成賦 並序

王洋

某伏覩紹興某年某月某日赦書，頒下郡縣，冬至已行南郊禮成。惟斯盛禮，缺墜未講，有年於玆矣。某竊慕古人覩時盛事，必有文章紀敘，輒述實用，注於當年，禮文因革，有所稽證，此文之所以有助於治者也。某不自量度，輒因盛禮之舉，爲《南郊慶成賦》，亦庶幾萬世之後，思見今日禮儀制度之數，典祀克舉之由，達於有司，典章之外，或有攷焉。其辭曰：

皇帝踐阼，十有七載，遐邇既洽，神人用和。爰以中冬癸丑朔越七日庚申，有事於圜丘，始復古也。皇帝若曰：「恭我祖考，肇造區夏，有衆一旅，四征弗庭，日不暇給；然猶奠玉祀帝，彝倫靡缺，克禋克祀，上帝盡歆，以敷佑於萬邦。是用寢明寢昌，奄有方夏。肆予沖人嗣位，適我家之艱難，匪籩豆梡嶡，升降是肄，而干戚旄羽斯習。惟文惟武，更爲汚隆，典缺弗備，理亦固宜。今者上天降休，華夏以輯，紹我洪烈，斯惟其時。重念魯人將有事於上帝，必先有事於頖宮；齊人將有事於泰山，必有事於配林。三代之禮，小大由之。有唐祀事，亦先太清，告於祖考，配天以明，固惟秩敘，如階之升。」

乃先期三日齋於原寢，翌日享於太廟，又翌日宿於郊宫。大禮以秩，縟典咸具。於是羅千乘，列萬騎，被袞衣，鳴玉佩，和鸞旗常，纚纚曳曳，達於清廟，祗見祖考。升降堂階，奧肅靚深。文母后妃，賓妾賓嬪。金石絲竹，綀緉畢陳。其鬯則栩楜香鬱，芬芬葱葱，琛爵璧角，犧象禪勺，山彝泰著，疏畫縿羃。其鼎俎之薦，則牛脩豕麋，鴽釀蔆梅，蒸鱮燒雛，辟雞宛脾。其籩豆之實，則芝榴蔆椇，棗栗奈柹，昌歜乾蘛，爵鷃蜩范，九州之腴，靡不殫獻。爾乃循於江干，登夫太壇。豐隆吐曜，霜妃接道。批巖踰波，潎洌滂濞。鮔鱈鰅鰫，鮎鰨螭龍，踴躍訇磕，砰磅泌瀄，争馳競騖，旁盪捷出。於時勾陳載營，羽衛悉備，梢夔魖，抶獝狂，飛蒙茸，走陸梁，柴虒骿羅，照粲成章。乘輿於是駟蒼螭，六素虬，軼倒景，騰清浮，凌高衍，轢紆譎。乃次於圜丘，齋心服形，嚴恭寅畏，道洽於漠，神合於氣，淡然無爲，若與神會。嚴漏未既，牽牛將中，汾沴霍散，瑞華景從，繽紛飄肅，協於時豐。於是禮修告於宗伯，播鼓作於瞽矇。灑離蕟應，鼛笙和沂，巢剽棧筊，篞篎徒吹，歌咢修蹇，簸料塤篪。六變具奏，天神可禮。天錫皇帝，惟予男子，雜遝豐穰，挻煽晦晰。燔燎斯升，高靈畢從，焕熻娛娓，嵥峨濛鴻，絛胂藷練，馬車雲風。熙事既成，退即小次。肅旄旗，矗嚴隊，鞞鼓奮，猛士厲。熊羆弭耳，虎豹跳虛，鰐鰝鯨黴，噤瘁睢盱。周衛轇轕，重數閒暇。霜女江妃，紛綸曉靄。遐夷遠俗，騈踏問呵。乃御端門，乃赦天下。寬縲舒棘，龐恩厚錫，韡胞翟闇，各遂乃職。

盛禮將畢，天子乃穆然而思，若曰：「天造我家，今三甲子，兢兢守位，何千萬祀。惟茲蕆事，符於草昧，艱勤底今，取泰於否。上帝降休，丕隮汝衆，匪予敢思，與爾共之。於是輔弼元臣，執爵而進曰：「皇天無親，饗於克誠，當去否之運，崇再熙之明。非至仁無以守位，非至誠無以格神。陛下攬衆美而弗有，是以孜孜亹亹，以底於今日之寧也。屏宴遊，絶田獵，以藝文爲圃囿，以書禮爲机槩，孝悌達於神明，精誠熙乎日月。相昔王之兢業，以今視之，或未齒於毫髮也。且宮室至卑，膳御至菲，雖大禹之飯土塯，啜土鉶，不過是也。時止則止，時行則行，雖文王之遵養時晦，武王之久立於綴，無以更也。施蜺靡雲，豕蹷兕絶，侵淫倏夐，徘徊從節，相如夸校獵之盛，缺矣。石闕封巒，宣曲細柳，鳷鵲露寒，宜春牛首，漢武示别館之富，陋矣。明四目以達視，所欲見者民俗也，矧櫟櫧枰櫨、櫰檀栟櫚之木足經於目乎；達四聰以廣聽，所欲聞者民情也，矧侏儒揉雜，哇淫繁促之聲足惑於聽乎。味不求珍，美不求異，故皾酏粉溲、熬母薌極之味不足貴也；筦簞越席，弋綈大練，故雕文纂組、方空縠綺之靡不足美也。

惟聖時造，蹈艱履巇，匪剛匪柔，貴乎沉幾，高明沈潛，執事之機。用能益《履》而取《剥》，即安而去危。彼蠢蠢者安能知之？」

帝乃却扇就輦，朝於東堂，載見文母，鼓鐘煌煌。大姒是似，左右奉璋，申錫純嘏，萬壽無疆。四庫本《東牟集》卷一。

壬申歲南郊大禮慶成賦

程珌

皇帝御寓十有九載，與今爲再見於上帝。惟王者父天母地，尊祖配天，顧已疏於三歲，矧克修於十年。我藝祖之膺圖秉籙也，道冒六合，功該八埏。儒臣夙咨，合饗載嚴。破前王之陋，揭來世之先。前期祼鬯，至日潔蠲。於穆太宗，重華比隆。歲元叶吉，二祖並崇。列聖揚休，是則是共。感生配祀，火正奉祠。興國顯太一之祐，咸平昭五帝之宜，熠燿皇文，森羅帝儀。炎祚中興，熙事孔明，偉上聖之繼照，顯睿德之升聞。中更孽臣，胡然弄兵，攙搶摇空，戈鋋滿地，宫而不郊，禮廢以墜。倬彼元臣，運膺泰亨，天子善任，英明不疑。和氣充塞，抃蹈布野，年穀豐衍，災沴消伏，日月燭乎幽衢，雷雨灑乎寃齒。

爾元老兮以蒲爲輪，爾雋髦兮復招以旌。拔偏裨兮人自期於衛、霍之列，秉圭符兮家不遜於龔、黄之名。日月功兮課中才之士，拘攣脱兮待非常之英。鬱然龍翔，油然霧蒸。用能包藏之姦，天發其橐，千紀之夫，神趣其縛。豈曰無幣兮今泉流，豈曰無粟兮今紅稠。稱鈞衡兮物不頗，解琴瑟兮聲惟和。天子曰：「嘻！爾相之力。」元臣拜手：「我后之德。」天子不居，薦之上帝。乃稽玉曆，乃練上日。

歲紀之申，日至之辰。先成乎民，乃及乎神。奉牲以進，博大以碩，奉粢以登，有芬其苾。祝無媿辭，天其饗必。時也絳闕天低，宫壺漏遲，六龍雷動，千官影隨。原廟先謁，圓丘載祇。奠奉雲陽之璧，瑞陳宗伯之珪，露凝冰篚，雲飛寶彝，虞豆夏蕨，罍酒象醍。肅肅乎觚壇之静，洋洋乎英莖之遺。龍章兮袞煇，玉采兮旒垂，天容兮雍愉，天步兮委蛇。臣工巍峨，環珮參差。玉鱗金猊，燔燎煙霏。神光若交，對越靡違。永言配命，流慶丕基。禮成樂諧，人神以熙。宗卿奏畢，殿監授衣。已乃輅車樊纓，龍旗日昇，清蹕警蹕，周廬徹星。登龍翳芝，蛟蟠螭騰，鸞驂豹尾，黄鉞金鉦。月卿按節，九軌塵清。乃御端門，乃宣巽澤。陰山瀚海，杳無垠域，頌聲滂洋，流祉融液。此人之和也。六花先紛，前星澄彩，寒氣霽嚴，晴光散靄，數點灑空，適當肆沛。此天之和也。天人並和，曆數無疆，天子萬壽，元臣作朋。靈監覩下，方外慰寧。

答天閎休，宣烈斯人，益彊不怠，吾相吾君。丕休哉！唐虞鳴和，明良載歌。惟唐有臣，亦賦《南郊》。矧伊我朝，文學成林，鋪烈揚芬，寧遜昔人？望雲章之玉冊，想翠鸞之芳塵，是用作歌，憲世千億。宣之樂章，刻之金石。明嘉靖刻本《程端明公洺水集》卷二二。

迎鑾賦

曹勛

紹興十一年十月内，蒙召赴内殿，上宣諭曰：「朕欲遣卿請還梓宫、太母、天眷，卿可治行。」奏曰：「臣自北歸，仰荷天慈識擢，置在左右，惟期竭盡心力，不愛髪膚，以答知遇。兹蒙委使，仰託聖孝，洎天威所臨，使事必濟。況臣竊覩陛下建慈寧宫，預設宫中人物服御，無一不備，日夕祈禱早奉慈顔，固有年矣。天地助順，必如聖心。願承聖略，奉以周旋。」上曰：「朕自頃被命出疆，以至稟大訓，即大位，於今十五餘年，未始一日不北望庭闈，永懷温凊，幾無淚可揮，無腸可斷。所以頻遣使者，痛念親庭居患難久，宜有以承休命。仰計上天，亦相其爲。」言已泣下，左右皆掩泣。上曰：「汝見虜主，第云父母眷屬久蒙安存，恩德至厚。

然歷時爲多，霜露之感，在人子何以堪處？亡者未有葬藏之期，存者已逼桑榆之景。兄弟聚族，所存無幾。今荷基緒居人上，每歲時節物，風雨晴晦，必北首流涕。若於此時大國垂念，父兄子母家眷如初，則舉族感德，子孫相付，不忘於心。誠恐老者有蒙犯不虞，却爲上國之恨。卿以此意盡言，當有相應。」奏曰：「臣恭被聖訓，已無可加損，至臣下意所不及，陛下數語，莫不曲當事情。臣至則宣布聖孝，自應感動夷虜。幸寬宵旰之念。」拜謝而出，後同何鑄入國，至十二年方抵金國。又西北行三百餘里，名春水，引對開先殿，具陳上所宣諭，與何約伏地者三。余爲義氣所激，語次淚霑灑朝服。又陳本朝頃有四德二功於上國，上國乃稱弟以答本朝，非若契丹於上國徒有仇怨。既歷舉六事，虜主與兀朮左右大臣皆首肯，意極惻然。已而，兀朮傳虜主語云：「好待與大臣評議，歸館聽旨。」馬上，館伴翰林學士張鈞曰：「帝與國相見公所言激切，志在忠孝，甚喜。以從來南使，未有開説曉然如此者，皆實事，必有恩也。」是晚諫議大夫耶律紹文、大理卿楊仲修到館，傳虜主云：「早來使人所請宜允。」出答國書相示，退後南望闕庭稱賀。老夫獨號慟，淚不能止也，亦痛定而然。回程後奉迎還闕[一]，踰旬請祠，瀝懇再三，方蒙上恩許居天台山，作此圖賦以傳家[二]。賦序載祈請來歷，欲以傳示子孫，故詳而不敢略。

受命

僕幼稟嚴君之訓兮，詩禮是傳。約己惟孝謹兮，忠恪是肩。冠歲以此道際遇徽考兮，自九重而從幸北邊。不以艱棘易操兮，在醜益虔。及密奉徽考宸翰以勸進兮，獨月涉星奔以南還。荷上聖恩，俾列班聯。蒙訓詞之哀切，祈梓宮慈寧於北轅。恭仗漢節，持禮首燕。

啟行

噫嗟東夷，重譯北陲，始虔劉兮耶律，繼侵犯兮帝畿。終叛約而係累民庶，復逼擁翠華於虜旗。嗣聖仗鉞，再造洪基。虜畏威而請盟，許鄰壤兮淮湄。申命秉信，夙夜載

[一]還：四庫本校記云：「『還』字一本作『皇太后歸』四字。」
[二]圖：四庫本校記云：「一作小。」四庫本此下有「太尉昭信軍節度使譙國公曹勛敘」十四字。

馳。仰上聖兮永懷温凊，撫四海兮靡日不思。感臨遣兮丁寧，誓捐軀兮指期。

見接[一]

即路北指，涉江塹淮。理無南首，地闢天開。至泗濱而就驛，與伴使兮裴回。肆筵既款，詢予兹來。略陳大綱，虜使捧手而咍曰：「何其艱哉！盟未歷時，理難遽諧。」僕謂曰：「我國家以聖繼聖，布恩禮兮孔該。施報合度，爾宜廓懷。」

北渡

晨起攬轡，忍臨故汴。所過郡邑，人物皆漢。慘神都兮東入，望雙闕兮魂斷。泣經舊止，路人驚盼。悵予懷兮靡陳，豈止《黍離》之歎！麾拂全趙，旌掠燕雁。指扶桑兮萬里，值隆冬兮雪漫。寒幾墮指，噤欲神散。涉遼河兮航渾同，逾御林兮抵春甸。虜方大爲海東青之擊，插天鵝毛血以自薦。

[一] 四庫本校記云：「一本《見接》在《北渡》之後。」

傳命

即日入謁，周衛在庭。奉書幣於穹帳，感日色以重明。肅冠裳以儼若，陳舜孝之懇誠。擴聖意兮縷及，如天語之丁寧。伏蒲三至，群醜竦聽。余淚在服，虜惻然者再兮，果允言以欽承。

許還

仗威靈兮下九閽，格驕虜兮答辭甚温。紛館舍之蹀躞，傳虜帳之有言。以帝意之誠孝，其前事兮莫論。太母康福，宜奉晨昏。梓宫在窆，願歸寢園。即以仗衛，遣使駿奔。速余駕以入謝，諭其國之酬恩。虜曰：「託寶鄰之堅持，願無忘於子孫。」

回鑾

寒澮絶漠，暖移朔雲。啟五城之鑾馭，蕩陰山之妖塵。喜動慈顔，和氣回春。虜君臣以奉辭，眷接遇兮意真。肅東朝之儀物，嚴車馬以備陳。撤毳幕之蔽抑，御玉輿之高尊。咸呼萬歲，聲隘穹旻。夾路夷夏，仰德吾君。

上接

有國所無，迎還鑾輿。渡江淮兮波平，鼓趶楫兮鱗趨。於是天子儼法駕，陳路隅。事創見，民傾都。仰二聖之重會，浹八紘以歡呼。天地清明，子母如初。

身退

居數日，予以久留異地，困於力役。賀客在門，固莫伸予胸臆。因念賀者以予之功也，而功不可居；談者以予之能也，而能者皆陛下之德。又況妨功害能者，豈容爾振職？念若併棄於薄勞，曷若遠鑑於在昔。於是再上疏，求骸骨。殊恩灼知兮，許奉祠而藏迹。欣策蹇兮出修門，揭篋路隅兮誰復識？

閒居

卜築天台，松竹靚深。侶方外之高士，訪親舊之知音。一觴一詠，有書有琴。村歌社舞時以樂，楮冠雲衲間以尋。兒童漸長，歲月任侵。亦何知老之將至，惟安天命兮，行吾忠赤之心。嘉業堂叢書本《松隱文集》卷一。

朱彝尊《書曹太尉勛迎鑾七賦後》（《曝書亭集》卷五三） 右《迎鑾七賦》一卷，宋曹太尉勛奉詔迎道君梓宫及顯仁韋太后作也。公以紹興十一年十月治行，明年七月顯仁自東平登舟。梓宫既還，后居慈寧殿，公力請祠居天台山，繪圖作賦，傳於家。題雖分爲七，實一篇爾。公之子姓世居海鹽，保有此卷半千餘年勿失。近乃歸予宗人衎齋，重爲裝池，珍襲之。會予獲公《松隱集》四十卷，顧闕七賦之四，覩公手蹟，遂寫成足本。衎齋亦鈔完公集，鄙意宜以公《北狩行録》并附集中，尤勝舉也。衎齋听然曰諾。

《復小齋賦話》卷下 宋曹太尉勛《迎鑾七賦》，當日太尉奉詔迎顯仁韋太后作也。后居慈甯殿，公力請祠，居天台山，繪圖作賦傳於家。題雖分爲七，實一篇耳。公之子姓世居海鹽，保有此卷半千餘年勿失。公《松隱集》四十卷，闕七賦之四，朱竹垞先生覩公手蹟，遂寫足本。後此卷歸朱衎齋，又歸花山馬氏，惜余未之見也。

季秋大饗帝賦 以「時當季秋，天子饗帝」爲韻

王之望

君欲毖祀，禮宜順時。惟是季秋之月，允爲大饗之期。歲事告成，爰屆備收之候；天神可格，式陳遍祭之儀。

稽記月之遺文，見事神之至意。既祭於郊兮，著貴誠尚質之禮；又爲之饗兮，申報本反始之義。惟三代祀天之舉，悉用夏正；而比年旅帝之常，屬當秋季。斗既建戌，辰俱集房，寒初至而入室，歲已登而築場。舉帝籍之收斂，入神倉而蓋藏。欲享於上，斯時則當。三務成功，方授時於昧谷；五精降德，遂宗祀於明堂。時厥明王，類於上帝，略問卜之末節，舉用辛之定制。席三重而縟禮具陳，樂六變而高靈下濟。候無射之良月，肆蕆多儀；合太微之貴神，爰稱盛祭。蓋以歲遍者祀，物成在秋，百穀之要既舉，五天之報宜修。考以漢儀，當後時於廟酎；求諸唐典，每寓禮於郊丘。

且夫御世而王，事天猶子，重其祀所以致欽崇之道，謹其時所以明奉若之旨。授衣既畢，成民之義斯存；侑座俱尊，嚴父之誠在此。及乎簡編殘缺，讖緯流傳，論不根於據古，説多失於誣天。時既弗正，名因靡專。感迎長啟蟄之文，禘郊亂矣；立耀魄感生之目，稱號紛然。

嗚呼！降衷者其道至尊，臨下而厥靈不爽。有明德則可薦，非克誠而莫饗。上方儲精垂思，以交神於布政之宫，故曰惟聖人而能饗。四庫本《漢濱集》卷一。

三代禮樂達天下賦

方大琮

三代治盛，四方教宣。因性情之常理，達禮樂於敷天。異世迭興，即中和而默感；斯民共適，通遠近以皆然。

昔者人心尚隱於淳龐，世治未離乎簡朴。自聖時啟迪，此化寖盛，故天理形見，夫人皆覺。皇乎三代，斯時已極文明；達在敷天，無往而非禮樂。雖曰《夏》、《護》、《武》之殊用，忠、質、文之異名。豈無損益，俱曰踐由之異；雖異綴兆，均由心感之生。以此周旋於斯世，亦其啟發之真情。自六七世之賢明，迭相制作；使千百年之宇宙，相與流行。觀是時，萬國玉帛，驩趁夏邑之朝；百蠻歌頌，播在商塗之載。朝廷非無儀而徧及江漢，齊晉亦有詩而不遺鄘邶。雖是端均散於群心，而極盛無如於三代。當年積累，大恢治具之繇；與世周流，不見聖人之礙。

大抵人習於見理，則達理以甚易；道可以合民，非强民而使同。武夫非可肅，況在中林之地；賤隸豈能文，唱成列國之風。良由冠昏濟濟，閭里素習；聲教洋洋，朔南亦通。惟聖化薰陶之無外，故斯民習熟於其中。如奏《關雎》，雖鄉人而亦用；儻觀賓蜡，知大道之爲公。蓋上世蕢桴土鼓之希聲，杯飲汙樽而無體，童謡有樂情而未播於樂，耕遂亦禮意而未聞於禮。於是學校羽籥，合衆諷誦；族黨拜揖，習人孝弟。凡昔時之壅窒未通，故今日之情文大啟。豈特升歌於廟，鏗然此日之鼓蕢；抑令酬酢於鄉，藹若當年之酒醴。

後世奏形雅樂，至卿士以未曉；問及封禪，雖儒生而莫談。不思漢廣之夫，知有周禮；殷雷之婦，作歌《召南》。以後儒之多識如彼，視古者之凡民有慙。此且未達，況乎遠覃。以至野外何施，莫出魯生之兩；軍中自樂，何資唐舞之三。蓋自源流猶未遠於聖人，潰裂已不容於天下。陳非可歸，且負器以歸矣；河不可入，有播鼗而入者。於斯時也，上無宗主，禮樂逸於下而無所歸，所謂涣散而非達也。明正德刻本《宋忠惠鐵庵方公文集》卷二六。

聖王宗祀緝熙懷多福賦　一念緝熙，懷茲多福

方大琮

漢室宗祀，聖王孝思。懷多福之畀佑，本一誠之緝熙。業重丕承，肅明禋而肇舉；心常敬止，受繁祉以來宜。

昔顯宗舉嚴父之禮以配天，寓承祭之心於平日。愈續愈明，精意對越；迺眷迺顧，神休鑾肹。於皇纂述，在聖躬之福何多；此念緝熙，與宗祀之誠則一。帝也吉日先戒，明堂統和，乃肅鳴鸞之御，乃森法仗之羅。正位配位，神靡不享；始事畢事，誠當若何。父與天合，則祀與天一；心常日敬，則福常日多。□若體元，配□聿欽於成命；敬之在念，茀康載詠於《卷阿》。

想是時，非備禮於明庭，而容每皇皇；非致美於服御，而躬常肅肅。百順來備，一忱於穆。昭靈神之享，寶鼎白雉；顯祥物之應，靈芝瑞木。皆載緝載熙，無忝繼志；豈一享一祀，遽能獲福？方輅之乘、蓋之御，享以精誠；如絲之續、火之明，宜其戩穀。吾故曰敬常加敬，於祭必受福；祀與未祀，此誠無已時。天降於孝享，文尚穆止；蝦饗於我將，成常敬之。

今一睹漢京之禮，如載歌《周頌》之詩。此敬常綏，則此祉常詠；其德愈炳，則其年愈彌。心惟一主於敬也，福亦不知其賜茲。若曰於昭，詩攷孟堅之語；如云來顧，賦稽平子之辭。人徒見一祀堂之際，神果來歆；一祀廟之初，祥皆駢集。不云上帝之祚錫，則曰光皇之德及。豈知神靈昭享，非因登廟以常煥；禮薦效誠，不必至堂而於緝。此誠意常存，休祉所萃；縱祀事未修，敬心先入。不但光於諸夏，欣聞京邑之巍巍；豈惟經自靈臺，喜見祥風之習習。

嘻嘻！儉勤莫尚於文考，孝敬常關於聖懷。謂建武三十年靈德未遠，而永平方二載侑天與偕。雖久焉嚴父之禮闕，今質以東都而議諧。於此加既緝又熙之念，知其有轉災爲福之階。仰慰在天，祖考神祇之咸樂；是宜顧德，陰陽風雨之無乖。又當知上帝先帝眷佑俱隆，前人後人繼承爲念。正月行祀典，禮始大備；明年建皇祀，紀皆可驗。蓋儲貳社稷之福，所以奉冢祀而襲緝熙，宜天命四百年而未厭。明正德刻本《宋忠惠鐵庵方公文集》卷二六。

宋代辭賦全編卷之五十七

賦　祥瑞

醴泉無源賦

王者之瑞，何有本原

王禹偁

泉本靈長，皆從濫觴。何無源而自湧，應有德以呈祥。厥味孔甘，可飲九苞之鳳；其波不濁，寧朝百谷之王。豈不以地乃至柔，水惟善下。不愛其寶，於以光乎聖人；感而遂通，於以歸乎王者。但沸渭以出焉，奚疏鑿之謂也！

神化難知，汪洋在茲。視之者孰分似帶，挹之者咸謂如飴。匪自高山，非貳師之刺矣；不居絶塞，豈耿恭而拜之？有以見德及於地，不期而至。其潤也，齊乎聖澤；其湧也，偕乎睿知。浪井不鑿，我則同出而異名；靈芝無根，我則重祥而疊瑞。稽夫是泉也，其源不見，於義則那？其味且旨，在理云何？得非源之隱也，與凡流而有異；味之美也，表聖德而靡他。不然，又安得匪因掘地，而自可蠲痾者哉？

出鳥鼠者非吾之耦，産蛟龍者亦孔之醜。鄙河水之九曲，笑涇泥之一斗。自然而然，非有而有。攷乎枝派，應居水府之先；効彼休禎，合列祥經之首。是何不在高原，波騰浪翻。孰知乎桐柏，孰謂乎崑崙？任大禹之功深，寧歸畎澮；縱張騫之力盡，曷識根源。士有自立身謀，非因世本。桴學海以斯久，導言泉而漸遠。期作瑞於昌朝，免常流之一混。四部叢刊本《小畜集》卷二。

景靈宮雙頭牡丹賦 應制　並序

夏竦

國家升禪之五祀，聖祖上靈高道九天司命保生天尊大帝降禁中之延恩殿，真宗文明武定章聖元孝皇帝躬欽飈斿，祇若靈訓。璿源長發，真蔭克開。建景靈之宫以置祠官〔一〕，構天興之殿以尊肖像。獻而不祼，唐太微之儀；水以節觀，周辟雍之制。回廊四注，雙渠交屬。植之美木，間以幽石。叢薄互映，蘿蔓相縈。固列仙之

〔一〕官：原作「宫」，據乾隆翰林院鈔本改。

幽館，實有帝之下都也。

先皇厭代，飈駕上賓。聖文睿武仁明孝德皇帝、應元崇德仁壽慈聖皇太后哀極孝思，禮尊昭事。乃建奉真之殿於天興之左，備嚴像設，對越威神。憲曲察之規模，兼顧成之法度。其右則皇帝肅明福之館，其後則太后啟鴻祐之廷，並爲齋居，恪奉時享。普觀六藝，眇覿百王，尊祖奉先，莫大於此。是宜靈鑒博臨，嘉生誕降，丕顯盛德，覺悟蒸黎者哉！

天聖四年，歲次析木，甘澍充浹，太和豐融。惟時季春，吉日丙午，羽人動色，宫吏告祥。有牡丹之芳叢，拆雙跗而共幹。樞臣謹職以承獻，兩闈傳視而嗟異。爰命國素，臨寫英蕤，仍詔詞臣，昭紀嘉貺。上意以爲先聖奉真祖之禮至虔，真祖眷先帝之意尤顯，是彰美應，發爲奇芳。臣竊攷舊聞，仰迪陰隲，天意若曰：先太后以至慈保右嗣聖，皇帝以至孝恭順母儀。總決萬幾，大康兆庶。真祖降鑒，先聖在天。樂兹重熙，錫以嘉瑞。二花並發者，兩宫修德，同膺福祉之象也；雙枝合榦者，兩宫共治，永安宗社之符也。昔棣蕚承華，召公流詠；芝莖連葉，漢帝登歌。竊比兹芳，豈容並日！仰應宸旨，謹爲賦曰：

維五行之嘉秀，鍾百卉以流形。伊牡丹之淑艷，實造化之鴻英。雜五色以交麗，間千葉以敷榮。結紫心而函實，散黄蘂以傳馨。榦扶疏而四擢，枝綽約以相承。久潛芳於藥録，肆闕載於幽經。首春華而擅美，冠花品以騰名。何分叢於帝圃，遂得地於殊庭。蔭琪珠之璀璨，藉瑶草之葱青。潤五雲之滋液，對六羽之威靈。吐雙葩而並發，效神貺以潛呈。紅紛敷而接萼，翠沓裊以聯莖。較襛纖而不異，等高下以無傾。若霞裳之對舉，類鳳羽之偕升。表兩宫之睿聖，共一德以隆興。實詒謀之燕翼，固道蔭之章明。願書芳於信史，永傳美於千齡。四庫本《文莊集》卷二三。

《寶真齋法書贊》卷三右光宗温文皇帝御書夏竦《雙頭牡丹賦》真蹟一。卷臣嘗逮事紹熙，聞之長老言，癸丑之春三月，金輿黄繖，聯幸天籞。於時五殿均驩，層闈曼祉，重暉逮於四世，累洽同乎萬方。一豫一遊，載色載笑，綵衣龍衮，輝動玉巵。傳聞是日聚景上池，以雙頭瑞牡丹進。上捧觴再拜，上千萬歲壽。三宫歡愉，俯爲一釂。孝治光華之盛，冠軼史牒，民到於今稱之。臣以嘉泰壬戌冬再入都，偶閲帖於奉寧節度臣李孝友家，恭睹是賦，問知源委，蓋當時因有斯瑞，肆筆擇前代之作而有是書。拜手敬觀，求而襲藏，以侈下國。賦并題凡二百二十一字。贊曰：聖孝動天，瑞則應之。帝開紹熙，天實命之。三宫燕娭，愛且敬之。禁籞翠華，時聯幸之。萬葩其春，綵服映之。玉色怡愉，霞巵醬之。豈樂行都，民物盛之。乾坤同歡，康衢咏之。於牣靈沼，魚鳥泳之。天光下臨，邦家慶之。煌煌牡丹，奇産並之。帝王稱觴，親捧迎之。巍巍太皇，萬壽稱之。一德隆興，聖益聖之。維太平臣，嘗比興之。國英竦名，夏則姓之。穠纖艷殊，美則評之。仁皇之祥，今亦訂之。堯父舜子，本天性之。寵樓鷄鳴，久温凊之。晦明節宣，臣或諍之。瑜瑕未昭，事則鏡之。宸毫所傳，神具聽之。後三十年，臣則勝之。金匱名山，尚克證之。

天驥呈才賦

君德通遠，天馬斯見

范仲淹

天産神驥，瑞符大君。偶昌運以斯出，呈良才而必分。眸迴紫電，鬣妥紅雲。星精效祥，聿歸三五之聖；龍姿挺異，不溺三千之羣。是何降靈霄極，薦夢中國。啟天之命，光帝之德。包羞兮御閑之十二，屏跡兮駑駘之萬億。曳吳門之練，不足以比容；竭燕市之金，不足以爲直。徒觀夫汗血流赭，連錢拂驄。皎瘦筋露〔一〕，鸞肥臆豐。矯矯

〔一〕露：原作「路」，據四庫本及《古今圖書集成·庶徵典》卷一七二、《歷代賦彙》卷五六改。

焉鯨躍乎滄海，昂昂焉鶴出乎樊籠〔一〕。契瑞圖之表述，昭神化之感通。卒使伯樂居前，駭千載之有得；王良處右，悲一旦之無功。得以馴致皇家，駿奔帝苑。厥生也足比乎房駟之異，其來也寧憚乎渥洼之遠。

雖稱德於絶羣，豈代勞而一混。首登華廐，嘶風休憶於窮邊；高騁康衢，逐日詎思於長坂。豈徒矜半，漢衒連乾。必也瑞乎聖，通乎天，騰志千里，飛聲八埏。歷金埒以腰褭，奉玉勒以周旋。日馭如親，合亞六龍之列；瑶池若去，請登八駿之先。

異乎哉！神物來宜，天意純嘏。掩逸足於千駟，萃嘉祥於一馬〔二〕。方馳六轡，且殊歸岳之流；儻駕皇輿，曷如負圖之者。是知造化之奇，鍾焉在斯。祥麟生而奚匹，馴犀至而曷爲。寶於大邦，寧徇晉臣之請；出於有道，豈惟漢帝之時。客有感而歎曰：馬有俊靈，士有秀彦，偶聖斯作，爲時而見。方今吾道亨而帝道昌，敢昧呈才之便。清康熙刻本《范文正公别集》卷三。

〔一〕樊：原作「煩」，據宣統刻本及《古今圖書集成·庶徵典》卷一七二、《歷代賦彙》卷五六改。四庫本作「藩」。

〔二〕萃：原作「革」，據宣統刻本改。

《賦話》卷五　宋人律賦大率以清便爲宗，流麗有餘而琢鍊不足，故意致平淺，遠遜唐人。……范仲淹《天驥呈才賦》云：「首登華厩，嘶風休憶於窮途；高騁康衢，逐日詎思於長坂。」唯此數公，猶有唐人遺意。

《復小齋賦話》卷上　唐人賦有以詩句爲題者……宋亦間有之，范文正公《天驥呈才》、歐陽文忠之《藏珠於淵》，皆以賦句爲題也。

瑞麥圖賦

宋庠

天聖之六載也，陪京近地，宛丘奥封，厥有瑞麥，飛驛聞上。是時邦英臺彦，鴻儒碩生，被歡誦以沓臻，樂千齡之希遇。鯫臣不敏，敢揚言而賦之曰：

何聖辰之有感兮，見造物之流形。伊嘉生之育粹兮，亦稱珍而效靈。蓋茂昭於豐兆，故絶出於祥經。是月也，候司熛怒，節紀朱明。司徒謹土宜之法，遂人勤時政之程。畎畝鱗接，田疇砥平。非滅裂之攸縱，竟疏遫兮資生。青青交秀，芃芃向榮。或散穎兮共幹，或連岐而並莖。顧我疆兮我理，悉如坻兮如京。民相勸而動色，士覩奇而震驚。俄具載於繪事兮，亟傳聞於禁庭。寔惟天之輔德，彰有言而順成。

若夫蓂草標祥，朱英薦異，茅三脊以儲祉，芝九莖而表瑞，信徒假於書稱，亦烏足以擬議？請言瑞麥之可嘉也，協氣交生，大鈞封植。表天祐之孔昭，顯坤珍之有艴。宛彼神區，契兹景則。嘉種肇靈，秀穧敷色。浸潤兮芳澤之和，鼓動兮薰風之力。餘糧雲委，滯穗山積。故陳陳而相因，亦穰穰而叵測。宜乎允膺帝賚，紹隆皇極。豐功大業，日躋兮著明；溢美連休，月書兮不息。顧蕞陋之微才，曷揄揚於盛德？四庫本《元憲集》卷一。

後苑瑞竹賦 皇祐三年

宋祁

彼神苑之嘉竹，挺雙个而呈美。交繁枝之蕭森，等密葉焉葱翠。遂並節以自高，乃聯莖而告瑞。梢紺纛以儷脩，幹緑玉而均直。既内附以無外，蓋不孤而有德。詔飛綏以榮觀，列佩荷以賦詩。若曰：所以蒼筤，將兆慶乎震維；雙者最多，且繁衍乎本支。一以爲羣情協恭，一以爲四表共規。願裁管乎伶倫，期汗簡於良史。四庫本《玉海》卷一九七。

《玉海》卷一九七　皇祐三年三月二十二日甲戌，召輔臣、兩制、館閣官觀後苑瑞竹，其竹一本兩莖。退多爲賦頌以獻。宗室克循獻《瑞竹頌》。是年後苑産雙竹，召從臣與觀，皆賦詩頌美。宋祁獻賦曰……

陳州瑞麥賦 並表

宋祁

臣某言：伏以厥田惟上，界王國之右藩；以穀俱來，告我牟之紀瑞。事昭邦綍，美溢農書。恭惟皇帝陛下茂擁蕃祺，恪經善物，弄漢田而勸嗇，揉神耒以訓勤。庖有九官，務盡耕耘之法；地雜五種，深防水旱之虞。屢勑攸司，勸登宿麥。至誠上達，嘉氣下翔。發爲兩岐，告成八政。田祖有神而傒應，守邦作繪以來圖。庖穗孔蕃，天心爲豫，并詔儒館，交掞頌章。良史必書，無謝歸禾之命；升歌大備，遂高多稌之詩。臣位屬冗閒，辭流澀訥。隔從臣之品，無預奏囊；效遊童之謡，亦均嬉壤。冒聞黼几，集懼嚴淵。謹夙夜齋戒，撰成《陳州瑞麥賦》一首，隨表上進。賦曰：

冠三輔之上者，莫邇於陳；接五穀之乏者，孰先於麥？當乘離之令序，挺降薞之瑞殖。盛氣雲鬱，混鱗隰之初霏；密穗金繁，動星田之霽色。兩岐旁秀，六穗牙出。厥華芃芃[一]，厥穎栗栗。田畯奔告，守臣駭觀。伻來以圖，悉上送官。他穀弗書，視麥禾之最重；吾王攸助，知稼穡之惟艱。

沬北爰采，罔劭乎力農；關中益種，無聞於錫社。詎若天極歸貺，神明效異。偕蕃椒之盈升，配命禾而合穗。迎層宙之休氣，冠中田之嘉穀。繪我於瑞圖，辨我於凡菽。蒙至尊之渥惠，播新聲於絃次。上可以薦清廟之馨品，下可以助外饔之食劑。四庫本《景文集》卷一。

汾陰出寶鼎賦 皇漢之道，神鼎斯出

文彥博

至德昭彰，炎靈道昌。當汾陰而展禮，見寶鼎以呈祥。有感則通，表承乾之穆穆；爲時而出，彰負扆之皇皇。

昔孝武以運繼東周，位崇西漢，居尊克務於兢業，臨下彌勤於宵旰。崇諸厚德，俾

[一] 芃芃：原作「芁芁」，據湖北先正遺書本、《玉海》卷一九七、《古今圖書集成·草木典》卷三三改。

遠邇之悅隨；祀彼方丘，冀人神之幽贊。禮斯盛矣，神惟享之。允降穰穰之福，靡愆抑抑之儀。

由是脽丘之畔，汾水之湄。仰窺乎天，見黃雲之繚繞；俯察於地，得寶鼎以瑰奇。莫不焕金景之榮光，蔚龍文之麗藻。非惟啟於至聖，抑亦見乎有道。寧虞覆餗，寔天地之殊祥；不假銘功，乃邦家之盛寶。

偉夫！萬方悉慶[一]，百辟咸欣。非鑄鼎以象物，蓋至誠之感神。瑞啟明時，豈類宗周之寶；天祚皇德，寔爲巨漢之珍。是何澤及坤靈，祥昭金鼎。固莫量於輕重，又難偕乎奇挺。載於瑞典，非遷洛以堪同；獲彼靈祠，豈於湯之足並？

不然，則又安得並芝房而薦廟，配白雉以陳詩？於以顯皇化之廣運[二]，於以昭聖政之無私。嶽脩貢而川效珍，徒虛語爾；鼎取新而革去故[三]，何莫由斯？美夫祀事聿脩，休祥有秩。非勞九牧之貢，自顯三材之質。所以標瑞諜而紀祥經，彌萬代而首出。明嘉靖

[一]方：四庫本作「邦」。
[二]皇：原作「黃」，據四庫本、《古今圖書集成·考工典》卷二〇三、《庶徵典》卷一六〇改。
[三]新：原作「薪」，據四庫本、《古今圖書集成·庶徵典》卷一六〇改。

刻本《文潞公文集》卷一。

玉雞賦

祥瑞之氣，因孝而至

文彥博

王者尊臨四海，孝治萬方。握金鑑以御衆，感玉雞而降祥。將韞櫝以强名，寔資光潤；假棲塒而賦象，用表飛揚。原夫翼翼奉先，孜孜繼志，允彰恭己之道，克協因心之義。精誠能格於上天，和氣遂鍾於下地。非煙非霧，侔攻石以騰輝；將翺將翔，狀啣珠而爲瑞。油然生也，仰以觀之。或縹緲以瑜潤，或氤氳而翼垂。籠漢室之飛鳧，高呈蔥鬱；映周行之振鷺，俯煥羽儀。

奕奕堪嘉，溶溶可貴。混銅龍於博望，蒙金雀於象魏。有道則見，寧同野馬之光；爲時而生，宛類白虹之氣。來豈無爲，至實有因。且非求於照廡，亦無假於司晨。雖名符於五德，蓋瑞應於一人。將紫氣以俱浮，度關寧辨；與青雲而共散，舐鼎相倫。旌此至誠，表乎篤孝。標名且異於石燕，窮理亦殊於霧豹。輪囷乍布，輝山之美應同；蠛蠓蹔收，斂翼之儀是效。能致此者，夫何偉而。誠日烏之可遂，諒天駟以難追。湛露宵零，已類記流之際；長霞曉映，還符爨火之時。

偉乎！呈瑞不群，凌空有異。非醇化而不顯，故曠代而罕至。吾皇以孝德升聞，兹玉雞兮來萃。明嘉靖刻本《文潞公文集》卷二。

化成殿瑞芝賦

以「天瑞明德，芝秀於殿」爲韻

劉敞

惟皇四世，德茂洽乎無極，仁化昭乎上天。伊中扆之祕地，擢靈芝乎盛年。徒觀其萃寶玉，浮紫煙，浸瑞露，涵靈泉，華煜燿，居蜎蜵。蓋所謂非致而致，自然而然者也。始其禦人獻祥，宫童效異，按以神謀，稽以天意，参以人事，驗以孝治。伊化成者，所以昭德至乎無窮；亦芝秀者，所以見美包乎衆瑞。是謂道與之貌，人與之名。騰茂實，飛英聲，昭絶代，烜後生。金爲之華兮，玉爲之英。報景貺，融休明，揚盛德，諴至誠。帝錫之命兮，神儲之精。怳爾而就，倏焉而榮。豈蕩蕩默默，不知其力？天台以三秀爲奇，銅池以九莖夸德。語地則幽鄙，較美則昏昃。豈若功就三后，上陟於帝廷；氣涵九重，中位於樞極？於是天子怡爾而念，茫然而思。且曰：見瑞而怠者，雖於災變無以異矣；聞美而勸者，吾與大夫其勤圖之。乃命吉士，賓遠夷，捐不急之務，隆日新之基。夫然者，將以升介丘之禪，修后土之祠。豈獨堯仁如天，紀生階之蓂莢；漢道雜霸，詠齋房之紫芝而已哉！於是擊壤之臣，稱而言曰：靈芝伊何，有德斯秀。昔聞其傳，今遂於覯。濯淳治於風俗，熙元化乎幽陋。是宜薦郊廟，垂策書，被金石，昭樂胥。使同穎之禾不能遠過，連理之木無以加於。

亂曰：宋治有道，自天眷兮。祥氣回復，於斯殿兮。萬有千歲，尚無變兮。四庫本《公是集》卷二。

交趾獻奇獸賦

司馬光

皇帝御天下三十有六載，化洽於人，德通於神，邇無不協，遠無不臻。粤有交趾，來獻麒麟。其爲狀也，熊頸而鳥噣，豨首而牛身。犀則無角，象而有鱗。其力甚武，其心則馴。蓋遐方異氣之産，故圖諜靡得而詢。於是降軺車之使，發旁縣之民，除塗於林嶺之隘，引舟於江淮之濱。曠時月而涉萬里，然後得入覲於中宸。與夫雕題卉服之士，南金象齒之珍，款紫闥而坌入，充彤庭而並陳。

於是群公卿士、百僚庶尹，儼然垂紳薦笏，旅進而稱曰：「陛下功冠邃古，化侔儀極，恭承神祇，嚴奉宗稷，純孝烝烝，小心翼翼。出入起居，不忘於訓典；進退周旋，必資於軌則。體文王之卑服，遵大禹之菲食。宮室觀臺無彫刻之華，輿馬器用無珠玉之飾。遊必備於法駕，燕不廢於朝夕。此皆帝王所不能爲，而陛下行之，尚不忘於怵惕。至於是以方内乂寧，黎民滋殖。垂髫之童，耳皆習於詩禮，戴白之叟，目不睹夫金革。是以根着浮流，跂行喙息〔一〕，無不翔舞太和，涵濡茂澤。此殊俗所以嚮臻，靈獸所以來格。雖漢室之初，黑鷳貢於絶徼。周家之隆，白雉通於重譯，殆不足方也。臣等謂宜命協律，播之聲歌，詔太史編之簡策，以發揮不世之鴻休，張大無倫之丕績，不亦偉乎？」

皇帝乃穆然深思，愀然不怡，曰：「吾聞古聖人之治天下也，正心以爲本，修身以爲基。閨門睦而四海率服，朝衆和而群生悦隨。故務其近，不務其遠；急其大，不急其微。今邦雖康，未能復漢唐之宇；俗雖阜，未能追堯舜之時。況物尚疵癘，而民猶怨咨。朕何敢以未治而忘亂，未安而忘危，享四方之獻，當三靈之釐？且是獸也，生嶺嶠之外，出沮澤之湄。得其來，吾德不爲之大；縱其去，吾德不爲之虧。奈何貪其琛賨之美，悦其鱗介之奇，容其欺紿之語，聽其諂諛之辭，以惑遠近之望，以爲蠻夷之

〔一〕跂：原作「跛」，據南宋蘄州刻本《增廣司馬温公全集》卷二九及《皇朝文鑑》卷三、《古今圖書集成·禽蟲典》卷五六、《歷代賦彙》卷五六、《淵鑑類函》卷四六改。

嗤！不若以迎獸之勞爲迎士之用，養獸之費爲養賢之資。使功烈烜赫，聲明葳蕤，廢耳目一日之玩，爲子孫萬世之規，豈不美歟？」

於是，群臣拜手稽首，咸曰：「此盛德之事，臣等愚戇所不及。陛下誠有意於此，臣等敢不同心竭力，對揚而行之！」

皇帝於是御《棫樸》之篇，觀《大畜》之繇，延黄髮之儒，顯巖穴之秀。善有可旌，無間於幽遠；言有可採，不棄於微陋。位匪德而不升，官無能而不授。使稷、契居左，臯、夔立右，伊、吕在前，周、召待後。相與講經藝之淵源，覽皇王之步驟，求大化之所未孚，訪惠澤之所未究。興民之利，若療夫饑渴；除民之害，若憂夫疾疚。賜予簡而功無所遺，刑罰清而姦無所漏。浮費省而物不屈於求須，苛役蠲而農不妨於耘耨。使之夏有葛而冬有裘，居有倉而行有糗。絲纊之饒足以養其老，甘脆之餘足以慈其幼。地不加廣而百姓足，賦不加多而縣官富。道塗之人，恥争而喜讓；閭閻之俗，棄漓而歸厚。户知禮義之方，人享期頤之壽。然後旃裘之長頓顙而讋服，祝髮之渠回面而奔走。靡不投利兵而襲冠帶，焚僭服而請印綬。

於是三光澄清，萬靈敷佑，風雨時若，百穀豐茂，休氣充塞，殊祥輻輳。甘露霡霂於林薄，醴泉觱沸於嵌竇，華英羅植於階戺〔一〕，朱草叢生於庭霤。鳳凰、長離駢枝而結巢，黄龍、騶虞群友而爲畜。由是觀之，則彼裔夷之凡禽〔二〕，瘴海之怪獸，皮不足以備車甲，肉不足以登俎豆。夫又何足以耗水衡之芻，而污百里之囿者哉？宋紹興刻本《温國文正司馬公文集》卷一。

司馬光《進交趾獻奇獸賦表》（《温國文正司馬公文集》卷一　嘉祐八年九月初三日上）　臣光言：今月二十五日有詔詣崇政殿觀交州所獻異獸曰麒麟者。臣愚不學，不足以識異物。竊以麟瑞獸也，曠世而不可覿。其於經有名而無形，傳記有形，而去聖久遠，衆説紛揉，自非聖人莫能識其真，況承學之臣固不能决其是非也。臣光中謝竊以王者道盛德至，格於神明，則有仁獸不召而自至，不羈而自馴。此其所以爲瑞也。今是獸也，生於遐荒，拘之檻櫝，載之方舟，輿曳萬里，致於闕庭。形質詭異，不應經傳，真僞之間，未易究測。儻其真也，則非自然而來；設其僞也，徒爲遠夷所笑。殆非所以發揚聖朝之光輝，補益治平之實效也。《旅獒》曰：「不作無益害有益，功乃成；不貴異物賤用物，民乃足。犬馬非其土性不畜，珍禽奇獸不育於國，不寶遠物則遠人

〔一〕英：南宋蘄州刻本《增廣司馬温公全集》卷二九、四庫本《傳家集》卷一作「莖」。
〔二〕裔：南宋蘄州刻本《增廣司馬温公全集》卷二九作「遠」。

格，所寶惟賢則邇人安。」臣竊以爲宜延見使者，賚之金帛，賜以詔書，嘉答其意，歸其麒麟，使復故壤。然後登俊傑之才，修政治之實，使家給人足，禮興樂行，四夷賓服，天瑞自至，以遵《旅獒》之意，不亦盛乎？臣不勝憤悱，謹述《交趾獻奇獸賦》一篇，奉表投進以聞。

《夢溪筆談》卷二一　至和中，交趾獻麟，如牛而大，通身皆大鱗，首有一角。攷之記傳，與麟不類，當時有謂之山犀者，然犀不言有鱗，莫知其的。回詔欲謂之麟，則慮夷獠見欺；不謂之麟，則未有以質之，止謂之「異獸」，最爲慎重有體。今以予觀之，殆天禄也。按《漢書》：「靈帝中平三年，鑄天禄、蝦蟆於平津門外。」注云：「天禄，獸名。」今鄧州南陽縣北宗資碑旁兩獸，鎸其膊，一曰天禄，一曰辟邪。元豐中，予過鄧境，聞此石獸尚在，使人墨其所刻「天禄」、「辟邪」字觀之，似篆似隸。其獸有角鬣，大鱗如手掌。南豐曾阜爲南陽令，題宗資碑陰云：「二獸膊之所刻獨在，製作精巧，高七八尺，尾鬣皆鱗甲，莫知何象而名此也。」今詳其形，甚類交趾所獻異獸，知其必天禄也。

《宋史》卷三三六《司馬光傳》　交趾貢異獸，謂之麟，光言真僞不可知，使其真，非自至不足爲瑞，願還其獻。又奏賦以風。

《復小齋賦話》卷上　司馬温公《交趾獻奇獸賦》「乃旅獒」、「不寶遠物」、「所寶惟賢」意，庶免於勸百諷一之譏矣。蓋是時交趾貢異獸，謂之麟，公言：「真僞不可知，使其真，非自至不爲瑞；若僞，爲遠夷笑。願厚賜而還之。」故賦前云「蓋遐方異氣之産，故圖牒靡得而詢」，後云

「奈何……容其欺紿之語，聽其謟諛之辭，以惑遠近之望，以爲蠻夷之嗤」。

瓦瑞賦

慕容彥逢

祝令之治金華，家問以瑞告曰：「玆十有二月癸酉立春，櫚瓦有花，色雜青紫，拂之可去，留之不瘁，文彩鮮榮，兩兩夾峙，瓦首鱗次，花舉相似。」謂予不信，并以瓦寄。予佐金華，獲覯焉。曰：嘻！靈物效祥，胡可勝記！彼陶而花，未覯玆美，夫豈無因而至耶？祝令請賦之，予曰唯唯。

協洽之歲辛月季冬十有九日，春令已融。日維癸酉，東風解凍。蟄蟲始振，草木萌動。

旦興覯異，惋愕未詳。非刻非畫，雜以青黃。托高甍以耀藻，濡湛露之清光。靡纖祇以自固，舍翠縹而外揚。質糝糝兮可拂，色蔥蒨而煒煌。狀卿雲之敷葉，始膚寸而未將。

於是晨輝俯映，宿靄盡滌，秘艷發散，奪人目力。非卉木之常姿，集孔翠之文翼。蹇將蔓而莫承，紛既絶而未極。疑飄颻以騰上，不終悴於埏埴。

是日也，閭巷騾傳，觀者如堵。詢於黃髮，於時語語，曰惟祝氏，舊有令人，詒厥隱德，庇貺子孫。惟子惟孫，前人是似，儒行聿修，世有清議。惟茲降祥，神實司之，我儀圖之，歌以敘之。

乃歌曰：江山之陽有祝氏，奕世清芬靄蘭蕙。神之聽之錫器瑞，所居有光霄燭地。旦出土牛知改歲，瓦上雙花應春至。神巧無宗奪人僞〔一〕，瓦衆花繁舉相類。毫素模傳示來裔，積善之家蓋如是。四庫本《摛文堂集》卷一。

靈芝賦

薛季宣

宋興二百有三年，封陲載寧，狼烽不驚。上乃高揖凝旒，棲神泰清。天之與子，法舜承堯，祇載夔夔，齋栗以朝。帝被袞章，昇策寶，列旌麾，羅羽葆。太師輔前，少師保後，工瞽登歌，奉常贊道。有覺彤庭，皇拜稽首，上天子之父號曰光堯壽聖太上皇帝，母曰壽聖太上皇后。宮維德壽，康壽其堂，色養無違，儀型四方。二聖相歡，用惟

〔一〕無宗：光緒二十三年武進盛氏刊本《摛文堂集》作「無蹤」。

其至，仰孝俯慈，假天準地。二氣之精，百物之英，誕秀靈草，乘時挺生。隆興惟甲申歲之陽，羲皇御寅，斗直東方，有茁者芝，有粲其房，不植不根，於殿之梁。輪囷扶疎，馨香有飶。紫色芬氳，交光曄日。欻騰龍而翥鳳，追金相而玉質。焕燿宸居，清明帝闥。閱之者神驚，瞻之者目奪。一本同柯，支生十二，錯地分州，蟠天列次。瞻彼日月，膺期嗣歲。亦有律吕，八音以諧。僊館玉樓，光於泰階。

皇帝乃命東觀啟鑰，書披瑞命之篇，參瑞應之圖，驗通儒於白虎，稽神契於《孝經》。僉曰王者孝慈則芝茂，又曰養老則芝生，深仁是加於草木，祥應是接於仙靈。故肅宗養親而産延英之座，孝武嚴帝而秀甘泉之庭。於是聖心悦懌，稱賀諠譁，皇上賦《玉華》之詩，太上發《芝房》之歌。君臣動色，室家胥慶，被之於服章，聲之於謳詠。蜚獠以之輸琛，海波以之愉静。戴白之叟，成黄之兒，爰及閨房，笑語嬉嬉。自慶未始識也，若豈天降而人爲哉？

粤有狂生小子，樂稱古德，喜溢於顔，憂形於色。謂和氣致祥，允天子之慈孝；天施地産，誠聖人之達德也。乃若漢之宣、章，號稱七制，仁民得天，休符接至。桓、靈何道，而産中黄之藏，有芝英之瑞也！

由是言之，妖祥叵測。《爾雅》、《離騷》，乃尋乃繹。乃列芝蘭，乃識菌芝。或云産於巖阿，採於山而有之。蓋希出堂殿高華之所，有沾濡鬱結，而爲曾、胡多之。可尚青龍之際，乃一柯而三十有六支。此何敞所稱生庭之怪草，崔光以謂蒸氣而生之也。乃其奇祥有取，蔑聞往古；方士多岐，有傳漢武。逮乎季末，諛辭麕至，鬼目呈符，菌宮賀瑞。豈黄精鉤吻，有時而亂；亦雞蘇豨苓，有時而帝也。於惟我后，秉文之德。昊天景貺，三辰耀色。雖無此芝，何損於治？生禁之庭，亦孔之異。此不可不察者，誠何足以當上意也！悵天居之高遠，羌欲告而誰言？聊陳辭而寫志，庶有發於塵編。

亂曰：靈芝秀兮爍宮庭，春秋易色兮隨月而生。神父慈兮君至孝[一]，貺珍符兮天之云。告我欲排閶闔兮雲路迢遥，物怪司閽兮翹折之招。爰攄懷兮作賦，儻六丁兮下來持去。四庫本《浪語集》卷一。

[一] 至：清初鈔本、永嘉叢書本作「主」。